MW00508858

Don José Caveda

Ensayo histórico sobre la arquitectura española

Don José Caveda

Ensayo histórico sobre la arquitectura española

Reimpresión del original, primera publicación en 1848.

1ª edición 2022 | ISBN: 978-3-36810-240-1

Verlag (Editorial): Outlook Verlag GmbH, Zeilweg 44, 60439 Frankfurt, Deutschland
Vertretungsberechtigt (Representante autorizado): E. Roepke, Zeilweg 44, 60439 Frankfurt, Deutschland
Druck (Imprenta): Books on Demand GmbH, In de Tarpen 42, 22848 Norderstedt, Deutschland

ENSAYO HISTÓRICO

sobre

LA ARQUITECTURA

ESPAÑOLA.

ENSAYO HISTÓRICO

SOBRE LOS DIVERSOS GÉNEROS

DE ARQUITECTURA

EMPLEADOS EN ESPAÑA

DESDE LA DOMINACION ROMANA

HASTA NUESTROS DIAS:

POR DON JOSÉ CAVEDA.

Publicado de Real órden.

MADRID.

IMPRENTA DE D. SANTIAGO SAUNAQUE,
CALLE DE LA COLEGIATA, N. 11.

1848.

PRÓLOGO.

Nombrado por la Comision central de monumentos artísticos, juntamente con los señores D. José Madrazo y D. Anibal Alvarez, para proponerle el plan de un viaje arquitectónico á las provincias de España, que ahora se publica á continuacion de este Ensayo histórico, desde luego comprendí que tan importante trabajo solo podria corresponder á su objeto, cuando bien apreciadas las diversas escuelas de Arquitectura conocidas en la Península, de su mismo carácter se dedujesen las reglas generales para dirigir al artista en el exámen y clasificacion de las grandiosas construcciones que produjeron.

Investigar sus orígenes, seguirlas en sus vicisitudes, descubrir al traves de su estructura el espíritu y la civilizacion de los pueblos á quienes correspondieron, indagar cómo de las alteraciones sucesivas de su estilo vino á resultar otro distinto, fijar en fin las condiciones esenciales de esa transformacion contínua y progresiva, y por decirlo así, comprender en un vasto cuadro la genealogía del arte y sus modificaciones bajo distintas razas y latitudes, era para mí un estudio preparatorio, sin el cual el plan presentado á la Comision central, ni habria satisfecho sus deseos, ni servido de base á los importantes trabajos arqueológicos en que se ocupa con laudable celo y conocida ventaja de las artes. Porque es preciso decirlo : en esta parte esencial de la Arqueologia, no hay para nosotros un punto de partida : faltan los antecedentes; y los sabios escritores, que con tanta erudicion y perseverancia ilustraron nuestras antigüedades, satisfechos de pagar un tributo de admiracion y respeto á los grandes recuerdos de la dominacion Romana, ni hicieron jamas aplicacion cumplida de su crítica al exámen de la Arquitectura en sus diversas escuelas, ni por ventura reconocieron en ellas un poderoso auxiliar de la Historia, y un seguro comprobante de la fisonomía propia de las pasadas edades.

Mas eruditos que filósofos, y mas anticuarios que artistas, primero interrogaron á las medallas y las lápidas, á los documentos diplomáticos y á los clásicos antiguos, que á las grandes ruinas de las obras monumentales. Vieron con asombro la cultura del Lacio y sus magníficas producciones ; parecióles humilde y de poca valía la de los pueblos de la edad media, y no tan digna de su exámen, aunque de ella se derivan las modernas sociedades, y su religion, y sus leyes, y su nacionalidad y sus costumbres. ¡Deplorable fatalidad, que cubre todavía de tinieblas un período importante de la historia de las artes, y que condena al genio consagrado á cultivarlas, á restaurar su antigua fisonomía con los mutilados y esparcidos despojos que les pertenecieron, hoy abandonados á la indiferencia y al olvido!

Esta penosa tarea, quizá tenida en poco, á causa de la ineficacia del estímulo, y de no apreciarse bastante toda la estension de sus aplicaciones, interesa sin embargo sobremanera á los investigadores de nuestras antigüedades arquitectónicas, y es necesaria tambien para ilustrar la historia de los pueblos, y sorprender en el silencio de las ruinas, los olvidados destinos de su pasada existencia. Porque no puede dudarse : un género dado de arquitectura representa una civilizacion, es su producto, lleva el sello de su carácter, participa de su espíritu. Solo bajo el imperio de una idea generalmente adoptada, y con el asentimiento de las naciones que progresan en su desarrollo social, se erigen esos monumentos donde imprimen para siempre las señales de su tránsito y la marca indeleble de su civilizacion. El paganismo respira en el Partenon, y las inspiraciones del dogma cristiano en los sublimes espacios de la catedral de Colonia. «Cuantas veces (dice Hipólito Fortoul en su tratado del Arte en Alemania) se «vea á la arquitectura cambiar de formas, otras tantas la «civilizacion se ha renovado. Si se para la atencion en «una época cuyas construcciones no tienen originalidad, «puede asegurarse sin temor, que de ella carecen tam«bien sus ideas. Los monumentos son la verdadera cró«nica de los pueblos.»

Este aserto comprobado por la misma estructura de

2

los grandes edificios, y el exámen de los hechos históricos, aparece mas palpable en aquellos notables períodos de la vida de las naciones, en que el pensamiento
busca inútilmente en las formas del lenguage los medios naturales de enunciarse. Entonces, la espansion que
necesita, la energía de las grandes pasiones, los sentimientos nobles y elevados, que se robustecen y desarrollan con los acontecimientos mismos, no encontrando la
espresion de que carecen en las palabras y el arte de
combinarlas, la buscan y la encuentran en los monumentos de las artes. Véase sino esa edad de amores y combates, de valor y galantería, cuando la emancipacion de
los pueblos, la independencia feudal, el sentimiento religioso, elevando el carácter, y haciendo mas enérgico el
individualismo, alimentan nobles designios, cumplen misteriosos destinos, elevan una sociedad nueva sobre las
ruinas de la antigua. Mientras que balbuciente el idioma
pretende en vano corresponder con su pobreza y desaliño
á los arranques del entusiasmo público, éste, que necesita
un fiel intérprete, que es grande y poderoso como las
empresas que acomete, para valernos de una feliz y atrevida espresion de Villemain, á falta de un instrumento
dócil á sus designios, de un idioma acomodado á sus inspiraciones, *construye ideas con el mármol, y forma poe-
mas épicos con catedrales.*

Y á la verdad; ¿quién no encuentra mas poesía, mas
espansion de espíritu, pensamientos mas nobles y elevados en las catedrales de Zamora y Salamanca, erigidas
bajo las influencias Bizantinas, ó en las de Leon y Burgos,

acomodadas al genio atrevido y severo de las razas Germánicas, que en los ásperos é indóciles alejandrinos consagrados por el idioma naciente á ensalzar las proezas del Cid y de Alejandro? Ciertamente uno mismo era el sentimiento que entónces animaba al poeta y al artista; de unos mismos sucesos y tendencias recibian la inspiracion; ó iguales para entrambos se mostraban las opiniones de la sociedad, que fecundaba su fantasía creadora: pero, mientras que las formas inciertas del romance vulgar, y su estructura y su sintaxis, y su misma rusticidad y pobreza, encadenaban los ímpetus del primero, solo necesitaba el segundo para dar rienda suelta á los suyos, fuerza de voluntad, arrojo en concebir, paciencia en ejecutar; la vocacion de un pueblo dispuesto á sostenerle con todos sus esfuerzos, á materializar, por decirlo así, sus concepciones en las moles de piedra consagradas por la piedad á los héroes, los dogmas, y los misterios del cristianismo.

El genio entónces, mejor que comprender en una frase, ó encerrar en renglones de catorce sílabas sus propios conceptos, los confia á las arcadas ojívales, á las augustas y silenciosas naves del Santuario, á las osadas y altísimas agujas, donde el cincel y el compas pueden, sobre vastas moles de mármol, espresar el arrojo y toda la originalidad de sus concepciones, el espíritu del pueblo que las demanda, y cuanto su civilizacion ha producido de mas poético y grandioso.

Una historia completa del arte monumental en España, pondria de manifiesto estas analogías entre las grandes construcciones, y la cultura y el espíritu de los pueblos

:

que las emprendieron. A falta de ella, y en la necesidad de preparar los trabajos exigidos por la naturaleza misma del viaje arquitectónico que medita la Comision central de monumentos artísticos, he bosquejado el Ensayo histórico que, habiendo merecido su aprobacion, vé ahora la luz pública. Debíale yo esta prueba de aficion y respeto; porque testigo de los esfuerzos con que procura conservar nuestros monumentos artísticos, y de su ilustrada perseverancia en analizarlos; de los trabajos que tiene preparados para salvar del olvido ó de una próxima ruina muchas de las inapreciables producciones de nuestros mas célebres arquitectos y pintores; preciso era que alentado por su ejemplo y sus consejos, le manifestase á lo menos cuan sincero es mi deseo de asociarme á sus tareas, y de ceder á sus respetables insinuaciones.

No hablaré de las penosas dificultades en que tan árdua empresa me ha empeñado; del número y variedad de los materiales acopiados; de los monumentos, á costa de muchos sacrificios, reconocidos y descritos; del exámen de los autores, que de intento ó por incidencia, trataron de nuestras artes; de las investigaciones indispensables para apreciar sus fallos; de los pareceres encontrados, que preocupan y estravían el juicio en la indagacion de la antigüedad y el orígen de muchos edificios; de la embarazosa contraposicion advertida con frecuencia entre la fecha que los documentos originales señalan á una fábrica, y la que resulta de sus mismos caractéres, y de las cualidades esenciales de sus formas. Tan vano alarde de perseverancia y laboriosidad, por mas que solo se consiga á costa de muy repetidos esfuerzos, nunca podrá justificar el desempeño, si á tanto como los deseos, no alcanzaren los medios de realizarlos.

¿Y para qué encarecer las dificultades y el propósito de vencerlas, cuando no se funda en ellas el verdadero precio de los trabajos literarios? Orgullo y presunción pudiera sin embargo parecer, el ocultar aquí mi deseo de que aparezcan mas disculpables los errores en que haya incurrido, recordando siquiera para disminuir su mal efecto, la complicacion y gravedad de las cuestiones, quizá por vez primera entre nosotros ventiladas, siempre oscuras y desabridas, y objeto de una investigacion, en que entran á la par la arqueologia y la filosofía, la historia general del arte, y la particular de los acontecimientos sociales que le determinaron. Lo confesaré francamente: harto he conocido desde un principio la magnitud de la obra, para que pudiera lisonjearme de conducirla felizmente á su término. Que no en vano pesaron diez siglos de ruina y olvido sobre nuestros monumentos, y no en vano un espíritu esclusivo y sistemático, atendiendo solo á los producidos por el inmenso poderío de los Césares, miró con injusto desden y afectado desabrimiento, los que fueron la mas rica y bella presea de la edad media.

He seguido, sin guia, una senda nueva y difícil, por largo tiempo cubierta de tinieblas, donde las exigencias del clasicismo y el orgullo enciclopédico dejaron como estraviada y perdida la verdad histórica, cuando con sobrada confianza presumian haberla descubierto asegurando su triunfo. Por desgracia, concedíase mas en el siglo XVIII á las vanas teorías, que á los hechos materiales, y mas al

escepticismo intolerante de la época, que á las tradiciones
y venerables recuerdos de nuestros padres. Sustituidos los
sistemas y abstracciones á la observacion y la esperiencia,
¿quién entónces ha sabido apreciar debidamente los grandiosos monumentos producidos por el genio del Cristianismo? ¿Quién hizo cumplida justicia á la noble sencillez del
estilo latino, á la misteriosa severidad del románico, á la
gallardía y gentileza, al atrevimiento y brio del ojíval?
Sin clasificacion ni exámen, sin tener en cuenta sus diversos orígenes, y las notables circunstancias que tanto los distinguen; por una aberraccion inconcebible, fueron todos sus
monumentos confundidos bajo el nombre genérico de Góticos. Mas aún: como si no nos revelasen la condicion de
un pueblo digno de nuestro respeto, como si no fuesen la
fiel espresion de aquel movimiento social, que hizo tan
grande la memoria de nuestros padres, ni merecieron siquiera la atencion del arqueólogo. Una opinion estraviada
vió solo en ellos el producto monstruoso de la barbarie goda, y el arte y la historia los olvidaron igualmente.

En nombre de la filosofía, que proclama la independencia del pensamiento, se proscribió su originalidad, porque
no era la de los Griegos y Romanos: en nombre del genio,
que inventa y perfecciona las grandes concepciones, se
calificaron de novedades absurdas sus formas especiales,
porque no se parecian á las del Partenon y del Panteon: en
nombre del buen gusto, que ni es ni puede ser esclusivo,
y que recibe sus inspiraciones de la naturaleza misma, se
llamó bárbara su ornamentacion, porque fué desconocida
en los siglos de Perícles y de Augusto.

Rectificar estos fallos severamente injustos, dar cumplida idea de las construcciones que condenaron al olvido, analizar su estructura, su compartimiento, su forma y sus ornatos, descubrir en ellas la civilizacion que las produjo, seguirlas en su desarrollo y sus transformaciones, eso me he propuesto, con mas celo por el esplendor de las artes, que seguridad y confianza en mis débiles fuerzas. Si tan penosa y dificil tarea diese ocasion á otras mas cumplidas; si apreciada, ya que no por su escaso valor, á lo menos por la importancia del objeto á que la he consagrado, despertase la aficion á la historia de nuestra arquitectura, y sirviese de estímulo á los que mejor que yo pueden ilustrarla, todavía habré creido tributar á las artes un homenage, no del todo indigno de su alta importancia, y del sumo aprecio que siempre me han merecido.

CAPÍTULO I.

Cuando las naciones mas cultas consideran el exámen de los monumentos artísticos no solo como un medio de ilustrar sus propios anales, sino como una parte muy esencial de los estudios literarios, y un comprobante seguro de la civilizacion de los pueblos, apénas se comprende que la España, desde muy antiguo ocupada por los mas influyentes en los destinos de Europa, teatro de su cultura y de su gloria, engrandecida con las magníficas inspiraciones de sus artes, carezca hoy de una historia de la Arquitectura, donde, bien apreciadas las diversas escuelas que produjo, se determinen sus orígenes y vicisitudes, su carácter distintivo, y los grandes acontecimientos sociales, que en sus cambios y modificaciones influyeron. Este vacío en los anales de nuestra cultura, se hace mas notable en una nacion eminentemente artista, dotada de imaginacion y de genio, ennoblecida con las grandes concepciones de sus hijos, dedicada desde muy temprano á los estudios históricos con indecible constancia, y cuya aficion á las antigüeda-

3

des y á la crítica, produjo infinitos volúmenes esclusivamente destinados á ilustrar las ruinas, y las memorias de los pueblos, de los monasterios y de los
santuarios. No hubo un municipio, una colonia de los
tiempos de la república y de los Césares, un establecimiento religioso de la edad media, una casa sola-
riega, una institucion feudal, que no tuviese su cro-
nista, y no fuera objeto de largos comentarios : inmensas
vigilias, indagaciones profundas, erudicion estensa y variada se prodigaron con rara y fatigosa perseverancia,
para ilustrar esta clase de memorias; y entre tanto, las
grandes fábricas de los romanos, y de los godos, y los
graves y sombríos monasterios anteriores al siglo XI, y
los romano-bizantinos que les sucedieron, y las mágicas
catedrales construidas desde el XIII al XVI, y las risueñas y delicadas aljamas de los Califas, apénas obtuvieron
un elogio, ni un recuerdo del arte seductor que los produjo. Ningun otro objeto sin embargo, mas digno de estudio, mas fecundo en reflexiones importantes, mas
variado tambien y á propósito para escitar el interés
histórico. La riqueza que en este género poseemos, es
tanto mas apreciable y codiciada, cuanto ménos general
en otras partes. Porque desde la dominacion romana
hasta la restauracion de las artes en el siglo XVI, ¿qué
pueblo artista dejó de concurrir con su genio y su saber al lustre y esplendor de la Península? ¿De cuál
no ha recogido preciosos y abundantes frutos? Tenda-
mos la vista por sus provincias, y aun hoy, despues
de tantos siglos de guerras y asolaciones, nos admira-
rán los grandiosos despojos de las fábricas erigidas por
los Césares; la sencillez religiosa que respiran las de
la monarquía asturiana; la voluptuosidad oriental, y minuciosa delicadeza de los palacios y mezquitas árabes,
con sus bulliciosas lacerías y brillantes alharacas; la

misteriosa lobreguez y sombrío carácter de las romano-
bizantinas; la arrogancia y graciosa esbelteza de las gótico-germánicas, y su atrevimiento y profusa y ligera
ornamentacion; la risueña coquetería y el genial y ostentoso acicalamiento de las platerescas; el clasicismo y
noble magestad de las greco-romanas; el capricho y los
delirios, y la anarquía artística de las churriguerescas.
Distintos gustos y civilizaciones, sacudimientos sociales que cambiaron la faz del mundo, grandes y encontrados intereses, concurrieron á esta maravillosa creacion, imprimiéndole el sello de la originalidad que distingue á las varias naciones afanadas en producirla,
las cuales dejaron en ella profundos rasgos de su existencia. En esos monumentos el filósofo y el arqueólogo
columbran, no ya la infancia, la virilidad y la decrepitud del arte que los produjo, sino tambien el espíritu de la sociedad á cuyo brillo contribuyeron, y la
fuerza de la inteligencia puesta en accion por sus ideas
y sus necesidades. ¿Cómo dejarán de ser hoy un objeto de estudio? ¿Y qué bastará á disculpar la tardanza
en analizarlos y ofrecerlos al exámen de la culta Europa, que por los restos de las pasadas edades viene á
descubrir su verdadero carácter, y á determinar la parte que les ha cabido en la civilizacion progresiva del
género humano? No perdamos de vista, que de muchos
edificios notables, y que á la vez interesan al arte y
á la historia, solo nos quedan ya grandiosas ruinas;
que, visitadas ahora, y bien comprendidas, todavía pueden darnos idea de su planta y alzado, para confiar al
buril del grabador una fiel imágen de lo que fueron en
mejores dias. Aun estamos á tiempo de describirlos; ma-
ñana será ya tarde, y San Miguel de Lino ó Lillo en las
inmediaciones de Oviedo, y los restos del monasterio de
Poblet, los de Santa Engracia en Zaragoza, las impo-
:

nentes masas del Alcázar de Toledo, otras cien fábricas no menos recomendables y amenazadas de una próxima destruccion, habrán desaparecido hasta de la memoria de los hombres, como del suelo que embellecieron con su grandiosidad y magnificencia. Promover el esplendor de las artes, ensalzar la cultura del siglo, pedir á los pasados los hechos memorables de nuestros padres, y abandonar sin embargo esos venerables despojos de su pasada gloria á la destruccion y al olvido, sería una vergonzosa inconsecuencia, que no podríamos escusar, y que otra generacion mas celosa del buen nombre de la nacion, recordaría con rubor y pesadumbre, ya imposible para nosotros la reparacion y el desengaño.

Si existen otros infinitos monumentos bien conservados todavía, y no menos apreciables, cierto es tambien, que fueron primero objeto de una curiosidad improductiva, que de investigaciones á propósito para dar á conocer su verdadero mérito, y asociarle al de los pueblos que los erigieron en dias muy apartados de los nuestros. Elogios mas ó menos exagerados en vez de juicios críticos, descripciones vagas y generales en vez de análisis detenidos, breves é incompletas advertencias sobre su antigüedad, en vez de observaciones artísticas y filosóficas, eso debieron á la mayor parte de los que de intento ó por incidencia los hicieron objeto de su crítica. Estéril curiosidad; vano aparato de erudicion, que ni satisface el gusto ni el interés histórico; que nada nos revela de las pasadas generaciones, ni nada nos enseña para mejorar la nuestra. Así fué como casi nunca examinadas por artistas nuestras antiguas construcciones, muchas veces han servido de objeto, no para ilustrar la historia del arte y de la sociedad, sino para dilucidar cuestiones impertinentes, siempre subordinadas al gusto y las influencias del momento.

Es una verdad: el aprecio y el exámen de nuestros monumentos arquitectónicos han seguido constantemente de
cerca el estado progresivo de las luces, y no hubo otro
regulador de su mérito, que el gusto dominante de cada
época. Amoldábanse las descripciones á las influencias de la
sociedad, y á la inclinacion particular de los observadores,
pocas veces dirigidos por las reglas del arte, y casi nunca
por las inspiraciones de la filosofía. Durante muchos años,
estas indagaciones sobre la forma y el carácter de los antiguos edificios, se enderezaron á satisfacer las quimeras de
la heráldica, á poner en claro una fecha absolutamente
inútil para la historia, á reconocer un hecho sin consecuencia; la fundacion de una casa religiosa destituida de
interés, ó la oscura y bárbara dominacion de un señor de
vasallos.

Los cronistas del siglo XVI, incansables compiladores
de noticias históricas, pero apegados reciamente á las fal-
sas ideas de su siglo, crédulos á veces en demasía, con
muy escasas nociones de la arquitectura, sin que sospecha-
sen quizá todo el auxilio que los monumentos de los pasados
siglos pudieran ofrecerles para esclarecer los puntos históricos que ventilaban, solo les dieron lugar en sus obras, como
una parte accesoria, mas curiosa que instructiva, casi siempre hablando de ellos por incidencia, nunca para corroborar
sus juicios con el exámen artístico, y por lo comun tan escasos de templanza en el elogio, como en el vituperio.

¿Qué nos han dicho Morales, Sandobal, Yepes, Argaiz,
Berganza, Carballo y tantos otros cronistas de esa época
al ocuparse de los edificios antiguos? Generalidades. Sus
indicaciones siempre indeterminadas y vagas, solo los ca-
lificaban de buenos ó de malos, á voluntad del deseo, y bajo
su palabra. ¿Pretendian encarecer el mérito de una fábrica? pues se contentaban con asegurar que era de admirable hermosura. ¿Habia algo de notable en su construccion?

pues la llamaban extraña y curiosa. ¿Ofrecia una distribucion arreglada? pues alababan solo su buena correspponden-
cia. ¿Les agradaba el ornato? pues sin determinar su carácter, sin atender á su estilo, le daban la calificacion de
bello y delicado. ¡Y aun si en este modo somero y vago de
juzgar los monumentos de las artes, hubiese acuerdo en la
opinion de sus investigadores! Pero como el instinto y las
prevenciones los guiaban mas bien que los principios, es
harto frecuente que aun en las cosas de hecho, aparezcan
sus fallos en completa discordancia. Sandobal califica, por
ejemplo, de una época, aquella misma arquitectura que
atribuye Morales á otra muy distinta: encarece Yepes los
mismos edificios que Carballo mira con desden, y en general á ninguno de estos escritores les parecen de bastante
precio para figurar en sus obras históricas como objetos
que merezcan particular atencion.

Pero la manera filosófica de juzgar la arquitectura de
las antiguas sociedades, no podia entónces conciliarse con
las tendencias y la ilustracion de un siglo, que al fijar toda
su atencion en los restos magníficos de la grandeza romana, y al contemplarla con un supersticioso respeto, solo
encontraba digno de investigarse, su literatura clásica, sus
oradores y poetas, sus anfiteatros y naumaquias, sus arcos
y sarcófagos, sus medallas y camafeos, las inscripciones
finalmente que revelaban los nombres de sus municipios y
de sus cónsules. La admiracion producida por estas venerables y grandes memorias, creciendo con el interes que
escitaban, con la necesidad de buscar en la cultura del
Lacio el fundamento de la moderna, vino á ser la herencia
del siglo XVII, cuando ya corrompido el buen gusto del
anterior, y plagados los estudios clásicos con las sutilezas
y argucias del escolasticismo, no era posible dar una buena
direccion á las investigaciones históricas.

¿Qué podia en esa época de postracion y desmedro

para el espíritu humano, influir sobre el estudio de las artes, é interesar al genio que las cultivaba? Los conceptos arrevesados, la hinchazon, el espiritualismo, pasaron de la poesía de Góngora y Quevedo á las obras arquitectónicas de Rivera, Donoso y Churriguera, y á los lienzos de Jordan. Osadía y travesura en el ornato, delirio en las concepciones, refinamiento en el ingenio, capricho y peligrosa novedad en las formas, he ahí el carácter distintivo de la invencion artística en este período de general decadencia para las ciencias y las letras. No busquemos, pues, en el siglo XVII el exámen razonado de los monumentos, que no podian ni aun fijar la atencion del hombre de genio, lastimosamente estraviado entónces por una senda caprichosa, que conducia á los aplausos, pero no á la verdadera gloria; que procuraba por el momento un nombre á los que la recorrian, pero que no podia guiarlos á la posteridad. Faltando pues la filosofía en las miras y las concepciones, ¿la encontraríamos en las artes de imitacion, en los conocimientos que las convierten en auxiliares de la historia? No era posible.

Entre tanto al olvido de los restos grandiosos de aquellas fábricas, que atestiguan las diversas dominaciones de los pueblos, se allegaron los estragos de la guerra de sucesion, y la tala y el incendio vinieron á multiplicar las ruinas de nuestras poblaciones, y á esconder entre malezas las que todavía habian atravesado los siglos, como un doloroso y magnífico recuerdo de las civilizaciones antiguas.

Por fortuna, el siglo de Luis XIV obraba entónces una revolucion en las ideas literarias, despertando la aficion á los buenos estudios. Su influencia fué tanto mayor en nuestra patria, cuanto que Felipe V, sostenido por el prestigio y poderío del gran Rey, y llamado por el derecho de sucesion á ceñir la corona de España, abria una nueva era á las letras y las artes. Su restauracion en la Península data sin duda de este glorioso reinado, y en él es preciso fijar el principio de esa serie de investigaciones arqueológicas, con tanto empeño continuadas para ilustrar las ruinas, que por todas partes nos cercaban. Tarragona, Elche, Castulo, Itálica, Cabeza del Griego, Sepona, Carteya, Mérida, Segovia, Zaragoza, Numancia, Sagunto, Barcelona, Coruña del Conde, y aun los antiguos restos de las colonias Fenicias, encontraron desde entónces investigadores celosos y entendidos entre nuestros eruditos. El marqués de Valdeflores emprendia de órden del Gobierno un viaje por la Península, con objeto de examinar las antigüedades de todas clases á propósito para ilustrar la historia. Con el mismo fin recorria Perez Bayer el principado de Cataluña, y el P. Sarmiento el reino de Galicia, mientras que el archivo de Toledo era escrupulosamente registrado por el P. Burriel, y Lumiares ilustraba algunas antigüedades de las costas del Mediodía.

No ha contribuido poco á promover estas empresas literarias la Real Academia de la Historia, alentando á los eruditos con el ejemplo y el consejo. Siguiéronle, pues, muy acertadamente varias corporaciones literarias, distinguiéndose entre ellas la academia de Valencia, estimulada por Mayans, la de Barcelona y la de Sevilla, entre cuyos individuos se contaban acreditados anticuarios. Algun tiempo despues, con mayor copia de datos y mas segura crítica, dió principio el P. M. Florez á su España sagrada, é ilustró Mayans algunos puntos interesantes de nuestra historia civil y eclesiástica. Entónces las memorias de las pasadas generaciones, y las ruinas magníficas que las ocultaban, aparecieron por todas partes como un grandioso recuerdo, escapado del naufragio de las antiguas civilizaciones, para cambiar la faz de la historia, y revelarnos los pasados destinos de nuestra patria.

Pero á los ojos de los incansables anticuarios de esa

época, solo aparecia el mundo romano. Se lo 'recordaban la abundancia y celebridad de las ruinas, el prestigio de su nombre, la grandeza de sus colonias y municipios, la preponderancia nunca mayor de la literatura clásica, el espíritu de imitacion que la adoptaba, y el empeño de restaurarla, advertido en las naciones mas cultas.

Renacia entónces la arquitectura romana, degenerada y corrompida poco ántes en las formas y el ornato. A Jubara y Sachetti sucedian Sabatini y el justamente célebre D. Ventura Rodriguez. Cautivando la atencion general por su graciosa sencillez, las obras de estos grandes maestros, hacian que se tuviesen por bárbaros y humildes los despojos de otras fábricas, debidas á los sucesores de los romanos, cuyas costumbres dieron orígen á las nuestras, y cuya civilizacion fué como el núcleo de la que hoy nos distingue. De esta suerte durante los dos primeros tercios del siglo XVIII, dominó cierta especie de esclusivismo por la arquitectura romana.

Pero ¿quién podrá extrañarlo? Ignorábase entónces una verdad, que la filosofía aplicada á los estudios históricos ha demostrado en nuestros dias; esto es, que habiendo llenado cada pueblo una funcion especial en la gran obra de los progresos generales de la humanidad entera, nunca con fundamento se podrá deducir de la superioridad especial de una sociedad sobre otra, la superioridad absoluta de esta sobre todas. Procediendo sin embargo el siglo XVIII de lo particular á lo general, porque la antigüedad era bella y admirable en sus obras, ha querido falsamente establecer, que los preceptos de su construccion, debian constituir y dominar el arte mismo, ser únicos y esclusivos, sin miramiento á las circunstancias, á las localidades, á las costumbres y á los tiempos. La arqueologia, la historia y las artes, al apoderarse de esta idea, no hallaron por desgracia para el lenguaje de la arquitectura, ni una sola espresion con que

4

enriquecerle, en las fábricas de los godos y de los árabes; en esas fábricas, cuyas bellezas ni aun llegaron á sospechar siquiera los griegos y romanos, y que grandemente habrian halagado sus instintos artísticos, aun en los tiempos de Perícles y de Augusto.

No habia, pues, en el siglo XVIII otras reglas para juzgar del mérito de un edificio, que el compas de Vignola: teníase al genio por extravagante y osado, si bajo la fé de Vitrubio y de Paladio, no sujetaba las construcciones á una receta invariable, y la mas desdeñosa compasion condenaba al olvido cuanto no recordase el imperio de los Césares y sus faustuosos monumentos.

Cuando eran mas fuertes estas prevenciones á favor de la arquitectura greco-romana, apareció por vez primera entre nosotros el único viaje destinado hasta entónces á dar conocimiento de las bellas artes en la Península. Ponz, el amigo de su pais, el panegirista de sus glorias artísticas, decidido á sacarlas del olvido, le emprendió con mas celo que fortuna: porque si no carecia de conocimientos, si acometia resuelto y animoso una difícil y penosa tarea, subordinado á la influencia de las ideas dominantes de su época, obedeciendo sin pretenderlo á la reaccion que se verificaba entónces á favor del clasicismo, nada vió de grande que no llevase el sello de la restauracion; ningun edificio era acreedor á sus elogios, si no le decoraban los órdenes griegos y romanos. En todo queria encontrar sus columnas y entablamentos, su simplicidad y economía de ornatos. Y esta severidad de las formas y del estilo, no habia de aplicarse solo á los templos, á los palacios, á toda clase de fábricas; necesario era tambien descubrirla en los muebles de ornato, en las producciones caprichosas del tallista, en las sillerías, en las cajas de los órganos. Fanatismo artístico, de que no puede hoy hacerse un cargo á nuestro viajero, porque obedecia ciegamente á las inspiraciones de su siglo; pero que apocando el genio, ha condenado sin exámen el atrevimiento y brio de sus concepciones, obligándole á sacrificar la novedad de la invencion á la ciega y árida rutina de las reglas, no siempre bien comprendidas, y á menudo empleadas por sus encomiadores para producir vulgaridades.

Cuando se proscribia todo lo que no fuese greco-romano, no podrá extrañarse que las fábricas de los árabes, las de la monarquía restaurada, y las del estilo ojíval, pasasen como desapercibidas en los viajes de nuestros artistas y literatos. Si no se concibe hoy que un observador dotado de sensibilidad y de talento, resista las impresiones de la mezquita de Córdoba, ó de la catedral de Burgos, reflexionemos que fascinado en el siglo XVIII por la opinion de los preceptistas, y sometido ciegamente á sus dogmas, examinaba entónces las construcciones de la edad media, sin comprenderlas, y como inspiraciones de pueblos incultos y groseros.

¿Quién habia estudiado con bastante filosofía su historia, para apreciar debidamente las fábricas que nos revelan su existencia? Conociamos una civilizacion, que tiene pocos puntos de contacto con la actual, é ignorábamos el carácter de aquella, que ha sido el orígen de la nuestra. Y tan cierto es así, que algunos años despues de publicados los viajes de Ponz, emprendiendo Bosarte la misma carrera, con mas datos y mas favorables ideas de los diversos géneros de arquitectura empleados en la Península, todavía sin atreverse á separarse absolutamente de la senda trillada por sus antecesores, la recorrió para examinar de nuevo los monumentos romanos, parando muy poco la atencion en los árabes y gótico-germánicos. Igual fué por espacio de muchos años la conducta de los extranjeros, que visitaron nuestras provincias, desde la publicacion de los viajes de Clarke, Barreti, Pluet, el P. Caimo y Bourgoin, hasta la

:

del Pintoresco emprendido por el ilustrado Mr. de Laborde. Estas ideas se tenian de nuestra arquitectura y de sus diversos estilos, cuando el Sr. D. Eugenio Llaguno y Amírola se propuso ilustrarla. La obra que escribió con tal objeto, mas notable por su erudicion que por su filosofía y buen gusto, aumentada despues con muchas notas, adicciones y documentos originales por el Sr. D. Juan Agustin Cean Bermudez, ni aun en la época en que vió la luz pública, esto es, cuando tan equivocadas eran las opiniones sobre las diversas escuelas arquitectónicas establecidas en la Península, pudo considerarse sino como una reunion de datos para escribir la historia de nuestra arquitectura. Así ha debido conocerlo su ilustrado autor, al darle el modesto título de *Noticias de los arquitectos y arquitectura de España.* Ceñido, pues, á recopilar hechos aislados, á presentarlos en un órden cronológico, á buscar en los archivos, en las crónicas y en las inscripciones, fechas de edificios y nombres de arquitectos, ni aplicó la crítica á su exámen, ni investigando sus relaciones y enlace, formó de todos ellos un conjunto, al cual pudiese cuadrar el nombre de historia. Porque no hay en esta produccion juicios críticos, ni calificaciones artísticas. Confundidas en ella las escuelas, no se determina su carácter; no se investigan sus orígenes; no se atiende á sus variaciones; no se describen las propiedades de su construccion, y frecuentemente se trata de diversos estilos como si fuesen uno mismo. Con el nombre de góticos califica todos los edificios construidos desde últimos del siglo X, hasta los principios del XVI. Los romano-bizantinos, y los gótico-germánicos, ó sean ojiváles, aparecen comprendidos en este período como el producto de una misma escuela. Pero ¿qué mucho? Desconocido entónces el verdadero carácter que los distingue, tenidas en poco las sociedades que los elevaron, y mal comprendida y apreciada la edad media, apénas podian merecer al señor

Llaguno otro concepto, que el de venerables antiguallas.
Ni en esta parte fué mas lejos su adiccionador el
Sr. Cean Bermudez, que, siguiendo el mismo plan, y
empleando en realizarle iguales medios, aumentando los
datos, omitió las reflexiones que pudieran ilustrarlos.
Uno y otro manifestaron no ya sus simpatías, sino su
esclusiva predileccion por la arquitectura greco-romana;
de tal manera, que si no la creyeron la única digna
de su atencion, á ella con especialidad han consagrado la mayor parte de sus tareas. Sin embargo, las noticias históricas del Sr. Llaguno, son las únicas que poseemos de su clase. Vinieron despues Wels, Eduardo
Ford, Owen Jonnes, Girault de Prangey y otros estran-
jeros, que en sus viajes pararon sobre todo su atencion
en las fábricas de la edad media, é ilustrados ya por
los progresos de la ciencia, grandemente han encare-
cido su mérito. Desapareciendo el esclusivismo que au-
torizaba solo el gusto greco-romano, se conoce y se
aprecia el que nacido del Cristianismo, dió nuevo realce
á los pueblos de Occidente con sus singulares producciones. Tomó, por decirlo así, la ciencia un nuevo aspecto, y Alemania, Francia, Inglaterra, la Italia misma, reciamente apegada á las tradiciones de las artes
romanas, aplicando la arqueologia al estudio de la arquitectura, ensancharon sus límites, y dieron una nueva existencia á las escuelas por largo tiempo despre-
ciadas, como producto de unos siglos injustamente ca-
lificados de bárbaros. Con todo eso, y existiendo entre
nosotros ilustrados apreciadores de las artes, Llaguno y
Cean Bermudez no tuvieron sucesores. Con una tendencia marcada á los estudios históricos, y una especie de
entusiasmo por los que nos dan á conocer la civilizacion, las leyes, las costumbres y el espíritu altamente romanesco de los siglos medios, los anales de la

arquitectura, que tanto contribuiría á realzarlos, no se han formado todavía. Y no porque falten la instruccion y el genio; de una y otra cualidad se han dado últimamente por nuestros artistas y escritores, pruebas que los honran. El Artista, la España monumental, los Recuerdos y delicias de España, Sevilla pintoresca, Toledo pintoresca, el Album artístico de la misma ciudad, son otros tantos testimonios, no solo del cambio de la opinion en materia de bellas artes, sino tambien del eclecticismo, que dando imparcial acogida á todas las escuelas, sin preferencias ni esclusiones sistemáticas, las juzga y las aprecia por lo que valen realmente.

Tampoco por la escasez de los materiales y la oscuridad y confusion en los grandes períodos del arte, se hacen imposibles sus ilustraciones. Cuando callasen nuestros cronistas, y los documentos originales de los archivos ni una sola noticia nos procurasen para su historia, los edificios que adornan nuestras provincias, bien analizados, bastarían á descubrir el genio que los produjo, y los diversos estilos, y los principios que le condujeron en sus grandes creaciones.

Existen, pues, los elementos necesarios para bosquejar á lo ménos el cuadro que represente con fidelidad, no solo las grandes producciones del arte cultivado en nuestro suelo por espacio de muchos siglos, sino los caractéres especiales que le distinguen en sus diversos períodos. Al emprender esta tarea, mas imparciales nosotros, ó ménos prevenidos que los que hasta ahora reunieron los datos necesarios para desempeñarla; con otras ideas de los pueblos establecidos en la Península despues de la desmembracion del imperio romano, preciso es, que sin limitarnos al exámen de las construcciones vitrubianas, y de las que á semejanza suya se emprendieron, cuando con la restauracion de las letras

se verificó tambien la de las artes, demos mayores ensanches á nuestras investigaciones. El que busque en la
creacion del genio la bondad absoluta, y concediendo
una preferencia esclusiva, un mérito sin competencia á
este ó al otro género de arquitectura, le juzgue sin relacion á los pueblos y á los tiempos, no ha comprendido que los monumentos artísticos, cualquiera que sea
su procedencia y su destino, satisfacen una necesidad,
corresponden á un estado social determinado, y espli-
can el carácter dominante de la época en que se erigieron.

Aunque ligeramente, recorramos las diversas construcciones empleadas sucesivamente en la Península, y
hallarémos las pruebas de esta verdad. Así será tambien, cómo fijados sus principales rasgos, se demostrará
no solo el inmenso valor de nuestras bellezas artísticas,
sino la manera con que deben analizarse, si el viaje
arqueológico arquitectónico que medita la Comision central de monumentos artísticos, ha de corresponder á su
buen nombre, y á las exigencias de nuestro siglo.

CAPÍTULO II.

ARQUITECTURA DE LA ESPAÑA ROMANA.

Entre las provincias sujetas al Imperio romano, ninguna se dará que tanto haya participado de su esplendor y poderío, como la Península ibérica. Los señores del mundo calcularon los medios de engrandecerla, por su importancia misma: vieron en ella el granero del imperio, los soldados mas aguerridos de sus legiones, los ricos mineros que alimentaban su codicia, sus triunfos y espectáculos; la patria de Trajano y Adriano, de Columela y de Séneca, de Quintiliano, Marcial y Lucano. España, rodeada de prestigios, con un cielo benigno y templado, con un suelo fecundo en ricas y variadas producciones, provocando primero la ambicion, y despues las simpatías del pueblo rey, empezó por ser el campo de batalla donde se disputaban los destinos del mundo, y acabó por asegurarlos, para compartir con Roma la pompa y ostentacion, que acompañaban su nombre y su fortuna. Reflejo de su civilizacion y cultura, acudieron las artes, aclimatadas en las orillas del Tíber, no ya á satisfacer las necesidades del pueblo, que llevaba sus hijos al trono de los Césares, sus poetas á los juegos circenses, y sus filósofos á las escuelas públicas, sino á exornarle con monumentos grandiosos, consagrados al solaz y esparcimiento de los ciudadanos, ó al brillo y esplendor de las grandes ciudades.

Mil colonias y municipios se erigen sucesivamente en la Bética y la Tarraconense; muchas familias patricias fijan en estas provincias su residencia; se abre una activa comunicacion entre vencedores y vencidos; considerable número de españoles obtienen los derechos y privilegios concedidos á los hijos del Lacio; y Roma y España, formando al fin un solo pueblo, quedan sometidas á un mismo destino, cuando los últimos triunfos de Octaviano sobre los cántabros y astures, aseguran la paz al mundo. A la voz del nuevo César, Emerita Augusta, Cæsaraugusta, Lucus Augusta, Pax Augusta y otras célebres ciudades romanas, surgen de una tierra ensangrentada y cubierta de ruinas, y son la memoria mas gloriosa de la paz que restituye al mundo, de los laureles que la afianzan, y de la política que hace olvidar á los pueblos sus cadenas. ¡Triste fatalidad, que á esta política humanitaria y á las miras benéficas de Augusto, sucediesen la crueldad y corrupcion de Tiberió y Calígula, de Claudio y de Neron!

Bajo el cetro de hierro de estos aborrecibles tiranos, el genio de las artes, que poco ántes halagado por las risueñas mansiones de la Bética y de la Tarraconense las realzaba con sus magníficas inspiraciones, tímido ahora y sobrecojido de terror, sucumbia bajo la humillante degradacion que, asesinando á Séneca, sacrificaba la santidad consoladora de la filosofía, á la asquerosa corrupcion de las costumbres públicas. Para alivio de la humanidad, con tantas ignominias humillada, produjo entónces España dos ilustres varones, que sucesivamente ocuparon el trono de los Césares, para devolverle su dignidad perdida. Trajano y Adriano, ambos españoles, y Marco Aurelio, cuyos padres lo eran tambien, mas grandes aun como protectores de los pueblos vencidos, que como sus conquistadores, al tomar las riendas del Imperio, echaron sobre su patria una mirada de compasion, no ya para calmar los males que duramente la afligian, sino para darle todo el esplendor, que su nombre y su importancia reclamaban.

En este período de paz y de justicia para los pueblos, levantaron su vuelo las artes abatidas, y la Península entera se cubrió de monumentos, cuyas ruinas maginíficas son todavía el recuerdo mas grandioso del Imperio romano, y la prueba mas irrecusable de su civilizacion y riqueza. Habia llegado entónces la arquitectura á un alto grado de perfeccion, y si bien carecia de la sencillez nativa, y de la pureza del gusto, que tanto distinguiera á la griega, de la cual se derivaba; digna sin embargo del pueblo rey, realzada con sus arcos y bóvedas, mas atrevida y emprendedora, abarcando en sus construcciones mayores espacios, todavía conservaba el mismo carácter de grandiosidad, que ostentara en los tiempos de Augusto, sometida á las inspiraciones de Vitrubio.

Trajano le habia confiado la memoria de sus triunfos en la columna que lleva su nombre, en el foro del monte Quirinal, en la restauracion de los mejores monumentos de Roma. Adriano á su ejemplo, labrando para sepulcro suyo la inmensa mole que lleva su nombre, y el arco de triunfo que recuerda sus victorias sobre las orillas del Iliso, públicamente se gloriaba de conocer la ciencia que estas maravillas producia. Así fué cómo el amor de las artes, unido al de la patria, engrandecieron de consuno los establecimientos romanos de la Península ibérica.

Desde los tiempos de Augusto, sobre todo, habian recibido sucesivamente de las artes un desarrollo y esplendor proporcionados á su importancia. Las medallas y las lápidas nos conservan la memoria de. muchas de sus fábricas, que en magnificencia y grandiosidad rivalizaban con las de la misma Roma, y de las cuales desaparecieron ya hasta los vestigios. Pueden contarse entre ellas, el palacio de Augusto en Tarragona; el templo memorable que le consagró esta ciudad, representado en sus medallas; el de Diana en Coruña del Conde; el de Hércules en Murviedro; el. de César Augusto en Zaragoza; el de las inmediaciones de Ceto; las famosas aras Sestianas; los monumentos de Mérida, Itálica, Tarragona, Cartagena y otros municipios, y las famosas vias militares de Extremadura, Leon, las dos Castillas y Cataluña, abiertas con una sorprendente magnificencia, imperando Augusto y Trajano.

De otras construcciones no ménos célebres nos quedan grandiosos restos en Denia, Gérica, Murviedro, Osma, Cartagena, Talavera la Vieja, Andújar, Valencia, Sevilla, Cáceres, Calahorra, Zaragoza, Coruña del Conde, Tarragona, Elche, Tortosa, Estepona, Cádiz, Segovia, Toledo, Lugo, Zalamea, y otros puntos. Si algo puede hoy consolarnos de la pérdida de estas memorables fábricas, es la inapreciable posesion de otras muchas, que todavía se conservan, de la misma edad. Alzadas magestuosamente en medio de ruinas, como un enorme coloso, á quien los destinos del mundo confiaron la memoria de sus dominadores, ostentan todavía en sus moles, ennegrecidas y cubiertas de musgo, la omnipotencia de los Césares, y aquella heróica grandeza, inseparable de sus empresas, y de su incontrastable y estenso poderío. Al. considerar su número y estension, su variedad y su destino, la voluntad de hierro y la inteligencia que las produjeron, un sentimiento de admiracion y de respeto se apodera del espectador que las contempla; y los grandes recuerdos de la antigüedad romana vienen á fascinarle con todos sus prestigios.

Porque no es solo la idea de las dificultades vencidas por el arte, la que entónces le ocupa. En esos monumentos silenciosos y medio destruidos, vé la robusta civilizacion que dominara el antiguo mundo; los mudos testigos de sus vicisitudes; la espresion de sus glorias; el recuerdo de grandes infortunios y de grandes acciones; los contemporáneos, finalmente, de los Cónsules y de los Césares.

Estas impresiones producen sin duda los puentes romanos de Mérida y Martorel, Orense y Albarregas, Badajoz y Andújar, Córdoba y Tudela, y sobre todo el de Alcántara, digno rival del que Adriano levantó sobre el Danubio, y una de las memorias mas sublimes del Imperio.

No ménos magníficos aparecen los acueductos de Segovia, Mérida y Tarragona, los cuales salvando largas distancias, y lanzándose atrevidamente de una á otra colina con sus robustos sillares, y sus prolongadas y altísimas arcadas, serían para la misma Roma un precioso ornamento, aun al lado de los que mas contribuyen á engrandecerla. Del número y excelencia de esta clase de fábricas, bien puede asegurarse que aventajan á las de otras naciones: las estensas ruinas del acueducto de Toledo, las de los erigidos en Fuente Ovejuna, Ciudad-Rodrigo y Valera, y los que todavía existen mas ó ménos bien conservados en Teruel, Murviedro, Martorel y Carmona, son un comprobante de esta verdad.

¿Y qué, si paramos la atencion en las grandes vias militares? Despues de diez y ocho siglos, todavía se descubren hoy trozos enteros de la de Aldea Nueva de

Baños; de la de Augusto, cerca de Vinuesa; de la de Mérida á Salamanca, llamada vulgarmente de la Plata, y de la que conducia desde Mérida á Cádiz. Sensible es la completa destruccion de otras muchas, como la de Ceija hasta el Océano.

Con el mismo empeño atendieron los romanos á la seguridad y defensa de sus colonias y municipios. Muchos son los restos hoy existentes de sus robustas fortificaciones. Pocas murallas mas vastas y sólidas podrán hallarse, que las de Coria con sus enormes sillares y torres cuadradas; las de Lugo, cubiertas de inscripciones; las de Tarragona, notables por su espesor, y la dura argamasa que las traba; los trozos del muro que circunda á Mérida, y los macizos y espesos murallones conservados en Sevilla. Rivalizan por su grandeza con estas obras, otras varias igualmente destinadas á la utilidad pública. Tales son la torre de los Escipiones, el faro de Málaga, el de la Coruña llamado de Hércules, las torres y paredones de la Albufera, y la Albuera en Mérida, las cloacas de Valencia, la torre del Oro en Sevilla, los vestigios de grandes edificios en Talavera la Vieja; los restos magníficos del monumento decorado de arcos y columnas, dedicado á Trajano por los ciudadanos de Zalamea de la Serena; las obras colosales de Monte-jurado en Galicia, que parecen superiores á los esfuerzos del hombre, y quizá de los tiempos de aquel Príncipe, ó de su inmediato sucesor Adriano; las escavaciones de las minas de Salave en Asturias, tan sorprendentes por los vastos espacios que recorren, y sus prolongadas galerías, como por el arte que revelan en sus constructores; y finalmente las torres piramidales erigidas á Augusto cerca del Padron, en Torres de Este, de la provincia de la Coruña.

Pero los romanos no procuraban solo satisfacer con estos y otros edificios de la misma clase, las necesidades de

sus colonias y municipios: era poco á su cultúra surtirlos
de abundantes aguas, atender á su defensa, facilitar la
entrada de sus puertos, abrir á sus legiones un tránsito
fácil y seguro al traves de. terrenos incultos y de montañas impracticables. Grandes en sus empresas, y dispo-
niendo de inmensas riquezas para realizarlas, se propusieron tambien hermosear las provincias; que las comodidades de la vida, el lujo y la pompa de los espectáculos,
las señales esteriores de su riqueza y cultura, correspondiesen en ellas á la alta idea de su poder y de su gloria;
que por todas partes hiciese el arte ostentoso alarde de
sus inspiraciones, para adormecer en sus cadenas á los
pueblos vencidos, y convertirlos de enemigos implacables
en fieles y sumisos aliados. Esta política y la liberalidad de los naturales, ora reconocidos á los beneficios de
los Emperadores, ora satisfechos de la administracion y
gobierno de los Procónsules, produjeron desde la ereccion
del Imperio hasta los tiempos de Constantino, la multitud
de aras y columnas, de templos y sacelos, de sepulcros y
sarcófagos, de curias y basílicas, de baños y aljibes, de
estatuas y relieves, cuyos notables restos señalan todavía el asiento y antiguo esplendor de sus colonias y municipios.

Entre los restos de tanta magnificencia, ocupan un lugar
muy señalado los arcos de triunfo, cuyas moles mas ó ménos bien conservadas, pero magestuosas y severas, fuertes
y robustas como el Imperio que engrandecian, nos dan
una alta idea de los pueblos que los consagraron á la memoria de sus ilustres varones. Ménos suntuosos y no de
tan vastas dimensiones como los de Tito, Trajano y Constantino, son sin embargo bellos é imponentes el de Mérida,
ya despojado de sus preciosos mármoles, y digno recuerdo
de Trajano; el de Bara con su ornamentacion córintia; el
de Cabanes de un solo arco, robusto y sencillo, hoy casi

del todo destruido; el de Caparra adornado de pilastras en sus cuatro frentes, y los de Torredembarra y Martorel que, á pesar de su mala conservacion, dan á conocer cumplidamente su primitiva forma.

Mas grandiosos eran aun los monumentos, que los romanos destinaron en nuestro suelo á los espectáculos públicos, por la mayor parte ahora convertidos en montones informes de sillares y argamasas, y restos olvidados de una civilizacion que pereció con ellos. Los estragos del tiempo, y el espíritu severo del Cristianismo, que proscribia los combates de los anfiteatros y los juegos escénicos, poderosamente contribuyeron desde el reinado de Teodosio á esta deplorable destruccion, aumentada despues por la ignorancia y las guerras y desolaciones de la edad media. Muy escasos y débiles vestigios nos restan ya del circo máximo de Toledo y de los de Mérida, Murviedro, Acinipo y Cartagena. A juzgar del de Tarragona por los dibujos y descripciones, que nos ha dejado el P. M. Florez en su España Sagrada, puede creerse que, digno rival del de Roma, tenia como él tres órdenes de arcos y galerías, igualándole, sino en la estension, á lo ménos en suntuosidad y belleza. A las investigaciones de este erudito debemos tambien la idea del anfiteatro de la misma ciudad, y del tan celebrado de Itálica, cuyos despojes apénas bastan ya á descubrirnos la forma, estension y destino de tan notables construcciones.

Moreno de Vargas en su historia de Mérida, describió estensamente el antiguo teatro de esta ciudad. Aun en tiempo de Ponz existian sus cáveas, cúneos, precinciones y vomitorios, y aun hoy se reconocen, aunque extrañamente desfiguradas, las formas de alguna de estas partes y la figura del todo, bien que interrumpida por los escombros y zarzales.

Afortunadamente en este género, podemos todavía

ofrecer un modelo á los amigos de la antigüedad y de
las artes, en el grandioso teatro de Sagunto., que Martí,
Ponz y Ortiz sucesivamente ilustraron con sus erudi-
tas disertaciones. Pocas fábricas romanas de la misma
clase se citarán de tanto mérito: aun despues de recordar el de Verona, puede el de Sagunto satisfacer á los
conocedores. No hace muchos años habria sido fácil su
completa restauracion: hoy se hace ya imposible. Pero el
aspecto imponente de sus masas, los grandes grupos de
ruinas que le cercan, bastan sin embargo para dar idea no
solo de su espaciosidad y dimensiones, sino de la division
y ordenamiento de sus partes. Las gradas para el órden
ecuestre, las que ocupaba el pueblo, las entradas y precinciones, los restos del pórtico superior, la suma cávea y
algunos arcos destruidos, todavía nos descubren las primitivas formas de esta grandiosa fábrica, y el carácter y
arreglo de su conjunto.

En los edificios que hemos citado, y en los restos de
otros infinitos de la dominacion romana, fácilmente se echa
de ver, que el buen gusto de las artes se generalizó entónces en nuestro suelo. Casi todos manifiestan en sus ornatos y proporciones, en la simplicidad y combinacion de
las molduras, en el arreglo de las partes componentes,
haber sido erigidos desde el reinado de Octaviano hasta el
de Septimio Severo; esto es, cuando la arquitectura romana habia llegado á su mayor perfeccion. No se resienten en efecto de aquella decadencia, que apénas bastó
á contener despues por corto tiempo el genio de Alejandro Severo, y que insensiblemente condujo las artes
á la postracion y desmedro, que esperimentaron bajo
los sucesores de Constantino. Hay en casi todos esos
edificios (si por sus restos han de juzgarse) severidad
y nobleza, y agradable contraste de perfiles; una bien
entendida economía de ornamentacion, y el atinado empleo

del arco semicircular y de la bóveda, con que Vitrubio y sus sucesores dieron mas estension y variedad á las construcciones griegas, compensando las inadecuadas novedades en ellas introducidas, con el agradable efecto producido por los contrastes de las curvas y de las rectas.

Es de sentir que mas atentos nuestros eruditos al orígen y antigüedad de estas fábricas, que á sus bellezas y defectos, primero se ocupasen en averiguar la época de su ereccion y los nombres de sus fundadores, que en darnos cumplida idea de su mérito artístico, y en compararlas con otras del mismo género, conservadas donde ejerció mas influjo el poder romano. Contentos con examinar en grande las masas, y formar concepto de su enlace y relaciones, pocas veces descendieron á los detalles, á lo ménos como artistas, y segun era necesario para comprender las bellezas de ejecucion, y los principales rasgos del estilo. Y no ciertamente porque la ornamentacion de esos monumentos careciese de precio, y dejase de escitar el mas vivo interes. ¡Cuántos fragmentos de rica y delicada escultura, fijan hoy la atencion del inteligente, despues de tántos siglos de olvido y abandono! ¿Quién no conoce los preciosos relieves del templo de Marte en Mérida; los elegantes capiteles corintios escondidos en el miserable desvan de una casa de Barcelona; las estatuas y otras esculturas descubiertas en Itálica; las tres columnas de la plaza de Ciudad-Rodrigo; las de Zalamea; las miliarias de varios puntos de Extremadura; los vestigios de Talavera la Vieja; los de la antigua Iliturgis en Andújar, y los mosáicos de Itálica, Valencia, Tarragona y otros puntos? Reunir, pues, las memorias de estas antigüedades casi ya olvidadas, clasificarlas, determinar su verdadero mérito artístico é histórico, representarlas fielmente con dibujos exactos, y ofrecer al exámen del arqueólogo y del artista los principales rasgos de la arquitectura romana, como se ha empleado en nuestro suelo desde los tiempos de los Escipiones, tal debe ser uno de los principales objetos del viaje artístico que medita la Comision central. Veráse entónces cómo el espíritu de la gentilidad influia en la índole de sus monumentos; el carácter que recibieron de las creencias religiosas, de las costumbres y de las instituciones; y la condicion social, la vida entera de los pueblos aliados ó tributarios de Roma, su cultura y civilizacion, se descubrirán en las ruinas que escapadas á la destruccion del Imperio, y mudos testigos de sus vicisitudes, le acompañaron en su decadencia, para presenciar despues el establecimiento de las sociedades formadas de sus despojos.

CAPÍTULO III.

En los grandes trastornos producidos por la revolucion sin ejemplo que dió la libertad al mundo, sometidas las bellas artes á nuevas y extrañas influencias, y destinadas á crear y engrandecer monumentos é institutos desconocidos de los antiguos, perdieron el carácter romano que bajo el imperio las distinguia, y mas independientes y caprichosas, al variar de faz y de destino, adquirieron gradualmente aquella originalidad fantástica, aquellas formas peregrinas, aquella índole especial, que á tanta distancia las colocaron de su orígen bajo los sucesores de Teodosio. Una nueva arquitectura, la de los pueblos cristianos, sucedió, pues, á la protegida por Augusto y Trajano; y si todavía en el siglo VI pudo conservar algunos de los rasgos de su mejor edad, cuando Vitrubio y Apolodoro fijaban sus dogmas; degenerada al fin y corrompida, vino á perder hasta la memoria de su orígen, para estenderse por todos los ámbitos del antiguo imperio romano, con un carácter propio, y de extraños y peregrinos arreos adornada.

:

Esta prodigiosa transformacion, resultado necesario de la independencia política, de las creencias religiosas, y de la existencia particular de las naciones, largo tiempo sometidas á la dominacion romana, sorprende y admira, por mas que la historia nos descubra las causas que necesariamente debieron producirla. Porque no es ya una leve modificacion en los detalles, una variedad incidental en el ornato, una novedad en las partes accesorias, la que constituye la diferencia esencial entre la arquitectura pagana y la del cristianismo: el pensamiento, la ejecucion, el estilo, los ornatos, nada hay entre ellas de comun y semejante. Descuella sobre todo una cualidad característica, que grandemente las diferencia: tal es la unidad en las construcciones romanas; la variedad en las del cristianismo; un tipo único para las primeras, ceñido siempre á reglas constantes; la falta de modelo determinado y fijo para las segundas, sometidas desde el siglo VIII á la diversa influencia de los climas, de las costumbres, de las necesidades de los pueblos, y á la súbita aparicion de las nacionalidades, confundidas largo tiempo por la violencia, que en vano pretendia refundirlas en una sola, cuando la naturaleza y los recuerdos históricos daban á cada una de ellas una fisonomía propia.

Mientras que Roma ajustaba todas las construcciones á un principio inmutable, emancipadas ya las provincias que la obedecian, ostentaron por el contrario desde los primeros años de su recobrada independencia, una extraña variedad en las formas y la ornamentacion de sus monumentos arquitectónicos. Y así era preciso que fuese. El ciudadano romano durante la República y el Imperio, libre en el foro, y esclavo en el hogar doméstico, absorvido por la sociedad, sin una existencia independiente, imperceptible como hombre privado, nada significaba por sí mismo, mientras que la sociedad lo era todo. El genio, la riqueza, las condiciones y las clases vinieron á colocarse bajo un mismo nivel, y la igualdad en los derechos, el espíritu público que los encerraba en un círculo comun, un sentimiento único y esclusivo por la causa pública, influyendo en las concepciones de los romanos, les daban un carácter de uniformidad, que debia trascender á los monumentos de las artes, como se dejaba sentir en las leyes, en las resoluciones del foro, en los graves negocios de la república. Perdióse, pues, el individualismo en la masa general de la sociedad, y ésta, que á todas sus obras imprimia el sello de su omnipotencia, al exigir para los monumentos públicos la grandeza de su carácter, el espíritu severo de sus austeras costumbres, la unidad de su estenso poderío, los sujetaba á un tipo esclusivo, conservando en ellos una construccion idéntica, y las condiciones que les daban aquella forma constante y fija en todas partes: como si la estabilidad de la República y del Imperio, y esa influencia opresora que Roma ejercia sobre el mundo entero, necesitasen personificarse en las producciones de las artes, convirtiéndolas en un emblema de la esclavitud de los hombres y de los pueblos.

Pero cuando abrumado este coloso bajo el peso de su inmenso poderío, vino al suelo, hecho pedazos, y de sus miembros quebrantados y dispersos se formaron otras tantas naciones libres é independientes, sustituidas las influencias locales al poder central del Imperio, y desapareciendo la preponderancia del Estado ante la de la ciudad, el individualismo, hasta allí perdido en las masas, sin trabas ahora que le encadenasen, obedeciendo á su sola voluntad, la imprimió en todas sus creaciones con aquella arrogancia y seguridad, de quien al ensayar las propias fuerzas, despues de una larga opresion, solo mide los obstáculos por el placer de vencerlos.

Independencia en el Estado, independencia en las artes, la emancipación del genio abandonado á sus propias inspiraciones, la necesidad de ensayarlas, sucedieron al poder esclusivo que pesaba sobre el mundo esclavo, como un destino inexorable, que se siente, se deplora, y no se evita.

Entónces el antiguo súbdito del Imperio, bajo distintas latitudes, adquirió, por decirlo así, una vida especial: desdeñando la sujecion que habia sacudido, se atrevió á medir sus fuerzas sin la dependencia de una sociedad dominadora y esclusiva. Seguro de su triunfo, recibió la inspiracion, no ya del Capitolio humillado, sino de sus propias necesidades, del cielo de su patria, de los campos que habitaba, del capricho, que se complace en las innovaciones; y llevó su independencia y los arranques y la altivez de su genio, que nada encadenaba, á las construcciones reclamadas por el culto, la vida doméstica, y la conservacion y defensa de los nacientes estados. Si al principio de su regeneracion política fué imitador por su misma inesperiencia, como si se avergonzase de reconocer la superioridad de sus modelos, ó tuviese á ménos conceder á los vencidos el derecho de enseñar á los vencedores, alteró bien pronto las conocidas formas de las antiguas fábricas, las revistió de nuevos ornatos, buscó en la naturaleza de su propio pais otros elementos para la edificacion, y desdeñando las reglas de la escuela romana, acabó al fin por ser original, dando á sus creaciones aquel espíritu de independencia, aquella osada arrogancia, aquella caprichosa veleidad, que revelaban á la vez la fiereza de una condicion independiente, el vigor y la fuerza para sostenerla, y la originalidad del carácter individual, gérmen mas tarde de la libertad política de los pueblos.

En los bosques de Germania, en las islas del Sena, en las playas tempestuosas de Irlanda y de Escocia, en los pantanos de Batavia, en las floridas orillas del Ebro y del Tajo, á impulsos de un sentimiento religioso ántes desconocido, brotaron entónces de la tierra por una especie de prodigio, grandiosas basílicas, donde la variedad y el capricho, una anarquía artística, que se concilia sin embargo con el órden, vienen á constituir el mérito que el romano sometido á una ley esclusiva y opresora, buscaba en la euritmia y simetría de las partes uniformemente concertadas bajo una forma convencional, tan constante y fija como su duracion y sus instituciones.

Y es ciertamente de notar, que las innovaciones mas sustanciales, la originalidad mas pronunciada, las alteraciones ménos esperadas en el arte de construir, coincidieron siempre con las crísis y trastornos, que mas reciamente conmovieron los pueblos emancipados. Así fué cómo la arquitectura dependió por lo comun del estado político de las sociedades, y cómo en esas épocas de grandes sacudimientos y de grandes esperanzas para la humanidad entera, ejercieron las instituciones políticas una influencia directa sobre el carácter de los monumentos públicos.

Pero en estos grandes trastornos sociales, el Cristianismo sobre todo habia impreso á las fábricas que decoraron desde el siglo V la Roma de los Pontífices, aquel sello religioso, que desde luego distinguió sus basílicas, de los templos del paganismo. Esta construccion donde habian desaparecido los últimos restos de la cabaña griega, pero que todavía ostentaba las antiguas formas de la arquitectura romana, si bien notablemente alteradas, y con el aspecto sombrío que les prestara la lobreguez de las catacumbas, y la severa resignacion del martirio, fué, pues, adoptada por los pueblos incultos del Norte, que al conquistar una patria, recibieron con ella la religion y las leyes de los vencidos.

Los que vieron solo en sus invasiones la destruccion

de la cultura romana, y la ruina y desmembramiento del
imperio de los Césares, al deplorar como una pérdida irreparable la de la civilizacion antigua con sus instituciones,
sus artes y espectáculos, representaron á los godos siempre incultos y feroces, dominando para esterminar, y de
continuo ocupados en el ejercicio de las armas, para gozarse en la miseria de los vencidos, y preparar el embru-
tecimiento de la sociedad, y su eterna esclavitud y desventura. Sobrecogidos con los estragos de una tempestad inevitable y pasagera, pero terrible en sus primeros efectos,
desconocieron que llevando en su seno un gérmen fecundo
de vida y porvenir para los individuos y los pueblos, bro-
tarían algun dia de sus mismos estragos la libertad é independencia de las naciones, su fuerza y su riqueza. Confundidas entónces las razas invasoras del Norte, sin poner
diferencia en su carácter y costumbres, se concedió gratuitamente la misma rudeza, el mismo espíritu de destruccion á los Vándalos, á los Suevos y á los Godos: á todos
se les representó como un metéoro de destruccion, como
un azote que la Providencia descargaba en sus venganzas
sobre los pueblos envilecidos del Imperio.

Si así pudieron parecer á los escritores coetáneos,
cuando la impresion del terror, el encono de las razas, el
afeminamiento de las costumbres, ó la inexactitud de las
ideas, estraviando su juicio, les impedian apreciar los hechos en su justo valor, hoy que son mejor juzgados, de
otra manera se consideran esas invasiones, reconociéndose
una notable diferencia en la conducta y el carácter de sus
emprendedores. No se confunden ya en sus estragos y
consecuencias, las de los Vándalos y los Suevos con las de
los Godos que los despojaron de sus conquistas. Jovellanos en la nota 7.ª al elogio histórico de D. Ventura Rodriguez, con razon dice de los dominadores de nuestro suelo:
«No era ciertamente su carácter feroz y asolador, como

«ordinariamente se pinta. Si en sus primeras irrupciones
«mataron y destruyeron, ¿qué pueblo conquistador de la
«antigüedad no señaló del mismo modo sus victorias? Era
«tambien natural que los pueblos afeminados y cultos que
«invadieron y dominaron, encareciesen sobremanera la
«idea de sus estragos, y diesen á su vigor y dureza el nom-
«bre de ferocidad y barbarie. Esta sin duda es la causa del
«terror y espanto, con que hablaban de ellos los historia-
«dores coetáneos, que despues copiaron sin discernimien-
«to los modernos: pero si consideramos á los Godos re-
«ducidos ya al sosiego y artes de la paz, ¿qué otro pueblo
«de aquella época ofrece mayores ejemplos de humanidad
«y templanza? Cuando la historia misma no testificase estas
«virtudes, ¿quién de los que han examinado y conocen su
«legislacion, no las verá brillar en medio de su sencillez
«é ignorancia? Sea como fuere, sin poder presentarlos
«como aficionados ni protectores de las artes, pretende-
«mos que no se les debe mirar como sus perseguidores.
«Si acaso destruyeron algunos de sus monumentos con-
«sagrados á la idolatría, atribúyase esto á celo de religion,
«y no á odio de ellas. Alguna vez los vemos estimarlas y
«protegerlas; y cuando faltasen otros testimonios, los que
«dejó el gran Teodorico consignados en las obras de Ca-
«siodoro, y otros de que hace mérito Felibien (tomo 5,
«lib. 3) son harto ilustres y suficientes para salvarlos de
«la nota de destructores de las artes: nota, que á nuestro
«juicio se achaca á los padres de la moderna Europa con
«tanta injusticia, como otras de que algun dia los librarán
«la sana crítica y la imparcial filosofía.»

En efecto: ménos rudos y groseros que los demas
pueblos del Norte; á quienes sucedieron en la conquista
de las provincias romanas, los Godos con su larga permanencia en ellas, al modificar insensiblemente la altiva
fiereza y agreste condicion que aportaron de sus bosques,

hasta tal punto se amalgamaron al fin con los vencidos, que puede decirse formaban unos y otros un solo pueblo desde el Imperio de Valente. Ora como estipendiarios y aliados, ora como conquistadores largo tiempo establecidos en Italia, ya cuando atravesaron los Pirineos para enseñorearse de la Península, gustaban de la civilizacion romana, que si no alcanzara á ilustrar su razon, los hiciera por lo ménos mas sociables y humanos. Eran, pues, ignorantes y sencillos, no feroces y bárbaros: luchaban por adquirir una nueva patria, no para gozarse en la desolacion y la ruina del suelo que conquistaban.

Mientras fué necesario arrojar á los Vándalos de la Bética, reducir los Suevos al territorio de Galicia, contener las correrías de los Hunos, reducir las legiones del Imperio á sus presidios, é imponer á los pueblos de la Galia, no podia haber para ellos otro ejercicio que el de las armas; ocupacion mas grata que combatir; mayor aliciente que los campos de batalla y la victoria. ¿Cómo conciliar entónces las tareas pacíficas, los beneficios de las artes, sus magníficas producciones, con la desolacion de esos tiempos infelices de crueldad y barbarie, donde dominando solo la fuerza, necesariamente el triunfo ó la derrota producian del mismo modo el esterminio de los pueblos?

Pero vencedor Eurico de los Suevos, destruidos por su denuedo los últimos restos del poder romano en la Península, establecido en ella el trono de los Godos, que Atanagildo trasladara de las Galias á Sevilla, debieron ya pensar que no habian vencido para poseer un desierto, y dominar sobre ruinas. Léjos, pues, de proponerse los nuevos conquistadores asegurar sus recientes victorias con la destruccion de los vencidos, procuraron por el contrario grangearse su confianza, reparar los recientes estragos de la guerra, fundar un gobierno estable,

buscarle un apoyo en las artes pacíficas, del modo que
podian permitirlo la general ignorancia de los tiempos, y
su escasez y penuria. Tal fué la conducta de Leovigildo,
despues que de victoria en victoria, llevó sus conquistas
desde el Pirineo hasta las columnas de Hércules.

Por fortuna un acontecimiento memorable y fecundo
en grandes resultados para la futura prosperidad de España, vino á promover estas ideas civilizadoras, prestándo-
les el apoyo de que ántes carecian. Bajo el reinado de
Recaredo, y por su celo religioso y su política, adunadas
las voluntades de vencedores y vencidos, unos mismos sus
intereses, Suevos y Godos de comun acuerdo abjuraron
pública y solemnemente el arrianismo en el concilio III
de Toledo, y sobre sus ruinas se erigió para siempre entre
nosotros la Iglesia católica largo tiempo combatida, y cuya
destruccion se habia propuesto Leovigildo con tenaz empeño y dura persecucion de sus prosélitos. Aquí comienza
para las artes españolas una nueva era, sino brillante
por el aparato de las construcciones, fecunda en esperanzas por las tendencias pacíficas y religiosas que la
inauguraban.

Allegábase entónces á la necesidad de reparar las
asolaciones de una guerra encarnizada, el piadoso empeño de promover la restauracion de los antiguos altares, y el establecimiento de otros nuevos, allí donde el culto y la política los exigian. Porque no era
dable de otra manera dar impulso al catolicismo re-
cientemente admitido por la nacion, y convertir hácia
las tareas pacíficas el ánimo guerrero de un pueblo em-
briagado todavía con los recuerdos de sus sangrientas
victorias. El altar y el trono ganaban, pues, en la construccion de los monumentos públicos, y de su pompa
y magestad resultaba para los Reyes, no ya una gloria
efímera y pasagera, sino un medio de consolidar su
:

poder y el órden público, avezando los pueblos á los goces y comodidades de la civilizacion.

Ni este noble deseo de restaurar las antiguas fábricas, y de erigir otras con los despojos de las que habian quedado completamente arrasadas, era nuevo para los Godos. Ya á principios del siglo V, Casiodoro, como Ministro de Teodorico, conseguia que este gran Príncipe, en medio de sus triunfos, y cuando la sociedad mal segura se conmovia hasta en sus cimientos, convirtiese en preceptos las disposiciones mas acertadas, así para conservar los edificios romanos, como para labrar otros nuevos, aprovechando las columnas y las lápidas envueltas en las ruinas que cubrian el suelo del Imperio. « Propositi quidem nostri est nova construere (de- «cia el monarca godo); sed amplius vetusta servare. Quia «non minorem laudem inventis, quam de rebus possumus «acquirere custoditis. Quidquid enim per alienum venit in- «commodum, nostræ justitiæ non probatur acceptum. In «municipio itaque vestro sine usu jacere comperimus co- «lumnas et lapides, vetustatis invidiâ demolitos. Et quia in- «decorè jacentia servare nihil proficit, ad ornatum debent «surgere redivivum, antequam dolorem monstrare ex me- «moria præcedentium sæculorum.»

Con el mismo objeto prevenia al prefecto Argólico: «Decet prudentiam vestram in augendis fabricis regalibus «obtemperare dispositis, quia nobilisimi civis est patriæ «suæ augmenta cogitare: maxime cum sit studii nostri «illa decernere, quibus cunctos notum est sine suis dis- «pendiis obedire.» Un poderoso móvil impulsaba á Recaredo á seguir estos laudables ejemplos de su ilustre predeeesor. Sabido es, que los obispos ejercian, aun mas en esa época que en las sucesivas, una influencia sin límites en el Estado. Consejeros del Monarca, legisladores en los Concilios, encargados de los negocios públicos, depositarios de las luces, y acatados por sus virtudes, obedecer sus inspiraciones, cumplir sus deseos, era servir al Estado, honrar la religion, satisfacer el espíritu y la tendencia de la sociedad. ¿Fundarían, pues, un Imperio, dándole por base el principio religioso, y no levantarían en todas partes los altares arruinados por la guerra y la discordia? ¿Habría sucumbido el arrianismo con la completa sumision de sus prosélitos, y no consagrarían sobre los escombros de sus templos, otros mas dignos del culto católico? No parece posible: si habian de buscar al nuevo reinado un firme apoyo en el sentimiento religioso, y sustituir la piedad á los instintos guerreros, no debian olvidar el auxilio de las artes, mas que nunca reclamadas por las necesidades del culto y la pompa del trono. Así fué como Recaredo promovió las construcciones públicas con ardiente celo, en cuanto el lamentable estado de la sociedad, su falta de cultura, y la rudeza de las costumbres, lo permitian.

Sabemos por el Biclarense, que no contento este piadoso Príncipe con devolver á las iglesias los bienes usurpados por los Arrianos, dotó y fundó otras de nuevo, erigiendo ademas algunos monasterios. «Aliena prædeceso-«ribus direpta, et fisco sociata, placabiliter restituit......
«Ecclesiarum et monasteriorum conditor et ditator efficitur.»

El mismo espíritu distinguió á varios de sus sucesores, siempre alimentado por el sacerdocio influyente y poderoso, y creciendo á la par de los recursos del Estado, y del sucesivo desarrollo de las luces. En el cánon 10 del segundo concilio de Sevilla, celebrado el año 619, reinando Sisebuto, no solo se estableció la conservacion de los monasterios nuevamente fundados, sino tambien la de los antiguos, á cuyo efecto fué decretada la excomunion contra los obispos, que los destruyesen ó despojasen. Para reparo y reedificacion de las iglesias catedrales y parroquiales, habian destinado los Godos sus tercias, como un recurso permanente y seguro. Por el cánon 8.º del concilio tarraconense del año 516, se dispuso fuesen con ellas reparadas las iglesias, puesto que, para tan útil objeto se impusieran. En el segundo del de Braga, reunido el año 572, se mandó igualmente que los obispos las destinasen á las iglesias, y esto mismo se reprodujo en el cánon 16 del de Mérida correspondiente al año 666, espresándose que hubiesen de emplearse en reparar sus fábricas. Otra resolucion análoga se adoptó en el concilio 16 de Toledo: noble y prudente precaucion del celo religioso de los Godos, que si se dirigia á promover el culto y conservar sus templos, grandemente debia influir tambien en los progresos de la construccion, manteniendo vivas las tradiciones que la aseguraban.

Por lo demas, era harto deplorable la suerte de los pueblos, escasa su cultura, incierta y precaria la existencia del Estado, para que en ese período de la monarquía goda pudiese la arquitectura latina, ya degenerada y corrompida, ostentar magnificencia, emplearse en grandes fábricas, y salir del estado de postracion á que la redujeran, primero la decadencia lastimosa, y despues la desmembracion y completa ruina del Imperio. No el lujo, sino la necesidad, no el ornato, sino la defensa comun, determinaban entónces el precio, la estension y el destino de los edificios públicos. Pero si examinamos las memorias de tan infelices tiempos, ni aparecerán tan escasos en número, ni tan humildes y mezquinos, que haya de resultar absolutamente perdido para la historia del arte el largo período transcurrido desde Recaredo I hasta Witiza. Con poca exactitud se ha dicho por escritores no vulgares, que los Godos destruyeron mas que edificaron; que apénas hay memoria de sus fábricas; que son muy pocas las erigidas durante su dominacion. De siete ú ocho solamente hace mérito Cean Bermudez en su Discurso preliminar á las notas para la historia de la arquitectura y de los arquitectos españoles, escritas por Llaguno y Amírola. Sin embargo, basta examinar los escritores coetáneos, y los documentos diplomáticos de su tiempo, para convencernos del particular empeño, con que los Godos levantaron en todas partes iglesias y monasterios. Larga tarea sería enumerar aquí todos aquellos de que hoy se tiene alguna noticia. Séanos á lo menos permitido, traer á la memoria los mas notables, siquiera como una muestra del generoso afan, con que los personajes mas ilustres de la iglesia gótica promovian su engrandecimiento.

Antes del siglo VI, y cuando todavía mal establecidos los Godos en una parte de la Península, luchaban por arrancar la otra del poder de los Suevos, se hallaban ya fundados, entre otros edificios, la iglesia de San Dictinio, debida al mismo Santo, en el sitio que hoy ocupa la huerta del convento de dominicos de la ciudad de Astorga; la de San Acisclo en Córdoba, profanada por el rey Agila, segun refiere San Isidoro; la de San Vicente mártir en Sevilla, primitiva catedral de esta ciudad, y de la cual hacen memoria Idacio y San Isidoro, como existente en el reinado del vándalo Gunderico; la de Hierusalem en Mérida, donde se celebró el concilio mencionado por Paulo Emeritense; la basílica de San Juan de la misma ciudad, que se hallaba contigua á la catedral, citada por Paulo Diácono; la de Compluto, consagrada á los mártires Justo y Pástor, erigida por Astúrico, metropolitano de Toledo, donde se descubrieron sus cuerpos; la Celenense, de que hace memoria el cronicon de Idacio; el monasterio de San Bartolomé en la ciudad de Tuy, al cual fue trasladada la catedral despues de la irrupcion de los bárbaros; el de San Claudio de Leon, ya fundado cuando los Arrianos empezaban á difundir sus doctrinas en España, y casi del todo arruinado en la invasion de los árabes.

Por ese mismo tiempo se conservaban tambien muchos edificios construidos bajo la dominacion romana, sin duda del estilo latino, y con el carácter distintivo de todos los demas del Imperio: monumentos preciosos de la fé de nuestros padres, santificados con la sangre de los primeros mártires, mudos testigos de sus persecuciones y de sus triunfos, cuyo orígen se confunde con el de las primeras sociedades cristianas en la Península. Tales eran, entre los mas notables, la iglesia catedral de Cartagena reparada por el rey vándalo Gunderico, segun consta del concilio celebrado en Tarragona el año 516; el baptisterio de Acci erigido por la senatriz Lupa en tiempo de san Torcuato; la catedral de Abdera hoy Adra, sufragánea de la de Sevilla; la Eliberitana, memorable por el concilio en ella celebrado; la Egabrense; la de Elepla; el templo de san Cecilio en Eliberi, que aun se conservaba cuando los árabes se apoderaron de esta ciudad, y concedido por ellos á los cristianos para el ejercicio de su culto; la catedrài de Tucci en el sitio que ocupa hoy la villa de Mártos; la de Emerita Augusta, conservada en el imperio gótico con la advocacion de santa Hierusalem ó santa María; la Lucense; la de Cæsar Augusta; la capilla erigida en la misma ciudad el año 312, y en el sitio donde fueron muchos mártires sepultados durante las persecuciones; la iglesia consagrada por los cristianos de Calahorra á los santos Emeterio y Celedonio, y el baptisterio que levantaron en memoria de su martirio, con cuyo objeto compuso uno de sus mejores himnos el poeta Prudencio; la capilla que labraron los fieles de Leon á

los mártires Facundo y Primitivo, despues de la paz de
la Iglesia, en el mismo lugar en que fueron degollados;
edificio conservado hasta los tiempos de D. Alonso III, el
cual erigió sobre sus ruinas el célebre monasterio de Sahagun.

Sorprende ciertamente, cómo á pesar de las sangrientas revoluciones, y de los espantosos crímenes, que
manchan la memoria de los Visogodos en el siglo VI,
las artes abatidas hubiesen podido producir un solo monumento. Todo en esa época conspiraba contra ellas.
Los soldados de Theodorico habian arrancado á Gesa-
lico con la vida, la última esperanza de una corona
siempre disputada y mal segura. Al asesinato de Atanagildo sucedia el de Theudis, y á éste los de sus
inmediatos sucesores Theudiselo y Agila. Con el puñal
de los asesinos se alzaba el trono, ó se abria la tumba de los Reyes; y la muerte pacífica de Atanagildo y
de Liuva fué solo un leve respiro concedido por el cansancio de los partidos á sus odios y venganzas. Sin embargo en esa serie espantosa de Monarcas desventura-
dos, de pueblos no ménos infelices, de batallas y discordias, de alarmas y revoluciones, el espíritu religioso
acallando por intervalos las iras de las razas enemigas,
pudo levantar algunos altares en la tierra cubierta de
ruinas, que se disputaban con desapiadado encono. Entre otros edificios de que se conserva la memoria, se
erigieron entónces, la iglesia de Cartagena, reparada ya
en tiempo de Gunderico, segun consta del concilio de
Tarragona, del año 516: el monasterio de San Pedro
de Cardeña, fundado en 537, como se manifiesta en
la historia del Cid, citada por Garibay: el de la villa
de Aquis, de que hace mencion el concilio 12 de Toledo,
.celebrado el año 681: el Caulianense: el Dumiense erigido por san Martin Bracarense, al cual se refiere el

último decreto del décimo concilio de Toledo : la iglesia de Orense dedicada á San Martin Turonense por el Rey Suevo Carrarico á mediados del siglo VI, y citada por San Gregorio Turonense, que la llama *obra maravillosa*: el monasterio de Samos, dedicado á los mártires Julian y Basilisa, en la provincia de Lugo, y cuya existencia á mediados del siglo VI consta de una inscripcion copiada por el P. M. Risco en el tomo 40 de la España Sagrada : el Agaliense en Toledo : el palacio á cuatro leguas de Guimaraens sobre la ribera del rio Vicela en el lugar de Atanagildo, tal vez fundado por el Rey del mismo nombre, y del cual existian las ruinas, de que hace mérito Ambrosio de Morales, apoyándose en la autoridad de Andres Resendio.

En el reinado de Leovigildo, que subió al trono de los Godos en 572, se inaugura una era ménos borrascosa para los pueblos desolados. Por fallecimiento de su hermano Liuva, une este Príncipe la Galia Narbonense á la Península Ibérica; con las victorias sobre los Suevos pone término á su dominacion, y se encuentra pacífico poseedor del vasto territorio estendido desde los Pirineos hasta el estrecho de Gibraltar; por la energía con que combate los partidos y turbulencias de los Grandes, se someten los Cántabros; recibe mayor prestigio la autoridad Real; el Estado, débil y fluctuante, adquiere consistencia, y se hace ya posible cierto órden político, precursor de dias mas tranquilos, y de reinados ménos turbulentos.

El piadoso Recaredo viene por dicha de la Monarquía Goda á dar firmeza y prestigio á las disposiciones de Leovigildo, asociando la religion á la política, y estableciendo en sus estados la unidad religiosa. Desde entónces, mas frecuentes las construcciones exigidas por el culto católico y la piedad de los fieles, la arquitectura poco cultivada en los reinados anteriores, sino es ya un objeto de estudio, ni recobra su perdido esplendor, encuentra por lo ménos protectores, y ántes de espirar el siglo VI produce varias fábricas. Citaremos solamente los muros de Itálica, restaurados por Leovigildo el año 580: el monasterio Servitano, fundado por San Donato en la ciudad de Játiva, del cual nos dan noticia San Isidoro y particularmente San Ildefonso en sus *Claros Varones*: el de Balbonera no ménos célebre, cuya primera iglesia se erigió reinando Leovigildo, por los años de 572: el de San Martin entre Sagunto y Cartagena, debido á San Donato, que ya existia segun el Turonense en tiempo de Leovigildo: el palacio episcopal de Mérida, edificado por el obispo Fidel, al cual se refiere Paulo Diácono en su tratado de los Padres Emeritenses: el monasterio de Rivas del Sil, tres leguas al Norte de Orense, desamparado al verificarse la irrupcion agarena, y reducido despues á ruinas: la basílica de Santa Cruz de Barcelona, aun conservada cuando Ludovico Pío conquistó de los moros esta ciudad en 801, y donde los Padres de la iglesia Goda celebraron concilio el año 599: la de San Vicente Mártir en Eliberi, consagrada bajo el reinado de Recaredo el año 594: el monasterio del Sepulcro en Valencia, siendo su iglesia la única destinada al culto católico en la dominacion árabe, segun nos asegura Diago: el templo de San Geroncio en Itálica, visitado ya por San Fructuoso en 641: otros muchos edificios finalmente, y entre ellos un hospital, cuyo fundador fué Masona, obispo de Mérida, que florecia en el reinado de Leovigildo desde poco ántes de 573 hasta 606.

En el siglo VII ménos agitada la sociedad, establecida ya definitivamente en Toledo la córte de los Godos, ejerciendo sobre ella una poderosa influencia las nuevas leyes formadas en los concilios, fueron mas frecuentes las construcciones, que alcanzaron mayores ensanches, conforme las necesidades públicas y el bienestar comun las reclamaban. Reparábanse los antiguos templos; salian de entre las ruinas los despojos de las fábricas romanas para decorarlos, y buscando un asilo en el claustro cuantos no llevaban las armas en defensa de la patria, se constituian en todas partes comunidades religiosas, como otros tantos patrimonios de familia, y un asilo de las letras y las artes.

Los sucesos posteriores vinieron á robustecer estas tendencias. Despues de las traidoras parcialidades, que costaron el trono y la vida á Liuva II, y á Viterico; los triunfos y el celo religioso de Gundemaro; las virtudes pacíficas de Sisebuto, y su amor á la justicia y á las letras; las leyes acordadas en el concilio V de Toledo sobre la sucesion al trono; la firmeza y el saludable rigor de Chindasvinto contra los promovedores de las anteriores insurrecciones; el carácter pacífico de Recesvinto, y su celo por la Iglesia y el Estado; la modestia y el valor de Wamba, permitian á los Godos mas que pelear, y satisfacer venganzas. Sucedieron, pues, á los disturbios y rebeliones, las tareas pacíficas de la civilizacion, la pompa del culto, la creacion de nuevas diócesis, y el arte de construir empezó ya á ser un objeto de interes público. Por fortuna el impulso y el ejemplo partian del mismo trono. Sisebuto, no ménos esclarecido por su prudencia en el gobierno, que por el amor que profesaba á las letras, labró en Iliturgi, hoy Andújar, el año 618, la iglesia de Santa Eufrasia, sobre su sepulcro. San Eulogio, que hace mérito de esta fundacion en su Apologético, nos da tambien noticia de la de Santa Leocadia en Toledo, debida al mismo príncipe, y cuya fábrica califica de admirable. «Toleti quoque B. Leocadiæ aula miro opere, jubente prædicto Principe, culmine alto extenditur.» Chindasvinto animado de iguales sentimientos, y como su antecesor, deseoso de promover el culto, no solo dotó generosamente el monasterio de San Justo y Pástor de Compludo, fundado por San Fructuoso entre Toro y Tordesillas cerca del Duero, el año 646, sino que labró ademas para su enterramiento la iglesia de San Roman de Hornija no lejos de Toro; fábrica entónces notable, y de la cual existen hoy algunos escasos restos, que dan honroso testimonio de su antigua grandeza, ya descrita por San Ildefonso, y encarecida en el siglo XVI por Ambrosio de Morales. A la piedad de Recesvinto, amigo de la paz y de las artes, se debió despues en 661 la iglesia de San Juan Bautista del lugar de Baños, cerca de Dueñas en la ribera del Pisuerga, segun consta por la lápida de su dedicacion, que en ella se conserva, y de la cual Morales asegura que en su tiempo existia íntegra, «con muy ricos már- «moles y jaspes de diversos colores, como los Godos «usaban.»

Pero á todos estos Príncipes superó en el celo y buen ánimo con que promovia las obras públicas, su augusto sucesor Wamba, halagado por la victoria, y tan clemente y piadoso, como justiciero y modesto. Cuando hubo asegurado la paz del reino, fué Toledo el principal objeto de sus desvelos: empeñado en su engrandecimiento, le dió mayores ensanches y hermosura, restaurando muchos de sus antiguos edificios; de manera, que bien puede llamarse su regenerador. Por tal le reconoce Isidoro Pacense cuando nos dice, que renovó esta ciudad con obras maravillosas y elegantes. «Mire et elegante labore renovat.» Entre ellas ocupan un distinguido lugar los muros de que cercó la ciudad por los años de 674, flanqueados de torres, y construidos con los restos de edificios romanos, como aun lo indican los follages y molduras, que se encuentran en algunos sillares allí colocados sin órden ni concierto. Para memoria de estas notables construcciones se grabó en las puertas de la ciudad por disposicion de su augusto bienhechor, este dístico, de que hace mérito Isidoro Pacense:

Erexit factore Deo Rex inclitus urbem
Wamba suæ celebrem protendens gentis honorem.

Quien así ensalzaba la córte de su Imperio, no podia olvidar por las pompas del Príncipe, las piadosas inspiraciones del cristiano. Era Wamba sencillo y religioso, y en medio de tantas glorias, se acordó de su sepulcro, labrando en el pueblo de Vamba la iglesia donde fueron sus restos sepultados: monumento mas bien de la humildad que de la grandeza del Monarca restaurador de Toledo, notable únicamente por la memoria y el nombre de su fundador, y testimonio de la piedad, que realzaba sus ditinguidas cualidades de Príncipe y de guerrero. De Ervigio, su sucesor, sabemos por San Eugenio, arzobispo de Toledo, que restauró el puente de Alcántara, célebre construccion romana en su reinado deteriorada, y cuya reparacion confió á Sala, uno de los grandes de su reino. Este, tal vez por disposicion del mismo Príncipe, renovó tambien los muros de Mérida el año 663, segun consta de unos versos contenidos en el códice de Azagra, perteneciente á la biblioteca de la iglesia de Toledo.

Muchas fueron las fábricas, que á ejemplo de los Monarcas, labraron los particulares durante todo el siglo VII. Un largo catálogo pudiera formarse de las que entónces se erigieron. Recordarémos solo, la iglesia de San Felix renovada y embellecida por el obispo de Córdoba, Agapio II, para depositar en ella el cuerpo de San Zoil, á principios del siglo VII y ántes del año 618. La de San Cipriano Mártir en Mérida, de igual época, mencionada por Paulo Diácono. La de San Lorenzo, Santa Lucrecia y San Fausto tambien en Mérida. La de Santa María de la misma ciudad, citada por Moreno de Vargas.

La de San Estéban construida por Gadila en Granada, cuya consagracion verificó Pablo, obispo de Acci, el año 607, reinando Witerico. La de San Eufrasio cerca de Iliturgi, erigida el año 627 bajo el reinado de Suintila, como consta de la inscripcion copiada por el P. M. Florez en el tomo 12 de la España Sagrada. La de Medina Sidonia, dedicada á los mártires Justo y Pástor, el año 630. El monasterio donde residió Santa Florentina, hermana de San Leandro, á orillas del Genil, fuera de la ciudad de Écija, y donde hoy existe el monasterio de San Gerónimo. Los templos de San Cipriano, San Gines y Santa Olalla en Córdoba, mencionados por San Eulogio. El de los mártires Fausto y Jannuario y Marcial, erigidos en Córdoba. La iglesia de San Ambrosio á media legua de Veger de la Miel, consagrada por el obispo Pimerio el año 644. El monasterio Cutedarense, dedicado á la Virgen María, y ya de antiguo establecido, segun San Eulogio. El Agaliense en uno de los arrabales de Toledo, donde se retiraba San Eladio, que ocupó la silla episcopal de aquella ciudad desde 615 hasta 633. El que fundó San Ildefonso inmediato al anterior, reinando Recesvinto á mediados del siglo VII. El de la Sisla, varias veces citado en las memorias de su tiempo. La basílica de Santa María, erigida por Eulalia y el monge Paulo su hijo, en la ciudad de Egabro, hoy la villa de Cabra, y consagrada por Bacauda, obispo de la diócesis. Las catedrales de Elepla (Niebla) y de Eliberi (Granada). El templo de San Cecilio de esta ciudad, que se conservaba cuando los árabes la ocuparon, y uno de los concedidos entónces á los cristianos para su culto. El que se erigió en Iliturgi á San Eufrasio, bajo el reinado de Sisebuto, segun San Eulogio. El monasterio Visuniense, el de Compludo y el Rufianense en el Bierzo, y todos fundados por San Fructuoso, de los cuales hace mencion San Valerio. El de las

Puelas en Barcelona, que fué despues restaurado por el conde Lotario y el obispo Vivas á últimos del siglo X. La iglesia de Santa Eulalia de la misma ciudad, á cuyo servicio destinó algunos monges el obispo Quirico que florecia por los años de 656. La torre de piedra del templo antiguo de las Santas Masas en Zaragoza, que hasta hoy se dice la torre de San Braulio, juntamente con la iglesia llamada de Santa Engracia, erigida por San Braulio, obispo de aquella ciudad, fundador igualmente de otros edificios religiosos.

De todos estos edificios, y de los demas, que se labraron durante la Monarquía Gótica, resta solo la memoria. ¿Y cómo resistirían á las asolaciones de los tiempos, á la invasion de los árabes, á las guerras domésticas y extrañas constantemente sostenidas por espacio de diez siglos, á los trastornos y revoluciones, que agitaron la sociedad española desde el reinado de Rodrigo, hasta nuestros dias? Ya el señor Jovellanos con el buen criterio de que ha dado tantas pruebas, nos habia dicho en una de sus notas al elogio histórico de D. Ventura Rodriguez, que era muy dudoso existiesen monùmentos de esa época. Los adelantamientos de la arqueologia, y las investigaciones posteriores, vinieron á justificar su opinion, por mas que con ella no se conformen los vagos asertos de nuestros cronistas del siglo XVI, ántes minuciosos eruditos y compiladores, que peritos en la historia y filosofía de las artes. Pero sino es de extrañar esta discordancia de pareceres á fines del siglo XVIII, apénas se comprende que en el XIX, un escritor tan ilustrado como el señor Cean Bermudez, esclusivamente dedicado á ilustrar las bellas artes españolas, cite en su Discurso preliminar á las noticias históricas de los arquitectos y de la arquitectura de España escritas por Llaguno y Amírola, algunas construcciones debidas á los Godos, como todavía existentes en su tiempo. Creemos, pues, que si por sí mismo las hubiese examinado, otra sería su opinion. Apoyado en la autoridad de Yepes, cuenta entre ellas la iglesia de San Millan de la Cogulla de Suso, fundada por el Rey Godo Atanagildo: pero la estructura de la fábrica, la forma de sus columnas y capiteles, y mas que todo, los arcos árabes en forma de herradura, que separan la nave principal de otra mas reducida, y paralela á ella, harto demuestran que no puede ser anterior á la segunda mitad del siglo IX. En San Salvador de Leire, que cita tambien Yepes como correspondiente al mismo reinado de Atanagildo, solo habria visto Cean Bermudez las formas romanas, y algunos rasgos del gusto oriental, segun en el siglo XI se empleaban. Tampoco le ofreceria otra cosa mas de su primitiva construccion el templo de San Roman de Hornija, fundado por Chindasvinto, que algunas columnas y capiteles, del estilo latino, tal cual los Godos supieron emplearle en los siglos V y VI. Y es de advertir, que ya en tiempo de Morales habia perdido este edificio su primitiva forma, con el ensanche dado á la capilla mayor, cuya renovacion vino á desfigurar el antiguo crucero de cuatro brazos, sin que entónces quedasen mas que los restos de las columnas de mármol de su antigua fábrica.

¿Y qué son tampoco la iglesia de San Juan Bautista en el lugar de Baños, y la parroquial de Vamba, atribuida al Rey del mismo nombre, ambas citadas igualmente por Cean Bermudez, como pertenecientes á la monarquía Goda? Una simple restauracion de las primitivas fábricas, cuya antigüedad, segun todos sus caractéres, no puede pasar de los últimos años del siglo X, ó de los primeros del XI, porque en ellas predomina del modo mas evidente el estilo romano—bizantino; porque sus formas no se ajustan al gusto de las edades anteriores; porque hay allí algunos vislumbres de un orientalismo que nunca los Godos conocieron.

Mas tarde, el entendido arquitecto D. Juan Inclan, en sus apuntes para la historia de la arquitectura, no solamente, como Cean Bermudez, se apoya en la autoridad del P. Yepes para atribuir á los Godos el templo de San Millan de la Cogulla de Suso, y el de San Salvador de Leire, sino que siguiendo á la crónica general, supone de la misma época el de Santa María de Irache, mucho despues restaurado. Es indudable: en vano se pretenderá justificar hoy con buenas razones la existencia de una sola fábrica, que pueda atribuirse á los Godos, si se esceptuan algunos trozos de las murallas de Toledo, y otros paredones de igual clase, ya de antiguo confundidos con las construcciones posteriores en varias fábricas de España: restos mutilados y dispersos, bajo muchos respectos insuficientes para dar ni aun la menor idea de los edificios á que correspondieron, y de la escuela seguida por sus constructores.

Nuestros cronistas sin embargo, alegando textos de otros mas antiguos, y concediendo mas valor á las citas, y á los documentos diplomáticos, que á la observacion propia, y á las indagaciones artísticas, con un aparato de erudicion que admira, y no satisface, adujeron como pruebas de la existencia de varios edificios construidos por los Godos, las inscripciones que en ellos se conservan; pero harto comun ha sido, que derruidos desde cimientos, y en la necesidad de restaurarlos, se colocasen en los erigidos sobre sus ruinas, esas memorias auténticas de su orígen y fundacion. Así es como destruida completamente la antigua iglesia de Santa Cruz de Cangas, se conservó en la que hoy existe, la misma inscripcion con que Favila, su fundador, quiso perpetuar la época en que fué erigida. No es ménos equívoco deducir de la estructura de un edificio, la fecha de su orígen, á lo ménos de una manera precisa. Varios existen en Asturias, correspondientes al siglo IX, enteramente parecidos á los ya citados, no solo en el carácter general, sino en las formas, la distribucion y el ornato; y con todo eso, quien llevado de esta semejanza, los atribuyese á los Godos, se habria equivocado. ¿Y ofrecerá mas seguridades en la investigacion de estos orígenes la identidad de los nombres? ¿Bastará que una iglesia, una abadía, un palacio, conserven hoy el mismo patrono, la misma dedicacion de los tiempos de los fundadores, para que se les considere como sus coetáneos? He aquí el error en que incurrieron los que atribuyen á los Lombardos muchos edificios posteriores á su permanencia en Italia. Nada mas exacto que las reflexiones hechas á este propósito por el conde Cordero de San Quintino, en su Memoria sobre la arquitectura Italiana durante la dominacion Longobarda, las cuales pueden tener cumplida aplicacion cuando se trata de fijar la antigüedad de un gran número de nuestros monumentos artísticos.

Mas ya que no exista hoy edificio alguno de los construidos por los Godos en nuestro suelo, ¿será por eso imposible formar idea de la arquitectura en ellos empleada? ¿Se ha perdido para la posteridad la idea de su carácter distintivo? ¿De dónde se deriva? ¿Qué rasgos la distinguen, qué alteraciones ha sufrido? ¿Lleva el sello de la originalidad, ó es solo una imitacion? Estas cuestiones, ménos debatidas de lo que debieran, jamas examinadas de una manera conveniente, importantes sin embargo para llenar un inmenso vacío en la historia del arte, no aparecen tan oscuras y difíciles, que hayan de abandonarse como otros tantos problemas sin resolucion posible. Es cierto por lo ménos que infinitas memorias de la edad media, y los escasos restos escapados á la ruina de los

edificios á quienes correspondieron, derraman sobre ellas
una luz muy viva, disipando gran parte de las tinieblas
que las envolvian en el siglo XVIII.

Los Godos, para quienes el valor y la fuerza constituian la primera cualidad de los héroes, guerreros por
necesidad y por hábito, al alejarse de sus bosques en pos
de una nueva patria, ni dejaron en ellos, ni llevaron consigo una arquitectura propia. Bastaba entónces á su escasa
cultura el antro de una peña, la cabaña de ramas, la
tienda de pieles, ó el carro de los campamentos, que trans-
portaba su familia y sus armas de pueblo en pueblo, y de
conquista en conquista. Pero si el estado lastimoso de su
rudeza no les permitia en un principio cultivar la primera
y mas necesaria de las artes, se avezaron por lo ménos
desde bien temprano á respetar los monumentos romanos,
acabando al fin por imitarlos en sus construcciones. La arquitectura predominante en el Imperio de Occidente, fué
la suya. Conocida en nuestros dias con el nombre de latina, é inmediata sucesora de la greco-romana, nació,
por decirlo así, con el cristianismo, y recibiendo sus
inspiraciones, y exornando sus triunfos y sus altares, le
siguió en sus rápidas conquistas, para enseñorearse del
Imperio de Occidente, y levantar sus monumentos sobre las ruinas de los circos y de las aras del paganismo. En efecto: desde que la cruz adorada en las catacumbas, las abandonó radiante de gloria despues de
una prolongada y sangrienta persecucion; cuando libremente se mostró á los pueblos, como signo de triunfo en los ejércitos, de grandeza en el trono de los Césares, de caridad y consuelo en los asilos consagrados
á la humanidad doliente, de penitencia y arrepentimien-
to en los desiertos, de resignacion y esperanza en los
sepulcros; produjo en la arquitectura del Imperio, ya degenerada y corrompida, notables alteraciones, que vinieron

á modificarla, dándole una nueva y extraña fisonomía. Al adoptar para sus templos la forma de la antigua basílica romana, necesario fué que el arte de construir entónces conocido, se plegase á las nuevas aplicaciones exigidas á la vez por el cambio de las creencias religiosas, y la severidad de las costumbres públicas, de todo punto incompatibles con la ornamentacion faustuosa de los circos y los triunfos, el bárbaro aparato de los combates atléticos, y las pompas y la afeminada corrupcion del politeismo y las disipaciones del Imperio.

Despojada la arquitectura romana de su antigua severidad, sujeta, como todas las artes del Imperio, á la influencia ejercida sobre ellas por la conquista del Asia, y las peregrinas importaciones de los paises orientales; si aun pretendia afectar las principales formas tomadas de la Grecia, y su sencillez y su pureza, llevaba ya en su seno algo de indeciso y licencioso, que acelerando su decrepitud, la disponia á los cambios que habian de variar su esencia, y darle un nuevo aspecto. Con sus rectos perfiles y sus arcadas semicirculares, con sus pomposos cornisamentos, con sus imponentes masas y sus órdenes medio romanas, medio griegas, franqueó bien pronto los límites de la unidad; admitió en vez de un solo cuerpo simple y sencillo, el conjunto de tres ó mas, complicados y sobrepuestos; hízose mas pesada, y ménos sólida; mas libre, y ménos suelta y gentil; mas sobrecargada de ornatos, y ménos bella; mas preocupada, y sin embargo ménos escrupulosa; mas amiga de la ostentacion, pero en realidad ménos grande y espléndida.

Diocleciano, al regresar de sus espediciones al Asia, no habia temido ensayar en su palacio de Spaltro algunos rasgos groseramente imitados, de la peregrina ornamentacion del templo de Balbek, y de otras construcciones de Palmira. Fué mas lejos la novedad y la licencia en el reinado de Justiniano, cuando el genio de Isidoro de Mileto habia ofrecido á la imitacion del mundo antiguo un nuevo y singular modelo, que inauguraba la brillante carrera de un arte á los antiguos desconocido, risueño como el Oriente que le servia de cuna, atrevido y original como sus ideas, rico y lleno de vida como las poéticas regiones, orígen de la civilizacion del mundo.

Poco despues, si el baptisterio de San Juan y la iglesia de San Vital, que los griegos construyeron en el exarcado de Ravena, segun el gusto mas puro de la escuela bizantina, no tuvieron imitadores en Italia; si tal vez el ódio á los Emperadores de Oriente por una parte, y por otra la rudeza de las costumbres, y la depravacion del gusto, no permitian apreciar todo su mérito; todavía la variedad peregrina de las formas, su gentileza y gallardía, el espíritu de reforma, que mucho ántes invadiera las artes, pudieron contribuir á que los constructores romanos tomasen de esos preciosos modelos, sino el carácter general, y su compartimiento y sus miembros, á lo ménos algunos rasgos y detalles, que comunicaron ya á la arquitectura de los Césares un aire peregrino, cierta manera oriental, no bien avenida entónces, ni con las tradiciones que la sostenian, ni con su severo y grave continente. Pero al admitir esos primeros destellos del gusto oriental, le faltó todo el valor necesario para ser innovadora, y bastante comedimiento para respetar sus antiguas tradiciones. Fué á medias escrupulosa é inventora; y sin conseguir un carácter original, no supo sostener el antiguo. Se halló pobre, al procurarse nuevas riquezas; viciosa, cuando aspiró á parecer pura; mezquina é indecisa, al intentar una regeneracion, que no podia conciliar su primitiva severidad con la licencia, que solo admitia temerosa y encogida. Por eso con el arreglo general de los miembros arquitectónicos, con la planta

de las basílicas, con el ordenamiento de las principales
partes de la ornamentacion, se prestó á innovaciones sustanciales, tanto en el arreglo de un órden, como en la
manera de emplearle. A los cornisamentos completos,
que en líneas rectas coronaban los edificios paganos,
y constituian una parte muy notable de su atavío, sustituyeron otros mas sencillos, sin frisos ni arquitrabes,
no empleados de la misma manera, y ora de reducido
vuelo y corto número de molduras, ora de mayor complicacion, apoyándose en ménsolas sencillas. Para los
paramentos exteriores de los muros, adoptó la no interrumpida desnudez y la severa simplicidad de las basílicas. El arco semicircular, algunas veces prolongado
por sus extremidades, vino en sus nuevas combinaciones
á estribar inmediatamente sobre el capitel de la columna, cuando ántes le recibia el entablamento que la coronaba. No se vieron ya los arcos empleados de la misma manera que en tiempo de los Césares: en vez de
ocupar como entónces el espacio comprendido entre las
columnas y el cornisamento, y de ser por éste dominados,
figurando ahora por sí solos en la construccion, sustentaron el macizo de las paredes, ya practicables para poner en comunicacion dos naves contiguas, ya resaltados
sobre el muro cual si fuesen un simple ornato, y siempre
independientes del resto de la fábrica. A tan extraña novedad, allegó no pocas veces la arquitectura latina, la
falta de euritmia, empleando indistintamente columnas de
diversos órdenes y módulos, que siendo despojos de antiguos edificios, para ajustarse á los que de nuevo se construian, era necesario ó bien mutilarlas, ó bien aumentar
su altura hasta quedar todas ajustadas á una misma medida: alteracion absurda, hija de la rudeza de los tiempos,
y sin aprension adoptada, no ya en los monumentos de
Italia, sino en muchos de la Península.

Los secuaces del estilo latino no fueron por cierto mas escrupulosos en la estructura de los capiteles: si imitaron al principio los corintios y compuestos, conservando sus principales formas, sus hojas de acanto y sus volutas, todavía teniendo en poco las proporciones, se abandonaron despues á mayores licencias: sin escrúpulo abultaron con esceso sus contornos, dieron á las hojas una forma aguda, las combinaron de diverso modo que los romanos y los griegos, mezclaron con ellas ornatos, que estos no conocieron, y todo con ruda y descuidada ejecucion, y dibujo desaliñado é incorrecto.

En su ornamentacion fueron apasionados á los enlaces y combinaciones de los arcos de círculo, en que se percibe ya cierto sabor oriental; á las ondas y facetas, á las hojas puntiagudas y gruesas, á los rehundimientos y calados profundos, á los contornos abultados, á las estrías ora espirales, ora imitando el tegido de un cable, y á los florones esculpidos, ya con un ligero relieve, ó ya con mas frecuencia someramente abiertos en la piedra. Por lo general acomodaron las cornisas á la inclinacion aguda de los frontis, orlando con ellas sus contornos, y apoyándolas en ménsolas y mohadillones de forma sencilla; emplearon la madera en las cubriciones, siguiendo el declive y la figura de los techos, y reservando únicamente el cascaron para los ábsides. Casi siempre usaron de la puerta cuadrangular en los ingresos, sin ningun género de ornato, así como las ventanas recibieron constantemente la forma semicircular, apoyándose unas veces el arco sobre las jambas, otras en columnitas cilíndricas. Tales eran los principales caractéres de la arquitectura latina, segun los artistas cristianos la emplearon desde el siglo IV hasta el VIII. Destinada particularmente á la construccion de los templos, al adoptar para ellos la planta y disposicion de las antiguas basílicas, desde su mismo orígen se vió ligada á tradiciones y recuerdos, que prohibiéndole una completa emancipacion de las reglas y maneras antiguas, ni le permitieron toda la independencia que necesitaba para ser original, ni la novedad y franqueza de una escuela, que no llevase consigo las huellas profundas de la que sustituia. En tal estado la encontraron los Godos al posesionarse de la Italia; y así fué por ellos cultivada con mas ó ménos diligencia, pero nunca con tanto abandono y libertad, que alterando sus tipos primitivos, alcanzasen á borrar del todo su carácter romano. Puede por el contrario asegurarse, que en cuanto su cultura lo permitia, se propusieron conservarle, ciñéndose á imitar las fábricas romanas, y procurando en sus restauraciones asemejar las partes renovadas á las antiguas.

. No faltan en la historia datos irrecusables para comprobar esta verdad, puesta ya fuera de toda duda por Muratori y otros distinguidos escritores italianos. Teodorico, Príncipe mas digno de memoria por su genio civilizador, que por sus victorias, llevando el nombre de bárbaro, pero esforzándose á conseguir otro mas propio de su mérito, en el empeño, no ya de restablecer las instituciones del Imperio, y las formas de la sociedad romana, sino tambien su pompa y esplendor, al reparar en cuanto le era posible los estragos de las recientes invasiones, prevenia á sus arquitectos Daniel y Simaco, que en la renovacion de los edificios romanos deteriorados por las guerras, procurasen asimilar de tal manera las nuevas construcciones á las antiguas, que pareciendo todas de un mismo tiempo, quedasen las fábricas con un carácter uniforme, y como existian en su primitivo estado. Con este apego á la arquitectura romana, á pesar de haberse educado en Bizancio, donde entónces florecia otra muy distinta, elevó para su enterramiento la famosa rotunda de Ravena, á semejanza de los mausoléos de Augusto y de Adriano, y apénas se vislumbran en ella algunos accesorios que revelen el gusto oriental, desconocido á la sazon en el Occidente. Romanos son tambien, y ménos bárbaros de lo que pudiera esperarse de la decadencia y abatimiento del Imperio, los edificios atribuidos al mismo Príncipe en Espoleto, Roma y Terracina, advirtiéndose en ellos un gusto tal vez mas aproximado á los tiempos de Augusto que á los de Diocleciano y sus sucesores.

Cuando los Godos, vencidos y arrojados de Roma por las armas victoriosas de Belisario y de Nárses, penetraron por las gargantas del Pirineo en busca de una nueva patria, trayendo consigo las inclinaciones que habian adquirido durante su larga estancia en Italia, si no cultivaron con inteligencia y esmero las artes allí aclimatadas, tampoco las vieron con tan bárbaro desden, que las creyesen indignas de su consideracion, é incompatibles con los ímpetus guerreros y la altivez de carácter, que los impelian á la conquista. Encontraban en España los mismos edificios que les eran en Italia conocidos: igual era el estilo que los distinguia, y la cultura y el genio que los produjera. No variaba, pues, ni la imitacion, ni el modelo, ni el espíritu que los inducia á reproducirlos. Obligábales por otra parte la necesidad á ser imitadores, y á conservar las construcciones de los vencidos. Porque no solamente se hallaba entónces engrandecida la Península Ibérica con los faustuosos monumentos sucesivamente elevados desde Augusto hasta Trajano, sino que contaba tambien con muchos templos erigidos por los cristianos á semejanza de las basílicas, y tal cual el espíritu religioso habia determinado sus formas y carácter de un modo invariable. Que los Godos, primero invasores y vagabundos de region en region, y despues fundadores de una vasta monarquía, y resueltos á engrandecerla,

destruyesen mas que construyeran; que rudos y menesterosos, aun en las imitaciones imprimiesen el sello de
su ignorancia, alterando los tipos del antiguo hasta producir informes monstruosidades, son asertos que fácilmente se aventuran, y no se prueban.

Si las escasas memorias de su tiempo han de merecer algun crédito, nadie por lo ménos les negará que
pacíficos poseedores de su conquista, procuraron engrandecerla, cultivando las artes, y consagrándolas sobre todo
á la religion y á la pompa del culto. Seguramente no se
descubriría en ellas, la grandeza y noble magestad, la
fácil y esmerada ejecucion, el gusto correcto y puro de
los mejores dias del Imperio; mas tímidas y reducidas,
ménos ostentosas serían sin duda las fábricas que produjeron. La miseria y rudeza de la sociedad, el temor de
los ánimos, el cambio continuo de dominacion que los
agitaba, no podian permitir en esa época, ni los grandes
esfuerzos del genio, ni los recursos poderosos que reclaman sus grandes concepciones: pero inferir de aquí, que
el arte de los Godos vino á reducirse únicamente al simple
mecanismo de hacer mezclas y levantar paredes; suponer
que solo labraron sus fábricas con los despojos mutilados
y dispersos de las romanas, es sin duda una exageracion,
que no puede admitirse sin mengua de la verdad histórica.

Nada mas vago é inexacto que cuanto manifiesta á
este propósito Cean Bermudez en su Discurso preliminar á
las noticias de los arquitectos y arquitectura de España,
escritas por Llaguno y Amírola. «Si Walia II (dice este
«escritor) arrojó estas naciones de España, y construyó
«templos y otros edificios, ¿cuál sería su simetría, cuando
«ni él, ni los suyos, la habian conocido en su pais? ¿Cuál
«la de sus sucesores, que siempre miraron con tedio las
«cosas de los romanos? Envueltos en continuas guerras,
«no tenian otro ejercicio que el de las armas; y cuando
:

«erigian algun templo, era de paredes toscas, con colum-
«nas de las ruinas romanas y con arcos rebajados.» No es
así ciertamente, como puede darse idea de la arquitectura de los Godos, y de su destreza en la ejecucion material. ¿Con qué fundamento se suponen en sus edificios
esas toscas paredes, esa circunstancia esencial de las columnas romanas, despojo de otras fábricas, y esos arcos
rebajados? Y cuando tales fuesen los elementos constitutivos de su edificacion, ¿cómo entraban en ella? ¿Cuál era
la forma del todo, el conjunto artístico, el carácter que
le distinguia? Preciso es confesarlo: ni esa vaguedad nos
enseña nada, ni se ajusta tampoco á las memorias que de
los Godos conservamos. Si hemos de creer á los escritores coetáneos, juicio mas ventajoso habrémos de formar
de su cultura, y algo mas encontrarémos en sus fábricas,
que *toscas paredes*, *mutilaciones de mármoles romanos*,
y arcos rebajados, que nunca antepusieron á los de medio
punto.

San Eulogio en su Apologético, supone de admirable
obra la iglesia de Santa Leocadia, erigida en Toledo por
el favor y proteccion del Rey Sisebuto. «Toleti quoque
«B. Leocadiæ aula miro opere, jubente predicto Principe,
culmine alto extenditur.» Y á la verdad que los cinco capiteles, despojo de este templo, existentes hoy en el
patio segundo del hospital de Santa Cruz en Toledo, conservando marcadas analogías con los corintios y compuestos, si bien de ejecucion poco esmerada, no manifiestan
haber pertenecido á una fábrica vulgar, y ser el producto
de un arte, en demasía degenerado y menesteroso. De la
iglesia de San Roman de Hornija, fundada, como ya se ha
dicho, por Chindasvinto para su sepulcro, hace una notable descripcion San Ildefonso; y cierto que no podia
reducirse á un edificio de toscas paredes, si con su crucero
de cuatro brazos se hallaba adornada por todas partes de

ricas columnas de variados mármoles, segun pretende Morales, que debió reconocerla en un estado muy diverso del de nuestros dias. Obras maravillosas y elegantes, llamó San Isidoro á las construidas en Toledo por Wamba. «Mirè et elegante labore renovat.» Iguales encomios merece á San Eulogio la basílica de San Felix en Córdoba, renovada y embellecida por Agapio II, obispo de la Diócesis, ántes del año 618, para servir de sepulcro al cuerpo de San Zoil. Por San Gregorio Turonense sabemos tambien que la iglesia erigida en la ciudad de Orense á San Martin hácia mediados del siglo VI, y fundacion del Rey Suevo Carrarico, era una obra admirable. Así la llama este escritor cuando dice: «In honorem B. Mar- «tini fabricavit ecclesiam; miroque opere expedita, etc.» Paulo Diácono nos habla de la basílica de San Juan, contigua á la catedral de Mérida, y la supone un baptisterio, como en los primitivos tiempos de la iglesia se construian, en cuyo centro estaba la fuente bautismal, y altares, reliquias y pinturas á los lados. Pero mas determinadas y curiosas noticias tenemos aun del palacio episcopal de Mérida, edificado por el obispo Fidel, que presidia la diócesis, ya empezada la segunda mitad del siglo VI. Poco ántes reducido á ruinas este edificio, le dió mayor estension y magnificencia, adornándole con un átrio, columnas, vistosos y altos techos, y pavimentos y paredes de lustrosos mármoles. Suya fué igualmente la restauracion de la iglesia de Santa Eulalia, á la cual dió bellas proporciones y encumbradas torres. Paulo Diácono, que escribia por los años de 633, poco mas ó ménos, como unos 62 años despues del fallecimiento de Fidel, hablando de estas obras en su Tratado de los Padres Emeritenses, inserto en el tomo 13 de la España Sagrada, se espresa en los términos siguientes: «Post non multum «vero temporis intervallum sedis dirutæ fabricam res-

«tauravit, ac pulchrius Deo optante patravit: ita nimi-
«rum ipsius ædificii spatia longè latèque altis culminibus
«erigens, pretiosaque atrii columnarum ornatibus suspen-
«dens, ac pavimentum omne vel parietes cunctos nitidis
«marmoribus vestiens, miranda desuper tecta contexuit.
«—Tum deinde miro dispositionis modo Basilicam Sanctis-
«simæ Virginis Eulaliæ restaurans in melius, in ipso
«sacratissimo templo celsa turrium fastigia sublimi produ-
«xit in arce.» Dígase si con esta descripcion se concilia esa pobreza, ese retraso del arte, esas toscas y
desnudas paredes, esos arcos rebajados, con que se
pretende dar una idea de la arquitectura empleada por
los Godos en la Península. No: donde se erigen átrios
sostenidos de columnas, encumbradas torres, muros cubiertos de bruñidos mármoles, baptisterios á la manera
de la primitiva Iglesia, adornados de pinturas, no se
halla el arte reducido al simple mecanismo de levantar
toscas paredes. Distará, si se quiere, de la pureza y
grandiosidad que le distinguia en los mejores dias del Imperio; pero nunca llegará su degradacion hasta el punto
de olvidarse de su orígen, para producir solo mezquinas
y despreciables construcciones.

Mejor que con vagos asertos y generalidades no fundadas en el exámen arqueológico de los monumentos,
podemos juzgar las construcciones de los Godos, exami-
nando los restos que de algunas se conservan, como un
triste recuerdo de lo que fueron algun dia. De ellas nos
quedan en varias fábricas modernas erigidas sobre sus ruinas, curiosos detalles, trozos mutilados y dispersos de
miembros arquitectónicos, tallas incompletas, que si bien
perdieron ya sus relaciones con el todo de que hacian
parte, son un precioso comprobante de la índole del ornato, y de la manera de emplearle; de las cualidades de
la ejecucion material; del estilo característico, y de su

verdadera oriundez y descendencia. El Sr. D. Manuel
Assas ha prestado un importante servicio á la historia del
arte, al darnos en su Album artístico de Toledo los diseños
de diez y ocho capiteles, y otros ornatos arquitectónicos
del estilo latino, que en esta ciudad se encuentran, y
cuya procedencia ha ilustrado convenientemente con muy
fundadas reflexiones. Segun ellas, no hay motivo para
dudar que corresponden al largo período transcurrido
desde la conversion de Constantino al catolicismo en el
año de 323, hasta el de 714, en que se verificó la primera entrada de los árabes en España. No pueden ser
anteriores: 1.º porque entónces la arquitectura greco-
romana conservaba sin alteracion sensible las formas, y
el carácter de los capiteles corintios y compuestos, sus
correctos perfiles, su gracioso dibujo y su esmerada compostura, cuyas cualidades no se encuentran en los de
Toledo: 2.º porque en su arreglo general hay una licencia y extraña novedad, ántes del siglo IV desconocidas
en los edificios del Imperio: 3.º porque á diferencia de
los capiteles greco-romanos, estos otros, aun cuando mas
se acerquen á su estructura, presentan las hojas puntiagudas y abultadas, su ordenamiento no sujeto á proporciones, ni al antiguo tipo, su dibujo incorrecto y descui-
dado: 4.º porque la ejecucion, suponiendo una lastimosa
decadencia del arte, aparece pesada y desabrida, sino
embarazosa y ruda: 5.º porque las hojas que sustituyen
á las del acanto, distribuidas arbitrariamente en torno del
tambor, y á veces combinadas con otros ornatos agenos
de todo punto á los órdenes greco-romanos, les dan un
aspecto peregrino y extraño. Tampoco son de una época
posterior al siglo VII para poderse atribuir á los árabes
ó á los bizantinos: no á los primeros, porque cuando
quisieron ser originales, apartándose de los modelos griegos, dieron á los capiteles una forma esclusivamente suya,

y las hojas con que los revestian, eran agudas, y picadas en sus bordes con extremada minuciosidad, al paso que los rebajos se distinguian por sus profundos senos, haciéndolas resaltar sobre el tambor: no á los segundos, porque ademas del empeño que pusieron en ostentar una ornamentacion enteramente oriental, y al Occidente desconocida, los modelaban de una manera bizarra y caprichosa; y en vez del tambor cilíndrico greco-romano, empleaban otro en forma de campana inversa, ó como un cono truncado, cuya parte superior aparecia demasiado espaciosa en proporcion de la inferior, mucho mas recogida y apolazada.

Así es como los capiteles de Toledo, sin poderse confundir con otros anteriores ó posteriores á su construccion, demarcan exactamente la época que les designa el Sr. de Assas. Y si de su exámen deduce la escuela á que corresponden, mediante su comparacion con otros pertenecientes á ella, establece las pruebas que determinan su verdadera antigüedad. Con razon observa el Sr. de Assas su perfecta consonancia, no solamente con los que cita del estilo latino Mr. Seroux d'Agincour en su escelente historia del arte determinado por los monumentos, desde su decadencia en el IV siglo hasta su restauracion en el XVI, sino tambien con los edificios Merovinginos, de los cuales cita muy á propósito los capiteles del pórtico de la catedral de Aquisgran, los de la antigua de Vaison, los de la iglesia de San Juan de Poitiers, y los del monumento de Mornas.

De estos capiteles de Toledo, todos correspondientes al estilo latino, y todos característicos del que los Godos adoptaron en España, cinco se encuentran en el segundo patio del hospital de Santa Cruz, é hicieron parte de la famosa basílica de Santa Leocadia, labrada por Sisebuto: cuatro fueron colocados en la mezquita, que destinada despues por los cristianos á su culto, es hoy la ermita del Cristo de la Luz: ocho vinieron á decorar la arquería, que separa la nave mayor de las laterales en la iglesia de San Roman, y uno con parte del fuste surcado de estrías espirales, se conserva en el jardin del Cristo de la Vega, donde estuvo ántes la iglesia de Santa Leocadia. En todos ellos se descubre un carácter propio, que manifiesta su descendencia de los greco-romanos, y la degeneracion del arte, que apartándolos de su orígen, vino al fin á darles una nueva índole. Los que parecen mas antiguos, tienen rasgos de semejanza muy marcados con los corintios y compuestos, que sin duda les sirvieron de tipo. Tales son los del hospital de Santa Cruz con sus hojas harto parecidas á las del acanto, su distribucion en dos ó tres órdenes, su tambor cilíndrico, y su cimacio con las rosas, las curvas de los cuatro frentes, y los ángulos cortados y retraidos.

En general, conforme se apartan de estas formas, presentan las hojas mas abultadas, ora lisas y de una ligera inclinacion, ora picadas con leves rizos, ora mas ó ménos puntiagudas; el tambor cilíndrico y esbelto, con un sumoscapo ó reborde bastante pronunciado; las rosas caprichosas; alguna vez los caulicalos á manera de tulipanes muy abultados; las hojas repartidas con simetría y estrechez en torno del tambor, pero bien desprendidas de su superficie en la parte superior; las volutas finalmente, reducidas y apremiadas, como temerosas de mostrarse. Es frecuente que con estas formas se mezclen otros ornatos, tales como las cintas colgantes de voluta á voluta, sobre el último órden de hojas, y las palmas ó plumas rizadas en vez del acanto.

Por fortuna no son los capiteles de Toledo los únicos que nos restan de la escuela latina. El de la villa de Aviles en Asturias, escelentemente dibujado por el profesor D. Vicente Arbiol, los de San Roman de Hornija, de que sacó muy exactos dibujos D. Leopoldo Frasinelli; los que se conservan como un desecho en las bóvedas de la catedral de Pamplona; los encontrados en Clunia, Itálica, Mérida y otras antiguas ciudades, son, cual los de Toledo, del estilo latino, y de la misma procedencia.

Al Sr. de Assas debemos tambien los diseños de otros ornatos pertenecientes á los Godos, y reconocidos por él en Toledo. Tales son: 1.º los cuatro fragmentos incrustados en el muro esterior de la iglesia arruinada de San Gines, entre los cuales se ven dos graciosos enlaces formados de círculos y de partes de círculo, á semejanza de otro aun mas complicado, que se encuentra en la fábrica llamada los baños de la Cava, y que segun observa, no solo se parecen á los del puente Salaro, sobre el Teveron, junto á Roma, reedificado en 565, por el bizantino Narses, sino que se emplearon tambien mucho despues en la iglesia de San Miguel de Naranco: 2.º el fragmento que se halla en la pared de la casa núm. 11, de la calle de la Lechuga, y es una especie de onda ó feston, bien semejante á otro de San Miguel de Lino, con la diferencia de que el de Toledo se halla adornado de piedrecitas facetadas en el tallo, como si figurasen una sarta de diamantes: 3.º varios florones, empotrados en la cara esterior del puente de Alcántara: 4.º una especie de concha y un ornato caprichoso con facetas y arcos de círculo, en el muro esterior de la iglesia arruinada de San Gines.

En estos detalles de la ornamentacion goda, ya separados de las fábricas á que correspondieron, y sin enlace y relacion con las actuales en que se colocaron, se echa de ver una ejecucion penosa, un dibujo incorrecto, un relieve poco abultado, y cierta vaguedad é indecision, que indican, sino el apocamiento del genio, á lo ménos la incertidumbre y el temor de sus procedimientos. Pero es sobre todo de notar, que entre esos ornatos de la arquitectura empleada por los Godos en Toledo, hay algunos donde se advierte ya aquel sabor oriental, ántes del reinado de Constantino á los Romanos desconocido. Los enlaces formados por los círculos y sus segmentos, las sartas de piedras con facetas, las palmas ó plumas en los capiteles, las conchas, ora aisladas, ora formando fajas ó cenefas, son ya una importacion de Bizancio, que se muestra temerosa, y sin designio artístico en las fábricas de los siglos VI y VII, no para variar su carácter romano, ni hacer alteraciones sensibles en su antigua exornacion, sino como un juego del acaso, y una peregrina extrañeza, que no constituye un nuevo arte. Ni estos primeros y confusos destellos del gusto bizantino pueden ciertamente considerarse como una singularidad inesplicable, y contraria á las variaciones sucesivas del arte de construir entre nosotros. Su adopcion se esplica fácilmente por la historia.

Los griegos del Exarcado de Ravena ofrecian ya á la admiracion de Italia en el siglo VI, dos grandes y magníficos modelos, el baptisterio de San Juan y la iglesia de San Vital de aquella ciudad: ambos del gusto mas puro bizantino, y uno y otro á propósito por su belleza y novedad para fijar la atencion de los artistas. Llamábanla tambien por el mismo tiempo otras obras de Italia, en que ya se advertian algunos ornamentos de gusto oriental, si bien escasos en número, é insuficientes á producir entónces una variacion esencial en el estilo latino, todavía romano y fiel á sus orígenes. Por otra parte, Teodorico, el restaurador ilustrado de los monumentos romanos, y el amigo de las artes, que fundaba su gloria en promoverlas, habia debido su educacion á Bizancio; conocia sus monumentos, y hallábase en disposicion de apreciar la escuela neo-griega que los produjera. Atanagildo bajo

:

el Imperio de Justiniano, al llamar en su auxilio las legiones del África, hubo por necesidad de estrechar sus relaciones con los orientales, y eran estos sobrado ilustrados, para que la superioridad de sus conocimientos no les hiciese lugar entre los Godos, que tanto progresaban en la carrera de la civilizacion, y cuyos esfuerzos se dirigian constantemente á restaurar las instituciones y la pompa del Imperio romano. ¿Cómo, pues, sus arquitectos, que colocados á la par de los romanos, y confundidos con ellos, llenaban de admiracion á las Galias con sus notables construcciones, ya que no adoptasen el sistema de edificar de los orientales, desdeñarían esos ligeros destellos de su ornamentacion, siquiera como un grato recuerdo de las grandiosas fábricas, cuya brillantez y suntuosidad debian escitar el deseo de imitarlas? Romanos por hábito y por inclinacion, si no era dable que olvidasen sus artes, si no conocian otras, tampoco al cultivarlas les era posible resistir á las impresiones de una nueva escuela, llena de brillantez y de vida, por mas que desconociesen sus principios. Por eso se advierte que en la aplicacion de los rasgos aislados del estilo neo-griego, los Godos, ni se proponian un sistema, ni eran arrastrados por el deseo de innovar. Cedian á vagas reminiscencias, á impresiones fugitivas no analizadas por el arte mismo, apegados siempre á las prácticas romanas.

Para formar una idea mas completa del arte de construir entre los Godos, ya que no pueda analizarse ni uno solo de sus edificios, puesto que ninguno se conserva, bastará examinar con alguna meditacion los que fueron erigidos en los tiempos inmediatos á la ruina de su Imperio, cuando su reciente memoria debia mantener sin alteracion sensible las prácticas y los principios, que habian adoptado y seguido constantemente en su manera de edificar. La arquitectura gótica no pereció por fortuna con el trono de Rodrigo. Sin alteraciones notables en su carácter esencial, fué transmitida íntegra á sus sucesores, y ellos la recibieron como una herencia preciosa de sus padres, que la necesidad y el respeto les obligaban á conservar. Vamos, pues, á verla en la Monarquía asturiana, tal cual en Toledo se mostraba, protegida por Recaredo, Sisebuto y Wamba. Goda todavía, apegada al estilo latino, inalterable en sus rasgos, fiel á las tradiciones, la reconocerémos fácilmente en las humildes fábricas de nuestros Reyes; y si bien subordinada ahora la construccion á la escasez y penuria de los tiempos, no la permitian brillar, como en sus mejores dias, los recordará con todo eso sin desmentir su procedencia, siendo en el fondo la misma que predominó en Italia, en las Galias y en España por espacio de tres siglos.

CAPÍTULO IV.

DEL ESTILO LATINO EN LAS PRIMERAS MONARQUÍAS CRISTIANAS, ERIGIDAS EN ESPAÑA DESPUES DE LA INVASION DE LOS ÁRABES.

Es un hecho histórico, que la Monarquía asturiana, inmediata sucesora de la gótica, y formada de sus despojos, heredó su espíritu y su organizacion, su culto y sus leyes, su idioma y sus costumbres, su literatura y sus artes. Puede, pues, asegurarse que la una fué solo continuacion de la otra. Y así era preciso que sucediese: los recuerdos de un Imperio grande y magnánimo en el infortunio mismo, la triste condicion de un pueblo á quien amenazaba la afrenta de la esclavitud y la sumision á los ritos y supersticiones del Islamismo, ni le dejaban mas partido que el de la imitacion, ni otro deseo que el de perpetuar con la memoria de sus padres la sociedad por ellos formada, y cuya herencia hacia mas venerable y sagrada la calamidad que la menguaba. Concurrian á perpetuar la Monarquía goda, en la reciente inauguracion de la asturiana, no ya los sentimientos morales y las mas caras afecciones del corazon, sino tambien los sucesos y las circunstancias determinadas por un destino inexorable. Asturias formaba parte del Imperio derruido en la batalla de Guadalete; era uno de sus restos: no habia interrupcion en las creencias, en los intereses, en la manera de existir. Se formaba un pueblo con los despojos de otro pueblo; y allí estaba la antigua patria, donde se salvaban los restos de su culto y de su trono. El erigido primero en Covadonga por Pelayo, y trasladado despues á Oviedo por D. Alonso el Casto, fué el mismo de Recaredo; y el gobierno y la corte de Toledo, y sus leyes y sus tendencias continuaron necesariamente en el nuevo reino, como una consecuencia natural de las ideas y de los sucesos. Por eso mereció la Monarquía asturiana el nombre de gótica á los escritores que en ella florecieron, considerándola únicamente una continuacion de la destruida por los árabes. En las actas de San Froilan, publicadas por el P. M. Risco en el tomo 34 de la España Sagrada, se dice que D. Alonso el Magno gobernaba el reino de los Godos. «Qui re-«gnum Gothorum regebat in Ovetao Asturiensium Provin-«ciam.» Reyes Godos llamó á los de Asturias el Albendense: «Item ordo Gothorum Ovetensium regum.» El mismo dictado merecieron al obispo D. Sebastian, que empieza así su crónica de los Wisogodos: «Incipit chronica «Wisogothorum à tempore Wambani Regis usque nunc in «tempore gloriosi Ordonii Regis.» Y todavía el Silense califica á los naturales de la tierra de Campos, de generacion de Godos: «genus verò Gothorum Dei miseratione «jugo à tanta strage, vires paulatim recepit.»

Entónces no bien asegurada la naciente Monarquía, reducida á muy estrechos límites, incierta su suerte, con un dudoso porvenir, y cuando apénas llevaba sus estrechas fronteras al otro lado de los montes, que la separaban del resto de la Península; mas poderosa la piedad que el infortunio, encontró bastantes recursos para erigir en las montañas de Asturias algunas fábricas á semejanza de las de los Godos, aunque tal vez pobres y humildes, y como podian permitirlo las desolaciones de la patria y su deplorable ruina. Es voz esparcida en Asturias, que D. Pelayo fundó la iglesia de Santa María de Velamio, en territorio de Cangas, donde fué sepultado con su mujer Gaudiosa, no lejos del teatro de sus primeros triunfos, y en el mismo sitio que hoy ocupa la humilde parroquial de Abamia. A su hijo D. Favila se debe la de Santa Cruz de Cangas de Onis, descrita por Morales y Carballo, que aun la alcanzaron, con su cripta y sus tres naves, y de la cual resta solo la célebre inscripcion de su dedicatoria, en la nueva capilla que se erigió sobre sus ruinas. D. Alonso el Católico, segun la tradicion, se supone el fundador del monasterio de Villanueva, restaurado despues, y á cuya fábrica actual conceden nuestros cronistas mayor antigüedad de la que tiene realmente. Al mismo Príncipe se atribuye la ereccion de la abadía de Santa María de Covadonga, en el lugar que ahora ocupa el célebre santuario de este nombre: labró D. Fruela los primeros edificios de Oviedo, secundando la laboriosidad del monge Fromistano y de sus compañeros, allí donde poco ántes habian levantado un templo á San Vicente Mártir, en un territorio inculto y desierto. D. Aurelio fué el fundador de la parroquial de San Martin, que lleva su nombre, en memoria del antiguo y esclarecido orígen que la distingue, por mas que nada conserve de la primitiva fábrica. Al Rey D. Silo se debe el monasterio de San Juan de Pravia, hoy iglesia parroquial de Santianes, y cuyo primitivo templo de tres naves con crucero y capillas, existia íntegro en tiempo de Carballo, que de él nos hizo una cumplida y curiosa descripcion, copiando la extraña dedicatoria en forma de laberinto, único resto que á nosotros ha llegado de tan antigua fábrica. Adelgastro, distinguido á la par por su elevada clase, y por su sencilla piedad, imitando el ejemplo de su augusto padre D. Silo,

destinó una parte considerable de sus haciendas á la ereccion del monasterio de Ovona, dotándole generosamente.
Otras fábricas de ménos importancia pudieran citarse, correspondientes á la misma época, si no bastasen las ya indicadas para demostrar, que aun en los principios de la
Monarquía restaurada, y en medio de las angustias que la
rodeaban, no era del todo olvidado el arte de construir, por mas que le redujesen á muy estrecho círculo
la reciente pérdida y completa ruina del Imperio de los
Godos.

Bien pronto á estos primeros ensayos de los asturianos en el arte de edificar, se siguieron otros mas cumplidos, conforme los triunfos sucesivos de sus Reyes estendian las fronteras de la nueva Monarquía, y á la sorpresa y el terror, que produjeran las rápidas invasiones de
los árabes despues de la jornada del Guadalete, sucedia
la confianza, y el infortunio mismo despertaba el esforzado ardimiento de los Godos. Notables acontecimientos
le reanimaban entónces. Carlo Magno, penetrando por
las gargantas del Pirineo, llegaba con sus huestes victoriosas hasta Pamplona: empezaban las rivalidades y los
odios de las razas á introducir la discordia entre los árabes: nuevos y esforzados caudillos, á ejemplo de los Reyes
de Asturias, y amparados de las escabrosas montañas del
Norte de la Península, los combatian denodadamente en
todas partes; y D. Alonso el Casto, salvando los aleda-
ños de su reducida Monarquía, despues de arrollarlos en
la batalla de Lutos, los arrojaba de Lisboa, y recorria
con sus mesnadas estensos territorios. Este Monarca supo
felizmente aprovecharse de la confianza y seguridad, que
á los pueblos inspiraban tan faustos sucesos. No inquieta-
do por sus enemigos, á quienes otros cuidados obligaban
á perder de vista los Estados cristianos, que en el Norte de
España se formaban, pudo y supo aprovechar tan breves

respiros para consolidar su poder y engrandecerle. Fué, pues, su primer conato fijar en Oviedo de una manera estable, y con el aparato conveniente á la dignidad Real, la corte de sus estados, hasta allí errante de pueblo en pueblo, falta de aparato y ostentacion, y variando de contínuo á merced de los sucesos y de la voluntad de los Príncipes.

Como era natural, el logro de este pensamiento le empeñó en obras de mucha importancia, y si se quiere, superiores á las difíciles circunstancias de la Monarquía, y á su estrechez y miseria. Oviedo, poco ántes fundado por su padre D. Fruela, reducido á estrechos límites, y de pobre y escasa poblacion, sin que pudiese tal vez merecer otro concepto que el de una colonia rural, se vió entónces adornado de nuevos y muy notables edificios. Con cierto entusiasmo los recuerdan en sus breves cronicones el monge de Albelda, y el obispo D. Sebastian, los escritores mas antiguos de la Monarquía restaurada, y casi coetáneos de D. Alonso el Casto. Segun ellos, y las memorias que nos restan de ese tiempo, edificó este Príncipe con piedra y cal la iglesia de San Salvador, colocando en ella doce altares consagrados á los Apóstoles, y enriquecidos con sus reliquias: fábrica cuyo precio encarecen grandemente, y que bajo la direccion del arquitecto Tioda, se hallaba ya concluida en el año de 802, como se acredita por la escritura de donacion, que con la misma fecha le otorgó su fundador, hoy conservada en el archivo de la catedral de Oviedo.

Contigua á esta iglesia, por la parte del Septentrion, el Rey Casto erigió otra á Santa María, sepulcro de los primeros Reyes de Asturias, ennoblecida con su nombre y sus cenizas, y notable y curiosa construccion, que muy desacordadamente demolida á principios del siglo XVIII, para erigir en su lugar la que hoy existe, fué por fortuna reconocida y descrita por Ambrosio de Morales y Carballo, que de ella nos dejaron cumplida memoria.

Aunque fuesen estos edificios el primero y mas preciado ornamento de la corte de D. Alonso el Casto, no bastaron á satisfacer la generosa religiosidad, que grandemente le distinguia. Con el mismo celo labró tambien la basílica de San Tirso, cerca de la catedral, á la que el Albeldense califica de maravillosa, recordando sus muchos ángulos, y de la cual nos dice el obispo D. Sebastian, que no pudiendo encarecerse como merece, vale mas abandonarla á la admiracion de los que la vieren. Los restos que hoy se conservan de este edificio, no justifican ciertamente tan pomposos elogios; pero no son por eso ménos apreciables para la historia del arte. A D. Alonso el Casto se debe igualmente la iglesia de San Julian, llamada actualmente de Santullano, y en su mayor y mejor parte conservada, extramuros de Oviedo. A estos edificios sagrados allegó el piadoso Príncipe los que reclamaban el esplendor del trono y la grandeza de la corte. Segun las memorias de su tiempo, y el testimonio de los escritores ya citados, la exornó con régios alcázares, casas pretoriales y baños, ciñéndola de muros para su defensa. En la escritura que otorgó á la catedral el año 812, se hace mérito espreso de esta última obra, en la siguiente claúsula. «Offero igitur, Domine, ob gloriam «nominis tui sancto altario tuo in præfata Ecclesia fundato «atrium, quod est in circuitu domus tuæ, omnemque Ove-«ti urbem, quam muro circumdatam, te auxiliante, per-«egimus.»

Contaba el Rey D. Alonso para la direccion de estas construcciones, con la inteligencia de un arquitecto tan distinguido como Tioda. De orígen godo, si ha de atenderse á la estructura de su nombre, era por sus talentos y servicios amigo del Príncipe, y notable en su

:

corte, puesto que con los principales magnates suscribia los Privilegios Reales. Su firma es una de las que se leen en el que espidió D. Alonso el Casto con fecha del 16 de noviembre de la Era 840, año 802, dotando ampliamente la iglesia del Salvador, que acababa de fundar. Por este instrumento sabemos ademas que Tioda fué quien dirigió su construccion. Probable parece que á su cargo hubiese corrido la de las otras fábricas entónces emprendidas, cuya semejanza en el estilo, las formas y el ornato revelan una misma mano, y que á todas ellas presidiera igual espíritu.

El impulso dado á las construcciones por D. Alonso el Casto, continuó, con mas ó ménos empeño, en el reinado de su sucesor D. Ramiro I. Robustecido el poder de este Príncipe con las últimas victorias de su antecesor, y con las que obtuviera el mismo, primero del conde Nepociano, y despues de los súbditos, que á su ejemplo le disputaban el trono en una abierta rebelion, construyó para su recreo los palacios y baños mencionados por el Albendense y el obispo D. Sebastian, situándolos en un terreno deleitoso á las faldas de la sierra de Naranco, y á un cuarto de legua de Oviedo. Nada se conserva de estas obras; pero existen allí cerca las dos célebres iglesias de Santa María de Naranco, y San Miguel de Lino; precioso recuerdo de la piedad de D. Ramiro, su fundador, y ambas muy apreciables para la historia del arte. La primera de estas fábricas, segun la inscripcion que en ella se ha encontrado últimamente, es de la Era de 886, año 848, y notable por sus bellas proporciones y agradables formas, mereció ya los elogios del obispo D. Sebastian, que pudo presenciar su construccion, y que habiéndola examinado, no temió llamarla, «una obra de maravillosa hermosura, y de acabada belleza, sin igual en España.» Extraño es que no recuerde tambien la de San Miguel de Lino, próxima á esta otra, debida al mismo Príncipe, y no de inferior mérito: pero á ella se refiere sin duda el monge de Albelda, cuando dice en su cronicon. «In lo-«co Ligno dicto ecclesiam et palatia arte fornicea mire «construxit.» Aun fué mas esplícito el Tudense, pues claramente la nombra, atribuyéndola á D. Ramiro I. Quizá de este Príncipe, y del mismo arquitecto es igualmente la graciosa y reducida capilla de Santa Cristina, en el concejo de Lena, como las de Naranco bien conservada, y como ellas de gran precio para el arqueólogo.

Así se cultivaba en el nuevo reino de Asturias el arte de construir, cuando D. Ordoño I con un esfuerzo digno de la causa que defendia, y auxiliado de los mismos sucesos, supo dar mas consistencia á su poder, y mas aliento á los pueblos, que en su valor y prudencia confiaban. La destruccion de Albaida, el vasallage obtenido del prefecto árabe de Toledo, la toma de Coria, Talamanca y otras poblaciones importantes, la derrota de los Normandos, que infestaban nuestras costas, y el éxito feliz de sus atrevidas invasiones en las tierras dominadas por sus enemigos, fueron otros tantos triunfos, que prepararon con harta gloria de su nombre y ventura de la patria, los de su ilustre hijo y sucesor D. Alonso III. Éste esforzado Príncipe, á quien concedió la posteridad el renombre de Grande, mereciéndole con justicia por sus altas virtudes y esclarecidos hechos, llevó todavía mas lejos las miras y vastas empresas de su augusto Padre. No era ya la nueva Monarquía bajo su cetro un estado precario, y mal seguro, incierto de su suerte, y estrechado por las estendidas y ásperas cordilleras, que del resto de la Península le apartaban poco ántes. Mas firme y confiado ahora, presiente el porvenir que le aguarda; aspira á nuevas y mayores victorias; no existe solo para defenderse, y se prepara á estender sus fronteras á lejanos y dilatados ter-

ritorios. D. Alonso el Magno las lleva hasta las orillas
del Duero: obtiene la obediencia de los navarros, vence
y reduce á los alaveses, arranca del poder de los árabes
las fortalezas de Deza y Atienza, y la importante plaza
de Coimbra: osa en sus brillantes incursiones lanzarse al
otro lado del Tajo y del Guadiana, y alcanza una victoria en la misma cordillera de Sierra-Morena.

Con la seguridad y los recursos, que estas memorables
jornadas le procuran, consigue una paz gloriosa, y la
aprovecha para buscar en las mejoras materiales de sus
pueblos, en la satisfaccion de las necesidades que los
apremian, en el cultivo de las artes, un nuevo género de
gloria, tal vez ménos brillante, que la de los campos de
batalla, pero mas sólida y fecunda en resultados útiles.
Entónces D. Alonso el Magno repuebla muchos lugares
asolados por la guerra; restaura los templos derruidos;
edifica otros desde cimientos; dá mas pompa y esplendor
á su trono, y aumentando la poblacion de Oviedo, la
exorna y engrandece con sus Reales alcázares. Testigo el
monge de Albelda de tan notables mejoras, con la impresion que debieron producir sobre su ánimo, las recuerda
en su cronicon, por estas breves y significativas palabras.
«Ab hoc Principe omnia templa Domini restaurantur, et
«civitas in Oveto cum regiis aulis ædificatur.»

De los edificios que se construyeron por disposicion
del Monarca, alguno existe todavía, y de otros se conservan venerables memorias en los documentos de la misma época. Célebre es el nombre del castillo de Gan-
zon con su iglesia de San Salvador, adornada de mármoles, que levantó en el territorio de Gozon para contener las incursiones de los Normandos. En nuestros dias
fué demolida la fortaleza de Oviedo, erigida por este
Príncipe, y destinada á defender la catedral y sus reliquias. Allí cerca labró su palacio con grandes dimensiones,

y del cual hace particular mencion en una escritura otorgada á la iglesia de San Salvador, el año 905, y hoy existente en su archivo. El fué tambien, segun el testimonio de Sampiro, quien edificó los palacios de Boides y Cultrocies con sus iglesias de Santa María y San Miguel, en territorio de Gijon, y á su celo y vigilancia por la defensa del Estado, se debió igualmente el castillo de Tudela. Entre las fundaciones religiosas que recuerdan su piedad, es preciso contar el monasterio de San Adriano y Natalia de Tuñon, que dotó generosamente el año 891, restaurado despues en tiempo del obispo de Oviedo, D. Palayo, y el de San Salvador de Valdedios, cuyo reducido templo de tres naves y carácter romano, consagrado el año 892, permanece todavía como en sus mejores dias, juntamente con un estrecho tránsito paralelo á uno de sus muros laterales: fábrica notable, de que nos ocuparémos mas adelante, por lo que contribuye á ilustrar la historia del arte, y que dió ya ocasion á las descripciones de Morales, Carballo, Manrique, Risco y Masdeu.

Fuera de Asturias, se atribuyen á D. Alonso el Magno, la capilla de San Mancio, que constituía parte del monasterio de Sahagun, y de la cuál hace memoria Llaguno y Amírola en sus noticias históricas: unos baños en la ciudad de Zamora, mencionados en las escrituras de ese tiempo, y nombrados por él en la donacion que otorgó á la catedral de Oviedo, en la era de 943, año de 905: la catedral de Santiago, labrada á instancias de Sisnando, su obispo, sobre la que poco ántes se habia construido de piedra y barro, «de petra et luto opere parvo,» como dice el mismo D. Alonso el Magno, y ahora realzada con los mármoles, que este Príncipe hiciera conducir de Oporto y otras ciudades, donde se encontraban entre las ruinas de antiguos edificios destruidos por los árabes: el monasterio de San Juan de Sahagun, consagrado entónces á los

Santos Mártires Facundo y Primitivo, reedificado despues en diversas épocas, y una de las casas religiosas mas célebres de España.

Durante los siglos IX y X, estimulados los particulares con el noble ejemplo de este Príncipe y de sus antecesores, á imitacion suya, emprendieron muchas y muy notables construcciones religiosas, todas con igual carácter, conservado tradicionalmente sin alteracion sensible, á lo ménos en sus principales formas. De algunas queda solo el recuerdo: otras llegaron hasta nosotros mas ó ménos bien conservadas, segun las alteraciones, que en ellas hicieron necesarias los estragos del tiempo y de la guerra. Las que corresponden al siglo IX, y existen todavía con el aspecto de su primitiva fundacion, son las siguientes. La iglesia de San Salvador de Priesca, en el concejo de Villaviciosa, muy parecida á la de San Salvador de Valdedios: la de Santa María de Sariego: la de Villardoveyo, arruinada y sin techo: San Miguel de Escalada con rasgos marcados del estilo arábigo: San Pedro de Montes, en la provincia de Leon: la iglesia de Compludo en Galicia: la de Peñalva, fundada por San Genadio; y la de San Pedro de las Rocas, hoy priorato del monasterio de Celanova.

Pertenecen al siglo X, la parroquial de Amian, cerca de Sames; la de Goviendes; la de San Salvador de Deva, en mucha parte restaurada; la de Santa María de Lenes; la de Bárcena; la de Abamia; la de Santa María de Campomanes; la de Vovines, del concejo de Piloña; la de Anayo, del mismo; la de Santo Tomas de Collía; la de Tanes; la de Veloncio, con muchas renovaciones; la de Santiago de Civea; la capilla de San Saturnino, llamada de San Zaornin, ya destruida, y la ermita de Nuestra Señora de Sebrayo, todas en la provincia de Oviedo. Fuera de ella la capilla fundada por San Froilan, hoy comprendida en una de las huertas del monasterio de Celanova;

la iglesia que erigió cerca de Peñalva Salomon II, obispo de Astorga; San Pedro de las Puellas, en Barcelona; la ermita de Nuestra Señora del Milagro, en Tarragona; la de Santa Tecla, de la misma ciudad; algunos restos del primitivo monasterio de Montearagon; San Pablo de Salamanca; la iglesia de San Julian y Santa Basilisa de Olmedo, y el templo de San Millan de la Cogulla de Suso, con mezcla del romano y del árabe.

No por deliberada eleccion, sino por necesidad, la arquitectura de estas y las demas fábricas de las monarquías cristianas formadas inmediatamente despues de la invasion agarena, fué, y no pudo ménos de ser, la romana ya degenerada y bastarda, conocida con el nombre de latina; esto es, la que predominó por espacio de cuatro siglos en los estados de Occidente, erigidos con los despojos del Imperio romano. Adoptáronla los Godos de la Península, y en la rápida é inesperada ruina de su estendida dominacion, pasó íntegra á sus sucesores con las tradiciones y las prácticas, que la sostenian, transmitidas entónces de generacion en generacion por el espíritu religioso, y el amor de la patria, por las exigencias del culto, y la defensa del Estado. Un escritor coetáneo, el monge de Albelda, á pesar de la suma brevedad con que refiere los sucesos, consigna en su cronicon esta verdad, como un hecho sencillo y fuera de duda. Hablando de las construcciones emprendidas por D. Alonso el Casto, para exornar su nueva corte de Oviedo, manifiesta que en las obras de la iglesia, y en las del palacio, siguió el órden adoptado por los Godos en Toledo; de manera que segun este aserto, viene á reconocer en la corte Goda y en la de la Monarquía asturiana una misma arquitectura. Así pensaba tambien Morales, que no solo tuvo ocasion de examinar algunas fábricas godas existentes en su tiempo, sino tambien las construidas por los primeros Reyes de Asturias. Con el buen juicio que le distingue, dice en su Viaje santo, al describir la capilla de Santa María, contigua á la catedral de Oviedo, y fundada por D. Alonso el Casto: «Toda la fábrica de las tres capillas es de Go-«dos, y mucho mas los arcos de la entrada, harto seme-«jantes á los de San Roman de Hornija, y á los de Wam-«ba; y esta entrada con buena proporcion hace buena «vista.» De San Miguel de Lino, asegura igualmente que «es obra gótica, aunque tiene de romano,» y con la misma exactitud pretende que en la iglesia de San Julian, extramuros de Oviedo, «hay mucho del romano.»

Se vé, pues, que estos escritores, para quienes son igualmente conocidos los monumentos góticos, y los construidos en Asturias, no investigan, sino que enuncian un hecho, con el cual se conforman hoy la observacion y la historia. Los asturianos y todos los demas habitantes de las montañas situadas al Norte de España, en la comun asolacion que produjera su esclavitud y su ruina, reducidos al penoso extremo de defender con las armas en la mano la independencia y la vida, amenazados de continuo por un poderoso enemigo, sin un momento de seguridad y descanso, no podian improvisar una arquitectura. Este arte, mas que los otros, necesita para formarse y crecer, no solo de grandes recursos, y de la accion siempre lenta del tiempo, sino de las creencias y la opinion de un pueblo entero. Con ella nace y se robustece, y con ella únicamente varía sus formas, y adquiere un nuevo carácter. Los asturianos tenian que ser imitadores, y solo les quedaba la alternativa de optar entre dos modelos; uno sin aplicacion, y superior al estado de su cultura, y otro mas conforme con ella, y necesario á su nueva existencia. Tales eran los monumentos puramente romanos del tiempo del Imperio, y los del estilo latino, elevados por los Godos. Los primeros provenian de unas

creencias ya proscritas; representaban ideas y necesidades de una sociedad, que habia perecido con el paganismo
y sus creencias. Los segundos, nacidos en el mismo seno del Cristianismo, eran como él un objeto sagrado para
sus prosélitos: la religion les habia dado en las basílicas
un tipo invariable y simbólico. ¿Irían, pues, los sucesores de los Godos á buscar el principio y las reglas de las
construcciones, que la Iglesia y el Estado les demandaban
de consuno, en los circos y anfiteatros, en los arcos triunfales y las aras de los dioses, que la opinion habia pros-
crito desde el siglo IV? Diremos mas: cuando no hubiese caducado su destino, y el espíritu religioso dejase de
mirar con escándalo estos restos del paganismo, ¿sa-
brían nuestros padres apreciar en su rudeza la severidad
clásica que los distinguia, su proporcion y sus formas,
producto de profundas combinaciones artísticas, y de un
gusto y una filosofía de todo punto incompatibles con la
general ignorancia de la época?

Al contrario, los edificios de los Godos, destinados en
su mayor parte al culto católico, se hallaban santificados
por el sentimiento religioso. La forma de la basílica, á
cuya semejanza se elevaron, desde el orígen mismo del
Cristianismo se miraba, no ya como un simple producto
del arte, sino como un dogma; era, mas que una bella
construccion, el emblema misterioso de las creencias y
esperanzas del pueblo cristiano.

Los naturales del Norte de la Península, y los que á
su lado buscaron un asilo contra la persecucion de los
árabes, al emplear este género de arquitectura, no hicieron una nueva adquisicion; conservaron solo la herencia de sus padres, que les habia sido directamente
transmitida: la poseian sin interrupcion, sin que el tiempo
ni la distancia hubiesen podido alterarla. Entre las fundaciones de Santa María de Covadonga y San Pedro de
:

Villanueva, atribuidas á D. Alonso el Católico, y la completa destruccion de la Monarquía goda, tal vez no transcurrieron 30 años. Por ventura, los artistas godos de Toledo y otras considerables poblaciones, entónces ocupadas por los árabes, concurrieron á la construccion de esas antiguas abadías, las primeras que en la nueva Monarquía se erigieron. En su escuela pudo formarse Tioda, el célebre arquitecto de D. Alonso el Casto, y refugiados Godos legaron sin duda á sus descendientes en las montañas del Norte de la Península, las mismas prácticas y reglas, que ellos habian recibido de sus padres. El exámen de las fábricas de los siglos IX y X, existentes en el antiguo reino de Asturias y Leon, viene á convertir estas conjeturas en una prueba. Todavía bien conservadas, permiten apreciar cumplidamente, no ya su compartimiento y la generalidad de sus formas, sino tambien la índole del ornato y todos sus detalles. Las hay de dos clases; unas se asemejan á la Cella de los antiguos, y en forma de sala, constan solo de una nave: otras mas espaciosas y con mayor aparato, se ajustan á la estructura de la basílica, reproducen sus formas, y se componen de tres naves: son un ejemplo de las primeras, Santa María de Naranco, al cuarto de legua de Oviedo, y Santa Cristina, del concejo de Lena, ambas erigidas en el siglo IX; corresponden á las segundas San Salvador de Valdedios, fundado por D. Alonso III, y San Salvador de Priesca, que es de la misma época. Todo es del gusto latino en Santa María de Naranco; descúbrenle algunos de sus capiteles, los fustes istriados y cilíndricos, los arcos semicirculares prolongados por sus extremidades, que descansando sobre los capiteles de las columnas, guarnecen interiormente las paredes laterales; los otros tres, que á manera de los triunfales, decoran el ingreso del santuario, y le separan del cuerpo de la iglesia; la naturaleza de

los ornatos; la sencilla desnudez de sus lienzos esteriores; la simplicidad de las líneas del cornisamento sin friso
ni arquitrabe; la proporcion y el aire del conjunto, donde
se echa de ver la agradable severidad del modelo antiguo,
que sin duda la produjo. No se dará de esa época otra
mas bella y curiosa construccion, un todo de tan notable
efecto, una propiedad y una armonía, que tanto se acerquen á las que distinguen las mejores fábricas de su clase,
elevadas despues del reinado de Constantino. Otra es la
combinacion artística de la iglesia de San Salvador de Valdedios, si bien corresponde á la misma escuela, y es, á
diferencia suya, una reminiscencia muy viva de las basílicas latinas. En mucho parecida al pequeño edificio rectangular construido en Beauvais, ántes del siglo VII, tiene
como él tres naves, igual estructura y simplicidad, y en
una y otra fábrica aparecen con los ángulos truncados,
los pilares de base cuadrangular, donde descansan los arcos semicirculares, que dividen las naves laterales de la
principal. Ambas se distinguen por el pequeño aparato
romano empleado en su construccion, y mas aun por la
escasez y economía del ornato, ostentando sin embargo
cierta compostura y aliño en sus desnudas paredes. Pero
aun cuando esta marcada semejanza no existiese, nunca
la descendencia de las basílicas de Asturias podria desconocerse: la manifiestan en todas sus formas, y la historia
la comprueba. Compárense en efecto con las de Roma y
Ravena, de igual época; con la de San Juan de Poitiers,
baptisterio del siglo VI, la de San Eusebio, cerca de
Gennes, y la de San Pedro de Muns, en Francia, todas
del estilo latino, y todas pertenecientes á la dominacion
Goda: vengamos, si se quiere, á las que desde el siglo V
se erigieron en varias provincias del antiguo Imperio romano, y desde luego se descubrirá que el arte de cons-
truirlas, su disposicion y su carácter pasaron de los Godos

á los herederos de sus creencias religiosas y de sus leyes. No se distinguen ciertamente ni por la estension, ni por la magnificencia. Tanto las de una, como las de tres naves, son de reducidas dimensiones; pobres y escasas de ornamentacion; formadas de pequeños sillares en sus paramentos esteriores; sólidas sin pesadez; de grave y severo aspecto; de noble compostura, en que sin embargo hay cierta manera agreste y extraña; de tímida y apocada construccion, aunque bien proporcionadas; de un atinado compartimiento, de una simetría que agrada, y de una sencilla magestad, que hace respetable su misma pobreza. Quien las contemple, es preciso que traiga á la memoria las construcciones de Italia y de las Galias, cuando á las catacumbas sucedieron los primeros templos del culto cristiano, ya protegido por los Emperadores, como el de la religion única y esclusiva del Estado.

La nave principal y dos alas ó naves, mucho mas reducidas y paralelas á ella, el narthes, ó sea el vestíbulo destinado á los penitentes y catecúmenos en uno de sus extremos, el santuario ó hemiciclo en el otro opuesto, la separacion de esta parte y del cuerpo principal del templo, ó por arcos ó por balaustradas, el altar aislado y único en el centro del ábside, el coro encima de una gradería al extremo opuesto, la cripta ó subterráneo, sobre el cual se levantaba el santuario, la nave del centro separada de las laterales por arcos de medio punto y robustas paredes, las luces escasas y elevadas, las ventanas en el testero del ábside, los pilares de los arcos macizos y cuadrangulares, bóvedas de medio cañon, y mas frecuentemente los techos apuntalados, formando un ángulo de cuarenta y cinco grados, y sostenidos por los muros laterales de la nave principal; las ventanas semicirculares, ora con columnas en los codillos de las jambas, ora sin ellas: tales eran los caractéres mas

esenciales de las basílicas romanas, y estos mismos ó
juntos ó separados, aunque en muy reducida escala, y
mas rudos y groseros, se descubren en los templos del
siglo IX escondidos en las montañas de Asturias.

El de San Salvador de Valdedios, que por sus cortas dimensiones, parece solo un modelo, de intento construido para servir de tipo á otro edificio mas estenso, es
la fiel espresion de este género de arquitectura, consagrada por el Cristianismo á su culto, desde que públicamente le profesaron los Emperadores romanos. El narthes con sus apartamientos, la nave principal separada
de las laterales por arcos de medio punto, sobre los
cuales cargan espesas paredes, el beme ó santuario guarnecido en su frente con el arco de triunfo, llamado toral en nuestros dias, y apoyado en robustas columnas
de fustes cilíndricos, las ventanas abiertas muy arriba
de los muros, mezquinamente rasgadas y de medio punto;
nada falta en este curioso y reducido templo, para que
nos recuerde, ya que no en la estension y la suntuosidad,
á lo ménos en la forma, las iglesias de San Lorenzo y de
San Pablo de Roma, la de Santa María Transtiverina,
y la de Santa María la Mayor.

La misma estructura con muy corta variacion tiene
tambien San Salvador de Priesca, hoy perfectamente conservada en el concejo de Villaviciosa de Asturias; y segun las descripciones de Morales y Carballo, tal era la
capilla de Nuestra Señora, en la catedral de Oviedo, debida á D. Alonso el Casto; la de San Juan de Pravia, fundada por D. Silo, y la de Santa Cruz de Cangas, que
mandó fabricar D. Favila. Así aparece la de Santullano,
extramuros de Oviedo, obra quizá del arquitecto Tioda, y
erigida á últimos del siglo VIII, ó principios del IX, por
D. Alonso II.

Pero no son esas las únicas analogías entre los monumentos religiosos de Asturias, y las antiguas basílicas romanas: la semejanza va mas lejos. Sobre la cripta ó subterráneo, donde se depositaban las cenizas de los mártires, levantaba Roma sus altares y santuarios, y una reminiscencia notable de esa costumbre se echa de ver en la fábrica subterránea, que sirve de asiento á la iglesia de Santa María de Naranco, fundacion de D. Ramiro I; en la bóveda rebajada y fortísima, que sustenta la capilla de San Miguel, erigida por D. Alonso el Casto, hoy llamada la Cámara Santa, y en la doble construccion de la de Santa Cruz de Cangas, cuyo subterráneo ha desaparecido con ella, pero del cual nos dejaron memoria nuestros cronistas. Morales, entre otros, asegura en su Crónica General que existian en Asturias varias iglesias á semejanza de esta, levantadas sobre subterráneos.

Ademas el coro, que los romanos llamaban cancellum, tal cual se muestra en San Clemente de Roma, San Lorenzo y Santa María in Cosmedino, colocado en una plataforma con gradas, se conserva en Santa María de Naranco, á los pies de la nave, y de ella separado por tres arcos. El de San Miguel de Lino, que aun se eleva mas del suelo encima de la puerta principal del ingreso, tiene por uno y otro lado en sus extremos opuestos dos escaleras, como escondidas dentro del muro, dejando desembarazada la nave del centro.

En la pared de travesía, que cerraba las tres naves de las antiguas basílicas al lado opuesto del ingreso, se elevaban otros tantos arcos para dar entrada al santuario, siendo el del medio, mayor que los laterales; y esto mismo se observa en las iglesias de San Salvador de Valdedios, San Pedro de Villanueva, San Salvador de Priesca, y Santa María de Naranco, cuya nave se halla separada del ábside por tres arcos.

La tumba de un mártir era el altar de los templos de

Italia, anteriores al siglo IX: en los de Asturias, ya
que no se practicase idénticamente lo mismo, se colocaban por lo ménos debajo del ara algunas reliquias de Santos, como se ha visto en Nuestra Señora de Arbazal, Santa María de Sariegomuerto, la capilla de San Saturnino,
llamada de San Zaornin, Nuestra Señora de Sebrayo, y
San Juan de Pravia.

Un solo altar aislado se levantaba en medio del ábside
de las iglesias de Roma desde el IV siglo, y uno solo
habia tambien en las de Asturias, erigido precisamente
en igual parage. Los primitivos cristianos separaban el
santuario, del cuerpo de la iglesia con una balaustrada
ó barandilla; y observándose esta práctica en los primeros reinados de Asturias y Leon, aun permanece orillado
el ábside de Santa Cristina, en Lena, por una banqueta
cubierta de labores, que recorre todo el frente del arco
principal. En Santa María de Naranco son tres arcos los
que forman ese apartamiento, y en la Cámara Sánta de
Oviedo consistia simplemente en una balaustrada, como
existió en tiempo de Morales.

Lisos eran los paramentos esteriores de los templos
de Roma hasta el siglo VII, fuera de la imposta ó pa-
flon que los coronaba, y no de otra manera aparecen hoy
los de las iglesias de Asturias y Leon, pertenecientes á
los siglos VIII, IX y X. En estas descansa la cornisa sobre ménsulas sencillas, que figuran las cabezas de las vi-
gas, y así se ve en las basílicas latinas, notándose ademas
en unas y otras, qne carece de friso y arquitrabe. En ambas construcciones hay la circunstancia de emplearse las
ventanas semicirculares, con columnas en los codillos de
las jambas, y mas frecuentemente sin ellas. Daban á sus
templos los arquitectos del estilo latino un ingreso cuadrangular, y tal es el que en San Miguel de Lino y San
Salvador de Valdedios, pone en comunicacion el cuerpo

14

del templo y el vestíbulo. Se consideraban como un ornato en las iglesias erigidas desde el siglo V hasta el VIII, las hojas delgadas de mármol agujereadas, formando varios dibujos, para cubrir los vanos de las ventanas á manera de vidrieras, y una lumbrera de esta clase se encuentra en San Salvador de Valdedios, y algunos calados, á ella parecidos, en Santa Cristina. Aun la orientacion de unos y otros edificios era idénticamente la misma. Tanto en los de Asturias, como en los de Italia, se colocó siempre el ábside mirando al Oriente, y el ingreso principal al lado opuesto. Solo se ve invertido este órden en Santa María de Naranco, quizá por la necesidad de acomodar su planta á los incidentes é irregularidades del terreno donde fué trazada.

Una diferencia esencial se advierte únicamente entre las iglesias de Asturias y las primitivas romanas: el hemiciclo de aquellas hasta el siglo XI, aparece cuadrado ó cuadrilongo, cuando el de éstas fué siempre semicircular ó polígono desde el siglo IV. La dificultad de cerrar con una bóveda esférica esta parte de la fábrica, produjo quizá tan extraña variacion; pero no carece de ejemplo en la antigüedad. Rectangulares eran tambien los hemiciclos de las basílicas del Herculano y de Pompeya, cuya forma se aviene mejor con la estructura de los templos griegos. Es de notar aquí que ya mas adelantadas las construcciones desde los primeros años del siglo XI, alguna vez en el estilo romano-bizantino, ó sea, como pretende Batissier, el románico, se sustituyó á la antigua forma semicircular de los ábsides, la rectangular. Un modelo de esta especie nos ofrece el de la iglesia de Prenilly, en Champaña, donde se ven otros varios de la misma forma. ¿Son una reproduccion de modelos anteriores ya puestos en olvido, ó una nueva creacion para dar mas variedad á las formas generales de las fábricas románicas?

Parece que los templos de Asturias, anteriores al siglo XI, apoyan la primera de estas opiniones. Pero sea como quiera, es cierto que ni la escuela latina empleó esa clase de ábsides, ni mucho despues las adoptaron tampoco la neo-griega, y la románica producida por ella y por la romana degenerada.

Si de las formas generales se desciende ahora al exámen de los detalles y de la ornamentacion, se echará de ver la misma analogía. Los fustes de Santa María de Naranco, imitando el tegido de un cable, encuentran su tipo en otras empleadas por los constructores de los siglos V y VI, y uno hay muy parecido á ellos, entre los que aun se conservan en Toledo del tiempo de los Godos, de que nos ha dado el dibujo el Sr. D. Manuel de Assas, en su Album artístico de aquella ciudad. Descúbrese en las bases un tosco remedo de las áticas. Los capiteles por lo general, adornados de dos ó tres órdenes de hojas bastante abultadas, á semejanza de las del olivo, con un cimacio cuadrado, y el canastillo cilíndrico hasta el reborde superior, en forma de sumoscapo, recuerdan los corintios, que les sirvieron conocidamente de modelo, y se parecen mucho, no solo á los que se usaban en el siglo IV, sino tambien á varios de los que se conservan en Toledo, y correspondieron al templo de Santa Leocadia, fundado por Sisebuto.

Pero no son los únicos empleados en nuestras fábricas: otros hay de caprichoso dibujo, á manera de conos truncados é inversos, tales como en un principio se emplearon en las construcciones latinas de Roma y Ravena. Llaman sobre todo la atencion los de Santa María de Naranco y de Santa Cristina, harto curiosos por su carácter septentrional, y marcada semejanza con los que labraron los Longobardos en Italia. Notables por su rudeza y desaliño, aplastados y de mucho diámetro en la parte su-

:

perior, respecto del que determina la inferior, consiste
su ornato en una especie de cordoncillo, que ciñe sus
tambores, describiendo dos órdenes de ondas: no son ménos groseros, aunque de distinta forma, los de San Millan
de la Cogulla, en demasía abultados, y casi de figura
cúbica, con las esquinas inferiores robadas para ajustarse
al collarino de la columna: pobre y tosca exornacion,
que manifiesta en su desabrimiento y embarazoso trabajo,
toda la rudeza del arte en los primeros años del siglo IX.
¿Qué mas? ni un solo ornato de los que se encuentran en
Santa Cristina, San Miguel de Lino y San Pedro de Montes, dejó de emplearse por los Godos de Italia y sus imitadores los Lombardos.

¿Se dirá que el acaso produjo entre unas y otras fábricas tan íntima semejanza? No puede desconocerse:
esta identidad de caractéres supone una descendencia
comun, el mismo tipo para todas, el uso tradicional de
las formas que les diera el Cristianismo, con un santo respeto transmitidas por los fieles, de region en region, y de
siglo en siglo, casi desde la cuna del Cristianismo.

Pero en medio de analogías tan marcadas con las basílicas del estilo latino, las de Asturias y de otros paises
de España, anteriores al siglo XI, recibieron de las localidades algunos caractéres particulares y esencialmente
suyos, los cuales en gran manera las distinguen. La penuria
de los tiempos las hizo pobres y humildes: la ruda sencillez de las costumbres las despojó de la óportuna ornamentacion y compostura: el temor de aventurar las
construcciones, les dió un aire tímido y encogido, y la
correspondencia establecida desde muy temprano entre los
Califas y los Monarcas cristianos de la Península, el roce
y las frecuentes relaciones de sus respectivos pueblos, les
procuraron algunos rasgos del estilo árabe para su atavío.
Los arcos de Santa María de Valdedios manifiestan ya

sus extremidades ligeramente encorvadas hácia la parte
interior: de un modo mas pronunciado aparecen los arcos de herradura en el pórtico ó galería de San Miguel
de Escalada, en el reino de Leon, y la misma forma se
advierte en los que separan la nave principal de la que
corre paralela á ella en San Millan de la Cogulla : árabes
son tambien los menudos calados, y las perforaciones y
enlaces de segmentos de círculo, que cubren, á manera de grecas, los vanos de sus ventanas semicirculares, como en Santa Cristina de Lena, San Salvador de
Valdedios y San Miguel de Lino. Aun este último edificio nos ofrece un tosco remedo del agimez, en una de
sus reducidas ventanas, donde dos arcos semicirculares
y estrechos descansan sobre una columnita, que los recibe en el centro. Al mismo estilo corresponden los medallones pendientes de los arcos, en Santa María de Naranco, y las estrellas que se ven en algunas partes, compuestas de cuadrados que se cruzan, y cuyos perfiles entrecortados producen sus rayos.

Pero estos adornos de tosca y desaliñada ejecucion,
empleados siempre con suma economía, si revelan su
procedencia oriental, no por eso desfiguran el antiguo
carácter de las basílicas de Asturias. Morales habia advertido ya que en la de Santullano se «notaba mucho
del romano»; esto es, el carácter distintivo del órden toscano, no en verdad escrupulosamente reproducido, sino
con una visible alteracion en las formas principales. Así
aparece tambien en las arcadas de San Salvador de Valdedios, en las columnas y proporciones generales de las
iglesias de San Miguel de Lino y San Pedro de las Rocas, de la provincia de Orense, y en los escasos restos
de San Tirso de Oviedo y otras varias fábricas anteriores
al siglo XI.

Hubo una época, poco distante por cierto de la nuestra, en que no bien examinados y conocidos estos caractéres de nuestras fábricas del estilo latino, pudo por algunos sospecharse si las conservadas en Asturias, serían una produccion original y esclusiva de esta region. Hoy no es dado ya abrigar dudas tan infundadas. Aun cuando de todo punto se ignorase la procedencia de la arquitectura usada primero por los Godos, y despues por sus sucesores en la Monarquía restaurada, todavía el sistema de construccion adoptado en los edificios á que fué aplicada, probaría por sí solo de un modo indudable su falta de originalidad; que obtenido por la imitacion, ningun rasgo nos ofrece para considerarle como el fruto de una nueva escuela, y suponerle nacido en el mismo pais que le ha empleado. Los distintivos de las construcciones primitivas, verdadera creacion original de los pueblos inventores, ora las haya producido la necesidad únicamente, ora el instinto del arte, es cierto que primeros ensayos, y pruebas informes del genio inesperto y abandonado á sus propias inspiraciones, nos presentan caractéres especiales, que desde luego revelan su originalidad. Véanse sino las de los Indios, de los Egipcios, de los Griegos y de los Etruscos. El arte aparece en ellas rudo, y sin embargo presuntuoso; amigo de lo gigantesco; sin reglas constantes; sin un tipo determinado; empleando la mayor simplicidad en los medios y los procedimientos; haciendo alarde de una escesiva robustez y fortaleza, de las vastas dimensiones, de los materiales informes; convirtiendo finalmente en un elemento de belleza el principio de duracion, y la estabilidad que desafia los siglos. No pretende ocultar la verdadera solidez y los abultados macizos, sino que funda en ellos su mérito; no afecta una elegancia que desconoce, sino que tiene por tal, cuanto dá idea de su poderío y de su fuerza. Privado de los recursos de la esperiencia y de la práctica perfeccionada por

ella, manifiesta mas energía que destreza, mas resolucion que inteligencia; y si abriga grandes ideas, busca,
para realizarlas, las combinaciones mas sencillas. Sillares enormes, de formas muy simples y labrados por un
procedimiento en extremo fácil, se arreglan naturalmente
en las hiladas simétricas de los robustos muros que levantan sin aparato, y tal vez confia á su propio peso y
ancho asiento, y á la natural juntura de sus escuadradas
superficies, la firmeza y trabazon, que no puede esperar
de las argamasas que desconoce.

De otra manera procede el arte ya envejecido y caduco; el arte que, despues de haber alcanzado cierto grado de desarrollo en una larga serie de ensayos sucesivos,
vino por la barbarie de los tiempos y la decadencia de
los Imperios, á degenerar de su antigua perfeccion y
maestría. Por rudo y corrompido que en este caso aparezca, deja traslucir las tradiciones que le sostienen en
medio de su misma corrupcion, y dá todavía algunas señales de su perdida cultura. Hay entónces en sus procedimientos algo que recuerda las generaciones que le cultivaron, y no es la naturaleza quien en él se descubre,
sino el ingenio del hombre, que lucha por subordinarla á
sus concepciones. Así se observa en las fábricas de la
Monarquía asturiana. Al través de su rusticidad, harto
manifiestan su tipo romano. Ni un solo rasgo en sus reducidas masas de una originalidad primitiva, de un arte
naciente: los materiales en ellas empleados, son de muy
corto tamaño; encámanse de una manera estudiada, y
aparece el contraresto de las fuerzas, como la obra de
la reflexion y del estudio, como un procedimiento científico á que se llegó por grados, y no por las inspiraciones
súbitas del ingenio inesperto y apremiado por la necesidad. Los cortes de las piedras y de las bóvedas, las argamasas, el modo de emplearlas, la distribucion simétrica

de los cuerpos, su combinacion, todo en estos edificios nos descubre un orígen antiguo, un arte cultivado, una tradicion que le sostiene. Aunque hubiésemos perdido la memoria del estilo latino, y ninguna idea se tuviese hoy de las construcciones debidas á los Godos, imposible sería sostener ya la opinion que supuso producto de una nueva escuela las inapreciables fábricas de los siglos IX y X, conservadas en Asturias, Leon y el Bierzo.

Veamos ahora confirmado este mismo juicio con el exámen de la construccion material. A poco que se observe, se echa de ver que nuestros artistas anteriores al siglo XI, en el mecanismo de las mezclas y argamasas, en la estructura y robustez de los muros, en el trazado y la montea de los sillares, tuvieron presentes las prácticas romanas, y de tal manera las siguieron, que no puede desconocerse la fidelidad con que fueron hasta ellos transmitidas por una tradicion no interrumpida. De edad en edad se conservaron como una herencia, cuya importancia misma les obligaba á preservarla de las influencias de los tiempos y de las revoluciones. Ya Batissier en su Historia del arte monumental habia notado, refiriéndose á los edificios de la Francia, que si apénas se encontraban desde el siglo IV hasta el XI arquitectos y escultores, capaces de comprender los métodos de la arquitectura romana, los Godos del Mediodía los observaron tradicionalmente. Mientras se erigian por lo comun edificios de madera, «mos Gallicanus», casi en todas las Galias, y como cosa estraordinaria se citaba la catedral de Cahors, construida por su prelado San Didier, no á la manera Gala, sino con los muros esteriores revestidos de grandes sillares; esta misma construccion romana con bastante frecuencia se empleaba no solo en la Monarquía goda de España, sino tambien en las formadas de sus despojos. Hartos ejemplos quedan ya citados, que comprueban

esta verdad; y es de notar que aquí se poseyese el arte
de construir las bóvedas, cuando era ya muy raro en
Francia, desde el siglo IV hasta el XI, en que un concurso de causas felices vino á dar impulso á la arquitectura de pocos practicada, y tan corrompida, que apénas
podia merecer el nombre de ciencia. Con todo eso, el
arte de edificar en ese largo período, aunque no nos ofrezca solo un objeto de pura curiosidad, jamas prestó materia á las investigaciones de nuestros escritores, mas
atentos á las formas y á la historia de los antiguos monumentos, que á su construccion material.

El Sr. Jovellanos al determinar los principales caractéres de la arquitectura, que examinó en las basílicas de su
patria, anteriores al siglo XI, supone uno de ellos la pesadez, y esta misma opinion sustenta hoy Ricardo Ford, en
su artículo sobre los arquitectos españoles, inserto en el
Quaterly Review, de cuyo periódico le tómó despues la
Revista Británica del mes de noviembre de 1846. Pero ni
ese rasgo de la construccion de nuestros templos es en
ella general, ni tan marcado, que pueda servir para ca-
racterizarlos. Tal vez en ninguna de las fábricas romanas
del mejor tiempo, se encuentren muros mas delgados, ménos espesor y dureza en las masas, una amalgama de
materiales tan leve y económicamente dispuesta. Las paredes de la iglesia de Santullano solo tienen dos pies
de grueso; las de Santa María de Naranco, dos y siete
pulgadas; las de San Salvador de Valdedios, dos y medio; y las de Santa Cristina, á pesar de servir de apoyo
á las bóvedas que ántes la cubrian, segun Argaiz, un pie
y diez y media pulgadas. ¿Qué otras fábricas de los siglos anteriores nos ofrecen la misma economía? Pero aun
para que la construccion apareciese mas ligera, se dió á
los botareles poco resalto sobre el muro, y alguna vez
se surcaron de estrías, como en Santa María de Naranco

y San Miguel de Lino. Fueran ménos robustos los arcos interiores, ocultárase con molduras la adustez de sus secas aristas y de sus desnudas superficies, y esa pretendida pesadez habria del todo desaparecido.

Pero el escaso macizo de estos muros en nada perjudica á su verdadera solidez. La mezcla que los traba, compuesta de arena gruesa de rio, cascajo y cal, es muy parecida á la argamasa de Loriot; tiene la misma consistencia que la de las fábricas romanas, y escede á la de las modernas. Si se esceptúan las caras esteriores, compuestas por lo comun de piedra calcárea de buen asiento, las paredes construidas de mampostería, se hallan macizadas con rajas y piedras menudas, de tal manera incrustadas en la argamasa, que formando con ella un cuerpo de extremada solidez, resisten tenazmente los golpes de la barra, sin que se consiga desunirlas, cediendo la masa en grandes trozos, cual si se hubiese construido solo de sillares.

El pequeño aparato de los romanos, es el que se adoptó generalmente para estas construcciones, componiéndose de piedras cúbicas, y de la mazonería, llamada por ellos «opus incertum»: no se conocia igualmente el grande aparato de sillares de vastas dimensiones, labrados con la arista viva: muy raro en todas partes, quizá su misma estructura le hacia dificil ó demasiado costoso, cuando tanta era la escasez y miseria de los pueblos: por lo ménos si alguna vez pudo emplearse, ni el mas leve vestigio recuerda ya su memoria en los edificios de ese tiempo hoy existentes. No sucede así con la montea y el mecanismo de los arcos semicirculares: compuestos de dovelas, en forma de cuña, y separadas estas por espesas capas de argamasa, manifiestan desde luego su procedencia romana, y la fidelidad con que la práctica de plantearlos, fué sin alteracion sensible conservada. Es curiosa y poco comun la clave de uno de los arcos de la iglesia de Santullano, correspondiente al siglo IX: en vez de presentar la forma de una cuña, como otras de su tiempo, tiene en la parte superior una faja horizontal, que describe con ella dos ángulos rectos, adquiriendo la figura de una cruz sin cabeza, cuyos brazos encajan en las dovelas laterales.

De igual modo que en los morteros romanos, expuestos al aire libre, se nota en los de las fábricas de Asturias, la presencia de una arena gruesa mezclada en mas ó ménos cantidad con la greva y los grumos de cal, cuya abundancia parece demostrar, que no tanto se deben estos á la falta de inteligencia en la proporcion de las cantidades empleadas, como á la extincion por las inmersiones de la misma cal, naturalmente grasa. Aun se advierten introducidos en las argamasas los cuerpos esponjosos y secos que los romanos empleaban, mas bien para acelerar la solidificacion de las masas, absorviendo el agua superabundante de las mezclas, que para contribuir á la trabazon y enlace de la fábrica.

Un ejemplar muy notable de esa mezcla, compuesta de pedacitos de ladrillo, de guijuelas menudas y puchadas de cal, nos ofrece el paviménto de la Cámara Santa de Oviedo: obra solidísima, que parece á la vista un mármol de fondo blanco, con manchas amarillentas y rojizas, y que muy impropiamente ha calificado de mosáico el P. Carballo en sus Antigüedades de Asturias. Esta manera de formar las argamasas se ha conservado en las obras de los siglos XIII y XIV, porque la encontramos empleada con igual acierto, no solo en los templos, sino en los torreones y castillos ya desmoronados, que de esa edad existen todavía. Pero ninguna argamasa mas dura y tenaz, de una consistencia mas admirable, que la del templo de San Salvador de Priesca, en el concejo de Villaviciosa de Asturias, construido á últimos del siglo IX.

:

Con ella se ha formado el pavimento de su capilla mayor, y en su tersa superficie se grabaron inscripciones, que se conservan hoy, como si en nuestros dias se hubiesen esculpido sobre el mármol mas duro.

No solo los constructores de esta y de las demas obras del mismo tiempo poseian el arte de preparar las mezclas, y de aplicarlas oportunamente, sino que con un conocimiento poco comun de los materiales que empleaban, al macizar con ellos las paredes, y darles el aplomo y la disminucion que exigian su altura y su destino, las aseguraban con grandes pasadores á ciertas distancias, para robustecer su trabazon y enlace, acomodando la sillería y la mampostería, conforme al objeto de la obra, y siempre con relacion á las influencias atmosféricas, y á las diversas exposiciones, que pudieran influir mas ó ménos en su duracion y firmeza. Por eso para los machones y las impostas se valian de los sillares de grano duro y compacto, capaz de resistir, sin alterarse, la intemperie; al paso que destinaban á la mampostería, la piedra calcárea, de ménos resistencia, y susceptible de alteraciones cuando queda expuesta al sol del Mediodía.

En las obras interiores, en las subterráneas y en la construccion de las bóvedas particularmente, se valian de la toba, que con la argamasa que traba sus piedras ligeras y porosas, ha llegado á formar, en los edificios donde fué empleada, una especie de petrificacion tan dura y compacta, como si toda entera compusiese una sola piedra. Es de notar tambien que pudiendo valerse de grandes sillares, los constructores prefirieron con mejor acuerdo los de dos pies y medio de largo, casi la misma anchura, y un pie de alto ó poco mas, observando en la colocacion de sus hiladas y encames un órden á propósito para dar á la fábrica la mayor consistencia posible. Pero pocas veces, ó casi nunca, cortaron las piedras por una medida comun á todas ellas: satisfechos con preparar los asientos de manera que formasen en sus hiladas otras tantas líneas horizontales paralelas entre sí, les importaba ménos darles un mismo largo: era esté diferente en cada sillar; pero la altura igual en todos.

Ni ignoraban tampoco el arte de emplear el ladrillo con buen éxito, aunque su uso ha debido ser siempre muy raro en un pais donde abunda la piedra de todas clases, y cuyo clima es demasiadamente húmedo. Solo la iglesia de San Salvador de Priesca nos ofrece un ejemplo de esta fabricacion. Los arcos y pilares que separan las naves de tan antigua basílica, se construyeron en efecto de ladrillo enlucido con la dura argamasa de que ya se hizo mérito; fábrica de mucha solidez, y en la cual sin duda se observaron las reglas prescritas por Vitrubio, en el capítulo 3.°, libro 2.° de su arquitectura, pues no solo el ladrillo es el *tetraderon* de los griegos, adoptado por los romanos, é introducido de un modo bastante general en las provincias del Imperio, sino que alternan en las hiladas los enteros con los medios, produciendo así la oportuna solidez y trabazon de la obra.

Las cualidades de la buena construccion todavía resaltan mas en las bóvedas. Sorprende ciertamente su regularidad y firmeza, la exactitud de su figura, y el enlace y encame de las piedras, que las cierran en forma de cuña. Solo las de medio cañon eran entónces empleadas, componiéndose por lo comun de piedras lisas y calcáreas, ó de toba. Batissier nos asegura, que de tal manera se habia olvidado en Francia el arte de edificar desde el siglo V hasta el XI, que se ignoraba generalmente el modo de construir las bóvedas: eran por lo mismo muy raras las fabricadas en ese largo período, y se formaban solo de piedras pequeñas sumergidas en argamasa de cal y arena de rio. Estos materiales y este procedimiento en extremo sencillo, se empleaban tambien en las de Asturias, como hoy lo comprueban, las de Santa María de Naranco, San Miguel de Lino, San Salvador de Valdedios y la Cámara Santa de Oviedo.

El ladrillo y el asperon se usaron mas tarde, y á principios del siglo XIII se construian ya de sillería. Tal es la del templo de Santa María de Valdedios, correspondiente al año de 1218, y notable por su robustez y formas peraltadas. Pero si la bóveda de medio cañon era la que generalmente se conocia, no puede dudarse, que por lo ménos á mediados del siglo IX, se tenia alguna idea de la bóveda de arista en la Monarquía asturiana. En la parte inferior y casi subterránea de Santa María de Naranco, se encuentran los principales rasgos y lineamentos que la caracterizan, aunque toscamente ejecutados. Por los semicírculos que describen los lunetos abiertos en las paredes laterales, y la curvatura del medio cañon de la bóveda, que recorre el edificio, están determinados de una manera bien marcada dos cañones seguidos, que casi se tocan en sus ángulos salientes, y que por su estructura y los triángulos esféricos que producen, nos ofrecen un remedo de las bóvedas por arista. Este ensayo en mayor escala y con otra exactitud, nos habria dado esta misma bóveda, tan perfecta y acabada, como en el dia la conocemos. De las bóvedas esféricas debia presentar un ejemplo notable la iglesia de San Miguel de Lino, en el cimborrio de que nos habla Morales, no ya erigido sobre un muro circular, á la manera de las rotundas romanas, sino sobre los cuatro arcos del crucero, segun las construcciones bizantinas.

Cuanto hasta aquí se ha dicho de las formas, la construccion y los detalles de nuestros templos anteriores al siglo XI, manifiesta la equivocacion del escritor ingles, Ricardo Ford, cuando en su artículo sobre los arquitectos españoles, ha creido que estos edificios presentan alguna vez la forma y el aspecto de los baños y de las criptas. Con la misma inexactitud pretende que el pórtico es uno de sus distintivos característicos. No se citará una sola fábrica donde este se encuentre como parte de su primitiva construccion. Es indudable que los que hoy se ven en San Miguel de Lino y otras iglesias de los siglos IX y X, son agregaciones modernas mal avenidas con la construccion antigua, muy distantes de su carácter, y de la cual notablemente se distinguen. Ni cabe tampoco confundir el pórtico con el vestíbulo: este se encuentra en San Miguel de Lino, San Salvador de Valdedios, y algunas otras iglesias de la misma edad; pero reducido á un corto espacio, cerrado por todas partes, con una sola puerta de ingreso, y dentro del paralelógramo que abraza la nave principal. Con estos caractéres nuestras basílicas anteriores al siglo XI, en demasía pequeñas, de rudo y escaso ornato, robustas sin pesadez, severas sin dureza, lisas generalmente en sus paramentos esteriores, no de atrevida construccion, pero tampoco con esceso tímidas y encogidas; mas notables por su simplicidad que por una ejecucion desabrida y tosca; con un aspecto, no tanto sombrío y agreste, como simple y adusto; vivo reflejo de la sociedad y de los tiempos á que pertenecen, no desmienten jamas su tipo romano, siquiera la estrechez y deplorable condicion de un pueblo combatido por el infortunio, le hayan degenerado, alterando sus formas.

El Sr. Jovellanos, que las observó de cerca, al determinar sus principales rasgos con el fino discernimiento que tanto le distinguia, sin detenerse á investigar su orígen, no dudó en llamar arquitectura asturiana, la que en ellas se ha empleado, creyéndola sin duda nacida en Asturias, ó por lo ménos aquí solo conocida: pero ya se ha visto cual es su procedencia, y que sino en igual número, existen otras fábricas del mismo carácter en Galicia, Leon y el Bierzo. Ningunas sin embargo mas antiguas que las construidas en las montañas de Asturias. Es muy dudoso que pueda citarse una sola del siglo IX, al cual corresponden las iglesias de Santullano y de San Tirso, y la Cámara Santa de Oviedo, debidas á D. Alonso el Casto, ó de la misma antigüedad que las que muy poco despues construyó en Naranco D. Ramiro I. Pobres y sencillas como el pueblo que las ha erigido, estrechas y reducidas como los límites de su patria, robustas como su fé, toscas y desaliñadas como sus costumbres, graves y severas como su carácter, parece que encierran todavía en sus muros silenciosos el genio melancólico de la edad media. Hasta la agreste situacion, que recibieron del instinto religioso para hacer mas solemnes las inspiraciones de la piedad, aumenta su prestigio, y la veneracion y respeto que inspiran á pesar de su pobreza.

Estas basílicas, aunque distasen mucho de la estension y regularidad, á que llegaron despues las romano-bizantinas sus sucesoras, debian considerarse sin embargo como un esfuerzo del arte, cuando era tanta la ignorancia de la época, y tan deplorable la suerte de los pueblos. Por eso el monge de Albelda, para encarecer en su breve cronicon el mérito de la basílica de San Salvador de Oviedo, creyó oportuno recordar la circunstancia de que su fundador D. Alonso el Casto la habia labrado maravillosamente de piedra y cal: «Ex silice et calce mirè fabricavit.» Erigidas en general por la piedad generosa de los Reyes, ó de los mas ilustres prelados y magnates de su corte, ni podian estos templos ser muchos en número, ni el producto de un arte ya generalizado, y al alcance de todos los constructores. Los que se hallaban en el caso de merecer este nombre, eran entónces muy raros, y ya se sabe el aprecio en que sus contemporáneos

los tenian. Tioda, el arquitecto de San Salvador de Oviedo, alternando con los grandes, suscribia los Privilegios
de D. Alonso el Casto: los nombres de Viviano y de Gino,
constructores de iglesias, se eternizaban en las inscripciones públicas: mucho despues conseguia Pedro Vitamben un lugar de preferencia para su sepulcro en el templo de San Isidoro de Leon, que él mismo habia labrado
por acuerdo de D. Fernando I; y Santo Domingo de la
Calzada y San Juan de Ortega, realzaban su santidad con
la profesion de arquitectos, honrándola en las obras públicas debidas á su saber y sus virtudes.

Habia tambien otra construccion mas estendida, y conforme á la miseria de los tiempos y á la rudeza de las
costumbres, y de consiguiente mas fácil, humilde y pe-
recedera. Tal fué la de las fábricas edificadas de tierra y
ladrillo ó piedra. De ellas tenemos memoria por los documentos que de la misma época se conservan. D. Alonso III, en el Privilegio expedido á favor de la catedral de
Iria, recordando el templo erigido por su antecesor, Don
Alonso el Casto, sobre el sepulcro del Apostol Santiago,
dice que era reducido, y de piedra y barro: «de petra et
«luto opere parvo». Ni se encontraba mas firmeza y ostentacion en el que D. Alonso el V consagró algun tiempo despues á San Juan Bautista, en la ciudad de Leon; pues del
epitafio colocado en el sepulcro de este Príncipe, consta
que le labró de tierra y ladrillo: «de luto et latere». ¿Pero
en qué otras provincias de la antigua dominacion romana,
se hallaba entónces mas adelantado el arte de construir, y
eran mas instruidos y felices los pueblos que le cultivaban? Todo el brillo del Imperio de Carlo Magno se habia
extinguido con su genio. Las grandes empresas, que á tanta
altura levantaran el nombre y poderío de este Príncipe,
su empeño en restaurar la civilizacion antigua, y en res-
tituir al trono de los Césares su perdido esplendor, fueron

solo el esfuerzo de una ambicion ilustrada, y de un talento creador bastante á producir la admiracion de la posteridad, é insuficiente para disipar la profunda ignorancia de una sociedad degenerada y corrompida. No tuvo el nuevo César de Occidente herederos de su gloria y su fortuna: él mismo, dividiéndole, hizo imposible la restauracion y la cultura á que aspiraba. Repartido el Imperio entre sus hijos, volvió la Europa entera á la penosa postracion de que apénas habia salido un momento, no para presentir siquiera sus futuros destinos, sino para admirar, sin comprenderle, al hombre extraordinario que se los mostraba.

En vano Ludovico Pio y Cárlos el Calvo, animados por los recientes ejemplos de su padre, pretenden prestar algun aliento á las artes que habia protegido: amedrentadas ahora con los estragos de las invasiones, y los sangrientos disturbios interiores, permanecen estacionadas y abatidas; nada producen para la posteridad. Entre tanto los Normandos franquean las fontreras de la Francia; la anarquía rompe todos los vínculos sociales; muéstrase mas que nunca fiero y altivo el feudalismo, y en medio de esta ruina, pesa sobre las Galias una espantosa ignorancia.

Ni toca á la Italia mejor suerte: llamados á su suelo por los Exarcas griegos nuevos ejércitos de bárbaros; destruida la dominacion de los Lombardos; ocupada Sicilia por los Arabes; siempre vivas las discordias de Oriente y de Occidente; degenerada la antigua sociedad italiana, y erigidos con sus despojos muchos y pequeños Estados sin fuerza, ni independencia; el genio de las artes no concibe un pensamiento que le acredite, y dé honroso testimonio de su fecundidad. Tímido, sin aliento para mostrarse libremente aun lisonjeado por el poder, ó envanecido con los recuerdos de su pasada gloria, se muestra abatido y

pusilánime. La arquitectura viene entónces á la mayor decadencia, y limitada á satisfacer, no los caprichos del poderoso, sino las necesidades de un pueblo ignorante y
grosero, reduce sus prácticas á un puro mecanismo, si
por ventura tiene ocasion de ejercitarlas. Batissier nos
dice que apénas se encontraban en esa época arquitectos
ni escultores; que no se sabia ya construir las bóvedas; y
que las antiguas reglas romanas casi del todo se hallaban olvidadas. Seguíanse con mas frecuencia las de los
Galos, y conforme á ellas se construyeron de madera la
mayor parte de las iglesias en ese período de ignorancia
y desmedro para el espíritu humano. Y esta endeble y
mezquina construccion, adoptada tambien desde muy antiguo por los pueblos germánicos, era la mas acomodada al desaliento y miseria de una sociedad donde se
anunciaba muy próximo el fin del mundo, y donde le hacian creible, tanto como la grosera rudeza en que se
hallaba sumergida, la ruina y desolacion, que por todas
partes la cercaban.

Triste era entónces la situacion de la Península Ibérica; pero ménos amarga, sin embargo, y angustiosa.
Porque los Godos habian llevado mas lejos que otros pueblos la civilizacion, y sus sucesores se esforzaban en conservarla, para fundar en ella un nuevo trono y una nueva
patria. La legislacion de los Visogodos, y sus concilios y
sus instituciones, y los ilustres Prelados de su iglesia, al
servir de guia á un reino naciente, y de fundamento á su
cultura, son un comprobante de esta verdad. Preciso es
atender á su influencia en el siglo X, al estado social de
nuestros padres, á sus numerosas villas y ciudades, al empeño con que las repoblaban, para persuadirse de que las
tradiciones del arte, habiendo padecido ménos en los disturbios de la Península, eran tambien mejor seguidas y
observadas. Poseiamos ademas poderosos elementos de
:

civilizacion en el ejemplo y la cultura de los árabes.
¿Quién con mas facilidad y buen éxito se aprovechó entónces de sus escuelas? ¿Y quién no reconoce sobre todo
su influencia en la arquitectura latina de Leon y Castilla?
Los angrelados, los agimeces, las bóvedas estalactíticas,
los arcos *lobulados*, los enlaces de los círculos y de sus
segmentos, desde muy temprano ornamento de muchas
fábricas cristianas, por mas que sean otros tantos detalles
del estilo bizantino, nos vienen de los árabes; y nuestros
esfuerzos legitimaron despues su adquisicion, precisamente cuando mas rudas y menesterosas se mostraban otras
naciones, en los siglos anteriores cultas y florecientes.
Así, pues, á pesar de las construcciones de barro y ladrillo, todavía nuestra arquitectura, cual existía ántes del
siglo XI, puede sin mengua sufrir la competencia con la
empleada en otros pueblos, mas que el de la Península,
atrasados y menesterosos.

CAPÍTULO V.

La vaguedad é inexactitud de los juicios, que por
espacio de muchos años se formaron, así de los diversos géneros de arquitectura empleados en el Occidente
durante la edad media, como de sus orígenes y vicisitudes, produgeron insensiblemente la variedad y confusion, que se advierte en la nomenclatura de sus escuelas. Mal observadas en su misma cuna, sin que el arte
y la arqueológia las siguiesen en sus largas y repetidas
emigraciones, ni se curasen tampoco de apreciar las
influencias particulares que mas ó ménos alteraron, segun los pueblos y las edades, sus caractéres, fueron
primero calificadas por los accidentes secundarios, que
recibieron de una localidad determinada, que por los elementos constitutivos, á los cuales deben su manera propia, una en el fondo, bajo distintos climas y dominaciones. Para describirlas con propiedad, y darles un nombre
acomodado á su carácter, era preciso examinarlas en
varias regiones; seguirlas en su desarrollo progresivo; determinar sus vicisitudes; ver cómo, apartándose de su

orígen, se transformaban, adquiriendo nuevas propiedades; generalizar las ideas, y deducir de su conjunto un sistema, cuyos fundamentos fuesen, no ya las observaciones aisladas, sino los principios deducidos del análisis del arte mismo, considerado bajo todas sus fases, y en todos los paises, donde pudo florecer y aclimatarse.

No se hizo así en el siglo XVIII, y los nombres gratuitamente concedidos á los estilos arquitectónicos, fueron tan varios é inconducentes, como eran vagas é indeterminadas las propiedades y caractéres á que se referian. Suponiendo Llaguno y Amírola que la manera de construir de los Godos, continuada por los Reyes de Asturias y Leon, se conservó hasta el siglo XI, al apoyarse en las ideas de su tiempo para fijar el orígen de la arquitectura ojíval en el Imperio de Carlo Magno, supone que tres siglos despues habia adquirido ya, allí donde naciera, todas las buenas cualidades que la caracterizan, y la designa con el nombre general de gótico-germánica, advirtiendo que posteriormente se la llamó tambien mazonería, crestería, obra nueva, y gótica-moderna, para distinguirla de la greco-romana. No mas acertado, y con la misma confusion de ideas, su comentador Cean Bermudez, quiso que se llamase arquitectura ultramarina, en el concepto de que habia sido importada de la Palestina y de la Siria, por los cruzados. Así era como estos escritores, que con tan noble empeño se proponian ilustrar los anales de nuestra arquitectura, siguiendo las opiniones equivocadas de su época, comprendian en un mismo período diversos estilos arquitectónicos, y creyéndolos uno solo, daban á todos ellos un nombre comun é inoportuno, que ni se avenia con el objeto que designaba, ni con las cualidades que la historia del arte le concede.

Ni es de extrañar que en tiempos anteriores, calificase Ponz de antiguallas góticas, los monumentos de esas escuelas, cuando Bosarte mucho despues no encontró para ellos una denominacion mas propia y adecuada.

Otros apreciadores de las artes, tanto dentro como fuera de España, se contentaron con llamar góticas antiguas las construcciones anteriores al siglo XI, y góticas modernas á las posteriores á esa época: division absurda y nomenclatura completamente gratuita, que prueban no fueron entónces bien comprendidas, ni en su justo valor apreciadas sus cualidades esenciales.

Entrado ya el siglo XIX, y hecha la conveniente aplicacion de la arqueológia al exámen de los monumentos arquitectónicos, se llamó Lombardo en Italia, Normando en Francia, Sajon en Inglaterra, Teutónico en Alemania, Gótico antiguo y aun Bizantino en España, á aquel género de arquitectura que, precediendo al ojíval, continuó desde el siglo VIII hasta el XIII, uno mismo en el fondo, pero diverso en los detalles, segun los períodos que hubo de recorrer, y las revoluciones sociales, que mas ó ménos afectaron sus formas. Mejor estudiados y comprendidos al fin sus monumentos, conocida su descendencia y sus orígenes, y bien determinados sus cambios y derivaciones, se ha conseguido en nuestros dias una clasificacion mas oportuna de las escuelas que produjo, la cual, poniendo en olvido las nomenclaturas admitidas hasta entónces, autorizó otras mas conformes con la historia del arte. Mr. de Gerville, ilustrado por los datos de que sus antecesores carecian, despues de muy detenidas indagaciones, fué el primero que designó con el nombre de románico, el estilo propio de los edificios anteriores al siglo XIII. Parecíale que, derivado del romano, ya bastardo y corrompido, y conservando una gran parte de sus principales caractéres, le convenia esta denominacion, y por espacio de diez y seis años los arquitectos y arqueólogos la admitieron casi por unanimidad. Ultimamente estudiado el arte en todas

partes donde dejó notables señales de su existencia, y fi-
jada con mayor precision la analogía que media entre las
ideas y las palabras que las espresan, ya no pareció ese
título tan exacto y cumplido. Así en las instrucciones formu-
ladas por la Comision central de las artes y monumentos
de la Francia, como en la Revista de la Arquitectura,
que redactó M. Albert Lenoir, se distinguieron muy acertadamente los edificios cònstruidos desde el siglo IV hasta
el XI, de los que les sucedieron hasta el XIII. Llamaron
sus autores estilo latino al de los primeros, porque le
consideraron como una continuacion del romano del bajo
Imperio; y románico al de los segundos, á semejanza del
romance vulgar, así denominado por derivarse del idioma
del Lacio, ya notablemente adulterado y corrompido.
Pero si no hubo mas que una sola opinion para designar
con el epíteto de latina, la arquitectura anterior al siglo XI, no sucedió lo mismo con el de románica, aplicado
á la que le sucedió, y fué precursora de la ojíval. Háse
creido que no puede ajustarse bastante á todas las condiciones y circunstancias de la construccion á que se refiere; que harto general é indeterminado, solo conviene á una parte de sus propiedades especiales, y que no
califica del mismo modo el conjunto de las fábricas. Otros
hubo despues, que llevados del orientalismo que estas
respiran, y atentos solo á muchos de sus detalles conocidamente neo-griegos, no dudaron dar á su arquitectura
el nombre de bizantina. Con él es hoy conocida entre
nosotros, aun mas que en el extranjero. ¿Pero quién no
advierte cuanto dista de la que, nacida en Bizancio, y generalizada en las regiones del Asia, penetró por último
en las riberas del Adriático? Porque no basta la semejanza de un corto número de ornatos, la adopcion de algunas
maneras de la escuela oriental, si en la mayor parte pre-
valece la antigua de Occidente. Es lo cierto que la latina,

y la neo-griega, concurriendo de consumo á la formacion
de este nuevo estilo, al darle originalidad y brillo con sus
mútuas inspiraciones, debieron contribuir juntas á procurarle el nombre de romano-bizantino, que no sin razon se le dá por muchos. ¿Qué otro se avendría mejor
con su índole y sus orígenes? Si para los templos conserva la planta de la basílica latina, y su distribucion y
sus formas principales; si no desecha las prácticas de la
construccion material, y las molduras y perfiles del romano, tambien prohija al mismo tiempo las columnas caprichosas, los capiteles y las bases, los agimeces y las cúpulas, las archivoltas bordadas y los arcos simulados, y
á veces la soltura y la pompa oriental, que los griegos de
Constantinopla idearon para sus edificios, ya desde los
tiempos de Constantino. Así es como ni completamente
romana, ni del todo neo-griega, esta escuela en parte
latina y en parte oriental, viene á legitimar el nombre de
romano-bizantina. Ese le darémos nosotros, siguiendo el
ejemplo de varios escritores modernos, que de ella han
hecho particular estudio.

Sentimos que nuestra opinion difiera aquí de la de
Batissier, en su Historia del arte monumental. Ciñéndose
este juicioso escritor á los monumentos de la Francia, es
uno de los que, sin apartarse del parecer de Mr. Gerville,
adopta, como él, para esta arquitectura el nombre de románica. Fúndase principalmente en que si bien reune propiedades características del romano y del bizantino, participa tambien de otras, pertenecientes al estilo árabe y al
lombardo. Pero no puede dudarse que el primero se deriva en gran parte del bizantino, y que el segundo ni es
original, ni disimula su procedencia latina. Se considera
como un hecho histórico, que si uno y otro ejercieron alguna influencia en la formacion de la arquitectura de los
siglos XI y XII, no por eso le comunicaron un nuevo

carácter, una vez que conformes con sus orígenes, solo le ofrecieron detalles del gusto neo-griego y del romano, mucho ántes conocidos. Ni es preciso probar ahora que los agimeces, los arcos lobulados, cual los de la catedral de Córdoba, y de una ventana de mármol blanco de la de Tarragona, las arcadas simuladas, las grecas y zigzacs, y los merlones y redientes, empleados por los árabes , se encuentran primero en las fábricas que los Emperadores griegos de Constantinopla elevaron en sus estados: tampoco es dudoso, despues de publicadas las sábias investigaciones del conde Cordero de San Quintino, sobre la arquitectura de los lombardos en Italia, que los edificios atribuidos á estos conquistadores en los tiempos de su dominacion, no les pertenecen; que son de época muy posterior, y que los que realmente elevaron, se ajustaban á las prácticas romanas, una vez que entónces no se había desarrollado en el Occidente el gusto bizantino, tal cual se dejó sentir en el siglo XI y en el XII. No es, pues, esa influencia del árabe y del lombardo, la que puede probar la pretendida inexactitud del nombre romano-bizantino, aplicado á la arquitectura del Occidente, que sucediendo á la latina, precedió á la ojival. Concediendo que las razones de Batissier para no admitirle, sean fundadas con relacion á los edificios de la Francia, creemos que carecen de la misma fuerza, cuando se trata de los de la Península, donde hubo causas especiales para que el orientalismo predominase en ellos de una manera notable.

Es verdad: en un número muy corto de los anteriores al siglo XI, construidos en nuestro suelo, se traslucen ya ciertos rasgos de gusto oriental, conocidamente emanados de la escuela de los árabes; pero esta circunstancia se presenta como una singularidad; es una escepcion de la regla general seguida en las construcciones todavía latinas por su carácter y estructura. Y aunque así no fuera; suponiendo desde luego que en todas ellas se descubriese la influencia de la escuela árabe, no alteraría esto su índole propia, variando los elementos que concurrieron á producirlas. Porque hasta mediados del siglo XI, ó aun mas tarde, no adquirió la originalidad que la distingue. Antes de esa época fué solo imitadora; una tributaria inesperta y ruda de la romana y de la bizantina, cuyos elementos empleaba sin novedad, sin hacerlos suyos por la invencion y las combinaciones artísticas, capaces de transformarlos y poner en olvido su procedencia. ¿Qué pudieron los árabes ofrecernos en los siglos IX y X, y en una gran parte del XI, sino los caractéres latinos y neo-griegos, los rasgos de escuelas anteriores, con los cuales aun no habian logrado formar del todo otra esencialmente distinta y propia suya? Consiguiéronlo al fin, y la estendieron en sus dominios de España, imprimiéndole el sello de una originalidad fantástica; mas precisamente cuando la romano-bizantina dentro y fuera de la Península aparecia ya cual nunca oriental, ataviada y risueña; cuando por los adelantos sucesivos del arte y el genio de sus cultivadores, ofrecian sus monumentos casi todos los principios constitutivos del gótico; cuando este se ensayaba en algunos pueblos de Europa.

El influjo de la arquitectura árabe en las construcciones de Aragon y Castilla, empezó á sentirse, mas que nunca, desde los tiempos de D. Alonso X, siendo en los anteriores escaso é insuficiente para alterar sus formas, y apartarlas de sus orígenes. Si, pues, los elementos de la arquitectura cristiana, entre nosotros generalizada desde los primeros años del siglo XI, hasta los últimos del XII ó los primeros del XIII, son romanos y bizantinos; si de su amalgama resultó un nuevo género independiente de otras escuelas; si no concurrieron á formarle con sus propias invenciones, ni los árabes ni los

;

lombardos; si por ellos ha recibido únicamente cualidades
neo-griegas, no existe á la verdad un motivo plausible
para que deje de llamarse romano-bizantino. Nos parece
por lo ménos que el adoptado en la Península durante el
largo período de dos siglos, no puede caracterizarse con
una denominacion mas adecuada.

Fijado ya el nombre que le conviene, hasta ahora
tan expuesto á equivocaciones, veamos cómo esta escuela
se ha propagado en nuestro suelo; cuáles caractéres la
distinguen, qué variaciones esenciales ha sufrido en su
desarrollo, y cómo vino al fin á producir la ojíval, que la
puso en olvido.

CAPÍTULO VI.

Dos grandes escuelas arquitectónicas, la del Oriente, creada en Constantinopla bajo la proteccion de los Emperadores griegos, y la del Occidente, derivada de la antigua romana, y acogida por los Pontífices, se disputaban desde el siglo V las construcciones monumentales de la Europa y del Asia. Representando distintos elementos de civilizacion, y producto de un cambio notable en las ideas sociales y las instituciones del Imperio de los Césares, era la primera original ó independiente; infiel imitadora la otra, pero apasionada á su modelo. Mientras que engreida aquella con su juventud y su riqueza, ostentaba el carácter risueño, y la amable frivolidad de su pais natal, olvidando esta la nobleza de sus orígenes, severa como las tradiciones que la sustentaban, harto flaca y trabajada para resistir sin alterarse las convulsiones que conmovian el Occidente, se abandonaba, falta de inspiracion y de vida, al capricho de los bárbaros, que se repartian los despojos de la grandeza romana en Italia, en las Galias, en la Península Ibérica. Orgullosa, sin embargo, y envanecida con sus recuerdos, al ofrecerles sus máximas y sus secretos, los consideraba como un dogma sagrado, que era preciso conservar inalterable. Al contrario, la nacida en Bizancio: teniendo en su apoyo la cultura del Imperio griego, innovadora y resuelta; mas animosa y amiga de la variedad, cuanto mas jóven, independiente y libre; sin consultar á lo pasado, sin temor del porvenir, cual si participase del poder y del aliento de sus ilustrados cultivadores, ó le viniesen ya estrechos los ámbitos de su cuna, manifestábase invasora y dominante; y siguiendo la marcha de los conquistadores, que la habian visto formarse, llevaba con ellos á las regiones del Asia y de Europa, donde alcanzaban sus victorias, la originalidad y la pompa de los ricos y peregrinos arreos debidos á su genio inventor, y de que hacia siempre vistoso alarde. Bajo las banderas del Islamismo, era modesta y sencilla, como en los dias de su infancia se mostraba, era mas orgullosa y ataviada, ostentando toda la lozanía de sus mejores años, pero siempre hija del Oriente, y llena de los recuerdos de Santa Sofía, y de las mezquitas de Jerusalen y del Cairo, habia recorrido triunfante las vastas regiones del Asia y del Africa, dominando sin rivales desde las orillas del Adriático, hasta las del Gánges. Sucesivamente Sardes y Éfeso, Tebas y Menfis, Istacar y Naoksi, Gnacio y Benarés, le deben sus monumentos sagrados. Pero mucho ántes los griegos de Constantinopla, al redoblar sus esfuerzos para reunir al Imperio de Oriente las estensas y preciadas provincias, que eran presa de los bárbaros en la parte occidental de Europa, la habian introducido en algunas, mas como alarde de su cultura, que como un elemento de civilizacion, acomodado al gusto de los naturales, que tal vez no podian apreciar bastante su verdadero mérito. Apénas los Godos empezaban entónces á civilizarse con las leyes y las

costumbres del Lacio, cuando vencidos por Belisario y
Narses, les abandonaban sus conquistas. Devuelta la Italia
al Imperio, y erigido el exarcado de Ravena, sus nuevos poseedores elevan en la misma capital el baptisterio
de San Juan y la iglesia de San Vital, donde el gusto
bizantino aparece en toda su pureza y esplendor. Pero
estos preciosos monumentos no son en el siglo VI, época
de su ereccion, mas que un ejemplo magnífico de la cultura griega, que la Italia desolada por las invasiones y la
anarquía, tanto ménos puede seguir, cuanto mas se aparta del tipo romano, en ella conservado con religioso respeto desde la adopcion de la basílica, y el triunfo del
Cristianismo.

¿Cómo, pues, en su falta de cultura, y en la orgullosa
pretension alimentada por la memoria de su pasada gloria,
vendría ahora, sin el genio y la resolucion que en otro
tiempo la distinguian, á imitar un nuevo género de construccion, tan poco acomodado á sus tradiciones, á la severidad clásica de sus antiguas artes, á cuanto le recordaba
sus pasados destinos y su situacion presente? Libre, original, atrevido, desdeñando los modelos romanos, y haciendo
alarde de su emancipacion, el estilo bizantino, ya desde los
tiempos de Justiniano, se presentaba á la Italia, ó como
una innovacion, que heria su disculpable orgullo, ó como
un progreso, que acusaba su lastimosa decadencia. Fué
por otra parte muy breve el imperio de los griegos, sobre
las orillas del Adriático, para que el genio de sus artes
se aclimatase en ellas. Nuevas guerras y conquistas, nuevas invasiones de bárbaros sucedian á las primeras. Los
lombardos, gente aguerrida y grosera, aun mas que la
goda, despues de cuarenta años de combates, al posesionarse de su conquista, hubieron necesariamente de adoptar
la arquitectura de los vencidos, la que desde Constantino
se empleaba en todas las construcciones religiosas; porque

ní se conocia otra en sus dominios, ni, rudos y menesterosos, eran capaces de inventarla. Sin embargo, se dió su nombre á la empleada en ese tiempo, y se pretende concederles el honor de un nuevo estilo, que no pudieron introducir, ni aun modificando el único que en Occidente predominaba, fijo y constante en sus principios, y consagrado por el Cristianismo y las costumbres á los monumentos religiosos.

Con una crítica luminosa y severa, y con admirable sagacidad y gran copia de datos históricos, claramente demuestra este error el conde de San Quintino en su escelente obra de la Arquitectura italiana durante la dominacion Longobarda, cuya obra fué premiada por el Ateneo de Brescia, en 1829. Fuera de toda duda se halla hoy que muchos edificios atribuidos á los lombardos, corresponden á los pueblos que les sucedieron en tiempos muy posteriores: tal es en efecto, el carácter que los distingue, que ni en el Oriente mismo fué conocido hasta dos siglos despues de la destruccion del Imperio lombardo en Italia. Aun suponiendo que entónces existiese en el exarcado de Ravena, ¿cómo le adoptarían esos fieros conquistadores, extraños á los usos y civilizacion del Oriente, enemigos irreconciliables de los griegos, luchando siempre contra ellos en las fronteras de sus posésiones? Dos siglos de permanencia en Italia los habian hecho romanos, y al adquirir su idioma y sus costumbres, no les era dado rechazar sus artes, y cambiarlas por las del Oriente allí desconocidas. Porque es una verdad: los escasos monumentos del exarcado de Ravena, eminentemente bizantinos, eran una escepcion de la regla general, y se hallaban reducidos á un territorio, que no habian dominado los lombardos. Por otra parte, no son los tiempos de inquietud y turbulencia y de grandes trastornos sociales, los mas á propósito para una variacion radical en el carácter de las artes. Progresan y se transforman, amparadas de la paz, cuando el genio puede libremente abandonarse á sus inspiraciones: tímidas y abatidas apénas respiran, si vienen á perturbarlas en sus inocentes tareas los estragos de los combates. Entónces ó se estacionan, ó sucumben con sus dogmas y sus recuerdos, lejos de buscar en nuevos ensayos, un aliento que no encuentran en el estado de la sociedad. Eso sucedió en Italia: fueron romanas en su mismo abandono, y el modelo que les ofrecia el bizantino Narses, y los que engrandecian la capital del exarcado, no bastaron á producir una sola imitacion. Así es como el obispo Ursicino, poco tiempo despues de construida la iglesia de San Vital de Ravena, sigue la antigua y autorizada construccion puramente romana, en la basílica de San Apolinario.

El tiempo hizo al fin lo que no podia esperarse entónces del aliciente de la novedad, y del deseo de imitar. Conforme se calmaban los odios de vencedores y vencidos, ya que no se adoptó en las provincias de Italia el nuevo estilo bizantino, ni fueron por un momento abandonadas las prácticas del romano, precisamente porque se aspiraba á mejorarle, se le allegaron algunos rasgos de gusto oriental, sino bastantes á desnaturalizar su verdadera índole, suficientes á lo ménos para ponerle á mas distancia de sus orígenes. Estos leves destellos del estilo bizantino vense ya brillar en el siglo VII sobre las masas de las fábricas latinas, como un efecto producido por el acaso. Perdidos en la construccion, ni anunciaban siquiera el intento de innovar: parecian mas bien el capricho del artista sin consecuencia en sus producciones, que el asentimiento de la opinion, poco dispuesta á dispensarles su favor. Pero desvanecidos los primeros escrúpulos, ó la moda ó la costumbre llevaron mas lejos los ensayos en el siglo VIII. Las influencias del Imperio griego sobre los pueblos del Occidente, eran entónces mayóres y mejor apreciadas : su cultura cundía por todas partes, á proporcion que la hacian mas necesaria la importancia política del Oriente, y el olvido cada vez mas profundo de la antigua civilizacion romana. Solo en Constantinopla se conservaban sus brillantes despojos, y allí los buscó el genio creador de Carlo-Magno, cuando se propuso la restauracion del Imperio de Occidente. Quiso engrandecerle con monumentos magníficos, y trajo para construirlos artistas griegos, á cuyo lado se formaron otros del pais. Su aficion á la nueva escuela, y el intento, ya que no de propagarla, á lo ménos de enriquecer con algunas de sus máximas la antigua romana, apénas puede ponerse en duda. A semejanza de San Vital de Ravena, fábrica completamente neo-griega, eleva la de Aix-la-Chapelle, y en los palacios de Nimega, Ingelheim y Walstorf, si adoptado el estilo latino, se emplean los mármoles de antiguas fábricas romanas, todavía en algunos de sus detalles se dá cabida al gusto oriental, como una concesion á las tendencias de la época, y á la opinion, que no extrañaba estas novedades.

Con el mismo deseo de restaurar las artes, si con ménos recursos y genio, Ludovico Pio y Carlos el Calvo llaman á sus estados nuevos arquitectos griegos para continuar las construcciones. No mucho despues Othon el Grande prepara en Italia el desarrollo y las reformas, que ha de recibir la arquitectura algo mas tarde, para emanciparse de las tradiciones que la conservaban inalterable en sus principios, y allegar á sus antiguos ornatos los de las escuelas extranjeras, á las cuales, intolerante ó desdeñosa, mirara hasta entónces con altivo desden. Reprimida la anarquía por los esfuerzos de aquel Príncipe, sometidos los tiranos, que oprimian las ciudades harto débiles y menesterosas para resistirlos; sin que el odio de las razas enemigas proscribiese ya las mútuas producciones de sus artes, las fábricas bizantinas del exarcado de Ravena, dos siglos ántes erigidas, no parecen ya á los ojos de los italianos una novedad extraña y una importación peregrina, contraria á sus creencias artísticas. Por decirlo así, habian recibido del tiempo carta de naturaleza, y como indígenas se consideraban algunas de sus propiedades características. He aquí el orígen de esos vislumbres del gusto oriental, sucesivamente advertidos en Santa Fósca, de la isla de Torcello, en San Ciriaco de Ancona, construccion del siglo X, con sus capiteles imitando el antiguo; en las cúpulas bizantinas de Parma, Plasencia, Milan y Padua, y en los ornatos de San Miguel de Como, y San Agustin de Pavía.

Aunque ningun edificio sagrado existe hoy de los labrados en Sicilia, desde su incorporacion al Imperio de Oriente, hasta que fué invadida por los árabes, es un hecho histórico que casi todos se modelaron por los de Constantinopla; y así se esplica como los normandos, al establecerse en esta isla, siguieron la escuela bizantina, ó hicieron suyas por lo ménos una gran parte de sus máximas.

No se crea sin embargo, que á pesar de esta marcada tendencia de los pueblos de Occidente á recibir el gusto bizantino, y de las circunstancias que en los siglos IX y X se prestaban á su desarrollo, la arquitectura latina, ya gastada y decrépita, hubiese con una rápida degeneracion transformado su antigua índole de tal manera, que apareciese otra distinta. Tenazmente apegada á las tradiciones, que hasta entónces la sostenian, conservaba todavía su carácter general, aun allí donde mas causas concurrian á corromperle. Ménos prevenida contra el orientalismo, que con tanta rapidez por todas partes se estendia; sino del todo pudo libertarse de sus influencias, no fueron estas bastante poderosas ántes del siglo XI, para desnaturalizar la primitiva forma de la basílica, su distribucion y su planta, sus arcos y cornisas, y sus molduras y perfiles, restos mas ó ménos degenerados de la antigua construccion romana. Hízose mas pesada y ruda; ménos pura y castiza; pero permaneció al fin latina, con un sistema propio, con sus antiguas máximas y sus procedimientos tradicionales. Que ni el espíritu de imitacion, ni las combinaciones calculadas de la ciencia, ni el aliciente de la novedad producian un cambio tal en su ornamentacion y compostura, que alcanzasen á transformarla, por mas que consiguiesen hacerla parecer liviana y veleidosa. Sin designio y al acaso, entre sus propios arreos, daba cabida á varios de los extraños, y preparaba, quizá involuntariamente, un cambio radical en sus elementos componentes; pero entónces solo veia en esas apropiaciones de un gusto extranjero, nuevas preseas para su atavío, que lejos de alterar los rasgos de su fisonomía, la rejuvenecian y engalanaban. La iglesia de San Clemente en Roma, no, como se ha pretendido, fundada en el siglo V, sino á principios del IX, segun indica Mr. L. Vitet, en su Memoria sobre la arquitectura lombarda, nos ofrece hoy un ejemplo de esta influencia del estilo neo-griego en la construccion latina, uno de los primeros síntomas de aquellas notables variaciones, que en seguida vinieron á transformarla.

Esa marcada tendencia á conciliar el estilo oriental con el antiguo de Occidente, no podia encontrar un límite en la cordillera de los Alpes: cundió á la Francia, y España la sintió bien pronto, y se halló tal vez mas preparada que otros pueblos para recibirla, por las circunstancias especiales en que la colocaban, no solo la energía de los espíritus exaltados con la gloria de una empresa memorable, sino la comunicacion y las continuas relaciones entre los naturales y los árabes, ya posesionados de la mayor parte de la Península. Estos conquistadores desde muy temprano habian elevado grandes edificios en las ciudades de su dominacion, trayendo á su servicio artistas bizantinos para auxiliar sus construcciones. Mal desarrollado todavía el carácter propio de su arquitectura, vago é indeterminado, como un compuesto de diversas escuelas, en cuyo conjunto tuvieron mas parte la necesidad y el acaso, que la combinacion y el cálculo, presentaba casi sin alteracion sensible los elementos, que habia tomado del romano y del bizantino. La mezquita de Córdoba con la planta latina y los mármoles de las antiguas fábricas romanas, en ella aprovechados, ostentaba ya varios ornamentos orientales de la escuela de Bizancio. De ella habia recibido los mosáicos y pinturas, los artesonados de alerce, los arcos festonados de lóbulos, en su perfil interior, los agimeces y zigzacs, los angrelados y arcadas simuladas, los enlaces de cintas y flores, y las combinaciones caprichosas y variadas de las líneas rectas: objetos de imitacion, que la Monarquía cristiana del norte de España no podia desechar en el siglo X, cuando por una parte se alteraban insensiblemente las prácticas de la construccion romana, y por otra le daban un ejemplo del aprecio en que se tenian estas novedades, la tierra clásica de las artes y la Roma de los Pontífices.

Por mucho que fuese en esa época el apego de los españoles á la memoria de sus padres, y el odio á los enemigos de su nombre, no era dable que al restaurar sus templos, y erigir sobre las ruinas de las poblaciones antiguas otras mas acomodadas á su nuevo estado social, aun sin pretenderlo, dejasen de aficionarse, en cuanto su cultura lo permitia, á esa pompa y donosura de los orientales, que tanto contrastaba con la pobre severidad de sus desnudos edificios. Tampoco eran tales su aislamiento y olvido de los demas estados cristianos, que encerrados en sus montañas, no llegasen hasta ellos el movimiento general, y el cambio de las ideas que por todas partes ofrecian á la rudeza de los septentrionales, los útiles inventos del Imperio griego. Desde muy temprano los Reyes de Asturias habian mantenido frecuentes relaciones con los Pontífices romanos y los Príncipes Francos. El cisma de Elipando fué uno de los sucesos que entónces las fomentaron, bajo los reinados de D. Silo y Mauregato. Poco despues D. Alonso el Casto siguió con la Santa Sede una estrecha correspondencia, á causa del concilio de Oviedo, y de las negociaciones entabladas para erigir en Metropolitana la silla episcopal de esta ciudad.

Casi por el mismo tiempo penetraba Carlo-Magno en Cataluña, estendia sus conquistas desde las vertientes del Pirineo, hasta las márgenes del Ebro; agregaba la Monarquía lombarda á su dilatado Imperio, y dispensando una poderosa proteccion á la iglesia, en todas partes levantaba sus templos y monasterios, á semejanza de los que se admiraban en Pavía, Ravena, Parma, Ancona y otras ciudades de Italia. Mas que las embajadas y los ricos presentes, las ideas del siglo, el espíritu religioso, el rumor de los altos hechos de armas, y los mútuos intereses de los pueblos de una y otra parte del Pirineo, robustecieron en esa época la alianza y amistad del Emperador Franco y del Monarca asturiano. ¿Pensaría este en la suntuosa fábrica de San Salvador de Oviedo, en los acueductos y basílicas, en los palacios adornados de pinturas con que engrandeció su corte; en restaurar los altares de los pueblos reconquistados, sin consultar el genio de las artes, que poco ántes amedrentado con los estragos de la guerra, empezaba ahora á desplegar tímidamente sus alas bajo la proteccion del nuevo César?

Ni era posible que en la estrechez á que se hallaba reducida la Monarquía asturiana, cercada de ruinas, con muy estrechos límites, escasa de monumentos públicos, dejase de recurrir por modelos á las regiones vecinas, donde la preponderancia de Roma, la cultura de los estados italianos, el genio de Carlo--Magno, y la robustez y poderío de su Imperio, contribuian al desarrollo de la arquitectura latina, que empezaba á sentir los efectos del gusto bizantino, ya conocido en las costas del Mediterráneo y del Adriático.

Entre tanto se echan los fundamentos de la Marca Hispánica: los condes de Barcelona se declaran feudatarios del Imperio de Occidente; y los de Navarra, ora relacionados con los de Aquitania, ora tributarios de D. Alonso el Magno, dan ocasion con sus frecuentes alzamientos, á que este Monarca entable relaciones con los Francos, se acerque á sus colonias en la Península, y observe por sí mismo el estado de su cultura, y las artes importadas de su patria. Ningun Príncipe hasta allí de cuantos lucharon por restaurar el Imperio godo, habia contado con mas recursos para reparar las devastaciones del Islamismo, y restablecer el culto, que los pueblos libertados demandaban. Merced á la grandeza de su ánimo, pudo dar consistencia á su trono, y estender á muy vastos territorios los límites ántes estrechos y mal seguros de la Monarquía.

En el cambio político producido por estos grandes sucesos, una misma causa, unos mismos intereses, el odio implacable contra el enemigo del nombre cristiano, el espíritu religioso, que le estiende y fomenta, reunen bajo una sola bandera á nacionales y extranjeros; y bien pronto pueblos distantes y civilizaciones diferentes, hacen comunes entre sí las costumbres, los inventos, las ideas y las necesidades que los produgeron en distintos y apartados climas. Natural parece que en este movimiento social, cuando de las ruinas del Imperio gótico brotaban por todas partes á la voz de los Pontífices y de los Reyes los altares del culto católico, adoptasen nuestros mayores la única arquitectura consagrada á sus dogmas, la única admitida en todos los pueblos del Mediodía de Europa. En esa misma época el peligro comun, la influencia de Roma, la identidad de las costumbres, la analogía del orígen y del estado social, y mas que todo las creencias religiosas, los recuerdos de Covadonga y de Poitiers, ligaban con vínculos estrechos las vastas regiones de Aquitania y Narbona, y las que se estendian por las vertientes meridionales del Pirineo. Y entónces ya nos ofrecia la Francia edificios sagrados, en que el estilo latino, no tan puro como en sus mejores dias, ostentaba algunos detalles del gusto bizantino, que sino desfiguraban su índole, ponian por lo ménos en evidencia el influjo que empezaban á ejercer en las construcciones del Occidente, las maneras de la escuela de Bizancio. La catedral de Tolosa, la iglesia de San Gaudens, la de Santa Cruz de Burdeos, la de San Juan de Poitiers eran un modelo en este género.

Alonso el Magno tuvo ocasion cumplida de imitarle, pues que en sus tiempos, segun afirman los escritores coetáneos, fueron renovadas muchas poblaciones, y restaurados los templos destruidos en las recientes invasiones de los árabes. Consérvanse en efecto varias iglesias de esa época, y apénas se comprende que este Príncipe, empeñado en una guerra contínua y sangrienta, encontrase los recursos y la oportunidad, que obras tan costosas exigian.

Se ve, pues, cómo la historia nos manifiesta las principales causas, que desde el siglo VIII hasta últimos del siglo X, pudieron influir mas ó ménos directamente en que el estilo latino, conocido entónces en la Península, sin degenerar todavía de sus orígenes, ni constituir un nuevo género de construccion, déjase ya traslucir en algunos de sus detalles accesorios ese sabor oriental de muchas fábricas de Italia y de Francia, y que poço á poco cundia á todas partes, como el precursor de una escuela ántes ignorada del Occidente. En varios de nuestros templos se advierte esta novedad de una manera bastante marcada, para que no llame ya la atencion del artista, y se tenga por un incidente sin consecuencia en las transformaciones sucesivas de nuestra arquitectura. La inapreciable iglesia de San Miguel de Lino, de cuya fábrica se conserva una gran parte, al decir de Morales, siempre exacto y verídico en sus descripciones, ostentaba sobre los robustos pilares de su reducido crucero un cimborrio, que á juzgar hoy por la disposicion particular del edificio, no podia asemejarse en sus formas á los conocidos en la Roma de los Césares. ¿Descollaba libremente sobre cuatro arcos, como los bizantinos, ó tenia su punto de apoyo en el macizo de los muros, como los romanos? Lo ignoramos; mas probable parece sin embargo lo primero, si á los restos hoy existentes de este monumento, nos atenemos. Mucho del gusto oriental se trasluce tambien en la iglesia priorato de Celanova, cerca de Peñalva: se ven los paramentos interiores de Santa María de Naranco, adornados de arcos de medio punto, prolongados por sus extremos mas allá del semicírculo, y sostenidos por columnas delgadas, imitando en sus fustes el tegido de un cable, y sin que ningun género de imposta las enlace, segun la manera neo-griega. Algunos de sus capiteles toscamente labrados, y de muy rudo dibujo, en la forma general imitan bastante á los empleados por los Longobardos en Italia, y aun puede asegurarse que se encuentra su tipo entre los que adornan á San Vital de Ravena. De la misma clase son varios de los de Santa Cristina, en Lena, donde hay ademas en la banqueta, que guarnece el frente del ábside, labores conocidamente de procedencia oriental. Igual orígen tienen tal vez los groseros capiteles en extremo desaliñados de San Millan de la Cogulla, cuya forma cúbica, con los ángulos inferiores redondeados hasta recibir la figura cilíndrica para ajustarse á los fustes, recuerdan otros del Oriente y de Italia, emanados de la escuela de Bizancio. A ella corresponden asimismo las fajas toscamente cinceladas de San Miguel de Lino, las del friso que guarnece la Cruz de la Victoria, en la fachada de San Salvador de Valdedios; los calados de una ventana, que se vé en este edificio, y cuyos círculos enlazados descubren en su combinacion los empleados con tanta frecuencia por los bizantinos, aun ántes del siglo VII; los capiteles de San Miguel de Escalada, obra del siglo IX, y que afectan ya la forma de la azucena; los de Santa María de Campomanes; los de San Pedro de Montes, y todos sus ornatos pertenecientes, como el resto de la fábrica, á la Era de 939: curiosa y respetable construccion, debida al maestro Viviano, y á la piedad de San Genadio. Otros rasgos de este gusto oriental se encuentran esparcidos en la iglesia de Peñalva, erigida á últimos del siglo IX ó principios del X; en la de Compludo del mismo tiempo, y en la de San Pedro de las Rocas.

Si se analizasen los diversos capiteles, que á estas fábricas corresponden, no solamente se echaría de ver que sus tambores no son ya del todo romanos, sino que hay en ellos ornamentos neo-griegos, á semejanza de los introducidos por los bizantinos en Sicilia y en el exarcado de Ravena, y tales como despues Carlo-Magno y sus hijos los emplearon en Francia. Esa procedencia es preciso conceder á los iconísticos, entre los cuales sobresalen por su ruda extrañeza los de Santa María de Naranco; á los cordones enlazados, á ciertos ramages y

plantas, producto del Oriente, á las figuras monstruosas
allí conocidas ó inventadas, y de todo punto exóticas en
los paises de Occidente. Pero estos detalles, nunca por los
romanos adoptados ántes de Diocleciano, y de que la
arquitectura latina tampoco hizo uso en sus orígenes, no
pusieron en olvido los que procedian del antiguo corintio. Con mucha frecuencia le tomaban por tipo nuestros
artistas durante esa época, á pesar de su torpeza en el
manejo del cincel, y de su falta de esperiencia en la ejecucion material. Los capiteles esparcidos alrededor de
San Miguel de Lino, los cuales adornaban esta fábrica,
sin ser aplastados, como otros que despues se labraron,
no solo nos ofrecen regulares contornos, sino tambien
dos ó tres órdenes de hojas parecidas á las del acanto,
con una colocacion análoga á la que les daban los griegos
y romanos. El corintio nos recuerdan igualmente los de las
columnas arrimadas al muro, que exornan el tránsito
paralelo á la iglesia de San Salvador de Valdedios.

Por lo demas ya se ha visto la marcada analogía de
nuestras fábricas de Asturias y Leon, anteriores al siglo XI, con las latinas de otros pueblos; cuánto se asemejan en su planta y sus formas principales á las antiguas basílicas; cómo conservaron su tipo romano, y que
en ellas se ha continuado la manera de construir de los
godos. Para formar ahora ideas mas exactas de toda su
estructura, y apreciar, aun en los menores detalles, el estilo latino que las distingue, observarémos que son otros
tantos rasgos de su carácter las columnas cilíndricas faltas de proporcion entre el diámetro y la altura, ya sueltas
y delicadas, cual las de Santa María de Naranco, ya mas
robustas y macizas, como las de San Miguel de Lino y
San Salvador de Valdedios; los capiteles caprichosos de
incorrecto dibujo y tosca ejecucion, con mas frecuencia
parecidos al corintio, que producto de la fantasía del

artista : las bases, en su totalidad modeladas por las áticas unas veces, y otras muy semejantes á las toscanas, y de regulares proporciones : las naves laterales reducidas y de escasa elevacion respecto de las centrales, á manera de un estrecho tránsito, tal cual aparecen las de Santullano, San Salvador de Priesca y San Salvador de Valdedios: las bóvedas siempre de medio cañon, y ménos frecuentes que los techos de madera: los ábsides de planta cuadrilátera ó cuadrilonga, mas bajos que el cuerpo principal de la iglesia, cubiertos de madera en algunos edificios, y en otros de bóveda semiesférica : las paredes generalmente destituidas de ornatos en sus paramentos esteriores, y en la parte interior, que corresponde al ábside, decoradas frecuentemente con arcos simulados de corto diámetro, que resaltan sobre ellas, como en la iglesia de Santullano: los botareles poco salientes, á manera de los de Santa María de Naranco: las impostas lisas, y algunas veces apoyadas en canecillos: la forma de estos sencilla y sin relieves, describiendo á menudo una media caña, vistos de frente : los ingresos semicirculares sin columnas ni labores, á diferencia de las puertas de comunicacion, entre el vestíbulo y la nave del templo, que son cuadrangulares como en San Salvador de Valdedios y San Miguel de Lino: la fuerza de apoyo fundada en el mismo espesor de los muros: las ventanas poco rasgadas, y divididas en algunas fábricas por una ó dos columnitas, comprendidas en el arquillo de medio punto que determina su figura muy parecida á la de los agimeces: sobre el fronton una reducida espadaña, que remata en un ángulo muy agudo: las luces escasas: los ámbitos estrechos: las proporciones regulares por lo general: la euritmia no mal observada: la escultura escasa en demasía, casi siempre empleada en los capiteles, ruda y grosera, y de un dibujo incorrecto, cual se muestra en Santa María de Naranco, San Miguel de Lino, Santa

María de Sariegomuerto, San Miguel de Escalada, San Pedro de Montes, y otros edificios anteriores al siglo XI: en los dinteles de las puertas, ó en otros parages notables de la fábrica, inscripciones concebidas en un latin bárbaro, y con caractéres romanos y abreviaturas arbitrarias, que contienen imprecaciones contra los violadores del templo, como en San Salvador de Valdedios, ó el nombre del fundador y del arquitecto, como en la iglesia de Baños, ó simplemente su dedicatoria y consagracion, como en San Zaornin, de la parroquia de Puelles, San Salvador de Deva, Santiago de Civea, y la parroquial de Bárcena, del concejo de Tineo: la construccion sólida y maciza: el aparato en ella empleado por lo general, el *opus incertum* de los romanos, con los sillares cúbicos para los ángulos, las impostas y los huecos: el aspecto mas severo que noble, y mucho mas inclinado al romano, que al bizantino. Son otros tantos ejemplos de este género de fábricas, todas las iglesias de Asturias ya citadas.

Su arquitectura una misma en el fondo, si recibe algunas modificaciones poco sustanciales de las influencias de la localidad, aparece siempre tradicional y conforme á los recuerdos de las antiguas basílicas: desde el siglo VIII, hasta los primeros años del X, no pierde su carácter latino. Si para remediar su indigencia adopta algunos detalles del gusto oriental, conserva sin embargo sus relaciones con la romana, y no pierde de vista la planta general de la basílica, las partes principales que la constituyen, la rectitud de las líneas, la sencillez de las formas, los entablamentos con pocas molduras, la supresion de los frisos y arquitrabes, y el escaso atavío con que pretende disimular su desnudez y apocamiento. Siempre grave y severa, confia esencialmente su mérito á la antigüedad y al orígen, sin que los rasgos del gusto bizantino, que allega por incidencia á las cualidades heredadas de los Godos, le den por eso pretensiones de culta y elegante, y le permitan abandonar la modesta compostura y la genial timidez, que tanto la distinguen.

Pero despues de las muchas y grandes construcciones emprendidas por Carlo-Magno y sus hijos, cuando ya los Arabes se hallaban arraigados en casi toda la Península de una manera estable, y sus relaciones con el pueblo conquistado se estendian, creando grandes intereses, ménos rígida y esclusiva la arquitectura latina, á merced de gente ruda, que insensiblemente olvidaba sus orígenes, habia sufrido ya marcadas alteraciones en el siglo X, y no se mostraba ni tan pura, ni tan intolerante como en los tiempos anteriores: cedia ahora á influencias extrañas, y adoptaba ornamentos, que no le pertenecian. Al apropiárselos, sin aumentar por eso su precio, hacíase mas pesada, y preparaba una transformacion sustancial en sus principales cualidades, que al fin acabaría por darle una índole distinta. No eran ya los capiteles romanos, ó los formados á semejanza suya, los únicos que entónces empleaba: convirtiendo las ventanas semicirculares de muy sencilla estructura en otras mas complicadas, hacia suyos los tallos perlados, los enlaces de círculos y de sus segmentos, las ondas floreadas, las puertas semicirculares, las archivoltas bordadas, los grupos de columnas, y todo con un aire peregrino, que anunciaba un próximo cambio, no ya solo en los detalles y accesorios, sino tambien en las partes esenciales. Una pompa desconocida en las antiguas basílicas era ahora admitida y conciliada con cierta severidad agreste, que le daba un carácter especial. De licencia en licencia, y por una graduacion poco perceptible, el orientalismo invadía las formas naturales del estilo latino, y sino alcanzaba á transformarlas, abria á las innovaciones una senda, tanto mas fácil, cuanto mas seductor era el ejemplo de la cultura de los árabes, y ménos exacta la memoria de las prácticas romanas, que poco á poco se iban alterando por el tiempo y los sucesos.

Fué esta la época mas lastimosa de la arquitectura española, porque incapaz de conservar su índole propia, consiguió solo con las innovaciones hacerse mas pesada y adusta, convertir su simplicidad nativa en una dureza, que le comunicaba algo de misterioso y de bárbaro, y retratar bien tristemente la miserable condicion de la sociedad entera. A últimos del siglo X, no se ven ya el arte y proporcion, la sencilla galanura de Santa María de Naranco y San Miguel de Lino: seguramente las fábricas de Viviano y de Gino, no son las que Tioda habia erigido en Oviedo, reinando D. Alonso el Casto. Mas apocadas y medrosas las construcciones, ménos latinas, anunciaban en medio de su pobreza un período de transicion para el arte de edificar: aparecian como las precursoras de una nueva escuela, y marcaban la época en que, indecisa todavía la suerte de la arquitectura, se ignoraba su porvenir, si bien no era dudoso, que dependiente en gran manera de los sucesos políticos y del estado social de los pueblos, dejaría al fin de ser romana para someterse al orientalismo, propagado primero por los Emperadores griegos, en seguida por los Arabes y despues por los Normandos.

A vista de los edificios labrados hasta entónces, y de las propiedades que los distinguen, no se concibe como un escritor del juicio y sólida instruccion de Th. Hope, el cual con tanto discernimiento ha seguido á la arquitectura en sus diversas transformaciones y vicisitudes, haya podido asegurar, que los pueblos cristianos de la Península copiaron casi siempre en sus fábricas el estilo de los moros; que estas son completamente árabes, y que solo cuando los Monarcas de Aragon y Castilla alcanzaron una preponderancia marcada sobre sus enemigos, ha dominado el estilo gótico en las iglesias y demas edificios públicos del Estado. Para que tan extraña equivocacion pudiera sostenerse, sería preciso que desapareciesen todos los monumentos que aquí se han recordado. Es verdad: de los paises dominados por los árabes, pasaron sus construcciones á los reinos de Aragon y Castilla; pero cuando estos poseian un estilo propio para sus templos; cuando se habia fijado en ellos el gusto de la arquitectura religiosa, esparcida por toda Europa desde últimos del siglo X; cuando finalmente era ménos ciego el odio contra los sectarios de Mahoma, y á las pesadas construcciones de Toledo y de Córdoba, habian sucedido, despues del XII, las delicadas y peregrinas del Generalife y la Alhambra. Antes de esa época solo se hallarán en los edificios cristianos, rasgos aislados, aplicaciones incompletas, reminiscencias alteradas de la ornamentacion árabe; pero empleadas con suma economía, y como invenciones peregrinas, que el genio hizo feudatarias de la escuela cristiana. Así aparecen en el pórtico ó galería de San Miguel de Escalada, compuesto de arcos de herradura; en la ermita de la Luz de Toledo, y en San Millan de la Cogulla. Fuera de eso, las formas, el aire de las mezquitas, sus plantas y caractéres especiales, el arte en fin de edificar propia y esclusivamente árabe, no se vé en los templos cristianos de esa edad. Y era preciso que así fuese; porque los españoles no admitieron entónces como ignorantes, sino como inteligentes, las invenciones de un pueblo enemigo, para acomodarlas al genio y á la índole de su nacion. Todavía la historia nos conserva los nombres de algunos arquitectos anteriores al siglo XI. Ni uno solo hay entre ellos de orígen árabe. Tioda, constructor de las basílicas de Oviedo, bajo Don Alonso el Casto; Viviano, que erigia en los últimos años del siglo IX ó en los primeros del X, á San Pedro de

Montes, y tambien quizá á la iglesia situada cerca de Peñalva, Gino á quien se debe la de San Salvador de Baños,
del año 980, son conocidamente de procedencia romana ó
goda. ¿Qué arquitectos árabes emplearon entónces los
cristianos? ¿Dónde estan sus fábricas? Al cóntrario; los
segundos prestaron á los primeros sus constructores. En
las estipulaciones concertadas entre Abderraman III de
Córdoba, y uno de los Reyes de Leon, tal vez D. Ber-
mudo II, el Califa exigió y obtuvo del Monarca cristiano
doce alarifes ó maestros de obras para sus construcciones
de Az-zahara. Este curioso documento, de que hace mérito
el historiador Abu Zeyd Abdo-rrahaman ben Jaldun en su
historia de los Beni Umeyya de Córdoba, y del cuál tenemos noticia por el ilustrado orientalista D. Pascual
Gayangos, viene á confirmar lo que habia probado ya la
misma estructura de las fábricas.

En igual error que Hope ha incurrido últimamente
su compatriota, Ricardo Ford, mas empeñado todavía en
sostener que el pueblo cristiano de la Península, careciendo de arquitectura propia despues de la destruccion
del trono de los Godos, hubo de adoptar la de los árabes.
La verdad es que para encontrar un edificio, en que la
escuela de estos orientales aparezca completamente desarrollada, y predomine con sus principales distintivos,
ha de buscarse entre los construidos desde los últimos años
del siglo XIII. A partir de esa época el gótico y el árabe,
vienen á confundirse por los arquitectos muzárabes, en
la torre de Santa María de Illescas; en la iglesia de la
colegiata de Calatayud; en San Miguel de Guadalajara;
en el castillo de Coca; en el alcázar de Sevilla; en la
casa de Pilatos de la misma ciudad; en la torre de Mér-
toles; en el artesonado de la bóveda del convento de
San Antonio el Real de Segovia, y de la iglesia de Corpus Christi; en la puerta del Sol de Toledo; en el castillo

del Carpio; en el de D. Fadrique de Sevilla; en el palacio de Galiana, y en la torre árabe del monasterio de las Huelgas de Burgos. Si examinamos los tiempos anteriores, encontramos solo la arquitectura latina ó la romanobizantina.

CAPÍTULO VII.

DEL ESTILO ROMANO—BIZANTINO EN LOS SIGLOS XI Y XII.

Por una coincidencia singular, desde los primeros años del siglo XI, las circunstancias generales de Europa, y las particulares de la Península, como si fuesen preparadas por la Providencia, para dar aliento á las artes abatidas, concurrieron de consumo á producir un cambio feliz en la arquitectura, acomodada ahora no á los recuerdos y creencias de las antiguas provincias romanas, ni al estado angustioso de la iglesia en los dias de su persecucion y de sus triunfos, sino á la índole especial de las naciones, que se formaban despues de destruido el Imperio de Occidente, organizado por Carlo-Magno, y de cesar aquellas memorables irrupciones, que habian confundido las razas del Norte con las del Mediodía. Llegaban entónces á estrecharse grandemente, y por un interes recíproco, las relaciones entre el Asia y la Europa. Salia esta del penoso letargo en que permaneciera como postrada por espacio de un siglo, y aquella le ofrecia su gusto, su saber y sus tesoros, los despojos de la civilizacion antigua, un vasto campo al comercio y la

:

industria, goces y comodidades de que ni aun podia formar idea, presa continua de la anarquía, ó de las pretensiones del feudalismo y de los conquistadores.

Las ciudades de Italia, libres é independientes, con un gobierno propio, con sus fueros y leyes municipales, y una fuerza pública que asegurara su observancia, consiguieron las primeras estos beneficios, porque las primeras han sido tambien en procurarse la estabilidad y cultura indispensables para conocer su precio. Los árabes en sus rápidas conquistas los habian mostrado ya á los pueblos de Occidente como una prueba de su civilizacion, y un rasgo de la grandeza de los estados que los producian. Pero las comunicaciones de la Italia con los Emperadores griegos en un principio, y despues aquel entusiasmo religioso y político, que desplomó sobre el Asia el Occidente entero á la voz de un ermitaño, franquearon del todo las puertas del Oriente á las provincias occidentales del antiguo Imperio, disipando las tinieblas que las envolvian. Constantinopla y las repúblicas italianas entran en relaciones, que estrechan sus vínculos por medio del comercio y de las empresas marítimas. Venecia, Ancona, Pisa y otras ciudades ricas y florecientes, reciben entónces, con los perfumes, los brocados, las alfombras y las armaduras del Asia, poderosos elementos de riqueza, ideas de prosperidad y bienestar, un nuevo gusto por las artes y las ciencias, ilustrados profesores que las cultivan, formados en la escuela de Bizancio. La arquitectura de ella emanada, mas graciosa y espléndida que en el siglo VI, mas gallarda y gentil, y con una originalidad, que apénas podría esperarse de la naturaleza de sus primitivos elementos, aparece otra vez en las orillas del Adriático, no como la protegida del exarcado sin apoyo en la opinion, ni como una extraña novedad, que viene á contrariar las creencias y las prácticas sustentadas por la religion y las tradiciones. Resultado necesario de los progresos del genio, muéstrase ahora apoyada por el desarrollo social, que produce grandes reformas, y que ha perdido ya de vista el mundo antiguo, para dar vida á otro nuevo mas brillante y fecundo en memorables empresas. Sus introductores son aliados, amigos de la Italia, artistas atraidos por la curiosidad ó la riqueza, los cuales atraviesan los mares, no bajo la bandera de los conquistadores, sino al amparo de la paz y de los intereses recíprocos de pueblos, cuya existencia en vez de depender de la suerte incierta de los combates, se halla confiada á las creaciones de su mútua inteligencia.

Así los célebres monumentos de Ravena, casi hasta esa época ejemplo perdido para los italianos, adquieren á sus ojos un nuevo precio, y se convierten en modelos, de que se toman frecuentemente detalles y formas desconocidas á la arquitectura latina. Venecia vé elevarse su magnífica iglesia de San Marcos, y Pisa su elegante y espléndida catedral: edificios grandiosos, donde el estilo bizantino aparece mas florido y risueño, mas engalanado y pintoresco que en los tiempos de Belisario y de Narses. De las orillas del Adriático y del Arno cunde la nueva escuela á todas las ciudades de la alta Italia; y Ancona y Módena, Verona y Luca, Ferrara y Bérgamo, Milan y Parma se aprovechan de sus máximas, y las amalgaman con las de la latina, en sus ostentosos edificios.

Desde su incursion en Sicilia, valiéndose los normandos de artistas griegos, aciertan tambien á conciliarlas con los principios que siguen en la edificacion de sus severos monumentos; y conquistadores y navegantes atrevidos, las llevan bien pronto á todas partes, donde consiguen establecerse. De esta reunion del estilo bizantino y del romano, de las combinaciones y reformas ensayadas gradualmente para adunarlos en unas mismas fábricas, resultó, pues, ese nuevo género de arquitectura, tan distinta de la anterior, que llamada por unos románica, y por otros bizantina, y tambien romano-bizantina, pasó rápidamente los Alpes en alas del Cristianismo, para invadir á la vez las principales regiones de Europa. Aplicada sobre todo á las construcciones religiosas, los Papas le dispensaban una poderosa proteccion, dándole con su apoyo un carácter sagrado á los ojos de los pueblos. Legados especiales, á quienes conferian el cargo de inspeccionar la construccion de los templos, procuraban sus progresos en todas partes. Hallando asilo en las casas religiosas, considerados como fieles servidores de la iglesia, muchos de ellos arquitectos formados en la nueva escuela, y compañeros de los sacerdotes, que solicitaban constructores para los altares que erigian, llevaron el secreto de su arte á los pueblos que le demandaban, penetrados de admiracion y reconocimiento.

Las cumbres del Pirineo no debieron ofrecer á la laboriosidad de estos poderosos agentes de la Santa Sede, un valladar ménos accesible que las cordilleras del Apenino y de los Alpes, y que las orillas del Rhin, ó las olas del estrecho de Calais; y aun cuando no hayamos encontrado los comprobantes históricos de su venida á España, todavía parece verosímil que en ella se hubiesen conocido. Porque donde el culto reclamaba un altar, y el ascetismo un monasterio, allí concurrian con sus bulas, con las poderosas relaciones que les procuraba su crédito, con sus peregrinas invenciones, y la superioridad de su práctica para realizarlas.

A estas causas generales de la propagacion del estilo romano-bizantino, y de la simultaneidad con que apareció revestido de un mismo carácter en todos los pueblos cristianos, se allegaron otras, no ménos influyentes, y emanadas de la situacion particular de la Península, para que en ella se generalizase con rapidez, mejorando la construccion hasta entónces conocida, ó imprimiéndole un aspecto peregrino, que no del todo desfiguraba sus antiguas formas, si bien las hacia mas resueltas y elegantes, aunque siempre graves y severas. Desde los últimos años del siglo X, el poder y consistencia, que adquirieran insensiblemente los estados cristianos, la traslacion de la corte de Oviedo á Leon, por D. Ordoño I, los triunfos y enlaces de sus sucesores, la ereccion y preponderancia del condado de Castilla, la influencia ejercida en Cataluña por la raza Carlovingina, el establecimiento de la Monarquía aragonesa, la prepotencia de Navarra, el desaliento y desconcierto de los árabes, despues del fallecimiento de su célebre caudillo, el temido Almanzor, preparaban gradualmente este desarrollo en la mas útil y necesaria de las artes. Crecian entónces los triunfos y las conquistas de los pueblos cristianos, á proporcion que los estados de sus enemigos se debilitaban, divididos por la discordia: caudillos animosos, custodiando con sus huestes los territorios conquistados, por todas partes adquirian para su patria nuevos elementos de poder y de riqueza. Wilfrido el Velloso, conde de Barcelona, alcanzara ya suma independencia en el ejercicio del poder supremo, y habian llegado á convertirse sus estados en una especie de soberanía, de hecho emancipada de la de Carlos el Calvo. El condado de Ausona fué su conquista, y el monasterio de Ripoll su fundacion. Sancho I daba mayor importancia al reino de Navarra, con la conquista de la Gascuña y de muchos pueblos, hasta las márgenes del Ebro. Sancho II, llevando mas lejos el arrojo y la gloria, agregaba á su corona el pais de Sobrarbe y Rivagorza; y tan activo en la paz, como en la guerra, restauraba las iglesias de sus estados, y erigia otras de nuevo.

Así se disponia el desarrollo social del siglo XI, que

á su vez debia ejercer una favorable influencia en las artes, apénas cultivadas en medio de tantas revueltas, desasosiegos y estragos. Asciende entónces al trono de Aragon el belicoso D. Sancho Ramirez: se apodera de Barbastro, Bólea y Monzon: obliga á tributarle vasallage al Rey moro de Huesca; y á la vista misma de Zaragoza eleva el fuerte de Castellar. Su hijo Alonso el Batallador, poseido de igual espíritu, lleva mas lejos sus empresas; Zaragoza, Tarazona, Borja, Alagon, Calatayud, Mequinenza, Molina y Ariza son su conquista. Invade los reinos de Valencia, Córdoba, Jaen y Granada; triunfa en la batalla de Alcaraz; cautiva diez mil familias muzárabes de las Alpujarras; sitia y gana á Bayona, y el obstinado cerco de Fraga pone término á sus memorables empresas. D. Garcia de Navarra casi por el mismo tiempo conquistaba á Calahorra, y hacia sus tributarios á los Reyes árabes de Huesca y Zaragoza, mientras que en Castilla el conde D. Sancho alcanzaba alto renombre con sus repetidas victorias, y Fernando I poco despues, reinando en Burgos y en Leon, al reunir en sus sienes dos coronas, las ilustraba con repetidos triunfos. Apoderadas sus huestes de Viseo y Coimbra, lidiaron con gloria en Extremadura y Portugal; recorrieron victoriosas el territorio de Tarazona, los campos de Salamanca y Uceda, de Guadalajara y Alcalá, ganando á San Esteban de Gormaz, Vadoregio, Aguilar y Berlanga, y compeliendo á los Reyes moros de Zaragoza, Portugal y Sevilla, á rendir vasallage á su Monarca. En medio de estas victorias, se celebran los concilios, en que á la par, y con el mismo empeño, son tratados los negocios de la Iglesia y del Estado: las letras encuentran asilo en las casas monásticas: se estienden los fueros municipales: queda Leon repoblada y enriquecida con la célebre iglesia de San Isidoro, fundacion de D. Fernando I: restaura Zamora una

parte de sus derruidos hogares: cerca de murallas la ciudad de Avila el conde D. Ramon de Borgoña: restaura
Guiberto Guitardo á San Pablo del Campo de Barcelona:
en 1024 se funda el monasterio de Cornellana: desde 1032
se construye el de Corias, por el conde D. Piñolo: hácia
el mismo tiempo es renovado el de Ripoll: Ramiro I
erige la catedral de Jaca en 1063: obtiene Lérida el
templo de San Lorenzo: Gerona, su catedral, y el monasterio de San Daniel: Leon, el de San Claudio: Santillana, su Colegiata: Valladolid, la basílica de Santa María
la Antigua: Segovia, un número considerable de iglesias,
y entre ellas, las de San Martin, la Trinidad, San Pablo,
San Lorenzo y San Andres. La espaciosa y robusta catedral de Santiago sale de cimientos en 1082; ántes
de 1086, funda D. Sancho Ramirez la abadía de Monte
Aragon, y existe ya la de San Miguel in Excelsis el
año de 1096. Entre tanto nuevas poblaciones surgen de
las antiguas: enlaces de casas poderosas; alianzas producidas por la sucesion de las coronas de Castilla, Aragon y Navarra; frecuentes relaciones con los Príncipes
franceses; un campo de honor y de gloria siempre abierto al esfuerzo y la fortuna de nacionales y extranjeros;
todo contribuye en este período á la mejora de las artes,
y á generalizar las invenciones de extraños paises.

La arquitectura de la Península, entónces poco diferente en las formas generales y el arreglo de las partes,
de la empleada durante el siglo X, empezaba ya á distinguirse de ella, en los ornatos, en la manera de em-
plearlos, en los medios con que procuraba el efecto de
las masas. Ahora es mas variada en sus procedimientos;
encuentra para realizarlos recursos de que ántes carecia;
manifiesta otra intencion artística, teorías no tan vagas é
indeterminadas; concede estensos espacios á sus fábricas,
y les proporciona una especie de atavío desconocido de los

Godos y de sus sucesores en la Monarquía asturiana; pero conserva al mismo tiempo cierto desabrimiento y rudeza; no parece enteramente despojada de pompa, y sin embargo se muestra severa y algun tanto desaliñada. Era, desde el siglo X, poseedora de algunos de los elementos, que nuevamente emplea; y los combina de otro modo, y les dá un carácter diferente. Pero dependiendo su desarrollo y perfeccion, de los que recibe el estado social, al seguirle en sus progresos, no presenta siempre la misma índole: con ellos se mejora y acicala, despojándose insensiblemente de su primitiva rudeza ó inesperiencia, y adquiriendo por grados un espiritualismo mas pronunciado, cierta franqueza y desembarazo, que realzan su aire peregrino, y mayor atavío y delicadeza en todas sus partes accesorias.

En dos grandes períodos puede dividirse su larga existencia, tan diferentes entre sí, como las influencias sociales que los prepararon. Abraza el uno todo el siglo XI y los primeros años del XII: continúa el segundo durante este mismo siglo, y los principios del XIII. En la primera de estas épocas, mas allegada á la latina, cuyas prácticas recuerda con respeto, no aparece completamente segura de sus dogmas, los sigue indecisa y vacilante, y aunque se muestra complacida de las novedades, manifiesta para adoptarlas inesperiencia y rudeza, á pesar de sus notables progresos: en la segunda, confiada ya en sus procedimientos, se ciñe constantemente á un sistema, pierde su primitiva adustez, olvida las prácticas romanas, y oriental y risueña se anuncia como la precursora de la gótica-germánica. Observemos ahora mas detenidamente estas diversas cualidades de su carácter.

CAPÍTULO VIII.

PRIMER PERÍODO DE LA ARQUITECTURA ROMANO-BIZANTINA.

Entre la iglesia situada cerca de Peñalva, erigida á mediados del siglo X, por Salomon II, obispo de Astorga; la que fundó San Froilan en una de las huertas del monasterio de Celanova, el año 977; la de San Zaornin ó San Saturnino, de 968; la de Bárcena, de 973; la de Santiago de Civea, consagrada en 983; la de San Millan de la Cogulla de Suso, tal vez del mismo tiempo, y las que se labraron en la primera mitad del siglo XI, si bien se descubren analogías marcadas, y cierto aire de familia, se encuentran tambien muy notables diferencias, y un arte distinto, que pone las unas á mucha distancia de las otras. Son las del siglo XI mas espaciosas, mas orientales en sus ornatos, ménos escasas y desaliñadas en su atavío, de ejecucion no tan descuidada, de un efecto ántes desconocido á los pueblos independientes de la Península. Su arquitectura no es ya la latina, y dista mucho con todo eso de la oriental. Innovadora, inesperta, invade, y teme; ensaya, y vacila; quiere ser emprendedora, y le falta brio; aspira á la pompa, y aparece menesterosa. Acomodada

:

á las creencias del siglo, al espíritu que le domina, la halagan el misticismo y la oscuridad; se rodea de arcanos y misterios; y un espiritualismo sombrío, la idea de la dominacion, le dan generalmente en la primera mitad del siglo XI un carácter indefinible, que sobrecoge el alma de terror.

Triste como el recuerdo de las catacumbas, severa como el ascetismo monacal, invariable como sus creencias, fascinadora como las supersticiones populares, ruda como el siglo que la empleaba; en los ámbitos apocados de sus monumentos, en sus desiertos espacios, en el espesor de los muros, en la adustez de sus enanas y nutridas columnas, en el paralelismo uniforme y monótono de sus líneas horizontales y rastreras, que parecen fijar un límite á la inspiracion, en la fuerza de sus pesados arcos y desabridas aristas, en las alegorías y símbolos de sus toscas esculturas, revela el genio melancólico de los hijos del Norte, las tempestades que entónces conmovian la sociedad profundamente, y los sentimientos del misticismo exaltado por el dolor y el infortunio. Misteriosa, símbolica, sacerdotal, la arquitectura romano–bizantina del siglo XI, se presenta como el emblema del poder teocrático, que la ha creado y estendido; recuerda su dominacion y su prestigio, y el espíritu que la empleara en la soledad de los campos. Puede llamarse con propiedad la arquitectura de las abadías y de los santuarios de las florestas.

En estas fábricas por lo ménos es donde escita mayor interes, y donde la imaginacion le concede sin esfuerzo todo el valor que recibieron de las antiguas leyendas, de los apartados dias de su orígen, y de los piadosos solitarios que las poblaron. Nada mas poético en efecto que esos antiguos monasterios oscurecidos por las sombras de los bosques y de los peñascos, en la profundidad de los valles. Cubiertos de yedra, y ennegrecidos por la mano del tiempo, con sus imponentes masas revestidas de toscos y escasos ornatos y extrañas esculturas, con sus humildes y severos sepulcros, con sus inscripciones bíblicas, con sus puntiagudas espadañas tímidamente levantadas sobre el desnudo fronton, con las estrechas filas de columnas agrupadas á lo largo de sus claustros apocados y sombríos, con aquel eterno y sublime reposo del santuario, y el silencio y la soledad, que hacen mas graves y solemnes sus tristes y vagas inspiraciones, todavía mantienen viva la memoria de un anacoreta inspirado, ó de un prodigio celeste; todavía recuerdan un héroe célebre por sus victorias; la influencia irresistible del monge, que alentaba su entusiasmo guerrero y religioso; la condicion social del Señor y del siervo, y ese predominio sacerdotal, bajo cuyo influjo el arado y la lanza estendian á la vez la agricultura y las fronteras de la patria.

A pesar del desarrollo progresivo, que se advierte en la construccion y el ornato de los templos romano-bizantinos de esta primera época, y aunque sean ya muy notables al terminar el siglo XI, no por eso varían mucho sus formas y principales detalles. Se mejoran las fábricas, pero no cambia su carácter especial. Desde un principio, describen constantemente en su planta un cuadrilongo, ya ocupado por una sola nave, ya dividido en tres, á la manera de las antiguas basílicas; pero generalmente con mayores dimensiones, que las concedidas por los arquitectos del siglo X, á las construcciones de la misma clase, y tambien con ménos apocamiento y rudeza. Mas comunes las de una sola nave, carecen casi siempre de crucero, y si ahora se ven algunas cubiertas de bóveda, es esta una construccion posterior, pues entónces eran mas frecuentes los techos de madera, y solo en obras de grande importancia se empleaban las de medio cañon. Sus ábsides son semicirculares ó polígonos, y los cierra por lo regular un cascaron, ó bóveda semi-esférica, que viene á ajustarse con el arco toral que guarnece su frente. Uno ó dos órdenes de arcadas simuladas sobre columnas pequeñas, de bastante diámetro, adornan interiormente los mas ataviados, y en la parte esterior los recorren desde el talus, hasta la imposta de la coronacion, altas y delgadas columnas, intestadas en el muro á modo de medias cañas, y alguna vez interrumpidas en su mitad por fajas horizontales: ábrense entre los intercolumnios, ó nichos semicirculares, ó ventanas de poco vano, compuestas de arcos de medio punto, y una ó dos columnas en los ángulos de los lados, con sencillas labores en las archivoltas, cuando no presentan la arista viva sin ningun género de ornato. En las fachadas, generalmente lisas, y cuyos perfiles superiores, siguiendo la inclinacion de los techos, describen una especie de fronton, se eleva sobre su ángulo superior una pequeña espadaña con uno ó dos vanos, determinados por arcos de medio punto. Un cuerpo macizo y saliente, que resalta en el centro del fróntis, forma la portada, ya elevándose hasta el fronton, ó sea el ángulo superior de la fachada, ya mas frecuentemente atajado á cierta altura, por un ligero entablamento sostenido de canecillos. En su espesor se suceden dos ó mas arcos concéntricos, que van disminuyendo de diámetro, con columnas en los codillos de las jambas, y archivoltas, lisas unas veces, y otras adornadas de fajas y variados dibujos. Son un modelo de estas portadas, las dos de la Trinidad de Segovia, la del Mediodía de Santa María de Cervera, la de San Miguel in Excelsis, la de la catedral de Jaca, la de San Miguel de Rioseco, y la de la colegiata de Santillana. Tanto en el siglo XI como en el XII, entre el semicírculo descrito por el arco inferior de la portada, y el dintel de la puerta de ingreso, ó bien en fajas horizontales cobijadas por la cornisa, se colocaban en algunas fábricas, emblemas, alegorías y figuras simbólicas de ruda escultura. Así aparecen en el cancel de la catedral de Jaca; en un friso de San Isidoro de Leon, que representa los signos del Zodiaco; en una zona de informes esculturas, que recorre la fachada de la iglesia de Santiago de Carrion; en un relieve de la misma, sobre el ingreso, donde se ven las figuras simbólicas de los Evangelistas; en los relieves de Santa María de las Victorias de Carrion de los Condes, y en otras portadas del mismo tiempo.

Sobre los cuatro arcos del crucero ostentan algunos templos un cimborrio, ya circular, ya polígono, y siempre de pesada construccion y falto de gallardía: tal es el de San Daniel de Gerona; el ochavado de San Millan de Segovia, y la cúpula aplanada de la catedral de Jaca. No es raro que una torre de planta cuadrilátera, y alguna vez circular, desnuda y agreste en sus paramentos esteriores, sólida é imponente como el bastion de una fortaleza, y sin otros objetos que interrumpan su monótona aridez, mas que los aislados agimeces abiertos sin concierto ni simetría en sus espesas paredes, se levante en el testero del edificio, y con ménos frecuencia en uno de sus costados, ó sobre el mismo crucero. Este ejemplo nos ofrecen la iglesia de San Andres de Segovia, la de San Miguel de Rioseco, la de Corullon, la catedral de Jaca, la colegiata de Santillana y el monasterio de Sigena, entre otras muchas fábricas, que pudieran citarse, de los últimos años del siglo XI y de los principios del XII. El entablamento, que corona los templos, es siempre muy sencillo, y por lo comun se reduce á una simple imposta, apoyada en canecillos de trecho en trecho, fantásticamente revestidos de figuras monstruosas, cabezas de un carácter extraño, plantas y labores caprichosas. Mas de una vez el humor festivo, ó la maliciosa causticidad del artista; se propuso ridiculizar en estas rudas esculturas, las costumbres y las clases de su tiempo, vengando así el desprecio y la dependencia servil de las artes, con la humillacion y el escarnio del monge ó del Señor, que las hacia servir á su capricho. Y tan licenciosa costumbre fué llevada todavía mas lejos por la grosería y torpe tolerancia de esos tiempos. En los capiteles de los agimeces de la iglesia de Cervatos; en los del ingreso de Santa María de Villaviciosa de Asturias; en un canecillo de la ermita de los Mártires de Barbadillo de Herreros; en las sirenas que adornan la de Cabañas de Esgueva; en la parroquial de Pineda de la Sierra, en otras varias finalmente de igual edad, un asqueroso cinismo representó sin aprension objetos que el pudor no permite examinar, y que aun ofenderían en los templos de Príapo: extraña é inconcebible lubricidad consentida entónces por el ascetismo religioso, y que continuando en los siglos XII, XIII y XIV, vino á ocupar un lugar en los umbrales del santuario.

Muchas veces las esculturas de los canecillos se estienden á los espacios que dejan entre sí, á manera de las metopas del órden dórico, formando una faja corrida de toscos relieves ó cincelados, como se vé en uno de los ábsides de la catedral de Jaca, y en otros muchos edificios de Cataluña y de Castilla correspondientes á la misma época.

La imposta, ó sea cornisa, que corona estas fábricas, suele recorrer sus ábsides y costados para detenerse en la fachada principal, donde viene á interrumpirla el ángulo que describen los perfiles superiores del fróntis, determinado por la inclinacion de los techos. Vense tambien desde los primeros años del siglo XI algunas fajas ó impostas, que hacen las veces de cornisas, sin otro adorno que el jaquelado, y con ménos frecuencia aun, el agedrezado sencillo. Este se encuentra en algunos templos como objeto principal de su exornacion, empleado en las archivoltas de los arcos, y en las fajas horizontales. Tal se muestra en la iglesia de Loarre; en la de la Magdalena de Tardajos; en San Isidoro de Leon, y en la colegiata de Santillana, por no citar otros ejemplos notables de la misma especie.

En las iglesias abaciales, y en las diocesanas, constituyen los claustros una de las partes mas esenciales de la fábrica, y en ellos desplegó el arte toda su pompa y riqueza. De planta cuadrangular ó paralelógrama, no de grandes dimensiones, de aspecto severo, y á veces rudo y sombrío, se hallan rodeados de una sola galería, formada de columnas pareadas, que se levantan sobre un talus corrido de bastante altura, para sustentar las arcadas semicirculares y prolongadas por sus extremos. Sobre ellas cargan robustas y desnudas paredes; y como los vanos son generalmente de poco diámetro, los ámbitos estrechos, la altura escasa, y los arcos carecen de ornato en sus archivoltas, aristas y perfiles, resulta necesariamente un conjunto desabrido y duro, sin ofrecer por lo comun mas atavío, que la informe escultura de los capiteles variados y caprichosos. Pueden considerarse como un modelo en este género, los claustros de San Pablo del Campo, en Barcelona; de San Benito de Baiges, de la catedral de Gerona; de San Cucufate del Vallés, y el Viejo de la catedral de Pamplona.

Los constructores del siglo XI ó no conocieron, ó no usaron en los postes y pilares de sus templos, de complicadas combinaciones: apartándose muy poco de las prácticas romanas, en cada frente de los pilares cuadrados empotraban una columna hasta la mitad de su diámetro, tal cual se vé en San Isidoro de Leon; en San Miguel

168

in Excelsis; en la capilla subterránea de la catedral de
Santiago; en Santiago de Zamora; en la colegiata de Santillana, y en la iglesia de Castañeda. Empleaban otras
veces alternativamente las columnas cilíndricas y los pilares, como en las naves del templo de Ripoll, en la de
San Millan de Segovia, y en las de la catedral de Jaca.
En las demas formas principales, y sobre todo en la distribucion interior del templo, y arreglo de sus partes esenciales, eran mas bien romanos que bizantinos.

Si descendemos ahora á los detalles parciales y á la
pura exornacion, echarémos de ver que sus elementos
componentes se tomaron indistintamente de la arquitectura latina y de la neo—griega, aunque los de esta última
aparecen en mayor número. Al arte romano pertenecen
las arcadas de medio punto; las columnas de fustes cilíndricos y los pilares cuadrados; la manera de combinar
estos y aquellas en los lados de las naves; la configuracion
de muchas de las bases, que mas ó ménos recuerdan la
ática, y aun la reproducen fielmente, segun se vé en el
Panteon de San Isidoro de Leon; y los manojos ó hiladas de toros, ó sean baquetones, de que nos ofrecen algunos ejemplos los antiguos mosáicos romanos. Pero corresponden al estilo neo—griego los agimeces; las cúpulas
con pechinas, introducidas por los árabes en sus construcciones de Córdoba y Granada; los arcos festonados en su
perfil interior de pequeños semicírculos, ó sean lóbulos,
usados tambien por estos orientales; los capiteles casi en
su generalidad, con una rica exornacion; los jaquelados y
agedrezados, dientes de sierra, tegidos de cintas, redes,
palmetas, etc.

Entre estos adornos, deben llamar la atencion los capiteles, por sus notables diferencias, por sus extrañas
combinaciones, por sus variadas formas, y el orientalismo que generalmente respiran. Al principio en extremo

abultados y tan altos como el tercio de la columna, ó quizá mas, carecen de elegancia, es pesada su estructura,
informe su dibujo, y trabajosa y desaliñada su ejecucion:
así aparecen, entre infinitos que pudieran citarse, los de
la iglesia de Cervatos. Aunque no con frecuencia, algunos se ven en esta época, que en medio de su extraña composicion, conservan rasgos alterados del corintio,
y recuerdan el antiguo. Son una prueba de esta verdad,
muchos de los empleados en los templos de Castilla la
Vieja, y sobre todo varios del Panteon de San Isidoro
de Leon; pero esas reminiscencias romanas desaparecen
bien pronto, para mostrarse solo las formas bizantinas, que
las ponen en olvido. El tambor pierde su figura cilíndrica,
é insensiblemente adopta, primero la de un cono truncado ó inverso, y despues la mas airosa de una campá-
nula. Entónces ya no parece su dibujo tan incorrecto, y
se introducen en sus ornatos una pompa y una riqueza é
invencion, que ciertamente sorprenden; pero no es raro
tampoco encontrar capiteles cúbicos en todo su carácter
bizantinos, con los ángulos inferiores apolazados, hasta
producir una forma semiesférica, y cubiertos de figuras extrañas, tallos, sartas de perlas, hojas de palma, mascarones, mónstruos y otros caprichos en bajos relieves.
Para conocer su índole y variedad en todo el siglo XI, y
seguir su desarrollo sucesivo, nos ofrecen un bello estudio, entre los infinitos de Castilla y Cataluña, los de las
naves y del panteon de San Isidoro de Leon; los de la
colegiata de Santillana; los de la capilla subterránea de la
catedral de Santiago; los del claustro de la de Gerona,
que representan pasages del Génesis; los correspondientes á San Cucufate del Vallés, cuyos relieves son tomados tambien de la Escritura; los de la portada de la
catedral de Jaca, y los de varias iglesias de Salamanca y
Segovia.

Antes del siglo XII éran poco comunes en las fábricas cristianas, los arcos compuestos de segmentos de círculo, y los festonados con lóbulos en su perfil interior: de lo primero tenemos ya un ejemplo notable en el claustro de San Pablo del Campo de Barcelona, obra del siglo X: de lo segundo hay igualmente una muestra en los dos arcos del crucero de San Isidoro de Leon, que guarnecen sus brazos laterales. La procedencia de este ornato, que se encuentra admitido tambien en la iglesia de la Caridad, sobre el Loir, y en el triforium de Nuestra Señora del Puerto, es enteramente oriental, y los árabes españoles le emplearon desde luego en la mezquita de Córdoba, y en un bello agimez de mármol blanco y del siglo X, que se conserva en uno de los lienzos de la catedral de Tarragona.

Tales son los principales rasgos del estilo romanobizantino en el siglo XI; pero no en todas las provincias de la Monarquía tuvo igual desarrollo, ni aparece completamente el mismo en sus diversos incidentes. De diferente manera se emplearon sus elementos componentes, segun las influencias locales, y las circunstancias, y la índole y la cultura de los pueblos que le admitieron. Mientras que en los reinos de Leon y Castilla, sin variedades notables en las formas y el ornato, recordaba su orígen romano y las antiguas basílicas; sucesos políticos y militares de grande importancia generalizaban, desde las vertientes del Pirineo, hasta las orillas del Ebro, la misma escuela en el fondo, pero ya mas septentrional, mas acomodada al genio normando, y con los rasgos é innovaciones que habia recibido en Francia. Cean Bermudez en una de sus adiciones á las Noticias de los arquitectos y de la arquitectura de España, escritas por Llaguno, hablando de San Pablo del Campo de Barcelona, y suponiendo tal vez que existiese cual le habia fundado Wilfrido II en el siglo X, encuentra este edificio muy parecido en el tamaño, la forma y la construccion á los de su clase, erigidos en Asturias, Galicia y Leon, con anterioridad al siglo XI; pero sin duda no tuvo ocasion de comparar unas y otras fábricas, cuando así se esplica. Hubiera entónces advertido desde luego, las diferencias que las distinguen, por mas que todas ellas correspondan, por decirlo así, á una misma familia, y no desmientan su orígen comun. El genio romano habia presidido á la ereccion de las unas; el normando ó sajon á la de las otras: participaban las de la Monarquía leonesa de la libertad agreste de los Godos; las de la Marca Hispánica, y del condado de Barcelona, del feudalismo sostenido por los sucesores de Carlo-Magno, y de las estrechas relaciones con las Galias. Llevando unas y otras el sello del sentimiento religioso, que inspiraba á sus constructores, son la espresion de distintas costumbres y civilizaciones; del carácter especial, que á los pueblos independientes del norte de España, y á los aliados ó feudatarios de la raza Carlovingina, imprimieran una legislacion, una gerarquía política y social, desconocidas en la Monarquía leonesa, é importadas en Cataluña, y en ella aclimatadas por Ludovico Pio y Cárlos el Calvo.

Pero desde los últimos años del siglo XI, tanto en los reinos de Castilla, como en los de Cataluña, Aragon y Navarra, esta arquitectura manifiesta ménos rudeza y pesadez; adquieren los capiteles contornos mas airosos y variados; adelgázanse los fustes de las columnas; no son tan escasos y monótonos los ornatos; admiten los arcos mayor número de molduras; los baquetones de las archivoltas aparecen mas cilíndricos, y destacados de las superficies que guarnecen: aun se advierte cierto esmero en la ejecucion material, y marcado empeño en mejorar y estender el ornato, hasta entónces pobre y agreste.

Muchos fueron los edificios, que con estos caractéres se construyeron durante el siglo XI y los primeros años del XII. Mas ó ménos bien conservados, ya como en su orígen se mostraban, ó ya con las reparaciones que el tiempo hizo necesarias, existen todavía en Cataluña, San Pablo del Campo de Barcelona; el claustro de San Benito de Baiges; el de la catedral de Gerona; muchos restos del monasterio de Santa María de Ripoll; el templo de San Lorenzo de Lérida; la iglesia del convento de monjas de San Daniel, en Gerona; la ermita de San Nicolas, en la misma ciudad; la portada del Mediodía de Santa María de Cervera; el claustro de San Cucufate del Vallés: en Aragon, parte de Santa Cruz de las Sorores; restos del monasterio de Montearagon; otros de la catedral de Calahorra; la de Jaca; algunos trozos del castillo de Loarre: en Navarra, San Miguel in Excelsis; en Asturias, la iglesia de la Lloraza; la de Villamayor; San Salvador de Fuentes; parte del monasterio de Celorio; la iglesia del priorato de San Antolin; el torreon de la Cámara Santa de Oviedo; el ingreso de la parroquial de San Juan, de la misma ciudad: en Castilla, la colegiata de San Isidoro de Leon; la de Santillana; la iglesia de Cervatos; la de San Martin de Lines; la de San Miguel de Rioseco; la de la Magdalena de Tardajos; Santa María la Antigua de Valladolid; las murallas de Avila; las de Zamora; la ermita de la Orden de Navarrete; la parroquial de San Salvador de la Bañeza; la de Santa María de Astorga; la de Corullon, titulada de San Esteban: en Segovia, las iglesias de San Millan, San Martin, la Trinidad, San Juan, San Lorenzo, San Roman, San Andres, y los tres ábsides de la de Santo Tomé; y en Galicia, la capilla subterránea de la catedral de Santiago; una parte de este templo, y algunos escasos restos de San Martin Pinario.

De estas fábricas, y otras que pudieran citarse de la

misma edad, las que fueron erigidas durante los últimos años del siglo XI ó los primeros del XII, suponen ya un grado mas avanzado de civilizacion, mayores conocimientos en el artista, pensamientos y recursos de que hasta entónces carecian los fundadores. Hay en ellas por otra parte cierta tendencia á buscar el efecto, no solamente en la combinacion de los miembros y la estension de las masas, sino tambien en el aumento del ornato y la variedad de los detalles. El claustro de San Pablo del Campo de Barcelona, con sus arcos compuestos de tres segmentos de círculo, á la manera de los árabes, sus caprichosos capiteles, y sus columnas pareadas, construido por Guiberto Guitardo, en 1117; el monasterio de San Cucufate, notable por la riqueza y singularidad de sus capiteles; la colegiata de Santillana, con la imaginería y arcos dobles de su portada, la regularidad de sus dimensiones, su pompa artística, y su torre cuadrada sobre el crucero; la iglesia de Tardajos, que se recomienda por el atavío de su ábside; San Isidoro de Leon, obra del arquitecto Pedro Vitamben, adornada de columnas bizantinas, arrimadas á los pilares, y de arcos lobulados en los brazos del crucero con su reducido panteon de los Reyes Leoneses, robusto y extraño, y sus espaciosas proporciones y portadas de costado, son otras tantas pruebas de estas mejoras del romano–bizantino al comenzar el siglo XII. Ya entónces habia adquirido, entre otras cualidades, mas propiedad y riqueza, y aun se atreviera á emplear alguna vez el ojivo; pero como luchando contra las prácticas recibidas. Era este el tímido ensayo de una peregrina innovacion, no del todo consentida todavía por la costumbre, sin que hiciese parte de un sistema, y sin designio artístico. La mayor cultura de la sociedad, y sus notables progresos, la emancipacion progresiva de los pueblos, apoyada en las cartapueblas, los privilegios obtenidos por el tercer estado, y su seguridad y su riqueza, dieron bien pronto á este nuevo elemento una poderosa influencia en las construcciones romano–bizantinas, aumentando considerablemente su mérito artístico.

CAPÍTULO IX.

A fines del siglo XI, una empresa memorable vino á fijar la suerte de la Península, y á dar á los pueblos cristianos una marcada preponderancia sobre sus enemigos en la lucha, que desde la pérdida de la Monarquía goda sostenian para recobrar su libertad é independencia. La conquista de Toledo, gloriosa por su objeto, grande por sus resultados, á propósito por sus circunstancias para escitar el entusiasmo de sus emprendedores, provocando una especie de cruzada, habia reunido bajo las banderas de Don Alonso VI, considerable número de extranjeros, á quienes estimulaban el deseo de adquirir reputacion de esforzados, y la misma magnitud y nombradía del proyecto. Coronado este por la victoria, muchos Prelados y distinguidos caballeros franceses se establecieron en nuestro suelo, y depuestas ya las armas, de guerreros inquietos y arrojados, se tornaron en pobladores pacíficos y laboriosos. No parece dable que en las construcciones confiadas entónces á su celo por los Privilegios del Monarca Castellano, olvidasen los monumentos de su pais natal, por otra parte, del mismo

23

carácter que los ya erigidos en la Península. Las catedrales de Carcasona, Tolosa, Angulema y Poitiers, las iglesias de Auxerre, San Esteban y la Trinidad de Caen, San German de París, San Julian de Tours y Santa Cruz de Burdeos, debieron ofrecerse á su imaginacion, como un grato recuerdo de su patria, y un modelo para las construcciones que meditaban. La restauracion de las ciudades de Ávila, Salamanca y Segovia, destruidas por los árabes, fué entónces encomendada por D. Alonso VI á su yerno el conde D. Ramon, de la casa de Borgoña, y las catedrales de estos pueblos se elevaron poco despues conforme á los principios de la escuela romano-bizantina, conservando analogías muy marcadas con las de la Francia, pertenecientes al mismo estilo, y las que en todas partes labraban los Normandos; pero tambien con reminiscencias árabes, que solo el suelo de España podia suministrarles.

Que en ellas y otros edificios de la primera mitad del siglo XII, se advierta un orientalismo mucho mas pronunciado que el de los construidos en épocas anteriores, no parecerá extraño, si se atiende á las causas que ya le habian hecho general dentro y fuera de la Península. Estendido en Italia, adoptado por los Normandos, ofreciendo muy bellas construcciones desde el predominio griego en el exarcado de Ravena, todavía los Príncipes de la casa de Sajonia, y los altos dignatarios del Imperio, trageron del Oriente un gran número de artistas para estenderle en sus estados. Á su lado se formaron algunos del Occidente; y la Francia, que sacudia entónces el entorpecimiento, en que permaneciera sepultada por espacio de un siglo, al recobrar los alientos perdidos, y volver los ojos á las olvidadas y grandes construcciones de Carlo-Magno y de sus hijos, emprendia otras igualmente bellas y ostentosas, no ya conforme á una

escuela, que en realidad habia caducado, sino reuniendo
á sus confusas é incompletas tradiciones, las máximas de
la que la sustituia, tanto mas seductora, cuanto mas brillante y peregrina.

Los cristianos de la Península, no solo sintieron el
efecto de estas influencias extrañas, sino que se hallaron
sujetos á otras aun mas poderosas, emanadas de su mismo
suelo. Ya los árabes por ese tiempo embellecieran las
principales ciudades de sus diversos califados con notables mezquitas, baños, colegios, hospitales y alcázares,
ostentando en estas fábricas muchos rasgos del bizantino,
no desfigurado para acomodarse á una arquitectura original, sino con su aire nativo y los testimonios de su orígen. Su magnificencia y novedad debian sorprender á
los españoles que las examinaban, y era preciso que
estos llegasen á connaturalizarse con sus bellezas, cuando
llegaban á poseerlas por la conquista. Dueños de las mezquitas de Toledo, y de los palacios de sus Califas, ¿nada
verían en sus fábricas á propósito para realzar los templos
que allí y en otras partes levantaban? El tiempo y la necesidad disminuyeran notablemente los odios y antipatías,
entre unos y otros pueblos, por mas que la guerra los tuviese divididos. Treguas y concordias; tratados de comercio; intereses recíprocos tendian á confundir sus civilizaciones; á crear estrechos vínculos, que no bastaban á que-
brantar la prevencion y el encono. Cuando por solemnes
tratados, D. Alonso el VI sentaba en el trono á la hija de
un Califa, y se acuñaban monedas con leyendas arábigas
y latinas, y los instrumentos públicos se concebian en ambos idiomas, y la galantería y el espíritu caballeresco de
los Ommíadas penetraban en los palacios de nuestros
Príncipes, y eran árabes muchos vocablos del naciente romance vulgar, y las armaduras, y los tegidos, y las
filigranas de Damasco y Bagdad, se buscaban con afan

por los paladines de Aragon y Castilla, no podian las bellas artes de los árabes ser miradas con desprecio y desden: las bellas artes, cuyo brillo eclipsaba el de las de Occidente; que atraian por la novedad; que llevaban el sello de aquel orientalismo, ya admitido como legítimo en la Europa entera, y que se acomodaba sin esfuerzo al gusto dominante, desde la India, hasta las orillas del Bósforo, y desde el Adriático, hasta el golfo de Gascuña.

Es innegable: la arquitectura romano—bizantina del siglo XI, se hizo en el XII mas rica y neo—griega, no solo por los ejemplos extraños, y el impulso que recibió en Sicilia, en Alemania y en Francia, sino tambien por las íntimas relaciones de aragoneses y castellanos con los árabes de la Península. A ellas debemos sobre todo los arcos de herradura, que alguna vez se emplearon en nuestras fábricas, las ventanas gemelas, los angrelados, los zigzacs, los redientes y merlones, las menudas filigranas, los arcos *lobulados*, y aun las bóvedas con pechinas estalactíticas, de que tan brillantes modelos nos ofrecen Córdoba, Sevilla y Granada.

A los arquitectos españoles formados en la misma Península, se allegaron sin duda en ese período, otros venidos del extranjero. Dúdese en buenhora de la exactitud del escrito atribuido al obispo D. Pelayo, sobre la repoblacion de Ávila, en el cual se hace mérito de los arquitectos extranjeros, Casandro Romano y Florin de Pituenga; mas parece muy probable que D. Ramon de Borgoña, encargado por su suegro, D. Alonso el VI, de esta gran empresa, y de restaurar igualmente á Salamanca, hubiese traido de su pais gentes y maestros que le auxiliasen. Por Orderico, escritor que florecia cuando se restauraba Tarragona, y se echaban los fundamentos de su magnífica catedral, sabemos que el conde Roberto, ántes de recibir el gobierno de esta ciudad de su obispo, San Oldegario, para repararla y defenderla, condujo á ella soldados y artistas de su patria Normandía. Extranjero es tambien el nombre de Pedro Vitamben, que años ántes habia labrado la iglesia de San Isidoro de Leon, y arquitectos normandos debieron ser los que en Cataluña levantaron varios de sus edificios en los últimos años del siglo XI y los primeros del XII.

Así pues, los propios y extraños, los Privilegios de los Reyes concedidos á los pobladores, y las rápidas conquistas de nuestras armas, concurrian en esa época á dar á las artes un poderoso impulso. Grandes é ilustres personajes, ponian entónces todo su empeño en protegerlas, como si en ellas reconociesen un gérmen fecundo de civilizacion, y el mas preciado ornamento de las poblaciones que restauraban. El conde D. Ramon de Borgoña, en Salamanca y Avila; Santo Domingo de la Calzada y su discípulo San Juan de Ortega, en Rioja y Castilla; el obispo Gaufredo, en Tortosa; San Oldegario, en Tarragona y Barcelona; D. Diego Gelmirez, uno de los prelados mas notables é influyentes de su tiempo, en Santiago; el obispo Cresconio, en la misma ciudad; D. Sancho el mayor, que fundó á Santa María la Real de Nájera, en Navarra; D. Pedro I de Aragon, á quien se debe el monasterio de San Juan de la Peña; Pedro de Atarés, fundador del monasterio de Veruela; D. Alonso VII, en Cuenca; D. Alonso V, D. Fernando I y D. Alonso el IX, en Leon; otros muchos magnates y Príncipes en los diversos estados de España, que aseguraban entónces su independencia, promovian á porfia, y alentados por una generosa emulacion, muchas y vastas construcciones, cual no se habian emprendido desde la destruccion del trono de los Godos. Testigo el Tudense de este desarrollo de la arquitectura, manifiesta en su cronicon, que enriquecidos los templos con las cuantiosas donaciones de los Reyes, hasta los que se habian levantado á costa de considerables dispendios, eran derribados en todo el reino de Leon, para erigir en su lugar otros mas insignes y suntuosos. Así se verificó en efecto, con la catedral de Leon, fundada por D. Ordoño II, cuyo edificio, á pesar de merecer á sus contemporáneos el dictado de maravilloso, como le llama el obispo D. Pelayo en su testamento del año 1073, y contando por otra parte tan pocos años de existencia, fué sin embargo demolido, para labrar en el mismo sitio el que hoy existe, mas grandioso y bello. Este impulso dado al arte de construir desde los primeros años del siglo XI, hasta los principios del XIII, aumentando progresivamente, y mas notable aun en los reinados de D. Alonso el IX y San Fernando, hubo de formar entre nosotros acreditados profesores. De algunos se conserva la memoria, á pesar del poco cuidado que se ponia en perpetuarla, y del descuido con que se miraron despues los documentos pertenecientes á la edad media. El maestro Raimundo construia la catedral de Lugo; Pedro Cristobal, el monasterio de Iveas; Jordan, el castillo de Feliciana, por disposicion de D. Ramiro el Monge; el maestro Mateo, la portada de la catedral de Santiago; Benito Sanchez, la de Ciudad-Rodrigo, cuya obra le habia encomendado su favorecedor D. Fernando II de Castilla; el maestro Galterio, el templo de Santa María de Valdedios, concluido en 1218.

Tal es el mas brillante período de la arquitectura romano-bizantina en España, el que la presenta mas rica y ostentosa, mas oriental y allegada á la neo-griega, con un carácter de grandiosidad que parece participar, así del poder y la gloria que adquirian los estados cristianos, como de la civilizacion, que en ellos se desarrollaba rápidamente al compas de sus victorias. Ganando en cultura y gentileza, perfeccionada en una serie progresiva de ensayos y mejoras, que á mucha distancia la colocan de su orígen, sin tanto apego á las cualidades del romano, y desdeñando ya la severidad agreste de los pueblos septentrionales, adquiere el aire risueño, que los sucesores de Constantino supieron imprimir á la que emplearon en las orillas del Bósforo. Por un sentimiento mas bien instintivo, que imitador, y ántes producto del desarrollo social, que hijo de la tradicion perdida en tres siglos de combates y desolaciones, se muestra amiga de la novedad, y de los atavíos orientales, poseedora del arco ojivo, dispuesta á dilatar las dimensiones de sus fábricas, complaciente con las innovaciones, la precursora en fin de la gótica germánica. Así es como los monumentos en que fué empleada desde mediados del siglo XII, se diferencian de los anteriores por su mayor estension; por la pureza de las líneas y perfiles; por el uso mas frecuente de las molduras romanas y su atinada combinacion; por cierto aire de franqueza y un desembarazo que ántes desconocia; por la variedad de los ornatos, hasta allí algun tanto rudos y pesados; por el dibujo mas correcto de los capiteles; por la fecundidad de su invencion; por algunos rasgos del árabe, manifestados con ménos rebozo, que en el siglo XI; por otro brio é independencia, otro esmero y facilidad de ejecucion; por una peregrina compostura finalmente, que sino es la de los templos bizantinos, los recuerda con reminiscencias harto marcadas.

Ahora se adelgazan las columnas, y parecen mas esbeltas y ligeras. Sus fustes se revisten de variadas labores, como los de Santa María de Villaviciosa, en Asturias, ó los surcan caprichosas estrías, como en la portada del Mediodía de la catedral de Zamora. Y no son solos los cilíndricos acomodados al antiguo tipo latino los que se emplean: los hay tambien de forma cónica, y adelgazados por uno y otro extremo, cual se ven en la portada de San

Juan de Amandi. Entre los dibujos que los cubren, pueden contarse los agedrezados, las ondas, los círculos enlazados, los clavos de cabeza prismática, los boceles y estrías de muy distintas clases. En las construcciones de Cataluña y Aragon sobre todo, tenemos notables ejemplos de esta exornacion. Aun es mas pomposa y variada la de los capiteles: con una gallardía y ostentacion desconocidas en el siglo XI, su tambor adopta la forma de una campana inversa, ó de un vaso cónico de agradable perfil, y muchas veces elegante, y en extremo suelto y gracioso. La imaginacion les presta creaciones fantásticas; la historia algunas escenas del Nuevo y Viejo Testamento; la naturaleza, plantas y flores; el pais y las costumbres, cacerías, castillos, combates, usos suntuarios y creencias populares; los recuerdos del Oriente, sirenas, dragones, esfinges, grifos y otros animales fabulosos: aun en los brocados, con que se adornan las figuras, y en su vestimenta, se trasluce tambien el gusto neo-griego: pero todos estos objetos se representan generalmente en relieves de poca proyeccion, si bien alguna vez se encuentran como destacados completamente del fondo. Es tanta en esta parte nuestra riqueza, que sería difícil la eleccion entre los infinitos y caprichosos capiteles de las iglesias y claustros, que aun conservamos del siglo XII y de los principios del XIII. Citarémos solo como una muestra, los de la catedral de Santiago; los del claustro de San Juan de la Peña; los de Santa María de Valverde, notables por su bello dibujo y franca ejecucion; los de la portada de la iglesia del monasterio de Veruela; los de la colegiata de Árbas; los de la iglesia de la Lloraza, en Asturias; los de las Huelgas de Burgos; los de las catedrales de Tarragona, Zamora, Salamanca, Jaca y Lérida; los del monasterio de Bugedo; los de la iglesia de la Veracruz de Segovia, y los de Ceinos.

Tanto como los capiteles, varían tambien las bases en su ornamentacion y sus formas. Si muchas presentan todavía analogías muy marcadas con la ática, otras, conservando solo sus toros, mas caprichosas y ricas de molduras, ora los desfiguran con inusitados dibujos, ora los aplastan de una manera extraña, y frecuentemente toman solo la mitad del inferior, como si hubiese sido aserrado horizontalmente en toda su circunferencia. A estas mutaciones en la estructura general, se allegan las labores de las molduras, y los florones, ó bolas, ó animales fantásticos en la superficie superior del plinto, comprendida entre sus perfiles y la circunferencia del toro inferior. Tal es en fin la figura de algunas, y la balumba de sus molduras y caprichosos ornatos, que adquieren la forma de un capitel colocado inversamente con el cimacio en la parte inferior, y el collarino en la superior. Son un modelo de esta clase de bases, las de las iglesias de la Lloraza, Ujo y Amandi, en Asturias; las que se encuentran en la Magdalena de Zamora; en la catedral de la misma ciudad; en los monasterios de San Cristobal de Iveas, Bugedo, Veruela, San Juan de la Peña y las Huelgas de Burgos, y en las catedrales de Jaca, Salamanca y Tarragona.

Este gusto por la ornamentacion, no se limita á las columnas, se estiende tambien á los arcos y sus archivoltas. Prolongados por las extremidades, y adquiriendo así mas gallardía y soltura, cubren su antigua desnudez con junquillos, baquetones, y molduras cóncavas y convexas graciosamente combinadas; y para que la transformacion sea mas peregrina, las fajas, así como las impostas y archivoltas, se llenan de estrellas y florones, de agedrezados y ondas, de cintas y grecas, de dibujos que imitan dientes de sierra; de flores en forma de cruz, con cuatro hojas de laurel ó de oliva; de conchas y engastes, figurando piedras preciosas; de tegidos semejantes á los de la estera. Con esta ornamentacion de los arcos, fajas é ingresos, se muestran hoy las colegiatas de Árbas y Teberga; la parroquial de San Juan de Amandi; la de Ceinos; la de Santiago de Zamora; la de la Magdalena de la misma ciudad; la de Santo Domingo de la Calzada; la de Villamuriel; la de Santa María de Gradefes; el claustro y capilla de Santa Candia, en la catedral de Tortosa; la colegiata de Sanquirce; el claustro de San Juan de la Peña; los arcos de la portada de Nuestra Señora de Piedra, y otras fábricas de los últimos años del siglo XII y los primeros del XIII.

Los ábsides, conservando por lo general la forma semicircular ó polígona, como en la época anterior, al ganar en elegancia y desembarazo, se engalanan interiormente con una ó mas series de arcos simulados, cuyas archivoltas aparecen cubiertas de labores, y coronadas muchas veces de ondas, que siguen su curvatura, ya revestidas de agedrezados, ya de tegidos caprichosos, ya de cintas enlazadas y de extraños dibujos. Las ventanas, ántes mezquinas y estrechas, alcanzan mayores vanos, y se determinan, no por un solo arco, sino por dos ó mas concéntricos, con columnitas en los codillos y ornatos en las archivoltas. Son ábsides muy bellos y notables por su elegancia y graciosas formas, los de las colegiatas de Toro y de Árbas; de San Juan de Amandi; del monasterio de Benevivere; del de Veruela; de la parroquial de Villamuriel; de Santa María Magdalena de Zamora; de la iglesia del castillo de Loarre; de la catedral vieja de Salamanca, y de la de Zamora.

Pero la mayor riqueza y variedad de adornos se reserva para las portadas. De la misma forma que en el anterior período, se aumentan sus proporciones, y con ellas la suntuosidad y el atavío. Sus portales son ahora mas profundos y ménos severos; se componen, como los anteriores, de arcos concéntricos; y estos aparecen revestidos de toros y molduras, de estrellas, flores, dientes de sierra, y otros ornatos: arriman estatuas á los fustes de las columnas, igualmente ricos de labores; cubren los relieves los lunetos comprendidos entre el dintel de la puerta de ingreso, y el último y mas reducido de los arcos; y complicándose el adorno, descuella en todas partes la imaginería, adquiere la escultura mas estensas dimensiones, se abultan los relieves, y se emplean á la vez las estatuas pequeñas y las colosales. En muchas fábricas se abre sobre el primer arco del ingreso, un espacioso roseton de muy variadas perforaciones, y sueltos calados, que producen frecuentemente enlaces de círculos y pequeños lóbulos, inscritos en su perfil interior. Pueden citarse, como un modelo de estas claraboyas, las de las catedrales de Zamora, Lérida, Tarragona y Solsona; las de los monasterios de Veruela y de Rueda, y la de Santa María de Villaviciosa, en Asturias. Con todos estos ornatos, y siguiendo casi la misma ordenacion en las partes componentes, consiste la variedad de las portadas, mas bien en los detalles y accesorios, que en el conjunto y las formas, y concluyen, por lo general, en una ligera imposta ó simple alero, sostenido de canecillos, mientras que la inclinacion de los techos determina la figura angular, con que remata el todo de la fachada. Preciso es recordar aquí, por su fausto y elegancia, las dos portadas laterales de la fachada principal de la catedral de Tarragona; la del Mediodía de la de Zamora; las de Ciudad-Rodrigo, Salamanca y Lérida; la de Orense, muy rica de imaginería; la del Oeste de la colegiata de Toro; la del templo del monasterio de Piedra, y la del Norte de la iglesia de Villamuriel.

Al empeño con que los arquitectos de los siglos XII

y XIII exornaban estas y las demas fábricas de su clase, no correspondia ciertamente el mérito de la escultura. Habíanla prodigado con ostentosa profusion, y sin embargo, ruda y grosera, de un dibujo bárbaro, y de una ejecucion penosa y desaliñada, ni espresaba las intenciones del artista, ni se avenia con la suntuosidad de los monumentos, en que se distribuia profusamente. Cierta pesadez, contornos sin flexibilidad, formas angulosas, miembros demasiadamente rígidos, y casi siempre perpendiculares, rostro reposado y grave, actitudes tranquilas, pliegues menudos, rectos y aplastados, alguna vez parecidos á una especie de tubos, túnicas largas, á menudo con las orlas recamadas de brocado, á la manera bizantina; tales son por lo comun los caractéres distintivos de las estatuas de ese tiempo. Las hay muy notables, aunque miserablemente mutiladas, en la iglesia de Ceïnos; en las catedrales de Zamora, Lérida, Jaca, Salamanca, Santiago y Orense, y en otros muchos edificios de la misma edad.

Las torres descuellan en el siglo XII con ménos encogimiento que en el XI, aumentando su elevacion, y disminuyendo aparentemente su desabrida robustez: son los estribos, con todo eso, mas abultados y salientes: en muchas fábricas empiezan á despojarse los canecillos de sus esculturas fantásticas, para adoptar una forma redonda y sencilla: surcan las impostas menudos junquillos, y se estrechan los bolteles, al paso que se multiplican las molduras.

Los cimborrios, ántes poco comunes, se generalizan, y levantan con cierto brio sobre los arcos del crucero, ostentando un desahogo y magnificencia, de que al principio carecian y he aquí sin duda una de las cualidades en que mas claro se muestran el gusto bizantino, y el carácter oriental, que los templos de este período respiran. ¿Quién no recordará á Santa Sofía, al contemplar el bello y pintoresco domo de la catedral de Zamora, con sus perfiles orientales, con sus labores arábigas, con los cubos que le acompañan, bellamente agrupados en torno suyo? ¿Cómo no creerse transportado el espectador á las llanuras del Cairo ó las riberas del Bósforo, al examinar la graciosa cúpula de la catedral vieja de Salamanca, con su remate piramidal y sus torrejoncillos, ó la de la colegial de Toro, no ménos oriental y rica de ornatos, inspiracion quizá del mismo arquitecto que labró la de Zamora, pero mas risueña y ataviada, circuida tambien de cubos, y con una coronacion, que descubre el gusto ornamental de los árabes? No será esta la escuela bizantina dominadora del Asia; pero en mucho participa de su espíritu, y mas que otras de Europa la imita, haciendo pomposo alarde de su carácter.

Sin embargo, la innovacion que sobre todo ha contribuido en este último período del estilo romano-bizantino á modificarle, y variar su primitivo aspecto, es el uso general del arco ojivo, y su influencia en la disposicion arquitectónica de las fábricas. Pudieron los cristianos de la Península adoptarle desde muy temprano, y con antelacion á otras naciones del Occidente, porque ya los árabes de Toledo y de Córdoba le empleaban á principios del siglo XI, ó tal vez á últimos del X: la mezquita de Córdoba nos ofrece un ejemplo, y otro no ménos notable la Puerta de Visagra en Toledo; pero al principio su introduccion en los templos cristianos no constituía un sistema; era solo un capricho del artista. Si se encuentra en algunos del siglo XI, ninguna relacion le liga con la estructura particular y las formas especiales de la fábrica. Colocado sin designio entre los de medio punto, parece como producido por el acaso, y simplemente un ornato aislado, incidental, sin consecuencia.

No sucede así desde mediados ó últimos del siglo XII: entónces adoptado con intencion artística, y elemento· necesario de la construccion, determina sus formas, y ejerce sobre ella un poderoso influjo. Primero se anuncia tímidamente, y se aparta poco del semicírculo, describiendo en el encuentro de los dos arcos un ángulo no muy perceptible, como sucede en la nave principal de Santa María de Valdedios; pero bien pronto, mas pronunciada la ojiva, aparece equilátera; esto es, quedan sus lados circunscritos á los ángulos de un triángulo equilátero, cuya base es la misma abertura de las curvas, que constituyen el arco. Toma despues una forma mas aguda y esbelta, y con todas estas diferencias, desde los últimos años del siglo XII, se apodera de las naves principales, dejando solo para las subalternas el de medio punto. Y no se emplea ya en las bóvedas y cruceros, ni en aquellas partes donde son mas fuertes los empujes, y mas necesaria la solidez, sino que invade tambien las puertas de ingreso y las ventanas, hasta allí determinadas por el semicírculo.

En la alternativa del arco ojíval, y del de medio punto, las formas de sus respectivas curvas, y el desarrollo, que conforme á ellas reciben los pilares y las bóvedas, preparan por grados el tránsito de la arquitectura romano-bizantina, á la ojíval, vulgarmente conocida con el nombre de gótico-germánica. Vénse entónces al lado de las columnas bizantinas, otras mas altas y de reducido diámetro: alternan las bóvedas peraltadas con las de medio cañon: cubren el espacio, que dejan las ojivas en el muro, desahogados rosetones; recorren las naves laterales las galerías que coronan sus arcos. La planta de los pilares, ántes sencilla y poco variada, se complica, y presenta nuevas combinaciones, siendo entre ellas bastante comun la cruciforme con columnas en sus frentes, y en los ángulos, formados por el encuéntro de los brazos, tal cual aparece en la capilla subterránea de la catedral de Santander, donde cada pilar va acompañado de doce columnas. De esta clase de agrupamientos cruciformes, entre los varios ejemplares que pudieran citarse, es muy bello y notable el que nos ofrece en uno de sus lados el claustro del Monasterio de Veruela, en Aragon, y el que presenta en uno de sus pilares, San Vicente de Ávila. Así es como el conjunto de las modificaciones indicadas, da al interior de los templos cierto aire peregrino, y adquieren gradualmente un desembarazo, que les era desconocido pocos años ántes, y que anuncia ya una reforma en la antigua construccion, sino los primeros destellos de una nueva escuela, que emancipada de la romano-bizantina, muy pronto la pondrá en olvido.

Si se atiende ahora á su desarrollo sucesivo desde el siglo XI, se verá que casi la misma hasta el XII, presenta entónces un progreso en las formas, la ejecucion y los detalles, y despues un espíritu de transicion, que apartándola de su orígen, la acerca á otro nuevo género mas gallardo y gentil, para transformarle por último, y hacerle desaparecer bajo la dominacion del ojivo. De la primera de estas maneras, son, entre otros monumentos, un ejemplo, la iglesia de San Miguel de Barcelona; la del convento de monjas de San Daniel de Gerona; la del monasterio de Poblet; las capillas de San Esteban y de Santa Catalina del mismo; la ermita de San Nicolas de Gerona; el claustro y la capilla de Santa Candia, de la catedral de Tortosa; la capilla de San Pedro, del monasterio de Sigena; el claustro del monasterio de Veruela; las catedrales de Santiago, Lugo y Ciudad-Rodrigo; la ermita de San Facundo y Primitivo, en el obispado de Orense; varios trozos del monasterio de Arlanza; otros del de Bugedo; otros de San Pedro de Cardeña; otros del de Oña; los claustrillos de las Huelgas de Burgos; el monasterio de San Juan de Ortega; el de Santo Domingo de Silos; el claustro de San Juan de la Peña; la colegiata de Sanquirce; San Cristobal de Iveas; uno de los claustros del monasterio de Iserta; la ermita de Villargura, cerca de Burgos; las iglesias de Coruña del Conde, Lavid, Gumiel de Izan, Aguilar, Sandobal, Olmos de la Picaza y Villadiego; las de Pineda de la Sierra, Bahabon, Carrion de los Condes y Santiago de Zamora; la torre y una especie de claustro de Santa María la antigua de Valladolid. En Salamanca, la capilla de Talavera, San Cristobal, San Martin, Santo Tomás y San Nicolas. En Asturias, la colegiata de Teverga; la de Árbas; el ábside de San Pedro de Villanueva, y otras partes de esta fábrica; San Juan de Amandi, Valdebárzana, y algunos restos de la antigua fábrica del monasterio de Santa María de la Vega.

Entre los monumentos de transicion correspondientes al último período del romano-bizantino, y mas notables por su riqueza artística y su mayor esbelteza y gallardía, se cuentan la iglesia de Ceïnos, entre Valladolid y Leon; la de Santa María de Villaviciosa, en Asturias; la de la Veracruz de Segovia; la de Jaramillo de la Fuente; la de la ciudad de Frias; la de Miñon; la de Villamuriel, junto á Palencia; la de Santa María de Gradefes; el priorato del monasterio de Benevivere; la parte ménos antigua del de las Huelgas de Burgos; el templo de Santa María de Valdedios; la colegiata de Toro; la prioral de Santa Ana, en Barcelona; el templo del convento de Santo Domingo de Gerona, y las catedrales de Tarragona, Lérida, Solsona, Salamanca y Zamora.

A poco que se examinen los monumentos romano-bizantinos de estos diversos períodos, y las cualidades que en cada uno de ellos ostentaron, se echará de ver que si la tradicion ha conservado su unidad y sus formas, y su espíritu eminentemente teocrático; el progreso de la civilizacion puso una notable variedad en sus detalles y accesorios. Hay entre los edificios del siglo XI, y los de los últimos años del XII, la misma diferencia que entre el poema del Cid, y las poesías de D. Alonso el Sábio; ó la que distingue el rudo y fogoso valor del hijo del conde de Saldaña, de la noble y delicada caballerosidad que realzaba el del Cid. Tradicional y progresiva á la vez, la arquitectura romano-bizantina, nos ofrece el singular fenómeno de que sometida á un tipo primordial, que nunca pierde de vista, camina, sin embargo, á un porvenir que la despojará de los caractéres de su orígen, y arrancándole su sello gerárquico, sus símbolos y sus arcanos, acabará por secularizarla, haciéndola mundana y ostentosa. En el primero de sus períodos se reviste de la severidad sombría de las razas germánicas; en el segundo manifiesta de un modo mas marcado el gusto oriental, que pretende amalgamar con el que recibiera de los cristianos de Occidente.

Sin atender á estas mutaciones, sin determinar las analogías y diferencias de unas y otras épocas, como si todas las construcciones se distinguiesen por las mismas cualidades, Ponz, Llaguno, Cean Bermudez y Bosarte, las calificaron con el nombre genérico de góticas. Ni vieron sus diversos orígenes, ni sus cualidades características. Cuanto produjo la edad media desde el siglo IX hasta el XIII, fué solamente para ellos una antigualla gótica.

De otro modo deben apreciarse las construcciones de ese largo período en el viaje arqueológico artístico que se proyecta: preciso será atender á su descendencia; á las causas que las determinaron; á sus formas especiales; á su desarrollo; á las alteraciones que sufrieron conforme se apartaban de su orígen. Entónces aparecerán aquellos rasgos, que conservó del romano, y los que ha recibido del bizantino: se echará de ver que éste le prestó sus domos y sus arcos ojivos; que de las intersecciones producidas en sus encuentros, al cruzarse diagonalmente de pilar á pilar, resultaron las bóvedas peraltadas; que las altas columnas cilíndricas arrimadas á los postes, pudieron sugerir la primera idea de los manojos de juncos, con que se revistieron despues, ocultando bajo una aparente delicadeza su verdadera robustez; que la necesidad de contrarrestar los empujes de los arcos, dió orígen á los botareles, primero macizos y salientes, á manera de fajas perpendiculares, y despues encorvados y en la forma de cuadrantes de círculo; que la diferencia de altura entre la nave central y las laterales, así como la distribucion de las luces, ocasionando el agrupamiento, por una graduacion insensible, vinieron á dar al todo la figura piramidal: que á ella se fueron acomodando los ornatos del gusto bizantino, y que de esta serie de ensayos y modificaciones, resultó por último el gótico-germánico, para poner en olvido cuantas construcciones fueron sus tributarias por espacio de cuatro siglos.

¿Se quieren ejemplos notables de esta transicion? Entre los que ya se indicaron, mas singularmente la determinan las catedrales de Tarragona, Zamora y Salamanca; la colegial de Toro; San Vicente de Ávila y el templo de Santa María de Valdedios. Fábricas espaciosas y de conveniente elevacion, conservan la robustez y los ornatos del bizantino: sus muros respiran todavía cierta severidad que impone; pero con estas cualidades se ven los arcos ojivos; el agrupamiento de las partes; la forma piramidal; las naves altas y estrechas; los pilares que las sostienen revestidos de altas y delgadas columnas; las bóvedas peraltadas y ceñidas de nervios, que se desprenden de las impostas; los grandes y dibujados rosetones en las fachadas, y finalmente el aire y muchos de los rasgos característicos de los templos gótico-germánicos. Exornáranse de calados y perforaciones; resaltaran sobre sus muros, ahora casi desiertos, los trepados y cuerpos voladizos: hubiera allí un contraresto de fuerzas mas atrevido y estudiado, y quedarían convertidos en otros tantos templos del siglo XIV. ¡Qué el espíritu de investigacion y de exámen haya desdeñado su estudio como improductivo para la historia de las artes! No se concibe tan deplorable abandono.

CAPÍTULO X.

DE LA ARQUITECTURA ÁRABE.

Al rumor de los combates, y casi al mismo tiempo que en los estados cristianos, se estendia el estilo romano-bizantino, y por una serie de innovaciones poco percep-tibles, se acercaba al gótico-germánico; un nuevo género de arquitectura traida del Oriente, cundía y se perfeccio-naba en la parte meridional de España, dominada por los árabes. Durante el largo período de dos siglos, si la poe-sía ensalzaba su rica ornamentacion, sus artesonados y sus mármoles; si el romance y la novela encarecian sus mo-numentos, como una creacion fantástica á propósito para aumentar el interes de las descripciones, el anticuario y el artista los miraron con desdeñosa indiferencia. Pero una feliz revolucion producida en las ideas filológicas, y en los diversos sistemas sobre el renacimiento de las le-tras en la Europa moderna, empezó á llamar la atencion desde mediados del siglo XVIII hácia los descendientes de Ismael, hasta entónces tenidos en poco. Casi desco-nocidos, ó considerados solo como conquistadores san-guinarios y fanáticos, aparecen por vez primera en las

obras de Herbelot, herederos de la civilizacion del Oriente, y depositarios de los restos de la literatura y las
ciencias de la antigua Grecia. Casiri confirma, y esclarece
despues este hecho histórico, elevando el crédito de los
árabes españoles; y el abate Andres, con mayor copia de
datos, pretende por último que de su dominacion en la
Península Ibérica se deriva la restauracion de las letras.

Mas adelante, la existencia de este pueblo original
recibe mayor precio de las historias de Florian y de
Conde, y su Imperio se ostenta al fin tal cual ha sido,
lleno de vida y de grandeza, bajo la pluma ejercitada de
Viardot y de Romey, y sobre todo en la historia de las
dinastías mahometanas en España, de Ahmed Mohamed,
cuya traduccion castellana debemos á la inteligencia y
laboriosidad de D. Pascual Gayangos. Aparecen entónces
los árabes á la par ilustrados y guerreros; grandes por
sus establecimientos literarios, por el número considerable de sus escritores, por el brillo y la estension de sus
rápidas conquistas, por su carácter civilizador y hospita-
lario, por el generoso ardimiento, y los rasgos de valor y
cortesanía de sus Califas.

¿Cómo, pues, escitadas la imaginacion y la curiosidad
con tan preciados y diversos géneros de gloria, no inter-
rogarían los sábios á los monumentos artísticos que la recuerdan? El buril de los mas acreditados profesores los
ha copiado fielmente. De gran precio son los grabados de
la Alhambra que ha producido la Inglaterra, y sobre todo
los del observador filósofo Owen Jonnes, que ha sabido
valuar, como arqueólogo y como artista, esos peregrinos
vestigios de la dominacion árabe. Los examinaron tambien
los franceses, entre los cuales se distinguió primero Mr.
Laborde en su Viaje pintoresco, y despues Mr. Girault
de Prangey, que ha publicado últimamente su Ensayo sobre
la arquitectura de los árabes y de los moros de España,

Sicilia y Berbería, y su gran Atlás de Córdoba, Sevilla y Granada. Pero mucho ántes, sino con todo el esmero y las ilustraciones que el Sr. Jovellanos deseaba, á lo ménos con imparcialidad é inteligencia, nuestra Academia de San Fernando nos habia dado una coleccion de láminas, que representan lo mas notable y curioso que nos ofrece la Alhambra.

Sin embargo de estos trabajos sucesivos para ilustrar la arquitectura de los árabes españoles, ni todos sus edificios son hoy bastante conocidos, ni se han clasificado hasta ahora convenientemente, conforme á las distintas épocas á que corresponden. Podrán por ventura satisfacer las estampas que de ellos poseemos, á los artistas que solo se contentan con los rasgos principales de su carácter; pero de seguro no llenan las miras del arqueólogo avezado á buscar en las antiguas ruinas la fisonomía propia de las pasadas generaciones. Y á la verdad, que si este penoso y delicado trabajo puede conducir á inesperados y grandes resultados, nunca con mas probabilidades de buen éxito, que cuando se trata de un pueblo influyente en la restauracion de las letras, amigo á la vez del amor y de la gloria, el cual supo conciliar la ternura apasionada del corazon, con los esfuerzos de un ánimo elevado, y la gentileza de las justas y torneos, con la bravura y ardimiento de los combates.

No lo dudemos: los árabes han retratado fielmente esta originalidad de su carácter en sus mezquitas y palacios, en sus baños y harenes. Las épocas de su dominacion, el desarrollo progresivo de su cultura, los recuerdos de su cortesanía, el orientalismo que aclimataron en el Mediodía de Europa, su risueña imaginacion y sus extrañas creencias, vivos se ostentan en esos restos magníficos de su arquitectura, todavía no bien clasificados, y aun no del todo conocidos en sus detalles y pormenores. Siglos enteros de amor y galantería, de afeminamiento asiático y de altivez romana, de valor y ternura, de espiritualismo y de sentimientos mundanales, encierran los nombres poéticos de Az-zahrá y de la Alhambra. ¿Quién contemplará los restos del estilo arábigo en la Península, que no recuerde la pompa y delicado gusto de Damasco y Bagdad en los dias de su esplendor; las canciones inspiradas por la mas dulce melancolía á los hijos del desierto, esa imaginacion creadora que bajo el cielo despejado y puro de las Andalucías, solemnizaba las victorias de Almanzor, la generosa y pia condicion de Abdo-r-rhamán II, el brillante y feliz reinado del III del mismo nombre, las empresas literarias de Al-haquem II, los altos hechos de los Príncipes Ommíadas, el misterioso Eden del Islamismo, y las zambras y festines de Córdoba y Granada, y sus famosas escuelas y academias? El sentimiento y la razon, la poesía y la historia, acuden á la vez en busca de las ilusiones y las realidades, de la ficcion y la verdad, que los árabes confiaron á los monumentos de su poder, largo tiempo olvidados por la ignorancia y las preocupaciones de las razas.

Pero estas desaparecieron ya en la serie de los siglos, y un solo interes, el de la ilustracion, provoca el reconocimiento de esas mismas ruinas, que únicamente se recordaron de tarde en tarde para entrar en comparaciones siempre favorables á la arquitectura romana. ¡Cuán de otra manera llaman hoy la atencion de los inteligentes! No son los arcos de herradura, las columnas delicadas que los sostienen, los muros cubiertos de arábescos, las sutiles y graciosas claraboyas, los almocárabes enriquecidos de lazos, cintas, plantas y letras floreadas, los alfarges de alerce recamados de oro y azul, ni las estancias elípticas y las bóvedas que las cobijan como los pétalos de una flor, el único y principal objeto que ha de buscarse en los edificios de Toledo y Mérida, de Córdoba y Granada, de Sevilla y Valencia, debidos al genio y poderío de los Califas en el largo período de seis siglos. En ellos se guarda tambien la vida entera de los descendientes de Omar; las creencias y los ritos, las costumbres y tradiciones de un pueblo ya extinguido, pero en gran manera poético y civilizador.

Sobre todo, su arquitectura producida por el Koran, como la del Cristianismo por la Biblia, ostenta un carácter eminentemente religioso: pero esta religiosidad, participando de la extrañeza y bizarría de su orígen, nos ofrece á un mismo tiempo bajo las combinaciones mas opuestas, la voluptuosidad y el misticismo, las delicias de un Eden fantástico, y la cruda severidad del espiritualismo oriental; las ilusiones de la imaginacion halagada por el deleite, y el ascetismo fanático y la rigidez sombría de los preceptos del Profeta.

Otro contraste no ménos singular aparece, al comparar la parte esterior con la interior de los mejores edificios de este estilo. Como ha observado muy bien Owen Jonnes, en la primera se columbra el designio de ofrecer á la vista de un pueblo esclavo, la fuerza y el poder sin límites del déspota que le domina. Muros desnudos de toda ornamentacion le inspiran temor, y le ordenan la obediencia. Quien los habita es el que por la ley del Islamismo dispone hasta de la existencia de sus súbditos, y es necesario que con la idea del predominio y de la fuerza les recuerde siempre la sumision servil y la autoridad absoluta, que ha recibido del cielo como descendiente del Profeta. Pero este le ha pronosticado tambien la felicidad sensible y material, que consiste en los placeres de la vida física: procurarla es, pues, un precepto religioso, el cumplimiento de una promesa sagrada. Y he aquí á la religion escitando la fantasía creadora de los árabes para decorar con toda la magnificencia del arte las estancias interiores de los palacios de sus Príncipes.

Cuanto ha inventado de mas precioso y esquisito el lujo del Oriente, se emplea en ataviarlas y realzar sus mágicos encantos. Una red de graciosos arabescos cubre los muros de la elegante y elevada Giralda de Sevilla, y dos grandes manzanas de bronce la coronaban en los mejores dias de sus Califas, aumentando su pompa. En el alcázar de Sevilla, nada omiten el lujo y el arte para engalanar su portada, rica de menuda y esmerada ornamentacion, tan notable por su originalidad, como por la diligencia de sus multiplicadas labores. No son ménos delicadas y bellas las de los suntuosos salones árabes de la casa, que hoy pertenece en la misma ciudad, á la Señora viuda de Olea: ignorada riqueza cuya existencia ni aun se sospechaba, y que descubierta casualmente, debe su conservacion á la diligencia y buen gusto del anterior propietario el Sr. Dominé. El patio de los Leones, el de los Estanques, el salon de las dos Hermanas, el de los Embajadores, que constituyen el principal mérito de la Alhambra, reunen la novedad á la extrañeza, la profusion de los ornatos á su delicada ejecucion, y con sus elegantes y delgadas columnas, con sus arcos esbeltos y ligeros, con sus estucos y mosáicos, con sus risueñas fuentes y surtidores, nos hacen dudar que sea una ficcion el palacio de las hadas, y nos presentan la realidad como un encanto.

Los árabes no han perdido de vista en este ornato atrevido y fantástico, ni las exigencias de la construccion, ni las de la naturaleza del clima. Adivinaron las mútuas relaciones de unas partes tan esenciales al buen efecto del todo, y supieron hermanarlas de un modo sorprendente, sin olvidar las formas sencillas de sus primitivas moradas. En efecto; como si la civilizacion no fuese bastante poderosa á borrar los recuerdos ó inclinaciones de su orígen, todavía en el refinamiento de la cultura que alcanzaron, convirtieron hácia ellas su atencion.

Abatida la tienda de sus padres cuando abandonaron la vida nómade del desierto por la estable y regalada de las ciudades, parece que solo se propusieron restaurarla con mayores proporciones y solidez, al fijarse en las orillas del Genil y del Darro. El salon de las dos Hermanas en la Alhambra nos trae á la memoria, en su forma singular, en su ligereza y soltura, esa misma tienda del desierto. El mástil que la sostenia, para valernos de una feliz observacion de Owen Jonnes, es ahora una columna de mármol: las alfombras de Persia y los chales de Cachemira que la decoraban interiormente, se convierten en mosáicos y estucos dorados, y á sus pintadas y flotantes cortinas de seda, suceden los delgados muros, que como un velo mágico matizado de brillantes colores, ascienden de columna en columna, y de arcada en arcada, desde el pavimento á la cúspide, sin detener el paso á las brisas, que se deslizan por sus recortes y arcadas, cual pudieran hacerlo por el tegido de un ligero cendal. Pero estos edificios de los árabes españoles, producto de muchos ensayos y esfuerzos sucesivos, y el testimonio mas solemne de la cultura y poderío de los califatos de Córdoba, Sevilla y Granada en sus mejores dias, notablemente se aventajan á los primeros que labraron, poco despues de asegurada su conquista. Aunque en todos ellos aparece un mismo carácter, y un orígen comun; risueños y delicados, graciosos y ligeros los unos; pesados y severos, ménos ostentosos y ataviados los otros, demarcan el desarrollo gradual de la civilizacion de sus constructores, y espresan las modificaciones de su índole, desde que sangrientos y fanáticos destruyeron el imperio de los Godos, hasta que mas humanos y civilizadores, se propusieron engrandecer sus conquistas con el lujo oriental y el cultivo de las artes. Cuando á principios del siglo VIII consiguieron establecer su Emirato de Toledo, y apénas encontraban ya enemigos que les disputasen la posesion de la Península, puede decirse que casi no poseian una arquitectura propiamente suya. Se habian enseñoreado con asombrosa rapidez de la Siria, el Egipto y la Persia: les pertenecian los monumentos de los Faraones, los del siglo de Perícles, los que á las orillas del Indo y del Gánges ocultaban su orígen en una misteriosa oscuridad; y con todo eso, desdeñando todavía las tareas pacíficas, embriagados con el triunfo de los combates, y el ruido, y los despojos de las conquistas, sectarios fanáticos y guerreros feroces, reducian toda su grandeza, su civilizacion y sus goces al Koran y la cimitarra. Creer y combatir; tal fué su existencia hasta el siglo VII. La mezquita erigida por Omar en 637, sobre las ruinas del templo de Jerusalen, la de Amrú de 642, y la de Damasco labrada en 705, son quizá las primeras de sus construcciones, entre las que merecieron celebridad.

Con los despojos de los monumentos griegos y romanos, y las reminiscencias de los que decoraban los diversos paises del Oriente, formaron, pues, los elementos de su arquitectura, trasladada poco despues á sus posesiones de España, ya con una fisonomía propia, pero no por eso bien fijos sus caractéres esenciales. Tal vez á semejanza suya labraron el año 713 la famosa aljama de Zaragoza, tan encomiada por los escritores de esta nacion, y destruida en el incendio del año 1050. Probable parece que la de Córdoba erigida despues, y uno de los recuerdos mas grandiosos de la dominacion árabe, sino se ha modelado por el mismo tipo, conserve á lo ménos los principales rasgos que le distinguen.

Este no ha presentado siempre igual carácter. Cuando

los califados ofrecian ya alguna estabilidad y firmeza, aunque carecian todavía del brillo y cultura que despues adquirieron, no del todo original la arquitectura árabe, ruda algun tanto y menesterosa, apareció caprichosamente ataviada con los restos del antiguo, y los detalles del estilo bizantino, si bien modificados por la índole especial de los árabes. Obtuvo en seguida mayor pompa y gallardía, y si se permite decirlo así, el orientalismo que señaladamente la caracteriza; hasta que, como todas las producciones de los hombres, cuando ni el capricho ni el fausto pudieron ya procurarle nuevas preseas, empezó su decadencia al mismo tiempo que la del imperio de los Califas, quebrantado y reciamente sacudido por las disensiones intestinas y las conquistas de las huestes cristianas.

En esta marcha siempre acomodada al estado de los califados, á su fortuna y prepotencia, á su dominacion y sus victorias, el estilo de los árabes presenta diferencias notables, con arreglo á las cuales se ha dividido por los escritores modernos en diversos períodos el largo tiempo que existió entre nosotros. Tres enteramente distintos, y con precision determinados, conceden á la arquitectura musulmana empleada en la Península, Girault de Prangey en su Ensayo sobre la arquitectura de los árabes y de los moros en España, Sicilia y Berbería, y Batissier en su Historia del arte monumental. Conformes en esta division, uno y otro dan el nombre de árabe-bizantina á la del primer período; pero mientras que Girault de Prangey llama árabe morisca á la del segundo, y morisca á la del tercero, se inclina Batissier, á que con mas propiedad puede aquella denominarse de transicion, y esta última, distinguirse simplemente con el epiteto de árabe. Siguiendo nosotros la opinion de Batissier, y adoptando las razones en que la funda, al reconocer la exactitud de esas tres divisiones en el arte de construir de los árabes, les darémos tambien los mismos nombres que él les concede; pero sin echar en olvido las modificaciones, que en su decadencia durante el siglo XV ha sufrido la arquitectura árabe empleada por los muzárabes, y cuánto influyeron en su corrupcion y desmedro las cualidades que adquiriera del arte cristiano, por su misma índole no bien avenidas con las puras y genuinas, que adoptaran los Príncipes Ommíadas. Y al examinar bajo tan diversas fases las construcciones del Islamismo, y seguir el arte que las produjo en sus transformaciones sucesivas, justo es recordar aquí la diligencia y buen criterio con que últimamente supo determinar su verdadero carácter D. José Amador de los Rios, en la segunda parte de la obra que ha publicado con el título de Toledo Pintoresca, donde tan atinadamente describe los edificios árabes de esta ciudad, hasta entónces no tan conocidos y apreciados como debieran serlo.

Falta de originalidad y de sistema fijo, todavía informe y ruda, pero sin acomodarse tampoco exactamente á ninguna de las escuelas conocidas, la arquitectura árabe del primer período manifiesta mas predileccion por la bizantina, de quien toma una gran parte de sus ornatos, y hasta la distribucion y la forma de sus mezquitas. Imitadora y ecléctica, quiere sin embargo ser inventora, y la inesperiencia y la infancia engañan sus deseos. Así aparece desde el siglo VIII hasta los últimos años del X. Mas independiente en el XI, lucha por emanciparse de las formas bizantinas; olvida gradualmente la tradicion que la guiaba, y con innovaciones peregrinas, adquiere los elementos de una originalidad, que consigue algo mas tarde, y que entónces la ponen ya á mucha distancia de sus orígenes: este carácter ostenta en su segundo período. Desde el siglo XIII, libre y emancipada del arte antiguo, completamente distinta en sus principios, en sus tendencias, en sus máximas, de la romana y de la bizantina, adquiere una fisonomía propia, una originalidad fantástica sin tipo conocido, que la hacen tan singular y peregrina, como era diferente de los otros el pueblo que la había creado, cuando al asegurar una nueva creencia, combatía y conquistaba para generalizarla. Tal se muestra el estilo de los Árabes en su tercero y último período. Harto curioso é interesante su desarrollo sucesivo, enlazado por otra parte con la historia política y social de sus cultivadores, escita demasiado interes, para que se le juzgue solo por indicaciones generales y rasgos aislados. Un exámen mas detenido demostrará toda su importancia.

CAPÍTULO XI.

Desde el siglo VIII, los despojos de las soberbias fábricas de Itálica, Mérida, Zaragoza y otras ciudades romanas, sirvieron bajo la estirpe de los Ommíadas, á la construccion de un pueblo conducido por sus instintos guerreros á la conquista, y que todavía no bien connaturalizado con las delicias de la paz, y la pompa y riqueza del Imperio griego, era preciso que errante y sin cultura, fuese imitador, tomando indistintamente de los monumentos orientales, y de los producidos por la grandeza romana, cuanto pudiese acomodarse á su nueva situacion, á los recuerdos de su primitiva patria, y al orientalismo de su órigen. En efecto, participaba entónces el gusto de los árabes, no bien establecidos en la Península, del que habian encontrado en los paises diversos de su dominacion.

Sin ideas propias, faltos todavía de aquel fausto y delicadeza, que despues contribuyeron tanto como sus conquistas á la fama que alcanzaron en el Asia y la Europa, habian obtenido de los latinos la disposicion general, la forma y el compartimiento de los edificios, con alteraciones poco sustanciales en sus plantas: pero en el aparato y brillantez de los ornatos, en los detalles que hablan á la imaginacion, y dependen mas bien del capricho, que de reglas estables y principios emanados de la naturaleza de la construccion, siguieron á los bizantinos, guiados por el mayor conocimiento que poseiàn de su Imperio, por el ardor de su risueña fantasía, y las tendencias de la civilizacion oriental. De ellos tomaron entónces los capiteles cúbicos con sus ángulos inferiores redondeados, para alternar con otros de la escuela romana; los lóbulos ó festones de pequeños semicírculos en los perfiles interiores de los arcos, los cuadrados cubiertos de labores en que los encerraban, y muchos adornos ya empleados en las principales fábricas neo-griegas.

El instinto, no la filosofía del arte los guiaba en la eleccion y las combinaciones de los detalles pertenecientes á otras escuelas. Amalgamados en sus fábricas, mas que la originalidad, aparecian en ellas el capricho y el deseo de formar un arte diferente del antiguo, cuyos elementos, sin embargo, le pertenecian y le recordaban. Así era como sin copiar exactamente, aprovechaban los árabes en ese período las columnas y los mármoles de las fábricas romanas, y los acomodaban con extrañas mutilaciones á una construccion no bien determinada todavía, y en vano resueltos á concederle la absoluta independencia de las tradiciones y las reglas, hasta entónces respetadas en las provincias orientales y occidentales del antiguo predominio de los Emperadores romanos y de los griegos de Constantinopla.

Entre los diversos arcos, que sus numerosos y variados edificios les ofrecian, se decidieron ya desde el principio por el de herradura, prefiriéndole al semicircular que tambien conocian, y al ojíval, que emplearon mas tarde, si bien frecuentemente resultaba en sus construcciones, del encuentro y enlace de los de medio punto, cual se ven en la mezquita de Córdoba. Apartáronse en esto los árabes españoles de los que labraron edificios en el Egipto, donde por lo general en ese mismo tiempo fué admitido el ojivo. Hay tambien entre unas y otras fábricas algunas diferencias, que muy particularmente las distinguen: son las de la Península ménos estensas que las del Cairo, no de una grandeza tan imponente y positiva, ni de moles tan sólidas y macizas, y materiales tan duraderos y abultados; pero las aventajan en la delicadeza y la gracia, en la novedad y el lujo de la exornacion, en las filigranas y caprichosos enlaces de los ornatos, en el aspecto risueño y la magia indefinible de su conjunto. Estas cualidades de la arquitectura árabe de España, la originalidad que respira, aquellos rasgos esclusivamente suyos, ni en el Oriente conocidos, ni en las construcciones producidas en Sicilia por el Islamismo, fueron el resultado de una larga serie de ensayos en el transcurso de muchos años, y solo aparecieron conforme se aumentaba el esplendor de los califados, y se reconcentraban sus recursos. Al principio, como si participase del carácter guerrero y conquistador del pueblo que la empleaba, ó como si la instabilidad de sus empresas y establecimientos influyese en la indecision de las formas, que daba á sus edificios, manifiestan estos cierto desabrimiento, una pompa mas ostentosa que delicada, y aquella fluctuacion de la inesperiencia, que desconociendo toda la estension de sus recursos, pero arrogante y presuntuosa, no teme empeñarse en una senda nueva y dificil, aspirando á la originalidad, sin abandonar del todo las ideas recibidas, y sin esclavizarse para seguirlas.

Por fortuna se conserva hoy un monumento justamente célebre, y quizá único en su clase, para juzgar de estas extrañas propiedades de la arquitectura árabe de la Península en su primer período. Tal es la mezquita de Córdoba, convertida en catedral por los cristianos despues de la conquista. En 786, cuando el Imperio de los Califas encontraba una resistencia no esperada de los vencidos godos, echó sus fundamentos Abdo-r-rahmán I, segun se pretende, por las trazas que él mismo diseñara. Concluida por su hijo Háxem, y mejorada por sus sucesores con magníficas agregaciones; no en todas sus partes existe hoy como en sus mejores tiempos. Sustituyéronse las bóvedas á las riquísimas techumbres de alerce, brillantes de matices y dorados: fué demolida una porcion de la fábrica, para erigir el crucero plateresco, cuya suntuosidad y belleza fuera de su lugar alteran la unidad del conjunto, mal avenido con el carácter singular que le distingue. Otras innovaciones y derribos se verificaron en el esterior del edificio, igualmente desacordados; mas no bastaron con todo eso á despojarle de su índole propia, ni á desfigurarla hasta el extremo de hacerle perder su originalidad primitiva. Existen la planta, la combinacion de sus principales partes, el admirable conjunto de las estensas y multiplicadas galerías, que dividen sus inmensos espacios, aquel bosque de columnas, que los pueblan con extraña novedad; aquella singular manera de enlazarse las arcadas, y de sobreponerse las unas á las otras, como si se quisiese solo una creacion fantástica para alucinar con ilusiones pasajeras, y no un monumento sólido para resistir las impresiones de los siglos.

Hay en la mezquita de Córdoba una verdadera grandeza, una estension que impone, una simplicidad de líneas y perfiles á propósito para aumentar á la vista las dilatadas proporciones de sus ámbitos, una solidez grave y severa, que lleva consigo la idea de la dominacion y de la fuerza: así como el Islamismo, que la consagró á sus creencias, tiene algo de misterioso y de fantástico, que seduce y fascina. Sus vastos recintos parece que se midieron por la misma escala de la estendida dominacion de los hijos del Profeta, y que la revelan todavía en la espaciosidad de sus ámbitos, y las innumerables columnas que los decoran. Traslúcense allí el poder y la religiosidad del pueblo constructor; la singularidad de sus creencias; el sentimiento que le empujó desde los desiertos de Arabia, hasta los campos de Aquitania; el genio que enlaza los destinos del Asia con los de la Europa, y todo como simbolizado en las formas extrañas, en las dilatadas masas, en la exótica ornamentacion, en la multitud de naves, que hacen su Mihrab mas fantástico y misterioso.

Por lo demas, á semejanza de todas las mezquitas de los primeros tiempos del Islamismo, en su planta y distribucion interior, en el arreglo de sus principales partes, ofrece la de Córdoba una imitacion de las antiguas basílicas greco-romanas. En un cuadrilongo de seiscientos veinte pies de longitud, y cuatrocientos cuarenta de latitud, comprende diez y nueve naves, que corren de Oriente á Occidente, y veinte y nueve de Norte á Mediodía, las cuales, cortándose en ángulos rectos y sostenidas por mas de cuatrocientas columnas de diferentes mármoles, despojos casi todas de edificios romanos, producen una sorprendente variedad, y admiran por su misma complicacion, por el enlace y desarrollo de sus estendidos ámbitos, por la sombría é indefinible magestad que respiran. Sobre los arcos de herradura, que dividen las naves, se levantan otros, cruzándose entre sí de una manera inusitada; y si no manifiestan el arrojo y brio de los ojiváles en los templos cristianos, ni se elevan como ellos á considerable altura, todavía se acomodan oportunamente al carácter especial de la obra, y le comunican aquel aire peregrino, que tanto la realza, y notablemente la distingue

:

de las demas construcciones conocidas. Su exornacion carece de la delicadeza que adquirió despues, y algun tanto ruda y desabrida, indica los primeros ensayos de un pueblo dotado de imaginacion, emprendedor y valiente, que posee el sentimiento de su grandeza, y pretende simbolizarla en los monumentos de las artes, cuando aun no corresponde su cultura á la estension de sus miras y al afan de realizarlas.

No puede desconocerse la procedencia bizantina de la mayor parte de los ornatos empleados en la mezquita de Córdoba, por mas que en la imitacion haya cierta franqueza, y se columbre una tendencia marcáda á la originalidad. Del gusto neo-griego provienen los lóbulos de los arcos, muchos de los capiteles, los ladrillos esmaltados, los agimeces y la cúpula hemisférica del Mihrab, adherida en los cuatro ángulos al plano cuadrado de la fábrica, por una combinacion de arcos semicirculares, sobre los cuales reposa. Esta parte del edificio, construida por Al-haquem en 965, se distingue de las otras por su brillante y rica ornamentacion, por sus columnas y mármoles, por los mosáicos del arco, que dá entrada á un reducido santuario de planta octógona, cobijado por una cúpula en forma de concha, y de una sola piedra de mármol blanco.

Desde mediados del siglo VIII, hasta los últimos años del X, se conservó entre los árabes esta manera de construir. Tal aparece tambien, en varias fábricas de Toledo, en el puente de Córdoba, que erigido por Alsamah, á principios del siglo VIII, fué reedificado por Háxem al empezar el siglo X; en los restos, hoy muy desfigurados, del antiguo alcázar de Córdoba, donde es ya dificil distinguir las partes de la primitiva fábrica, de otras posteriores; en la casa pública de baños, labrada en Murcia por Ibrahim Iscandari, el año 731 ó poco despues. No puede igualmente considerarse produccion de esta época, segun muchos pretenden, el bello y elegante baño árabe, que existe en el convento de Capuchinos de Gerona: basta examinar su estructura, para conocer que corresponde á una época muy posterior. De gusto mas depurado que el de la mezquita de Córdoba, se hace notable por la delicadeza y gallardía de las columnas, por la gracia y soltura de la cúpula que sostienen, por la forma esbelta y gentil del conjunto de esta especie de stilobato, cuya construccion supone en el arte unos adelantamientos, que no alcanzaron los árabes hasta los mejores dias de su imperio de Granada, cuando la embellecieron con los mágicos palacios de la Alhambra. De 714 á 830 en que poseian á Gerona, no emplearon en sus edificios otra arquitectura que la de la mezquita de Córdoba, con la cual ninguna analogía tienen los baños de Gerona, tal vez construidos en el siglo XIII, por artistas cristianos, formados en la escuela de los árabes.

El empeño que pusieron los Califas en exornar sus estados de Córdoba desde que en ellos se establecieron, sorprende tanto como la rapidez de sus conquistas, y el brillo de sus victorias. Segun el considerable número de edificios que entónces erigieron, no parece sino que disfrutando de una paz inalterable, reinaban únicamente para cultivar las artes, y embellecer con ellas sus nacientes y mal seguros estados. Si hemos de creer lo que dice Cardonne en su Historia del África y de España bajo la dominacion de los árabes, solo en Córdoba existian en el siglo X seiscientas mezquitas, y novecientos baños públicos. De otros edificios notables nos dejaron señaladas memorias los escritores árabes y aun nuestros cronistas. Alsamah, walí de España, á pesar de la insubsistencia de sus nacientes establecimientos, habia dado principio al bello puente de Córdoba, acabado mas tarde por Ambisa en 717. Animado del mismo espíritu y por los años de 746

Yusuf-Al-fehri, uno de sus mas distinguidos sucesores, reparó en todas partes los puentes, las mezquitas y las vias militares, que desde Andalucía se dirigian á Toledo, Mérida, Lisboa, Zaragoza y Tarragona.

Diez años despues Abdo-r-rahmán tan célebre por su carácter civilizador y su magnificencia, y los triunfos que ilustraron su nombre, á imitacion del palacio elevado en Damasco por su abuelo, funda cerca de Córdoba el conocido con el nombre de Rusafa; erige una torre en los jardines mas deliciosos de esta ciudad, y las principales mezquitas de Santaren, Lisboa, Coimbra y otros pueblos. Todavía, como si tan notables construcciones no bastasen á su gloria, construye la casa moneda, llamada Ceca, y dá principio á la magnífica mezquita de Córdoba, que Háxem su hijo continúa en 795 con feliz suceso. Bajo el reinado de este Príncipe Farquid-ben-Aún el divani, presta su nombre á la bellísima fuente, considerada por los árabes como uno de los monumentos mas singulares de los Príncipes Ommíadas. Sevilla debe á Abdo-r-rahmán la reparacion de sus muros en 843, y otros pueblos de su dominacion sus principales mezquitas. Háxem-ben-Abdol-ázíz restaura á Úbeda en 886, circunvalándola de robustas murallas. En los montes de Cazlona, levanta Lebi-ben-Obaydolla cómodos edificios para servicio del público. Mohammad, hijo y sucesor de Abdo-r-rahmán, embellece á Córdoba con baños magníficos por los años de 852, y por disposicion de Suwar-ben-Hamdún, se eleva la ciudadela de Granada en 889, y en el año anterior se reparan los muros de Baza, Jaen y Guadix.

Pero á todos estos Príncipes supera en magnificencia y amor á las artes, el célebre Abdo-r-rahmán III. Como si hubiese reinado solo con el objeto de estenderlas en sus estados, en medio de las grandes empresas que acomete para consolidar su poder, y acrecentarle con nuevas conquistas, erige en Córdoba mezquitas y fuentes de mármol; repara el puente levantado sobre el Guadalquivir; mejora los palacios y Reales alcázares; labra la aljama de Granada; echa en 936 los fundamentos de Medinat–Az–zahrá con sus encantados palacios y deliciosos jardines; surte de aguas á Córdoba, construyendo al efecto sorprendentes arcadas y canales; embellece el año 951 la mezquita de esta ciudad, con una torre; dá un nuevo realce á la aljama de Tarragona, y repara la de Segovia, adornando su Mihrab con preciosas columnas. Su hijo Al–haquem, sin llevar tan lejos la aficion á las artes, y ménos espléndido, á pesar de los cuidados que le rodeaban, y de las divisiones intestinas, que afligian tanto como las armas cristianas los estados mulsumanes en la Península, todavía, entre otras obras de pública utilidad, procuró á Granada, Murcia, Valencia y otras ciudades, por los años de 961, estensos canales de riego, y magníficos acuéductos, que grandemente contribuyeron á la prosperidad de la agricultura. Se hermoseaba Córdoba en 981 con la bella mezquita, llamada Sobeiha, y Toledo con otras dos no ménos celebradas de los árabes, dirigidas por el arquitecto Fatha–ben–Ibrahim el Omeya.

A todas estas construcciones, escedian en suntuosidad y belleza las de Medinat–Az–zahrá, poblacion mágica, debida al delicado gusto y ostentosa munificencia de Abdo-r–rahmán III, el mas aficionado á las artes, y el mas espléndido de todos los Califas de Occidente. Consagrándola al amor y á los placeres, echó sus fundamentos el año 936, á dos leguas de Córdoba, en un pais deleitoso y risueño, de benigno clima, y cielo sereno y puro. La tierna y delicada pasion, que le inspiraba la hermosa Az–zahrá, encanto y ornamento de su harem, produjo esta peregrina y magnífica creacion; y para que todo en ella fuese poético y bello, le dió el nombre de su esclava querida, que en árabe significa flor, y que tan bien correspondia á la hermosura de la nueva ciudad, y al sentimiento delicado que la habia producido. Cuanto la voluptuosidad y el lujo del Oriente, cuanto la molicie y el halago de los sentidos pudieron concebir de mas risueño y pintoresco, otro tanto se empleó por el pródigo Califa en esa mansion encantadora. Ocupaba su centro un palacio magnífico, sobre cuya entrada principal se veia la estatua de Az-zahrá, á pesar de que el Koran prohibia toda representacion de la figura humana.

Construido segun unos por el arquitecto Abdullah-ben-Yunas, y segun otros por Muslimaton-ben-Abd-Allah, trabajaron en sus obras los artistas mas acreditados de Constantinopla y Bagdad, y para decorarlas se trageron del África mil trece columnas, diez y nueve de Roma, y ciento cuarenta, que fueron regaladas al Califa por el Emperador griego. Despojos de fábricas romanas y de preciosos y variados mármoles, alternaban con otras labradas de los mejores que hay en España, como los de Tarragona, Almería y Cuenca. Si ha de darse algun valor á las poéticas y exageradas descripciones de los árabes, eran entre todas cuatro mil trescientas doce, y á su grandiosidad correspondia la de las puertas construidas de hierro y de bronce, plateados y dorados. No era menor la magnificencia de los pavimentos y los muros, cubiertos tambien de ricos mármoles y jaspes. Fuentes y surtidores, y baños suntuosos de muy esquisita labor, realzaban los encantos de las regias estancias. En la sala llamada del Califa, la fuente que ocupaba su centro, concluia con un cisne de oro, trabajado en Constantinopla, y de sumo arte y esmerada ejecucion, sobre el cual pendia del techo, esmaltado de oro y azul, la riquísima perla regalada al Califa por el Emperador de Constantinopla. Deliciosos jardines de apreciables vistas, bordados de flores, embellecidos con preciosos baños de mármol, abundantes aguas, y boscages de mirto y laurel, circundaban el palacio, y en medio de ellos se elevaba un pabellon sostenido por columnas de mármol blanco, con capiteles dorados, en cuyo centro una fuente de singular artificio, arrojaba chorros de azogue purísimo, que llenando su espacioso tazon, y heridos por los rayos del sol, aparecian como teñidos de los colores del íris, embelesando con sus cambiantes.

Una de las principales y mas notables dependencias de este palacio era la mezquita, por su estension y riqueza proporcionada al admirable conjunto de que hacia parte. Construida, segun pretenden los orientales, en muy cortos dias, y de vastas dimensiones, se componia de cinco naves, y su Mihrab tenia de largo noventa y siete codos, y de ancho cuarenta y nueve.

Sucesivamente Murphy, Conde, Girault de Prangey, Owen Jonnes y Batissier, siguiendo á los escritores árabes, han hecho una detenida descripcion de estos prodigios de Medinat Az-zahrá. Sin admitirlos nosotros como verdades históricas, y reconociendo en ellos una creacion de la risueña y viva fantasía de los orientales, no pondrémos en duda sin embargo, que á ella dió motivo la pompa y riqueza poco comun de las construcciones de Az-zahrá. ¿Pero qué resta ya de esos admirables esfuerzos del arte, complemento y recuerdo de la grandeza de un pueblo, que estendió su dominacion por todos los ámbitos del antiguo mundo? Apénas se comprende que tanta riqueza y tanto ingenio, destruidos por sus mismos poseedores, no alcanzasen siquiera un siglo de existencia. Ni como un monumento de la munificencia y poderío de Abdo-r-rahmán III, ni como honroso comprobante de la civilizacion oriental, ni como el adorno mas preciado del Califado de Occidente, hallaron gracia los palacios de Az-zahrá ante el ciego encono de las razas enemigas, que

se disputaban el imperio de Córdoba. Bajo el reinado de
Háxem, se empezó su demolicion por los años de 1008,
sin que hoy se conserve un solo vestigio, que indique siquiera el lugar que ocuparon, donde fué mas brillante y
admirada la cultura de los árabes.

CAPÍTULO XII.

Con notable empeño continuaban los Príncipes Ommíadas de Córdoba las construcciones de todas clases para ornato y comodidad de las grandes ciudades de sus estados, cuando los disturbios domésticos por una parte, y por otra los progresos de las armas cristianas, les obligaron á llamar en su auxilio á las razas guerreras de las inmediatas costas del África. Pacificado el reino de Fez, ya en los últimos años del siglo X, habia aprovechado Al-mansór en sus empresas militares los socorros de los Berberiscos. En ellos y en otros pueblos del mismo pais, no ménos bélicosos, buscó despues un apoyo Suleymam para sostener el trono, reciamente còmbatido por las sangrientas parcialidades, que agitaron sin tregua su turbulento reinado. Allí capitaneó entónces contra él nuevas haces venidas de Ceuta, y proclamado por ellas Califa de los estados Mahometanos de la Península, dejó en la guerra civil, que habia encendido, un cebo á la ambicion de sus compatriotas, trazándoles el camino de las invasiones. Ora como auxiliares y aventureros, ora como enemigos abier-

tamente declarados de los mismos, que los llamaban en su
socorro, podian estos disturbios conducirlos algun dia á
la conquista y posesion del Califado de Occidente. No fué
ya el estrecho de Gibraltar un límite á los designios atrevidos de las razas inquietas de Fez y de Marruecos: sal-
váronle mas de una vez para llevar sus interesados servicios á los walís de las Andalucías, que los demandaban,
segun los trances de la guerra civil, ó las amenazas del
pueblo cristiano los hacia necesarios. Yahya, hijo de Alí,
á su ejemplo ambicioso y emprendedor, corrió entónces
desde Ceuta, acaudillando á sus paisanos, para oponerse
á los intentos de su tio Alcasem, y disputarle el predominio á que aspiraba en la España árabe.

Así fué cómo en las sangrientas desavenencias de los
musulmanes, suscitadas á últimos del siglo X, vinieron ya
á mezclarse las tribus moriscas, para producir primero
la completa desmembracion del vasto Califado de Occidente, y despues la ruina de los pequeños reinos formados
de sus despojos. Estas discordias intestinas, continuadas
con ciega perseverancia, y aumentando el encono que las
alimentaba, todavía cuando los Monarcas de Leon y Castilla se mostraron mas emprendedores y temibles con la conquista de Toledo, dieron ocasion á que muy desacordadamente, y contrariando sus propios intereses, Mohammad,
Califa de Sevilla, unido á los de Badajoz, Granada y Almería, sintiéndose harto flacos para hacer frente á sus implacables enemigos, llamasen en su defensa á los Almoravides,
célebres por su valor y sus conquistas, fundadores de un
vasto Imperio, y vecinos peligrosos al otro lado del Estrecho. Vencedores bajo el mando de su esforzado caudillo Yusuf-ben-Texefin, al desembarcar en España con
el pretesto de auxiliares, y con las miras de conquistadores, pusieron término al poder musulman para dar principio al suyo, sojuzgando sucesivamente los reinos de

Sevilla, Badajoz, Almería, Granada y Valencia, en su lealtad y su denuedo, mas de lo que debieran, confiados. Á la breve y odiosa dominacion de estos africanos, sucedió la mas humana y duradera de los Almohades, como ellos atraidos á la Península por sus correligionarios; pero con otra cultura y tolerancia, amigos de las artes é inclinados á las tareas pacíficas, si en un principio observaron la dura conducta de todos los conquistadores, el valor y la política de que dieron altas pruebas, su estudiado conato en aliviar la suerte de los pueblos, y fomentar sus intereses materiales, les grangearon al fin las simpatías del pais que sojuzgaron, el cual vino á considerarlos como á sus hijos y defensores.

Entónces protegida la arquitectura, á la par de las demas artes, en las discordias civiles desatendidas, al perder una parte de su primitiva rudeza, dejó ya traslucir cierto empeño de parecer original, el conato marcado de emanciparse de las tradiciones bizantinas, y de las alteradas formas del romano, aquella propension á la pompa oriental, que la presentó mas tarde tan engalanada y ostentosa á las orillas del Genil y del Darro, y en los cármenes de Generalife. Esta coincidencia del establecimiento en España de las nuevas dinastías moriscas, y del cambio en el arte de edificar, ha persuadido á muchos, que ellas le habian producido, y le consideraron como el resultado de su cultura. ¿Pero cuál era la de los Almoravides y de los Almohades para atribuirles tan notable adelanto? No pudieron importarle de su pais natal, donde acababan de fundar un Imperio por la fuerza de las armas, todavía mal seguro para cambiar los instintos guerreros, por las tareas pacíficas. Harto reciente su civilizacion, aparecia muy inferior á la de los árabes cordobeses, y no bastaban las miras ilustradas de Abdo-l-Mumen, su proteccion á los sabios, y sus establecimientos literarios

220

en Marruecos, para transformar instantáneamente la índole feroz de sus vasallos, y convertirlos de guerreros turbulentos, en artistas distinguidos. Tampoco habia motivo para atribuir este progreso del arte al genio y las tendencias de los nuevos conquistadores, porque avezados á una vida errante y agitada, buscando la gloria en los combates, no pudiendo existir sin provocarlos; al someterse á un nuevo gobierno, y crear un Estado, en la necesidad de cultivar el arte de construir, primero serían imitadores, que originales; y ántes debieron proponerse un modelo conocido, que formar otro nuevo, ó perfeccionarle guiados por la esperiencia, en una serie de ensayos sucesivos. Solo bajo las benéficas influencias del clima de la Bética, perdieron los moros gradualmente su agreste condicion, alicionados por el ejemplo y la cultura de los árabes allí de largo tiempo establecidos.

Las innovaciones observadas entónces en el estilo arquitectónico del anterior período, no son esclusivas de España: descúbrense igualmente en los monumentos del Egipto. Provienen de los progresos naturales del arte, bajo la influencia del Islamismo, y del genio que le cultivaba en el Oriente y en la Península, animado de un mismo espíritu, y sujeto á las mismas impresiones. Hallábanse los árabes españoles en posicion de apreciar estos adelantos, y los sucesos les facilitaban su adquisicion, precisamente cuando los moros empezaban á disfrutar con alguna seguridad, de los estados que habian poseido los Príncipes Ommíadas. Son, pues, conocidas las verdaderas causas del desarrollo de la arquitectura árabe en los siglos XI y XII. Prepararonle las victorias conseguidas por Abdo-r-rahmán; la constante proteccion que dispensó á las artes, á la agricultura y al comercio; la estension de su genio civilizador, y su natural esplendidez; el pacífico reinado de su hijo Al-haquem II, amigo de las letras, y empeñado en promoverlas; el influjo de las espediciones de Al-mansór, y de sus correrías en las tierras de Leon y Castilla; el poder y el brillo que entónces adquiriera el Califado de Córdoba; su correspondencia con el Imperio griego, y el afan con que procuraba emular la grandeza, y superar la cultura de Damasco y Bagdad. El impulso estaba dado: los moros le aprovecharon, y le siguieron, acomodándose á la sociedad en que vivian.

Empleada ya la arquitectura por gentes hábiles y es-perimentadas, que contaban con un establecimiento seguro en paises florecientes, muéstrase llena de brio y lozanía, aspira á la originalidad, y si no del todo la consigue, prospera, y adquiere bastante independencia para obtenerla en el siglo XIII. Sus monumentos, en que se echa de ver este conato, tienen al fin un carácter propio, y se atavian con rosetones, figuras geométricas, mas complicadas que las de la época anterior, y los estucos y dorados, que tanto contribuyen despues, cuando mas ricos y delicados, á la faustuosa ornamentacion de la Alhambra. Sin variar los capiteles su antigua forma, ni apartarse enteramente del gusto bizantino, al recordarle en algunos de sus caractéres especiales, son ahora mas elegantes y desembarazados, y de una ejecucion mas esmerada. Así aparecen los de las dos arcadas del Norte y del Sur de la capilla de Villaviciosa, en la catedral de Córdoba; y los de las columnas que adornan los graciosos agimeces de la Giralda de Sevilla. Una mejora importante recibieron tambien en este segundo período los arcos festonados con ló-bulos, de que se hizo uso en la mezquita de Córdoba; pues hay en ellos mas variedad y delicadeza, disminuyendo el tamaño de los segmentos de círculo, y multiplicándose con ordenado y caprichoso enlace. Los ladrillos esmaltados de diversos colores, y produciendo á la vista una especie de mosáico, tal cual los Persas los empleaban, alternan con los ornamentos bizantinos, y contribuyen, á la par de las columnas antiguas, al mayor brillo de la obra. No ménos la realzan las combinaciones de ladrillos imitando tegidos, festones angulares y otros dibujos. Para variar el ornato, se introdujeron entónces los relieves de estucos de muy ingeniosa composicion, y las inscripciones cúficas de grandes caractéres, en forma cuadrada, enlazados con figuras caprichosas. Á los arcos de herradura se agregaron los ojiváles prolongados por sus extremidades, á semejanza de los que se ven en la puerta del Sol de Toledo, y este uso del ojivo, hecho despues mas general, grandemente contribuyó á la mayor soltura y variedad de las fábricas.

Pero la innovacion que mas las recomienda en esa época, es el mecanismo de las bóvedas estalactíticas, formadas de pequeñas cupulitas pendientes y enlazadas de tal manera, que su conjunto presenta un vistoso agrupado de estaláctitas con sumo arte dispuestas. Pueden considerarse los escasos ejemplos de esta especie en el período á que nos referimos, como un ensayo, que reproducido sucesivamente, vino por fin á constituir uno de los principales y mas bellos distintivos del estilo árabe, cuando alcanzó mayor riqueza y hermosura. Descubrimos ya esa clase de cúpulas en el gran salon del alcázar de Sevilla, aunque no tan sueltas y delicadas cual se emplearon mas tarde en las suntuosas estancias de la Alhambra. Pertenecen á este período del estilo árabe, la capilla de Villaviciosa, en el centro de la catedral de Córdoba, con la lujosa decoracion, y la originalidad, y las bellas arcadas, y los ricos estucos, que tanto la distinguen; la puerta del Sol de Toledo, edificada tal vez á últimos del siglo XI, y notable por sus arcos lobulados; los restos de la antigua mezquita, que se conservan en la catedral de Sevilla, y su Patio de los naranjos; Santa María la Blanca de Toledo, de extraña y curiosa construccion, con sus cinco naves, sus pilares octógonos de ladrillo, y sus galerías de arcos estalactíticos; la iglesia del Corpus Christi de Segovia, imitacion de la anterior; los restos de la de Santiago del arrabal en Toledo; los baños de la Cava, de la misma ciudad; un arco de ingreso en Santa María la Real de Burgos; y la Giralda de Sevilla.

Esta graciosa torre, quizá la mas notable y singular que los árabes nos dejaron en sus vastos dominios, no solo se recomienda por sus bellas y ricas labores, y su atinada estructura, y considerable elevacion, sino por la celebridad del arquitecto á quien se atribuye. Es opinion bastante generalizada que Gever ó Hever, designado como el inventor del Álgebra, la labró en el siglo XII. No se conserva hoy en el estado de sus mejores tiempos: la coronaban entóces, de un modo fantástico, cuatro grandes globos de bronce; pero derribados de su asiento en el terremoto de 1395, el arquitecto Fernan Ruiz le agregó por los años de 1568 tres cuerpos de arquitectura greco-romana, allí de mal efecto, y de todo punto inconciliables con el carácter de la construccion árabe. Esta es de piedra hasta la altura de seis pies, y el resto de ladrillo. Adórnanla vistosas axaracas, que, como un lujoso bordado, cubren sus muros, y con ellas alternan elegantes agimeces de arcos semicirculares y ojiváles, apoyados en columnas bizantinas muy bellas. Por treinta y cinco rampas dispuestas con arte, y construidas sobre bóvedas, puede subir un hombre á caballo hasta la plataforma, elevada del suelo ciento setenta y cuatro pies, y es de notar la gallardía y soltura del conjunto, á pesar de que, siendo de planta cuadrangular, y levantándose los muros rectamente desde la base, no ofrecen variedad en sus perfiles.

Otros restos nos quedan de las fábricas árabes, correspondientes á este segundo período, y de muchas mas se conservan curiosas memorias, que comprueban hasta que punto cultivaban entónces los árabes españoles la arquitectura. Conforme los Monarcas de Castilla y Aragon estrechaban con nuevas conquistas el territorio ocupado por los moros, reconcentrando estos sus fuerzas en menor espacio, pudieron aplicar al ornato y comodidad de un corto número de poblaciones, los recursos con que ántes atendian á mayores dominios. Granada empezaba á rivalizar en grandeza y opulencia con Sevilla y Córdoba, y sometida ya Toledo á D. Alonso el VI, recibió sucesivamente considerables mejoras de sus Príncipes. Se cuenta entre las mas notables el magnífico palacio, labrado el año 1136, por su walí Mohammad–ben–Said, de la raza de los Almoravides. No era ménos suntuosa la aljama que en 1172 se erigió en Sevilla, bajo el reinado de Yusuf, hijo de Abdo–l–mumen, y la mezquita que allí mismo, y en memoria y celebracion de sus victorias, hizo fabricar Yacub Al–mansór en 1196. Por disposicion suya se echaron tambien los fundamentos de la ciudad Rabat, contándose entre sus edificios una aljama y una torre. Al ánimo guerrero de Amiro–l–mumenín se debieron el castillo y los muros de Talavera de la Reina. Sobresalian entre las mezquitas de Toledo, las dos de Phato–ben–Ibrahim; y Mohammad–ben–Abdo–r–rahmán reparó en 1200 cincuenta mezquitas y colegios, elevando ademas una basílica para la administracion de justicia.

CAPÍTULO XIII.

Una concurrencia de causas felices auxiliaba poderosamente al empezar el siglo XIII la eficacia con que la dinastía de los Almohades promovia las artes, embelleciendo las principales ciudades de sus estados con aljamas y alcázares, baños y academias, donde la arquitectura empezó á mostrarse con una originalidad y un lujo, que á mucha distancia la colocaron de su primitiva sencillez y agreste encogimiento, nunca bien disimulado cuando era solo imitadora. Habian pasado ya sus indecisiones, y la necesidad de buscar apoyo, ó en los recuerdos de Bizancio, ó en los despojos de las provincias romanas. En este tercero y último período de su existencia, brilla ya con todo su esplendor: es un producto de la civilizacion árabe, que apénas se enlaza con lo pasado, y que parece como la espresion del carácter de un pueblo original, que con su fisonomía propia vive de la gloria presente, sin procurar el porvenir, apoyado en las anteriores civilizaciones, ó tributario de las que le rodean. Su genio es asiático, y con todo eso olvida los intereses del Oriente para

:

buscar otros distintos mas allá del Estrecho. Atento solo
á sus inspiraciones, las mide ahora por su osadía y poderío; por una grandeza positiva, que alienta su natural
altivez, y que le hace progresar en la carrera de la civilizacion, al mismo tiempo que le liga fuertemente á las
supersticiones de su secta. Los sucesos de mas importancia y trascendencia, que alimentaban este espíritu desde
los últimos años del siglo XII, abrian tambien á los artistas una nueva senda, dando mas valor á sus concepciones. ¿Cómo no alcanzaría la arquitectura grandes adelantos, cuando sus protectores los Príncipes Almohades
hallaban en las circunstancias los recursos necesarios
para fomentarla, y en su propia inclinacion un estímulo
para realzar la pompa del trono, y el buen aspecto de los
pueblos?

Abdo-l-mumen conducido de conquista en conquista
desde Cairwan y Túnez, hasta la playas de Portugal, habia fundado un poderoso Imperio, atrayendo á su capital
Marruecos las ciencias y las artes, allí desconocidas, y á
las cuales dispensaba una ilustrada proteccion. Al triunfar
en España de los Almoravides, y arrebatarles sus florecientes establecimientos, en mucho se apartó de su conducta para conservarlos: mas prudente y atinado, trató
de otra manera á los pueblos vencidos. En vez de promover las vejaciones que sufrian, mostróse con ellos humano y compasivo; mejoró su triste condicion, y sin li-
mitarse solo á dar á sus recientes conquistas una organizacion puramente militar, vió en el estudio de las ciencias, y en el cultivo de las artes un medio mas eficaz de
asegurarlas y estenderlas. No tanto el vencedor de los
Almoravides, como el compatriota, que triunfaba de sus
antiguos caudillos, para hacerles olvidar la dureza con que
fueran tratados, mas que dominarlos por el temor, se
propuso atraerlos con beneficios, y de súbditos forzados

los convirtió en amigos leales y agradecidos. Su hijo y sucesor en el imperio Yusuf–Abu–Yacub, alicionado en su escuela, y participando de tan altas cualidades, conseguida ya la rendicion de Valencia, obtiene el reconocimiento de Denia, Murcia, Alicante, Segura, Játiva y Lorca. La España mahometana, desmembrada desde los tiempos de Suleyman en pequeños Califados, perdida su unidad y su fuerza, vuelve entónces á recobrarlas, formando bajo su cetro un solo Imperio, mas que ántes temible y poderoso.

En memoria de esta restauracion, erige Yusuf en Sevilla una suntuosa mezquita, y por dicha de sus estados, todavía su hijo Yacub–ben–Yusuf, conocido mas generalmente con el nombre de Abdalla ó Al-mansór, aventajándole en las cualidades de Príncipe, le supera tambien en la grandeza y la fortuna. Generoso y clemente, soldado y político, poseedor de vastos estados en África y España, reina para la reparacion, y el esplendor del Califado, y la prosperidad de sus pueblos. Muchas y grandiosas mezquitas, baños magníficos, alcázares y academias, establecimientos de beneficencia, le deben su creacion. Persuadido de que sin comunicaciones espeditas no hay vida para los pueblos, las facilita y mejora, construyendo puentes y alberguerías. Tanto como en las armas, confia en los progresos de la ilustracion, y recompensa liberalmente á los sabios, los clasifica en categorías, y promueve los estudios útiles con la proteccion que les concede. Jamas la cultura y la prosperidad de los mahometanos, fueron llevadas mas lejos en la Península Ibérica. Entre tanto una funesta discordia agita y divide las Monarquías cristianas, é inutiliza sus esfuerzos para oponerse á su comun enemigo. El entredicho separa á Leon y Portugal; pelean en el Mediodía de la Francia los Reyes de Aragon y Navarra, contra las gentes de su misma fé; Alonso VIII de Castilla, reducido á sus propios esfuerzos, se encuentra solo para resistir á todo el poder agareno, y la desastrosa batalla de Alárcos viene á esparcir la consternacion en sus estados, y á conmover la cristiandad del Occidente.

Así es como los progresos de la sociedad mahometana, al espirar el siglo XII, preparan los de su arquitectura en el XIII. Bella y risueña, delicada y ostentosa, fecunda en construcciones, aparece cual nunca original y peregrina. Procuróle entónces el genio mas soltura y desembarazo, mas atrevimiento y gallardía, nuevas é ingeniosas combinaciones de las curvas y las rectas; nuevos detalles, nueva profusion de grecas y lazos, de preceptos del Korán, entrelazados de flores y recortes afiligranados, donde el capricho campea sin estravagancia, y la pompa artística se desarrolla sin penosos esfuerzos, y como alarde espontáneo de una imaginacion lozana y fecunda en recursos. Los edificios agrandan sus proporciones, y parecen mas ligeros y risueños: se cubren sus muros de almocárabes, matizados de oro, azul y bermellon, y brillan en todas sus partes los atauriques, los festones y frisos de azulejos con variadas y singulares figuras. Adquieren mayor esbelteza las columnas, pierden toda semejanza con las romanas, y generalmente gallardas y ligeras, ostentan los fustes anillados y los capiteles, ora en forma de canastillo, ora cúbicos y adornados de entrelazos, randas, hojas y figuras estalactíticas, con un cimacio cuadrado y de bastante grueso. Arcos de estuco sobre armazones de madera, muy llenos de dibujos, ú ojiváles ó de medio punto, pero algun tanto cerrados en sus extremidades, se ven en las galerías de los palacios, y en los espacios interiores de las mezquitas, y pocas veces sin que dejen de contribuir á la verdadera solidez de la obra. Sus archivoltas aparecen cubiertas de menudas labores, vaciadas en estuco, y los tímpanos, así como la parte superior del muro que sustentan, se hallan igualmente ataviados con grecas, axaracas, festones y enlaces de figuras geométricas, producto de una ingeniosa combinacion de las líneas rectas y de las curvas. Los marcos rectangulares, en que los arcos se encierran, de un realce no muy pronunciado, ya se componen de letreros floreados, ya de menudas randas y tegidos, ya de graciosas filigranas, con arte sumo é inconcebible capricho variadas y dispuestas.

No siempre descansan los arcos sobre los capiteles de las columnas: á ellos arriman muchas veces en sus costados una especie de ménsulas, que los reciben fuera de la perpendicular del muro, cual se emplearon en el patio de la Alberca, una de las obras mas notables de la Alhambra. Si hay en los edificios dos órdenes de columnas, las del superior no se apoyan en sus correspondientes del inferior, sino que se levantan sobre repisas colocadas delante de sus cimacios. Graciosos angrelados bordan los adarves en la parte esterior de las fábricas, y es frecuente que las guarnezcan albacaras, á semejanza de los cubos salientes de las fortalezas.

De dos clases son las bóvedas de los monumentos árabes en esta época: ó hemisféricas, ó en forma de piña. Como en el siglo XII, compuestas de menudos y agrupados nichos á manera de estaláctitas, ostentan ahora mas brio y soltura, combinaciones mas singulares, y un detenimiento en la ejecucion, que sorprende y embelesa. Son un modelo en este género, las del salon de Embajadores, en el alcázar de Sevilla, y las hemisféricas de los pabellones del patio de los Leones, de la sala de los Abencerrages, y de la de las Infantas en la Alhambra de Granada. Cuando las bóvedas se ajustan á una estancia de planta cuadrangular, están sostenidas con novedad y extrañeza en sus cuatro ángulos por otras tantas grandes pechinas estalactíticas, formadas de pequeños nichos agrupados, que sobreponiéndose unos á otros, hacen con sus encames una figura acomodada al cascaron que sustentan. Así se cierran el célebre salon de Embajadores, y la sala de las dos hermanas en la Alhambra, notables por sus magníficas pechinas, aun mas que por su lujosa decoracion.

Vistosos alicatados de azulejos, imitando mosáicos, revisten desde el pavimento las estancias interiores, formando un friso de bastante altura: fajas de almocárabe suelen dividir en compartimientos ó recuadros, el ornato sobre la superficie de los muros, con una pompa verdaderamente oriental, y alguna vez suplen los alfarges á las bóvedas, y con ellos se exornan igualmente los alares, produciendo en uno y en otro caso ricos y espléndidos artesonados. Tales son los de las galerías del Norte y del Sur, que comunican con el patio de la Alberca en la Alhambra, construidos de alerce, y bordados de estrellas, polígonos y otras figuras geométricas: pero en este género, nada mas ingenioso, de mas esplendidez y belleza, que los dorados techos del alcázar de Segovia, y los de San Antonio el Real de la misma ciudad.

Las diferentes formas de los arcos, son tambien un distintivo característico del estilo árabe elegante y florido. En vez de reducirse estos, como en las épocas anteriores, al apuntado y al de segmentos de círculo, mas ó ménos cerrados en sus extremidades, ahora describen una semielipse muy pronunciada, ya tengan el eje mayor horizontal, ó ya perpendicular, y así se ven ejemplares en varias construcciones árabes de Toledo; pero en uno y otro caso, cierran por sus extremos, á semejanza de los de herradura. Introdúcense entónces los estalactíticos, cuyo perfil interior imita un caprichoso recorte de cartulina, y se encuentran en las fábricas de las Andalucías, donde su pomposa exornacion parece que reclama esa graciosa novedad. Los angrelados, ya conocidos en la mezquita de Córdoba, aumentan sus lóbulos, y en los que se componen solo de un corto número de ellos, cada uno contiene otras curvas en su parte cóncava, que le hace tomar la forma de dos hojas unidas por sus extremidades. El de herradura y de dos segmentos de elipse con el eje mayor perpendicular á la cuerda que demarca su abertura, terminando en una punta como la del escalpelo, y aun con su misma forma, se usa tambien alguna vez. Designado con el nombre de *ojíval túmido* en las escrituras de ese tiempo, se vé empleado en la iglesia de Nuestra Señora del Tránsito de Toledo, y no sin que produzca muy agradable efecto.

Se introduce finalmente en este período, una especie de fajas, ó sean impostas con ángulos entrantes en su macizo, de tal manera que cortadas horizontalmente, presentaría su traza un feston seguido de picos agudos y parecidos á los dientes de una sierra.

Muchos son los edificios que nos restan, donde pueden reconocerse estas cualidades características de la arquitectura árabe, cuando llegó entre nosotros á su mayor perfeccion. Únicamente citarémos aquí, la iglesia de Nuestra Señora del Tránsito, sinagoga construida en Toledo el año de 1364, destinada despues al culto católico en 1492; la puerta del Sol, el taller del Moro, un arco del palacio del Rey D. Pedro, la iglesia de Santa Leocadia, y la casa de Mesa, en la misma ciudad; el templo de San Miguel de Guadalajara; los restos de la Alcazaba y el castillo de Gibralfaro, en Málaga; las capillas de San Salvador, de Santiago y de las Claustrillas, en el monasterio de las Huelgas de Burgos; el cuarto Real de Santo Domingo, la casa del Carbon, la de la moneda, el Generalife y el palacio de la Alhambra, en Granada; el alcázar de Sevilla, réstaurado por D. Pedro el Cruel, contemporáneo de

Yusuf; la puerta baja de Daroca; la torre de Malmuerta, en Córdoba; el castillo de Coca; algunos restos de la Aljafería de Zaragoza; la ermita del Cristo de Santiago, en Talavera de la Reina; la iglesia del hospital del Rey, en Burgos; la torre de Santa María de Illescas; la casa llamada de Pilatos, en Sevilla. Los escritores árabes nos dan noticia de otros muchos edificios, que ya no existen, y que entónces eran un honroso testimonio de la cultura de sus fundadores. Mohammad III labró en Granada un templo Máximo; Mohammad–ben–Said, la casa llamada Marmórea, y Yusuf un colegio Máximo. Eran célebres el monasterio de los Suplcitas, y los colegios de Málaga, Murcia y Sevilla. En la primera de estas ciudades, Said erigió un magnífico alcázar por los años de 1226. Creciendo poco despues Granada en grandeza y poderío, Mohammad–ben–Al–ahamar la enriqueció en 1238 con palacios y hospitales, y con colegios, baños y fuentes. Abul–Abdilla desde 1306, dió nuevo realce á la Alhambra con una suntuosa mezquita: otra no ménos célebre debió á Yusuf Abu–l–hegiág el año 1333. El mismo elevó tambien un suntuoso alcázar en Málaga, y aun se dice que trazó sus planos, y los de otras varias fábricas. En 1362 Mohammad hermoseó con notables edificios á Granada y á Guadix, distinguiéndose entre ellas el hospital de Azake. Finalmente el reinado de Muley Abu–l–hasam fué para las artes en extremo glorioso, puesto que sostuvo su esplendor, haciendo ménos sensible la decadencia á que habian llegado, con las obras que ejecutó en su alcázar, y las torres y palacios labrados de su órden desde 1466 para ornamento de sus jardines.

CAPÍTULO XIV.

APRECIACIONES GENERALES DE LA ARQUITECTURA ÁRABE EN SU TERCER PERÍODO: SU CONSTRUCCION MATERIAL Y PRINCIPALES EDIFICIOS.

Irreparable es la pérdida de la mayor parte de las grandes fábricas, con que los moros hermosearon sus ciudades desde el siglo XIII: mas por fortuna bastan las que existen para formar cabal idea, no ya del arte que las produjo, sino tambien de los principios seguidos por sus cultivadores en la construccion material. Tanto como el ornato de los edificios árabes, llama esta la atencion del inteligente, que sabe apreciar los medios científicos puestos en práctica para conciliar la solidez con la belleza, y la trabazon y el enlace de las partes con el todo de las obras. La arquitectura primero ensayada por los árabes, y revestida despues de otras formas y otros arcos por los moros, á pesar de su riqueza y de la voluptuosidad que respira, con sus mosáicos y filigranas, sus grecas y letras floreadas, sus estucos y dorados, sus pechinas estalactíticas, y sus gentiles y gallardas arquerías, ni impone como la gótica, ni puede rivalizar con ella en magestad y grandeza. Hay en esta mas genio, mas conocimiento del arte, mas elevados pensamientos, una noble

:

severidad, un atrevimiento, un brio y lozanía, que jamas los sectarios de Mahoma supieron comunicar á sus acicaladas construcciones. Contentos con ostentar en ellas su ardiente imaginacion, el halago de los sentidos, la indolente voluptuosidad de sus costumbres, fueron ingeniosos, y no profundos: lo consagraron todo al deleite, á los placeres físicos; nada á la severidad de la razon, á los pensamientos graves. Desconociendo la espiritualidad, trabajaron primero para adormecerse entre surtidores, flores y perfumes, que para simbolizar la índole de sus creencias, y el recuerdo de su poder y de su gloria. No vieron el porvenir, satisfechos del momento presente; ni el mundo moral, estasiados en el mundo físico. La religion que profesaban, por su naturaleza misma solo les ofreció ideas risueñas, pero apocadas y livianas; pensamientos agradables, pero estériles: su Mirhab no es el santuario de un Dios; no está allí el tabernáculo de Jehová, que tan grande, tan magestuoso y sublime aparece entre nubes de incienso, bajo las misteriosas bóvedas de una catedral gótica. El templo del Islamismo despertará la memoria tiernamente deliciosa de la palmera del Forat, de las brisas perfumadas del Eufrátes, de la belleza seductora á quien el Ásia y el África tributan sus aromas y sus perlas; pero nunca la idea sublime de las cumbres del Oreb y del Gólgota; de ese espíritu profético, que revela los arcanos del mundo y la suerte futura del género humano; de esa fé robusta y pura, que coloca sobre el mismo trono la cruz y la civilizacion, la libertad del hombre y la inmortalidad de su destino; su valor y su paciencia, su resignacion y su heroismo. El profeta del Islam debió elegir para su morada las mansiones encantadas de la Alhambra: el Salvador del mundo los altares misteriosos de esos templos augustos, erigidos por la fé de diez generaciones. El sentimiento y la voluptuosidad, para los monumentos árabes: el espiritualismo y el sublime para los del Cristianismo.

Esta diferencia en el carácter, la ha puesto muy notable en la construccion material de unos y otros edificios. Mientras que impulsados los arquitectos cristianos por la inspiracion religiosa, encontraban en los principios de la ciencia los medios de salvar con atrevidas arcadas grandes distancias, de lanzar sus agujas y sus ligeras cúpulas á considerable altura, y de imponer á la imaginacion con la sorprendente osadía de sus masas colosales ; los árabes, al contrario, faltos de su saber y de su ingenio, prendados primero de la minuciosidad de las labores y de la pequeñez de los detalles, que de las elevadas concepciones y la grandiosidad de los planes, así en los aparatos para ejecutar sus obras, como en la eleccion de los materiales empleados, ni manifestaron poseer todos los recursos del arte, ni aquellos procedimientos con que auxiliado de la mecánica y la estática, burla las dificultades, y haciendo alarde del contraresto de las fuerzas, busca los obstáculos por el placer de vencerlos. «La reflexion (dice Mr. Quatremere de Quinci en su Diccionario histórico de la Arquitectura) debe disminuir mu-«cho la idea que se forma, ya sea del genio de los que «elevaron los edificios moriscos, ya del poder del arte que «en ellos desplegaban. Los materiales son de una peque-«ñez notable y de un aparato mezquino : ni ofrecen gran-«deza ni atrevimiento : nada revela en el arquitecto un «conocimiento profundo de los recursos mecánicos : en «todas partes emplea la madera en la construccion de las «bóvedas, que jamas se elevan á grande altura.»

Esta apreciacion de las construcciones árabes de España es exacta, por mas que admire y sorprenda siempre su faustosa y variada ornamentacion, ese atavío deslumbrador de las partes interiores con arte infinito y delicado gusto concebido, para ofrecer á la vista sin confusion y sin fatiga tanta novedad en los diseños, tanto esplendor en los dorados y matices, tan caprichosa invencion en las figuras formadas de líneas geométricas, ingeniosamente enlazadas, donde la realidad vá tal vez mas allá de cuanto pudiera concebir la imaginacion fecunda y creadora, abandonada sin obstáculos á sus inspiraciones.

Si de este brillante aparato apartamos los ojos, observarémos que por lo general las paredes de los edificios moriscos, mas macizas que robustas, son siempre de un considerable espesor, y que si en ellas se empleaba la piedra y el ladrillo, particularmente en las obras militares, y las grandes mezquitas, con mas frecuencia aún se fabricaron de tierra y adobes. Y preciso es admirar la tenacidad y firmeza de esta especie de masas, atendida la flojedad de sus elementos. Se formaban por lo regular de una tierra arcillosa y consistente, á la cual se agregaban la cal y piedras menudas, formando el todo una mezcla mas ó ménos fuerte y compacta, á proporcion que era mayor la afinidad de las sustancias componentes. Pero todavía para aumentar su adhesion, se mezclaban con ellas juncos esponjosos, pequeñas astillas de madera, y ramas de árboles, que las trababan tenazmente, dándoles esa solidez y enlace, que aun hoy nos sorprenden. En Castilla y otros puntos de la Península, se levantan actualmente esta clase de tapias, observando el mismo método, y empleando los mismos materiales. Es verdad que los muros así fabricados no tuvieron nunca que resistir grandes empujes: su destino era encerrar un espacio, y sostener perpendicularmente un techo casi siempre horizontal, y construido de madera. Esta constituia una parte esencial de las fábricas árabes: con ella se formaban las armazones de los arcos interiores de las galerías y estancias;

los contornos de los baños; los artesonados y las bóvedas; muchas veces los zócalos esculpidos, que sustituian á los mosáicos y azulejos; los alares y paflones exornados de menudas labores, y los entablamentos. Las maderas tramaban las partes interiores, determinando el mecanismo de los ornatos, y su relacion con la solidez de la fábrica: de piezas de alerce se componian en la mezquita de Córdoba los celebrados artesones cubiertos de entallos, de que aún se conservan restos preciosos: de alerce eran tambien los graciosos almocárabes, y las puertas de los palacios de los Califas.

Otro de los materiales sabiamente empleado por los árabes, y de un uso tan general como los entramados y maderajes de alerce, era el yeso. Sirviendo para las trabazones y los ornatos, así en la parte material de la construccion, como en las decoraciones interiores, grandemente contribuyó, sobre todo en el segundo y tercer período de la arquitectura árabe, á la brillantez y fortaleza de las fábricas. Con esos elementos se construyeron los arcos festonados, los de herradura, los ojiváles y sus bordadas archivoltas, los compartimientos de las superficies, ricamente ataviadas de frisos y grecas, de letreros floreados é ingeniosos enlaces de líneas rectas y curvas, siempre delicados, y de admirable é infinita variedad.

Estos ornatos tenazmente adheridos á los muros, ó por clavos y ganchos de hierro, ó solo por juncos y cuerdas de esparto, independientes, por decirlo así, de la solidez y trabazon de las fábricas; si pudieran desaparecer sin menoscabo de su construccion material, todavía la robustecen, y en la apariencia se enlazan íntimamente con ella, como si fuesen una condicion esencial de su firmeza. Así se ven en las gallardas arcadas, los salones é ingresos de la Alhambra, que no siendo en realidad sino una vistosa decoracion aplicada á las maderas trabadas en líneas horizontales y verticales, se presentan, sin embargo, como verdaderos apoyos de la construccion, y combinaciones con que el arquitecto sustenta y fortalece los muros, de que no hacen parte.

Pero la aplicacion del yeso á las pechinas, para cerrar con una bóveda esférica las estancias de planta cuadrangular, es aun mas ingeniosa y sorprendente. Entónces la forma dada á las masas del yeso, no es ya un simple ornato, sino una parte integral de la construccion, donde el ingenio del artista supera al gusto delicado y á la admirable paciencia, con que concilia la pompa esterior de la decoracion, y la solidez de la obra. Girault de Prangey en su Ensayo de la arquitectura de los árabes y de los moros, supo apreciar en su justo valor tan extraña y singular manera de formar las bóvedas. «Estos ornamentos «variados (dice) servian á la construccion cuando se trataba, «por ejemplo, de elevar las pechinas formadas de peque-«ños nichos ó cupullillas sobrepuestas, describiendo todas «una curva, á las cuales hemos llamado pechinas en es-«taláctitas, pareciéndonos que así se espresa bastante bien «la índole de esas decoraciones. Compónense de figuras «regulares ingeniosamente dispuestas. Su proyeccion ho-«rizontal presenta combinaciones de triángulos y parale-«lógramos, y la construccion una serie de prismas verti-«cales, colocados unos sobre otros, y adheridos por un «mortero muy fino, levantándose por estados perfecta-«mente regulares y simétricos, hasta la cúspide: disposi-«cion particular de que se valieron los arquitectos árabes «de todos los paises, y que alcanzó en Granada una per-«feccion sin ejemplo.»

Por lo demas esa mágica profusion de dibujos y bordados de tan variadas é ingeniosas formas, las figuras geométricas con sumo arte y novedad entrelazadas, y los frisos brillantes, matizados de oro y vivísimos colores sabiamente contrapuestos, son por lo general en los salones de la Alhambra, otros tantos vaciados en moldes, de cierta clase de estuco finísimo y permanente, cuya composicion, peculiar de los árabes, y distinguida por una consistencia tenaz, que nada ha perdido con el transcurso de los siglos, en vano pretendieron imitar los modernos constructores. Por ventura se ignora hoy el secreto de formarla, así como se desconocia en los reinados de Cárlos V y Felipe II, cuando por la tradicion y una práctica no interrumpida, pudiera conservarse entre los dominadores de Granada. Estas inapreciables cualidades de los monumentos árabes de España, serán siempre una prueba del carácter y la civilizacion de sus constructores, y un importante objeto de estudio para el artista y el arqueólogo.

La arquitectura del tercer período, cultivada con empeño en las Andalucías, aparece sobre todo, mas que en otras partes, ostentosa y bella en la ciudad de Granada. Allí, nutrida con los despojos reunidos de un Imperio destruido, y cinco siglos de ensayos, llega á su mayor perfeccion, precisamente cuando el predominio de los moros se reduce y decae, por la superioridad de las armas cristianas, ya perdidos, en una lucha sangrienta y continuada, sus principales establecimientos. Entónces se reconcentran en Granada los restos de su civilizacion y su fortuna para erigir un nuevo reino, ménos estenso á la verdad que el de los Ommíadas; pero mas grande en ilustracion y cultura, y mas rico tambien y floreciente. Habíale fundado Mohammad–ben–Al–ahmar, que puede considerarse como el salvador del Islamismo en España, despues de la gloriosa batalla de las Navas de Tolosa, y de la tiranía ejercida por los odiosos walís de las Andalucías, convertidos en otros tantos régulos de los pequeños territorios que gobernaban. Granada ofrecia á la sazon un asilo á los expatriados de Córdoba, Valencia, Jaen y Sevilla, cuando estas populosas ciudades sucumbian rendidas á los heróicos esfuerzos de San Fernando y D. Jaime I de Aragon. En ella reunidos los tesoros y los hombres ilustres de un Imperio ya destruido, Axen-Al-ahmar supo aprovecharlos, para vigorizar el nuevo Estado, cuyos fundamentos aseguraba, á la vista de un enemigo vencedor y terrible. Humano, laborioso, inteligente, de prudencia suma, é ilustrado por la desgracia, utiliza los sucesos, y hasta el infortunio mismo, para sostener esa corona formada con los despojos de la perdida gloria de los Almohades; y ya que no le es dado confiar su brillo á la suerte de los combates, la asegura á lo ménos con el amor y bienestar de sus pueblos. Hacerlos felices, fundar su superioridad, no en la estension y el número de los dominios, y en las reconquistas de las posesiones árabes de los antiguos Califados, sino en el cultivo de las letras y de las artes, y el progreso de la civilizacion; tal fué su intento, por dicha suya conseguido cuando la guerra se encendia en torno de Granada. En paz con Fernando III; su vasallo y leal auxiliar en el cerco y toma de Sevilla; respetado y querido de sus súbditos; la administracion, no las armas, le distingue como Príncipe. Superior á las circunstancias, y á los estragos y rebeliones que le rodean, fomenta la industria y el comercio, erige castillos y fortalezas en el interior y las fronteras de su reino; le proporciona comunicaciones, acueductos, fuentes y baños, canales de riego, mercados y almacenes; mejora el aspecto público de Granada y otras ciudades con notables edificios y establecimientos, y lleva, en fin, su cultura y prosperidad hasta un punto ántes desconocido en la España mahometana.

Las artes presiden entónces á esta magnífica creacion, y Granada vé en 1248 elevarse á la voz de su Príncipe la suntuosa y vasta fortaleza de la Alhambra, con sus palacios y aljamas, sus muros y sus torres: colosal y ostentosa construccion, llena de prestigios y de recuerdos, de tanto interes para la historia, como para la poesía, que con la magia y profusion de sus ornatos, y sus encantadas estancias, y su riqueza y su brillo, simboliza la esplendidez y el genio de sus fundadores, y sus creencias y costumbres.

Por fortuna de Granada, Ben-Al-hamar tuvo por sucesor en el trono á un Príncipe tan digno de ocuparle, como su hijo Mohammad II. Heredero de su amor al pueblo y á las letras, mientras que los rebeldes de Málaga se lo permitieron, llevó mas lejos la obra emprendida por su padre; y merced á sus cuidados, vino á ser Granada la ciudad mas floreciente y culta, no ya de la España mahometana, sino del Ásia y de Europa. Jamas la civilizacion oriental se manifestara mas brillante y seductora. Academias, bibliotecas, obras monumentales, una corte llena de atractivo y galantería, lujo en las armas, en los alcázares, en las zambras y torneos, pundonor caballeresco, fiestas palacianas, los frutos del propio suelo compitiendo con los del Oriente, acatada la sabiduría, honradas las buenas costumbres, ensalzados por la poesía los héroes y sus proezas, ¿qué faltaba á su esplendor y á su gloria? Un breve rompimiento con Castilla, y el desacuerdo de llamar en apoyo de la reciente Monarquía contra los súbditos rebeldes que la combatian, al Rey de Marruecos Aben Yusuf, fueron prontamente reparados con una nueva paz. El Monarca granadino supo aprovecharla para atraer de todas partes los sabios á sus estados, embellecer la capital de su reino con obras magníficas, y continuar las de la Alhambra, que su padre habia empezado. La cultura y los progresos de los moros granadinos, y la liberalidad y esplendidez del Príncipe, se reflejaron en esas construcciones radiantes de

:

ornamentacion y belleza, delicadas como jamas lo fueron las del Oriente, y voluptuosas y espléndidas mas que grandiosas y sólidas.

Aunque no quedase de todas ellas ni un solo resto, bastarían los que hoy se conservan del palacio de la Alhambra en Granada, para darnos cumplida idea de la brillante y original arquitectura que le produjo. Modelo sin segundo en su género, comprende esta vasta ciudadela cuanto puede satisfacer al artista y al arqueólogo, que desean juzgar con exactitud el estilo arquitectónico de los sarracenos en España, y su civilizacion y sus progresos en las ciencias y las artes. Porque en esa obra emplearon todo su saber y sus recursos; en ella, al retratar fielmente su espíritu y sus costumbres, su galantería y sus creencias, vinieron á determinar el límite á que llegara entónces el arte de construir, cultivado con afan por espacio de cuatro siglos. Defensa y recreo de la ciudad, mansion de sus Reyes, principal ornamento de la corte, se estendia por la anchurosa meseta que corona la sierra del Sol, guarnecida de un muro flanqueado de torres cuadradas, de las cuales existen algunas actualmente, y entre ellas la de la Alcazaba, conocida con el nombre de la Vela.

Habíala empezado, como ya se ha dicho, Mohammad I, el año 1248. Su hijo Mohammad II la continuó en 1272, y su nieto Abdolla puso particular empeño en realzarla con una gran mezquita, que por desgracia ha desaparecido con otras muchas fábricas de este magnífico sitio. Desde 1309 á 1325 Abu Walid, añadió al palacio nuevos ornamentos, y Abu Abdilla, á ejemplo suyo, se propuso llevarlos mas lejos, y se ocupó de estas mejoras hasta el año de 1391. Por último Yussef Abu-l-hegiág consiguió terminar las suntuosas obras de la sala de Embajadores, elevando ademas en 1348 la puerta del Juicio.

Aunque despues de la conquista de Granada, por disposicion de los Reyes Católicos y de Cárlos V, fueron demolidas algunas construcciones de la Alhambra, y otras notablemente alteradas, todavía nos dan las que existen una idea de su conjunto. Conforme á ellas, á los despojos de las ya arrasadas, á los asertos y descripciones de nuestros historiadores, y á las conjeturas de los anticuarios, pudiera trazarse hoy con alguna exactitud la planta general del todo, que formaban; recomponer, por decirlo así, esta mutilada creacion, y determinar sus partes y su enlace y relaciones. El palacio, no fraccionado como aparece actualmente, sino en toda su integridad, ocupaba un gran espacio, separándole al Oeste de la plaza de los Algives el Alcazabah, y estendiéndose hácia el Norte hasta las murallas del recinto, sobre las cuales se elevaba la corpulenta torre de Comares, colocada, cual se vé en el dia, á la extremidad oriental de la Alhambra. En torno de este edificio, y mas particularmente al Este y al Sur, se hallaban situadas las habitaciones de los oficiales del Rey, de los Muftis, y de los Imanes, formando en su agrupamiento una especie de sitio Real, mas sorprendente aún por su belleza y buena distribucion, que por sus vastas dimensiones.

El palacio de Cárlos V, construido de su órden por Machuca, segun el gusto greco-romano, ocupa el local que ántes correspondia á una parte de esas construcciones árabes, contrastando, por cierto de un modo bien desagradable, su imponente y severo aspecto, con el liviano y risueño de las fábricas moriscas en sus alrededores levantadas. Pero si no puede contemplarse sin disgusto esta mezcla de dos estilos diametralmente contrarios, y dá pena y despecho pensar que para conseguirla fué preciso destruir una porcion considerable del monumento mas precioso que produjo el genio del Islamismo, todavía las grandes porciones que de él existen como en los tiempos de sus primitivos Señores, vienen á consolarnos de la pérdida de las restantes. Porque ¡cuánta originalidad, cuánto esplendor en los detalles, é ingenio y travesura en la invencion, y capricho y diligencia en el ornato, no encierra el palacio de la Alhambra! Techos riquísimos y matizados de oro, azul y bermellon; columnas de mármoles esbeltas y ligeras; azulejos de vistosos colores y elegante dibujo; delicadas y minuciosas axaracas; lujosos y brillantes almocárabes de lazos, grecas y letras floreadas; graciosos pabellones; pechinas y bóvedas estalactíticas de peregrina forma y extraña y agradable novedad, nada se omitió para convertir el palacio de la Alhambra en una mansion encantada. Quizá la recordaba el P. M. Fray Luis de Leon cuando decia:

«Que no le enturbia el pecho
«de los soberbios grandes el estado,
«ni del dorado techo
«se admira, fabricado
«del sabio moro, en jaspes sustentado.»

Árdua tarea, cuando no imposible, sería describir aquí cada una de las partes del palacio de los Reyes moros de Granada, y sus infinitos detalles. Conocidos ya por las obras de Owen Jonnes y de Girault de Prangey, nos limitarémos á recordar, el salon de Embajadores en la torre cuadrada de Comares, grandemente exornado con esmaltados azulejos, inscripciones floreadas, y ricos almocárabes; el patio de la Alberca, circuido de galerías y arcadas sostenidas de columnas de mármol blanco, de una sola pieza cada una, y cuyos techos aparecen bordados de estrellas, polígonos y otras figuras geométricas; el patio de los Leones, de un efecto mágico por sus bellas columnas, y sueltas arcadas y pabellones, por los dorados y colores de sus artesones, por la fuente tristemente célebre, que lleva su nombre; la sala de las Dos Hermanas, superior en riqueza y brillantez, en menudos y sútiles ornatos, á cuanto encierra la Alhambra de mas ostentoso y magnífico, y admirablemente cobijada por una bóveda estalactítica de ingeniosa forma; la sala de las Infantas, contigua á la anterior, y como ella, realzada por sus pechinas estalactíticas; la de los Abencerrages, según se pretende, restaurada en el siglo XVI por Berruguete, imitando el estilo árabe de un modo sorprendente; la de la Justicia con sus grandes arcadas cubiertas de menudas labores, y finalmente, el pabellon llamado palacio del Príncipe, que puede mirarse como el tipo de un reducido palacio morisco.

Otras estancias comprende el palacio de la Alhambra ménos importantes, y algunas ya alteradas por las recientes restauraciones; pero en las cuales se encuentran todavía restos notables de su primitiva fábrica, que en cualquiera otra parte serían un precioso recuerdo de la dominacion morisca, y allí desaparecen al lado de las infinitas riquezas artísticas, que las rodean. De este número son la puerta, en el dia tapiada, del patio de la Alhambra; las estancias que comunican con el de la Alberca; la antesala llamada de la Barca, que dá al salon de Embajadores, bien conservada, y suntuosa por sus azulejos y estucos; las salas de los archivos al Oeste del patio de la Alberca; el de la mezquita, ya desconocido, y los vestíbulos que con él confinan, donde á pesar de sus restauraciones, existen bellísimos estucos, paflones de madera de gran mérito, y frisos de azulejos, quizá de los mejores de la Alhambra.

Este monumento de la cultura de los mahometanos establecidos en España, señala la mayor perfeccion á que llegara entre ellos el arte de construir. Cuanto ejecutaron despues en el mismo género, lleva consigo el sello de la decadencia; y es la espresion de la flaqueza de su poder, y de la próxima ruina que le amenazaba. Porque no eran ya bastantes á sostener su brillo, ni el genio del artista, ni la munificencia del Príncipe, ni la ilustracion del pueblo: perpetuamente combatido el Estado por un enemigo triunfante y ansioso de su ruina, insuficientes sus fuerzas para resistirle, declinaba visiblemente de su prosperidad, luchando en vano por atajar el torrente, que se precipitaba sobre sus fronteras, y las estrechaba de dia en dia, con la pérdida de sus esperanzas y recursos. Por otra parte le combatian las discordias intestinas y el espíritu inquieto y turbulento de sus ambiciosos walís, por su desventura mas atentos al propio encumbramiento, que á salvar la patria de una próxima destruccion. Mohammad III Abu Abdolla amaba el órden y la paz, como su padre Mohammad II, á quien sucedió en el reinado: no le faltaba tampoco talento para imitarle; mas era débil, y en vano se propuso ahogar las parcialidades, que conmoviendo profundamente sus estados, acabaron por arrojarle del trono, donde se sentó su usurpador Nair Abu Geiox. Por dicha de las artes Yusuf Abu-l-hegiág, de su misma estirpe, conseguida una tregua de D. Alonso el XI de Castilla, la empleó en promoverlas, en volver por el interes de la religion y de la moral, harto decaidas con las anteriores turbulencias, y en conceder á las letras una proteccion, de que se veian privadas por la discordia. Hubo de fomentarlas tambien su hijo y sucesor Mohammad V, á quien una odiosa parcialidad despojó del Califado, que tarde, y á mucha costa, pudo recobrar despues. En época tan borrascosa, cuando su propia existencia y la del Estado absorvian sus escasos recursos, ¿qué otra cosa conseguirían las artes, sino retardar su degeneracion y su ruina? La guerra destruia los medios, que necesitaban para alimentarse; amenguaba la ilustracion del pueblo que las cultivaba; oponíase á toda mejora, á cuanto no fuese resistir las huestes cristianas, que invadian el territorio de Granada acercándose á la ciudad, donde se proponian enarbolar el estandarte de la cruz.

Tal era desde el siglo XV la triste condicion del reino granadino, cuando estenuado y exánime, ya infecundo el ingenio á fuerza de concepciones y de largos trabajos, manifestó la arquitectura todas las señales de su inevitable decadencia, y aquel gérmen de corrupcion, que alcanza á las artes, despues de haber recorrido una estensa carrera, pasando por amargas vicisitudes, y dependientes de un estado, cuya desmembracion y apocamiento las arrastra en su ruina. Apurando entónces la arquitectura morisca sus propios recursos, ocurre á los extraños; y menesterosa y antojadiza, no se desdeña de mezclar con sus antiguas galas, ya envejecidas y sin brillo, las nuevas y allegadizas de sus competidores. Así es como en los edificios árabes de esa época, las inspiraciones de las artes cristianas alternan y se enlazan con las que, procedentes de Damasco y Bagdad, se aclimataron en las orillas del Genil y del Darro, cual en su suelo nativo. Las bóvedas aparecen ya revestidas de follages y almocárabes; es mas escaso el ornato, que en los tiempos anteriores, descuidada y ménos prolija la ejecucion, demasiadamente robustos los muros, y no tan frecuente el uso de los estucos. Algunos rasgos del estilo romano-bizantino, y otros que corresponden al gótico-germánico, se mezclan y confunden con los puramente árabes, aunque siempre ajustados al gusto de las épocas anteriores, con la reproduccion de sus rasgos y principales adornos, y sin constituir un nuevo género. Los muzárabes sobre todo, formados en la escuela de los sarracenos, y por otra parte constantes en la fé de sus mayores, y procurando conservar sus costumbres y tradiciones, al acercarse cuanto les era dado á su manera de construir, habian empleado con harta frecuencia esa amalgama de las cualidades gótico-germánicas y árabes en sus fábricas religiosas, y aun acomodádola á los edificios de los particulares, no solo en los paises de la dominacion agarena, sino tambien en los reinos de Aragon y Castilla. De aquí el marcado arabismo, que se descubre desde los últimos años del siglo XV, y mas particularmente desde la toma de Granada, en muchos palacios, templos y fortalezas, que nuestros magnates y prelados construyeron.

Sevilla nos ofrece ya un tipo de esta clase de fábricas en la casa llamada de Pilatos, y le vemos asímismo reproducido en varios monumentos muzárabes de Toledo, entre los cuales se cuentan el ábside de la antigua iglesia de Santa Fé; el de Santa Isabel, por la parte esterior, y la basílica de Santa Leocadia, reedificada á mediados del siglo XV. Tales son las vicisitudes y mudanzas de la arquitectura empleada en España por los árabes y los moros durante el largo período de siete siglos. Quizá no bien examinada todavía en sus orígenes, en su desarrollo sucesivo, en su relacion con el carácter y el espíritu de los pueblos que la cultivaron, puede dar ocasion á muchas observaciones útiles para la historia, y ofrecer atractivo y novedad al artista y al arqueólogo, cuando bien analizados sus diversos monumentos, se tome en cuenta el estado social, que tan poderosamente influyó en sus formas y alteraciones.

CAPÍTULO XV.

DEL ARCO APUNTADO, Y DEL ORÍGEN Y PROCEDENCIA DE LA ARQUITECTURA OJÍVAL.

Tanto como varían las pretensiones de los pueblos, que se disputan el honor de haber inventado la ojiva, y de crear con ella un nuevo género de arquitectura, tan numerosos son y distintos los sistemas para esplicar su orígen, su formacion y desarrollo. En pocas cuestiones se vieron mas discordes los juicios, tan encontrados los hechos y las hipótesis, los datos y las reflexiones. Sin alcanzarse la razon, ó sin que se justifiquen la acrimonia y el ciego empeño que la han estraviado, es este un punto de la historia del arte, en que vivamente interesado el amor propio de los pueblos y de los escritores, exacerbada la crítica, sustituyó con harta frecuencia la declamacion al raciocinio, los rasgos del ingenio á las pruebas, y el espíritu de sistema á la observacion y la esperiencia. Convertidos los escritores en campeones de sus respectivos paises, mas para halagar su vanidad, que para conseguir un descubrimiento importante, se perdieron en penosas indagaciones, y desperdiciaron una erudicion inmensa, permaneciendo la incertidumbre y la

duda, en vez de la resolucion á que aspiraban. Un hecho
por todos reconocido, sino de igual modo por todos bien
apreciado, debiera sin embargo haber puesto término á
unas disputas, ya que no impertinentes y pueriles, á lo
ménos estériles para el arte y la reputacion de sus cultivadores. Nos referimos á la simultaneidad y al carácter
uniforme, con que el estilo ojíval apareció en diversos pueblos del Occidente, como si una misma inspiracion le hubiese producido, y fuese el resultado espontáneo de un sentimiento general, de una idea ocurrida á
todas las sociedades cristianas, de una necesidad, que se
apresuraban á satisfacer por iguales medios, y conducidas
por una sola voluntad. En efecto: ¿cuál es su patria,
cuando en el corto espacio de pocos años, pueblan repentinamente la Europa entera sus grandiosos monumentos? ¿No podrá inferirse de aquí que el gérmen de esa
escuela improvisada estaba en las tendencias y las ideas
de la época; que fué el producto de una civilizacion dada,
y que el espíritu del Cristianismo, general á las regiones
del Occidente, hermanando los sentimientos y las inclinaciones, les procuró para las artes una espresion comun,
y tan universal como sus creencias? ¿No se dirá que los
elementos de esa nueva construccion estaban en las fábricas ya conocidas; que la manera de combinarlos, emanada de su índole misma, fué espontánea y uniforme; que
no de repente, sino por una serie de ensayos sucesivos,
la escuela romano-bizantina vino al fin á crear la ojíval,
que la ha sucedido y heredado?

Así parece manifestarlo, tanto como la historia del
arte, la de las sociedades de los siglos XII y XIII. Porque
de otro modo, si la arquitectura entónces admitida en todas
ellas no fuese el resultado de sus conocimientos y costumbres, la consecuencia necesaria de su manera especial de
existir, la espresion de su cultura y sus creencias, una

produccion indígena, preparada por el tiempo y las tendencias populares, en vano se pretendería esplicar esa aquiescencia general para recibir instantáneamente un invento estranjero, sin relaciones con lo pasado, ni simpatías con lo presente. Tan imposible sería esta adopcion universal, como si las naciones mas cultas de Europa, abandonando repentinamente su propio idioma, adoptasen de comun acuerdo otro advenedizo y exótico; le poseyesen sin esfuerzo, y por él olvidasen el heredado de sus padres. Una arquitectura dada como espresion genuina de las ideas y costumbres de un pueblo, es tambien un idioma, y no se admite, y no se generaliza, sino cuando la opinion y los siglos la han formado, haciéndola necesaria.

Pero aun suponiendo esa prodigiosa importacion, ese engendro instantáneo de una de las obras mas admirables del entendimiento humano, era preciso buscarle un orígen, esplicar su formacion, seguirle en su desarrollo y sus emigraciones, y esta difícil empresa, en que tanto como el arte mismo, se hallaba interesado el amor propio de los escritores y la vanidad de las naciones, produjo sistemas é hipótesis, que sin interrupcion se sucedieron, agotando el ingenio y la erudicion de sus sostenedores. Unos buscaron el tipo del estilo ojíval en la naturaleza: quisieron otros demostrar su procedencia y sus orígenes con la historia: aquellos lo concedieron todo á las sutilezas; estos al aparato de una vasta erudicion; y los primeros y los segundos consiguieron ántes promover la controversia, que descubrir una verdad inútilmente buscada. De las suposiciones y de los hechos se abusó de la misma manera, hasta que Hope, Batissier, Lenorman, Wincles y Vitet, encontraron en el análisis de los monumentos y en el exámen y relaciones de las diversas escuelas arquitectónicas un medio mas seguro, sino de resolver completamente la cuestion, de dar por lo ménos á las probabilidades el valor y la fuerza, de que hasta entónces carecian.

Ántes de estos escritores, muchos habian creido, que siendo el arco apuntado un elemento constitutivo de la arquitectura ojíval, averiguar su orígen equivaldría á conocer tambien el que ésta tiene, confundiendo así un rasgo característico del arte, con el arte mismo. Pero es una verdad comprobada por la historia y por los monumentos, que el ojivo no fué en un principio la causa, sino la consecuencia del sistema de construccion que lleva su nombre. Apareció en algunas fábricas del siglo XI, y aun primero, como un incidente aislado, como una variacion sin consecuencia, como el capricho del artista, como una parte accesoria, que no constituye el carácter de un conjunto, ni ejerce influencia alguna en su manera propia, ni entra en la combinacion y el efecto de sus formas. Sin embargo, al considerarle separadamente de toda construccion, los anticuarios, concediéndole una gran importancia, multiplicaron las investigaciones sobre su orígen, cuando en diferentes partes á la vez pudo producirle el simple acaso, y de hecho se encuentra en el Oriente y en el Occidente, ya desde muy antiguo. Si de su invencion fuese lícito deducir la de la arquitectura ojíval, si conocerle valiera tanto como poseer el arte en que figura, ¿quién nos disputaría la gloria de haberla empleado con antelacion á otros pueblos, que pretenden ser sus inventores? Porque ya en la catedral de Córdoba, ereccion del siglo IX, ó á lo ménos entónces empezada, del encuentro é interseccion de los arcos semicirculares, vino á resultar el apuntado. Santa María de Naranco, fundacion de mediados del siglo IX, nos le ofrece tambien en su ingreso por la parte oriental, y se vé asímismo en los restos de algunas fábricas árabes, tal vez anteriores al siglo XI. Pero estos ejemplos, y otros que pudieran citarse,

no reasumen los caractéres esenciales del arte; no espli-
can sus principios; no determinan sus combinaciones. Nadie pensaba, cuando así se hacia uso del ojivo, en los nervios y las bóvedas de arista; en los pilares agrupados;
en el contraresto de las fuerzas; en el mecanismo de las
presiones verticales; en los botareles y estribos, como
parte del ornato, y elemento de solidez y resistencia; en
las formas piramidales del todo; en las perforaciones y
muros rasgados; en los pináculos y torrecillas, ora se
cuenten en la clase de simples ornatos, ora en la de las
presiones perpendiculares para procurar mas firmeza á la
construccion.

Todas estas partes constituyen un sistema, de que ninguna idea se tenia entónces, por mas que el arco ojivo
se viese en muchas fábricas al lado del semicircular. Sin
embargo, el empeño de considerarle como el comprobante de un arte, que no existía, dió ocasion á buscarle
con solícito afan en los antiguos monumentos del Ásia y
de Europa. Le observaron los anticuarios en el Egipto,
en la Siria, en la Palestina, suponiéndole parte de unas
construcciones emprendidas con anterioridad al siglo IX.
El palacio de Ziza, que los árabes fundaron en esa época,
cerca de Palermo, les ofrece mas arcadas ojiváles, que
de medio punto: las encuentran tambien en la construccion primitiva de San Márcos de Venecia, empezada el
año de 976; en San Ciriaco de Ancona, casi del mismo
tiempo; en San German de los Prados de París, correspondiente al año de 1014; en el Domo de Pisa de 1016;
en la iglesia abacial de Cluni, restaurada el de 1093, y
en otros edificios del siglo XI.

Pero supuesta la existencia del ojivo en esa edad,
era preciso todavía convertirle en un elemento generador; mirarle como principio fundamental del sistema á
que prestó su nombre; esplicar su formacion, y enlazar

con ella el orígen y la estructura del arco que la caracteriza; no presentarle aislado, sino en sus relaciones con
un todo, determinando las combinaciones emanadas de su
aplicacion, y la variedad que esta debia producir en las
formas, en el mecanismo de la construccion material; en
los medios de asegurar los empujes y las resistencias; en
la naturaleza misma de los ornatos. De aquí las hipótesis mas ó ménos ingeniosas, mas ó ménos exactas,
para buscar un orígen plausible al pensamiento de los
primeros constructores, y averiguar el órden de ideas, que
pudieron dirigirlos en sus inventos, hasta producir el modelo que admiramos. Warburton, ántes ingenioso que
sólido, creyó encontrarle en los bosques del Norte. Sus
robustos árboles, formando calles, le presentaron en sus
alineaciones, largas y estensas galerías; en sus troncos,
los pilares agrupados; en el frondoso ramage de sus copas
entremezcladas, las bóvedas peraltadas; en el conjunto y
las relaciones de sus filas paralelas, las vastas naves de
las catedrales de los siglos XIV y XV; en la pompa de la
vejetacion, y el enlace de las cañas, y la armonía de sus
ramos y botones, y sus caprichosos encuentros; la rica y
minuciosa y variada ornamentacion gótica. Esta comparacion, fué para muchos, no un juego de la fantasía, ni
un bello entretenimiento del ingenio, sino la solucion satisfactoria del problema, que empeñaba hasta entónces el
saber y la observacion de los anticuarios y de los artistas
filósofos.

Otros escritores, mejorando el pensamiento de Warburton, y fundándole, como él, en el exámen de las producciones vejetales, pero sin recurrir á los ámbitos simétricos de los bosques célticos, quisieron que el arte se
uniese á la naturaleza para la creacion del modelo deseado. Supusieron, pues, una cabaña formada con cañas ver-
des, ó hincadas en el suelo, cuyas ramas y proporciones

desarrolladas naturalmente con la savia, produgeron, bien dirigidas por la mano del hombre, el esqueleto de los edificios ojiváles. Entónces los plantones reunidos en manojos, y colocados en ángulos rectos á proporcionadas distancias, figurarían los postes agrupados: y separándose los de cada haz á cierta altura, al cruzarse de uno á otro pilar, y entretegerse sus ramas, describiendo curvas, darían por resultado los arcos, y los nervios y las aristas, y la contestura especial de las bóvedas góticas.

Cuando satisfecha ya la imaginacion, y debilitado el efecto de estas semejanzas, se tocaron los inconvenientes de tan ingeniosa comparacion, se pidieron á la historia y á los edificios de diversas épocas, analogías y relaciones, que ó no existian realmente, ó solo con violencia se prestaban á servir de fundamento á la creacion de la arquitectura ojíval. Quien, porque desde el siglo XVI se la llamó gótica, ha creido encontrar su cuna en las orillas del Báltico, cuyos rudos habitantes, primero de verificarse sus asombrosas invasiones, no poseian mas edificios que chozas de tierra y ramas, ó tiendas de pieles: quien, llevado de su pompa y riqueza, y del orientalismo de alguno de sus ornatos, derivándola del estilo árabe, la supuso introducida en Europa ó por los mahometanos, ó por los cruzados. Un orígen oriental le conceden Lord Aberdeen, Whittington, Haggitt, Strutt, Payne-Knight y otros anticuarios. Esta es tambien la opinion del Sr. Jovellanos: al esplanarla, y comunicarle aquella novedad que distingue todas sus concepciones, con rara ságacidad ha creado una ingeniosa hipótesis, con la cual se propone esplicar la procedencia de las gallardas torres de nuestras catedrales góticas. Quiere, pues, que se deriven de las militares construidas por los cruzados en sus famosas empresas, para el asedio y asalto de las plazas fuertes de la Siria y de la Palestina. Mas, por atinadas que sean estas comparaciones, aunque la imaginacion del autor las realce grandemente, y las analogías deslumbren, y descubran un profundo talento en el que las determina, la esperiencia ha venido á demostrar despues, que ni pueden ajustarse á los hechos históricos de una manera satisfactoria, ni á la estructura de las fábricas ojiváles, ni á las modificaciones progresivas del arte que las produjo. Con todo eso, D. Juan Agustin Cean Bermudez, ya entrado el siglo actual, adoptando la misma idea, concede igualmente un orígen oriental al sistema ojíval; como su amigo el Señor Jovellanos, vé el tipo de las almenas, torrecillas, estribos, arbotantes, merloncillos y lanceras de los edificios góticos, en los castillos y fortalezas de Oriente, y en las máquinas y artificios militares de los cruzados, y manifiesta en su discurso preliminar á las Noticias históricas del Sr. Llaguno y Amírola, que en vez del nombre de gótica, cuadraría mejor á la arquitectura ojíval, el de ultramarina, atendida su procedencia.

Mucho han esclarecido desde entónces la historia del arte los descubrimientos, los viajes, la observacion y el análisis, para que esas opiniones puedan ya sostenerse. Primero Th. Hope en su Historia de la arquitectura, y despues Batissier en la del arte monumental, han probado que la arquitectura ojíval, inútilmente buscada en los bosques del Norte, ó en los paises del Oriente, es solo una derivacion natural, espontánea, de la romano-bizantina, ya generalizada desde el siglo XI en las antiguas naciones de Europa.

Pero considerada como un producto indígena de su suelo, como un desarrollo progresivo, y una variacion esencial del estilo que ha venido á remplazar, ¿dónde apareció primero con el carácter que la distingue? ¿Qué pueblo fué su inventor? Hé aquí otro punto de la historia del arte, tan oscuro como controvertido, y estéril en resultados útiles. Diéronle sin embargo, el orgullo empeñado, y las prevenciones nacionales, un valor que no tiene por sí mismo, y los arqueólogos y los artistas disputaron con calor, y hasta con ciega tenacidad, el honor de la invencion para su respectiva patria. En esta contienda casi todos sustituyen las conjeturas á los hechos: casi todos conceden á las probabilidades la importancia de los datos positivos, y ninguno hay que pueda comprobar la verdadera antigüedad de los monumentos que cita, para fundar en ella sus asertos y alegaciones.

El caballero aleman Wiebeking recuerda entre varias iglesias, las de Naumberg y de Minden, suponiendo aquella del siglo X, esta de principios del XI, y ambas del estilo ojíval. Mas que en otras razones, apoyado en tan notable antigüedad, pretende para sus compatriotas la prioridad en la adopcion del sistema ojíval. Siguieron su opinion Stieglitz, Busching, Boisseree y F. Raumer, y aun Th. Hope la sostiene como la mas probable. Hay en efecto consideraciones de gran peso para darle la preferencia, sobre cuantas hasta ahora se presentan. Tales son en sentir de Hope: 1.° que durante la edad media existia en algunos estados de Alemania una cultura muy superior á la de muchas naciones: 2.° que allí tuvieron orígen los inventos mas preciosos: 3.° que los alemanes fueron los primeros en poseer una escuela nacional de pintura, escultura y grabado: 4.° que superaron siempre á los demas pueblos del Norte en el cultivo de las artes: 5.° que reinando entre ellos y los italianos una verdadera rivalidad de oficio, su amor propio, y la utilidad material los empeñaba en parecer mas atrevidos y conocedores del arte, en abrirse nuevas sendas, en ser originales, apartándose lo mas posible del estilo latino, constantemente preferido por sus émulos: 6.° que en sus edificios la combinacion y la armonía de las partes, suponen un arte perfecto,

:

y haber precedido á su ejecucion un plan muy meditado y uniforme, á diferencia de lo que se observa en otras fábricas de la misma especie: 7.º que existen singulares relaciones entre las formas ojiváles, y la naturaleza del clima de los estados de Alemania donde se emplearon: 8.º que las construcciones de ese estilo no se limitan solamente á los templos, sino que se usan tambien en toda clase de edificios: y 9.º que los italianos al recibir esta arquitectura de los alemanes, le dieron el nombre de Tudesca ó Alemana, como en memoria de sus inventores.

La calificacion de Normando, concedida por algunos al estilo ojíval, los modelos que Normandía procuró á otros pueblos, los que en ella se construyeron, han persuadido á muchos, que esta parte de la Francia era la verdadera cuna de la nueva escuela. Sin embargo, es solamente uno de los paises, en que, introducida desde muy temprano, alcanzó grandes mejoras. Cabe, pues, á la Francia la gloria de haberla perfeccionado, no la de su invencion. Ménos derecho para apropiársela tiene aun la Inglaterra, como, á pesar de los profundos trabajos de Milner, lo demuestra su compatriota Th. Hope. Los italianos, para quienes el nombre de gótico es sinónimo de bárbaro, y en tal sentido le emplearon mas de una vez, aunque en algunos de sus edificios conserven dispersos y esparcidos los diversos elementos que constituyen la arquitectura ojíval, ni aun abrigaron la pretension de haber contribuido á su mejora y desarrollo.

Últimamente Hipólito Fortoul en su Tratado del arte en Alemania, no solo establece un sistema para esplicar su orígen y procedencia, sino que fija su suelo natal en las provincias comprendidas entre el Somma y el Rhin. Quiere este escritor que los edificios galo-romanos, construidos de madera, sean el modelo primordial de las ca-

tedrales góticas. Hé aquí como presenta su opinion. «Es
«muy probable (dice) que en las épocas bárbaras, y en
«las provincias comprendidas entre el Somma y el Rhin, la
«dificultad de procurar piedras, y de labrarlas y´asentar-
«las, introdujo generalmente en las construcciones el uso
«de las maderas, adoptado por los habitantes de estos
«paises, ántes de la invasion de César. En efecto; los
«carpinteros galos, queriendo aprovechar sus materiales
«familiares para imitar las construcciones romanas, de-
«bieron naturalmente traducir los arcos de medio punto
«de los pórticos, de las arcadas y de las ventanas, por
«ojivas; las columnas, por manojos de postes; el oculus,
«por el roseton; las capillas circulares, por las capillas
«polígonas; las vastas paredes penetradas de reducidas
«ventanas, por pequeñas paredes con grandes aberturas
«para dar paso á las luces; la austera desnudez de las
«basílicas, por la decoracion cada vez mas angular de las
«catedrales. Estas traducciones obtuvieron sin duda, y
«con razon, un gran favor en el aprecio de las antiguas
«poblaciones galo-romanas. Así, pues, pudieron mas tarde
«ser imitadas en piedra, cuando por el concurso de di-
«versas circunstancias, las ciencias comenzaron á renacer.
«Entónces debieron elevarse, de las reducidas dimensiones
«á las cuales habian sido limitadas en un principio, á esas
«proporciones gigantescas, que tanto nos admiran en el
«dia. De este modo la construccion en madera, que es el
«orígen de la arquitectura griega, lo sería tambien de la
«arquitectura gótica; y así la naturaleza, segun que hu-
«biese sido interpretada, ó por el genio helénico, ó por
«el genio tudesco, habría producido las formas mas sim-
«ples, ó las mas opuestas del arte.» Estas conjeturas de
Fortoul, creando una nueva hipótesis, sin descansar en
hechos positivos, no parecen mas á propósito que las de
los escritores anteriores, empeñados en la difícil tarea de

esplicar el orígen del arte ojíval. Con el aliciente de la novedad, satisfaciendo primero á la imaginacion, que al juicio, alucinan mas que convencen, quedando por fin la misma incertidumbre, en materia tan oscura y ocasionada á graves errores.

Si fuese cierto que del Oriente obtuvo la Europa, sino la escuela ojíval, ya completamente formada, á lo ménos los elementos y las ideas para constituirla, bien pudiera la España disputar á otras naciones el mérito de ser la primera en haberla adoptado. ¿Cuál otra la superaba en ilustracion y energía ; en la generalidad con que las artes se cultivaban ; en las grandes fundaciones ; en el impulso que les daba el espíritu religioso ; en los elementos necesarios para la construccion ; en las relaciones con los pueblos limítrofes del África, donde un nuevo y dilatado Imperio difundia la cultura del Oriente, y popularizaba sus inventos y sus goces, precisamente cuando aparecian en Europa los primeros edificios ojiváles? De los árabes, á la sazon cultos y florecientes, recibieron entónces los españoles unas luces, de que los demas pueblos carecian. En sus sorprendentes y pereginos monumentos de Córdoba, Sevilla y Granada, encontraban Aragon y Castilla nuevos elementos, nuevas formas y ornatos, nuevas ideas de construccion, que las fábricas derivadas de las romanas no les procuraban. El genio oriental, mas que en otras partes, ejercia en la Península un poderoso influjo : pero ya se ha dicho ; no es á él á quien debe atribuirse esa transformacion súbita y general del romano-bizantino en el peregrino estilo que le ha sustituido, poniéndole en olvido.

En la necesidad, sin embargo, de admitir las probabilidades á falta de demostraciones, suponiendo con Hope que el sistema ojíval partió de la Alemania para penetrar en los demas paises de Europa, es ya ménos dificil seguirle

en sus emigraciones. La Francia, donde primero el genio
de Carlo-Magno, y despues la escuela de los normandos, habian producido grandes y célebres edificios, íntimamente relacionada con los estados de Alemania desde
el siglo VIII, de ella ha debido recibir, con antelacion á
los demas pueblos, ese nuevo arte. En 1140, con arreglo
á sus principios, eleva las arcadas del pórtico de San Dionisio; empieza la catedral de Cambray en 1149; la de
Chartres en 1170; la santa capilla de Dijon en 1172, y
por el mismo tiempo las catedrales de Laon, Soissons y
otras. Poco ántes, conforme al nuevo estilo, se habia
construido en Parma la *Madre Chiesa*, y en 1177 el templo de Santa María de Montreal, mientras que los normandos, ya ejercitados en este género de construccion,
le introducian en Inglaterra, ensayándole á la vez en la
extremidad oriental y en el coro de la catedral de Can-
terbury. Cuando con tanta rapidez se propagaba por todas
partes la arquitectura ojíval, no podia la España ser la
última en admitirla, y cultivarla con empeño. Los reinos
de Aragon y Castilla, ya desde últimos del siglo XI contaban con grandes y magníficas construcciones romano-
bizantinas; promovíalas el celo religioso de los Reyes,
de los próceres y de los obispos; y los memorables y repetidos triunfos alcanzados sobre los infieles, asegurando
los tronos, y estendiendo los límites de los estados cristianos, procuraban á sus esforzados defensores los recursos, de que ántes carecian, para satisfacer su piedad con
la ereccion de iglesias y catedrales, cuyas obras contri-
buían eficazmente á los progresos del gusto y de la construccion. En 1082 se habian echado ya los fundamentos
de un edificio tan vasto como la catedral de Santiago; se
abrian los de la de Ávila en 1091; y entrado el siglo XII,
competian los Reyes y los pueblos en el empeño de sustituir los antiguos y reducidos edificios religiosos con otros

mas estensos y ataviados. Sucesivamente se empezaron, como á porfía, la catedral de Lugo en 1129; la de Tarragona en 1131; la de Tortosa en 1158; la capilla de Santa Agueda de Barcelona en 1173; la catedral de Cuenca en 1177; la de Santo Domingo de la Calzada en 1180; la de Solsona en 1187; la de Ciudad-Rodrigo en 1190; la de Leon en 1199. No eran menores los esfuerzos de los árabes para hermosear sus estados de las Andalucías con suntuosas mezquitas, y vastos alcázares. Véase, pues, cuanto se habrían estendido y perfeccionado en este período el gusto romano-bizantino, y el de los sectarios del Islamismo, con obras de tanta importancia. Pero los sucesos aun llevan mas lejos esa tendencia en favor de las artes, desde los primeros años del siglo XIII.

La memorable victoria de las Navas de Tolosa, al robustecer las Monarquías de Aragon y Castilla, y darles una preponderancia que no perdieron despues, hiere de muerte el poder mahometano, ya decaido con la conquista de Toledo, y las discordias intestinas de sus mismos sostenedores. Las dos coronas de Leon y Castilla, á menudo enemigas, gérmen frecuentemente de querellas y pretensiones deplorables, vienen en seguida á ceñir las sienes de un Monarca tan esforzado y magnánimo, tan virtuoso y prudente como San Fernando, para no dividirse jamas. Este Príncipe, gloria y prez del trono español, como si hubiese sido elegido por el Cielo para asegurar los destinos de la Monarquía, y engrandecer su nombre y su fortuna, por una serie de triunfos, todos fecundos en importantes resultados, la estiende y robustece con las conquistas sucesivas de los reinos de Murcia, Jaen, Córdoba y Sevilla, y hace su tributario á Aben Alhamar, que reinaba en Granada. Entre tanto conquista D. Jaime I de Aragon las islas Baleares y el reino de Valencia, agregando tan preciosas posesiones á sus Estados.

¿Cómo estos memorables acontecimientos, al aumentar el brillo y poderío de Aragon y Castilla, no influirían tambien en la suerte de las artes, que desde el reinado de Alonso VIII sobre todo, con tan feliz suceso se cultivaban? D. Lucas de Tuy, testigo de los progresos que alcanzaban, y poseido de un sentimiento de admiracion al presenciarlos, dice así en su crónica: «¡Oh cuán bien-«aventurados estos tiempos, en que el muy honrado P. «Rodrigo, Arzobispo de Toledo, edificó la iglesia Tole-«dana con obra maravillosa! El muy sabio Mauricio, edi-«ficó fuerte y hermosa la iglesia de Burgos. El muy sa-«bio Juan, Chanciller del Rey Fernando, fundó la nueva «iglesia de Valladolid: este fué hecho obispo de Osma, y «edificó con grande obra la iglesia de Osma. El noble «Nuño, obispo de Astorga, fizo sabiamente el campa-«nario y la claustra de la iglesia. Lorenzo, obispo de «Orense, edificó el campanario de esta iglesia con pie-«dras cuadradas. El fidalgo Esteban, obispo de Tuda, «acabó esta iglesia con grandes piedras. El piadoso y sa-«bio Martin, obispo de Zamora, daba obra continuamen-«te en edificar iglesias y monasterios, y hacer hospitales. «Ayudan estas santas obras con muy larga mano el gran «Fernando é la su muy sabia madre Berenguela Reina, «con mucha plata é piedras preciosas.»

Era esta la época en que la arquitectura ojíval, poco despues de haberse mostrado en Alemania con un carácter propio, aparecia en Francia del todo diferente de la romano–bizantina, si bien recordándola todavía en algunos rasgos y detalles. Sus rápidos progresos, y el interes que escitaba, como una agradable y extraña novedad, no fueron perdidos para nuestra Península. Necesariamente los sucesos y movimientos de ese tiempo, y las pretensiones de los gobiernos entónces existentes en el Mediodía de Europa, debian introducirla en ella. Porque jamas se vió ligada por vínculos mas estrechos con la Francia, ni fueran nunca de tanta importancia para ambos pueblos, las relaciones emanadas de su mútua situacion política. Puede decirse que no los separaba el Pirineo. Enlaces de familia, derechos dinásticos, sucesiones feudales, motivos de religion, el odio comun á los infiéles, la necesidad de aniquilar sus establecimientos en Europa, alimentaban de continuo sus comunicaciones; y la índole misma de la civilizacion que los distinguia, generalizaba sus respectivos inventos.

La cruzada, que publicó á principios del siglo XIII Inocencio III contra los moros de España, cuando Mohammad Abu Abdalla, no solamente amenazaba la independencia de Navarra, Aragon y Castilla, sino tambien la existencia del Cristianismo en Europa, habia ya reunido en Toledo mas de cincuenta mil extranjeros, y entre ellos gran número de caballeros franceses; el arzobispo de Burdeos; el de Narbona; el obispo de Nántes; muchos súbditos de las ciudades del Imperio, y el duque de Austria, Leopoldo, al frente de considerables huestes. Por el mismo tiempo Pedro II de Aragon, pasaba al Mediodía de la Francia, donde le llamaban muy graves atenciones, y la proteccion que debia á sus deudos, los condes de Bearne y de Foix. Ántes de estos sucesos, la Provenza habia sido agregada á la corona de Aragon, por Alonso II, el cual concedió tambien el gobierno de Tarragona en 1131, al conde Roberto, que para repararla y defenderla tragera consigo de Normandía, su patria, artistas y soldados. Pero tantas ocasiones de correspondencia entre una y otra nacion, se agrandaron desde los primeros años del siglo XIII, y la hicieron mas estrecha y animada. Muchos caballeros franceses habian concurrido con D. Jaime de Aragon á la conquista de Valencia, mientras que este Monarca solicitaba para esposa á Violante, Princesa de Hungría. D. Fernando III dividia igualmente su lecho y su trono, con otra de la Francia, Juana de Pouthieu, y nuevos derechos y enlaces mantenian una viva y estrecha relacion, entre los estados de la antigua Galia Narbonense, y los de Cataluña, Aragon y Navarra. Así fué como el estilo ojíval, apénas recibido en la nacion vecina, penetró rápidamente en la nuestra, conducido por los sucesos, para apoderarse de las notables construcciones, que en sus diversos reinos se emprendian. Acogíole primero Cataluña; y las catedrales de Tarragona, Tortosa y Solsona, y otros edificios no de ménos importancia, empezados conforme al gusto romano-bizantino, halláronse en estado de ser continuados con arreglo á los principios de la escuela ojíval, casi al mismo tiempo que las de Chartres, Laon, Soissons, y algunas mas de igual clase, entónces emprendidas en las ciudades principales de la Francia. Aun Castilla, donde era mayor el apego á las tradiciones y á las antiguas costumbres, cuando todavía se dejaban sentir los tristes efectos de las discordias civiles, á pesar de su alejamiento de las fronteras, admitió desde luego esa novedad, ni siquiera conocida en otras naciones del Occidente, que la adoptaron mucho despues. En efecto; la catedral de Ávila, á lo que se pretende, comenzada en 1091, y la de Cuenca, cuyos cimientos se abrieron por D. Alonso VIII, hácia el año de 1177, por mas que se hubiesen trazado segun el gusto romano-bizantino, y le siguieran hasta cierta altura; prosiguiendo sin duda lentamente su vasta construccion, se encontró bastante atrasada, para que fuese en ella sustituido por el ojíval, y aparezcan estas fábricas con todos sus caractéres en la mayor parte de sus miembros y dilatados ámbitos, concluidos en los primeros años del siglo XIII. Al terminar este, se habia generalizado ya en toda la Península, para poner en olvido el romano-bizantino, y dominar sin rivales por espacio de cuatro siglos.

:

CAPÍTULO XVI.

INTRODUCCION Y CARÁCTER GENERAL DE LA ARQUITECTURA OJÍVAL EN ESPAÑA.

Cuando el arco ojivo vino á sustituir al semicircular en las fábricas romano-bizantinas, y se hizo general desde los últimos años del siglo XII y los primeros del XIII, la arquitectura habia recibido un gran desarrollo, y sus rápidos adelantos anunciaban ya la transformacion, que la dió un nuevo carácter, apartándola gradualmente de las tradiciones y de los procedimientos antiguos. Siempre progresiva y emprendedora, de uno en otro ensayo, y acreditando sus teorías conforme le ofrecian mayores recursos para realizarlas la consolidacion del poder, y la conveniencia y mejora de los pueblos, habia conseguido ya á fines del siglo XII, perfeccionar sus prácticas, estender las dimensiones de los edificios, una ejecucion mas suelta y esmerada, otra delicadeza y esplendidez en el ornato, principios estables y seguros. Las bóvedas de arista; los nervios, que las abrazaban para robustecerlas y exornarlas; el sistema de los arbotantes, si bien no completamente desarrollado; las formas piramidales, en cuanto podia permitirlas la índole bizantina; los grandes vanos

que derramaban la luz en los espacios interiores, alige-
rando las paredes; los portales de arcos dobles, abiertos
en el espesor de los muros; las capillas absidales; eran
otros tantos elementos, que empleaba sabiamente, y sin
los cuales el ojivo, que habia prohijado, aparecería solo
como una novedad accidental, como un capricho sin consecuencia, y de todo punto ineficaz para variar el carácter
de los monumentos, en que se habia sustituido al semicircular.

Coincidiendo, pues, con su adopcion esos otros adelantos, supo el genio combinarlos de una manera á propósito para obtener formas y propiedades absolutamente
distintas de las romano-bizantinas, y halló por fin el nuevo tipo, al cual se ajustaron en seguida todas las construcciones: tipo del bizantino diferente, en que el atrevimiento y el brio, la singularidad de las partes componentes, y su enlace y relaciones, y la extrañeza del ornato, y el mecanismo de la construccion le presentan, no
ya como el resultado de una serie de ensayos y esperien-
cias, que de antemano le prepararon, sino como un sistema perfecto y acabado, producto de una teoría luminosa,
y concebida instantáneamente por un genio independiente
y osado.

Su aparicion, sin embargo, no podia sorprender al
que hubiese seguido de cerca el desarrollo de la escuela
romano-bizantina, y los rápidos progresos del arte de
construir al empezar el siglo XIII, y sus grandes concep_
ciones, y los medios de que disponia para realizarlas. En
la graciosa colegiata de Toro, en las suntuosas y bellas
catedrales de Salamanca y de Zamora, erigidas segun el
gusto romano-bizantino, era preciso reconocer ya los pre-
cursores de los monumentos ojiváles, que poco despues
se elevaron en nuestro suelo. Porque allí estaban reunidos sus principales elementos, y allí se traslucia tambien

ese espíritu de progreso y mejora, que anunciaba un cambio feliz en todos los conocimientos humanos, y en el bienestar material de la sociedad entera. Efectivamente, no fué solo en esa época el arte cristiano el que así se transformaba, aspirando á la originalidad. Conseguíala igualmente el de los árabes, su contemporáneo, porque, como él, cedia á las ideas dominantes, y al influjo de la civilizacion. Es por cierto de notar, que mientras en las catedrales de Burgos, Leon y Toledo desaparecian hasta los últimos restos del gusto romano–bizantino, en las mezquitas y alcázares de Sevilla y Granada se pusiese en olvido la severidad y timidez de las construcciones emprendidas bajo la dominacion de los Ommíadas, y su indecision, y su apego á las formas de Bizancio, para dar cabida á los pomposos almocárabes, á las ricas axaracas, á las sueltas y risueñas galerías, á las ingeniosas y espléndidas pechinas estalactíticas. ¿Quién sino el espíritu del siglo, el progreso general de la sociedad, producia esa espontánea transformacion en dos escuelas opuestas, hijas de distintas creencias y costumbres, espresion de diversas civilizaciones y necesidades, fruto ahora de un suelo comun, para ensalzar y embellecer á pueblos enemigos y enconados? El impulso que una y otra recibian, estaba en las ideas, en el bienestar social, en el desarrollo de las luces. Era el mismo que adelantaba la emancipacion y los fueros de las ciudades; el que daba á Leon y Castilla primero el Setenario, y despues las Partidas; el que ilustraba la historia con la crónica general; la astronomía con las tablas Alfonsinas; la poesía con las cántigas y las querellas; el que españolizaba la cultura de los árabes; el que, elevando el carácter de Fernando III, le hacia tolerante y político, legislador y guerrero.

No se presentaba la arquitectura ojíval en la España cristiana como un hecho aislado, sino como uno de los que constituian la civilizacion general, íntimamente enlazado con otras mejoras é invenciones, y sujeto, cual ellas, á la ley comun del progreso, que las promovia y perfeccionaba. Importada de la nacion vecina, no crea entre nosotros elementos anteriormente desconocidos: dá á los que existian, nueva aplicacion: alcanza la originalidad, pero siguiendo la misma carrera, que habia emprendido desde el siglo XII, sin empeñarse en una inusitada, y contraria á su procedencia. Cuando consigue al fin transformarse completamente, satisfecha de sus progresos, aunque no tan engalanada y atrevida como se mostró despues, ostenta, sin embargo, desembarazo y gentileza, envanecida con sus arcos ojivos, sus encorvados arbotantes, y sus formas piramidales, tal cual por cierta especie de prodijio, apareció simultáneamente en todos los paises de Europa, á donde alcanzaban el culto católico, y el incontrastable poderío de los Pontífices.

Las construcciones de este nuevo estilo, llenas de poesía y de ingenio, conciliando la severidad y la gracia, marcadas con el sello de la inspiracion religiosa, y eternizándola en sus muros perforados, en sus agujas afiligranadas, en sus altas bóvedas y misteriosos ámbitos, en sus vagos y caprichosos contornos, nada han dicho, con todo eso, á la imaginacion de los espectadores por espacio de tres siglos. El imperio de la moda imponia silencio á la admiracion durante ese largo período, y la tendencia general de las ideas literarias solo ofrecia un tipo al estudio de los artistas: la arquitectura greco-romana. Cuando agrandado el círculo de los conocimientos humanos, y sucediendo la duda y la investigacion al fallo de la autoridad, se echó de ver que existía otro mundo diferente del que abarcaba la dominacion de los Césares; vinieron las indagaciones filológicas á destruir el esclusivismo de la cultura del Lacio, y se presentó por vez primera al exámen de los hombres entendidos esa edad media, ántes cubierta de espesas tinieblas, y ahora enaltecida con sus tradiciones, con la importancia de sus colosales empresas, con sus castillos góticos y espléndidos torneos, con el espíritu caballeresco de sus héroes y paladines, con sus leyendas misteriosas y sus trovas, con sus fueros y carta-pueblas, con el sentimiento religioso, finalmente, que realzaba el valor y la galantería empleada en despojarle de su fiereza. La memoria de nuestros padres estaba toda entera en esa época, y allí la buscó un instinto noble y generoso, como la herencia de gloria, y el patrimonio, largo tiempo ignorado, que nos pertenecia.

Aun ántes que la buena crítica diese á conocer esa edad de las costumbres caballerescas, de la honra y del valor castellano, nuestros poetas y los dramáticos, sobre todo, habian adivinado su carácter, y le revelaron, quizá sin pretenderlo, en la originalidad y las animadas descripciones de sus dramas. El Cid, Guzman el Bueno, Gonzalo Fernandez de Córdova, otros tantos tipos de la edad media, fueron fielmente retratados por la musa castellana del siglo XVII; y Calderon y Lope, tal vez contra su propia intencion, prestaron á los héroes romanos y griegos de sus composiciones el mismo lenguaje, las mismas ideas de nuestros abuelos. Si variaban los nombres y las escenas, los personajes eran enteramente españoles, cual en los siglos XIV y XV se conocian.

Sucedió á la poesía la historia; y la edad media, objeto por fin de las investigaciones arqueológicas, y de las miras de la filosofía, apareció con su fisonomía propia en las obras de Thierry y de Guizot, de Hallam y de Barante. La erudicion y la crítica del siglo XVIII, habian preparado con indecible afan el lienzo y los colores para este magnífico retrato, y no fueron ciertamente los escritores españoles, los que con ménos fidelidad y perseverancia contribuyeron á que su semejanza con el original fuese, en cuanto era dable, perfecta.

Primero Florez, Risco y Masdeu, como críticos é historiadores, despues Marina, Aso y Sempere, como jurisconsultos y publicistas, y últimamente, varios de los escritores actuales, impulsados por las tendencias filosóficas del siglo XIX; examinaron las memorias y monumentos del largo período, transcurrido desde el siglo VIII hasta el XVI, y los progresos sociales, y los elementos de civilizacion, y las costumbres y las leyes de esos tiempos, vinieron á esclarecer el orígen de la nacionalidad que nos distingue, ahora en mucho diferente de la antigua, pero su inmediata sucesora y depositaria de sus principales caractéres.

Despues de este convencimiento, ¡cuán bellas é interesantes aparecen las catedrales góticas, por tantos años tenidas en poco, cual si fuesen caprichosa inspiracion de pueblos incultos y groseros! La ilustracion del siglo, al reconocer su mérito, les devuelve el aprecio, que nunca debieron haber perdido, y que tan justamente merecen. Ora llamen la atencion del artista, ora del arqueólogo, responderán siempre á nuestro entusiasmo, y el sentimiento religioso, que inspiró á sus constructores, les dará un gran precio para satisfacer á la inteligencia y á la fé de sus admiradores.

Á últimos del siglo XVIII ya algunos, aunque en muy corto número, ó mas independientes y libres de las prevenciones comunes á sus contemporáneos, ó mas conocedores del arte en la edad media, llegaron á comprender, no solo el distinguido mérito del estilo ojíval, sino tambien su influencia en los progresos de la construccion moderna. El arquitecto inglés Murphi, analizando el suntuoso templo del convento de Batalba, en Portugal, cuyos dibujos publicó en 1795, nos ha manifestado toda su belleza y originalidad, encareciendo con harta razon las buenas prendas y las cualidades eminentemente apreciables del estilo á que pertenecen. Su compatriota el acreditado profesor Wiliam Chambers, ha dicho en la Historia de la arquitectura, que le recomienda cierta ligereza, cierto tono y libertad, que no tuvieron los antiguos, ni estimaron los modernos; y entre nosotros Jovellanos en sus notas al Elogio histórico de D. Ventura Rodriguez; Llaguno en sus Noticias de los arquitectos y de la arquitectura de España; Cean Bermudez en las adiciones á esta obra, y Bosarte en sus Viajes á Segovia, Valladolid y Burgos, aunque limitados á describir y elogiar esclusivamente los edificios greco-romanos, y como recelosos de ponerse en pugna con la opinion de sus contemporáneos, todavía al dar cuenta de sus propias convicciones, si bien con encogimiento é inseguridad, lejos de ocultar la grata impresion, que sobre su ánimo producian nuestras catedrales góticas, elogiaron alguna vez en términos generales y en breves palabras, su firmeza y bellas proporciones, su elegancia y gentileza, y los profundos conocimientos de sus constructores en las ciencias matemáticas.

Pero estas indicaciones vagas, aisladas, (protesta del sentimiento artístico contra la costumbre y el espíritu de escuela, hecha á medias y temerosamente), ménos poderosas que la falsa opinion del siglo, y demasiado fugitivas para contrarestarla, no abrieron campo por desgracia, á mas cumplidas tareas sobre la arquitectura ojíval. Si se esceptúa un ilustre escritor, cuyo fecundo ingenio y delicado discernimiento no alcanzaron, sin embargo, á ponerse de acuerdo con la certidumbre histórica, cuando pretendió esplicar la procedencia del estilo ojíval, ¿quién examinó hasta ahora filosóficamente los opuestos sistemas, que se forjaron sobre su formacion y desarrollo? ¿Quién le ha seguido en sus emigraciones, para determinar su introduccion en la Península, las causas que concurrieron á generalizarle, y los caractéres de los grandiosos monumentos que produjo? Esta parte importante de la historia del arte, no ha dado lugar todavía á una sola investigacion. Y no porque carezca de objeto entre nosotros; ni porque la transicion del romano–bizantino al gótico, deje de ofrecer un vivo interes, y sea un hecho insignificante y sin consecuencia en los anales de la cultura española. Asóciase á notables acontecimientos, coincide con una de las épocas mas memorables de nuestro estado político y civil, y por ventura caracteriza, mas que otros sucesos, el movimiento social, que tanto distingue los reinados de San Fernando y de Alonso el X. Porque no se trata de una simple alteracion en las fábricas conocidas en el siglo XII; de sustituir nuevos miembros á los antiguos, ó de variar algunas de sus condiciones esenciales. Formas, medidas, ornatos, intencion artística, procedimientos en la manera de construir, empujes y resistencias; todo difiere en la escuela ojíval, de cuanto se practicaba en las anteriores, y todo concurre á imprimir á esa sorprendente creacion una originalidad, que nada ha perdido con el transcurso de los siglos, y cuyos encantos nos llevan hoy á restaurarla. Que no son sus monumentos un mezquino producto de la novedad, ó del capricho, un juego del poder, que con él perece y se olvida: en ellos se reflejan una civilizacion determinada, el espíritu y la fuerza creadora de la sociedad, á cuyo esplendor y bienestar son consagrados por el genio. Tanto como por la peregrina combinacion de sus partes componentes, se señalan por una verdadera grandeza; por el precio que reciben de los sentimientos de un pueblo, que creciendo en cultura y bienestar, confia su porvenir y su gloria, no ya á la suerte de los combates, sino al cultivo de la razon, al progreso de las ideas, á los descubrimientos en las ciencias y las

:

artes. Si las rápidas y brillantes conquistas de Córdoba y Sevilla revelan su entusiasmo guerrero, las causas que le escitan, los sucesos que le engrandecen; las catedrales de Toledo y de Burgos, entónces sacadas de cimientos, nos descubren su saber y sus tendencias, los inmensos recursos que abrigaba en su seno.

En esos célebres edificios, y en los demas que poseemos de su clase y de su tiempo, se vé desde luego un sistema completo de construccion ya perfeccionado, que sustituye en su totalidad al antiguo, y le pone en olvido por espacio de cuatro siglos. El arco ojivo, empleado en las fábricas romano–bizantinas, como un incidente sin enlace con su estructura y mecanismo, y únicamente en el concepto de una simple sustitucion del semicircular, es ahora el elemento esencial de la nueva escuela. Á este tipo, cual á un principio generador, se subordinan todas las partes y dimensiones: por él se modelan las arcadas, las bóvedas, las puertas y ventanas, la generalidad de la fábrica. Para acomodarse á su carácter, se prolongan los pilares; se elevan y se aguzan las naves; toman las bóvedas una forma peraltada; sueltos y ligeros nervios, cruzándose en diferentes direcciones, las abrazan y realzan con ingeniosos enlaces. Un movimiento ascendente de los miembros arquitectónicos produce en el conjunto la figura piramidal, y se agrupan en torno suyo todos los cuerpos que la determinan, disminuyendo sus masas desde la base, hasta rematar en punta á diversas alturas. Al sistema de las líneas horizontales, sucede el de las verticales, y para que ni memoria quede de las tradiciones del antiguo, desaparecen aquellos largos entablamentos, que en los edificios greco–romanos corrian con mas ó ménos vuelo por sus fachadas paralelamente á la base, y coronaban y dividian sus cuerpos, imprimiéndoles cierto carácter de gravedad y solidez, y haciendo con pro-

longadas sombras mas severas sus imponentes proyecciones.

Así era tambien como al evitar presiones inútiles, precisamente en una construccion que ménos que otra alguna las permite, se le daba mayor ligereza y soltura. Con
el objeto de llevar mas lejos estas cualidades, se rasgan
las paredes con grandes aberturas perpendiculares entre
los intercolumnios; se adelgazan y elevan los postes, y se
revisten de altas y ahiladas columnas, cuyo agrupamiento, figurando un manojo de endebles junquillos, oculta
su verdadera robustez, con la fingida disminucion de la
superficie, y la engañosa apariencia de la fragilidad y la
delicadeza. Aun aumenta esta ilusion, la ingeniosa manera de trazar la planta de los pilares, y su particular
estructura: porque segun ella, al verse de ángulo, desaparece por la diagonal la parte mas larga de las superficies de sus flancos, presentando al espectador, de consiguiente, mas reducida su base, y mas suelto y ligero su
alzado.

Suprimidos ademas los muros continuos, siempre que
la firmeza y solidez de la fábrica podian consentirlo, los
puntos de apoyo se colocaron en los pilares, y resultando entónces las presiones oblicuas y las perpendiculares, producidas por los ojivos, se inventó, para con-
trarestarlas, el ingenioso método de los contrafuertes y
arbotantes, que constituyendo parte de las condiciones
esenciales é indispensables de la consistencia de las fábricas, vinieron por el arte á convertirse en uno de sus
mas bellos y gallardos ornatos. Elegidos así los puntos
de apoyo fuera de ellas mismas á mas ó ménos distancia
de sus muros, y siendo una máxima de la escuela ojíval, disminuir todo lo posible las superficies, para que
solo aparezcan grandes y atrevidas líneas verticales, pa-
récen las bóvedas como suspendidas en el aire, los ám-

bitos interiores adquieren un aspecto fantástico, y toma el conjunto aquel carácter aéreo y gentil, aquella sorprendente soltura y delicadeza, que presentan á nuestra vista cual una obra de cartulina y de sutiles encajes, las construcciones mas fuertes que puedan idearse.

En este admirable mecanismo de empujes y resistencias, las paredes robustecidas de trecho en trecho por los estribos y botareles, no soportando ninguna clase de peso, parte secundaria de la construccion, inútiles para los apoyos, quedan solo reducidas á simples cercados, con el objeto de preservar de la intemperie el recinto que abarcan, desempeñando en los edificios góticos el mismo destino que los cristales en las linternas, donde los plomos verticales que los unen, forman su armazon, y le dan toda la firmeza que necesita. Así es como sin temor, se adelgazan y horadan los muros esteriores, con altas y rasgadas ventanas llenas de arquillos y cresterías, con espaciosos y perforados rosetones, con delicadas y sueltas galerías, con ligeros y ricos triforios, que los recorren interiormente, coronando los arcos de las naves laterales.

Pero todavía la prolija diligencia del ornato, y su caprichosa estructura, y su variedad é invencion, hacen subir de punto el efecto mágico de las construcciones ojiváles. Los capiteles bizantinos se despojan de sus hojas de acanto, y sus palmetas, y su forma cúbica, de sus volutas y molduras, para exornarse con plantas y flores del pais, con pasajes de la Biblia ó de la Historia nacional. Cúbrense los muros de nichos, repisas, estatuas y doseletes, de anditos y banquetas, cuyas figuras geométricas se enlazan ingeniosamente: la coronacion aparece erizada de ligeros pináculos y sueltas pirámides, y los ángulos estereriores del edificio, sus puertas y ventanas, sus portales é ingresos, sus torres y chapiteles, se revisten de penachas y crestería, de agujas y merlones, de menudos templetes y cuerpecillos voladizos, cuajados de filigrana y perforaciones, que imitan en su complicada coloca- cion y sus formas las cristalizaciones estalactíticas de las cavernas, ó los témpanos de hielo apiñados como otros tantos obeliscos, en torno de una roca piramidal, mages- tuosamente levantada en medio de los campos.

Por mas que hayamos cultivado con indecible afan este género de arquitectura ya desde muy temprano, y aunque sean pocos los pueblos donde hiciese mas pro- gresos que en España, lo repetimos, ni aspiramos á la gloria de haberla inventado, ni tampoco es necesaria para competir en el número y escelencia de sus obras, con las naciones mas avaras de poseerlas. Pretenda en buen hora para su patria el aleman Wiebenking el honor de la in- vencion del estilo ojíval: ofrezca la Italia ya en el siglo X algunos de sus rasgos, sino el conjunto armoniosamente combinado que le constituye: háyanle adoptado Norman- día y Borgoña primero que Inglaterra: sea cierto que con anterioridad á la mas famosa de las cruzadas, se la- braron las catedrales de Minden y Goslar, y las tres iglesias de Hildesheim; que las arcadas ojiváles del pór- tico de San Dionisio pertenecen al año de 1140. Sin dispu- tar la dudosa fecha de esos edificios, y aun conviniendo en que de la Francia se transmitió á la Península el arte de construirlos; todavía de los primeros años del si- glo XIII, pudiéramos citar algunos de los erigidos en España, si bien càrecen de la soltura y ornamentacion, de la gracia y delicadeza que despues recibieron entre nosotros las fábricas de la misma clase. En las catedra- les de Lérida y Tarragona, de Ávila y Cuenca, aun ántes de aquella época empezadas, se ven ya todos los caractéres del estilo ojíval, un sistema distinto del ro- mano–bizantino, aunque este haya tambien contribuido á su construccion, y una y otra escuela aparezcan en ellas como rivales que se disputan la preferencia, fundada la mas antigua en el derecho de posesion y la costumbre, y sostenida la nueva por su brillantez y sus recientes triunfos, y la moda que la aplaudia en los pueblos mas cultos de Europa.

Producido ya un modelo, su mejora y perfeccion, sus detalles y accesorios requerian solo nuevos ensayos en el arte, mayor riqueza y cultura en la sociedad, consistencia y fuerza en el Estado, y los sucesos de las armas cristianas vinieron á facilitar este progreso despues de la conquista de Sevilla.

Variando insensiblemente de faz, pero con los mismos elementos fundamentales, el estilo ojíval prolongó su existencia desde los primeros años del siglo XIII, hasta el XVI. En esta larga carrera pueden señalarse tres distintos períodos, á los cuales corresponden otras tantas modificaciones de sus principales caractéres. Duró el primero todo el siglo XIII, y en él se manifiesta grave y algun tanto rudo, y poco inclinado á la pompa de la exornacion; pero noble y sencillo en sus formas y perfiles, y no completamente olvidado de las tradiciones bizantinas. Mas elegante y culto en el segundo, mas atrevido y gentil, gana en lozanía y brillantez, lo que pierde quizá en magestad y pureza: así aparece en el siglo XIV. Abusando al fin de sus recursos, con la rica profusion de ornatos, con la caprichosa inconstancia que le lleva á multiplicarlos, alterando sus primitivos tipos entra en una marcada decadencia, que en vano pretende ocultar, desde la segunda mitad del siglo XV, bajo la inmensa balumba de las filigranas y cresterías, y la diferencia de los arcos, y los arranques de un genio antojadizo y veleidoso. Pero en todas estas épocas, permanecen siempre los mismos, los principios fundamentales del arte. No hay mudanza en el mecanismo de la construccion material, en el sistema de las líneas verticales, en el de los contrafuertes y arbotantes, en las tendencias á la forma piramidal, en la distribucion y arreglo de las partes principales de las fábricas religiosas, en ese carácter general, que tanto distingue el estilo gótico de cuantos le precedieron dentro y fuera de España. La variedad está solo en los accesorios; en algunas combinaciones nuevas de los elementos ya conocidos, en una especie de disipacion artística, cuyo resultado no es la belleza, sino la suntuosidad. Examinemos ahora separadamente cada uno de los tres períodos ya indicados, y encontrarémos las pruebas de esta verdad.

CAPÍTULO XVII.

Eran harto grandiosos y bellos los edificios religiosos, que D. Alonso VII y D. Alonso IX erigieron con arreglo á las máximas de la escuela romano–bizantina, para que el influjo de la moda, y el favor justamente concedido á la ojíval, la pusiesen en olvido al empezar el siglo XIII. Los artistas creyeron sin duda satisfacer las exigencias de la opinion, y conformarse con sus propias doctrinas, amalgamando en las obras que emprendian, uno y otro estilo. Por fortuna prestábanse á esta union, no solo las tradiciones, sino tambien los elementos que les eran comunes. Porque ya lo hemos dicho: los pilares, las aristas de las bóvedas, el arco apuntado, una propension marcada al agrupamiento y á la forma piramidal, eran otras tantas propiedades conocidas, y empleadas por los arquitectos de la escuela romano–bizantina, sobre todo desde los últimos años del siglos XII.

Ademas, las plantas de los templos, sus principales divisiones, y la distribucion interior, no variaban en los del estilo ojíval, y del romano–bizantino. En ambos habia las capillas absidales, la nave central mas alta y desahogada, que las laterales; la prolongacion de estas por uno de sus extremos para abarcar en líneas paralelas el presbiterio, formando galerías corridas; la cúpula sobre el crucero; los hondos ingresos compuestos de arcos dobles y concéntricos, abiertos en el espesor del muro; la figura por último de cruz latina dada á las plantas. Por eso vemos desde los tiempos de San Fernando y de D. Alonso el X, cuando tanto se habia desarrollado la construccion, y la piedad de los particulares, estimulada por la de los Monarcas, erigía en todas partes grandiosos templos, aparecer en los que por sus alzados eran completamente ojiváles, muchas propiedades de los romano-bizantinos, como queriendo confundirse las formas de unos y otros, y ostentando cierto aire de familia. En la iglesia de San Vicente de Ávila, del reinado de D. Alonso el Sabio, y cuyos fundamentos se echaron tal vez en el de su padre San Fernando, alternan con las masas severas y sencillas, los pilares y los arcos apuntados del estilo ojíval y sus bóvedas peraltadas, las ventanas y las fajas, y algunos otros rasgos del romano-bizantino. La fachada de la catedral de Tarragona nos ofrece de esta escuela las dos portadas laterales, y de la nueva que la sustituye, la principal con sus estribos, y su ingreso de arcos concéntricos, adornado de imaginería con toda la pompa gótica del siglo XIII.

Esta mezcla se advierte igualmente en el claustro del monasterio de Veruela, en la catedral de Badajoz, en la iglesia de Santa María de Cervera, y en la de Santa María la antigua de Valladolid, fábricas cuya construccion se verificaba al transcurrir los primeros años del siglo XIII, por mas que algunas se hubiesen comenzado ya en el anterior. Otras hay que, trazadas conforme á los principios del arte romano-bizantino, hallándose sus obras bastante adelantadas, cuando el gótico empezaba á cundir entre nosotros, se continuaron segun las máximas de este nuevo estilo. Así sucedió con las catedrales de Ávila, Cuenca y Tarragona. Pero tanto en ellas, como en las demas de ese tiempo, donde el gótico aparece sin mezcla de otras escuelas, es una misma la traza, y uno mismo tambien el órden de las partes generales de la fábrica.

Planta de cruz latina; ábside semicircular ó polígono; tres naves y crucero, muchas veces coronado de una cúpula; anditos ó triforios á lo largo de las galerías laterales y encima de sus arcos; fachada ostentosa con tres portadas, una para cada nave; fuertes estribos que las dividen; abultados contrafuertes con resaltos á determinadas alturas; torres á los lados; un antepecho corrido y perforado, que las pone en comunicacion, y remata el primer cuerpo; el roseton en el segundo; sobre el ingreso principal ventanas y galerías, y estátuas en el tercero; tal es por lo comun el conjunto de nuestras catedrales desde la introduccion del arte ojíval. No es nuevo ciertamente este arreglo, que continuó casi el mismo hasta el siglo XVI: nos le ofrecen tambien varios templos romano-bizantinos de los siglos XII y XIII; pero con ménos lujo, en reducida escala, sin la riqueza de detalles, y la pompa artística del gótico; con una construccion mas ruda, con una timidez y un embarazo que no tuvieron ya desde los reinados de D. Alonso el Sábio y D. Sancho el Bravo.

Ahora son las miras mas vastas, se agrandan las proporciones, se dilatan los ámbitos, y aparecen colosales los edificios con sus estendidas é imponentes masas. La catedral de Cuenca tiene mas de trescientos pies de largo, y ciento ochenta de ancho; la de Leon trescientos ocho; la de Burgos otros tantos desde la reja de la capilla del Condestable, hasta la puerta principal, y doscientos doce y medio desde la puerta del Sarmental, hasta la Alta, tomada esta distancia por el crucero; la de Toledo cuatrocientos cuatro de longitud, y doscientos cuatro de latitud. Al paso que reciben tan considerable desarrollo todas las dimensiones, se multiplica la combinacion de las partes elementales, para acomodar á la forma general del conjunto, la particular de los accesorios: se concede á los detalles una importancia, que no tenian por lo comun en el siglo XII: se les reparte interior y esteriormente como ornato, y como parte necesaria de la construccion: mas que ántes, son empleadas las esculturas, prefiriéndose las estatuas colosales para los pórticos ó ingresos. Pero con todos estos adelantos, el gótico manifiesta cierta severidad, que impone, mas que satisface, y su pureza de perfiles, y de formas toca frecuentemente en desabrimiento. Amigo de la sencillez, ostenta una magestad, que pudiera confundirse con la dureza; ántes parece grave, que delicado, y primero atrevido, que gallardo y gentil. Sin embargo, es ya poseedor de las principales propiedades, que le distinguen en sus mejores dias; dá á los edificios desembarazo y soltura, y hace una atinada aplicacion del contraresto de las fuerzas.

En los estribos y contrafuertes, sino se advierte la suma delicadeza y esplendidez de los del siglo XIV, no se desconoce la inteligencia con que se hallan dispuestos para adornar la fábrica y robustecer sus masas. Convertidos en un rico y airoso ornamento, al colocarse como otros tantos obeliscos ó pináculos entre los macizos que separan los ingresos, satisfaciendo una necesidad de la construccion material, se dividen en resaltos, disminuyen siempre de espesor, y con una tendencia marcada á la forma piramidal, rematan en agujas, ó en frontones agrupados de cúspides muy agudas. Sus superficies se ven exornadas de arcos apuntados y sobrepuestos, es-

tatuas colocadas en repisas bajo doseletes, y cuerpecillos voladizos en los ángulos. Con este aparato de los estribos y contrafuertes, se hermana grandemente la ostentosa decoracion de los portales ó ingresos. Abiertos por lo
general en el espesor del muro, y presentando una serie
de arcos concéntricos, que unos á otros se suceden, aparecen cubiertos por todas partes de menudas y prolijas
esculturas, y es bastente comun, que por uno y otro lado
de sus paredes laterales, se levanten, ó sobre columnillas, ó sobre repisas, las estatuas de los Apóstoles, ma-
gras y estiradas, de formas angulosas, de rostros severos
y oblongos, de ropages menudamente plegados, y de actitudes faltas de flexibilidad y de gracia.

Aun entre los junquillos y baquetones de los arcos,
que determinan, en el órden con que se suceden, una bóveda de medio cañon á lo largo del ingreso, se encuentran igualmente estatuas pequeñas, las cuales, siguiendo en su colocacion la curvatura de las dovelas, se presentan como encogidas y acurrucadas, en posturas poco
naturales, produciendo todas ellas una especie de sartas,
que si hacen ostentosa la ornamentacion, y rica y espléndida la fábrica, no pueden avenirse, ni con las inspiraciones del buen sentido, ni con la gravedad y el carácter
grandioso del conjunto. Terminan casi siempre estos ingresos en dos hojas ó puertas, formadas por un poste,
que divide al medio y verticalmente la abertura de la última arcada, y al cual suele arrimar la estatua de la Vírgen ó del Salvador, sobre una columna. En el espacio de-
marcado por el perfil interior del ojivo de ménos diámetro, y la imposta, que corre entre sus extremos, se vé con
frecuencia encima de las puertas un gran relieve de figuras
casi destacadas del fondo, que representa por lo comun ó el
pasage mas notable de la vida del Santo titular de la fábrica, ó una alegoría mística, ó algun misterio de nuestra

religion. Pueden considerarse como modelo de estos portales ó ingresos, el de la catedral de Leon, con sus doce Apóstoles; el de la de Tarragona en su fachada principal, exornado de estatuas sobre repisas, y menudas cresterías, y el del Niño perdido, ó de la Feria, en la de Toledo, una de las partes primitivas de esta fábrica, á la cual no respetó bastante por desgracia el espíritu de innovacion del siglo XVIII. Así aparecian tambien los arcos de los magníficos ingresos de la fachada principal de la iglesia metropolitana de Burgos, ántes que con mal consejo, y en grave daño de su mérito, fuesen desapiadadamente despojados de sus ricos y bellos ornamentos góticos.

Si la estructura general de los templos góticos del siglo XIII, difiere poco de la que distingue los construidos en el XIV y en el XV, no sucede lo mismo con los detalles y accesorios. Tienen los de esta primera época un carácter propio, que notablemente los diferencia. El ojivo, que como un elemento primordial predomina en todas las fábricas, y determina hasta cierto punto sus formas, al principio no muy apuntado, adquiere luego un aire mas elegante y esbelto. Despues de la mitad del siglo XIII, se compuso frecuentemente de dos arcos de círculo, con radios mayores que su abertura, y cuyos centros se hallaban en la parte esterior del contorno, pudiendo de consiguiente inscribirse en este un triángulo isósceles: forma elegante y graciosa, que se altera despues en el siglo XIV con la ojiva equilátera, resultado de dos arcos descritos con un rádio de la misma longitud que la abertura del arco, la cual sirve de base á un triángulo equilátero, cuyo ángulo superior coincide con el punto de interseccion de las dos curvas, que constituyen la ojiva. De una y otra construccion tenemos ejemplos en las catedrales de Ávila, Cuenca, Burgos, Toledo, Badajoz, Valencia, Leon y Tarragona.

Pero estas arcadas no se presentan, como en el siglo XII, ni con la arista viva y las molduras rectangulares, ni con las archivoltas planas y sembradas de estrellas, flores, dientes de sierra y otros dibujos, ni con los abultados baquetones, que entónces los distinguian. Ahora se componen de toros mas delicados, en combinacion con varias molduras y perfiles. Y no siempre son enteramente cilíndricos, sino que desde los últimos años del siglo XIII, sobre todo, algunas veces presentan ya una especie de lomo, que termina en arista embotada, la cual los hace cordiformes; de tal manera que cortados horizontalmente, la seccion que producirían, sería una ojiva con el ángulo embotado.

Ya por ese tiempo empiezan tambien á complicarse las combinaciones de los toros con otras molduras en la guarnicion de las archivoltas de los arcos, que se cruzan diagonalmente, formando el esqueleto de las bóvedas. Muchas veces con una proyeccion muy abultada, representan por su volúmen y el arreglo de sus líneas, dos arcadas sobrepuestas, alternando los baquetones, las escocias y los filetes con un agradable perfil, aunque no con aquella ingeniosa estructura, que distingue las archivoltas y arcadas del segundo período. Las catedrales arriba citadas nos ofrecen ejemplos notables de estas combinaciones.

Ademas de los arcos apuntados se construian, aunque no con frecuencia, los angrelados de tres ó mas lóbulos, como se ven en las galerías de la catedral de Toledo. Eran asímismo de algun uso los gemelos, cuyos extremos, reunidos en el centro, descansan sobre un pendolon, á diferencia de los otros dos del contorno esterior, que se apoyan en columnas. Así son varios de las catedrales de Badajoz, Valencia, Cuenca, Tarragona y Ávila. Pero donde se llevó mas lejos la novedad y el ingenio, fué en las diversas combinaciones del ojivo para la exornacion de las ventanas y de los grandes vanos. Á últimos del siglo XIII, no solamente se cobijaban bajo una ojiva dos gemelas, sino que cada una de estas, á su vez, se subdividia en otras dos, ocupando los espacios que dejaban entre sí, graciosas perforaciones en forma de rosas y florones de hojas lobuladas. De los muchos modelos que pudiéramos presentar de tan gracioso ornato, citarémos como ejemplo las elegantes y caladas ventanas del claustro de Veruela, donde no del todo se habian olvidado las maneras romano-bizantinas.

Á estos progresos del arte en la segunda mitad del siglo XIII, no habian correspondido los del contraresto de las fuerzas. Empleábanse sin duda los arbotantes, y se conocia su mecanismo; mas limitados á un medio de construccion, apénas se habian convertido en un ornato, que conciliase la necesidad que los habia producido, con la elegancia y belleza de la fábrica. Ocultáronse al principio bajo los techos de las naves laterales, considerados únicamente como contraresto de los empujes oblícuos, y así se usaron en el templo de Santa María de Valdedios, empezado el año 1218; en el de San Vicente de Ávila por ese tiempo construido, y en la catedral de la misma ciudad. Rompiendo despues este reducido encierro para mostrarse libremente, todavía sin atreverse á lanzarse á grandes distancias, buscaron su punto de apoyo no lejos de los muros de donde partian. Las bóvedas de cuadrante de círculo, empleadas alguna vez en las galerías laterales de los templos romano-bizantinos, que apoyadas contra el muro de la central, contrabalanceaban el empuje de sus bóvedas, dieron probablemente orígen á estos contrafuertes volantes, de que tanto partido supo sacar el arte, aun para la exornacion y pompa de las fábricas religiosas: pero hasta mas de mediados del siglo XIII, demasiadamente macizos, y con sus rudas aristas, ostentaban un aspecto severo, desnudos de atavío, y no podian disimular la inevitable precision que los habia producido, por mas que últimamente se lanzasen ya á mayores distancias.

En los pilares hubo tambien una visible transformacion: admitidos los de la época anterior, se adoptaron otros de planta polígona ó elíptica, revistiéndose de altas y delgadas columnas, ya tocándose y representando en su agrupamiento manojos de junquillos, ya ocupando solo los ángulos y las caras de los postes. Todas nuestras iglesias góticas del siglo XIII, ofrecen ejemplos de este género.

En algunas bases se descubre una marcada imitacion de las áticas, como se advierte en la catedral de Leon: desfigurada en otras esta forma, hasta el extremo de perderse de vista el antiguo modelo que la produjo, aparecen con muy anchas escocias, no de mucha curva, y tóros de tan reducido diámetro, que pueden pasar mas bien por simples junquillos. Los plintos en que descansan, toman por lo comun la figura prismática, y tienen casi siempre una considerable elevacion respecto del todo

En los capiteles aun son mas notables las variaciones: con una forma bastante parecida á la de los romano-bizantinos, pero ménos abultados y mas chatos, se hallan guarnecidos á menudo de dos órdenes de hojas zarpadas y angulosas, no ceñidas al tambor, sino avanzadas horizontalmente. Cúbrenlos otras veces ramos, y tallos, y sartas de perlas, y otros dibujos caprichosos de poco relieve; y sus cimacios, muy elevados, y con robustas molduras, presentan muchas facetas, describiendo la figura de un polígono.

Tales son los principales caractéres del estilo ojíval en su primer período. Generalizado ya en los reinados de D. Alonso el Sábio y D. Sancho el Bravo, produjo muy notables y grandes construceiones, unas que se acabaron entónces, y otras continuadas despues por una larga série de años. Se distinguen particularmente los trozos mas antiguos de la catedral de Leon, empezados el año 1199, y entre ellos la menor de las dos torres que orillan su fachada principal; varias obras de la de Burgos, cuyos cimientos se abrieron en 1221, por San Fernando y el obispo D. Mauricio; la portada de la Feria ó del Niño perdido en la de Toledo, con algunos trozos mas de la misma fábrica atribuida al maestro Pedro Perez, la cual se comenzó en 1226, por disposicion de San Fernando y del arzobispo D. Rodrigo, que colocaron su primera piedra; la mayor parte de la de Ávila, que aunque se supone tuvo principio el año 1091 bajo la direccion del arquitecto Alvar García, cuando la reedificacion de la ciudad, si pudo entónces salir de cimientos, harto demuestra por sus formas que casi toda ella se labró en el siglo XIII; la de Cuenca, robusta y severa, fundada por D. Alonso VIII, si bien á su muerte debió quedar muy atrasada esta fábrica; el templo del monasterio de Samos, notable por su armonía y proporcion, y en el cual se trabajaba por los años de 1228; el cuerpo de la iglesia de Santa María la Antigua de Valladolid, de las mas austeras y rudas construcciones de su tiempo; la fachada principal de la catedral de Tarragona, con su espacioso ingreso y sus adornados estribos, y su calado y bello roseton; el arco de Santa María y las parroquiales de San Gil y de San Esteban en Burgos, y el templo del convento de Santa Clara de la misma ciudad, que se supone fundado en 1218 ó pocos años despues, y compuesta de tres naves, cuyas bóvedas son mas elevadas que los pilares que las sostienen; la catedral de Segorve, grave y severa, á pesar de las inoportunas agregaciones con que se desfiguró su primitiva forma; la colegiata de Ampudia, á cuatro leguas de Palencia; la par-

:

roquial de San Martin en Huesca, fundada por el sacerdote Domingo de Almonien en 1250; parte del templo del monasterio de Benifasá, que tuvo orígen el año de 1226 por disposicion de D. Jaime I de Aragon, y no se concluyó hasta el siglo XV, notándose en su fábrica la mezcla de diversos estilos; la iglesia del monasterio de Piedra, comenzada á principios del siglo XIII, aunque haya continuado despues su construccion, describiendo su planta una cruz latina, y una sola nave; la catedral de Coria con obras de diferentes épocas, que conserva sin embargo su primitivo carácter; algunos restos de la antigua fábrica de la de Baeza; la de Badajoz, empezada en el reinado de D. Alonso el X, fuerte y robusta, y de un carácter sombrío, con obras posteriores de distintas escuelas; la parroquial de Nuestra Señora del Cármen en Barcelona, del año 1287; algunas obras de la de Valencia, cimentada en 1262, si bien pertenece por su carácter general á los siglos XIV y XV; la puerta de Serranos de la misma ciudad, menos las dos torres que la guarnecen; la iglesia de Santa María de Cervera con sus tres naves; el claustro del monasterio de Veruela, adornado de elegantes y ricas ojivas, y donde se vé la mezcla del gusto romano-bizantino y del gótico; el templo de los Trinitarios calzados de Burgos, que aunque fundado por San Juan de Mata en el reinado de D. Alonso VIII, ostenta en su fábrica el carácter de las ojiváles del siglo XIII; la portada de la iglesia de San Bartolomé de Logroño, rica de ornatos, pero ruda y pesada; la de San Francisco de Balaguer, erigida en 1227 por Fr. Francisco de Quintanal.

Fácil sería enumerar aquí otras muchas construcciones de la misma edad, todas con igual carácter, como si para su ereccion se hubiese adoptado un tipo comun. Al examinar su estructura, su atrevimiento y brio, su robustez y severidad, preciso es recordar la época de los combates y de las conquistas; el temerario valor y la altiva condicion de sus emprendedores; el espíritu caballeresco, que daba á los monumentos su independencia y su arrojo; el sentimiento religioso, que los revestia de una misteriosa magestad; el influjo, en fin, de las ideas y de las costumbres, mejoradas con el desarrollo social y los progresos de la prosperidad pública. Como la lengua castellana, que sin haber recibido entónces toda su perfeccion, ostentaba por lo ménos en las leyes y las *querellas* del Rey Sabio su verdadera índole, la nobleza y gravedad que siempre la distinguieron, así tambien la arquitectura ojíval, su contemporánea, con un carácter propio y determinado, con la robustez de su edad viril, al participar de los adelantamientos sociales de la época, y reflejarla en sus principales rasgos, no tan culta, sin embargo y gentil, como se manifestó despues, poseía ya todos los elementos que constituyen su mérito, y aguardaba de un porvenir no muy lejano, aquella gracia y delicadeza, aquella gallardía y soltura, que consiguió, por último, con la pomposa exornacion de las cresterías y trepados, de las sutiles perforaciones y de las delicadas cardinas y menudos trebolados.

CAPÍTULO XVIII.

SEGUNDO PERÍODO DE LA ARQUITECTURA OJÍVAL.

Desde el reinado de D. Alonso el Sabio, hasta el de
D. Enrique II, una serie de parcialidades sangrientas y
de ambiciosas pretensiones, la deslealtad y el espíritu
rebelde y turbulento de los grandes, habian agitado constantemente la Monarquía castellana, y combatido el poder Real, llevando á todas partes la desolacion y la violencia. No el derecho y la razon, sino la fuerza y la
intriga fomentaban los bandos, y exacerbaban sus querellas siempre en daño del Estado, y en mengua y opro-
bio de la lealtad castellana. D. Sancho el Bravo sube al
trono de su padre, acaudillando contra él á sus vasallos:
al orgullo insolente y al escandaloso alzamiento de Lope
Diaz de Haro, sucede el de los Infantes de la Cerda y
de los Laras; la borrascosa minoría de Fernando el IV;
la regencia de su madre, la Reina Doña María de Molina; la discordia civil, provocada y sostenida por los
Infantes D. Alonso y D. Juan, á quienes apoyaban los
Reyes de Francia, de Portugal y de Aragon. Otra minoría no ménos desastrosa y agitada, la de D. Alonso

el XI, reproduce y prolonga estas deplorables revueltas, y vienen en seguida á llevarlas mas lejos, el odio implacable de los dos irreconciliables hermanos, D. Pedro el Cruel y D. Enrique de Trastamara. Así crece el encono de los partidos con el empeño de dominar un trono escarnecido por sus mismos guardadores, y dispuestos á engrandecerse con sus despojos.

Estos desastres apénas interrumpidos en el largo período de mas de cincuenta años, habrían acabado con la existencia política de Castilla, si los progresos de su civilizacion y sus continuadas victorias no le prestasen aliento para resistirlos. Por fortuna suya, la discordia, que así la combatia, ciega y desacordada en sus empresas, no era bastante á destruir los elementos de poder y cultura, fomentados sucesivamente por D. Alonso VIII, Don Fernando III y D. Alonso X. Las brillantes conquistas de estos Monarcas, y su política, y su legislacion y sus instituciones, con la creacion de muy preciosos intereses, habian procurado mas consistencia al Estado, mayores ensanches á la Monarquía, un eficaz impulso á las luces, nuevos gérmenes de riqueza á los pueblos. Sostenida la sociedad entera por el espíritu de progreso y mejora que abrigaba en su seno, encontraba por ventura en el infortunio mismo, en la ambicion y el orgullo de los grandes, que la dividian, un fuerte estímulo para resistir tan grave daño, y repararle doblando su energía.

Las letras empezaban á conseguir en ella el precio y la consideracion, que hasta allí se concedieran esclusivamente á las armas. Cundian á sus pueblos la cultura y los peregrinos inventos de los árabes, y su comercio, y su industria; se desarrollaba el tercer estado al amparo de las cartapueblas; era su voz escuchada en las córtes del reino; sacudian muchas ciudades y villas importantes la dura dependencia de los Señores feudales, y á la behetría y el vasallage, eran sustituidos los derechos del poblador, y una representacion social, ántes desconocida en Castilla, ó encerrada por lo ménos en muy estrechos límites. Burgos, Toledo y Medina del Campo, Ávila, Salamanca y Arévalo, con sus ferias y mércados, con sus manufacturas y su industria, estendian las relaciones comerciales, y promoviendo multiplicados intereses, al aumentar su bienestar y su riqueza, grandemente influian en la prosperidad general del reino. Las Partidas, esa creacion magnífica de D. Alonso el X, que mientras ocupó el trono fueron solo un comprobante de su sabiduría, y el proyecto sin aplicacion de un genio superior, puestas ya en práctica, insensiblemente y por una serie de ensayos felices, reducian á la unidad la legislacion política y civil, hasta allí tan varia ó incompleta, como eran diferentes y encontrados los fueros particulares de los pueblos. Hallaban las ciencias y las letras en la Universidad de Palencia el primer santuario consagrado entre nosotros á su culto; y la sabiduría, que acatara D. Alonso el X, elevándola hasta las gradas del trono, al difundir entre los grandes otro gusto y otras ideas, despojaba al valor personal de la posesion en que estaba, de constituir la cualidad mas eminente de un hombre superior, y la única clase de mérito respetado por la opinion y las costumbres.

Entre tanto la lengua castellana recibia mas tersura y elegancia, mas desembarazo y propiedad, empleada sucesivamente por D. Alonso el Sabio, D. Juan Manuel, Pero Lopez de Ayala, Fernando Sanchez de Tovar, Ruy Gonzalez Clavijo, Fernan Perez de Guzman, y Fernan Gomez de Cibdad Real. Llevaban los trovadores el solaz y esparcimiento á los castillos feudales, amansando con sus decires y cántigas la fiera condicion de sus señores. Un sentimiento de altivo pundonor y de galantería caballeresca animaba las fiestas palacianas, era el alma de los torneos, conciliaba el amor con la bravura, la delicadeza con el arrojo, el respeto á los débiles, que demandaban favor, con el desprecio á los fuertes y altivos, que provocaban la resistencia ó la defensa.

Despojábase la musa castellana de sus rudas y sencillas preséas, para adornarse de otras mas ricas y pomposas; y no contenta con inspirar el acento del dolor á un Monarca, desgraciado porque iba mas lejos que su siglo; ora festiva y risueña, sugería donaires al arcipreste de Hita; ora tierna y apasionada, amorosas endechas á Macías y Ruiz del Padron; ora ligera y jovial, alegres canciones al marqués de Santillana; ora magestuosa y sublime, nobles y elevados pensamientos á Mena y Jorje Manrique.

En este movimiento intelectual, que suavizaba las costumbres y difundia las luces, mejorando la condicion del pueblo castellano, las medias lunas se humillaban en todas partes, ante los estandartes de la Cruz. Á los triunfos obtenidos por D. Sancho el Bravo, se siguió la memorable batalla del Salado, que coronando de gloria á D. Alonso XI, hubo de acelerar la caida del reino de Granada, y la completa destruccion del Islamismo en la Península.

No era por fortuna ménos favorable al desarrollo de la civilizacion y de los intereses materiales, el estado de Aragon y de Navarra. En estas Monarquías, como en la de Castilla, desde la segunda mitad del siglo XIII, el buen éxito de las armas cristianas, la política y la fortuna de los Reyes, ventajosas y continuadas alianzas con Francia é Italia, enlaces de nuestros Príncipes con las dinastías reinantes en esas potencias, una comunicacion continua de sus súbditos con la Península, al dar mas consistencia y prestigio á los tronos, abren un nuevo campo á las ideas, á los inventos útiles, á las empresas indus-

triales, á la laboriosidad de los pueblos. Mas fuerte y estensa la Monarquía aragonesa, despues de las vastas conquistas de D. Jaime I, y robustecidà con la agregacion del
reino de Valencia, y de las Baleares, todavía Pedro III,
puesto coto al orgullo y las pretensiones de los grandes,
la hace mas poderosa y culta, reuniendo á su corona la
de Sicilia. Proclamado Rey en Palermo y Mesina, al corresponder al voto de esas ciudades, sosteniendo con gloria
su independencia, Roger de Lauria gana en su nombre
á Malta, destruye la flota francesa, pasea triunfante los
pendones de Aragon por el Mediterráneo, divíde con los
genoveses el imperio de los mares. Alonso IV les disputa
su preponderancia comercial, mantiene con ellos una lucha obstinada, y entre tanto, conciliando las miras de
la nobleza con los intereses del trono, conserva el órden interior de sus estados. Con el movimiento producido por estos memorables sucesos, se alienta el genio
industrial de Barcelona, y una marina respetable, y atrevidas expediciones á lejanos climas, engrandecen su nombre y su fortuna. Los súbditos participan entónces de la
dignidad y de la fuerza del Estado, y los Almogáva-
res, que defendieron sus derechos en Italia, asombran
al Oriente con su arrojo, con sus conquistas, con sus
fabulosas proezas. Si en medio de tanta gloria levanta
la cabeza la anarquía, para despedazar el trono, de donde parte este inusitado movimiento, Pedro IV, mas doble que político, y mas temido que respetado, alcanza, sin embargo, á destruirla, venciendo la famosa y
turbulenta union de Valencia y Zaragoza, que la fomen-
taba con mengua de la autoridad Real, y grave daño de
los pueblos. Finalmente, Navarra que por el enlace de la
Princesa Juana con el primogénito de Felipe III, Rey de
Francia, vino á convertirse en una provincia de esta poten-
cia, durante cuatro reinados sucesivos, vuelve en 1328 á

recobrar su antigua independencia; pero conservando estrechas relaciones con los Estados del otro lado del Pirineo, á los cuales la ligan los intereses de familia, las ideas y las costumbres, y el espíritu general de una misma civilizacion.

Tales eran el estado político y social de la Península, su poder y cultura, cuando el estilo ojíval, con empeño adoptado en las naciones de Europa, y siguiendo de cerca los progresos de sus luces, aparecía mas que nunca bello y delicado, airoso y risueño. Sobre todo en Alemania y en Francia, lograba entónces una grandeza y un brillo, que colocándole á larga distancia de sus orígenes, determinaban la altura á que. pudo llegar, conducido por las inspiraciones del génio, y los esfuerzos del espíritu religioso que le alentaba. Entre las varias causas de este sorprendente desarrollo desde los primeros años del siglo XIV, es tal vez la mas influyente y poderosa, el movimiento social producido por las expediciones de las Cruzadas. No dieron ellas ocasion á la arquitectura ojíval, como muchos han pretendido; no la trajeron del Oriente, donde no existia; ni de la estructura particular de los monumentos, que allí encontraron, pudieron deducir las formas y el carácter de los que se erigian en las naciones cristianas de Occidente. Pero es cierto que los señores feudales, al pasar con sus vasallos á la tierra Santa, faltos de recursos para tan vasta empresa, enagenaban á los pueblos sus estados y derechos señoriales, promoviendo así la independencia de las ciudades y su bienestar y su riqueza; es cierto que ponian en relacion á las naciones aisladas, y con sus largos y penosos viajes, y sus aprestos y reuniones, fomentaban entre ellas la industria y el comercio; generalizaban los inventos útiles; abrian á la laboriosidad y al talento una nueva carrera, y escitaban y mantenian siempre

:

vivo el entusiasmo público, en todas ocasiones gérmen fecundo de los elevados pensamientos, y de las acciones memorables: es cierto finalmente, que al regresar estos guerreros á su tierra natal con otras ideas, y un gusto para las artes que ántes desconocian, transformada su altiva y fiera condicion, y ya perdida su .nativa rudeza, si promovieron muchas y célebres construcciones, les procuraban tambien para su ornato los detalles del estilo oriental, que habian admirado en los edificios de la Palestina y de la Siria, y de la . opulenta y floreciente Bizancio, objeto de su entusiasmo y su codicia.

La Francia, que sintió desde luego los efectos de esta influencia, produjo, al empezar el siglo XIV, obras grandiosas del estilo ojíval, muy superiores en la delicadeza y la pompa artística, en la elegancia y gallardía á las de la misma clase emprendidas en la época anterior. A ese tiempo corresponden la catedral de Reims, la fachada del brazo septentrional del crucero de Nuestra Señora de París, empezado en 1312, una gran parte de la iglesia de Saint-Ouen, las naves de las catedrales de Auxerre, Toul, y Tours, muchos trozos de las de Perpiñan, y de Meaux, de las iglesias de Santiago de Dieppe y de San Urbano de Troyes, el coro de la de Carentam, el de San Esteban de Caen, la catedral de Metz, y las torres de San Sernin de Tolosa, de Reims, y de Strasburgo.

No podian estos modelos ser perdidos para la España. Ya lo hemos visto: por su cultura y los progresos del arte, por la piedad generosa de sus Reyes, por el desarrollo social de las poblaciones, por la consistencia y la estension que habian adquirido los reinos de Aragon y Castilla, por sus relaciones con el extranjero, no solo se hallaba en estado de imitarlos, sino tambien de rivalizar con ellos en originalidad y belleza. ¿Cómo desdeñaría las mejoras de una escuela, que con tan feliz éxito adoptára, acreditando sus máximas y sus procedimientos con obras magníficas durante todo el siglo XIII? El impulso estaba dado; la opinion pública le sostenia, y el génio supo satisfacerla. Ya desde los tiempos de San Fernando se habia generalizado de tal manera la aficion á las construcciones religiosas, que para procurar en ellas el decoro y dignidad correspondientes á su sagrado destino, D. Alonso el X creyó necesario prescribir algunas reglas preceptivas, á las cuales se atuviesen los fundadores. Con este objeto insertó en su Código de las Partidas, la ley 6.ª, tít. 10, 1.ª Partida. Dice así: «Por bienaventurado se debe tener todo «home que puede facer eglesia, do se ha de consagrar « tan noble cosa, et tan sancta como el Cuerpo de Nues-«tro Señor Jesucristo. Et como quier que todo home ó «muger la puede facer á servicio é honra de Dios, pero «con mandamiento del obispo, como es dicho en la ley «segunda deste título, con todo eso debe catar dos cosas el «que la ficiere, que la faga complida et apuesta; et esto «tambien en la labor como en los libros, et en las vesti-«mentas, etc.»

En los reinados que sucedieron al de D. Sancho el Bravo, fenecido el año de 1295, el empeño con que los fieles multiplicaban las fundaciones religiosas, era causa de que frecuentemente tuviese esta ley aplicacion cumplida. Porque ¿quién no destinaba entónces una parte de sus bienes á la ereccion de las casas monásticas, de los santuarios, y de las iglesias parroquiales? Los Reyes daban el ejemplo, y los magnates de su corte, los prelados y los cabildos eclesiásticos le seguian á porfía, rivalizando en piedad y desprendimiento. D. Sancho el Bravo, Don Alonso XI, D. Pedro el Cruel, D. Juan I, Cárlos III de Navarra, Jaime II de Mallorca, la Reina Doña Violante de Aragon, D. Juan el II de Castilla, todos fueron fundadores de iglesias, y monasterios. Á imitacion de estos monarcas, D. Tomé Manrique, arzobispo de Toledo, Guzman el Bueno, Diego Martinez de la Cámara, Fernan Rodriguez Pecha, D. Gutierre de Toledo, obispo de Oviedo, D. Pablo de Santa María, obispo de Cartajena, el célebre arzobispo de Toledo, D. Pedro Tenorio, otros muchos esclarecidos varones de su tiempo, erigiendo magníficas y costosas fábricas, con una emulacion y un celo, que honra sobremanera su buena memoria, fomentaron grandemente el arte de construir, contribuyendo de un modo eficaz al decoro y bienestar de los pueblos. Y no se limitó su generosa munificencia á los edificios religiosos. D. Jaime II labró el castillo de Bellver en Mallorca; D. Pedro el Cruel, su famoso alcázar de Sevilla; Enrique II el de Ciudad-Rodrigo; Garci-Mendez de Sotomayor, el de la villa del Carpio; D. Lorenzo Suarez de Figueroa, el de la órden de Santiago en Aranjuez; Gonzalo Fernandez de Córdova, el castillo de Aguilar; el arzobispo de Toledo, D. Pedro Tenorio, el de Santorcaz, y el Puente del Arzobispo; Rodrigo Alvarez de las Asturias, varias fortalezas; otros próceres, en fin, gran número de edificios de pública utilidad.

En medio de este afan, manifestado en todas las clases, para generalizar las construcciones, la mayor parte de las emprendidas durante el siglo XIII, ó fueron terminadas, ó se continuaron con empeño, segun el nuevo aspecto que el arte presentaba. Las obras de las catedrales de Leon, Toledo, Burgos y Barcelona, cuyos fundamentos se abrieron en el reinado de San Fernando, se adelantaron considerablemente en este período, acercándose á su término. Fueron otras empezadas, y nada omitieron la piedad de los fundadores, y el talento ya acreditado de los artistas, para darles todo el brillo y gentileza, que hoy las coloca á la par de las mas célebres de su tiempo.

No habian sufrido ciertamente notables innovaciones, ni la forma, ni la distribucion de los edificios religiosos. Con corta diferencia se conservaron como en el siglo XIII. Únicamente ahora se agrega una serie de capillas á lo largo de las naves laterales, correspondiendo sus ingresos con los arcos que las separan de la principal: los ábsides obtienen mayores proporciones, y el conjunto aparece mas vasto y espacioso. Pero si la estructura y el arreglo y relaciones de sus partes componentes, no se modifican, ¡cuánto ganan los templos en elegancia y riqueza, en la variedad y soltura de los detalles y accesorios! ¡Cuánto no mejoran el gusto y la ejecucion! El arte, en este segundo período, con la índole particular que desde su orígen le ha distinguido, olvidando de todo punto los procedimientos bizantinos, perdida su primitiva inesperiencia, sin añadir, sin embargo, nuevos elementos á los antiguos, ni alterar estos sustancialmente, al conservar los ornatos de la época anterior, gana en elegancia, grandiosidad y atrevimiento; adquiere un atavío y una delicadeza, que le hacen mas risueño; pero quizá se muestra ménos puro y sencillo, ménos grave y magestuoso. En toda la plenitud de su esplendor, aunque no tan rico como en el período de decadencia que le espera, hermana ahora la pompa con el decoro; sus fábricas son airosas sin afectacion, esbeltas y ligeras sin amaneramiento, ataviadas sin pretensiones, atrevidas sin temeridad. Aspira á ser innovador, y á pesar de eso no abandona sus anteriores principios; se rejuvenece, y no pierde el carácter de sus primeros años. En los edificios religiosos, objeto esencial de sus inspiraciones, multiplica los detalles de la ornamentacion, cuida esmeradamente de la construccion material, perfecciona el mecanismo del contraresto de las fuerzas.

Al paso que prefiere en las naves é ingresos el ojivo circunscrito á un triángulo equilátero, cuya base mide la abertura del arco mismo, dá á los frontones una forma mucho mas aguda, que la que les concedia en el primer período; los destaca, en cuanto es posible, sobre el muro, y los cubre de cardinas sencillas, penachas y cresterías. No son para él los botareles y arbotantes un simple recurso de la mecánica, que los hace servir de contraresto á los arcos demasiadamente arrojados, ó á la resistencia de los empujes de las bóvedas, que cobijan dilatados espacios, al parecer, sin un punto de apoyo. Empleados como ántes, salvan ahora mayores distancias; se presentan unos sobre otros en dos ó tres órdenes, descendiendo de nave en nave; pero mas sueltos y delicados, en armonía con el conjunto de la decoracion, y contribuyendo á ella de un modo admirable. Así se ven en las catedrales de Leon, Burgos, Pamplona, Palencia y Barcelona, y en otros muchos templos de la misma época.

Ademas, los estribos y contrafuertes disimulan su verdadera robustez, con formas mas aéreas y elegantes, que las empleadas en el siglo XIII. Divididos en diferentes cuerpos, siempre estrechando su base en cada uno de ellos, y coronados de graciosos pináculos, se adornan de nichos, arcos simulados, frontones, estatuas, repisas y doseletes en todos sus frentes; y de cresterías apiñadas sobre sus rampas y aristas.

Particularmente desde el reinado de D. Pedro el Cruel, este y los otros ornatos del estilo ojíval adquieren mas delicadeza y brillantez, se multiplican y combinan de un modo ingenioso en los miembros exteriores é interiores de los edificios. Las columnas se adelgazan, y agrupan con mayor empeño que en el anterior período: sus capiteles se ven adornados por lo comun de dos órdenes de hojas, profundamente caladas, de una configuracion particular, y no se enroscan hácia la parte de afuera como los caulicalos en el corintio, sino que al contrario, para abrazar al tamborete, se doblegan contra él, dando al conjunto la forma de un vaso cónico. En su cimacio abultado, y polígono, se representan hojas de vid, ó de higuera, ó de otras plantas del pais, entremezclándose alguna vez con animales extraños. La escocia casi se oculta en las bases, que aparecen de muy sencilla estructura, y ménos elevadas que en el siglo XIII, aunque, como ellas, se levantan sobre altos zócalos. Iguales son ahora las ventanas, en su forma general, á las del primer período, y abarcan frecuentemente en su anchura el espacio que media entre uno y otro estribo; pero se complican mucho mas los arcos que las subdividen, llenando sus vanos; es mayor el número de las rosas que los exornan; y se revisten de sueltas y graciosas molduras, con sus trebolados y caireles. Así son las de las catedrales de Zaragoza, Valencia, Barcelona, Leon y Burgos.

La misma minuciosidad y lujo de ornamentacion se advierte en los rosetones, que ora se componen de lóbulos, con sumo arte enlazados, y cuyos extremos mueren en las columnitas, que á manera de radios parten de su centro, ora se cubren de sutiles dibujos, formados por círculos, y curvas, combinadas muy ingeniosamente. Las catedrales de Leon, Burgos, Palencia, Pamplona, Zaragoza, Barcelona y Toledo, nos ofrecen ricas y delicadas claraboyas de esta clase.

Si de tan importantes detalles descendemos á otros ménos notables, aunque asímismo característicos, observarémos cuánto contrasta el afeminamiento y delgadez de las molduras, con la robusta severidad, y, si se quiere, desabrimiento de las del siglo XIII. No de igual sencillez, menudas y ligeras, mas variadas y elegantes, se emplean de muy diversos modos para adornar los arcos, y ceñir las bóvedas. Redúcense, por lo general, á tres ó mas toros agrupados, que alternan con endebles perfiles, y escocias no muy anchas y caladas, y de cuyo conjunto resulta un gracioso contorno. Á veces el toro ó baqueton mas saliente y central, presenta una arista embotada, perdiendo su forma cilíndrica. Estas mismas combinaciones se simplifican, y cuentan menor número de molduras, cuando con ellas han de revestirse los aristones y nervios, que ciñen las bóvedas, en las cuales se multiplican y cruzan en todas direcciones, cubriéndolas como las mallas de una red, y admitiendo en los puntos de interseccion florones ó piñas, que tachonan simétricamente tan mágicas cubriciones. Los doseletes adquieren tambien suma delicadeza en sus perforaciones y filigranas, ya imitando una magnífica aguja levantada sobre arquillos ojiváles, ya un airoso pabellon, guarnecido de angrelados y figuras estalactíticas, ya un edificio en miniatura, con sus almenas y torrecillas. Se usan ademas los grandes relieves, cuya escultura supone cierta intencion artística, sin la rigidez y desaliño de las épocas anteriores, y con una variedad de formas en ellas desconocida.

Por último, se adornan los ángulos y caireles, las rampas y banquetas, los pináculos y frontones, las archivoltas y los vanos, con las hojas zarpadas y cresterías, todavía no muy desentrañadas : empieza á emplearse la cardina envuelta ; se ven las franjas y los manojos de junquillos, se perforan y acicalan los trepados, y se concede á la construccion un arrojo de que ántes carecia.

Á este segundo período de la arquitectura ojíval, llamada por los franceses radiante (*rayonnant*), y por nosotros *gótico florido*, corresponde un gran número de edificios, hoy ornamento de la Península, y prueba irrecusable de los progresos del arte que los produjo. Citarémos, entre los mas notables, la graciosa y delicadísima catedral de Leon, que aunque empezada, segun ya se ha dicho, el año de 1199, y no del todo concluida hasta principios del siglo XVI, puede considerarse como una fábrica del XIV, supuesto que entónces se ejecutaron la mayor y mejor parte de sus obras; la de Toledo, que ofrece generalmente el carácter del estilo ojíval en su segundo período, y, cual ninguna otra, señalada por su severa é imponente magestad; la de Burgos, suntuosa y magnífica, y en galanura y profusion de ornatos la primera de España, y de las mas célebres de Europa; donde aparecen reunidas las diversas modificaciones del gótico desde el siglo XIII, hasta el XVI; la de Barcelona, cuyas partes principales se hallaban ya terminadas en 1388, aunque continuaban las demas en 1448, tan apreciable por su desembarazo y acertadas proporciones, como por la elegancia de sus pilares fasciculados y sus sueltas ojivas, y la gallarda forma de su ábside; la de Gerona, con una ancha nave que remata extrañamente con otras tres; la torre de San Félix de esta ciudad, alta y desembarazada; el templo del monasterio de Valdebron, fundado por la Reina Doña Violante de Aragon, el año 1398; la catedral de Tortosa, no de grandes dimensiones, ni, como otras, atrevida y arrogante, pero de tres elegantes naves y atinado compartimiento, empezada en 1347; el claustro de la de Vich, construido desde 1318 hasta 1340, y realzado por sus perforadas ventanas ojiváles; la de Pamplona, que se sacó de cimientos en 1390, modesta en sus ornatos, castiza en sus perfiles, magestuosa y desahogada, con su fachada greco-romana, una de las mejores obras de D. Ventura Rodriguez; la de Palencia, alegre y armoniosa, sino de los cortes mas puros, que se comenzó el año 1321; la de Murcia, concluida en 1462, mas cubierta de ornatos, que graciosa y bella; la de la Seu de Zaragoza, ya en 1350 muy próxima á terminarse, ostentosa y de dilatados ámbitos, ni grave como las ojiváles del primer período, ni

:

extremadamente exornada como las del siglo XV; la de
Oviedo, del año 1388, noble y sencilla, con su pórtico
revestido de menudas cresterías y escelentes entallos, y
su arrogante y elevada torre, concluida á principios del
siglo XVI, y tal vez, entre las de su clase, la mejor de
España; las ruinas de la capilla de Santa Escolástica, en
Ávila, de un efecto pintoresco; la iglesia del monasterio
de Benevivere, cuyos cimientos se abrieron en 1382; la
del monasterio de Santa María la Real de Nájera, con
andenes, y otras obras de los tiempos de San Fernando;
la de San Bartolomé de Logroño, recomendable por su
portada de imaginería; la del monasterio de Guadalupe,
debida á D. Alonso XI, y del año 1342; el monasterio de
Lupiana, de 1354; el de la Cartuja del Paular, erigido por D. Juan el I; el de Santa Catalina, en Talavera, con varias renovaciones; la parroquial de Torquemada, espaciosa y de buena forma; la de Villaviciosa de la
Alcarria, fundada por el arzobispo de Toledo, D. Pedro
Tenorio; la del convento de Dominicos de Palencia, con
airosas bóvedas, arregladas proporciones, tres naves y
desahogado crucero; la de Villafranca, construida á últimos del siglo XIV; la de la villa de Castellon, en Cataluña, no muy esbelta y gallarda, pero de regulares proporciones; la de San Sebastian de Azpeitia, con una fachada moderna; la de Guetaria, de tres naves; la colegial
de Santa María de Vitoria, con una suntuosa portada; la
de Santiago, en Bilbao, de tres naves, capillas y claustro;
la de la cartuja de Valdecristo, desfigurada en mucha
parte por las agregaciones posteriores; la de Santiago, en
Logroño, sin los detalles y menudos ornatos de otras de
su clase; la del convento de Santo Domingo, de Manresa,
que tuvo principio en 1318; la de San Isidoro del Campo,
costeada por Guzman el Bueno; el claustro de la catedral
de Toledo, muy exornado, y de elegantes arcadas; la

colegiata de Balaguer, establecida en 1351, por Doña Cecilia Ecumengue, mujer del Conde D. Alonso IV de Aragon; la torre de la catedral de Valencia, llamada el Micalete, dirigida desde 1381 por el arquitecto Juan Franch, que abrió sus fundamentos; el claustro del monasterio de Ripoll, sino de vastas dimensiones, airoso y bien decorado: en la ciudad de Barcelona, el convento de San Francisco, de 1334; Santa María del Pino, de 1380; Santa María del Mar, de 1329; Santa María de las Junqueras, de 1345; el monasterio de Monte Sion, con un hermoso claustro, las casas consistoriales, y la antigua lonja.

Al parar la consideracion en el número, escelencia y variedad de estas y otras muchas fábricas de la misma época, á porfia erigidas por los Príncipes, los cabildos eclesiásticos y los grandes y poderosos, causa ciertamente admiracion, cómo á pesar de las guerras sostenidas por los Reyes de Aragon y Castilla, se encontraban todavía recursos y artífices para tan extraordinarias construcciones. Pero entónces la piedad bienhechora de los fundadores, consultando solo el lustre y esplendor del culto, ni atendia á la duracion, ni al costo de estas colosales empresas. El culto las reclamaba, y los imposibles desaparecian: no los hubo para la fé robusta y pura que las promovia. La fundacion de un templo ó de una casa monástica, era un legado transmitido á la posteridad, de generacion en generacion por el patriotismo y el espíritu religioso. Quien le admitía, miraba como cosa sagrada la voluntad del fundador, y al acatarla, creia llenar un deber de conciencia, halagaba las tendencias de la sociedad, y obteniendo un nuevo título á sus respetos, dejaba satisfecho su amor propio. Porque el fausto y la pompa de los poderosos no consistía en magníficos palacios y castillos, en adornados parques, y vistosos y preciados trenes, sino en las igle-

sias y casas religiosas, y suntuosos mausoleos, que diesen
testimonio de su piadosa munificencia. Un pueblo entero
segundaba y aplaudia esta especie de grandeza, y veia en
ella el distintivo de la categoría y preponderancia del que
la ostentaba, considerándola á la vez como signo de la
fortuna privada, y como propiedad de los pueblos, santificada por la religion, y ennoblecida por el patriotismo.

Así á nadie sorprendia esa abnegacion, que lo consagraba todo á la casa del Señor. La civilizacion produjo
mas tarde los cálculos del egoismo, el aislamiento de las
fortunas particulares, la independencia y la libertad del
individuo, que reconcentrando sus goces en el hogar doméstico, ni los busca, ni los procura en la prosperidad
de todos.

Contentos nuestros mayores con legar á la posteridad
estas muestras de su desprendimiento, y dejar en ellas
un testimonio solemne de la piedad generosa que los alentaba, sin dar importancia á sus vastas empresas, ó como
si al acometerlas, cumpliesen un deber trivial y sencillo, nos ocultaron casi siempre sus nombres y los de
los arquitectos, que con tanto lustre de la nacion supieron realizar sus pensamientos. Solo por una casualidad,
los documentos de los archivos nos descubren de tarde en tarde la existencia de un corto número de artistas. Poseemos las pruebas de su distinguido mérito, y
desconocemos todas las circunstancias de su vida, y aun
hasta las de aquellos que elevaron en ese período los edificios mas notables. Con suma diligencia se propusieron los
señores Llaguno y Amírola y Cean Bermudez, sacarlos del
olvido, dilucidando convenientemente sus memorias; mas á
pesar de la constancia con que examinaron las crónicas,
las lápidas y los archivos de nuestras catedrales, y de
las casas monásticas, de muy pocos alcanzaron cumplida
noticia. Sobre todo, de los que florecieron con anterioridad

al siglo XV, únicamente pudieron averiguar la época en que trazaron, ó dirigieron algunas fábricas.

Segun estos ilustradores de las artes, el mallorquin Pedro Salvat, habia concluido el castillo de Bellver, en cuyas obras trabajaba por los años de 1309 y 1310. Martin Paris edificaba el año 1316 la parroquial de San Félix de Solovio en Galicia. Dirigía el maestro Mohammad el castillo de la villa del Carpio, acabado despues por Rui Cil el año 1325. Era Pedro Andrea arquitecto de la Reina de Navarra, el año 1348. Por órden de Enrique II, construia Lope Arias, en 1372, el alcázar de Ciudad-Rodrigo. Yenego Jimenez Duriz estaba encargado de las obras del reino de Navarra, por ese mismo tiempo, en calidad de *mazonero*. Hácia el año de 1373, Enrique II ocupaba en Sevilla á los arquitectos Diego Fernandez, Juan Rodriguez, y el maestro Hali. Por los años de 1387, ejercía con gran crédito su profesion en Navarra, Juan García de la Guardia, como arquitecto del Rey, en cuyo cargo le sucedió Martin Perez Desteilla, en 1389. Á Juan Alfonso confió D. Juan el I la fabricacion de la iglesia del monasterio de Guadalupe; y á Rodrigo Alfonso, maestro mayor de la catedral de Toledo, la traza de la iglesia del monasterio de la Cartuja del Paular el año de 1390. En el de 1393, Pedro Raman se empleaba en la lonja de Palma, y Alfonso Martinez en la catedral de Sevilla, como su maestro mayor por los años de 1386. Lo era de la de Barcelona, en 1392, Juan Fabra, y de la de Valencia Juan Franch, que corría en 1381 con los trabajos emprendidos en la torre del Micalete.

¿Qué otras obras construyeron estos arquitectos? ¿Quiénes fueron sus maestros y sus discípulos? ¿Á cuál escuela correspondian? Nada se sabe: pero desde luego se advierte que apénas suena entre ellos algun nombre extranjero, y que al terminar el siglo XIV, estendida por toda la Península la arquitectura ojíval, cual se comprendia y empleaba en las naciones mas cultas de Europa, poseíamos un gran número de artistas hábiles, conocedores de sus principios y sus prácticas.

CAPÍTULO XIX.

TERCER PERÍODO DE LA ARQUITECTURA OJÍVAL.

Á mucha altura habia llegado ya la civilizacion de España, y la fuerza y poderío de sus diversos Estados, al terminar el siglo XIV; pero durante todo el curso del siguiente, este progreso apareció mas brillante y fecundo en grandes resultados. Á pesar de las inquietudes y desventuras del reinado de D. Juan I, de las osadas pretensiones y discordias de los señores feudales en la menor edad de D. Enrique III, de la flaqueza é indolencia de D. Juan II, ciegamente sometido á sus privados, de la sangrienta guerra de los nobles contra el impotente D. Enrique IV, habian cundido con rapidez las letras y las artes, hasta entónces casi limitadas á los claustros. La poesía y la historia encontraban ilustrados cultivadores en el marqués de Villena, el de Santillana, Mena, Jorge Manrique, el Infante D. Juan Manuel; y aun D. Juan II, no obstante su natural dejadez, protegía con particular satisfaccion esta clase de estudios. Suavizadas las costumbres, aplaudido el génio, mas estendidas las luces, reconocida la superioridad del talento; la pompa y el lujo de la corte,

40

los torneos y las fiestas palacianas, los festejos públicos en celebridad de los enlaces de nuestros Príncipes, la cortesanía y urbanidad, que insensiblemente amansaban la fiera condicion de los magnates del reino, al dar á la sociedad un brillo y ostentacion de que ántes carecia, hicieron para ella necesario el cultivo de las bellas artes, y objeto de aplauso y gratitud sus admirables inspiraciones. Crecia entónces el celo religioso, que las reclamaba, á la par de los recursos de las iglesias, y del influjo moral de sus Prelados. Todas las clases de la sociedad habian mejorado; ideas de bienestar, nuevos goces y comodidades, establecimientos, que la miseria de los pueblos, y la precaria situacion del Estado, no permitieron hasta allí, concurrian á promóver magníficas construcciones, en las ciudades populosas, en las ricas abadías, en las antiguas catedrales.

Este poderoso movimiento social, caracterizado por las conquistas, por la adquisicion de importantes dominios, por las alianzas de las casas reinantes con Francia, Italia ó Inglaterra, por la ostentacion y el lujo de los grandes, por el cultivo de las artes y de las letras, por el boato de la corte y del palacio, procuró á la arquitectura otros tantos protectores, cuantos fueron los Reyes, que sucesivamente ocuparon los tronos de Aragon y de Castilla en el siglo XV. Ni uno solo dejó de distinguir su reinado con fábricas notables; D. Juan I, sin embargo de las amarguras que le rodeaban, fundó la cartuja del Paular, la parroquial de San Lésmes en Burgos, y el monasterio de San Benito el Real de Valladolid. Su hijo D. Enrique III, con la misma aficion á las artes, tan pronto como salió de la borrascosa minoría, en que los grandes disputaban con las armas su tutela, y la regencia del reino; «dado á obras de arquitectura», como dice Gil Gonzalez Dávila, fabricó el palacio de Murcia en 1405; el del Pardo, mas adelante

demolido; el de Madrid, arruinado por un incendio; el de
Miraflores con sus parques y cercados, convertido despues en convento de cartujos; y la torre de Malmuerta,
para ornato y defensa de Córdoba. D. Juan II, amigo de
las letras, ostentoso en los recreos, delicado y cortesano,
magnífico en su palacio, si fué indolente para los negocios
del Estado, no miró con el mismo hastío las artes, que podian dar lustre á su corona, ó satisfacer la piedad que
le alentaba. En 1412, procuró nuevo realce al alcázar
de Segovia con obras preciosas, entre las cuales es preciso contar la sala del Arteson, justamente celebrada por
sus riquísimos techos. Á su celo religioso se deben la cartuja de Miraflores, y la restauracion del convento de Santa Clara de Toro.

Casi por el mismo tiempo D. Cárlos III de Navarra acre-
ditaba su munificencia con las construcciones, que emprendia en sus estados. El año 1419, bajo la direccion
de Semen Lezano, erigía su famoso palacio de Tafalla,
y por órden suya ejecutaba el maestro Lope y Andreo
otras fábricas de consideracion en Tudela. Á D. Alonso V
de Aragon debia Zaragoza la casa de la Diputacion, empezada en 1437, y el convento de Santo Domingo de Valencia, su magnífica capilla de los Reyes. La Reina Doña
María, esposa suya, fabricaba á sus espensas la colegiata
de Daroca, animada por tan buenos ejemplos.

Pero ninguno de estos Monarcas llevó tan lejos la proteccion á las artes, y la inteligencia en promoverlas, como los Reyes Católicos D. Fernando y Doña Isabel; y
ninguno tampoco contó al efecto con mayores recursos
y circunstancias mas felices. Porque en su glorioso reinado, adquiere la Monarquía una nueva existencia; se
restablece el órden interior; recobra la justicia sus derechos; queda la nobleza sometida á las leyes; son arrojados
los moros al otro lado del Estrecho, destruido para siem-

pre su imperio en la Península; y los reinos de Granada,
Aragon, Castilla y Navarra, vienen á formar uno solo,
próspero y floreciente; grande y poderoso por su unidad
y estension, por sus descubrimientos y conquistas, por la
accion enérgica del gobierno, por el considerable número
de varones ilustres, que aseguran su fama y su fortuna.

Los Reyes Católicos, como si gobernasen solo para
reparar las ruinas ocasionadas por las guerras é invasiones
de ocho siglos, y nada les costase la completa restauracion
del Estado; con una fuerza de voluntad y un ánimo superiores á toda clase de obstáculos, en medio de los graves
cuidados de la administracion mas estensa y complicada,
elevan alcázares y templos, facilitan comunicaciones, cons-
truyen puentes y caminos, halagan la piedad de sus súbditos con notables fundaciones religiosas, promueven en
muchos pueblos las obras que reclaman su ornato, y la
buena administracion de la comunidad. Á su munificencia se
deben el hospital de Santiago, el convento de Santa Cruz
de Segovia, el de Santo Tomas de Ávila, el de San Juan
de los Reyes de Toledo, los de Santa Cruz, San Gerónimo, Santiago, y San Francisco de Granada, el hospital
de la misma ciudad, y el convento de Santa Engracia de
Zaragoza. Pero si con sus recursos particulares fomentaban de una manera tan eficaz y directa estas construcciones, como supremos administradores del Estado ninguna
descuidaban de cuantas pudieran contribuir á su grandeza y esplendor, y á la conveniencia y mejora de los
pueblos.

Es ciertamente muy curiosa la nota, que inserta Cean
Bermudez en las adiciones á las Noticias de los arquitectos y arquitectura de España, escritas por Llaguno y Amírola, y en la cual enumera parte de las obras, que durante
su reinado promovieron los Reyes Católicos. Tomados los
datos del Registro general del sello de corte, conservado

en el archivo de Simancas, no es dable poner en duda su autenticidad, y por ellos se viene en conocimiento, no solo del empeño con que las villas y ciudades emprendian las construcciones necesarias para el mejor servicio público, sino tambien del auxilio que encontraban en el Gobierno. Puentes, empedrados y fuentes, murallas y torres, lonjas, hospitales y consistorios, acequias, muelles y faros, nada se olvidaba; á todo se estendia la paternal solicitud de los Reyes Católicos. Sus cédulas y providencias son hoy testimonio irrecusable de esta verdad, comprobada por otra parte con la existencia de muchas de las fábricas, que entónces se construyeron.

Como la conducta de los Monarcas es la norma á que generalmente ajustan la suya los Grandes y allegados al trono, apénas se dará en el siglo XV uno solo de nombradía, que atento al espíritu y las tendencias de la corte, y conforme con la pública opinion, no se distinguiese por algunas fundaciones notables. D. Diego Hurtado de Mendoza, Arzobispo de Sevilla, deja en ella señaladas pruebas de su aficion á las artes. D. Diego Anaya, prelado de la misma metrópoli, funda en Salamanca el colegio de San Bartolomé, llamado el Viejo, por los años de 1410. D. Alonso de Zúñiga, conde de Plasencia, la iglesia del convento de dominicos de esta ciudad. Don Íñigo Lopez de Mendoza, primer marqués de Santillana, la del hospital de Buitrago. El célebre obispo, D. Pablo de Santa María, la de San Pablo en Burgos, bajo la direccion del arquitecto Juan Rodriguez, el año 1435. Don Alonso de Cartagena, la capilla de la Visitacion en su catedral de Burgos. D. Juan Pacheco, marqués de Villena, continúa á sus espensas las obras del monasterio del Parral, en 1472. Erige el Infante D. Martin de Aragon la Cartuja de Segorve. Al Condestable, D. Pedro Fernandez de Velasco, se debe la elegante y suntuosa capilla, denominada en memoria suya, *del Condestable*, y uno de los mas bellos ornamentos de la catedral de Burgos. D. Luis de Acuña, Arzobispo de esta iglesia, es el fundador de la de la Concepcion. Eleva el desgraciado valido de D. Juan II, D. Álvaro de Luna, la fortaleza de Escalona; mejora con un salon espléndido el alcázar de Toledo, y la catedral de esta ciudad con la capilla que lleva su nombre.

No ménos generoso y aficionado á las artes, el Cardenal de Santángelo, D. Juan de Carvajal, fabrica á sus espensas el famoso puente del Cardenal, sobre el Tajo, cerca de Plasencia, y termina otras obras de pública utilidad, contándose entre ellas, la iglesia de Bonilla. Fray Alonso de Burgos, obispo de Palencia, funda el colegio de San Gregorio de Valladolid, y D. Juan de Torquemada, la iglesia del convento de San Pablo, de la misma ciudad. El Cardenal Jimenez de Cisneros, engrandece la ciudad de Alcalá de Henares con fábricas magníficas; á la catedral de Toledo con su magestuoso y gallardo presbiterio; y á Torrelaguna con su iglesia parroquial y el convento de San Francisco. D. Alonso Suarez de la Fuente, primero obispo de Lugo, y despues de Jaen, adquiere alta reputacion por las importantes construcciones que emprende á sus espensas, siendo de las principales el puente de Baeza, y la iglesia de San Andres, de esta ciudad. Por último, el Cardenal de España, D. Pedro Gonzalez de Mendoza, cuenta entre las glorias, que le honran, la fundacion del colegio mayor de Santa Cruz de Valladolid, en 1490, y la del hospital de los niños expósitos de Toledo, en 1504.

Con la proteccion de estos y otros personajes, no ménos ilustres; era preciso que la arquitectura, ensayada en grandes fábricas, llegase á formar muchos y muy esclarecidos profesores. Admiran, en efecto, el número y la escelencia de los que florecieron durante el siglo XV. Los

Reyes tenian á su servicio para dirigir las obras Reales los mas distinguidos: ninguna catedral carecia de un maestro mayor, asalariado y con plaza fija. Lo fueron de la de Toledo, entre otros, Alvar Gomez, en 1418, Anequin de Egas de Bruselas, en 1454, y su hijo Enrique, en 1494; de la de Sevilla, Pedro García, en 1421, Juan Norman, en 1462, Pedro de Toledo, en 1472, el maestro Jimon, en 1496; de la de Jaen, Pedro Lopez y Pedro de Valdelvira; de la de Plasencia, Juan de Alva; de la de Salamanca, Juan Gil de Hontañon; de la de Gerona, Guillermo Boffi, en 1416; de la de Tortosa, Pascasio de Julbe; de la de Tarragona, Pedro de Valfagona; de la de Barcelona, Bartolomé de Gual; de la de Leon, Guillermo de Rohan; de la de Valencia, Pedro Compte; de la de Huesca, Juan de Olotzaga; de la de Burgos, Juan de Colonia, y despues su hijo Simon; de la de Palencia, Martin Solórzano, que la concluyó en 1504.

Otros profesores, igualmente acreditados, trabajaban con gran crédito por el mismo tiempo en las principales ciudades de España. Simon Lopez y Miguel de Goini, eran arquitectos de Carlos III de Navarra, en 1410. Florecian en Valencia Pedro Balaguer, por los años de 1414, y Vadomar, por los de 1459. Construia la Universidad de Salamanca, Alonso Rodriguez Carpintero, el de 1415; Guillermo Abiell, la iglesia de Nuestra Señora del Pino; Antonio Antigoni, la de Castellon de Ampúrias; Sancho de Emparan, la de Guernica, en 1418; el célebre Guillermo Sagrera, concluia en 1418 la lonja de Mallorca; Juan Gallego dirigia la fábrica del monasterio del Parral; Luis de Gramondia y Anton Albicturiz, la de la iglesia de Cascante, en 1476; Macías Carpintero, comparable á Juan de Colonia, trazaba el colegio de San Gregorio de Valladolid; hallábase encargado Pedro Gumiel de las obras que promovía el Cardenal Cisneros en Alcalá de Henares, y Juan de Arandia fabricaba la iglesia de San Benito el Real de Valladolid, en 1499.

Cuando de otras pruebas careciésemos, bastarían tan considerable número de artistas, y el mérito de las grandes construcciones que trazaron y dirigieron, para apreciar en su justo valor el progreso y desarrollo de la arquitectura ojíval, por ellos cultivada durante el último período de su existencia. Fué este, sin duda, el mas brillante del arte, y en él desplegó toda la ostentacion y riqueza, que el poder y el capricho le prodigaban á porfía; pero en medio de tanta pompa y atavío, de tanto lujo y galanura, desde luego sè echa de ver, que el abuso de sus elementos componentes, el refinamiento de la exornacion, el atractivo de la novedad, y el empeño de confiar el efecto á los peregrinos arreos, y el atrevimiento y la temeridad de los contrarestos, envolvian, bajo· el falso aparato de faustosos y multiplicados detalles, un gérmen de corrupcion y una marcada decadencia, que aceleraron su ruina, cuando era mayor su visualidad y magnificencia.

En el primer tercio del siglo XV, siguiendo todavía las buenas máximas del anterior, atinada en la manera de aplicarlas, supo conservar su dignidad, y poco aficionada al refinamiento y afectacion de una magnificencia mas costosa que bella, mostrábase modesta y sencilla, amiga del ornato, pero sin exageradas pretensiones; satisfecha de sus cualidades, pero sin el orgullo de realzarlas con la adquisicion de otras nuevas. Preciso es advertir aquí, que si en nuestras construcciones ojiváles del siglo XIV, no se encuentra generalmente tanta riqueza y profusion de detalles, como en las del extranjero pertenecientes á la misma época, las aventajan quizá en la pureza de las formas, y en aquella noble severidad, que sostenida por las tradiciones, alejaba toda idea de una próxima degeneracion. Así aparecia el arte, sometido á las inspiraciones de Juan Olotzaga, en

la catedral de Huesca, de Pedro García, en la de Sevilla;
de Alvar Gomez, en la de Toledo; de Guillen de Rohan,
en la de Leon; y de Juan Gallego, en el monasterio del
Parral. Mas por ese tiempo, ya corrompido en Francia
y Alemania, la venida á España de Juan Norman, Miguel Poyni, Pascasio de Julbe, Guillermo Abiell, Antonio Antigoni, Juan de Guinguanis, Anequin de Egas de
Bruselas, Arnau Bouchs, y el célebre Juan de Colonia, produjo en el estilo ojíval una notable transformacion.

Con la pompa, y el brillo, y el costoso aparato, y la
minuciosa y delicada exornacion de la escuela alemana,
y el encanto de sus atrevidos detalles, introdujeron estos
arquitectos extranjeros, justamente acreditados en su profesion, los gérmenes de la decadencia del arte; y sino
fueron sus corruptores, con todo eso, abriendo ellos la
puerta á las innovaciones, otros, con menos génio, y cediendo al influjo del gusto generalmente admitido en Europa, no como inventores, sino como secuaces de una
nueva escuela, le trajeron á la licencia y desmedro, que
le deslustraron al terminar su carrera en los primeros años
del siglo XVI. Pero ¿dejarían de tener imitadores las
aéreas, y afiligranadas, y sutiles agujas de la catedral de
Burgos, las graciosas y sueltas coronaciones de su capilla
del Condestable, los pináculos de la cartuja de Miraflores, á cuyas mágicas construcciones imprimia Juan de Colonia el sello de su risueña imaginacion, y de su fecunda
inventiva? ¿Á quién no cautivaría Anequin de Egas, con
su espléndida y magnífica portada de los Leones en la catedral de Toledo, notable por su imaginería, sus arcos
conopiales, y sus trepados y acicaladas cresterías? Pues
esas ingeniosas producciones del arte, esa brillantez, que
le daba un aspecto seductor, esa variedad de formas y ornatos, ese arrojo, que parece desafiar las leyes del equili-

brio, y comprometer la construccion, no cumplidamente se ajustaban ya á la simplicidad de los perfiles, á la sencillez nativa, á los dogmas severos del estilo ojíval, cuando mas correcto y puro.

Ahora su atrevimiento es temeridad; su gentileza, afectacion; la abundancia de los ornatos, viciosa prodigalidad: no adorna, abruma con accesorios, las arcadas, los pórticos, las torres y los flancos de los cuerpos arquitectónicos. Aparece ménos marcada la forma piramidal, y hay una tendencia á mezclar el sistema de las líneas horizontales, con el de las verticales, su distintivo característico. Abátese progresivamente la ojiva casi hasta desaparecer bajo la balumba de los pináculos y de los frontones; en la contestura de los nervios, que abrazan las bóvedas, en su manera de enlazarse, en las claves pendientes de los puntos de interseccion, mas que el ingenio, admira la osadía, y mas que la novedad, el arrojo de la estructura. Son un ejemplo de esta rica exornacion de las bóvedas, las de varias catedrales de Aragon y Castilla, las del templo del monasterio de San Juan en Burgos, las de la capilla mayor de San Antonio el Real de Segovia, y las de la sala capitular del convento de Santo Domingo de Valencia.

La unidad por otra parte se quebranta, empleándose á la par los arcos ojivos, los elípticos, los rebajados, los de medio punto, y los apeinalados. Á ellos se agrega uno de ingeniosa forma, que hace mas variada y brillante la ornamentacion; pero que quizá no se aviene bastante con la primitiva índole de la arquitectura en que se emplea: tal es el conopial de dos ó mas centros, con sus airosas ondulaciones, y gallarda penachería. En la portada de la iglesia de San Lésmes de Burgos, y en las catedrales de Oviedo, Huesca, Palencia, Burgos, Sevilla, Salamanca, y Segovia, por no citar otros edificios de la misma época, se encuentra este bello ornamento del estilo. ojíval en su tercer período.

Ademas las torrecillas y merlones aparecen como suspendidos en los flancos de las torres, de las cúpulas, y de las naves; y así se ven, por ejemplo, en la graciosa capilla del Condestable de la catedral de Burgos, en la torre de la de Oviedo, y en la de San Felix de Gerona.

Pero aún producen un efecto mas sorprendente y mágico los remates generales, con sus pináculos erizados de cresterías: pocos se darán mas bellos y ricos en detalles, que los de las catedrales de Barcelona, Leon y Burgos, y que los de las iglesias de la cartuja de Miraflores, y del convento de Santa Cruz de Segovia. Á todo este aparato corresponde la delicadeza y soltura de las agujas, que coronan las torres, como un pabellon de gasa, ó un fino recorte de cartulina. Las dos de la catedral de Burgos con sus vistosas perforaciones y sus formas aéreas; la de Oviedo, parecida á un leve cendal, que juega con los vientos; la mas elevada de la de Leon, y la de San Felix de Gerona, por su gracia y desembarazo, por la delgadez de sus calados y cresterías, pueden citarse á la par de las mas célebres de Europa, aunque algunas las aventajen en la estension de las proporciones.

Al terminar el siglo XV, y durante los primeros años del XVI, cuando la arquitectura ojíval se halla ya próxima á su fin, abrumada con el peso de su misma riqueza, pierde la noble compostura, y la severa magestad, que ántes la distinguian, al paso que aumenta la pompa y novedad de sus detalles y gentiles preséas. Como nunca brillante y ostentosa, cubre los muros de minuciosos bordados, de grecas y lacinias, de marquerinas y cresterías dobles, ora colgantes, ora caireladas; allega á esta ornamentacion la franja hueca y la calada; aligera y multiplica los trepados, emplea mas que ántes las almenas y follages, los

angrelados, los arcos de todas clases, los nichos y agujas piramidales, las molduras prismáticas y las líneas que-
brantadas; abandona los toros cilíndricos ó cordiformes;
dá un carácter particular á las archivoltas, á los arcos
dobles, y á los nervios de las bóvedas; conserva los pilares fasciculados del siglo XIV, pero introduce los cilíndricos ú octógonos, de faces curvilíneas, y los manojos
prismáticos, formados de toros con una arista embotada,
y bastante frecuentemente sin capiteles, y solo con una
faja horizontal, que suple su falta, á manera de una simple
ligadura. Otras veces imitan las estrías de los pilares, los
tegidos de un cable, como las del magnífico salon de la
lonja de Valencia.

En los follajes trabajados con suma diligencia, se ven
muy desentrañadas y de gracioso relieve las hojas de ber-
za rizada, del cardo agudo, de la vid silvestre, y de otras
plantas indígenas, con las cuales se exornan las impostas
y fajas, y aun con alguna frecuencia los capiteles. Son
extremadamente delicados los rosetones, si bien en su
forma difieren poco de los pertenecientes al segundo período; pero ahora ostentan sus orlas treboladas mayor
ingenio y soltura en las perforaciones, y mas complicada
combinacion en sus angrelados. Como un modelo pueden
citarse los de las catedrales de Palencia, Leon, Burgos,
Oviedo y Barcelona; los de las iglesias conventuales de la
Merced y de San Pablo en Burgos; el del templo de Santa
Cruz en Segovia; el de San Pablo de Valladolid, y el de
la colegiata de Talavera.

'Al esmerado ornato de estas claraboyas corresponde
el de los agimeces, revestidos de hojas cardinas, mas que
ántes desenvueltas, y talladas con prolijidad y esmero;
aparecen las umbelas coronadas de agujas y flechas cresteadas, sueltísimas por sus perforaciones, graciosas y
bellas por sus formas. Los arbotantes sembrados de me-

nudas labores, toman un aire fantástico, y sorprenden por su arrojo y gentileza, lanzándose á mucha distancia de los muros ; son mas ricas y variadas las ventanas, ya determine sus contornos esteriores el arco ojivo simplemente, ó ya le adorne un remate conopial orlado de cresterías. En sus vanos despliega el arte sumo ingenio y capricho, cubriéndolos de columnitas prismáticas y arcos, cuyos enlaces se ramifican de tal manera, que imitan al encontrarse, el tegido de las fibras de una hoja vejetal, ó bien las ondulaciones ascendentes de una llama, circunstancia especial, que con otras ha dado ocasion á que Batissier, y muchos de sus compatriotas, den al estilo ojíval de este tercer período, el nombre de florido, ó flamígero, *fleuri*, *flamboyant*.

El carácter de la escultura finalmente, puede considerarse como uno de los distintivos mas marcados de la arquitectura gótica, desde mediados del siglo XV, hasta su completo olvido en el XVI. Empleada como en el XIV, consiguió, sin embargo, tanta perfeccion en un corto número de años, que apénas se hace creible sea la sucesora inmediata de la que poco ántes se mostraba tan ruda y desabrida. Admiran la delicadeza y soltura, la nimia prolijidad, la perfecta imitacion de los follages, donde la naturaleza se vé fielmente retratada. En este género de ornamentacion, usado siempre con prodigalidad, contados serán los edificios que ofrezcan mas bellos ejemplos que las catedrales de Toledo, Huesca, Burgos, Palencia y Oviedo.

Menores fueron los progresos de la estatuaria, no del todo desprendida de la sequedad gótica, y de su aspereza y rigidez; pero supone ya considerables adelantos, y se muestra como la precursora de la que llevó tan lejos la fama de Becerra y Berruguete. Si las estatuas carecen de la gracia y de la grandiosidad de las antiguas, se recomien-

dan por la sencillez de las actitudes, por los buenos partidos de los paños plegados con acierto, por el esmero y soltura de la ejecucion, por la prolijidad y delicadeza del acabado. Se descubre en sus rostros el estudio,
que hacía el artista, del natural, y cuan felizmente muchas veces conseguia espresar en ellos los afectos del
ánimo, así como acertaba siempre á darles nobleza y
dignidad. Ántes de que existiese Alberto Durero, y por
los años de 1462, con un carácter bastante parecido al
que distingue las figuras de este célebre pintor, trabajaba
Juan Aleman, las de los doce apóstoles, de la fachada
principal de la misma iglesia, las cuales se aprecian generalmente por sus actitudes y ropajes. Es preciso cele-
brar la fecunda invencion, la facilidad é inteligencia, el
ingenio y manejo de Nufro Sanchez, uno de los escultó-
res del coro de la catedral de Sevilla, donde ha dejado
relevantes pruebas de su mérito. Pero aun es mayor el
que contrajo Gil de Siloe, en los magníficos sepulcros
de D. Juan el II, y del Infante D. Alonso, colocados en
el presbiterio de la cartuja de Miraflores; y una de las
obras mas suntuosas y acabadas de su tiempo, tan notable por la finura y detenimiento de la ejecucion, como
por el capricho de sus menudas labores, estatuas, relieves, grupos de niños, y trepados de infinito trabajo, é
ingeniosa y variada composicion. El año 1489, en que
se dió principio á estos monumentos, labraba otro de la
misma clase Pablo Ortiz, para depositar los restos de
D. Álvaro de Luna, y de su mujer Doña Juana Pimentel: precioso ornamento de la capilla de Santiago en la
catedral de Toledo, anuncia ya la próxima restauracion
de la escultura, por la sencilla actitud de sus estatuas,
por el sentimiento que respiran, por la manera de sus
ropajes plegados con sumo acierto, y porque en ellas
se descubre la imitacion de la naturaleza bien y fielmente

observada. A la memoria de estos artistas, que tanto contribuyeron, desde mediados del siglo XV, á realzar los edificios de la arquitectura ojíval, justo es añadir la de Lorenzo Mercadante, de Bretaña, que por los años de 1453 ejecutaba el sepulcro del cardenal D. Juan de Cervantes en la catedral de Sevilla. Otros florecieron entónces no ménos estimados. En la portada de los Leones de la iglesia metropolitana de Toledo, se ocupaban desde 1459 Alonso de Lima, Francisco de las Arenas, Fernando García, Juan Guas, Ruy Sanchez y Fernando Chacon; en la del Sagrario, contiguo de la misma, Martin Bonifacio, por los años de 1483; en la sillería del coro de la catedral de Tarragona, Francisco Gomar, el año 1478; en el retablo mayor de la iglesia de la cartuja de Miraflores, Diego de la Cruz y Gil de Siloe; en el coro de Santa María de Nájera, el maestro Andres y el maestro Nicolas; en el famoso retablo de la catedral de Sevilla, Danchart, y Bernardo Ortega, desde 1482, hasta 1497. Empezado ya el siglo XVI, y ántes de 1520, progresando siempre la escultura, y empleada en todas las fábricas de algun nombre, produjo escelentes profesores. Cúentanse entre ellos Diego Guadalupe, Francisco Aranda, Guillemin Digaute, Pedro de Espayarte, el Maestro Rodrigo, Solorzano, Juan de Bruselas, Lorenzo Gurricio, Francisco Lara, Francisco de Amberes, los maestros Marco, Pablo, y Olarte, que trabajaban en Toledo; Juan de Olotzaga, de cuya mano son las catorce estatuas mayores que el natural, y otras mas pequeñas en la fachada de la catedral de Huesca; Juan Perez, Gomez Orozco, Pedro Trillo, Juan Aleman, y el maestro Miguel Florentin, acreditados en Sevilla; Juan Morlanes, en Zaragoza; Bernardo Juan Cetina, en Valencia; Felipe Butrarino, en Palencia; Gutierre de Cárdenas, Bartolomé de Aguilar, Hernando de Sahagun, y Pedro Izquierdo, en Alcalá de Henares; Rodrigo Aleman, en Plasencia;

Bartolomé Ordoñez en Barcelona; y finalmente el célebre Micer Domenico Alejandro Florentin, que trazó y ejecutó el suntuoso sepulcro del Infante D. Juan en Santo Tomas de Ávila, y por cuyos diseños se labró despues el del cardenal Jimenez de Cisneros, por los genoveses Tomas Forné y Adan Wibaldo, los cuales le remitieron desde Italia para colocarle, como hoy se vé, en la iglesia del colegio mayor de Alcalá de Henares.

Estos y otros distinguidos escultores, de los que eran muchos, arquitectos, grandemente contribuyeron con sus inspiraciones al lustre y esplendor del estilo ojíval en su tercer período. Como nunca rico y ostentoso, inauguró sus construcciones al empezar el siglo XV, con una obra colosal y magnífica, la catedral de Sevilla. Conclúyeronse entónces muchas de las que se habian empezado en el anterior período, y se dió principio á la catedral de Gerona, de una sola y espaciosa nave, labrada en 1416; á la iglesia de Santa María de Guernica, en 1418; al templo de la Cartuja de Miraflores, una de las obras mas bellas de Juan de Colonia; al monasterio de Gerónimos de la Mejorada, en 1409; á la torre gallarda y gentil de la catedral de Oviedo; á las filigranadas y sueltas agujas de la de Burgos; á la iglesia de San Francisco, de la misma ciudad y del año 1415; al suntuoso colegio de San Bartolomé de Salamanca; á la catedral de Huesca, cuyos cimientos se abrieron en 1400, bajo la direccion de Olotzaga; al claustro del monasterio de Lupiana; á la iglesia del convento de Santa Clara de Toro; á la de San Pablo de Burgos, en 1415; á las escuelas de Salamanca, del mismo año; al claustro de San Francisco el Grande de Valencia, de 1421; á la iglesia de San Esteban de Hambran, de 1426; á la antigua casa de la Diputacion de Barcelona, de 1436; al monasterio de la Estrella en Rioja, de 1437; al de Santa María de Piasa, concluido en 1439;

á la parroquial de Daroca, en 1.441; á la capilla del Condestable, de la catedral de Burgos; y al monasterio del Parral, no terminado todavía en 1.472.

Transcurrida ya la primera mitad del siglo XV, se construyó la catedral de Murcia, que empezada en 1.353, se acabó en 1.462; la de Plasencia, cuya capilla mayor tuvo principio en 1.498; la iglesia del monasterio de Oña, sacada de cimientos en 1.470; la parroquial de Cascante, de 1.476; la famosa lonja de Valencia, de 1.482; el colegio de San Gregorio de Valladolid, de 1.488; la iglesia magistral de San Justo y Pastor, de Alcalá de Henares, que no se concluyó hasta 1.509; San Benito el Real de Valladolid, de 1.499; la iglesia del convento de San Pablo, de la misma ciudad; la catedral de Coria; el convento de Santa Cruz de Segovia; el de Santo Tomas de Ávila; el rico y suntuoso de San Juan de los Reyes de Toledo; los de Santiago y San Francisco de Granada; el claustro y la capilla de los Reyes del de Santo Domingo de Valencia; la cartuja de Jerez de la Frontera; la iglesia del convento de Santa Clara de Briviesca; la de Villacastin; y la de San Vicente y San Sebastian de Guipúzcoa.

CAPÍTULO XX.

DEL ESTILO OJÍVAL EN EL SIGLO XVI.
VIDRIERAS PINTADAS.

Al empezar el siglo XVI, bastante conocido ya en España el estilo del renacimiento, y empleado en algunos edificios notables, vinieron las líneas horizontales, los entablamentos y molduras romanas, los arcos elípticos, y mas aun los semicirculares, á entremezclarse con las formas piramidales, las cresterías y trepados, los perfiles verticales, las ojivas y pináculos del gótico, ya próximo á su fin, y harto desmedrado y decaido, para que pudiese hacer frente á la novedad, y rechazar cuanto desdijera de sus antiguas máximas, y primitiva pureza. Se generalizaba con rapidez el gusto romano, que desde la Italia como de un gran fócus, y de un centro comun, se estendia á todas las naciones cristianas, dadas entónces al estudio de la antigüedad y de su literatura clásica. Una revolucion en las ideas, en el estado social, en la política de los gobiernos, consumaba otra igualmente estraordinaria en las artes de imitacion. Faltábales ya para conservar el carácter gótico, que hasta allí las distinguiera, su principal apoyo: el espiritualismo, la sinceridad de las creencias. La tendencia á las reformas luchaba contra las opiniones que las sustentaran, cambiando el aspecto de la edad media con una transformacion súbita, inesperada, sorprendente, de sus mas notables creaciones: la tradicion y los recuerdos podian ménos que el espíritu de investigacion y de exámen; ménos que la moda, y la independencia del genio. En medio de este gran movimiento social, de que la España mas que otras naciones participaba, en vano Alonso Rodriguez y Anton Egas, en los diseños de la catedral de Salamanca, y Juan Gil de Hontañon, en la de Segovia, empezada aquella en 1.513, y esta en 1.522, fieles á las máximas del arte ojíval, hacen ostentoso alarde de su nativa sencillez, de sus pilares fasciculados, de sus airosas ojivas, de sus encumbradas bóvedas: en vano renuncian á la faustosa pompa, que con su brillantez y peregrinos arreos asegura y estiende el crédito de los innovadores: en vano en las obras de la catedral de Sevilla, continuadas durante los primeros años del siglo XVI, se sigue el gusto gótico de las trazas primitivas, y en todas estas fábricas se procura la nobleza y simplicidad de las del siglo XIV, y su economía de ornatos, ya que no la pureza de sus perfiles. Tan preciados ejemplos, los que daba Juan de Arandia en Valladolid, construyendo en 1.499 el monasterio de San Benito, de un gótico elegante y castizo, y finalmente, los esfuerzos de Pedro Compte en Valencia, y de los maestros Ximon y Alfonso Rodriguez en Sevilla, todos fieles sostenedores de la escuela ojíval, hasta entónces dominante, fueron la última protesta del arte contra la corrupcion y las peligrosas novedades, que alterando sus máximas, aceleraban su descrédito y su ruina. Porque no eran ya comunes los monumentos en que campase sin mezcla de otras escuelas. De licencia en licencia, insensiblemente se apartaba de sus orígenes, dando cabida, al lado de sus

:

formas características, á las del Renacimiento, como si entre ellas pudiera haber enlace, que no fuese rechazado por el buen sentido.

En la fachada de la iglesia de San Márcos de Leon, vemos con toda la estructura de un cuerpo gótico, empleado el arco semicircular en vez del ojivo, que colocó el artista entre pináculos, trepados y cresterías, y en medio del aparato, los contrarestos y distribucion de las portadas del siglo XIV. La torre de la catedral de Oviedo, concluida á principios del XVI, completamente gótica, ostenta en el último cuerpo, y para servir de asiento á su delicadísima aguja, una cornisa del Renacimiento, con su arquitrabe, friso y corona. Los medallones del gusto de Covarrubias, Machuca y Valdelvira, adornan, al lado de los triforios ojivos, los muros interiores de la catedral de Segovia. El claustro del colegio mayor de Santiago, llamado del Arzobispo, y construido en Salamanca por planos de Ibarra, el año de 1.521, ofrece la misma mezcla. Un crucero plateresco con rasgos del gótico, grandioso, rico y gentil, se eleva en el centro de las naves góticas de la catedral de Burgos. En la de Huesca, las líneas horizontales de la fachada, á pesar de su sencillez y reducida proyeccion, son allí una novedad, que no se aviene con el sistema vertical constantemente adoptado en la edad media. Nos presenta el claustro de la de Leon, las columnas abalaustradas, y los pilares, y los ojivos, y las bóvedas del gótico: en la fachada principal de este templo, coloca Juan de Badajoz, para coronarle, un delicado cuerpo del Renacimiento, con su cornisa retozada y sus pilastras istriadas, parecidas á las jónicas; el cual, por su gracia y sus menudas y sueltas labores, no del todo repugna allegado al goticismo que la fábrica respira.

Habia entónces artistas, para quienes la escuela gótica ya espirante, y la del Renacimiento, que pretendia sustituirla, eran igualmente conocidas. Apegados á la primera por hábito, secuaces de la segunda por moda, á una y otra tributaban las inspiraciones de su génio, procurando frecuentemente amalgamar sus rasgos, y confundir sus formas. De aquí esa licencia y caprichosa variedad de muchas fábricas del siglo XVI, que no podrian reconocer como suyas la escuela ojíval del XIII, ni la plateresca del XVI; pero que ambas encontrarían en ellas caractéres y propiedades que les pertenecen. Esta especie de transicion artística, produjo en nuestros edificios singularidades, que quizá no se ven en otros del extranjero, y que ciertamente no carecen de originalidad y belleza. ¿Quién rechazará, por ejemplo, los contrafuertes del lado izquierdo de la catedral de Leon, que con la forma y la soltura del estilo ojíval, aparecen coronados de jarrones, templetes, ramos, y otros ornatos del Renacimiento? Esa riqueza y esa pompa de una exornacion ligera y peregrina, serán un anacronismo en el lugar que ocupan; mas como un gracioso capricho, pocos habrá á quienes no satisfaga su efecto; ninguno, tal vez, que quisiera remplazarle con los pináculos del gótico.

La libertad é independencia del arte, el empeño de conducirle por sendas ántes no trilladas, habían llegado entónces al extremo. En todas las escuelas indistintamente se buscaban elementos para la combinacion arquitectónica; y la licencia, sacudiendo el freno de la autoridad y de la tradicion, no conocia mas límites, que los determinados por la fantasía del artista. El espíritu de duda, de investigacion, y de exámen, se apoderó de las artes y de las ciencias, tomando de los monumentos antiguos y de los modernos, todo aquello que podia halagar el gusto y la moda. De esta libertad y tolerancia artística nos ofrece un ejemplo muy notable la famosa portada del colegio de San Gregorio de Valladolid, fundado en 1.488 por D. Fr. Alonso de

Burgos, obispo de Palencia, segun se pretende, concluido en 1.496, á pesar de su minuciosa, complicada y estensa exornacion, que supone la constancia y el empeño de muchos años. Sin que ninguna escuela pueda prohijar tan peregrina y extraña fábrica, es tanto mas de admirar, cuanto que Macías Carpintero, fiel observador de las máximas del gótico, y digno rival de Juan de Colonia, labraba por ese tiempo, muy cerca de ella, el convento de San Pablo, y no parecia natural que cuando tales ideas se tenian del estilo ojíval, se abandonasen por seguir las que sugería un capricho sin ejemplo.

Con acierto y brevedad describe Bosarte esa portada del colegio de San Gregorio. En gracia de obra tan singular copiarémos aquí sus mismas palabras. «Es (dice este es-«critor) de una invencion mas artificiosa, que la de la por-«tada del convento de San Pablo, por cuanto se funda en «una afectacion poética de los orígenes de la arquitectura, «ennoblecidos por el blason del fundador. Se figura en «ella un bosque lleno de árboles de alta fusta, pero del-«gados. De algunos de estos árboles, atados en manojo, y «juntándolos por las copas, se forma un grande arco, que «contiene en su vano la puerta. Á uno y otro lado de esta «hay una fila de salvajes desnudos, pero cubiertos de pelo «tan espeso como si fuera lana de oveja. Cada salvaje «está ceñido por la cintura con una baqueta ó vestuga, «que se supone cortada de las ramas mas delgadas de los «árboles del bosque, y cada figura de estas tiene un gar-«rote ó baston nudoso en la mano, apoyado en tierra, y «con la otra sostiene un escudo de armas. Por no hacer «este bosque diáfano, se le hizo un fondo tupido de ba-«quetas entrelazadas curiosamente, á manera de la labor «de una cesta. La puerta es de admirar, porque su din-«tel es una enorme pieza de piedra berroqueña de cator-«ce pies de largo, tres de alto, y media vara de grueso,

«labradas en ella unas grandes flores de lis, y en el cam-
«po unos ramillos como de muselina. Las jambas son cada
«una de una pieza, y dicen bien con el dintel. Sobre aquel
«arco formado de los árboles, viene luego un gran mace-
«ton ó tiesto, en que hay plantado un granado, cuyas ramas
«con fruto, se estienden ámpliamente á uno y otro lado,
«en cuya figura acaso se quiso aludir al favor que mere-
«ció de los Reyes Católicos, conquistadores de Granada,
«el fundador de este colegio, Don Fr. Alonso de Burgos,
«obispo de Palencia; y sobre el árbol hay un grande es-
«cudo de armas. El patio del colegio corresponde en mag-
«nificencia á la fachada; bien que tanto espíritu y suntuo-
«sidad eran acreedores, sin duda, á mejor tiempo de
«las artes.»

En medio de esta libertad en la invencion artística, y
de la decadencia extrema, á que llegara insensiblemente el
estilo ojíval al empezar el siglo XVI, todavía nos ofrece,
sobre todo, en la parte interior de los templos, algunos
modelos, por fortuna preservados de esa corrupcion, y
muy notables por su simplicidad y graciosas formas. Hemos citado ya las catedrales de Salamanca y Segovia: una
y otra en su carácter y estructura se parecen mucho á la
de Sevilla, y, como ella, apénas se resienten de la general postracion del arte que las produjo. La primera, con
tres naves, crucero, ábside elegante, torre desembarazada, dos órdenes de capillas, anditos calados, que la circundan interiormente, medallones en los muros, balaustradas, pináculos y penacherías en la coronacion, cinco
puertas pomposamente decoradas, es sencilla, magestuosa y risueña, de escelentes formas, y regulares proporciones. La segunda, «fuerte, capaz, bien dispuesta y de
«agradable vista,» como dice Colmenares, ámplia y bella,
segun el Vago italiano, ó sea el P. Caimo, se asemeja
bastante á la otra en su estructura, aunque mas despo-

jada de entallos y cresterías, y grandemente realzada por la airosa cúpula, que cubre el crucero. Juan Gil de Hontañon, al trazar sus diseños, ha dado pruebas de su buen gusto en la arquitectura ojíval, cuando eran ya tan pocos los que sabian apreciar su verdadero carácter y primitiva pureza. En 1.560 su hijo Rodrigo continuó muy acertadamente las obras, que habia dejado empezadas, sin apartarse de sus trazas, y fiel á la índole de las antiguas construcciones; pero no las miraron con igual respeto sus sucesores, entre los cuales Pedro Brizuela labró en 1.620, segun el gusto greco-romano, la portada del Norte en uno de los brazos del crucero.

Despues de las catedrales de Salamanca y de Segovia, es preciso recordar otros edificios del mismo tiempo, que como ellas caracterizan el arte gótico en el primer tercio del siglo XVI. Tales son: la iglesia de San Marcos de Leon, espaciosa y gentil, de muy gallardas ojivas, bien iluminada, con ligeras y altas bóvedas, una sola nave, y desahogado crucero, quizá trazada y dirigida por Juan de Badajoz, aunque este profesor se habia declarado uno de los partidarios mas decididos de la escuela del Renacimiento. La iglesia y claustro del convento de San Francisco de Torrelaguna, fundacion del cardenal Jimenez de Cisneros, y empezados en 1.512 por planos de Juan Campero, y bajo su direccion, con una regular portada del estilo ojíval, que, como el resto de la obra, fué destruida en la guerra de la independencia. El claustro de la catedral de Sigüenza, concluido en 1.507, con bellas y elegantes ojivas, trepados y cresterías, y cuatro galerías iguales, de ciento treinta y cinco piés de largo cada una: fábrica que acredita la munificencia de su fundador, D. Bernardino Carbajal, patriarca de Jerusalen. La iglesia del convento de Nuestra Señora de la Victoria, del órden de San Gerónimo, junto á Salamanca, cuyos cimientos se abrieron en 1522, y una de las mejores obras de su tiempo, por la esmerada ejecucion, y las atinadas proporciones. La del convento de Santo Domingo de Oviedo, construida en 1553, por Juan de Cerecedo, maestro mayor de la catedral de la misma ciudad: edificio desembarazado, de una sola nave, con buenas luces y elevadas bóvedas, sin ninguna clase de ornatos, y de una agradable sencillez.

Tales fueron los últimos esfuerzos del arte ojíval en España, por conservar una existencia ya gastada, y un crédito, que habia casi desaparecido con las construcciones del Renacimiento. La posteridad, mas justa que el espíritu de escuela, honra hoy, como debe, su memoria, con la admiracion y el respeto que le inspiran las grandiosas fábricas levantadas segun sus principios, en el largo período de tres siglos. No tienen ciertamente la estension y capacidad, las vastas moles que distinguen á las catedrales de Ratisbona, Ulma, Strasburgo y Friburgo, de que con razon se envanece la Alemania; pero bajo las relaciones del estilo y la armonía, de la ornamentacion y las formas, de la arrogancia y gentileza, pueden muchas competir con ellas, y sufrir sin mengua comparacion con las de Viena, y Obenwesel, si bien mas reducidas, causen tal vez ménos sorpresa. Aun despues de recordar la de Amiens, terminada en 1269; la de Reims, de mediados del siglo XIII; la de París, de 1275; la de Bourges, de 1234, y la de Burdeos, de 1252, no hay para que poner en olvido las de Leon y Burgos, Toledo y Sevilla, Zaragoza y Barcelona. En ellas, mas que en otras, campéa la poesía del arte cristiano con todos sus encantos. ¿Quién no se siente embargado de admiracion y respeto al contemplar esos grandes monumentos, y esparcir la vista por sus dilatadas y riquísimas naves? El menor latido del corazon encuentra bajo sus bóvedas un eco misterioso, que le repite: una indefinible magestad llena sus ámbitos, hace mas solemne su reposo, mas profundos y sagrados el recogimiento y la melancolía evangélica que producen. El silencio mismo tiene allí su lenguaje, y la eternidad su espresion y su símbolo. Aquellas sombras que envuelven el santuario, aquellos sepulcros cargados de blasones y trofeos, donde las efigies de los ilustres varones, que en ellos reposan, espresan en su inmovilidad el valor resignado ó la piedad sencilla, que estos llevaron consigo al lecho de la muerte; aquellas esculturas consagradas por el genio á perpetuar los triunfos de la religion y de la patria; la luz quebrantada, que al traves de los vidrios pintados, colora con suaves tintas esos objetos sagrados; todo es aquí poético y grandioso, todo conmueve el ánimo profundamente, haciéndole participar del sentimiento religioso, que dió vida á tan sublimes inspiraciones. Tal es el mágico poder de estos templos augustos, que á pesar de verse despojados de una parte de sus adornos por la mano asoladora de las revoluciones, respondiendo todavía al pensamiento sublime de sus fundadores, nos penetran de un santo temor, humillan nuestra presuncion, y convierten el recogimiento y la oracion en una necesidad y un consuelo. En su recinto se eleva de contínuo una voz, que en vano pretenderíamos reducir al silencio, un lenguaje, que no nos es dado interrumpir. Su atmósfera es la misma en que respiraban nuestros padres: sus bóvedas resonaron con el himno de sus victorias; sus altares recibieron sus ofrendas, y santificaron su heroismo: la pompa heráldica de sus tumbas, eterniza la gloria y las virtudes que encierran: la edad, en fin, del valor y la piedad, del patriotismo y del honor, con todos los prestigios ó ilusiones de que supo rodearla el sentimiento religioso, mal comprendido por el egoismo escéptico y la fria indiferencia del siglo, no ha perecido todavía en estos venerables monumentos de nuestros padres.

Entre los medios empleados por el artista cristiano para producir ese efecto mágico de las catedrales gótico-germánicas, ninguno tan poderoso como las vidrieras pintadas, que cubren sus rasgadas ojivas y sus espaciosos rosetones. Una de las partes mas brillantes y esenciales de su ornamentacion, tuvieron particularmente por objeto derramar sobre los ámbitos sagrados, esa claridad indefinible y misteriosa, que aumentando su pompa, la realza con los cambiantes, y las ilusiones de la óptica. Mosáicos transparentes, destinados á modificar la luz y colorar sus rayos; la composicion histórica, las combinaciones del claro oscuro, el dibujo correcto, la perspectiva, los grupos, la representacion atinada de grandes escenas, no fueron para el artista la parte principal, sino la secundaria y accesoria, del fin del que se habia propuesto al conciliar estas magníficas lumbreras con el carácter de la arquitectura, y hacerlas servir para dar mas precio á sus detalles. Los pueblos incultos de la edad media, al contemplarlas, podian encontrar en sus representaciones una enseñanza provechosa, que ilustrando su fé, alimentase sus creencias, así como escitaban su admiracion y respeto. El arte supo aprovechar esta piadosa curiosidad, y los pasajes del Nuevo y Viejo Testamento, los martirios, las imágenes de los santos, se figuraron en el vidrio para la instruccion religiosa de los fieles. Los resultados ópticos y el complemento arquitectónico; el cuadro histórico y la enseñanza popular; tales eran las miras del artista al pintar las vidrieras góticas de los templos cristianos.

No fuimos nosotros los primeros en emplearlas. Ántes se engalanaron con ellas las catedrales de Chartres y de Bourges, que las de Leon y Burgos. Pero ¿á quien hemos cedido en el cultivo y perfeccion de este género de pintura? ¿Quien la llevó mas lejos, y puede ostentar vidrieras mas suntuosas y brillantes, de un efecto mas sorprendente,

:

de una mágia mas seductora, de una influencia mas inmediata sobre los cuerpos arquitectónicos? Desde mediados del siglo XV, fué entre nosotros cultivado con empeño el arte de pintar los vidrios, y de formar con ellos los mosáicos é historias, que adornan las mágicas vidrieras de muchas catedrales de Aragon y Castilla. Poco despues hubo ya escuelas para enseñarle, y no se negarán ciertamente sus progresos, si se considera el número, la escelencia y variedad de las obras que produjeron, y la reputacion de sus entendidos ejecutores. Burgos sobre todo, mas que otros pueblos entónces rica y floreciente, emprendiendo magníficas construcciones, y ennoblecida con las de Juan de Colonia y sus discípulos, contaba muchos y esclarecidos pintores en vidrio, entre los cuales sobresalian Juan de Santillana, Juan de Valdivieso, Alberto y Nicolás de Holanda, y Valentin Ruiz. Al mismo tiempo, atraidos por la munificencia de los Reyes y de los grandes prelados, emprendedores generosos de muy notables edificios, se fijaban en España varios profesores extranjeros de distinguido mérito, célebres ya en su patria, y mas célebres despues entre nosotros. La piedad, el buen gusto, y la esplendidez de los españoles, ofrecian á todos brillantes ocasiones de ejercer su arte, y de satisfacer la plausible ambicion, que los conducia á la Península. En ella encontraban gloria y fortuna, una opinion favorable á las artes, ingenios capaces de apreciar su habilidad, grandiosos monumentos en que emplearla. Los pintores de imaginería, Pedro Frances, Vasco de Troya, Cristóbal Aleman, Juan el pintor flamenco, Alberto y Nicolás de Holanda, Arnao de Flandes, Juan Vivan, Octavio Valerio, Cárlos Bruses, y Vicente Menandro, trabajaron en las principales ciudades de España, y sin duda generalizaron en ellas sus prácticas, dejando obras preciosas que los acreditasen: pero á su lado se formaron gran número de profesores españoles, no de ménos genio y suficiencia, que dignos rivales suyos, obtuvieron igual aplauso, elevando el arte á mucha altura.

Entre las vidrieras mas antiguas, que se pintaron en España, de que tenemos noticia, es preciso contar las ejecutadas para la catedral de Ávila por Juan de Santillana y Juan de Valdivieso, vecinos de Burgos. Estos profesores ajustaron con su cabildo por los años de 1497, las cuatro colocadas á los lados del altar de Gracia. Representaban á Santiago, San Nicolás, Santa Ana, y San Juan Bautista, de las cuales únicamente la última se conserva. Al año siguiente, se comprometieron por nueva contrata á pintar otras tres para las ventanas de la pieza llamada del Cardenal, figurando en ellas el Nacimiento, la Epifanía, y la Transfiguracion del Señor; pero únicamente existen hoy las dos primeras. Al fin, contrajeron la obligacion de trabajar, no solo las del lado izquierdo de la nave, sino tambien las de la parte superior de la puerta de los Apóstoles, con varios santos y la Resurreccion del Señor, y en las cuadradas, mártires y vírgenes. Á nosotros han llegado las de Santa Águeda, Santa Ines, Santa Cristina, Santa Cecilia, y algunas otras. Se distinguen por un estilo bastante parecido al de la escuela de Durero, pero con la sequedad y dureza de la gótica. Las realza, sin embargo, un colorido animado y vigoroso; estan generalmente bien pintadas, y las imágenes se recomiendan por la sencillez de las actitudes.

Desde 1520, tal vez en competencia con Santillana y Valdivieso, ejecutó Alberto de Holanda las vidrieras de la capilla mayor de la misma iglesia. Se salvó, por fortuna, parte de ellas: en unas se ven figuras de Apóstoles, y la de la Vírgen, y en otras flores de brillantes matices é ingeniosas y variadas labores, iluminadas con gusto, y del mas agradable efecto. Á Nicolás de Holanda, hijo del anterior, correspondian las del lado derecho de la nave central, que hace tiempo perecieron, y que habian sido trabajadas desde 1.535. Representaban imágenes de santos y escudos de armas.

Poco despues de haberse empezado las primeras vidrieras de la catedral de Ávila, se vió la de Toledo enriquecida con otras mas suntuosas y magníficas, y uno de sus principales ornamentos. Pintadas por los profesores que en el arte alcanzaran alto crédito, justamente aplaudidas por sus contemporáneos, ya Marinéo Sículo las consideraba como distintivo característico de este gran templo, y la joya que, entre otras, le diferenciaba de los demas de España. Segun documentos existentes en su archivo, maese Dolfin, que pasa por el pintor en vidrio mas antiguo de cuantos en España se conocieron, dió principio á sus vidrieras en 1.418, consiguiendo, sin duda, agradar al cabildo, el cual, satisfecho de su mérito, le recompensó con 7.725 maravedís de la moneda nueva. Cerca de un siglo despues, y por los años de 1.503, Vasco de Troya, ejecutaba las vidrieras de la capilla de D. Luis de Silva, con grato contraste de colorido, sequedad en las formas de las figuras, y composicion extremadamente sencilla.

Con mayor aceptacion se ocupó en esta clase de obras el clérigo Alejo Ximenez en 1.507. Pero á los dos aventajó Gonzalo de Córdova, que desde 1.510 á 1.513, pintó las de la nave intermedia, representando en ellas la creacion de nuestros primeros padres, y otros pasajes del Antiguo Testamento. Son, en concepto de Cean Bermudez, las mejores de la catedral. Á Juan de la Cuesta corresponden las de la capilla muzárabe, así como se encargó igualmente de reparar las que ántes se habian iluminado.

Sin embargo, la direccion de estas pinturas fué confiada por el cabildo el año 1.542, á Nicolas de Vergara el viejo. Uno de los mas afamados profesores de su tiempo en la pintura y escultura, se distinguia por el profundo conocimiento del dibujo, por la grandiosidad de las formas, y el gusto y delicadeza en los adornos. No extraño al mecanismo del nuevo arte, él mismo ejecutó algunas vidrieras, en cuya obra le sucedieron sus dos hijos, Nicolas y Juan, que desde 1.574, hasta 1.590, la concluyeron con merecido crédito de su buen nombre.

Pero nada mas sorprendente y magnífico en este género, que las ricas y ostentosas vidrieras de la catedral de Sevilla, por sus vastas dimensiones, por su dibujo y composicion, y sobre todo por sus brillantes colores, que las presentan, como un espléndido mosáico de piedras preciosas, con sumo acierto y caprichosa fantasía combinadas. La primera vidriera, que se colocó en este templo, fué ejecutada por Micer Cristóbal Aleman el año 1.504, y contaba, solo de imaginería, setenta palmos. Se dice la primera, porque, segun observa Cean Bermudez, aunque el maestro Enrique habia hecho otras en 1.478, es de presumir que careciesen de vidrios pintados, una vez que los asientos del archivo, al referirse á ellas, no dicen que tuviesen ni figuras ni ornatos, como era natural, sino se compusieran de vidrios sin ningun dibujo y colorido.

Trabajaron despues de Troya, Juan, hijo de Jacobo, pintor flamenco, Juan Vivan, Juan Bernal, Bernardino de Gelandia, que ejecutaba en 1.518 las vidrieras de la capilla mayor, y Juan Jaques, encargado de las de grandes dimensiones desde 1.510, hasta 1.519. En 1.525 Arnao de Flandes, y su hermano Arnao de Vergara, contrataron la continuacion de estas obras, y las llevaron muy lejos. Habia dejado empezada el último por los años de 1.538, la vidriera de la claraboya, que representaba la Asuncion, y se halla en la fachada del crucero del lado de la Epístola: su hermano, siguiendo la misma manera en el dibujo, el colorido y la composicion, la concluyó con sumo acierto, para pintar otras varias, no inferiores en mérito, y en las cuales se ocupó hasta su fallecimiento en 1557. Hé aquí la noticia que de ellas nos ha dado Cean Bermudez, en el artículo que dedicó á tan distinguido artista, en su Diccionario histórico de los profesores de las bellas artes en España. «En este período de diez y nueve años «(dice) pintó las siguientes: la de Santa Marina, que está «junto á la puerta de San Miguel; la de los Apóstoles, en «el crucero, al lado del Evangelio, y otra al lado de la «Epístola, con cuatro obispos. La redonda de la Ascen- «sion, en el testero de frente á la de la Asuncion: dos á «espaldas de la capilla mayor: la que contiene las Santas «Justa, Rufina, Bárbara y Clara: la que representa á los «Santos Vicente, Lorenzo, Esteban y Leonardo: la de «las Santas Lucía, Ines, Cecilia y Águeda: la de los San- «tos Juan Bautista, Pablo y Roque: la de las Santas Úr- «sula, Anastasia y Polonia, y la de los Santos Martin, Ni- «colas y Silvestre. Pintó tambien las que representan la «entrada en Jerusalen con palmas, la Resurreccion de Lá- «zaro, el lavatorio de los pies, la cena del Señor, la un- «cion de la Magdalena, los mercaderes arrojados del tem- «plo, el tránsito de la Vírgen, y la de San Francisco en «su capilla, que componen el número de veinte.»

Vino despues el flamenco Cárlos Bruses, á quien persiguió la Inquisicion, y en el año de 1558 pintó la vidriera de la Resurreccion del Señor, y reparó algunas de las ejecutadas anteriormente. Sucedióle Vicente Menandro, quizá el mas famoso de cuantos pintores en vidrio adornaron la catedral de Sevilla con sus escelentes producciones. Pocas pueden competir con las suyas, aun donde el arte hizo mayores progresos, ya se atienda á la vivacidad de los matices, ya á su bella y grata armonía, ya á la exactitud en el dibujo, siempre puro y correcto, ó ya, en fin, al pensamiento artístico, espresado con facilidad ó inteligencia. Habia llegado entónces la pintura al mas alto grado de esplendor, y se cultivaba entre nosotros con cierta especie de entusiasmo. Sus buenas máximas, fueron del lienzo trasladadas al vidrio por Menandro, con una franqueza y una hermosura, tanto mas admiradas, cuanto ménos comunes parecian en obras de esta clase. La gran vidriera, que representa la conversion de San Pablo, en la capilla de Santiago, fué por él ejecutada el año de 1560. En el de 67 pintó la de la Encarnacion, que ocupa la claraboya sobre la puerta de San Miguel, igualmente aplaudida, y por último el de 69, vino á dar cima á su empresa, con la de la Visitacion de Nuestra Señora, que hace juego con la anterior, al lado opuesto, y encima de la puerta del Bautisterio. Estas magníficas obras son todavía la admiracion de nacionales y extranjeros, y pueden sostener la competencia con las mas celebradas de Europa.

Por ese tiempo se adornaba la catedral de Burgos con una parte de las que hoy existen. Otras mas antiguas, ó se han destruido, ó sufrieron alteraciones en su primitiva forma, pues se sabe que Valentin Ruiz reparaba las del crucero por los años de 1642.

Aun es preciso citar al lado de estas lumbreras, las de la misma clase, que pintaba Diego de Valdivieso en 1562 para la catedral de Cuenca, y las de la de Málaga, concluidas por Octavio Valerio en 1579, de las cuales se ven únicamente algunos restos, que dan una alta idea del mérito que las distinguia. Le tienen, sin duda muy sobresaliente, las de la de Leon, no todas por desgracia bien conservadas; pero se ignora el artista que las produjo, y la época á que corresponden. Á juzgar por su estilo, necesario es concederles mucha antigüedad, y contarlas entre las primeras, que en España se ejecutaron. De sencilla composicion, todas sus figuras se recomiendan por la simplicidad de las actitudes, por los pliegues menudos, en forma de tubos, por los contornos poco variados, y algun tanto duros y angulosos, por su carácter místico, y cierta impasibilidad gótica, y por otras propiedades de la escuela precursora de la de Alberto Durero. Representan diversos santos, y pasajes de la Historia Sagrada, á semejanza de las demas de su clase, y ostentan una agradable diafanidad, subidos y animados colores, y una iluminacion brillante y de buen efecto. Puede calcularse el precio de estas vidrieras por la capacidad de las de la nave principal, que tan anchas como el espacio que media de pilar á pilar, tienen de altura sobre cuarenta pies. Ignoramos con que fundamento aseguraron á Ponz, que habian costado mas de cincuenta mil ducados, aunque no extrañamos por escesiva esta cantidad, atendido el número, el mérito y el tamaño de las obras.

En las catedrales de Oviedo y Palencia, Santiago y Ciudad-Rodrigo, Pamplona y Huesca, Segovia y Salamanca, Zaragoza y Barcelona, en otros muchos templos de España, finalmente, se muestra el arte con el mismo atractivo.

Al juzgarle por sus principales producciones el inglés Ricardo Ford, que detenidamente las ha examinado, se espresa en estos términos. «Las mas bellas vidrieras pin-«tadas en España, datan de 1418 á 1560, y se encuen-«tran en las catedrales de Toledo, Sevilla, Leon, Burgos «y Barcelona. En la composicion, la forma, y el colorido, «bien pueden decirse únicas. Sin duda sus autorès fueron «inspirados por los ejemplos magníficos de los ornamentos «moriscos, que les era fácil estudiar en los mosáicos, mati-«zados de porcelana y de alerce, los cuales brillan como «lucientes esmaltes sobre las páginas de un Korán ilu-«minado. Es preciso verlas cuando el sol de España, alum-«brando los sombríos pilares de las naves, y los mas os-«curos follages y trepados, destaca con medias tintas sobre

«fondos opacos, los sepulcros, las estatuas, y los tallados
«enmaderamientos, en cuyas superficies derrama las es—
«meraldas y los topacios del arco íris. Pero nunca es
«mayor el efecto de estos monumentos mágicos, que al
«ponerse el sol. Entónces, miéntras que sus dilatados ám-
«bitos aparecen envueltos en una completa oscuridad, es—
«tas vidrieras pintadas, se muestran doblemente brillan—
«tes, realzadas por sus cuadros opacos. La última hora
«del dia, como el primer rayo de la aurora, lleva á la
«casa del Señor una luz, que encanta los ojos y el cora-
«zon: luz santificada por los espacios sagrados que atra-
«viesa. Tal es el milagro de la óptica, que se realiza en
«las catedrales creadas por la fé cristiana; tal el poder
«de este arte, desconocido á los paganos y los sarracenos;
«de este arte, que dócil misionero de una nueva revela-
«cion, sabe á la vez traducir en sublimes armonías los
«acentos de la piedad, y hablar á la vista con el mármol
«y la madera, el bronce fundido, el vidrio pintado y los
«lienzos de Rafael, ó de Murillo.»

CAPÍTULO XXI.

DE LOS PRINCIPALES MONUMENTOS DEL ESTILO OJÍVAL EN ESPAÑA.—LA CATEDRAL DE LEON.

Determinados los caractéres esenciales de la arquitectura gótica en sus diversos períodos, no parecerá fuera de propósito, hacer aquí una sucinta descripcion de los monumentos mas notables que produjo. Y tanto mas esta idea se acomoda al plan que nos hemos propuesto, cuanto que lentamente construidos, en el largo espacio de muchos años, manifiestan los progresos sucesivos del arte, sus vicisitudes y variaciones, y la espresion que ha recibido de las distintas épocas en que fué cultivado.

La poesía del arte cristiano, mas ó menos brillante en las catedrales góticas erigidas en la Península desde los primeros años del siglo XIII, campea con mayor lozanía en las de Leon, Burgos, Toledo y Sevilla, donde muestra todos sus encantos é ilusiones. Analizar estas grandes fábricas, será comprobar con el modelo á la vista cuanto se ha dicho de los principios seguidos para producirle, y poner de manifiesto el término á que pudo llegar entre nosotros el arte ojíval.

Segun el órden cronológico de sus fundaciones, se

presenta la primera la catedral de Leon. A la magnificencia y nombradía de este suntuoso templo, corresponde el
empeño con que los cronistas investigaron sus orígenes, y
encarecieron su mérito artístico. Sucesivamente el obispo
D. Pelayo, Sampiro y D. Lucas de Tuy en la edad media,
y desde el siglo XVI Morales, D. Francisco Trujillo, uno
de los diocesanos de esta iglesia, Fr. Antonio Lobera, el
padre maestro Risco, Ponz y Llaguno, al hablar de su
antigüedad y prerogativas, no olvidaron su fábrica material, deteniéndose sobre todo los últimos en su descripcion,
y tributándole los elogios, que sin duda merece. Pero aun
los que de intento se proponian como objeto esencial de
sus obras examinar nuestros monumentos artísticos, trataron de la iglesia de Leon de una manera, que no llena las
miras de los conocedores. Sus juicios son vagos: sus
asertos demasiado generales: su crítica insuficiente para
apreciar las construcciones en su justo valor. Se quiere
una exacta calificacion del estilo y verdadero carácter de
este bellísimo edificio, y se encuentran solo ponderaciones,
que, aunque fundadas, no satisfacen, porque nada determinan, y nada enseñan. Y si alguna vez descienden á los
detalles, ¿qué pueden interesar las medidas de las naves,
el número de las ventanas y capillas, el espesor de los
pilares, cuando apénas se habla de su forma, del carácter de las partes componentes, del corte y propiedades
de las ojivas, de la índole de los ornatos, de la estructura particular de las bóvedas, de la relacion artística de
las proporciones comparadas entre sí, y en armonía con el
conjunto? Sin parar la atencion en las vulgaridades del
padre Lobera, y en la impropiedad de sus descripciones,
¿cómo contentarán al artista las que mas tarde nos han dado
el padre maestro Risco y D. Antonio Ponz de este precioso
templo? Son tan poco precisas, que sin esfuerzo se acomodan á cualquiera otra de las catedrales erigidas en Espa-

ña desde el siglo XIII. Con mas exactitud ha de tratarse de la de Leon, ya que en gentileza y gallardía, en hermosura y desembarazo, quizá ninguna la aventaje, dentro y fuera de España.

Donde se ha fundado, se hallaba el palacio de Don Ordoño II, para cuya obra se aprovecharon unas antiguas termas romanas; pero este Monarca, llevado de su piedad, y cediendo á las tendencias de la época, le convirtió en catedral, demoliendo, sin duda, como de ménos mérito, la que existia extramuros de la ciudad. Segun el Tudense y Sampiro, era la nueva fábrica digna de su augusto fundador, por la magnificencia que la distinguia. Sin embargo, ni su precio, ni los pocos años que contaba de existencia, bastaron á conservarla. Como si no correspondiese al lustre y grandeza de la ciudad que ennoblecia; y el desarrollo de la poblacion, y el esplendor de la sede exigiesen otra mas suntuosa, sobre sus escombros echó el obispo D. Manrique de Lara, el año 1199, los fundamentos de la actual, precisamente cuando las conquistas de los Reyes leoneses aumentaban, con la estension de sus estados, la nombradía y los recursos del pueblo, que habian elegido algunos años ántes para asiento y residencia de la corte. Aunque muchos se ocuparon en ilustrar las glorias de la Monarquía leonesa, y desde principios del siglo XIII no ocurrieron en ella trastornos y revoluciones bastantes á interrumpir ú oscurecer sus anales, se ha perdido por desgracia la memoria del arquitecto que ideó este grandioso templo: sábese solo que Pedro Cebrian era el maestro de sus obras por los años de 1175, esto es, veinte y cuatro ántes de empezarse la fábrica actual.

¿No pudo ser él quien la trazara y dirigiera? Así lo presume Cean Bermudez en una de sus notas á las Noticias históricas de Llaguno; y á la verdad, no sin alguna verosimilitud, si ha de atenderse á los años, que entónces debia contar Pedro Cebrian, y á su anterior destino. Un sucesor tuvo en el maestro Enrique, que falleció en 1277; mas se ignoran todas sus circunstancias, las construcciones que le pertenecen, el tiempo que corrieron á su cargo, su desempeño y suficiencia, su oriundez, y su escuela. Pero muy á los principios podia hallarse la fábrica, puesto que no se ha concluido hasta el siglo XVI, y que en un Breve del concilio Lugdunense, celebrado en 1273, se decia á los fieles, que sin sus limosnas no era dable rematar esta construccion por su misma magnificencia. Sábese tambien, que el arquitecto Guillen de Rohan la dirigia el año de 1430. Posible es que una gran parte de las naves, cuyo carácter no desmiente el de la arquitectura ojíval del siglo XV, á lo ménos desde los anditos arriba, sea hechura suya. Juan de Badajoz, uno de los profesores mas insignes de España, tan versado en el estilo gótico, como en el del Renacimiento, vino al fin á terminar esta catedral en los primeros años del siglo XIV.

No de tanta estension como las de Toledo, Burgos y Sevilla, á todas escede en delicadeza y gallardía; pero habiendo durado sus obras mas de tres siglos, no presentan igual carácter, y la diferencia de estilos se advierte desde luego en las esteriores. Á la par de las construcciones severas del siglo XIII, tales como los ingresos de la portada principal, y la menor de las torres, se ven las del XIV y del XV, mas esbeltas y ostentosas, y con ellas alternan las del Renacimiento en las dos fachadas de Poniente y Mediodía. No produce, sin embargo, esta variedad de estilos un desagradable contraste. ¿Qué artista de los que saben apreciar la verdadera inspiracion, desaprobará el remate plateresco, que corona la fachada principal, entre las cresterías y trepados de las torres laterales, los sueltos arbotantes, las perforaciones del espacioso y filigranado roseton, y los arcos concéntricos del primer cuerpo, con su imaginería y bordadas ojivas? ¿Cómo no aplaudir la superioridad del genio, y dejarse arrastrar por sus encantos, al contemplar el airoso cuerpo del Renacimiento, ornado de pabellones, cupulillas, columnas abalaustradas, y cornisa semicircular, sutilmente cincelada, con el cual termina de una manera original y pintoresca la fachada del Mediodía, ojíval en el primero de sus cuerpos, y mezcla singular de este estilo y del plateresco en el segundo? El clasicismo gótico rechazará, sin duda, esta inusitada amalgama, como una violacion de sus principios; verá en ella una osadía inescusable el espíritu de escuela; pero nadie habrá con todo eso que á juzgarla por su efecto, la condene: olvidará los preceptos y las épocas, las convenciones artísticas, y las reglas admitidas, para gozarse en el carácter fantástico, y la atrevida arrogancia del conjunto y su inesplicable belleza.

No sucede lo mismo ciertamente con el contraste producido en lo interior por los ámbitos góticos, y la media naranja greco-romana. Aunque graciosa y de elegante forma, con su anillo circular, y su linterna adornada de pilastras corintias, desdice demasiado de los ojivos y pilares que la sostienen, de su brio y soltura, y del sistema de las líneas verticales, observado con escrupulosidad en las partes interiores del templo. Como si estas hubiesen sido ejecutadas bajo un plan uniforme, y por un solo artista, simétricas y de muy parecido carácter, ofrecen siempre el estilo de una época determinada, notable por su simplicidad, y tal cual se conocia en los primeros años del siglo XV.

Es sobre todo de admirar la agradable armonía del conjunto, su enlace y combinacion, y su arrojo y gallardía. Para encarecer el sumo artificio de esta magnífica creacion, no hubo jamas diversidad de opiniones entre los hombres de genio. De ella decia Marinéo Sículo en su obra de Rebus Hispaniæ memorabilibus. «Est autem (Legio Ge-«mina) nobilissima civitas, et multis urbibus ecclesiæ suæ «mirabili ædificio, merito præferenda. Nam etsi templum, «quod ætate nostra civitas Hispalensis ædificat, alia omnia «magnitudine, præstat; si Toletanum divitiis, ornamen-«tis, et specularibus fenestris est illustrius; si denique «Compostelanum fortioribus ædificiis, et Sancti Iacobi «miraculis, et rebus aliis memorabilius est, Legionense «tamen artificio mirabili, meo quidem judicio, omnibus «est anteponendum.» El Sr. Trujillo, que en el siglo XVI escribió la historia de esta iglesia, y el P. Lobera, que le ha seguido en la que publicó despues, llevan mas lejos los elogios. Como una prueba del concepto, que entónces merecia á nuestros escritores, y de los juicios equivocados, que aun los mas entendidos formaban de la arquitectura ojíval, creemos se recordarán con gusto las siguientes palabras del Sr. Trujillo: «Es tan sutíl y deli-«cada la traza del edificio de esta insigne iglesia (dice en «su Historia), que admira á los muy aventajados en el «arte; y afirman que es como el ave Fénix, único y «solo, sin que en España ni en Italia se le halle seme-«jante, ni se sepa donde le haya. Porque no obstante «que este, y el del Domo, que llaman á la iglesia mayor «de Milan, frisan en la polideza y galantería, por ser «aquel tan ancho como largo, ni guarda tanta propor-«cion, ni muestra tanta hermosura. Así se vé como el «artífice que este fabricó, fué único en su arte, y no «español ni italiano, porque si lo fuera, edificaría á la «costumbre de estas provincias. Y es cosa que espanta «ver en él tanta singularidad de ingenio y de atrevi-«miento. Pues supo formar en su entendimiento y fan-«tasía una idea de tanta perfeccion, como se vé puesta «en ejecucion; y osó poner en ejecucion una obra que

«los presentes la temen y se espantan, de que se sustente
«y tenga en pie.»

Estas exageraciones, si prueban por una parte la escelencia de la obra, por otra claramente manifiestan,
cuán poco semejante la encontraban en el siglo XVI á
las de su clase, y qué ideas tan inexactas se formaban
del arte que la produjo, sin embargo de haberse conservado entre nosotros por espacio de tres· siglos, y de que
entónces mismo se erigian algunas fábricas con sujecion
á sus principios. ¡Tan rápida y general habia sido la restauracion de la arquitectura greco-romana, y tan ·comple-
to el olvido de su predecesora! La catedral de Leon es
acaso el recuerdo mas grato de su existencia. Sobre una
vasta esplanada de hormigon y grandes piedras, construida con solidez é inteligencia, cubierta de enlosado, y
circuida de verjas y pilares, se eleva esta fábrica magestuosamente, airosa, agrupada y simétrica, como el rami-
llete de flores, que corona un precioso vaso de porcelana.
Toda de sillería en sus paramentos esteriores; sus ricos y
multiplicados pináculos, sus dibujadas y espaciosas vidrieras, sus arrojados arbotantes, su vistosa coronacion, la
variedad de las formas, y la agradable armonía del conjunto, le dan un carácter mágico, y un aspecto verdaderamente pintoresco, de cualquiera punto que se observe. Aérea y fantástica, cual si un velo vaporoso envolviese
sus delicados contornos, el Saint-Ouen de España, como
la llama Ricardo Ford, impone temor por su mismo desembarazo y soltura, y no se concibe tanto atrevimiento
y ligereza, cuando se considera el leve fundamento de sus
bóvedas altísimas, la estrecha base de los pilares, que
las sustentan, y la delgadeza de los muros, por todas
partes abiertos á la luz, y tan horadados, que parecen una
endeble y continuada celosía, levantada en torno del santuario. Porque así en la nave principal, como en las la-

terales, llenan el ancho de los muros de estribo á estribo, ventanas de gran espacio y graciosamente adornadas, que en su longitud los recorren, unas en la nave central, y otras en las laterales, produciendo con sus huecos pro-longados un efecto sorprendente, pues que casi desapa-recen los macizos, quedando en su lugar la apariencia de un fino recorte de cartulina, cuajado de perforaciones y calados. Pero esta singular construccion ha perdido ya una parte de su encanto, despues que muy desaconseja-damente, y con objeto de abrigar los apartamientos in-teriores del edificio, se tapiaron los vanos de la línea inferior de las naves laterales, dejando únicamente des-cubiertos sus airosos contornos.

Al empeño de adelgazar la fábrica, y hacerla pare-cer en extremo suelta y endeble, corresponde la estruc-tura de todos los cerramientos interiores. Tres sillares forman cada una de las hileras de los postes, siendo el diámetro de los de mayor base, de cuatro pies y tres cuartos, y el ancho de la pared, desde los arcos de las naves laterales, solo de tres y cuarto. Esta construccion, sin embargo, desafia los siglos, y esconde bajo la flojedad aparente de unas formas demasiadamente ligeras, la fuer-za y consistencia de las moles romanas. Por eso ha dicho Ponz, hablando de este templo, que «es una de las cosas «mas particulares que pueden verse, atendiendo á su gen-«til y delicada construccion, á la finura de sus ornatos, y «sobre todo á su fortaleza, junta con tan poco espesor de «paredes, que parece milagro puedan mantener la gran «máquina.»

Por otra parte, en el airoso agrupamiento de las ma-sas, en la pureza de los perfiles, en el clasicismo gótico, en el atinado compartimiento de las penachas y cresterías, muy raras serán las catedrales que aventejen á la de Leon. El atrevimiento y la seguridad, la gracia y la no-

bleza, cierta coquetería artística, una magestad severa
y risueña á la vez, le dan aquel aspecto original, que tanto la distingue, y que igualmente agrada al inteligente, que
analiza para juzgar, y al que, sin serlo, arregla sus fallos
por el halago de las impresiones que recibe. Este sentimiento general de su belleza, dictó sin duda aquellos versos antiguos, grabados en la torrecilla del atrio que mira
al Occidente:

Sint quamvis Hispaniis ditissima pulchraque templa,
Hoc tamen egregiis omnibus antè prius.

Su planta se hace notar desde luego por la armonía y
buena relacion de las partes, por sus atinadas proporciones, y la regularidad del conjunto. Tiene la forma de un
paralelógramo rectángulo, á cuyo lado oriental se separa
la capilla mayor de la línea recta, para describir un arco
de círculo en lo interior, y en lo esterior la mitad de un
dodecágono. Hay en sus contornos, así como en el resto
de la fábrica, variedad, soltura y brio, resaltos, estribos y botareles de mucho efecto, pureza de perfiles, y
ostentacion y hermosura, pero no unidad de estilo, ni el
carácter de una sola escuela. Tres magníficas fachadas la
realzan sobremanera. La principal al Occidente, escede
á las otras en espaciosidad y gallardía, y mas que ellas
manifiesta la diferencia de construcciones, y las vicisitudes del arte desde el siglo XIII, hasta su completa degeneracion á principios del XVI.

De agradable aspecto, perfectamente conservada, pintoresca, y teniendo á sus extremos dos torres desiguales,
se compone de tres cuerpos, no de una misma época, y
de igual gusto, por mas que todos se distingan por su desembarazo y gentileza. El primero, coronado de un antepecho corrido, con perforaciones, pedestales, y pirámides

orladas de cresterías, parece obra del siglo XIII, y presenta tres ingresos de arcos dobles, el del centro mas elevado y ancho que los otros dos, y todos minuciosamente adornados de columnas delgadas, estatuas, prolijos entallos y trepados, que bordan las archivoltas, y baquetones de las ojivas. Estribos con nichos estrechos y labores góticas, se interponen entre ellos, como para marcar su separacion, y hacer mas vistosos y delicados sus macizos. Un poste, á que arrima la estatua de la Vírgen, separa en dos hojas iguales el vano, producido por el último y mas pequeño de los arcos, que constituyen el ingreso principal, dejando á uno y otro de sus lados las dos puertas cuadrangulares, que dan entrada al templo.

El segundo cuerpo, de ménos antigüedad, y con un carácter diferente, abarca solo la nave central, y participa mas del Renacimiento que del gótico, en las formas generales. Coronado de un entablamento y balaustrada corrida, tiene pilastrones anchos y resaltados en los ángulos, y se divide en tres zonas por dos impostas con molduras. En la inferior hay cuatro ventanas ojiváles, únicamente separadas por las columnitas que sustentan sus arcos, las cuales presentan una arcada seguida, subdivididas en sus vanos por otros arquillos mas pequeños. En la segunda, que es mucho mas elevada, y forma un espacioso tablero cuadrilongo, se abrió el roseton de gran diámetro, y con ingenio y capricho, perforado. En la tercera, que puede considerarse como una angosta faja entre dos impostas, se vé el entrepaño en que se representa de relieve la Anunciacion de Nuestra Señora, mediando entre esta y el ángel un jarro con flores, que ocupa el centro.

Un trozo bellísimo de arquitectura plateresca, elegante y rico, constituye el tercer cuerpo, en que no hay mezcla alguna del gótico, y tan aéreo y gentil, cual conviene á la gallardía del conjunto. Fórmanle dos templetes de planta triangular, que se levantan perpendicularmente sobre los pilastrones, y en el medio una especie de retablito adornado de dos pilastras jónicas, la rosa delicadamente perforada en el tablero, cornisamento seguido y fronton muy agudo con tres estatuas, dos sobre las pilastras, y otra por remate en la cúspide del ángulo. Como entre la masa del segundo y el tercer cuerpo, y las dos torres á ella paralelas, media un corto espacio; los arbotantes que le salvan para servir de contraresto al empuje de los arcos de la nave principal apoyándose contra las torres, dan al todo una novedad y una ligereza, tanto mas sorprendentes, cuanto mas singulares y extrañas. Probable parece que esta parte considerable de la fachada sea una de las bellas inspiraciones de Juan de Badajoz, maestro mayor de la catedral á principios del siglo XVI, muy acreditado profesor, segun lo comprueban el suntuoso convento de San Márcos de Leon, la capilla mayor de la colegiata de San Isidoro de esta ciudad, y los claustros de San Zoil de Carrion, y del monasterio de Eslonza.

Mayor sería sin duda el efecto de la fachada principal, si las dos torres, que se levantan á sus extremos, tuviesen una misma forma y altura. Góticas las dos, corresponden á distintas escuelas: la del lado del Norte, ménos elevada y mas severa, algun tanto pesada y de mucha base y escasa ornamentacion, contrasta singularmente con su compañera, que se muestra risueña y ataviada, sino desembarazada y gentil. Se compone esta última de cinco cuerpos, con estribos y pináculos en los ángulos, y sobre el antepecho calado, que la corona, se levanta para terminarla una hermosa aguja llena de sutiles y graciosas perforaciones, grandemente ligera y bella. Sin que la soltura y delgadeza de los cuerpos la distingan, todavía por la disposicion del conjunto, por sus ventanas conopiales, por el carácter de sus trepados y cresterías, por las impostas, que señalan la division de sus diversas alturas, satisface al inteligente, y harto demuestra ser una de las construcciones del siglo XV.

El costado del Mediodía de esta iglesia con su elegante fachada, con sus arbotantes y pináculos, con el antepecho calado que le recorre á la altura de las naves laterales, con las magníficas ventanas en ellas abiertas, sobre las cuales asoman las mas ricas y espaciosas de la central, con las pirámides cresteadas, y la balaustrada corrida de la coronacion, escede aun en ostentacion y delicadeza, en gallardía y soltura, en variedad y exornacion á la fachada principal. Aquí el Renacimiento y el gótico se disputan la preferencia, y rivalizando en capricho y novedad, como si mútuamente reconociesen su precio respectivo, parece que no desdeñan una union, que la ciencia reprueba, y que la voluntad cautivada no se atreve á rechazar. La fachada, que adorna singularmente este costado, á espaldas de uno de los brazos del crucero, se forma de tres cuerpos: el primero coronado de un antepecho con vistosos calados, tiene tres ingresos de arcos muy apuntados, cubiertos de labores, relieves en la entreojiva, arquillos simulados, y estatuas pequeñas sobre repisas, obra quizá del siglo XIV, ó de los principios del XV: el segundo orillado de fuertes y salientes pilastrones, abrazados por un entablamento con resaltos, y de gusto romano, se hallaba ántes decorado en el centro por dos ventanas gemelas de arcos apuntados, y una rosa encima; pero resentido últimamente, y siendo necesaria su reparacion, en la actualidad, que esta se lleva á efecto con empeño, se abre un roseton, aunque no tan espacioso como debiera. De los costados del segundo cuerpo se desprenden unos ligeros arbotantes, que estriban contra dos torrecillas ó pináculos, levantados perpendicu-

larmente sobre los ángulos del inferior. Consiste el tercero en una riquísima y delicada obra del Renacimiento, que
dominando la línea superior del costado, presenta dos pabellones con columnas abalaustradas en sus extremos, un
tablero lleno de menudos dibujos, y un arco semicircular,
á manera de romanato, que parece festonado de sutiles
encajes, y sobre el cual descuella el remate, coronando
muy airosamente el todo.

No se disfruta del mismo modo el lienzo del Norte,
metido entre las casas, y ciertamente es lástima; porque
en riqueza y variedad, en lujo de ornamentacion, y aparato artístico, iguala á lo mas elegante y magnífico de esta
fábrica. El roseton del brazo del crucero, aquel fróntis
agudo con el tímpano calado, y la estatua de San Froilan
por remate, el juego caprichoso de los arbotantes, los
jarrones, el templete y demas ornatos del Renacimiento, que en vez de los pináculos góticos coronan los estribos, todo habla aquí á la imaginacion, cautivándola con
su mágico efecto.

De otro género es el que produce el agrupado contorno de la capilla mayor. Hay en él una mezcla de ligereza y robustez, de severidad y de gracia, que se
niega á la descripcion; pero que afecta vivamente al espectador. Su forma polígona, y los estribos, que guarnecen sus ángulos, y el robusto basamento, compuesto de
dos resaltos, y los dos cuerpos que sobre él se elevan,
disminuyendo de planta para dar al todo la figura piramidal, grandemente concuerdan con las vidrieras abiertas en
el segundo, el calado antepecho de su coronacion, y el
pentágono que describe el tercero, rico por sus altas y
estrechas ventanas, por los arbotantes, y estribos, y botareles dominados de torrecillas, y por la armoniosa y
delicada banqueta, con sus pirámides guarnecidas de crestería. Aun el extremo del cimborio, asomando en medio

de tanta exornacion, como para enseñorearla, contribuye
á su hermosura y gentileza.

No se vé en la parte interior esa pompa, que ilusiona
y cautiva; pero causa, sin embargo, mayor sorpresa.
Respirando el gusto uniforme del siglo XIV, sus distintivos
son la sencillez, el arrojo, la elegancia, una inconcebible
delicadeza, y la noble magestad, resultado necesario de
su agradable conjunto, de la elevacion de sus bóvedas, de
la soltura de sus pilares, de la euritmia y buena correspondencia de sus miembros. ¿Quién espacía la vista por
aquellos silenciosos y dilatados ámbitos, y oye reprodu-
cirse por un eco misterioso el sordo rumor de sus pasos
sobre los mármoles del pavimento, que, embargado de
un involuntario respeto, no admire la inspiracion religiosa que los produjo? Tres naves divididas por arcos ojivos
y esbeltos y delgados pilares, y cubiertas de bóvedas peraltadas, sin mas ornatos que sus nervios y aristas en extremo sencillas; un espacioso crucero, sobre cuyos arcos torales se levanta la media naranja, construida á
mediados del siglo pasado; el presbiterio, describiendo
una curva con sus altas y estrechas vidrieras, y su airoso cascaron; dos órdenes de capillas á lo largo de los
muros de costado, que prolongándose por una de sus cabezas, circuyen paralelamente la capilla mayor; tal es el
conjunto de este templo magnífico.

Sus naves laterales, á la misma altura que el primer
cuerpo de la fachada principal, quedan mucho mas abajo,
que la del centro, la cual se eleva sobre ellas gallardamente. Puede decirse que entre unas y otras no hay muros de separacion; porque realmente desaparecen, con
las arcadas, triforios y ventanas. ¿Son otra cosa los lienzos laterales de la nave central, que un calado contínuo,
á que sirven de bastidores los apolazados pilares, los
bocelones ó impostas, y las curvas de las ojivas? Once

pilares por banda, compuestos de tres columnas agrupadas cada uno, muy altas y delicadas, sostienen las diez bóvedas, que cobijan desde el ingreso, hasta el presbiterio, la nave principal. Sobre los arcos, que ponen á esta en comunicacion con las laterales, corre por todo el templo una galería ó triforio de ojivas gemelas, subdivididas por columnitas, arquillos y rosas lobuladas. Encima, y asentando en un bocelon resaltado sobre los pilares, ocupan las ventanas con su gran vacío el resto del muro, elevándose mas de cuarenta pies. Consta cada una de ellas de seis arquillos, comprendidos dentro del que determina su contorno esterior, tres rosas entre sus huecos, y otras tantas columnitas ochavadas, con las cuales alternan dos, que vistas desde abajo, parecen simples junquillos.

En el testero opuesto al presbiterio, y á la altura de setenta pies, hay un antepecho calado con cuatro ventanas ojiváles, y mas arriba, un suntuoso roseton de mucho diámetro, cuyo vano está cubierto de ingeniosos enlaces de curvas con arte y diligencia combinadas. Otra claraboya y un andito de la misma clase, adornan tambien el brazo del crucero correspondiente á la parte del Norte.

Con la soltura y suma delgadeza de la nave principal, dice muy bien la de los lienzos esteriores de las laterales, no ménos rasgados y ligeros. Hay en todos ellos dos órdenes de ventanas ojivas, separados únicamente por una faja; pero las inferiores, que forman una especie de arcada simulada y contínua, compuesta de ojivas y columnitas, se tapiaron sin causa bastante, y con harto detrimento de la decoracion, á la cual se ha privado de este modo de una gran parte de su efecto. Observarémos aquí que las naves laterales, y la mayor, hasta su misma altura, fueron tal vez construidas en el siglo XIV, y acaso su basamento corresponde al XIII. El resto de la fábrica, si se esceptúan los robustos estribos, que afianzan el primer cuerpo de la capilla mayor, los cuales parecen tambien de lo mas antiguo, se labró, sin duda, desde los primeros años del XV, pues tiene los caractéres del estilo entónces empleado. Es lástima ciertamente, que en esta catedral, así como en las demas de su clase, interrumpa el coro la dilatada estension de la nave del centro, impidiendo que pueda gozarse en todo su largo al descubrirse desde el ingreso. Si ese feo armatoste desapareciese, ¿cuánto mayores serían entónces la magestad y el efecto de tan gallardo templo?

Aunque rico y bello, no conviene su claustro, ni al carácter general que le distingue, ni á su pompa y magnificencia. Es una mezcla singular del gótico y del Renacimiento, donde los arcos ojiváles y bóvedas peraltadas, alternan con las columnas abalaustradas, que decoran los lienzos esteriores de sus cuatro galerías.

Otras partes de la catedral de Leon, comparadas con las ya descritas, ni por su importancia deben detenernos, ni por su precio artístico merecen un particular exámen de los inteligentes.

CAPÍTULO XXII.

LA CATEDRAL DE BURGOS.

En el reinado de D. Fernando III, cuando mas brillante se mostraba la gloria de Castilla, el espíritu religioso y la generosa piedad de este esclarecido Monarca, produjeron otro monumento no ménos célebre que la catedral de Leon, mas grandioso y sublime, mas rico y magnífico, sino tan elegante y atrevido, y tan gracioso y gentil. Considéranle muchos como el primero de nuestra arquitectura ojíval, y al concederle un distinguido lugar entre los mas famosos de Europa, ninguno ha puesto en duda el sobresaliente mérito de su delicada y pomposa ornamentacion, de sus entallos y cresterías, de sus atinadas proporciones, de su armonioso y bello conjunto. Tal es la catedral de Burgos, que con una suntuosidad y un fausto difíciles de describir, se conserva hoy como un glorioso recuerdo de la civilizacion española en los siglos XIII, XIV y XV, y como el testimonio mas solemne del amor á las artes, y de la religiosidad y poderío de nuestros mayores.

Para elevar tan sublime fábrica, no solamente San Fernando cedió sus Reales alcázares situados entre S. y O.

de la ciudad, y en uno de sus extremos; sino que obtuvo de los monjes de Cardeña el monasterio de San Lázaro, que allí existía, dándoles en cambio, otros de la diócesis de Burgos. Como á la magnitud de la empresa igualaba el celo con que la promovia el obispo D. Mauricio, este digno Prelado, juntamente con el Rey y el Infante D. Antonio de Molina, colocó la primera piedra de la obra el 20 de julio de 1221, segun consta del *Becerro* de la misma iglesia. Tres siglos duraron las construcciones, y en tan largo período pudieron recibir en sus detalles mayor perfeccion y belleza, conforme el arte progresaba, y adquiria nuevo precio de la observacion y la esperiencia.

Sin hacer mérito de los antiguos cronistas de Burgos, desde el siglo XVIII, sucesivamente el P. M. Florez, D. Antonio Ponz, D. Isidoro Bosarte, D. Rafael Monge en su Manual del viajero en la catedral de Burgos, y D. Pedro Orcajo, ademas de otros escritores extranjeros, trataron con detenimiento de esta gran fábrica, enumerando las propiedades que la realzan, segun las diversas épocas á que pertenecen. No los seguirémos en sus detenidas descripciones para descender á minuciosos detalles: á nuestro propósito bastan solo indicaciones generales; determinar el verdadero carácter del conjunto, la armonía y variedad de sus partes componentes, el estilo que las distingue, y sus principales circunstancias.

Como una inmensa y airosa pirámide cubierta de menuda filigrana, y circuida de otras ménos elevadas, que con ella se agrupan de una manera pintoresca, se levanta la catedral de Burgos, gallarda y gentil, sobre un terreno irregular, donde el ingenio y la inteligencia del artista hubieron de luchar con graves dificultades para conseguir una base acomodada á tan vasta mole, sin detrimento de sus formas y agradables proporciones. Los incidentes de la localidad elegida, hacian imposible toda esplanacion horizontal, que en ciertos puntos no se hallase dominada de altos terrazos; y de aquí la circunstancia, de que por la parte esterior, parezcan en algun sitio los muros de desigual altura, por mas que todos ellos se encuentren en su línea superior, bajo un mismo nivel. Esta particularidad ha dado tal vez ocasion, segun observa Bosarte, á que la ciudad de Burgos en su Relacion de las obras de la catedral, asegure con harta inexactitud «que una mitad «de la iglesia está mas elevada que la otra.» Sea como quiera, aun de los incidentes particulares del terreno, supo el arte sacar ventajoso partido. La escalinata de treinta y nueve gradas para bajar de la puerta alta al pavimento del crucero, producida por la necesidad, es allí sin embargo de buen efecto, y grandemente contribuye á realzar aquella parte de la fábrica.

Su planta general, á semejanza de las de otras catedrales góticas, con una atinada distribucion en sus diversos compartimientos, no presenta hoy la regularidad y armonía que han debido distinguirla en un principio. Agregadas á ella algunas obras en diferentes épocas, se alteraron, aunque no de una manera muy notable, en ciertos puntos, la euritmia y simetría de sus contornos esteriores. Con la suntuosa capilla del Condestable, y la cuadrilonga y estensa de Santiago, contigua á ella, se ocultó una porcion de la graciosa curva formada en el testero oriental por la prolongacion de las naves laterales en torno del presbiterio; y ademas, agrandada la fábrica en todo el costado del Mediodía, con la capilla del Santo Cristo y otras dependencias, no fué posible conservar una perfecta igualdad y correspondencia con el lado del Norte, donde tambien las capillas prolongaron sus dimensiones fuera de la línea, que pudo determinar sus contornos esteriores en la primitiva traza. Pero estas mutaciones en las líneas laterales de la fábrica, verificadas con acierto, respirando magnificencia y embellecidas por sus detalles, dieron mas variedad al conjunto, y produjeron nuevas y agradables formas, que sin alterar notablemente las proporciones y la rigorosa analogía de los ámbitos, concurrieron á la grandiosidad del todo, haciendo mas ricos sus contornos, mas sorprendentes los contrastes, y de mayor efecto la combinacion general.

Las partes interiores, sin embargo, se dispusieron de manera, ofrecen tal enlace y regularidad, que desde luego se echa de ver la unidad del pensamiento, que ha precedido á su ejecucion, y el plan á que se sujetaron esas construcciones. No estan de acuerdo los descriptores de este templo en sus dimensiones, aunque la divergencia es de poca entidad. Ateniéndose Bosarte á un diseño que supone exacto, pretende que sin contar el macizo de las paredes, tiene de largo, desde la puerta principal hasta la reja de la capilla del Condestable, doscientos noventa y nueve pies: de ancho en el crucero, doscientos doce y medio, entre la puerta Alta y la del Sarmental; y en el cuerpo de la iglesia, noventa y tres: dá sesenta y uno á la longitud del coro, y á su latitud, cuarenta y tres. Pero si, como quiere Ponz, la capilla del Condestable tiene de diámetro mas de ochenta pies, es preciso suponer al todo de la fábrica, aun sin incluir el grueso de los muros, un largo de mas de trescientos ochenta. En el artículo *Burgos* del Diccionario geográfico estadístico histórico de D. Pascual Madoz, se conceden á esta iglesia trescientos pies de longitud desde la puerta de Santa María, hasta la de la capilla del Condestable; doscientos trece de latitud, desde el ingreso del Sarmental, hasta el de la Coronería, dando noventa y tres á la anchura comun de la iglesia. Creemos que estas dimensiones son exactas, y en tal concepto las aceptamos.

La parte construida desde los primeros años del siglo XIII, se muestra severa y grave; primero imponente, que robusta y desabrida; con cierto despego y austereza, tanto mas de reparar, cuanto mayor es el contraste que produce con los trozos contiguos de los siglos XIV y XV, notables por una ejecucion esmerada, y su desembarazo y lozanía. No pudo concluirse el cuerpo entero de la iglesia, y el arranque de las torres en el pontificado del obispo D. Mauricio, como equivocadamente supone Llaguno: basta examinar esa considerable porcion de la fábrica, para conocer que de ningun modo pertenece toda á los años inmediatos al de la fundacion. Tanta diligencia y buen éxito en adelantarla hasta el punto que se pretende, se hacian entónces imposibles, por mas que la piedad y el celo de los fundadores, y el entusiasmo y los esfuerzos de los pueblos, con desusada energía procurasen sus progresos.

Pero es cierto que si en la continuacion de los trabajos no fué dable observar el mismo estilo, se emprendieron con relacion á un pensamiento único, sin diferencia sustancial en la planta primitiva y en la estructura general del conjunto.

Pocos habrá cuyos contornos exteriores sean de un efecto tan sorprendente, que ofrezcan mas variedad y armonía, mas agradables y singulares contrastes; tan esmerada y prolija ejecucion; una pompa y riqueza de ornato, que así contente la vista, y satisfaga y cautive el ánimo del observador. ¿Por qué, cuando hubo esa grandeza en concebir, y esa generosa prodigalidad en crear, no ha correspondido á la elevacion del pensamiento, y á la suma importancia de la obra, la buena eleccion del sitio para plantearla? Apenas se comprende haya podido levantarse en una superficie tan desigual, y ménos aún, donde no fuese dable un punto de vista, que permitiese á conveniente distancia registrarla en su totalidad, produciendo el efecto deseado. Si se ha consentido construir en su circuito el humilde caserío, que ahora la estrecha, mayor fué el abandono y ciega indiferencia de los que á tal extremo lle-varon la tolerancia, que la imprevision de los fundadores en procurarle asiento tan poco á propósito. Como ya hubo de observarlo Llaguno, para verla de lleno, y gozar cum-plidamente de su imponente conjunto, es necesario salir al campo : solo desde allí se descubre todo su mérito, la ostentosa hermosura, la imponderable magnificencia, la armoniosa combinacion de sus variados contornos. Fué en ellos el arte ménos severo, mas libre é ingenioso, que en las partes interiores : quiso darles un aspecto fantástico, por su delicada exornacion, por sus inesperados contras-tes. Hermanando la pompa arquitectónica con el capricho y la diferencia de las formas, consiguió que respirasen cierta coquetería y brillantez, sin menoscabo de la mages-tad y grave carácter que las distingue.

La ejecucion correspondió al pensamiento ; y aunque no todos de una misma época, aparecen siempre bellos por la galanura de los perfiles, por la riqueza y profusion de los detalles : cualidades en que no encuentra rival la iglesia de Burgos entre cuantas se construyeron en nues-tro suelo. Del aspecto pintoresco, de la grandeza y no-vedad, del atavío, que manifiesta en su exterior este templo, nunca podrá formarse bastante idea por una sim-ple descripcion. Las portadas con su imaginería y sus en-tallos y cresterías, los arbotantes, ligeramente desprendidos de los muros, y bordados de menudas labores, las torreci-llas y pináculos de la coronacion, sus calados antepe-chos y rosetones, las filigranadas y sutiles agujas de las torres, los elegantes y sueltos remates de la cúpula, y de la capilla del Condestable, constituyen un todo tan elegante y vistoso, tan aéreo y risueño, que se admirará siempre como una creacion fantástica. De estas partes es-teriores es la mas notable la fachada principal al Poniente,

llamada de Santa María. Dos gallardas torres cubiertas de
trepados, y en extremo ligeras y gentiles, la orillan y
dominan por uno y otro costado, contribuyendo á realzarla, y dando á sus perfiles una ingeniosa y agradable
variedad. Se compone de tres cuerpos, que magestuosamente se levantan á bastante altura. En el primero hay tres
vastos y suntuosos ingresos de arcos apuntados, en correspondencia con otras tantas naves, los cuales forman
el portal, ó sea una especie de pórtico, con toda la pompa
y artificio, de que es capaz el arte gótico : separados entre
sí por cuatro abultados machones de planta semicircular,
y con la apariencia de templetes lujosamente engalanados, habian sido revestidos de estatuas, relieves, nichos
y trepados, de cuyo ornato hace mérito D. Antonio Ponz
en sus Viajes; mas por desgracia, no bastó á libertarlos
del espíritu innovador del siglo XVIII, ni su belleza, ni
la venerable antigüedad, que respiraban. En el año de
1794, fueron, por acuerdo del cabildo lastimosamente despojados de su rica exornacion, quedando solo como un
recuerdo de su primitivo estado, en el ingreso de la derecha, la escultura que representa la Asuncion de Nuestra Señora; en el de la izquierda, la Concepcion; y en
los dos machones, que guarnecen el del centro, las cuatro estatuas de D. Alonso VI, D. Fernando III, y los
obispos Mauricio de Burgos, y Asterio de Oca.

De esta vandálica mutilacion se lastimaba justamente
Bosarte, considerándola como una mala práctica, ya por
él vituperada cuando trató en su Viaje de los edificios de
Valladolid, pues dice con razon, «que así se defrauda á
«la historia del arte de sus testimonios auténticos, que
«son la existencia misma del cuerpo de sus obras.»

Pero aquí ha ido mas lejos la falta de discernimiento
artístico, sustituyendo á los entallos, estatuas y cresterías del estilo ojíval, un fronton greco-romano, sostenido

por dos cartelas, en la entreojiva del ingreso principal, donde se ha dejado, en vez del antiguo vano cuadrangular, con el poste y la estatua de costumbre, que le dividia en dos mitades, una puerta completamente romana. No es preciso decir, que tan inoportuna restauracion produce el peor efecto posible en una fábrica gótica, que por su carácter especial la rechaza, y no se aviene con sus formas.

El segundo cuerpo, del cual se separan ya las dos torres, para levantarse aisladamente á gran altura, aparece decorado desde la misma base con el gracioso corredor, compuesto de calados, y guarnecido de pequeñas pirámides cresteadas, que corona la primera zona á lo largo de la fachada. Mas arriba, hay grandes ventanas ojiváles, orladas de trepados, y luego un espacioso y delicado roseton, bordado de curvas enlazadas, y sutiles angrelados de muy ingenioso dibujo y prolijo trabajo: todo cobijado por una ojiva simulada, que resalta sobre el muro. Dos riquísimas ventanas gemelas, de mucho vano, á manera de agimeces, y subdivididas por arquillos apuntados, columnitas y rosas perforadas, con ocho estatuas de mancebos sobre pilares en los intercolumnios, exornan el tercer cuerpo, por cuya línea superior corre un antepecho cubierto, que poniendo en comunicacion las dos torres, forma con sus calados esta inscripcion: «Pulchra est, et decora:» tierna y bella alusion á la imágen de la Vírgen, que allí se encuentra colocada en el medio del antepecho, con el Niño en el regazo, y circuida de ráfagas y ángeles. Remata por último el frontispicio, una ostentosa y pulida crestería, que, á la distancia á que se mira, parece una leve guarnicion de encaje.

El efecto producido por este armonioso y variado conjunto, recibe todavía mayor precio de las dos torres que le orillan: de igual forma y elevacion, divididas como la fachada, en tres zonas, sin contar las agujas, y elevándose á manera de esbeltas pirámides á trescientos pies de altura, tienen hasta la del átrio un cuerpo comun con la iglesia, y esta es la parte que puede atribuirse al obispo D. Mauricio.

Dos siglos despues continuaron su construccion, hasta concluirla, sus dignos sucesores D. Alonso de Cartagena y D. Luis Osorio y Acuña, cuyas armas se ven en el arranque y la terminacion de ambas agujas, comó un testimonio del reconocimiento del cabildo y del público, á su piadosa munificencia. Hallábase entónces el arte ojíval en todo su desarrollo y perfeccion, y las suntuosas construcciones de Francia y Alemania le habian engrandecido con la belleza de las proporciones, la galanura de los ornatos, y el brio y atrevimiento de los miembros arquitectónicos. Encargóse de la obra por los años de 1442 el célebre arquitecto Juan de Colonia, recien llegado á España, y quizá traido á ella por D. Alonso de Cartagena á su regreso del concilio de Basiléa. Este insigne profesor aleman, al introducir entre nosotros un gusto mas delicado en el ornato, y una pompa y riqueza en los detalles ántes desconocidas, nos ha dejado en las dos torres de la catedral de Búrgos, la prueba mas brillante de su ingenio y fecunda inventiva, y de la alta reputacion, que con justicia disfrutaba. De mucho artificio y altura, segun confiesa Bosarte, con ventanas ojiváles orladas de trepados y torrecillas, que guarnecen sus ángulos, se ven coronadas de un andito calado. En el de la del Norte se lee en caractéres góticos: «Ecce Agnus Dei;» y en el correspondiente á la del Mediodía: «Pax Domini.» Ambas terminan con airosas y gentiles agujas, de ocho caras, en forma de pirámides, y llenas de tan sutiles y entrelazadas perforaciones, que dando paso á la luz por todas partes, asemejan á una malla esmeradamente bordada, y puesta

allí como un ligero pabellon, para exornar en un dia solemne la natural hermosura del monumento. Cerca de la
cúspide tienen un pequeño andito, sobre el cual asoman
reunidas las ocho caras, para anudarlas con un elegante
remate.

Las torres y la fachada se labraron con la vistosa piedra de Ontoria, de extremada blancura, á propósito para
la estatuaria, comparable al mejor mármol, y dócil á la
ejecucion del artista; de modo que le ha permitido realizar cuanto su fecunda imaginativa le ha sugerido, procurando á la fábrica una lucidez, de que hay pocos ejemplos
en Europa.

No tan grande y suntuosa como la principal, la portada de la Coronería en uno de los brazos del crucero, la
iguala, sin duda, en la agradable composicion y armonía
de las partes. Á semejanza suya, consta de tres cuerpos. Hay en el primero un ingreso ojíval de arcos concéntricos profusamente decorados, con efigies de santos,
y figuras caprichosas. Se ven aquí ademas, las estatuas
de los doce apóstoles, casi del tamaño natural, y en
el luneto del último arco, que dá entrada al templo, al
Salvador, sentado, con una mujer á la derecha y un
hombre á la izquierda, ambas figuras levantando los brazos hácia el cielo en ademan de suplicar. Otras esculturas de menos importancia, aunque del mismo carácter rudo y grosero, adornan las dovelas del dintel con
la venerable antigüedad que las distingue. No hay en
el segundo cuerpo tanta ornamentacion y riqueza: le ocupan solo dos espaciosas ventanas ojíváles del gótico de la
primera época, realzadas únicamente por su atinada proporcion. En el tercero aparecen tres agimeces gemelos,
entrecortados por arquillos y columnitas, á cuyas cañas
arriman estatuas.

Á escuela muy distinta corresponde la portada, que llaman de la Pellejería, en un ángulo del crucero hácia la parte del Este. Es del estilo del Renacimiento. Notable por su invencion, bella por sus minuciosas esculturas, elegante y airosa por sus formas, riquísima por sus esmeradas y prolijas labores, asemeja á un suntuoso retablo, dividido en tres tableros perpendiculares á la base. En los laterales coronados de frontones semicirculares, hay pilastras bordadas de menudos entallos, y en los entrepaños, que dejan entre sí, las estatuas de Santiago, San Andres, San Juan Bautista y San Juan Evangelista. El del centro se compone de dos cuerpos: ocupa el inferior la puerta de ingreso, orillada de cresterías acaireladas, estatuitas, umbelas, y otras menudencias de buen gusto. El superior aparece adornado con tres columnas abalaustradas, y esculturas, que representan dos martirios, con figuras destacadas del fondo. Recorre el conjunto un cornisamento, y encima se levanta, á manera de ático, un friso con pilastras resaltadas á distancias iguales, sobre las que descansa un fronton semicircular orlado de follages, y por remate el escudo de armas del obispo Rodriguez Fonseca, á cuyas espensas se labró esta gran fábrica. La prolijidad del trabajo, su profusa y bien entendida escultura, la infinidad de grotescos, tallos, mascaroncillos, ángeles, y otros mil caprichos esculpidos con suma finura, que cubren todos sus miembros y tableros, le dan un valor inestimable, distinguiéndola muy particularmente entre las mejores del estilo plateresco.

La capilla del Condestable, en el testero de la iglesia, esta joya de la catedral de Burgos, como la llama con razon D. Rafael Monge en su Manual del viajero, viene á contribuir con sus airosas formas, con sus elegantes y bordadas ventanas ojiváles, orladas de conopios, á la riqueza y variedad del contorno exterior. El arte muéstrase en ella mas ecléctico é independiente, porque sin someterse á una sola escuela, toma á capricho los rasgos y caractéres de la ojíval y de la plateresca, para amalgamarlos y confundirlos en una misma inspiracion. Por los años de 1487, reinando los Reyes Católicos, fundaron esta fábrica D. Pedro Hernandez de Velasco, Condestable de Castilla, y su mujer Doña Mencía, condesa de Haro, cuyo suntuoso sepulcro es uno de sus mejores ornamentos. Es de planta octágona, y de escelente construccion. Ceñida de un talus bastante elevado, se compone de cuatro cuerpos; la termina un esbelto cimborio, y guarnecen sus ocho ángulos otras tantas torrecillas lujosamente ataviadas de trepados, agujas, estatuitas y doseletes, descollando de la manera mas graciosa sobre el cerramiento. Escudos de armas, ventanas, estatuas y cresterías adornan sus ochavas, y dan al todo un aire de magnificencia, que grandemente satisface á los conocedores.

En direccion del E. al S., dejando atras esta capilla, se encuentra la portada del Sarmental ó del Arzobispo, al lado opuesto á la de los Apóstoles, y en correspondencia con ella. Á semejanza suya, tiene tres cuerpos. Súbese al ingreso, que ocupa el centro del inferior, por una gradería de veinte y ocho escalones: adórnanle gallardas columnas, y un cornisamento seguido, sobre el cual se colocaron las estatuas de Moises y de Aaron, y de los Apóstoles San Pedro y San Pablo. Cobijadas un poco mas arriba por otra cornisa, de ella arranca el arco, que forma la puerta, prolijamente cubierto de infinidad de figuras de ángeles y santos. En su vano aparece el Redentor acompañado de los cuatro Evangelistas con sus símbolos característicos, y en las dovelas del dintel, los doce Apóstoles.

Llena casi todo el segundo cuerpo un magnífico roseton, y se ven en el tercero agimeces gemelos con columnitas y ángeles delante de sus fustes, y arquillos entrelazados conforme al gótico del tercer período. Un anden filigranado entre dos torrecillas ó pináculos, corona por último esta lujosa obra.

Tales son, y tan variados y ostentosos los contornos esteriores de la catedral de Burgos. El arquitecto dividió hábilmente el vasto espacio en ellos encerrado en tres dilatadas naves, que cortadas perpendicularmente por la que corre paralela á la fachada principal, forman la figura de una cruz latina, tan regular por sus atinadas proporciones, como imponente por su grandiosidad. Su aspecto es noble, sencillo, magestuoso. En las principales partes, y su combinacion y correspondencia, se advierte bastante unidad, como si todo se hubiese ejecutado con sujecion á un mismo plano y alzado. La nave central, alta, desahogada y esbelta, descuella atrevidamente sobre las colaterales, mucho mas reducidas, y no tan airosas, aunque de buenas dimensiones. Sepáranlas veinte y dos pilares de planta octágona, fuertes y robustos, y sin embargo sueltos y delicados á la vista, y revestidos de junquillos, que los adelgazan y engalanan, ocultando bajo una aparente delicadeza su maciza construccion.

Pero entre estas partes interiores, la de mas precio, la que llama sobre todo la atencion por la hermosura y acabado, por el carácter especial de las formas, por la arrogante estructura y gentileza, es el cimborio, que magestuosamente corona el crucero á mucha altura, apoyado en colosales y magníficos pilares. El 3 de marzo de 1539, vínose abajo con lamentable ruina el primitivo, edificado de ladrillo, ya de ántes resentido, á pesar de sus pocos años de existencia. Presidía entónces la iglesia de Burgos un Prelado tan animoso y espléndido, como el cardenal D. Fr. Juan Alvarez de Toledo, amigo de las artes, y dado á las construcciones monumentales, el cual segundando los esfuerzos de su cabildo, pensó desde luego en la restauracion de esta obra. Confióla por

fortuna al artista, que mejor podia corresponder á la elevacion de sus ideas, y á su generosa munificencia. Tal era
Felipe de Borgoña ó de Vigarni, nacido en pais extranjero, segun su apellido parece indicarlo; pero natural de
Burgos, á lo que algunos pretenden. Llamábale con razon
Diego Sagredo en sus Medidas del Romano, «singularí-
«simo artífice en el arte de la escultura y estatuaria, va-
«ron asímismo de mucha esperiencia y muy general en
«todas las artes mecánicas y liberales, y no ménos muy
«resoluto en todas las sciencias de arquitectura.»

Así lo acreditó en el crucero y cimborio de la catedral
de Burgos. Es harto curiosa la descripcion, que de esta
gran máquina nos ha dejado el Doctor D. Juan Canton
Salazar en la vida que escribió de Santa-Casilda, para que
dejemos de recordarla, sin embargo de que Bosarte la
reprodujo en su Viaje, y de que últimamente se copia
tambien en el Diccionario geográfico estadístico histórico
del Sr. Madoz. Hé aquí sus palabras. «El crucero de
«esta santa iglesia, es pasmo y admiracion de cuantos le
«han visto, por ser obra de las mas suntuosas y de mas
«realce de España, nueva maravilla del orbe. El antiguo
«dicen era de ladrillo y de gran primor, como lo dá á
«entender el auto capitular del dia 4 de marzo de 1539....
«Esta nobilísima ciudad hizo tanta ostentacion de su bi-
«zarría y grandeza, que en memoria y agradecimiento
«de su liberalidad, mandó el cabildo poner sus armas de-
«bajo del corredor de la nueva obra, como hoy se ven,
«con las del Emperador Carlos V. Su ilustrísimo prelado,
«que era el Eminentísimo Sr. D. Fr. Juan Alvarez de
«Toledo, hijo de D. Fadrique Alvarez de Toledo, y Doña
«Isabel de Zúñiga, duquesa de Alba, correspondió tam-
«bien á su piedad y nobleza; por lo cual pusieron sus armas
«en los dos pilares del crucero, que caen hácia el pres-
«biterio. Desembarazado el sitio en breve tiempo, se pu-

«sieron los cimientos en el mismo año de 1539, y en el de
«44 llegó la obra hasta la mitad de los cuatro pilares que
«la mantienen, como consta de unas targetas que tienen
«los pilares de la mano derecha y siniestra, entrando al
«coro á la parte de los órganos; y en el de 1550 esta-
«ban concluidos los cuatro pilares y los cuatro arcos que
«estriban sobre ellos, y mantienen el crucero, cuya gran-
«deza y admirable obra se concluyó en 4 de diciembre
«en el de 1567, como consta de papeles del archivo de
«esta santa iglesia, registro 55, folio 451. Hiciéronla Juan
«de Castañeda y Juan de Vallejo, hijos de esta ciudad.
«Trabajó tambien en ella y dió la traza Maese Felipe,
«borgoñon de nacion, y uno de los tres célebres arqui-
«tectos, que trajo á España el Emperador Carlos V, que
«habiendo visto este crucero, su hermosura, grandeza y
«escelencia, dijo: que *como joya habia de estar en caja, y*
«*cubierto con funda para que como cosa preciosa no se*
«*viese siempre, y de ordinario, sino á deseo.* Y Felipe II
«que *mas parecia obra de ángeles que de hombres.*»

No es del estilo gótico esta fábrica, como pretende
Bosarte al rectificar la opinion equivocada de los que la
suponian del órden dórico. Con muchos resabios del gusto
ojíval del tercer período, y con parte de sus ornatos,
corresponde á la escuela del Renacimiento, cuyo carácter,
mas que otro, la distingue. Forman el crucero cuatro
grandes pilares, que bien pudieran llamarse torres por su
ancha base y solidez, y aun por el repartimiento de sus
cuerpos; pero de superficies tan labradas y cubiertas de
labores, de tal manera agrupados, que la apariencia de
verdadero macizo y de su mole, desaparece completamente, y queda solo el encanto de su graciosa estructura,
de sus inapreciables esculturas, y lujosa ornamentacion,
en que el ingenio y habilidad del artista, y la prodigalidad y riqueza de los fundadores, no encuentran obs-

táculos á la ejecucion de sus ideas. Divídense en cuatro
zonas: la primera, que sirve como de pedestal, es octágona, y se halla adornada de preciosos relieves, en
que se vé ya la pureza y clasicismo del antiguo, sin un
recuerdo siquiera de la sequedad gótica: están las otras
tres surcadas de estrías, y en ellas hay menudas y delicadas labores, graciosos y pequeños retablillos de mucho
capricho, y escelentes estatuas, que representan Apóstoles
y Doctores, cuyas esculturas, así como la fábrica entera,
son de piedra de Ontoria.

Sobre estos cuatro pilares se eleva magestuosamente
un cuerpo octágono, coronado con indecible gallardía por
el cimborio, desde cuya clave, hasta el pavimento, hay
ciento ochenta pies. No se dará, por cierto, un aspecto
mas imponente y sublime, que el de esta inmensa mole. El
esmero de la ejecucion compite en ella con la bizarría; y
el lujo y la pompa artística con la grandiosidad de las formas, y la armonía y belleza de los detalles. Interiormente
recorren el octágono, á manera de fajas horizontales, dos
andenes: el primero cobija escudos de armas y estatuas, y
el segundo las colosales, que representan Profetas, Patriarcas, y Doctores, con gusto y simetría colocadas. Serafines
del tamaño natural ocupan los ángulos: rasgan airosamente los ocho lienzos ventanas dominadas de bustos,
y una bóveda en figura de estrella, cierra el crucero del
modo mas elegante y pintoresco. En la parte esterior,
sobre los ángulos de la caja en que descansa el cimborio,
se elevan pináculos bordados de cresteria y trepados, y
en mucho parecidos á los de la capilla del Condestable.

No desdicen de la suntuosidad del crucero, y de las naves que le circuyen, ni el ábside enriquecido con las esculturas de Felipe de Borgoña, ni la obra del coro, si bien
esta es inferior en el mérito artístico. Sin detenernos á
describir su sillería y demas adornos, de que Canton hace

larga memoria, justo es mencionar aquí el trascoro, levantado sobre una base ática de mármol de mezcla con sus cincuenta y dos columnas istriadas del órden corintio, y cada una de ellas de una sola pieza, su balaustrada corrida con pilaritos de trecho en trecho, y sus seis altares, donde hay otros tantos cuadros de Fr. Juan Rizi.

Las capillas ofrecen mucha variedad, así en las formas y el estilo, como en las dimensiones y la estructura. No fueron todas construidas en una misma época, ni con arreglo á un plan uniforme y á un pensamiento, que las pusiese en armonía con la planta general de la fábrica y el carácter dominante de su arquitectura. Se cuentan hasta quince en torno de las naves, y algunas tan espaciosas, que segun ya lo ha observado Bosarte, bien pudieran pasar por otras tantas iglesias parroquiales. Se distinguen entre ellas las siguientes.

1.ª La de Santiago, por sus vastas dimensiones la mayor de todas, donde se vé el magnífico sepulcro de D. Juan Ortega de Velazquez, abad de Sanquirce, justamente elogiado por Bosarte.

2.ª La del Condestable, de que ya se hizo mérito; pertenece al gótico florido y gentil, cual se empleaba en el siglo XV, y es uno de los mejores ornamentos de la catedral. Su portada participa del gótico y del Renacimiento, y el arco de ingreso, orlado de cuatro hileras de crestería cairelada en su archivolta, está sostenido por dos machones de mucho artificio y trabajo, y realzado por su preciosa verja ejecutada por Cristobal de Andino en el siglo XVI. De planta octágona, ocupa el ábside tres paños con un colateral á cada lado. La cubre un gallardo cimborio, sobre un cuerpo octágono con dos órdenes de ventanas, y bajo cinco grandes ojivas adornadas de conopios y hojas cardinas, la recorre un anden como al tercio de su altura. Realzan esta decoracion escudos de armas, estatuas y cresterías, y sobre todo, el sepulcro de los Fundadores, que se eleva junto á las gradas del presbiterio, y es de las obras de escultura mas celebradas de España.

3.ª La de Santa Ana, fundada por el obispo D. Luis Osorio de Acuña, en 1474, del estilo gótico florido, y una de las preciosidades de la iglesia de Burgos, por el mérito del sepulcro de D. Fernando Diez de Fuente Pelayo, cuyas esculturas elogia Bosarte. Se halla dentro de un nicho incrustado en uno de sus lienzos, á diferencia del erigido al Fundador, en el centro de la fábrica, y obra tambien muy estimable.

4.ª La del Santísimo Cristo, de la misma antigüedad que el primer cuerpo de la iglesia, en forma de cruz latina, y bastante espaciosa.

5.ª La de la Presentacion, muy sólida, con dobles pechinas, bóveda elegante y cerramiento calado, iluminada por una ventana de dos vanos y cuarenta pies de altura, y otras cinco mas pequeñas y próximas á la bóveda. En su centro se eleva el sarcófago de D. Gonzalo Diaz de Lerma, adornada la urna de escelentes relieves.

6.ª La de Santa Isabel, debida al célebre D. Alonso de Cartagena, obispo de la diócesis; de un gótico florido y gentil, y en el mismo sitio que ántes ocupaba la de Santa Marina. Es espaciosa, la distinguen ricas pinturas, y tiene en el medio el enterramiento del Fundador, todo de alabastro, conforme al gusto gótico del tercer período, con delicadas esculturas, y prolijidad de ornatos, en cuya ejecucion se advierte suma diligencia.

7.ª La de San Enrique, ostentosa y magnífica, cobijada por dos cúpulas de bella estructura. La realzan, entre otras cosas, dos suntuosos sepulcros. Constituye el principal ornato del uno, un arco sostenido por estípites, muy decorado, cornisamento encima, y un ático, que le corona con el misterio de la Anunciacion, serafines y estatuas: adorna el otro un conopio, al cual se enlaza un contraconopio de dos puntas, y mas arriba se vé la tarjeta con estatuas y columnitas, que algunos suponen traida de la antigua Oca, y trabajada en el bajo Imperio; pero sin pruebas suficientes para concederle esta procedencia. El sepulcro del Fundador D. Enrique Peralta, obispo de la diócesis, arrima á una de las paredes laterales, á manera de un suntuoso retablo de alabastro, y se hace notable por sus esmeradas y prolijas esculturas.

8.ª La de Santa Tecla, únicamente llama la atencion por su espaciosidad. Es del estilo churrigueresco, y la fundó el arzobispo D. Manuel de Samaniego en 1734.

9.ª La de Santa Catalina, del tiempo de D. Enrique II, con un ingreso del estilo ojíval florido. Estaba destinada para enterramiento de este Monarca, y fué la primitiva sacristía de la catedral.

Á la estension y pompa artística de estas capillas, corresponde el claustro, por su proporcion, ornato y dimensiones. Del estilo gótico del tercer período, como una gran parte de la iglesia, ocupa un vasto cuadrilátero, que habiendo servido de cementerio á los canónigos, se halla ahora sin uso y cubierto de malezas. Cada una de las cuatro galerías que le circuyen, tiene ochenta y nueve pies de longitud, y veinte y dos de latitud. Sus lienzos esteriores se ven rasgados por arcos dobles apuntados en forma de agimeces, subdivididos por otros mas pequeños y ricamente exornados con tréboles, rosas y columnitas de agradable efecto. Ojivos trazados con inteligencia y de muy correctos perfiles, prolijamente revestidos de follage, adornan las paredes interiores, y en sus centros hay estatuas casi colosales de santos y héroes, cuyo carácter es enteramente gótico. Con ellas alternan muchos sepulcros de diferentes tiempos y estilos, que dan al conjun-

to un aspecto solemne , un interés histórico , y un aire
de antigüedad á propósito para afectar la imaginacion, y
conmover el ánimo , con muy venerables y graves recuerdos. Entre los mas notables, llama muy particularmente
la atencion el del canónigo D. Diego de Santander , del
cual hace Bosarte justos y merecidos elogios por sus escelentes esculturas. Es del Renacimiento , y al mismo estilo corresponden tambien los de D. Pedro Ruiloba , y D.
Gaspar Illescas, celebrados igualmente de los inteligentes , sino de tanto mérito como el anterior.

Una descripcion mas detenida de los preciosos objetos
comprendidos en la catedral de Burgos, aunque no podria
ser enojosa á los conocedores, y haría mas palpable el
valor que la realza, escedería, sin duda, los límites que
nos hemos propuesto. Basta lo dicho hasta aquí para determinar el verdadero carácter y el inestimable precio de
este insigne monumento, eminentemente gótico, como
ninguno clásico en su género, en grandiosidad y belleza el
primero de España , y quizá la mas brillante de sus glorias artísticas.

CAPÍTULO XXIII.

LA CATEDRAL DE TOLEDO.

Ya hemos visto que impulsados los pueblos de la edad media por un sentimiento á la vez patriótico y religioso, y conducidos en sus empresas por el interes de la comunidad, acertaron á retratar de una manera admirable su propio carácter en el de sus monumentos arquitectónicos. Considerábanlos el patrimonio de todos, y medían su grandeza por la de la sociedad, que los consagraba al culto religioso, ó á la pompa y esplendor del trono. Y como en el profundo respeto á las cosas sagradas, en las inspiraciones de la piedad y del honor, en el acatamiento á las tradiciones, en la santa veneracion á los ilustres nombres, y á los altos ejemplos, un mismo espíritu animaba igualmente al señor y al siervo, al sacerdote y al guerrero, esas afecciones morales, que determinaban la índole de una raza, la existencia de una generacion entera, venian á reflejarse en los edificios religiosos, convirtiéndolos en el archivo donde guardaban para la posteridad sus títulos de gloria.

Entre los monumentos, que hoy comprueban esta verdad, es uno de los mas notables la catedral de Toledo, no solamente célebre por su mérito artístico, sino por los memorables sucesos que recuerda, porque perdiéndose su orígen en la misma cuna del imperio gótico, sobreviviendo á su destruccion, y levantada sobre sus ruinas, trajo hasta nosotros la idea de sus concilios, de sus santos y sabios Prelados, de los esclarecidos Monarcas, que ciñeron la corona bajo sus bóvedas, y de los héroes, que depositaron en sus altares la espada y los despojos de sus victorias. Grave y sublime, cual conviene á los recuerdos que escita, á los tiempos de su ereccion, al carácter de sus fundadores, respira una reposada magestad, un aire de misteriosa grandeza, cierta vaguedad indefinible, que sin amenguar la pompa y esplendor del estilo ojíval, rico y gentil, admirablemente le concilia con la idea de la supremacía, que ha debido distinguir la venerable y antigua iglesia de los Eugenios, Isidoros é Ildefonsos. El artista y el arqueólogo pueden hacerla objeto importante de sus investigaciones; porque á la memoria de notables acontecimientos, y de nombres tan caros á la Iglesia, como al Estado, allega los diversos géneros de construccion, empleados por el arte cristiano desde el siglo XIII, hasta el XVIII.

Cubierta de tinieblas aparece hoy la fundacion de este magnífico templo. Ya en el primer año del reinado de Recaredo, obtuvo el honor de la consagracion, cuya circunstancia supone que por lo ménos se hallaba entónces concluida su fábrica. La iglesia mas ilustre de la Monarquía gótica, ennoblecida por los sabios y santos Prelados que la erigieron en tiempos de calamidad y de prueba; teatro de memorables revoluciones por espacio tres siglos, sirvió despues de mezquita á los conquistadores de la ciudad imperial. Recobrada esta por D. Alonso VI, todavía, conforme á las capitulaciones aceptadas para su entrega, se concedió á los vencidos como su principal mezquita. Pero el arzobispo D. Bernardo y la Reina Doña Constanza, con desprecio de los pactos, y contra la promesa del Monarca, violentamente la arrancaron á los árabes, para volverla á su primitivo destino. No es cosa fácil determinar hoy sus formas en esa época: natural parece que fuesen las de una aljama, y acomodadas al gusto y las maneras de la arquitectura árabe en su primer período.

Como quiera que sea, así permaneció, hasta que gobernando esta iglesia el célebre arzobispo Ximenez de Rada, y en el reinado de San Fernando, con el auxilio de este Monarca, se echaron los fundamentos de la catedral que hoy existe, el año 1227, siendo su arquitecto Pedro Perez. Digna era de conservarse la memoria de este profesor, cuyo talento artístico quedó tan justamente acreditado con la escelencia de la fábrica, y el atinado arreglo, proporcion y correspondencia de sus partes. No extranjero, sino español, como lo manifiesta su apellido, comprueba los progresos alcanzados por el arte entre nosotros, y el mérito que distinguia á sus cultivadores ya en el siglo XIII. Pedro Perez, que era uno de los mas aventajados, dirigió las obras del nuevo templo por espacio de cuarenta y nueve años, puesto que, segun la inscripcion sepulcral, que cubria su tumba, y que ahora se conserva en la sacristía de la capilla de Santa Marina, falleció el año de 1275. Pero aunque fuesen extraordinarios sus esfuerzos para adelantar las construcciones, lentamente debieron continuar durante todo el siglo XIII, atendidas la magnitud de la obra, sus vastas dimensiones, y la penuria y escasez de los tiempos. Sin contar las partes edificadas conforme al estilo del Renacimiento, dos siglos se consumieron en las pertenecientes al gótico, transmitiéndose de generacion en generacion el empeño de terminarlas, como un legado de la piedad de los fieles, y una obligacion impuesta por el sentimiento religioso, móvil entónces de todas las grandes empresas.

Desarrollándose en tan largos y diversos períodos las artes de imitacion con la cultura de los pueblos, pudieron dejar muy señaladas pruebas de sus progresos en el templo toledano. De planta cuadrilonga, si se esceptúa el semicírculo, que describe al Oriente para formar el ábside, y á cuyo respaldo se encuentra el famoso transparente, objeto á la vez de alabanzas é impugnaciones, unas y otras desmedidas, abraza una superficie de cuatrocientos cuatro pies de longitud, en direccion de Oriente á Occidente, y doscientos cuatro de latitud, tomada esta de Norte á Mediodía. En tan vasto espacio se comprenden el crucero, desahogado y magestuoso, cinco dilatadas naves, airosamente agrupadas, la capilla mayor, rica en esculturas y sepulcros de gran precio, el transparente á su respaldo, el coro con su celebrada sillería, dos órdenes de capillas á lo largo de las naves laterales, la sala capitular, el claustro, y varias oficinas necesarias al servicio de la iglesia.

Á la magnificencia de estos apartamientos interiores, al arte que los enlaza y distribuye, á sus multiplicados y preciosos detalles, á la profusion de objetos artísticos que los realzan, no corresponde, sin duda, el esterior del templo, ni por los contrastes de los cuerpos arquitectónicos, ni por la armonía y correspondencia, ni por la ostentacion de los accesorios. Mucho, no obstante, tiene el arte que admirar en ellos, ya se atienda á su noble aparato, ya á la mezcla de estilos que los distinguen, aunque de la combinacion y el agrupamiento de las masas, de sus resaltos y contrastes, de las proyecciones y la distribucion general, no resulten aquel conjunto pintoresco, aquella variedad y gallardía, el atrevimiento y gentileza, que tanto caracterizan las catedrales de Leon y de Burgos. Ni forman los contornos un todo regular, ni guardan euritmia y perfecta simetría. Pero hay en ellos un verdadero mérito; respiran magestad y grandeza, determinan las vici-

:

situdes y el desarrollo progresivo del arte, son la espresion de su carácter en una larga série de años, y manifiestan hasta qué punto de perfeccion pudo llegar entre nosotros la arquitectura ojíval, desde que ruda y pesada hizo sus primeros ensayos, hasta que florida y gentil se mostró con la brillantez y lozanía que la distingue en sus mejores monumentos.

Como si los recuerdos y las tradiciones hubiesen influido en la inspiracion del artista, supo dar á las partes esteriores de la catedral de Toledo el aspecto grave y reposado, la nobleza que convenia á la metropolitana de España, á la memoria de sus augustos fundadores, al lugar sagrado donde se abjuraron los errores del Arrianismo. Conoció sin duda que el templo erigido sobre las ruinas del consagrado por Recaredo, debia ostentar un carácter elevado é imponente, conforme con su destino y sus orígenes; que engrandecido por los siglos, y las glorias de la Monarquía gótica, todo fausto, que no las recordase, parecería pequeño y sin brillo; que su pompa no podia ser afeminada y minuciosa, sino varonil y robusta, y un testimonio sublime de la religiosidad de Recaredo, de la sabiduría y la virtud de Isidoro, de la conquista de D. Alonso el VI, de la restauracion del trono hundido y mancillado en las orillas del Guadalete. Poseido de la importancia de su objeto, dejó hablar á la historia en los mármoles del monumento que levantaba; le abandonó el derecho de realzarlos, y se redujo á ser su fiel intérprete. Por eso, modesto y sencillo, huyó de todo aparato, que por su misma grandiosidad no correspondiese al orígen y los recuerdos del edificio. Una breve reseña de sus magníficas portadas comprobará esta verdad.

La principal se encuentra al Occidente, entre la media naranja de la capilla muzárabe, y la hermosa y gallarda torre, que airosamente descuella sobre el edificio. Se com-

pone de tres cuerpos coronados por un fronton greco-
romano, obra del siglo XVIII, y en el sitio que ocupa,
de tanto peor efecto, cuanto que no pueden conciliarse
su pesadez, sus vuelos y molduras horizontales, y sus
formas clásicas, con las enteramente diferentes del gótico
del siglo XV á que pertenece la generalidad de la fábrica. Los tres ingresos en el primer cuerpo le dan una
verdadera grandeza, y constituyen en parte el mérito
que la distingue. Formados de arcos ojivos, abiertos en
el espesor del muro, se conocen con los nombres del
Infierno ó de la Torre, del Perdon, y de Escribanos ó del
Juicio. Profusamente exornados y en relacion con las naves á que sirven de puertas, los separan dos abultados
estribos, los cuales á manera de torres, se elevan entre
ellos con una tendencia á la forma piramidal, gallardamente agrupados, y cubiertos de cresterías, nichos simulados,
repisas y umbelas, y realzados ademas con veinte estatuas, repartidas en dos órdenes simétricamente. Representan estas, doctores de la iglesia, y personajes del Antiguo Testamento: son muy posteriores á las obras primitivas de la iglesia, y aunque con la sequedad y dureza
del estilo gótico, muy superiores á las del siglo XIII, no
carecen ciertamente de mérito.

La puerta del Perdon ocupa el centro de la fachada, y
mas alta y espaciosa que las laterales, aparece tambien
mas rica y ataviada. Determinado su gran vano por un
arco ojíval, y formando una especie de portal en el espesor del muro, sus macizos laterales se ven cuajados de
ornamentos góticos divididos en dos zonas. La inferior presenta una série de arquillos apuntados, cuyos baquetones,
cruzándose en la parte superior, se enlazan con buen
efecto, elevándose sobre ellos las estatuas de los doce
Apóstoles, casi del tamaño natural. Conforme abre el arco
hácia la parte esterior, y se hace mas espacioso, cubren

las molduras y archivoltas, que se suceden en su macizo, figuritas de ángeles y santos acomodados á su misma
curvatura, y alternando con las repisas y umbelas que las
separan. Bustos y cabezas de Reyes guarnecen la clave,
y en la entreojiva hay un bajo relieve, que representa
á la Vírgen entregando la casulla á San Ildefonso, el cual
la recibe de rodillas: escultura ya muy adelantada, que
puede considerarse como la precursora de la greco-romana. Una estatua de Jesus á la columna divide el vano cuadrilongo de la puerta, cobijada por el último arco interior, y dividido en dos hojas iguales, como era entónces
costumbre en todos los templos de su clase.

Triste inspiracion ha sido por cierto coronar este primer cuerpo de la portada principal con un fronton greco-
romano, tan ageno de sus formas, como incompatible con
el carácter especial que le distingue. Para hacer mas visible su inconveniencia, resalta sobre su cúspide el segundo cuerpo, compuesto de una série de arquillos, que sostienen el friso y la cornisa, donde se colocaron en trece
nichos al Salvador y sus Apóstoles, rematando el conjunto con pináculos piramidales exornados de crestería.

Dos ojivas gemelas, cuyos extremos interiores se apoyan en una misma columna, sobre la cual descansa la
estatua de Santa Leocadia, ocupan el tablero del primer
cuerpo, y por sus vanos recibe la luz el roseton que domina el ingreso, á los pies de la nave principal. Conforme
al espíritu de reaccion hácia el clasicismo romano, que á
la vez se apoderó en el siglo pasado de las letras y de
las artes, con harta impropiedad se dieron á esta fachada
por remate un frontispicio triangular, pirámides segun el
gusto de Herrera en sus ángulos, y las armas Reales en
el tímpano: obra de malísimo efecto, y de todo punto
contraria á los recuerdos, la índole, y la estructura primitiva de tan suntuosa fábrica.

No tan espaciosas y exornadas como la principal, aparecen las portadas laterales. Formadas, á semejanza suya, de arcos ojivos en el primer cuerpo, se hallan profusamente ataviadas de repisas, estatuas y doseletes, llenando la entreojiva de la de la Torre dibujos caprichosos, y la de Escribanos un relieve muy destacado del fondo, que representa el Juicio final. Arcos modernamente construidos, bajo los cuales se colocaron estatuas de algun mérito, adornan el segundo cuerpo de estas portadas, y el tercero es del órden jónico, dominado por una exornacion del estilo ojíval.

No es preciso decir que esta mezcla incoherente de tan opuestas escuelas, produce un contraste desagradable, y ageno de la unidad y el carácter del conjunto de la fachada. El arquitecto Alvar Gomez le dió principio por los años de 1418, imprimiendo en ella el gusto de su siglo, y bien distante, sin duda, de presumir que vendria á desfigurarla en 1787 el profesor D. Eugenio Durango, con tan inoportunas renovaciones.

Por desgracia cundió tambien el empeño de sustituir las formas góticas con las greco-romanas, á la fachada del Mediodía, donde hay dos portadas; la de los Leones, una de las obras mas suntuosas del siglo XV, y la Llana, construccion moderna del órden jónico, adornada de columnas, y sin mérito particular que la distinga. Labró la primera Anequin Egas de Bruselas, y ya se atienda á sus dimensiones y regulares contornos, ya á la riqueza y variedad de sus labores, ó ya á la escelencia y franqueza del acabado, ocupará siempre un lugar de preferencia entre las mejores obras de su tiempo. Consiste en un gran arco apuntado de bastante espesor, con dos ostentosos estribos á sus lados. En los macizos interiores, revestidos de baquetones y molduras, se distribuyeron profusamente muy delicadas tallas y estatuas de diversos tamaños, em-

beleso de los inteligentes por su esmerada y prolija ejecucion. Las de los doce Apóstoles guarnecen su parte
inferior, y la de la Vírgen sobre una columna divide en
dos hojas iguales el vano interior, dejando una puerta
cuadrilonga á cada lado. En la entreojiva se colocó una
escultura de buen efecto, trabajada en el siglo pasado
por D. Mariano Salvatierra, la cual representa la Asuncion de Nuestra Señora. Los bustos de los doce Apóstoles
y en medio de ellos el de la Vírgen, una cornisa y un fronton greco-romano con la estatua de San Agustin sobre su
cúspide, todo obra moderna, dirigida por Durango, terminan de una manera irregular esta fachada, cuyas propiedades góticas rechazan tan inadecuada restauracion.

No es ciertamente ni tan lujosa y acabada, ni de tan
bellas formas la de los Leones á la parte del Norte; pero
ofrece mayor interes para la historia del arte. Una de las
mas antiguas construcciones de la catedral, y labrada en
el siglo XIII, se conoce con el nombre de la Feria ó del
Niño perdido, y denota en su desaliño y severidad, en la
escultura y robustez, los primeros ensayos del arte ojival entre nosotros. Es su parte principal y mas notable el
ingreso: á semejanza de los otros, se compone de un arco
apuntado, grande y espacioso, con el mismo espesor del
muro en que fué practicado; y sus archivoltas se ven
adornadas de estatuas y relieves que representan varios
pasajes del Viejo Testamento, en escala muy reducida, y
cuya singularidad consiste particularmente en la rudeza
y desabrimiento de la escultura. Ocupa la entreojiva
del arco, en el fondo del ingreso, una série de figuras
colocadas en líneas horizontales, que quieren espresar,
segun se pretende, la Adoracion de los Reyes, la Cir-
cuncision, y la disputa del Niño Dios con los doctores.
Desgraciadamente, en esta mas que en las otras portadas,
el prurito de renovar, destruyendo las obras antiguas,

únicamente perdonó la venerable escultura de este ingreso, y aun no sin que el greco-romano viniese á sustituir alguna parte de sus ornatos.

Sin detenernos á examinar otras fábricas esteriores, á pesar de las circunstancias particulares que las recomiendan, y procurando ceñirnos á los límites que nos hemos propuesto, paremos ahora la atencion en la torre levantada en uno de los extremos de la fachada principal, que tanto contribuye á su realce, y, sin duda, de las construcciones mas notables de este grandioso templo. No fué seguramente erigida para que figurase aislada, tal cual hoy aparece: sobre la capilla muzárabe al lado opuesto, ha debido construirse otra que hiciese juego con ella; á lo menos así es preciso suponerlo, si se ha de atender á la armonía y relaciones de las partes componentes del todo de la fábrica. Confiada por largo tiempo esta obra al arquitecto Alvar Gomez, tuvo principio en 1380, y en el espacio de sesenta años se vió completamente terminada. Considerando su magnitud y elevacion, los ornatos que la embellecen, y la solidez y estension de sus compartimientos, breve parece ese corto período para tan vasta construccion. Airosa, de agradables perfiles y regulares formas, aunque no tan ligera y aérea, tan suelta y gentil, como la de Oviedo y las dos de Burgos, ni con su riqueza de detalles y detenida ejecucion; respira magestad y nobleza, se eleva á mucha altura, y desde cimientos se ha fabricado de sillería berroqueña, dura y compacta, y, sin embargo, fácil de labrar y de buen aspecto. Divídenla hasta el arranque de la aguja tres grandes cuerpos. El primero compuesto de cinco zonas ó compartimientos, es de planta cuadrangular, y en sus paramentos esteriores hay arcos simulados, ventanas de distintas formas, un zócalo con recuadros, escudos de armas y varios camafeos de mármol, y por coronacion un antepecho flanqueado de pirámides cresteadas en los cuatro ángulos. De planta exágona el segundo, tiene un arco en cada frente, el cual cobija dos apoyados en una misma columna, y guarnecen sus seis ángulos otras tantas torrecillas ó pináculos, de airosos contornos y de figura piramidal, llenos de trepados y cresterías, y enlazados por un antepecho calado, que corresponde muy bien á su ligera ornamentacion. Exágono es igualmente el tercero y último cuerpo, sobre el cual se levanta la aguja, á manera de una pirámide cónica, cubierta de pizarra. No es este el de la primitiva fábrica: arruinado por un incendio, fué necesaria su completa reparacion en 1662, y aun despues se le agregaron algunas otras obras de ménos importancia.

Tales son los principales objetos artísticos de los contornos esteriores de la catedral de Toledo, mas nobles y magestuosos, que bellos y delicados. Si los realza el aparato de las portadas, y ofrecen al exámen del inteligente trozos magníficos, no presentan en su conjunto aquel agrupamiento, que con una marcada tendencia á la forma piramidal, hace tan airosa y desembarazada la de los edificios del mejor tiempo, construidos con arreglo á un solo plan, y sin agregaciones inoportunas, que alteren sus perfiles. De otro modo ha procurado y conseguido el arte agradar y sorprender en las partes interiores del templo. ¡Cuánta grandeza y decoro, cuánta suntuosidad y pompa artística, no respiran sus espaciosos ámbitos! ¡Qué prestigio y qué encanto no reciben de los recuerdos históricos, de la antigüedad, y las creencias que los santifican, de las inspiraciones mas sublimes del arte cristiano! Vagando la vista de objeto en objeto, y siempre embelesada, se dilata por cuatro prolongadas naves, que se van apiñando en torno de la central, levantada sobre ellas á mucha altura. Las dividen ochenta y ocho pilares de columnas agrupadas, como si fuesen manojos de junquillos, sobre cuyos arcos apuntados, de elegantes proporciones y perfiles, cargan setenta y dos bóvedas peraltadas, de considerable elevacion y grave aspecto. Estos ámbitos aparecen iluminados por setecientos cincuenta vanos de distintas formas y dimensiones, que al traves de sus vidrieras pintadas, derraman sobre ellos una luz misteriosa. Ocho anchurosas puertas, muy exornadas; los filigranados rosetones y los anditos laterales ó triforios á lo largo de la nave central con sus arquillos angrelados y delgadas columnitas; los ostentosos enterramientos de la capilla mayor; los junquillos de los pilares, y los nervios esparcidos de las bóvedas; las espaciosas ventanas ojiváles, cobijadas de dos en dos bajo un mismo arco con sus rosas en los vanos, determinados por los encuentros é intersecciones de las curvas; las prolijas labores de los paramentos esteriores del coro; sus preciosas esculturas debidas al cincel de Borgoña y Berruguete; la multitud de estatuas y relieves de estos y de otros célebres artistas; las inapreciables rejas del coro y de la capilla mayor; las magníficas y brillantes vidrieras pintadas, de tal manera realzan la suntuosidad y grandeza del templo en sus dilatados espacios, los presentan á la vista tan ricos y variados, que no pueden contemplarse sin un sentimiento profundo de admiracion y respeto.

Sobre todo á lo largo de la nave principal, muchos y muy importantes objetos llaman la atencion del artista. Casi en su mitad, y ocupando el espacio cubierto por las bóvedas tercera y cuarta, se eleva la capilla mayor, construida á espensas del cardenal Jimenez de Cisneros, y digna por muchas consideraciones, de las altas miras, y de la ilustrada munificencia de tan insigne fundador. Concluida en 1504, recibe gran precio de su gótico retablo, lleno de medallones y estatuas, repisas y doseletes, de una prolija y brillante ejecucion, y una de las obras que mas

:

acreditan á Diego Copin, y Felipe de Borgoña, encargados de dirigirlas.

Como un tributo de gratitud á la buena memoria de los Monarcas castellanos, cuyas cenizas reposaban en la capilla llamada de los Reyes viejos, fueron trasladados por Cisneros sus enterramientos á la Mayor, donde se ven ahora repartidos en dos cuerpos de arquitectura gótica con las urnas cinerarias y las estatuas yacentes, bajo de arcos apuntados, ricamente cubiertos de cresterías, marquerinas, y pequeñas estatuas acomodadas á la curvatura de las archivoltas, sobre las cuales resaltan menudos ornatos dominados por una especie de templetes piramidales. Un poco mas abajo, y al lado del Evangelio, se levanta el suntuoso sepulcro del cardenal Mendoza: es de dos cuerpos, y del estilo plateresco, con multitud de labores, sino de sobresaliente mérito, ejecutadas á lo ménos de una manera muy detenida. Consérvase el cerramiento del lado derecho de esta capilla, tal cual existía probablemente ántes de finalizarse la obra emprendida por Cisneros. Con sus calados y sus arcos practicables, sus relieves y estatuas, sus ornacinas y casetones, presenta un carácter singular, y una pompa y variedad, que igualmente interesan al inteligente y al que no lo es, por su aspecto pintoresco y caprichosa forma.

Si á tanta grandeza se allega el buen efecto producido por la reja de hierro concluida en 1548, y una de los mejores trabajos de Francisco de Villalpando, se podrá tener idea de la esplendidez de la capilla mayor, y del sumo realce que procura á la fábrica de que hace parte. No es ménos digno de atencion, cuanto se conserva de su respaldo, en que existen los trozos de tres cuerpos del estilo gótico florido, cuyas puertas, medallones, estatuas, relieves, cresterías, marquerinas y otros ornamentos de mérito, grandemente le recomiendan. Lástima causa por cierto que obra tan preciosa se hubiese truncado para acomodar la inmensa balumba del famoso transparente, una de las producciones mas revesadas de Narciso Tomé. Este costosísimo retablo, de un lujo sin tasa, cubierto de mármoles y bronces, y donde se refleja la imaginacion estraviada que le produjo, costeado por D. Diego de Astorga, y uno de los monumentos mas singulares del estilo churrigueresco, dió por largo tiempo ocasion á desmedidos elogios y á muy amargas censuras. Fué de moda aplaudirle y vituperarle, y en uno y otro caso hubo mas afectacion, que justicia. Hoy se le aprecia solo como un monumento histórico, y en tal concepto merece conservarse.

Al frente de la capilla mayor, y á poca distancia de sus gradas, bajo las bóvedas sesta y sétima, se ha colocado el coro, con razon celebrado de nacionales y extranjeros, por las obras maestras de escultura que encierra, y que realmente le dan un valor inestimable. Alonso Berruguete, y Felipe de Borgoña, dejaron un insigne testimonio de su sobresaliente mérito artístico en las estatuas, entallos y relieves de la sillería alta, donde brillan á porfia el buen gusto y el grandioso carácter de la escuela florentina, y una fecundidad de invencion, y un ingenio y capricho para el ornato, de que hay ciertamente pocos ejemplos. La sillería baja, empezada en 1495, aunque supone el arte ya muy adelantado, y es en su clase una obra estimable, corresponde todavía á la escuela de Lúcas de Holanda, y con sus recuerdos góticos dista mucho del clasicismo griego, que á la otra distingue: pero sus acabados y pequeños relieves, su variada é ingeniosa exornacion, el esmero y diligencia con que todo se halla concluido, satisface aun á los inteligentes mas apasionados á la escultura de la restauracion.

La misma suntuosidad, el mismo empeño de enriquecer el templo con ornatos y esculturas, se advierte en las partes esteriores del coro. Orilla su frente una verja preciosa de hierro y bronce, graciosamente diseñada por Domingo de Céspedes; y cierra sus costados y el testero un muro de bastante elevacion, cuyos paramentos, mirando al ingreso principal de la iglesia, y á sus naves laterales, se ven adornados de arcos ojiváles, columnas, estatuas y labores de gusto gótico. Divididos en compartimientos, los recorre en su parte superior una faja con medallones ejecutados en piedra, y obra de la primera mitad del siglo XIV, donde se representan diversos pasajes de la Historia Sagrada, mas estimados como monumentos de la historia del arte, que como una escultura de mérito. En el testero se encuentran las capillas del Descendimiento, la Vírgen de la Estrella, y Santa Catalina; y en los muros laterales los altares de San Miguel, San Esteban, Santa Isabel y Santa María Magdalena, con bellos retablos del órden jónico, y estatuas de alabastro, obra apreciable del escultor D. Mariano Salvatierra.

Otras muchas y suntuosas capillas, donde la arquitectura, la escultura y la pintura concurren á su realce, rodean las naves del templo. En sus dos extremos de Oriente y de Occidente hay varias, y las restantes forman líneas paralelas á las naves laterales. Una detenida descripcion de todas ellas, por mas que ofrecería interes á los aficionados á las artes, nos llevaría demasiado lejos. Entre las principales se cuentan:

1.ª La de Santiago, fundada por el célebre y desgraciado D. Álvaro de Luna para su enterramiento: es de planta octágona, presenta esteriormente el aspecto de una fortaleza, y en su interior la distinguen graciosos ornatos de un gótico florido y gentil. Las minuciosas filigranas y trepados de sus tres puertas ojivas, ricamente ataviadas, y los preciosos sepulcros que encierra, la engrandecen sobremanera; pero entre todos, los del Fundador y de su esposa Doña Juana Pimentel, llaman particularmente la atencion por su magnificencia. Ejecutados por Pablo Ortiz, y concluidos en 1489, ocupa el primero el lado de la Epístola, y el segundo el del Evangelio, é iguales en la forma, difieren solo en algunos accesorios.

2.ª La de San Ildefonso, espaciosa, de buenas proporciones, y de forma octágona, notable por sus ornatos platerescos, por la belleza del retablo mayor, ejecutado conforme á diseños de D. Ventura Rodriguez, y por el sepulcro del cardenal D. Gil Carrillo de Albornoz, lujosamente adornado y de muy esmerada talla.

3.ª La de los Reyes Nuevos, ideada y dirigida por Alonso de Covarrubias, de una sola nave, y del estilo del Renacimiento, con tres bóvedas divididas por dos arcos apuntados, y con un ingreso de esquisito trabajo, todo cubierto de menudas labores. Destinada á guardar las cenizas de los Monarcas, que reposaban en la antigua capilla del mismo nombre, se ven en dos cuerpos de arquitectura plateresca, los enterramientos de Enrique II y de su esposa Doña Juana al lado derecho, y los de Enrique III y Doña Catalina su consorte, al izquierdo. Bajo la tercera bóveda, y á los extremos del altar mayor, se colocaron los de D. Juan I y su mujer Doña Leonor.

4.ª La Muzárabe, fundacion del cardenal Cisneros, con un ingreso gótico, de planta cuadrangular, y cerrada por una media naranja de gusto greco-romano, construida en 1631 por Jorge Teotocópuli.

5.ª La de San Juan Bautista, ó de los canónigos, del estilo plateresco, notable por su gracioso artesonado, y particularmente realzada por el ingreso, que en 1537 trazó Alonso de Covarrubias.

6.ª La de los Reyes Viejos, espaciosa, y mas recomendable por su antigüedad y fundacion, que por su mérito artístico.

7.ᵃ La de San Eugenio, en que se encuentra una ornacina de gusto árabe con bellas axaracas, y el sepulcro de D. Fernando del Castillo, obispo de Bagnorea, cuya estatua y los demas ornatos del estilo plateresco son de mucho precio.

8.ᵃ La de la Concepcion, fundada por el arcediano D. Juan de Salcedo, cuyo sepulcro colocado en ella, se vé exornado de escelentes follages y menudas labores diligentemente ejecutadas.

9.ᵃ La del Sagrario, llena de gratos recuerdos, de muy antiguo orígen, y restaurada desde cimientos á fines del siglo XVI, por trazados de Nicolas Vergara el mozo. Continuó su fábrica muy lentamente, y hay en ella bastante variedad en el estilo. Describiendo en su planta un cuadrado, presenta cuatro fachadas, cubiertas de ricos mármoles, y compartidas en tres cuerpos. Dos arcos abiertos en el muro del Norte, ponen en comunicacion esta capilla con el vestíbulo del Ochavo, edificio magnífico, destinado á relicario, que ejecutó Juan Bautista Monegro por planos de Nicolas de Vergara. De planta octágona, y cerrado por una graciosa cúpula con su linterna, aparece revestido interiormente de mármoles en sus ocho paños, y le forman dos cuerpos de arquitectura. Hay en el primero pilastras corintias con capiteles de bronce, y entre ellas arcos semicirculares, ocupados por nichos y urnas, donde se guardan reliquias, y particularmente los cuerpos de Santa Leocadia y de San Eugenio, cerrados en sepulcros de plata. Los relieves que representan algunos pasajes de la vida de estos santos, acaban de completar la suntuosidad é imponente brillantez del primer cuerpo. En el segundo se repartieron las luces con sumo discernimiento, por medio de airosas ventanas paralelógramas, con fajas y molduras en sus jambas y dinteles, y bellos frontones, que atinadamente las coronan. Por las formas, la proporcion y el ornato, por la ejecucion y el precio de los materiales empleados, se concede á este monumento un lugar muy señalado entre los mejores que produjo la completa restauracion de la arquitectura greco-romana.

Á tanta riqueza y variedad en las capillas, en las naves, en los accesorios y detalles, en todos los ámbitos interiores del templo, natural parecia que correspondiese el claustro, como una de las dependencias esenciales de la iglesia. Distínguenle en efecto, no solamente su regularidad y vastas dimensiones, y la proporcion y buena estructura de las partes, sino tambien la gentileza y elegancia del gótico florido en su tercer período. Le mandó edificar el famoso Arzobispo D. Pedro Tenorio, y se empezó en 1389, siendo maestro mayor de la iglesia Rodrigo Alfonso, á cuyo cargo debió correr su construccion. Le circundan cuatro galerías iguales de ciento ochenta y seis piés de longitud, veinte y siete de latitud, y sesenta y siete de altura cada una, y cubiertas por veinte y cuatro bóvedas peraltadas, ceñidas de nervios con crestones en los puntos de interseccion. Los arcos ojivos de las caras esteriores son de un bello perfil, y se hallan convenientemente decorados. Á este primer cuerpo se agregó despues, en tiempo del Cardenal Cisneros, otro del estilo plateresco, que aunque bien entendido, no puede por su carácter avenirse con el de la fábrica primitiva, y formar con ella un conjunto homogéneo y proporcionado. Los ingresos y portadas que hay en este claustro, contribuyen grandemente á realzarle por el mérito artístico que los distingue. Es preciso sobre todo hacer aquí particular mencion de la puerta de la Presentacion, y de la de Santa Catalina en el lienzo del Mediodía. La primera es del Renacimiento y una de las mejores obras de la catedral, por sus preciosas tallas y esculturas, y sus menudos y delicados relieves : la segunda corresponde al estilo gótico del tercer período, no de rica ornamentacion, pero agradable en su misma sencillez por la regularidad de las proporciones y el buen efecto de las partes componentes.

El exámen que acaba de hacerse de las construcciones mas notables de la catedral de Toledo, manifiesta desde luego el noble empeño con que las artes españolas contribuyeron á porfía á su esplendor, como si en ella quisiesen dejar á la posteridad una insigne prueba de sus mas sublimes inspiraciones, y á la nacion un testimonio de su respeto á la cuna de la Monarquía y á la memoria de sus augustos fundadores. Borgoña y Berruguete la enriquecieron con los magníficos relieves y esculturas del coro; el Greco, Juan de Borgoña, Rizi y Tristan con sus pinturas: Villalpando y Céspedes con las preciosas verjas de la capilla mayor y del coro; Aleas, Copin, Monegro, Salvatierra y otros escultores, con sus bellas estatuas; Dolfin, Vasco de Troya, Alejo Jimenez y Nicolas Vergara el viejo con los brillantes matices de sus ostentosas vidrieras; Alvar Gomez, Rodrigo Alfonso, Enrique de Egas, Covarrubias, entre muchos acreditados arquitectos, con sus apreciables construcciones, segun el gusto y la cultura de las diversas épocas en que florecieron.

Por eso el viajero que pretenda formar idea del lustre de nuestras artes hasta su completa restauracion en el siglo XVI, y reconocer el sentimiento profundo que las inspiraba, debe visitar la catedral de Toledo, uno de los primeros monumentos de la civilizacion española, y el recuerdo mas grato de su pasada grandeza.

CAPÍTULO XXIV.

LA CATEDRAL DE SEVILLA.

Á diferencia de otras célebres catedrales de España, la de Sevilla encontró en todas épocas cronistas celosos de sus glorias artísticas, que, con mas ó ménos fundamento, formaron empeño en ilustrarlas. Son harto notables ciertamente, para que aun en tiempos de ménos cultura que los actuales, pudiesen abandonarse al olvido. Pero mas encomiadas que bien entendidas, aunque son merecidos sus elogios, escasas aparecen las razones que los justifican, cuando las hay muy cumplidas para presentarlos, no como la emanacion del orgullo nacional, apasionado y entusiasta, sino como el fallo de la inteligencia, y el juicio imparcial de una crítica ilustrada. D. Pablo de Espinosa de los Monteros, en su tratado de la Santa Iglesia Metropolitana de Sevilla; D. Antonio Ponz, en sus viajes; Farfan de los Godos en su descripcion de las fiestas con que se celebró la canonizacion de San Fernando; Zúñiga en sus anales de Sevilla; otros varios escritores del siglo XVII, nacionales y extranjeros, ya por incidencia, ya directamente, y como el objeto esencial de sus tareas, nos deja-
:

ron, á vuelta de pomposos encarecimientos, ámplias y muy curiosas noticias de este templo magnífico. Pero ninguno con tanto tino y discernimiento, y con mas arreglado plan, supo darle á conocer como D. Juan Agustin Cean Bermudez en su descripcion artística, publicada el año de 1804. Si á su vasta erudicion en la historia de las bellas artes, y al estudio particular que hizo de monumento tan grandioso, no corresponde la apreciacion de sus partes puramente góticas, háse de atribuir á las ideas de la época en que vivió; al concepto equivocado que formaban de ese género de arquitectura sus contemporáneos. Juzgáronle despues con mas acierto en sus viajes algunos extranjeros, y cuando entre nosotros pudieron estimarse por lo que valen sus admirables producciones, D. José Amador de los Rios, en su Sevilla pintoresca, nos ha procurado datos mas exactos de la iglesia Metropolitana de esta ciudad.

El gótico florido y gentil en toda su lozanía y esplendor, el gusto del Renacimiento, el greco-romano, ya en su mayor pureza, ya en su lastimosa degeneracion, el estilo Borrominesco, y aun el de los árabes, no formado para acomodarse al espíritu del Cristianismo, vinieron á concurrir á la ereccion de esta gran fábrica, como si el genio de las artes se hubiese propuesto reunir en ella todas las escuelas, y las pruebas de sus vicisitudes, y del carácter que recibieron sucesivamente de los acontecimientos y de los siglos.

Á su primitiva planta, de una perfecta correspondencia en sus diversas partes, de agradable y atinada proporcion, armoniosa, simétrica, bien concebida, se allegaron despues obras muy considerables, que alterando sus perfiles esteriores, produjeron un conjunto ménos regular y simétrico, pero mas variado y singular, mas vasto y rico en detalles, donde se vé la índole de las escuelas conocidas entre nosotros, y el genio de sus mas distinguidos profesores. Al edificio puramente gótico, que puede decirse primitivo y conforme al pensamiento único del arquitecto, que le ha ideado, se agregaron por la parte del Norte el patio de los Naranjos, resto desfigurado de una antigua mezquita, y el Sagrario nuevo con su sacristía: al Este la torre, llamada la Giralda, una de las construcciones mas bellas de la dominacion árabe; la capilla Real, de estensas dimensiones, y la contaduría mayor, no ménos espaciosa: al Sur la sacristía mayor, la de los cálices, y la sala capitular. Una simple descripcion no dará jamas cumplida idea, ni del efecto producido por este conjunto de construcciones, ni de su pintoresca variedad, ni del aire de grandeza que respira la inmensa mole por ellas formada, al agruparse en torno del monumento gótico, levantado como para dominarlas á todas con sus miembros colosales y su magestuosa magnificencia. Por ventura tendría este mas precio, si descollase solo, sin esas suntuosas agregaciones. Gozaríase entónces de su elegancia y proporcion: sus contornos, no interrumpidos ni desfigurados, camparían desembarazadamente, ostentando la armonía que los realza, y la unidad que les ha procurado el artista. Pero nadie habrá que al considerarle como un vasto museo, donde el genio de las artes vino á depositar en diversas épocas sus mas preciadas inspiraciones, sienta encontrar al lado de la osadía y gentileza del estilo ojíval, la risueña compostura, y el delicado acicalamiento del plateresco, la nobleza severa del greco-romano, el lujo oriental y las menudas axaracas del árabe. La historia del arte agradece esta reunion de sus escuelas, que le permite compararlas de una sola ojeada: el genio inventor no se atreve á condenarla, estasiado con sus bellezas; y la crítica artística, que vitupera el pensamiento de amalgamarlas, convierte en indulgencia su inflexible

desden, cuando inspecciona y juzga separadamente cada
una de estas partes.

Sobre todas ellas predomina, sin embargo, el templo
gótico, y aparece con un carácter determinado, con la
unidad y rigorosa sujecion á su primitiva traza, cuya circunstancia dificilmente se encuentra en otras fábricas de
su clase, y que es uno de sus distintivos característicos. Erigido cuando el arte ojíval habia llegado á su mayor perfeccion entre nosotros, debia espresar un pensamiento conforme al estado de prosperidad y cultura, y á
la influencia de una ciudad, que reparada de sus pasadas
desgracias, ennoblecida con los triunfos, y la generosa
munificencia de San Fernando, era el emporio del comercio nacional, objeto de la admiracion del extranjero, y
residencia frecuente de los Monarcas Castellanos. En su
estructura, en sus vastas dimensiones, descubre desde
luego la catedral de Sevilla cuanto habia ganado en poder
y celebridad, el pueblo que la consagraba á su culto. Ménos rica en detalles y ornatos, que la de Toledo, ménos
graciosa, delicada y gentil, que la de Leon, sin la pompa
artística de la de Burgos, á todas aventaja en estension y
grandiosidad, en el estilo uniforme, en el aire solemne y monumental, que tanto realza su noble sencillez.
Vasta y dilatada, como ninguna otra de España, se recomienda por la belleza de sus perfiles, por el buen corte
de las ojivas, por el acorde y armonía de las masas, por
un gusto depurado y castizo, por la elevacion y desembarazo de las bóvedas, por la magestad de las naves, por
el sello que llevan todas sus construcciones interiores de
una misma época, si se esceptúan algunas partes secundarias y accesorias.

En 8 de julio de 1401 el cabildo eclesiástico, preci-
sado á reparar su antigua iglesia, y tal vez porque ya no
correspondia ni á su riqueza y consideracion, ni á la im-

portancia y nombradía del Arzobispado y de la ciudad de Sevilla, acordó la construccion de la fábrica actual, sin detenerse en los recursos, y pensando solo en que fuese tan grandiosa y magnífica como el arte pudiese concebirla. *«Fagamos* (dijo) *una tal e tan buena, que no haya otra su egual.»* Y cierto, que en mucha parte comprobáron los resultados tan arrogante propósito, no comprendiéndose bastante, cómo se ha realizado con solo las rentas del cabildo eclesiástico, las indulgencias, y las limosnas de los fieles. Inmortalizar su memoria en esta obra fué su intento, y lo consiguió con no pequeña gloria de las artes españolas. Se pretende que el año de 1403 se dió principio á tan admirable fábrica. Por desgracia no queda ya ni la mas leve noticia del arquitecto que trazó sus planos, á pesar de la justa reputacion que debieron procurarle entre sus contemporáneos, del interes que no podia ménos de tener el cabildo en conservar su buena memoria, y de la diligencia que pusieron muchos eruditos en ilustrar los anales de Sevilla, é investigar minuciosamente cuanto redundase en su crédito. Algunos han querido atribuir las trazas de este monumento al arquitecto Alonso Rodriguez, suponiendo que siete años ántes lo era del cabildo eclesiástico. Conceden otros tan señalada distincion á Pero García, pues que como maestro mayor de la misma catedral en 1421, se hallaba en situacion de trazar sus planos. Pero ni la existencia de esos artistas en las épocas indicadas es un hecho bien averiguado, ni aun en el caso de admitirle como verdad histórica, produciría otra cosa que una conjetura mas ó ménos fundada, para ver en uno de ellos el arquitecto tanto tiempo buscado en vano.

Con otras razones se puede asegurar que en 1462, hallándose la obra á mas de la mitad de su altura, la dirigió Juan Norman, el cual la tuvo á su cargo hasta 1472. Sucediéronle en este mismo año Pedro Toledo, Francisco

Rodriguez y Juan Hoces, que de ella se ocuparon simultáneamente. Conforme se adelantaba, debian ocurrir dudas, ya sobre la manera de continuarla, ya respecto á la forma que se daría á las construcciones, porque en 1496 vino el maestro Ximon á terminar las controversias, llevándola adelante con buen éxito. Mas progresos obtuvieron aun sus sucesores Alonso Rodriguez, y el aparejador Gonzalo de Rojas, que puso la última piedra del cimborio en 1507. Arruinado este juntamente con tres de los arcos torales el año de 1511, una junta de profesores, ya muy acreditados en el reino, habiendo precedido largas conferencias, acordó los medios mas oportunos de restaurarle, y con sujecion á su dictámen, el célebre Juan Gil de Hontañon se encargó de la ejecucion, y casi le terminó en 1517. Dos años despues, la suntuosa catedral de Sevilla se hallaba concluida en las partes interiores, y en casi todas las de sus contornos esteriores.

Al examinarlos desde cierta distancia, presentan un conjunto verdaderamente magnífico, y á primera vista se advierte su tendencia á la forma piramidal, el arte con que se agrupan en torno de la central las naves laterales, y cuán gallardamente las domina la torre de la Giralda. Los antepechos calados, que coronan las naves con sus pináculos ·cubiertos de menuda cresteria; las graciosas linternas de los ocho caracoles, que se elevan en los ángulos para subir á las bóvedas y andenes; los arbotantes, que describiendo airosos arcos se desprenden de una en otra nave, como los saltos de agua, que se derrumban de peñasco en peñasco; las sueltas pirámides cresteadas, que los engalanan; las proyecciones de los brazos del crucero y de los estribos á lo largo de los muros laterales; las espaciosas ventanas ojiváles entre ellos abiertas y colocadas unas sobre otras, segun descuellan las naves y capillas á que corresponden; las portadas é ingresos de arcos apuntados, producen un conjunto admirable, aunque no tan variado y rico en detalles, tan aéreo y general como el de las catedrales de Leon y de Burgos. Al contemplarle Cean Bermudez, dice con la conviccion del entusiasmo, pero con sobra de afectacion y resabios de mal gusto. «No de otro modo que cuando se presenta en el mar un «navío de alto bordo empavesado, cuyo palo mayor domi-«na los de mesana, trinquete y bauprés, con armoniosos «grupos de velas, cuchillos, grímpolas, banderas y ga-«llardetes, aparece la catedral de Sevilla desde cierta dis-«tancia, enseñoreando su alta torre y pomposo crucero á «las demas naves y capillas, que le rodean con mil torreci-«llas, remates y chapiteles.»

Nueve ingresos dan entrada á este suntuoso templo, y contribuyen en las portadas, de que hacen parte, á la exornacion de los contornos esteriores. En la fachada de Poniente, que es la principal, hay tres muy espaciosos, compuestos de arcos ojivos, y adornados con toda la pompa que el arte desplegaba al empezar el siglo XV. El del medio, mucho mayor y mas ostentoso que los laterales, con grandes dimensiones, y en forma de portal abierto en el espesor del muro, ó por su misma magnitud, ó porque terminadas las obras esteriores, no se creia de primera necesidad su conclusion, quedó ésta por largo tiempo suspendida, hasta que en 1827, con poco discernimiento artístico, se realizó de una manera lastimosa. Porque perdidas de vista las antiguas trazas, y el carácter general de la fábrica, en vez de consultarle, se dió otro muy distinto á estas últimas construcciones, sin percibir el desagradable contraste que resultaría de la diferencia de estilos, y de la imposibilidad de conciliarlos.

Mejor suerte ha cabido á las puertas laterales, del todo concluidas segun el pensamiento primitivo del arquitecto, y bellamente exornadas de doseletes, trepados y otros ornatos de gusto gótico, con mucha diligencia ejecutados. Sobresalen entre ellos los medallones con figuras resaltadas, y las estatuas de barro cocido, esmeradamente trabajadas en 1548 por Lope Marin. Bastante menores que la principal, pero de la misma forma, comunican estas portadas con las últimas naves laterales á la central, y por su ornato y gentileza realzan sobremanera la fachada. En la del lado de la Epístola, llamada de San Miguel, ocupa la entreojiva un relieve que representa el Nacimiento del Señor, y á los lados del arco, adornando sus paramentos interiores, se ven seis estatuas del tamaño natural. En la opuesta al lado del Evangelio, hay igual número de estatuas, y el bautismo de San Juan representado en relieve.

Guardando correspondencia con estas portadas, el lienzo oriental nos ofrece otras dos á ellas parecidas, y ambas con estatuas de ángeles, patriarcas y profetas, sin que falten tampoco las imágenes resaltadas, que figuran la Adoracion de los Reyes, y la entrada triunfante de Jesus en Jerusalen. Unas y otras esculturas son de barro cocido, y obra muy estimable de Lope Marin.

En los testeros opuestos de los brazos del crucero, se abrieron ademas dos ingresos de vastas dimensiones; pero con harto detrimento de la suntuosidad del templo, no se han concluido, quedando poco mas que principiados. Otras dos puertas restan todavía en la fachada del Norte, aunque no tan notables como las ya citadas. Comunica la mas grande y principal con la capilla del Sagrario; es del estilo greco-romano, y la adornan medias columnas corintias: correspondió la mas reducida á la antigua mezquita, como lo manifiestan su carácter árabe, su arco de herradura y sus ornatos. Si á todas estas portadas se allegan las de las espléndidas capillas agregadas á la fábrica gótica en diversas épocas, la torre de la Giralda, el testero del ábside, y otras dependencias de la catedral, se podrá formar idea de los contrastes, variedad y diferencia de estilos de sus contornos esteriores.

Otra armonía, otra uniformidad y nobleza, un carácter enteramente distinto, nos ofrece este templo en la vasta estension de sus espacios interiores, y en la planta que los combina y distribuye. En ellos se descubre una sola inspiracion, el espíritu de una misma época; el gusto constante de la escuela adoptada desde el principio de la fábrica. Describe en su trazado un paralelógramo de trescientos noventa y ocho pies de longitud, contados de Oriente á Poniente, y doscientos noventa y uno de latitud en direccion de Norte á Sur, comprendiendo las capillas, si se esceptúa la Real, que toca por uno de sus extremos á la primitiva planta del templo. Esta dilatada superficie se halla dividida por cinco naves y dos líneas de capillas, á lo largo de los muros de uno y otro costado. La nave principal, altísima y desahogada, forma, con la que la corta en ángulos rectos de sus mismas dimensiones, el crucero, cuyo ancho es de cincuenta y nueve pies, y su elevacion hasta la clave de la bóveda de ciento cincuenta y ocho. Cada una de las naves laterales tiene treinta y nueve y medio de ancho, y noventa y seis de alto, y se dió á las capillas una latitud de treinta y siete pies. Cierran estos ámbitos sesenta y ocho bóvedas sostenidas por treinta y seis pilares aislados, de quince pies de diámetro, revestidos de muy delgadas columnas agrupadas á manera de un manojo de junquillos, y hay otros ademas que arriman á las paredes, y en correspondencia con ellos para la division y compartimiento de las naves. Sobre los arcos de las capillas y desde el arranque de las bóvedas mas elevadas, recorre las naves en todo su largo un andito con antepechos, graciosa y delicadamente calados: adorno oportuno, que se aviene grandemente con la simplici-

:

dad del todo, á cuyo buen efecto contribuyen por otra parte las noventa y tres ventanas gentilmente rasgadas y divididas por columnitas, arquillos entrelazados, y perforaciones, que cubren sus vanos, como una sutil y menuda filigrana.

Este conjunto, sencillo y magestuoso, despojado de inútiles ornatos, donde se guarda una rigorosa euritmia, y la relacion de las partes está escrupulosamente observada; tanto mas satisface y recrea, cuanto mayores son las proporciones y la pureza de las líneas, y la elegancia de los cortes y perfiles. ¿Por qué el respeto á una viciosa costumbre, aquí como en otros templos de la misma clase, vino á disminuir su natural gravedad y su imponente magnificencia, interrumpiendo con el coro la vasta estension de la nave principal, para destruir una parte de su efecto? Cual sería el que produjese desembarazada de tan inoportuno estorbo, puede calcularse por el que causan las cuatro naves laterales, que estendiéndose sin obstáculos del uno al otro extremo del templo, se descubren desde la entrada en toda su longitud, y sorprenden con la prolongacion de sus líneas, y el dilatado espacio que recorren. Vagando la vista de arcada en arcada, se pierde bajo sus bóvedas, y la distancia le ofrece los objetos lejanos como al traves de un velo vaporoso, con aquella vaguedad fantástica en los contornos, que les presta un carácter misterioso y una indefinible grandeza. Esta poesía del arte, y este resultado de la óptica en los templos góticos, donde el arquitecto combina las proporciones de manera que se muestren á la vista mayores de lo que son en realidad, notablemente se descubren en la catedral de Sevilla, al examinar de una simple ojeada sus ámbitos interiores, ya sea desde uno de los extremos del crucero, ó ya desde cualquiera de los ingresos correspondientes á la fachada de Poniente.

Despues de las primeras sensaciones producidas por el aspecto general del templo, dos grandes objetos llaman la atencion en su nave central: el coro y la capilla mayor. Ocupa esta el espacio de dos de sus bóvedas, y le separa otro de la capilla Real, situada á su respaldo. Adornada con un retablo colosal del estilo ojíval, obra minuciosa y detenida, que ideó Dancart en 1482, la recorre en todo su frente una magnífica y bella reja de hierro, labrada por Fr. Francisco de Salamanca el año de 1518. Por el testero y los costados, la guarnece un muro bastante elevado con ornatos platerescos, y mirando á la capilla Real, aparece su respaldo decorado de dos órdenes de marquerinas, repisas, estatuas de barro cocido, y otras labores muy esmeradas de gusto gótico: delicada y graciosa exornacion, dirigida por Francisco de Rojas en 1522, y cuyas esculturas sucesivamente trabajadas por Miguel Florentin, Juan Marin, Diego Pesquera y Juan de Cabrera, se distinguen por la correccion del dibujo, la espresion de los rostros, y la franqueza de los paños, aunque todavía adolecen de la sequedad gótica y de las frias maneras de Lúcas de Holanda.

Colocado al frente de esta gran máquina, y mediando solo el espacio del crucero, se levanta el coro sobre unas gradas de mármol. Cerrado por su frente con una verja de hierro del estilo plateresco, y no de ménos mérito que la de la capilla mayor, le circuye un muro por los costados y el testero, cuyo vasto respaldo, haciendo frente al ingreso principal del templo con la altura de veinte y siete pies, y el ancho de cincuenta y cuatro, representa una ostentosa fachada del órden dórico, y de diversos mármoles, distribuida en tres cuerpos resaltados, y compuesto cada uno de ellos de columnas, cornisamentos y frontones, un altar en el del medio, y dos puertas enverjadas en los colaterales con bajos relieves. En los costados se ven otras dos puertecillas, que dan entrada al coro, columnas de mármoles con basas y capiteles de bronce, que sostienen las descomunales y revesadas cajas de los orgános, y dos cuerpos platerescos de alabastro, atinadamente ejecutados por Nicolas y Martin de Leon.

La sillería, cuyas trazas pueden atribuirse á Nufro Sanchez, que trabajó una parte de ella, fué despues concluida por Dancart. Hay en su invencion y sus detalles ingenio y capricho, profusion de menudos ornatos, relieves y entallos, detenido y esmerado manejo del cincel, y variedad y fecunda invencion en sus infinitos detalles.

Muchas capillas comprende este templo, colocadas unas en sus extremos opuestos, y formando las otras dos alas corridas á lo largo de las naves laterales. Mas ó ménos suntuosas, y no del mismo mérito y estilo, se encuentran en ellas, preciosos objetos de las artes, y particularmente escelentes pinturas de la escuela sevillana, entre las cuales sobresalen algunas de Murillo, bien conocidas y apreciadas de los inteligentes.

Resta ahora enumerar las principales agregaciones, que desde el siglo XVI se hicieron sucesivamente á esta gran fábrica. Es una de las mas notables la capilla Real. Situada fuera de la planta del templo gótico, al extremo de la nave principal, y á espaldas de la capilla mayor por la parte de Oriente, trazó sus planos Martin de Gainza, y conforme á ellos le dió principio en 1551, continuando la obra hasta el año de 1555, que fué el de su fallecimiento. Sucediéronle Fernan Ruiz, Pedro Diaz Palacios y Juan de Maeda, el cual la concluyó en 1575. Es uno de los edificios del estilo del Renacimiento mas bellos y ostentosos que poseemos, y donde la escultura y minuciosos entallos producen una pompa artística de que hay pocos ejemplos.

De planta cuadrilonga, con un largo de ochenta y un pies, y un ancho de cincuenta y nueve, tiene ciento treinta de altura hasta la linterna, que corona su airosa y magnífica media naranja. Forma su ingreso un gran arco semicircular de ochenta y siete pies de altura, y cincuenta y nueve de diámetro, admirablemente decorado con doce estatuas del tamaño natural y de sobresaliente mérito, que representan otros tantos Reyes del Antiguo Testamento. Sobre los lienzos interiores resaltan ocho pilastras abalaustradas, que sostienen un cornisamento corrido, cuajado de preciosas esculturas, así como en los espacios comprendidos entre pilastra y pilastra, hay los suntuosos sepulcros de D. Alonso el Sabio y la Reina Doña Beatriz, y dos capillas con ingresos de arcos rebajados, columnas istriadas, y encima medallas y arcos con antepechos calados para dar luz á las tribunas. El presbiterio, de forma semicircular, está cerrado por una graciosa concha, y en su centro se levanta el altar, sirviéndole de asiento una gradería, y realzándole sobremanera la urna de plata dorada que contiene el cuerpo de San Fernando.

El estilo plateresco aun hizo mas pomposo alarde de sus minuciosos y delicados ornatos en la sacristía mayor, obra casi contemporánea de la capilla Real, y como ella ejecutada por Martin Gainza, aunque trazó sus diseños Diego Riaño por los años de 1530. Colocada su primera piedra en el de 1535, se hallaba concluida el de 1543. La pone en comunicacion con la pieza contigua, que dá al templo, una hermosa portada, en la cual hay un arco oblícuo, dos columnas compuestas á sus lados, abrazadas por un cornisamento, y el fronton triangular que la corona. En figura de cruz griega, tiene sesenta y seis pies de largo, el mismo ancho, y ciento veinte de elevacion. La cierra una lujosa y gallarda media naranja con su linterna, apoyándose en ocho grandes columnas, que ocupan pareadas los cuatro ángulos del crucero, arrimadas á sus machones, y sobre el pedestal corrido que circuye toda la fábrica. Hacen juego con ellas cuatro robustas pilastras en los brazos de Oriente y Poniente, en cuyos tableros se ven dos cuerpos de arquitectura, uno dentro de otro, siendo el mayor del órden compuesto, y el menor de un estilo caprichoso con bellísimas y delicadas labores. No es posible formar cumplida idea de la espléndida ornamentacion, que realza esta graciosa inspiracion de Diego Riaño: las columnas, los frisos, la media naranja, la linterna, las pechinas y capialzados, nada hay que no se encuentre cuajado de entallos, ingeniosos dibujos, figurillas y estatuas de maravillosa ejecucion, y de un gusto y de una soltura, que prueban cuanto habian cundido entre nosotros las buenas máximas de la escuela florentina. Por ventura el Renacimiento de las artes no presentara en ninguna parte una produccion mas rica y esmerada, y mas agradable por su composicion, y el arreglo de sus multiplicados accesorios.

Diego Riaño, cuya imaginacion se manifestó tan independiente y risueña en la sacristía mayor, que dando rienda suelta á su fecunda inventiva, supo acreditarla en esta fábrica con las creaciones mas originales y variadas, como si quisiese demostrar toda la estension y flexibilidad de su genio, y hasta qué punto sabia acomodarle á las diversas escuelas entónces conocidas, adoptó para la sala del cabildo, el gusto greco-romano, severo observador de sus preceptos. Trazó esta nueva obra con arreglo á ellos, el año 1530, y Martin Gainza fué el encargado de ejecutarla: pero la construccion caminó lentamente hasta 1568, y aun despues hubo de sufrir entorpecimientos, que dilataron su terminacion. Tiene su entrada por la capilla del Mariscal, y es de forma elíptica con cincuenta pies de largo, treinta y cuatro de ancho, y cuarenta y dos de altura. La cierra una bóveda adornada de recuadros, fajas y claraboyas, levantándose en el medio una linterna tambien elíptica. Sobre un cornisamento dórico de bastante vuelo, que la circunda á cierta altura, se elevan diez y seis columnas jónicas, y en sus intercolumnios hay medallones con bajos relieves trabajados en Génova, y de sobresaliente mérito. Por una reducida estancia cubierta de bóveda, se comunica esta magnífica sala con la llamada Ante-cabildo que la precede, en su clase no ménos espléndida y bella. Describe su planta un cuadrilongo de cuarenta y seis pies de longitud, y veinte y dos de latitud, contando treinta y cuatro de elevacion. La cobija un hermoso cañon de bóveda artesonada con una linterna cuadrangular en su centro. Decoran los cuatro lienzos columnas jónicas, estatuas y medallones en los tableros, representando diversos pasajes de la Historia Sagrada.

El clasicismo, que distingue estas dos estancias, no se encuentra ya en la suntuosa capilla del Sagrario, donde se advierte la decadencia de la arquitectura greco-romana del siglo XVI, aunque no la corrupcion á que la condujeron despues Rivera y sus secuaces. La diseñó Miguel de Zamarraga, dándole principio en 1618. Unida á la catedral por la parte del Mediodía, tiene tres fachadas ostentosas, compuesta cada una de ellas de otros tantos cuerpos, el primero dórico, el segundo jónico, y el tercero corintio, con pilastras, ventanas y cornisas corridas, coronadas de antepechos flanqueados de candelabros y flammas. Figura su planta una cruz latina, y su longitud es de ciento noventa y un pies, su ancho de sesenta y cuatro, y su elevacion de ochenta y tres, con una sola nave, dos órdenes de capillas, y el crucero cerrado por una media naranja. El interior es de agradable combinacion, y produce en su conjunto buen efecto. Dividen sus muros dos cuerpos arquitectónicos dispuestos con inteligencia: el inferior es dórico, y le adornan los ingresos de las capillas laterales, pilastras pareadas, y puertas simuladas con sus frontones: el superior, corresponde al órden jónico, y aparece exornado de arcos, tribunas, antepechos y estatuas colosales. Desdice de la regularidad de esta decoracion la de las bóvedas, pues demasiadamente prodigada y de un gusto poco depurado, las hace pesadas, quitándoles la elegancia, que de otra manera ostentarían por sus acertadas proporciones.

Para que ninguno de los estilos seguidos en Europa desde la introduccion del ojíval, dejase de concurrir á formar el conjunto de la catedral de Sevilla, la reducida capilla de la Granada pone en comunicacion con ella á la graciosa torre árabe, conocida con el nombre de la Giralda, que descuella airosamente sobre toda la fábrica, dándole un aspecto mas pintoresco, y de la cual nos hemos ya ocupado al tratar de la arquitectura de los árabes en España. Cuadrada y de frentes iguales hasta el cuerpo greco-romano, con que la coronó el arquitecto Fernan Ruiz por los años de 1558, ya notable por su elevacion, lo es mucho mas por su desembarazo, por la sencillez de la composicion, por las menudas é ingeniosas axaracas, que como un rico bordado recaman sus paramentos esteriores, y por los agimeces con columnillas bizantinas, de muy bella estructura, abiertos de trecho en trecho en las cuatro caras, sin observar en la distribucion un órden rigoroso, ni una misma altura.

Con esta variedad y esta pompa se presenta hoy á las investigaciones del viajero la catedral de Sevilla: agregado inmenso de construcciones magníficas, donde todas las escuelas vinieron á reunirse en torno de la gótica, para que la historia y el genio de las artes, al compararlas y advertir las diferencias esenciales de su carácter, puedan reconocer el talento de los insignes profesores que las formaron, y el espíritu de los pueblos, que las hizo concurrir á su engrandecimiento y su cultura.

CAPÍTULO XXV.

ESTILO DEL RENACIMIENTO. — CAUSAS DE SU PROPAGACION EN LOS ESTADOS DE OCCIDENTE Y PARTICULARMENTE EN ESPAÑA.

Uno de los espectáculos mas grandiosos, que ofrece la vida de los pueblos á la consideracion del historiador y del filósofo, es su prodigiosa transformacion en el siglo XV. Concurrieron á producirla, memorables sucesos, descubrimientos importantes, inesperados adelantos en todos los conocimientos humanos, el espíritu de investigacion y de duda, nuevos intereses, el exámen de la antigüedad, hasta allí cubierta por las tinieblas de la edad media, la consolidacion de los tronos, el abatimiento del feudalismo, enlaces y relaciones entre pueblos ántes aislados y reducidos á sus propios recursos. Entónces las artes de imitacion, reflejo del estado social, consagradas siempre á representarle fielmente, sujetas á sus vicisitudes y modificaciones, sintieron las primeras ese cambio sorprendente en las ideas, en las instituciones, en los sentimientos morales. Al estilo ojíval, sostenido por el espíritu religioso durante el largo período de tres siglos, acomodado á las creencias de la edad media, admitido en todas las sociedades cristianas como un dogma sagrado, sucedió casi repentina y espontáneamente, otro de un carácter enteramente distinto, contrario á sus principios, emanado de muy diverso orígen, dirigido á satisfacer nuevas necesidades.

Tal fué la escuela del Renacimiento, cuyos primeros gérmenes, brotando en Italia, á principios del siglo XIV bajo las inspiraciones de Arnolfo de Lapo, Giotto, Gaddi y Orcagna, formada y robustecida en el XV por Bruneleschi y Alberti, invadió poco despues con sus recuerdos del antiguo, y sus respetos á la iglesia oriental, los estados cristianos de Europa, donde dominaba sin rivales su antecesora. La prontitud con que hizo olvidar sus máximas, el empeño de conceder ahora á la inteligencia, cuanto se habia sometido ántes al imperio de la imaginacion; preferir la materia á la idea, y las formas al sentimiento, sustituir la imitacion á la originalidad, el clasicismo de los Césares á la inspiracion religiosa del arte cristiano de la edad media, cuando habla todavía á la nacionalidad, al orgullo, á los sentimientos morales de los pueblos; realizar, á pesar de estos obstáculos, un cambio súbito, general, inesperado en las construcciones, hé aquí el singular fenómeno, producido por la aparicion del Renacimiento. Es harto grande y estraordinario, para que la filosofía y la historia dejasen de investigar las causas que le ocasionaron. Halláronlas, pues, en la naturaleza misma de la sociedad moderna, en sus progresos, en su regeneracion moral y política durante el siglo XV. Todo concurria á darle entónces una nueva existencia, á destruir los instintos góticos, la independencia y arrojo, que largo tiempo alimentaran. El feudalismo y los Comunes habian cumplido su destino. Caducaban el entusiasmo guerrero y religioso; el carácter inquieto y turbulento, y las colosales empresas, y el influjo esclusivo del sacerdocio; y las instituciones, y el individualismo que nacieran y se desarrollaran con las naciones formadas por las razas germánicas, al repartirse los despojos del Imperio romano. Como si un mismo espíritu impulsase á todas las sociedades cristianas de Occidente, y puestas de acuerdo se propusieran un objeto comun, simultáneas fueron sus tendencias, é iguales sus medios de regeneracion, porque iguales eran tambien las necesidades que la reclamaban.

Maximiliano restaura en Alemania el Imperio abatido y desmembrado, que solo conservara de su antiguo poderío, un nombre mancillado y el vano recuerdo de su perdida grandeza. En los concilios de Basiléa y de Constanza satisface sus pretensiones, y adquiere nuevo lustre. De la enérgica voluntad y del carácter severo de Eduardo VI, recibe la nobleza inglesa, arrogante y turbulenta, los primeros golpes, que la obligan á humillar su frente ante la magestad del trono. Luis XI y Carlos VIII abaten en Francia el feudalismo. Las dos coronas de Aragon y Castilla vienen á reunirse en las sienes de los Reyes Católicos para no dividirse jamas, y la Península Ibérica constituye una sola Monarquía. Entre tanto la regularidad de los tributos, la creacion de una milicia permanente, y la consolidacion de los tronos, cambian el sistema de los gobiernos, aumentando su fuerza y su prestigio. Luis XI en Francia, Enrique VIII en Inglaterra, Fernando V en España ensanchan y aseguran la prerogativa Real; promulgan nuevas leyes; restablecen el órden interior; protejen los intereses de los Comunes; aumentan las relaciones comerciales; son mas frecuentes y notables las expediciones marítimas; se organiza la industria en gremios gerárquicos. La clase laboriosa y productora, amparada de las cartapueblas, y sin temor á los castillos feudales, haciéndose necesaria, alcanza consideraciones y ventajas, que en vano le disputa una nobleza enflaquecida, mas que por el vigor de los tronos, por el esceso mismo de sus alti vas pretensiones. Terminadas las cruzadas, lanzados los infieles al otro lado del Estrecho, encontrando los débiles un apoyo en el poder público, ántes demasiado insubsistente y fraccionado para que le fuese dado ampararlos, concluyen gradualmente el espíritu y el objeto de la caballería, y su idealismo y sus proezas.

Por vez primera en medio de estas notables alteraciones en el órden político y social, brotan lentamente los gérmenes de la reforma religiosa; y el cisma que empieza entónces con la controversia y la duda, acaba despues con los combates, y el trastorno de las instituciones y los tronos. Y no son solo las sociedades de Occidente las que así se conmueven hasta en sus fundamentos, por una inquietud desconocida, que no parte ya de las fortalezas feudales: el Imperio griego, caduco y abatido, viene al suelo, hecho pedazos á los golpes de la cimitarra, y las medias lunas sustituyen al lábaro de Constantino sobre la cúpula de Santa Sofía. Los sabios y los artistas de la Grecia, esquivando el yugo de los turcos, y depositarios de las tradiciones de la antigüedad y de los despojos de su literatura, buscan y encuentran un asilo en los estados de Italia, donde contribuyen con sus luces á la restauracion de los estudios clásicos. No fueron ellos, como largo tiempo se ha creido, los primeros á promoverlos: el impulso estaba ya dado ántes de su emigracion, y el recuerdo del Imperio romano, y el deseo de renovar su olvidada cultura, les habia precedido en el empeño de conocerla y adoptarla. Era esta demasiado grande y deslumbradora para que dejase una libre eleccion á los cultivadores de las letras y de las artes en la manera de fomentarlas. Una fascinacion inevitable determinó las vocaciones: los sucesos las sancionaron.

Sustituyéronse entónces la imitacion á la originalidad; las investigaciones arqueológicas á los arranques de la inspiracion; la erudicion, al atrevimiento del genio, á las tendencias de una nacionalidad desarrollada con el espíritu del cristianismo, y los combates, y el honor, y la independencia de los pueblos.

En estos dias de regeneracion y de vida, cuando el pensamiento rompe los vínculos que le encadenan á lo pasado para lanzarse libremente al porvenir, el Dante y Arnolfo de Lapo, el Giotto y Cimabue, aparecen como la personificacion de una época que caduca con su entusiasmo y sus sublimes delirios, y de otra que viene á sucederla con su positivismo y sus cálculos, con su fria política y sus heladas imitaciones. Como arrojados por el destino entre dos mundos que se excluyen, producto el uno del sentimiento y el idealismo, formado el otro por el cálculo y los intereses materiales, si son la espresion mas poética y elevada del arte cristiano, se muestran tambien como los primeros Apóstoles del Renacimiento. Sus inspiraciones le presagian, cuando todavía las consagran á los últimos suspiros del espiritualismo, que muere con su genio, y á la originalidad, que va á someterse al gusto de los preceptistas y de los imitadores: deliran con la edad media, razonan con la época de la filosofía, y sirven de término á esas dos edades de la vida de los pueblos.

Despojado el Occidente de sus bellas ilusiones por una ilustracion regeneradora, pero enemiga del entusiasmo y del sentimiento, no verá ya el honor santificado por la religion, la abnegacion de un valor generoso y heróico, á merced de la inocencia desvalida; la caballerosidad poética y sencilla, que no transige ni con el doblez, ni con la afrenta; esa edad de los castillos feudales, de los monumentos religiosos, de los torneos y de los trovadores, del misticismo y de las leyendas misteriosas, de las creencias y de las tradiciones. Una razon severa, un progreso inflexible como sus miras, desquician ese mundo fantástico, pero sus ilusiones no se desvanecen absolutamente. Las tendencias á la reforma, y el respeto á los hábitos contraidos, y á las ideas recibidas por la generalidad, se confunden y amalgaman, como las nubes dispersas de una tempestad que termina, se mezclan en el cielo con los primeros albores de la luz naciente, que poco á poco las disipa. Con caractéres sencillos y enérjicos, francos y generosos, de una simplicidad homérica, alternan otros de una frialdad imponente y austera, grandes por la razon, pequeños por el sentimiento; que reflexionan sin conmoverse, que obran sin exaltacion, que acallan las inspiraciones de la sensibilidad, para obedecer únicamente á los cálculos del interes individual. El siglo XV nos ofrece al lado de Luis XI y Enrique VIII, de Visconti y Fernando V, á Francisco de Esforcia, Carlos el Temerario, Bayaceto y Gustavo Wasa, unos y otros fieles representantes de dos civilizaciones, que se alcanzan y enlazan para formar una sola. Así, una transicion tan admirable por los sucesos que la preparan, como por las consecuencias que produce, reune, en los límites de la edad media y de los tiempos modernos, las ilusiones del entusiasmo, y las miras egoistas del positivismo. Nace entónces el órden político, y empieza el desórden moral: cesa la anarquía de la sociedad, y asoma la de las ideas. En medio de los grandes acontecimientos que las crean, y de la controversia y del exámen que las alimentan, felices y portentosos inventos, que cambian la faz del mundo, surgen de la agitacion universal de los espíritus, como en la confusion del caos brota la luz de sus tinieblas. Guttemberg, inventando la imprenta en 1440, inmortaliza el pensamiento, le reproduce y multiplica, le dá el imperio del mundo, le hace patrimonio de todos los climas, de todas las edades, y le concede el derecho de juzgar á los Reyes y á los pueblos, convirtiéndole en regulador de la opinion universal.

Vasco de Gama, superior á las tradiciones fatídicas, y á los temores de la credulidad, desafia los fantasmas con que la imaginacion de los antiguos circunda el Cabo de Buena Esperanza; arrostra sus tempestades; las supera animoso, y engolfado en un mar desconocido, sorprende la mansion de Brama, y sobre la cuna misma del género humano, enarbola la cruz que le ha regenerado. Poco despues un cálculo del genio, y un error de la época, al traves del piélago, perdido como un arcano en la inmensidad de la creacion, conducen á Cristóbal Colon desde los extremos del Occidente, á las riberas de un nuevo hemisferio, para ensanchar los ámbitos del mundo y el círculo de los conocimientos humanos. En medio de estos prodigios aparece la antigüedad entre las ruinas y las tinieblas que la cubrian, afectando, con la grandeza de sus monumentos, la imaginacion de los sabios que la buscaban. Su filosofía, y su literatura y sus artes, cultivadas primero en Florencia y en Roma, donde es mayor el número de los modelos y el realce que reciben de las localidades y los recuerdos, cunden en seguida á los demas estados cristianos de Occidente. En Italia, mas bien que en otra parte, podia verificarse su restauracion, porque á ella tendian las tradiciones, las costumbres, el orgullo nacional, los sorprendentes despojos de la civilizacion romana.

La arquitectura particularmente se mostraba ahora en los restos de sus grandiosos monumentos, tal cual habia existido en tiempo de los Césares. Pero aun ántes de examinarlos, su memoria no del todo se habia perdido para los italianos, cuando el estilo ojíval, único y esclusivo en el Occidente, la pusiera en olvido desde las orillas del Rhin, hasta las columnas de Hércules. Porque si la escuela gótica ejerció entónces alguna influencia en el arte de construir que habian adoptado, sin hacer jamas progresos; se consideraron sus fábricas como una importacion extraña, y una singularidad caprichosa, poco conforme con las ideas del pais, donde predominaba constantemente el respeto de la antigüedad. Las provincias mas inmediatas al Oriente, que conservaban la memoria del exarcado, habian adoptado la escuela bizantina, mas ó ménos pura y castiza. Prevaleció en las del Mediodía la latina, corrompida y alterada: en el territorio romano la imitacion de las primeras basílicas. El gusto oriental y el latino se reunieron para determinar las construcciones de Lombardía, dándoles un carácter propio, mientras que en Toscana hubo siempre mas correccion y ménos alejamiento de las formas puramente latinas. La arcada semicircular y la columna, las prácticas de la ornamentacion romana, no de todo punto fueran olvidadas en Italia, durante el largo transcurso de la edad media. Solo cuando las expediciones de las cruzadas, ejerciendo una poderosa influencia sobre las artes, propagaron el gusto oriental en el Occidente, una aficion transitoria á la arquitectura gótica, produjo allí un corto número de monumentos conforme á sus máximas. Por eso ahora que se estudian con empeño los restos de la literatura y de las artes de la antigua Roma, ahora que sorprenden por su novedad y su grandeza; los que promueven el Renacimiento no tienen que luchar, ni con las convenciones, ni con las prácticas recibidas. Bástales solamente rectificar las tradiciones, seguir una carrera de que no pudo apartarlos el goticismo de cuatro siglos.

¿Y cómo no la emprenderían, cuando la revolucion en las ideas tenia que preparar otra necesariamente en las artes de imitacion? El Renacimiento es la palabra que espresa, no un cambio en la arquitectura y la pintura, no la restauracion de su carácter bajo los Césares, sino el producto espontáneo, natural, inmediato de una nueva direccion de los espíritus: direccion emanada, mas que del

:

estudio de los clásicos, y de los monumentos antiguos, de la destruccion de las instituciones góticas, de la emancipacion y de la libertad de los pueblos, de su mayor cultura, de la emulacion, de las luces, del interes público que sucedian al individualismo: del poder central, que reemplazaba al fraccionamiento de la sociedad. Ya los primeros gérmenes de la arquitectura del Renacimiento se vislumbran en Santa María del Fiore de Florencia, diseñada y dirigida por Arnolfo de Lapo, y cuyos fundamentos se abrieron en 1298. En esta obra admirable, el arco de medio punto pretende desterrar al ojíval; el sistema de las líneas horizontales sustituye en parte al de las verticales; el aglomeramiento de los domos á la manera oriental, se prefiere á la osadía de las agujas y de las flechas; y una confusa reminiscencia de la distribucion, y la simplicidad, y la nobleza romana, pone en el olvido el agrupamiento y las formas piramidales, y los multiplicados entallos del gótico florido. Entretanto el Giotto, que realiza en la pintura el mismo cambio, ya advertido en la arquitectura; Tadeo Gaddi, que lleva mas lejos la innovacion; Orcagna, que le dá un carácter romano, continúan las construcciones ideadas por Arnolfo, y poco despues las termina felizmente Brunelleschi, acercándolas mucho mas que sus antecesores, á las antiguas.

Nacido este gran artista en 1377, y discípulo de Donatello, al adoptar el nuevo sistema de construccion, supo desarrollarle y estenderle, adquiriendo un estilo propio, que tuvo en seguida muy célebres imitadores. Pero si adoptó hasta cierto punto la distribucion de los cuerpos arquitectónicos de los romanos, admitiendo sus miembros y sus formas generales, no acertó de la misma manera á restaurar sus proporciones, su simplicidad, su noble compostura. Sin comprender quizá su verdadero carácter, y atento solo á los incidentes y detalles, á las partes se-

cundarias, al aparato de la ornamentacion, todavía le
fué imposible penetrar el espíritu que la determinaba,
desnaturalizándola con menudencias y caprichosas labores
y alteraciones, nunca bien avenidas con la grave severidad del arte antiguo en sus mejores dias. No era nuevo
ese abuso: ya Vitrubio le lamentaba, temeroso de la degradacion del clasicismo de su tiempo.

Conforme á este gusto, comenzó Brunelleschi el palacio Pitti, concluido por Ammannati. Suyas son igualmente la capilla de Piazza; las iglesias de San Lorenzo y
del Espíritu Santo, y las obras con que terminó en Florencia los palacios de Ricardi y de Strozzi. Vino en seguida Leon Alberti á perfeccionar el arte, dándole mas
elegancia y delicadeza, proporciones mas esbeltas, ornatos mas bellos. Tal se muestra en la iglesia que construyó
en Mantua, y en la restauracion de la de San Francisco
de Rímini en 1450, transformando su faz gótica, y su primitivo carácter. Pedro Lombardo y Martin en Venecia,
siguieron el mismo gusto, y por último, Bramante, el
maestro de Rafael en la arquitectura, acabó de depu-
rarle, produciendo ya magníficas imitaciones, que por su
hermosura y nobleza recuerdan los monumentos de los
Césares, si bien carecen todavía de su magestuosa severidad y compostura. Pueden citarse entre otras, la hermosa
cúpula de Santa María de las Gracias en Milan, construida el año 1495, y la fachada del palacio Giraud, uno de
los ornamentos de Roma.

La Italia era en esa época teatro de porfiadas guerras
y de nobles ambiciones, el objeto de la política europea,
la reunion de extranjeros ilustres, que á ella concurrian, ó
como diplomáticos, ó como guerreros, ó como cultivadores de las artes, y atraidos por el halago de una nueva
civilizacion, y los encantos de la antigüedad descubierta y
restaurada. Acreditada por sus luces, por sus monumentos,

por sus ruinas, por el impulso que daba á los conocimientos humanos, célebre por los nombres del Dante, Petrarca, Cimabue, el Giotto y Bramante, por el lustre y esplendidez de los Médicis, por la influencia de la silla pontificia, por las querellas del sacerdocio y del imperio, aparecia como un modelo para el estudio de las letras y de las artes. En alas de la fama, rodeado de prestigios é ilusiones, el estilo del Renacimiento salva entónces las cumbres de los Alpes y del Apenino, y se difunde rápidamente por todos los ámbitos de Europa.

Entre las naciones mejor dispuestas para comprender y apreciar sus máximas, y ensayarlas en grandes construcciones, ninguna por ventura mas adelantada que la española; ninguna cuyas ideas y desarrollo social se prestasen tanto á sustituir las formas góticas, con otras mas conformes á las necesidades creadas por la nueva civilizacion. Habian preparado este cambio memorables sucesos, reformas sustanciales en el órden político y civil, en la cultura, en los derechos é intereses de los pueblos y de los particulares. La Monarquía española acababa de esperimentar una completa regeneracion bajo el cetro de los Reyes Católicos. Su antiguo goticismo, sus sangrientos bandos, su deplorable fraccionamiento, ó habian terminado, ó solo dejaban algunos vestigios de su existencia. Los votos de ocho siglos se habian cumplido. Granada, el último asilo del Islamismo en la Península, arrojados para siempre sus dominadores al otro lado del Estrecho, era ya una provincia española. Un solo cetro regía los reinos de Aragon y Castilla, ántes independientes y muchas veces enemigos. Las dos Sicilias, Nápoles, Canarias y los recientes descubrimientos de Colon, aumentaban su brillo y poderío. Se cubrian de gloria sus ejércitos en Italia; triunfaban en Toro de los Portugueses, poniendo coto á sus pretensiones, y obligándoles á pedir la paz, que poco ántes desecharan: veíanse las costas de África de continuo amenazadas por sus escuadras: los embajadores de la nacion, participando de su elevado carácter, grandes y resueltos como ella, sostenian con entereza su dignidad y sus derechos en las cortes extranjeras. De la institucion de la santa hermandad, de la prohibicion de reparar en lo interior del reino las antiguas fortalezas feudales, y de levantar otras, del Maestrazgo de las órdenes militares, incorporado á la corona, de las ordenanzas de las principales ciudades y de los gremios, brotaba la seguridad individual, recibian los pueblos la influencia debida á su laboriosidad é importancia. Una fuerza permanente á merced del Gobierno, quizá de las primeras que se organizaron en los Estados modernos, hacía imposibles los arranques y tentativas de la anarquía. Se derogaban ó sufrian modificaciones esenciales los antiguos códigos, mientras se echaban los fundamentos de una legislacion uniforme y general para todos los dominios de Castilla, y se promovia el Concordato, que asegurase las regalías de la Corona. En las cortes de Toro se traslucia el progreso de la civilizacion, la buena inteligencia entre el Monarca y los pueblos, las tendencias de una política regeneradora, el respeto á las leyes. Como consecuencia de tan notables adelantos en el Gobierno, de su enerjía y robustez, adquiere movimiento el comercio interior, se facilitan las comunicaciones, nace la industria, y Sevilla se convierte en un vasto emporio, donde refluyen las admiradas y peregrinas producciones de la India y de la América. Varones tan esclarecidos como Jimenez de Cisneros, el cardenal Gonzalez de Mendoza, Alonso de Quintanilla, Santangel, Hernando de Talavera y Marchena, grandes por su talento y lealtad, por su práctica de los negocios públicos, por la elevacion de su ánimo, fieles consejeros de sus Reyes, los auxiliaban poderosamente en las reformas, en la promocion de los intereses nacionales, en la propagacion de las luces.

Estos progresos en el arte de gobernar, transformacion tan súbita y general en todos los ramos del Estado, eran sin duda una consecuencia inmediata del cambio de las ideas, de la nueva direccion de los espíritus, de los adelantos de la sociedad. Ya habian llevado muy lejos su cultura en los reinados anteriores las escuelas de los árabes, sus traducciones de los autores griegos, su poesía y sus artes; el amor á las letras de D. Alonso el Sábio, y de D. Juan el II; los escritos de D. Alonso de Cartajena, y de D. Alonso de Madrigal, del marqués de Santillana y de D. Enrique de Villena. Pero el mismo año de 1474, en que Isabel la Católica ocupa el trono de Castilla, aparece la imprenta en España: esta augusta Princesa tiene un impresor de cámara: ninguna ciudad de importancia carece de establecimientos donde el nuevo arte multiplique los manuscritos notables, patrimonio hasta allí de un corto número de individuos. La universidad de Salamanca mejora sus estudios con una saludable reforma: talentos superiores la ennoblecen y acreditan. El heredero del Condestable de Castilla esplica la historia natural de Plinio; Torres y Salaya enseñan la astronomía; Ramos y Fermosel la música: Lebrija y Arias Barbosa los idiomas de Augusto y de Perícles. Escribe Palencia su diccionario y sus traducciones de Plutarco y Josefo. Hernando del Pulgar sus Claros Varones y sus Crónicas; Pedro Mártir de Angleria sus Décadas; Diego de Valera su Crónica; Alonso de Córdova sus Tablas astronómicas; Diego de Almela su Compendio Historial. Florecen los Vergaras, Zamora, Coronel, y Lopez de Zutense. Destierra Antonio del Rincon parte de la sequedad gótica de la pintura, dándole mas suavidad y viveza; presagia Siloe las buenas máximas de la escuela griega.   •

En este desarrollo general de las ideas, ansiosos muchos españoles de adquirir otras nuevas, las buscan en
el extranjero para difundirlas despues en su patria. El
Pinciano se acredita en Italia; Siliceo y Victoria en Francia, y los extranjeros mas ilustrados encuentran en nuestra corte y en el palacio mismo de los Reyes, la mas
lisonjera acogida. Esa suerte tuvieron Mártir de Angleria,
Marineo Sículo, Juan Pablo Oliver, y Antonio Blaniardo.

No es ya la nobleza castellana la que, turbulenta y
anárquica, destrona en un vergonzoso simulacro á Enrique IV; la que satisface su orgullo en el paso honroso de
Órbigo. Ahora pretende que las letras aumenten el brillo
de sus blasones, y la nobleza de su cuna. Los nombres
esclarecidos de los principales magnates de Castilla, honran la escuela del milanés Pedro Mártir de Angleria:
el duque de Braganza D. Juan de Portugal, el marqués
de Mondéjar, D. Alfonso de Silva, D. García de Toledo,
Villahermosa, D. Pedro Giron, el marqués de Vélez, se
cuentan en el número de sus discípulos. No son ménos
ilustres los que forma Marineo Sículo, enseñando primero en la universidad de Salamanca, y despues en la
corte misma. Partía del trono el impulso dado á las letras: los grandes le recibian los primeros, y le comunica-
ban en seguida á todas las clases. ¡Qué vida, qué animacion en la literatura de esa época! ¡Cuántas esperanzas
para el porvenir! La poesía, la historia, el conocimiento
de la antigüedad, las lenguas sabias, son cultivadas á la
par, y con igual empeño. Se forman cancioneros, se es-
criben crónicas, se hacen traducciones de los clásicos; se
generaliza la lengua latina; se pule y perfecciona la castellana; se prepara finalmente el brillo literario del siglo XVI.

Á esta afición á los estudios amenos, correspondía la
que desde los tiempos de D. Juan II, se manifestaba á los

suntuosos espectáculos, y á los festejos públicos. ¿Quién no descubre en ellos el gusto y la cultura de la época? Porque aunque indicio cierto de una loca vanidad, de un lujo vituperable y supérfluo; son tambien la prueba del desarrollo de la civilizacion, del cambio en las inclinaciones, y los placeres populares; del destierro de la rudeza gótica. Muchos y magníficos recuerdos existen todavía de esas fiestas palacianas, de esos torneos espléndidos, de esos brillantes recreos, con que la corte y los grandes, con mas pompa que cordura, pero siempre con una sorprendente munificencia, solemnizaban los enlaces de los Reyes, el nacimiento de sus hijos, la acogida y recibimiento de los Príncipes y de los embajadores extranjeros. Aquellas justas de Orbigo y de la Tela, animadas por el espíritu caballeresco, ostentosas por los brillantes arneses y brocados, y las empresas amorosas y los alardes del genio poético y de la galantería; aquel festin, de una profusion y aparato verdaderamente orientales, para obsequiar en Valladolid el año 1427 á la Infanta Doña Leonor; el que procuró el conde de Haro á la Princesa Doña Blanca á su paso por Briviesca en 1440, las representaciones escénicas, encanto de la corte, y primeros ensayos del teatro español; la entrevista de los Reyes de Castilla y de Francia en las orillas del Vidasoa; sus bodas celebradas en Guadalajara, donde en presencia de los desposados, preparó el ingenio de los cortesanos una peregrina imitacion de las fiestas nocturnas de Calígula, anuncian ya la sociedad moderna, afectan todavía á la imaginacion; y testimonio de vanas y deplorables disipaciones, lo son igualmente del refinamiento de una cultura, de los progresos de un gusto, que no podian avenirse con la rusticidad de las épocas anteriores, y que eran presagio cierto de una transformacion en las costumbres y las ideas, en las artes y las letras.

Así fué como desde mediados del siglo XV se hallaba la nacion española dispuesta á recibir la arquitectura antigua, que renacia en Italia, que tan grande se mostraba por sus formas y su gracioso atavío, y que la construccion de edificios consagrados á la utilidad pública, tan distintos por su naturaleza misma, de los religiosos, hacian de todo punto necesaria. Donde se aplaudian las sencillas escenas campestres de Teócrito, la tierna espresion y delicada sensibilidad de Virgilio, la elegancia y rotundidad de Ciceron, el dulce sentimiento de Tibulo, las bellas y animadas descripciones de Livio, la narracion pura y fácil de César, la profundidad y concision de Tácito, los vuelos atrevidos y el entusiasmo de Horacio; donde era ya conocida y admirada la vida del Pueblo Rey, no podia mirarse con desden el arte enseñado por Vitrubio, que así se enlazaba con ella, y era como su reflejo.

Precisamente los mismos que cultivaban con empeño la literatura clásica, por su riqueza y posicion social, poseían los medios de emprender nuevas y costosas construcciones. Los grandes, alimentando ese movimiento literario, atraidos á la córte por la política de los Reyes Católicos, cautivados por los estudios que perfeccionaban su razon, modificando sus inclinaciones, no era dable se acomodasen ya á la agreste estructura de las fortalezas góticas. Hallábanse arruinadas casi las mas de las erigidas por sus abuelos en dias de inquietud y de anarquía: la ley les prohibia levantar sus almenas y torreones; y por otra parte sus gastos y su vida social exigian agradables mansiones, donde las galerías y miradores, los adornados vestíbulos, y los filigranados artesones, sucediesen á la torre del homenage, á la sala de armas, á los cubos y matacanes. No se prestaban á su intento ni las formas, ni los merlones y torrecillas, ni las agujas, ni el agrupamiento piramidal del estilo gótico. El Renacimiento
:

con sus líneas horizontales, con sus divisiones en cuerpos
de corta altura, con sus bóvedas planas y artesonados,
con sus arcos semicirculares y sencillas proyecciones,
ajustábase por el contrario, á la construccion y al compartimiento de los palacios que necesitaban; á la forma
peculiar de los edificios civiles, en que el gótico, si
alguna vez se empleaba, aparecia como forzado y comprimido. Así se echa de ver que las mas antiguas fábricas
del nuevo estilo, no son religiosas. Los artistas italianos,
que hábian seguido á Cárlos VIII cuando regresaba á
Francia de su expedicion al reino de Nápoles, y los que
la munificencia de Luis XII y de los grandes señores de
su corte fijaron en ella, no hicieron entónces las primeras aplicaciones de su arte á los templos, sino á los palacios. El del cardenal de Amboise en Gaillon de Normandía, construido por el veronés Giocondo hácia los años
de 1510, es anterior á cualquiera otra obra de consideracion, emprendida en Francia segun el nuevo estilo; y eso
sucedió tambien entre nosotros.

Si para la catedral de Salamanca de 1512, y la de
Segovia de 1525 se adoptaba el estilo ojíval, era preferido el del Renacimiento en el colegio de San Gregorio
de Valladolid, empezado el año de 1488; en el de Santa
Cruz de la misma ciudad de 1480; en el del Arzobispo
de Salamanca de 1521; y en el hospital de los niños expósitos de Toledo de 1504: construcciones todas dirigidas por artistas españoles, formados en la escuela gótica,
y no por eso ménos hábiles en la que tan rápidamente la hacía olvidar. Este discernimiento en las aplicaciones de una y otra, prueba que se conocia su verdadera
índole; que las necesidades producidas por la civilizacion
y las nuevas atenciones de los pueblos, exigian una arquitectura distinta de la de la edad media; que no tanto la
moda y el influjo de los estudios clásicos, y las ruinas del

antiguo, habian generalizado el arte italiano, como la transformacion de la sociedad, y los goces y los establecimientos que su cultura reclamaba. En Italia recibió el nombre de Cinque–cento la nueva escuela, con relacion al siglo XV en que fué desarrollada: llamóse Plateresca en España, tal vez porque los célebres plateros, que entónces florecian, la emplearon con brillante suceso en sus delicadísimas obras, de prolijo y menudo trabajo, y rico y detenido cincelado. De los primeros á cultivarla los españoles, fueron tambien los que mas la acreditaron con el número y escelencia de las construcciones, con sus preciosos detalles, con sus ingeniosos y variados caprichos, con sus inimitables esculturas. Un ligero exámen de su desarrollo y propagacion en la Península, pondrá de manifiesto esta verdad.

CAPÍTULO XXVI.

CARACTÉRES DEL RENACIMIENTO EN ESPAÑA; SU ADOPCION Y PRINCIPALES EDIFICIOS.

Las catedrales de Salamanca y de Segovia fueron los últimos edificios del estilo ojíval, notables por su importancia y ostentacion, que se erigieron en España, terminando así el largo período de cuatro siglos, en que los esfuerzos simultáneos de los Reyes, los grandes Prelados, y los cabildos eclesiásticos llevaron el arte gótico, por una serie no interrumpida de magníficas y costosas construcciones, al mayor grado de perfeccion. Transcurrian entónces los primeros años del siglo XVI, y ya las inexactas imitaciones de la arquitectura pagana, en extremo licenciosas, cundian entre nosotros, como los débiles y trabajosos ensayos de una reforma producida por el progreso de las luces y el cambio de las ideas. Florecian por ese tiempo, entre otros eminentes profesores, Anton y Enrique de Egas, Francisco de Colonia, Pedro Compte, Macías Carpintero, Pedro Gumiel, Juan de Badajoz, Juan de Alava, el maestro Ximon, Diego de Riaño, Alfonso Rodriguez, Juan Campero, Pedro Gumiel, Juan Gil de Hontañon, Diego Siloe, Fernan Ruiz y Juan de Ruesga, todos formados en la escuela gótica, pero de los cuales, muchos, acomodados al espíritu de su siglo, sin olvidar sus máximas, siguieron tambien las del Renacimiento. Nos ofrece un ejemplo notable de esta verdad Diego de Riaño, que dejó tres obras en la catedral de Sevilla, segun los diversos géneros de construccion, que entónces se conocian: la sacristía de los cálices, de gusto gótico; la mayor, perteneciente al Renacimiento, y la sala capitular, completamente greco-romana.

Este eclecticismo del arte era ciertamente bien conforme á la admirable transicion de la sociedad gótica á la sociedad moderna; de las tendencias germánicas, á las romanas; de las tradiciones de la edad media, á las de los Césares. En tan repentino cambio, arrebatado el arte al sacerdocio, al hacerse profano, y adoptar las formas del paganismo, por espacio de muchos siglos olvidadas, renacieron con ellas algunas de las circunstancias, que las dieran orígen en el Imperio romano. El espíritu de la sociedad cristiana no era ya el mismo que habia derrocado los altares del politeismo, sustituyendo los dolores del Profeta á los acentos de Ovidio y de Lucrecio, y las lágrimas y la abnegacion de las catacumbas, á la asquerosa licencia de las saturnales, y á las abominaciones del culto de Cibeles.

Buscóse en las artes el efecto que habian causado en la antigüedad, y se les consideró únicamente como un medio de recrear los sentidos, cuando en la edad media tuvieron solo por objeto moralizar al hombre, elevar su espíritu, purificar sus instintos, prepararle á una vida futura. «El catolicismo (dice el autor del artículo sobre «los arquitectos españoles, inserto en uno de los números «del Quarterly Review), se prosternaba todavía para orar «con los ojos clavados en la tierra; pero los levantaba «con una codiciosa avidez para admirar la belleza mate-

«rial.» En efecto: la gracia y la elegancia, el atractivo de los placeres físicos, el halago de las pasiones, fueron preferidos á la severidad y sencillez del sentimiento religioso: se antepuso la belleza material al espiritualismo, y la forma al pensamiento; y de nuevo sometido el arte á la imitacion, olvidó que al hacerse cristiano, debia su existencia á la inspiracion religiosa. Así fué como consultó al deleite mas bien que á la enseñanza, adoptando la hermosura, no como un medio, sino como el fin á que aspiraba. Por eso, hastiado ya de la primitiva simplicidad, que el Cristianismo le prestara, la sacrificó de buen grado á la pompa de una deslumbradora ornamentacion, á los arreos minuciosos y peregrinos, que si manifestaban sutileza é ingenio, harto descubrian tambien la falta de un objeto moral, y el sacrificio de las creencias y de las tradiciones, al culto de la belleza, como término de la invencion artística.

Tal era el cambio producido por la restauracion en Italia. ¿Cómo, pues, no le adoptarían los españoles, que ora conquistadores y dueños de Nápoles, ora negociantes y mediadores, ora controversistas y auxiliares de la Santa Sede, mantenian en sus estados numerosas relaciones, ejerciendo sobre ella una poderosa influencia, precisamente cuando la paz sucedia á seiscientos años de combates, y la regularidad del gobierno á las agitaciones de la anarquía? Los grotescos y frisos copiados por Rafael de Urbino de las antiguas termas de Tito, aquella ingeniosa y rica ornamentacion de una índole verdaderamente oriental, era preciso que hallasen favorable acogida, donde por muchos años se habian aclimatado los gustos y las artes de los árabes, y donde sus engalanados monumentos, revestidos de infinitas labores, se presentaban en todas partes á la imitacion y al estudio, habiendo ya adquirido un carácter nacional.

Pero al recibir los españoles de los italianos la arquitectura de la restauracion, no la emplearon, sin embargo, de la misma manera, ni era dable tampoco que
sin obstáculo y resistencias, despojasen absolutamente á
la gótica, de la posesion en que se hallaba, y de las simpatías que habia escitado en el espacio de tres siglos. Los
edificios romano-bizantinos, generalizados en Italia, y casi
los únicos que en ella se construyeron durante muchos
años, ménos distantes que los de otras escuelas de la
greco-romana, prestábanse ahora fácilmente á sus formas,
y sin grandes esfuerzos y alteraciones, admitian su ornamentacion. Al contrario el estilo ojíval, esclusivo entónces
en España: diametralmente opuesto al de los romanos,
solo podia adoptar sus columnas, alargándolas; cambiar
sus arcos apuntados por los semicirculares, á costa de
rebajar las bóvedas, y de variar el mecanismo entero de
su estructura; acomodarse á su gravedad, sacrificando la
esbeltez y soltura que le distinguen; parecer sencillo,
si se desprendia de sus ricos y caprichosos detalles.

Para hacer este cambio ménos violento y peregrino,
y prestar á las construcciones tan diversos y encontrados
caractéres, el arte transigió con los hábitos, conciliando
el aliciente de la novedad, con el respeto á las antiguas
formas. Los primeros ensayos de esta transaccion no produjeron inmediatamente los edificios de los Césares, largas centurias olvidados: restauraron solo sus principales
rasgos, con una conocida alteracion en el conjunto; y el
gusto arábigo, sus ornatos, y aun la delgadez de las
columnas góticas y muchos de sus detalles, vinieron á
mezclarse con las formas romanas para su atavío y gentileza, resultando el estilo llamado *plateresco*, de esta singular y extraña combinacion.

Así se ven en sus edificios las columnas dóricas y corintias con mas altura y diámetro de lo que permiten su

carácter y destino, para ajustarse á la estructura y elevacion de una fábrica gótica: las menudas labores de vichas, flammas, grecas y lazos, sustituyendo á la crestería, las penachas y doseletes; los frontones romanos aguzarse conforme á la figura piramidal, adoptada en el estilo gótico-germánico; las arcadas semicirculares, dominando un segundo cuerpo, para suplir la altura producida por los ojivos y las bóvedas peraltadas; las pilastras con entrepaños, surcadas de caprichosos relieves, en vez de los junquillos de los pilares góticos, y de los cuerpos voladizos y trepados que los revestian; por último la manera antigua y la moderna, en pugna abierta, como disputándose la posesion de las construcciones, y el talento del artista, que pretende hermanarlas por una combinacion, que los tipos de una y otra repugnan igualmente.

Habia en la Península elementos no conocidos en las demas naciones, que debian influir poderosamente en la formacion del nuevo estilo. Apenas existía para la imitacion un monumento romano, cuando los erigidos por los árabes, sino del todo copiados por los arquitectos cristianos, les prestaron una parte de su ornamentacion, y aquel sabor oriental, que frecuentemente se advirtió en el gótico puro de los edificios religiosos. Al penetrar en la Península el Renacimiento, tenia ya el orientalismo carta de nacionalidad; y perdido de vista su orígen, se hallaba, por decirlo así, españolizado en muchas de nuestras construcciones.

Cuando para ellas se adoptó un nuevo tipo, lejos de repugnarle, las convenciones admitidas vinieron á robustecerle con aplicaciones que parecian naturales y espontáneas. Así fué como los arcos angrelados, introducidos por los árabes, y transmitidos despues al estilo ojíval, las ondas compuestas de lóbulos, que coronaban los muros de las mezquitas, las almenas y cubos de las fábricas moriscas, y sus menudas axaracas y brillantes ó ingeniosos almocárabes, se comunicaron al estilo plateresco, alternando con los ornatos del gusto puramente latino.

Este arabismo se echa de ver mas particularmente en el antiguo reino de Aragon. No solo muchas casas y castillos, sino tambien algunos templos que en él se erigieron, desde los últimos años del siglo XV, ó los primeros del XVI, le ostentan entre los distintivos característicos y peculiares del Renacimiento. Conquistado por ese tiempo el reino de Granada, y reducida su capital al dominio de los Reyes Católicos, por ventura los magnates aragoneses, que concurrieron á tan grande empresa, al regresar victoriosos á su pais, recordando con satisfaccion las construcciones árabes del que acababan de someter, y prendados de su peregrina belleza, se propusieron reproducir una parte de su exornacion en las fábricas que levantaban, acomodándola al nuevo estilo, que empezaba á mostrarse entre nosotros, como un embrion de lo que fué poco despues, mejor comprendido y aplicado. Así alcanzó en su mismo orígen una índole especial, que le diferencia notablemente del que se conoce en otras naciones. Adquiriendo despues una fisonomía mas pronunciadamente romana, vino á uniformarse con el que Brunelleschi y sus prosélitos generalizaron en Europa, segun se advierte desde los tiempos de Badajoz, Covarrubias, Valdevira, y otros célebres arquitectos españoles del siglo XVI.

Los primeros destellos de esta escuela, y la mezcla singular de los diversos estilos que concurrieron á crearla, se advierten ya en las fachadas mas antiguas que sustituyeron á las góticas; pero si bien recuerdan los miembros romanos, ya que no sus proporciones y relacion con el conjunto, no hay en ellas ni cornisamentos corridos y completos, ni la combinacion arquitectónica que de varios compartimientos forma un conjunto. [Sobre el fróntis principal de un edificio, se adornaba su ingreso con columnas abalaustradas y arcos semicirculares; colocábanse encima uno ó mas cuerpos pequeños, se cuajaba el todo, de menudas y sutiles labores; alternaban los entallos con las esculturas, y abríanse á los lados ventanas engalanadas á manera de retablillos resaltados sobre el muro, sin apoyo en la parte inferior, ni otro arranque que simples cartelas. Esta composicion, á pesar de su estremada licencia, es casi siempre ingeniosa y bella; presenta miembros arquitectónicos, que se enlazan de un modo singular; contrahace el estilo romano, muy desfigurado; y recomendada por sus detalles, se distingue particularmente por su delicada y detenida ejecucion. Tal es por ejemplo la célebre y preciosa portada del hospital de los niños expósitos de Toledo, fundacion del cardenal de España D. Pedro Gonzalez de Mendoza, y diseñado y dirigido por Enrique de Egas, que le dió principio en 1504. Uno de los primeros monumentos del Renacimiento, erigidos en nuestro suelo, ofrece ya un sistema de construccion enteramente distinto del gótico, y bien diferente tambien por la ornamentacion y el arreglo de sus partes componentes, del que cundia al mismo tiempo por todos los estados de Italia.

Pero otras fábricas del gusto romano precedieron á esta, como precursoras de una completa restauracion del arte antiguo. La época de su ereccion, los arquitectos que las idearon, su verdadero carácter, dieron ocasion á detenidas investigaciones, mas curiosas que útiles, y en las cuales frecuentemente hubieron de suplir las conjeturas á los datos históricos. En ellas ganó mas la erudicion que la historia del arte, y ántes se satisfizo al ingenio, que á la filosofía. D. Isidoro Bosarte ha pretendido en nuestros dias que el monge gerónimo Fr. Juan Escovedo fué el primero que restauró en España la arquitectura greco–romana. Para concederle este honor, se funda en que al reparar de órden de los Reyes Católicos el famoso acueducto romano de Segovia, entónces medio arruinado, se ciñó exactamente á su antigua construccion, labrando los arcos que le faltaban, á semejanza de los que aun existian, y de tal manera, que el todo pareciese de una misma mano, y de una sola época. Pero el ejemplo del arco semicircular no es ciertamente suficiente título para acreditar esa pretendida restauracion. Será, si se quiere, uno de sus principales distintivos; pero otros muchos concurren en la escuela romana, cuyo conjunto constituye su carácter. Ese conjunto debia encontrarse ménos en el acueducto de Segovia que en cualquiera otra fábrica romana; porque reducido simplemente á una serie de arcadas semicirculares y desiguales, sostenidas por robustos pilares, aparece destituido de toda ornamentacion. Ni una imposta, ni una moldura, ni uno solo de aquellos rasgos, que determinan la índole especial de un cuerpo arquitectónico, se descubre en esta mole, admirable, sin embargo, por su misma sencillez y grandiosidad. ¿Se dirá, pues, que repararla fué introducir entre nosotros la arquitectura greco–romana? Su restauracion pasó entónces como desapercibida, y ninguna influencia marcada ejerció en las construcciones. Despues de labrados los nuevos arcos semicirculares de Segovia, continuaron como ántes los ojiváles, y el estilo que caracterizan, por espacio de un siglo.

Pero aun suponiendo que fuese el Padre Escovedo uno de los observadores de la antigüedad romana, nunca se le podrá conceder el primer lugar entre los que se propusieron imitarla. Cuando se encargó de la obra de Segovia, era ya monge del Parral, donde habia profesado el año 1481. Pues bien: es un hecho que algun tiempo ántes Enrique de Egas se ocupaba en la construccion del colegio mayor de Santa Cruz de Valladolid, fundacion del cardenal D. Pedro Gonzalez de Mendoza, comenzado el año de 1480, y concluido en 1492. Los principales caractéres del Renacimiento, y la mezcla singular de las reminiscencias góticas y de las formas romanas, se advierten en la magnífica fachada, el patio y la escalera de este notable edificio. De una manera mas pronunciada se ven tambien en el hospital ya citado de los niños espósitos de Toledo, y en el colegio mayor de Salamanca, llamado del Arzobispo, que se empezó á labrar por los años de 1521 por diseños de Ibarra.

Pero el Renacimiento, en estos y otros edificios de la Península, era preciso que recibiese cierta originalidad de los recuerdos del estilo ojíval, observado todavía por muchos profesores; de las prácticas que habia introducido; de las influencias de la ornamentacion arábiga; del carácter especial, que entónces distinguia la escultura y la talla; del gusto, que en la sociedad española se habia estendido desde el reinado de D. Juan II. Así es como el claustro del colegio mayor del Arzobispo Fonseca en Salamanca, trazado por Ibarra en 1521, nos ofrece el estilo platereco, combinado con las formas clásicas, y algunas reminiscencias del gótico, habiendo empleado en el primer cuerpo arcadas semicirculares con medias columnas istriadas, que se acercan mucho al romano, y en el segundo columnas abalaustradas, menudencias de ornato, y detalles desconocidos de los antiguos. La capilla llamada de Piedra-Buena, en la iglesia del convento de la órden militar de Alcántara, obra tambien de Ibarra; el colegio mayor de Cuenca en Salamanca; la casa de Salinas y la puerta de Zamora, de esta ciudad, son otros tantos ensayos del Renacimiento, en que se amalgaman los rasgos de estilos anteriores, los cuales se ven igualmente reunidos en varias fábricas de la misma época.

Pero en el crucero de la catedral de Córdoba, empezado en 1523 bajo la direccion de Fernan Ruiz, aparece ya el Renacimiento de una manera mas pronunciada, sino tan desarrollado y ostentoso como en algunos edificios posteriores. El atractivo de la moda, el aprecio en que la escultura se tenia, empeñaron á muchos de los profesores de la antigua escuela en seguir esta nueva ; y conforme á sus principios, se construyeron magníficos edificios, no solo estimables por sus bellas y ricas estatuas, relieves y entallos, sino tambien por la regularidad de sus dimensiones, y la elegancia y buena disposicion de sus formas. Alonso de Covarrubias, adoptando las máximas del Renacimiento, pero ménos apartado, que otros profesores de su tiempo, de la arquitectura greco-romana, y con un genio verdaderamente artístico, construia en 1531 la capilla de los Reyes nuevos de Toledo ; en 1534 el palacio arzobispal de Alcalá de Henares con sus columnas parecidas á las corintias ; en 1537 la fachada, el vestíbulo y el átrio del suntuoso alcázar de Toledo, y en 1546 el claustro de San Miguel de los Reyes de Valencia, rico de menudas y delicadas esculturas. El mismo gusto, aunque empleado con mas severidad y mayor economía en el ornato, manifestaban Bustamante en el hospital de San Juan Bautista de Toledo, y Vega en la restauracion del palacio de Madrid.

La moda y el ejemplo de tan insignes profesores estendian por todas partes la arquitectura plateresca. Aumentábase la pompa y atavío de sus fábricas, al paso que alterados los miembros de los órdenes greco-romanos, desfiguradas sus columnas y molduras, desconocidas sus verdaderas relaciones con la construccion, y perdidas de vista su sencillez y magestad, se pretendia que esas irregularidades desapareciesen bajo el rico aparato de los relieves y de los entallos, donde el estilo grandioso y el correcto dibujo de los Borgoñas y Berruguetes, campaban con una lozanía y un brio, que ponen estas profusas é inimitables esculturas á mucha distancia de las que despues se ejecutaron.

Una especie de eclecticismo domina entónces en el ornato, donde el artista realiza cuanto imagina, haciendo pomposo alarde de su ingenioso capricho. Las formas circulares sustituyen á las agudas: se multiplican los relieves, poco peraltados, y compuestos de tallos que serpean, se desarrollan y enroscan, brotando por todas partes macollas y ojarascas. Cuelgan de las retropilastras y entrepaños, frutajes, cintas y delicados festones. Los frisos se cuajan de menudas esculturas: en vez de columnas, ora se emplean balaustres y ricos candelabros, ora salvajes y esclavos, ora grifos y estípites. Cestones de flores, grupos de niños, escudos de armas exornan los remates; y entre la infinita variedad de labores que bordan, como un precioso recamado, las fachadas, se distinguen frecuentemente las conchas, los genios alados, los pájaros, sirenas, querubines, cornucopias y follajes, que sustituyen con una pompa dificil de describir, á las antiguas cresterías, y los atrevidos trepados. En medio de esta pompa artística, se ensayan las bases áticas y los cornisamentos seguidos; no del todo se destierra el arco ojival; empléase tambien el elíptico, y conservan las molduras su carácter romano; pero se complican y multiplican aun mas que en el estilo romano-bizantino.

Del admirable efecto producido por el conjunto de estas cualidades, puede España, mas que otras naciones, ofrecer al exámen del artista magníficos ejemplos. Citarémos entre los mas notables la casa de ayuntamiento de Sevilla; la de Barcelona; la portada de la colegiata de Calatayud, concluida el año de 1528 por Juan de Talavera y Esteban Beray; la bellísima sacristía mayor de la catedral de Sevilla, de 1533, construida por diseños de Diego Riaño; la puerta de costado de la catedral de Granada, elegante y rica, y de prolija y delicada ejecucion; el claustro de San Zoil de Carrion, cuajado de muy esquisitas labores, obra de Juan de Badajoz; la colegiata de Osuna con su espléndida portada, del año 1534; el colegio de San Nicolas de Burgos; la universidad que fué, de Alcalá de Henares; el colegio de San Gregorio de Valladolid, de caprichosa y extraña ornamentacion; la casa de los Grallas de Barcelona con su remate de festones y niños; el suntuoso trascoro de la catedral de Zaragoza; el crucero y otros trozos de la de Burgos, de un sobresaliente mérito, y obra maestra de nuestros mejores escultores; la casa llamada del Cordon en la misma ciudad; la famosa capilla de los Benaventes en Medina de Rioseco, realzada por sus escelentes estípites; la portada principal del hospital de Santa Cruz ó de los niños expósitos de Toledo, quizá sin igual por sus preciosos dibujos filigranados, y su pompa y atavío; las obras de Alonso de Covarrubias en el alcázar de Toledo; la iglesia y claustro del convento de San Esteban de Salamanca, y la portada de la parroquial de Santa María de Andújar.

Al recordar los edificios del estilo plateresco que embellecen nuestro suelo, no es posible olvidarnos del magnífico convento de San Marcos de Leon, del órden militar de Santiago, cuya ostentosa fachada trazó, y dirigió al principio Juan de Badajoz. ¡Qué riqueza y qué grandiosidad la suya! ¡Cuánto mérito y esmerada diligencia en los adornos de que aparece revestido el caprichoso órden compuesto que le decora! ¡Cuánta hermosura en los detalles! Sus graciosos festones y sus delicados frisos, tomados, sin duda, de las logias de Urbino, sus medallones colocados en el zócalo ó basamento, todos de un gusto

antiguo y severo, pasarían por un feliz esfuerzo del cincel
de Berruguete ó de Becerra, sino supiésemos que fueron
dirigidas estas esculturas por Guillermo Doncel, Orozco,
y otros de tiempos mas posteriores y no del mismo mérito. Sin embargo, jamas el buril las ha copiado, y pena
y vergüenza cuesta decirlo, llegaron á tan lastimoso de-
terioro, que apénas se encontrará una sola que no se
halle mutilada, no ya por la accion destructora de los
siglos, sino por la incuria y el abandono de los hombres.
El libro de Diego Sagredo sobre *las Medidas del romano*,
impreso ya en 1526, si puede considerarse como el primer tratado de arquitectura greco-romana, publicado entre nosotros, donde se consignan los principios para el
ordenamiento y arreglo de los cuatro órdenes griegos con
sujecion á la doctrina de Vitrubio, acomodándose, sin embargo, al gusto dominante de la época, vino á dar mayor
crédito al estilo plateresco, autorizando la prodigalidad y
minuciosa diligencia de los ornatos, con la adopcion de
los capiteles caprichosos, las columnas abalaustradas, los
candelabros y medallas, que profusamente se repartian
por los frisos de las cornisas, los fustes de las columnas,
y los entrepaños y vaciados.

¿Y cómo evitar este lujo de ornamentacion, cuando
todo concurria á fomentarle? Acostumbrada la vista á los
trepados y cresterías de los edificios góticos, y á distraer-
se de objeto en objeto, sin hallar jamas reposo en los muros erizados de filigranas y cuerpos voladizos, no era dable se complaciese ahora en la desnudez de los miembros
greco-romanos, cuyo mérito no tanto consiste en el ornato, como en la agradable sencillez de los cortes y perfiles, y en la atinada combinacion de las proporciones. Tal
vez no se conocia entónces bastante, que existen relaciones necesarias entre el ornato y el mecanismo de la construccion, de tal manera, que aquel emana naturalmente de

esta, y es, no la vana inspiracion del capricho, sino una consecuencia precisa de la estructura misma de la fábrica. Las magníficas ruinas del antiguo demostraban esta verdad; pero nadie hasta entónces las habia consultado, y faltaban, para rastrear en ellas los principios de la ciencia, un gusto y una filosofía, que solo se consiguieron mas tarde.

Por eso en la formacion del estilo plateresco, mas que el ejemplo del extranjero y el conocimiento de la antigüedad romana, influyó entre nosotros el carácter mismo de la sociedad, y el de las artes, que con esmero cultivaba. Buscar el agrado en las galas de la decoracion, hacerla tan independiente, como el pensamiento que la concibiera, esconder bajo su pompa los miembros arquitectónicos, confiar principalmente su efecto á la riqueza y atavío que los envolvia, eso se propusieron, y eso alcanzaron los arquitectos de la escuela plateresca, al convertir la crestería gótica en relieves de escelente género, y las penachas y doseletes en las delicadas esculturas de la escuela de Miguel Angel.

Y á esto los inclinaba, sin duda, la perfeccion que por ese tiempo habian alcanzado las artes del diseño, y el aprecio que merecian. Porque en ellas consistia el lujo y ostentacion de los grandes, y á ellas se habian dedicado con envidiable aprovechamiento hombres de genio, como un medio de adquirir á la vez reputacion y fortuna. Á la posteridad llegó con sus obras inmortales, la bien merecida fama de Gil de Siloe, Alonso Sardiña, Juan Antonio Ceroni, Felipe de Borgoña, Alonso Berruguete, Pedro Cicero, Miguel de Espinosa, Antonio Morante, Bernardino Ortiz, Juan y Diego Morlanes, Guillermo Doncel, Miguel Ancheta, Damian Forment, y otros eminentes escultores, que entónces florecieron, y cuyas principales producciones se encuentran en las fábri-

:

cas platerescas, aun mas estimables por esta circunstancia, que por la belleza de sus formas.

En general, prescindiendo ya del precio de la exornacion, las erigidas en España, se distinguen por la esbelteza y la gracia, por cierto aire risueño, y la soltura y gallardía de sus miembros. Hay en ellas, sobre todo, animacion y franqueza, y mejor avenidas con la pompa, que con la magestad, aman la coquetería del ornato, y ántes se acomodan á la variedad peregrina de los atavíos y costosos arreos, que á la uniformidad calculada y monótona de las formas. Pudiera creerse que no encontrando la construccion civil en la religiosa de la edad media los recursos que necesitaba para satisfacer las exigencias de los grandes, y pareciéndole poco conciliable con ellas la inflexibilidad de la escuela romana, acudió á la galantería de la corte, á sus alegres fiestas, al aparato oriental de sus espectáculos, para alimentar el gusto que habia de caracterizar las fábricas del Renacimiento, y acomodarlas al espíritu del siglo.

Y á la verdad, que no se observarán nuestros edificios platerescos sin descubrir sus analogías con la sociedad española de la misma época. Se ven en su gala y gentileza las inspiraciones del poeta de esos tiempos; el gusto y la pompa de los magnates atraidos á la corte, por la política de los Reyes Católicos; el apego á la belleza material. ¿Y no recuerdan tambien aquella espléndida magnificencia del reinado de Cárlos V, en que las artes, prestándose al refinamiento de una cultura antes desconocida, se mostraban juguetonas y risueñas en sus inspiraciones, minuciosas, y detenidas en la manera de espresarlas?

Fué, pues, la arquitectura plateresca, lo que no podia ménos de ser; la fiel espresion de una época de progreso y mejora, en que el nuevo órden civil y el desarrollo del

interes individual exigian necesariamente construcciones, á
las cuales no era dable sirviesen ya de modelo las religiosas de los tiempos de San Fernando y de D. Alonso XI.
Porque asegurado el público sosiego, libre de enemigos
la Península, refluyendo en ella el oro del nuevo mundo,
y las ideas de los pueblos mas cultos de Europa, reclamaban las municipalidades consistorios, universidades, lonjas de comercio; los poderosos, habitaciones proporcionadas á su grandeza y valimiento; los Príncipes, suntuosos
alcázares, que fuesen la espresion de su alta gerarquía. El
estilo plateresco se acomodaba por su índole misma á la
estructura de estos edificios. Sus portadas ó ingresos, las
proporciones de sus apartamientos, sus galerías y balaustradas, sus pabellones y miradores, era preciso que allega-
sen al lujo de la exornacion, la delicadeza de las formas;
y á la novedad, la gala y donosura, si habian de servir al
solaz y esparcimiento de un caballero tan gentil y cumplido como D. Juan de Austria, de un soldado tan ostentoso
y bizarro como Gonzalo de Córdova, de un doncel tan
tierno y apasionado como Garcilaso.

Por lo demas, la arquitectura del Renacimiento, reuniendo sobre unos mismos muros los rasgos principales de
la ciencia de Vitrubio, la exornacion arábiga, con sus prolijas labores, la buena escultura de la escuela de Miguel
Ángel, y la soltura característica de las basílicas gótico-
germánicas, no puede encarecerse tanto por la noble magestad de la romana, como por la caprichosa veleidad
de la arábiga, y por el brio y atrevimiento de la ojíval.
Siendo un conjunto de reminiscencias mas ó ménos exactas de las antiguas y modernas escuelas, primero que al
mecanismo de sus procedimientos, confió el efecto al sobresaliente mérito de las tallas y esculturas; y á manera de una cortesana, mas risueña y graciosa, que bella
y gentil, alcanzó el secreto de realzar sus buenas prendas,

con la esplendidez de costosas y elegantes preseas, que á su hermosura convenian.

El que olvide las formas por el valor de los arreos, gran precio tiene que concederla; porque no es posible llevar mas lejos el lujo y la ostentacion, la variedad y ligereza de los adornos, la inteligencia en repartirlos, y la destreza en ejecutarlos. En la ornamentacion, es un brillante juguete; en el arte de construir, un conjunto fantástico de diversas escuelas. El ingenio la aplaudirá probablemente, mas que la razon; y ántes obra del capricho, que inspiracion del sentimiento, sino nos dá la verdadera medida del sublime en las artes de imitacion, nos ofrece sin embargo notables rasgos de una belleza, cuya novedad sobre todo muy notablemente la distingue.

Basta, pues, lo manifestado hasta aquí para conocer con cuanta impropiedad se ha llamado *del Renacimiento* este género de arquitectura, suponiéndole una exacta imitacion, ó cuando ménos una derivacion inmediata del empleado en los mejores tiempos del Imperio romano. Por que ¿cuál es, no ya su identidad, pero ni aun la semejanza? Si se prescinde de algunos detalles, de cierta distribucion en los miembros arquitectónicos, y de los rasgos secundarios ó independientes del carácter esencial de la construccion, poco ó nada se encuentra de comun entre la antigua y moderna arquitectura, tal cual esta sustituyó á la gótica-germánica, durante los últimos años del siglo XV y los primeros del XVI. Ni presidia á tan diferentes estilos un pensamiento análogo, ni eran iguales las causas que los produjeron, ni emanaban de principios idénticos, ni respondian á unas mismas necesidades. De aquí las diferencias que los distinguen, á pesar de los rasgos que les dan un aire de familia. La unidad en la decoracion y en el plan, en el conjunto y los accesorios, era uno de los principales distintivos de los monumentos romanos del mejor tiempo: la division y subdivision de las partes, caracteriza, al contrario, los del Renacimiento. Un solo cuerpo de vastas dimensiones procuraba grandiosidad y nobleza á los primeros; tres ó cuatro compartimientos de cortas dimensiones, al dividir las fachadas de los segundos en trozos pequeños, amenguaban su efecto. Del contraste vigoroso de las masas, de sus resaltos y contraposiciones, resultaban el claro oscuro y la atinada combinacion de luces y sombras, que tanto realzaban los edificios de los primeros Césares: superficies planas y surcadas por infinitos grotescos y relieves, estensos lienzos bajo una misma alineacion, reducian la planta de los del Renacimiento á simples cuadrados ó paralelógramos, despojando á los alzados de la variedad que reciben de los ángulos y cortes de las masas. Era preciso observar de lejos las fábricas romanas para percibir toda la belleza de su conjunto, y su severa ó imponente magestad: las de sus imitadores en los siglos XV y XVI deben por el contrario examinarse de cerca, si ha de descubrirse el mérito principal que las distingue; esto es, la prolija diligencia de sus menudas esculturas y entallos. Aparecen aquellas varoniles y robustas; estas otras, delicadas, risueñas y ligeras. En la esencia, en el plan, en todo lo que supone intencion artística, ciencia y filosofía, ambas escuelas difieren entre sí notablemente: acércanse solo en circunstancias accesorias y secundarias, que no constituyen un sistema completo de construccion.

Dígase, pues, si el Renacimiento de la ciencia de Vitrubio se ha conseguido en los dias que precedieron á las obras de Miguel Ángel en Italia, y de Juan de Toledo en España. Si se pretendiese que por ese tiempo hubo quien se acercase á restaurar los edificios del último siglo de Roma pagana y los del Bajo Imperio, mas exacta pareceria, sin duda, la palabra *Renacimiento*, aplicada á esta imitacion; porque con ellos, y no con los del siglo de Augusto, conservan analogías mas pronunciadas los que sucedieron al gótico-germánico.

Nada mas cierto que cuanto á este propósito manifiesta Mr. Hope en su Historia de la arquitectura. «Los «arquitectos (dice), que adoptaron el estilo del Renaci-«miento, ni por la naturaleza, ni por el hábito poseían «el conocimiento prévio de todos los caractéres y de to-«dos los principios que habian guiado á los antiguos. Para «los menores detalles les fué preciso rastrear penosa-«mente, y pieza por pieza, un precedente en alguno de «los monumentos romanos, y con frecuencia le procura-«ban en vano, sin que jamas la aplicacion y la combina-«cion se hallasen en armonía con la práctica de la anti-«güedad. Así, pues, solo producian copias sin relacion «con los originales que se proponian imitar: de modo, que «su estilo no tenia mas derecho al nombre que para él «reclamaban, que al de la arquitectura á que acababan «de renunciar.»

No podemos igualmente convenir con Mr. Hope, cuando asegura que una de las principales causas del orígen é introduccion del estilo del Renacimiento, fué el olvido de las reglas de la arquitectura gótico-germánica, y la estincion de las corporaciones ó cofradías de la fracmasonería, que hasta entónces la empleaban. Ni esto nos parece exacto respecto á las naciones extranjeras, ni tiene en la nuestra aplicacion alguna. Jamas las asociaciones masónicas, cual Hope las comprende, ejercieron en España la influencia que les concede, y no se probará tampoco que al introducirse en ella el estilo del Renacimiento, se hubiesen olvidado los principios del ojíval. Era por el contrario el único entónces conocido, y le seguian con feliz suceso infinidad de distinguidos profesores, casi todos españoles. Sabido es que despues de haber ensayado

Enrique de Egas el año 1480 los primeros rasgos del Renacimiento en el colegio mayor de Santa Cruz de Valladolid, se empezaba en 1513 la catedral de Salamanca, y en 1525 la de Segovia, una y otra bajo la direccion de Gil de Hontañon, profesor acreditado de la escuela gótica, y ambas construidas con arreglo á sus máximas. Posteriores á estas fábricas, todavía pudieran citarse algunas mas, de la misma escuela, como la catedral de Barbastro, la capilla de Valvanera, en San Martin de Madrid, hoy destruida, y el templo de Santo Domingo de Oviedo, dirigido por Juan de Cerecedo en 1553, precisamente cuando diez años despues, Juan de Toledo echaba los fundamentos del primero y mas clásico de nuestros monumentos greco-romanos, el suntuoso edificio de San Lorenzo del Escorial. Es indudable: á la vez se construyeron en España por espacio, lo ménos de setenta años, fábricas del estilo ojival y del Renacimiento.

Otras son las causas de la reaccion entónces verificada en favor de este último. Ya hemos visto que deben contarse entre las mas influyentes, los progresos de la filosofía y del buen gusto; el conocimiento de la antigüedad; el desarrollo social, y la necesidad de procurar para las construcciones civiles, exigidas por una nueva cultura, una construccion distinta de la religiosa, hasta allí empleada en los templos; la decadencía del predominio eclesiástico, y nuestras estensas relaciones en los estados de Italia, cuando en ella recibian mayor impulso las artes de imitacion, y á porfia se buscaban sus modelos entre las ruinas del antiguo.

CAPÍTULO XXVII.

PRIMERA RESTAURACION DE LA ARQUITECTURA GRECO-ROMANA.

En la mezcla singular de las contrapuestas escuelas, que concurrieron á formar el estilo plateresco, sobresaliendo la arquitectura romana, y siempre objeto de muy detenidas investigaciones, despues de muchos ensayos, y acercándose gradualmente á su verdadero tipo, vino al fin á desterrar aquella manera *aballada*, de que nos habla el P. Sigüenza, conforme pérdian parte de su precio los detalles minuciosos, y se buscaba el efecto, no ya en la prodigalidad de las labores, sino en la disposicion de las masas, y en el acorde y acertada combinacion de su conjunto. Entre los profesores adictos á la nueva escuela del Renacimiento, Diego de Siloe, sino del todo, pudo olvidar en sus obras el aire y las dimensiones del gótico-germánico, desechando el ojivo y la ornamentacion propia de este género; mas que otros de sus comprofesores se acercó á la sencillez y buen gusto, que distinguieron despues las obras de la restauracion en su mejor período. La catedral de Granada, construida por diseños de este arquitecto, y empezada en 1529, respira ya una magestad y grandeza poco comúnes en las de su tiempo, si bien se halla algo recargada de follage, defecto en que incurrió Siloe, al decir del P. Sigüenza, en estas materias entendido. Sean en buen hora invencion del artista los capiteles y ornatos: haya en ellos cierto alejamiento del gusto greco-romano: aparezcan alteradas las verdaderas dimensiones de un órden. El estilo romano se vé sin embargo en la forma y la distribucion, y en el carácter general de la fábrica; respira esta la severa dignidad del antiguo, y recuerda desde luego los monumentos de los Césares, y mas aun los del estilo latino. Tenia Siloe instintos artísticos, y abrigaba el sentimiento de lo bello. Sin conocer perfectamente el sistema de construir de los romanos, ni penetrar las causas que le determinaban, bastábale su propio genio para confiar el efecto á la combinacion de las masas y á la armonía de las partes. Hay preceptos en las artes de imitacion, que son de todas las naciones y de todas las edades, porque se derivan de la naturaleza misma de las cosas: el hombre superior los adivina y los observa, tal vez sin pretenderlo; pues hallándolos conformes con sus convicciones, no podría desecharlos sin contrariarlas. Eso hizo Siloe al imitar la arquitectura romana y penetrar su verdadera índole, adoptando sus principales cualidades.

Otro contemporáneo suyo, partidario tambien de la nueva escuela, y como él dotado de grandes talentos artísticos, el famoso Alonso de Covarrubias, hacía iguales esfuerzos para que se olvidase la manera gótica, y para arrancar á la antigüedad romana sus secretos en el arte de construir. Era en la ornamentacion ménos pródigo que Siloe: en conocimientos y amor á la ciencia su rival; en el gusto y las ideas artísticas, perteneciente á la misma escuela; en el estilo, mas escrupuloso, sino mas puro y peregrino; y por ventura comprendió mejor la arquitectura romana, tal cual existía bajo los sucesores de Septimio Severo. Entre las obras que ejecutó en el alcázar de Toledo por disposicion de Carlos V, y reinando ya Felipe II, la portada de la fachada principal con dos columnas y cornisamentos del órden jónico, es una imitacion razonable del antiguo, la cual, á pesar de sus defectos, lleva muchas ventajas á las demas obras de su tiempo, consideradas como monumentos de la restauracion.

Al rastrear en las construcciones de esa época el desarrollo progresivo del estilo puramente romano, preciso es hacer particular mencion de la catedral de Málaga, que algunos atribuyen á Diego de Siloe, y de la de Jaen, erigida por diseños de Pedro de Valdelvira. Empezada esta en los primeros años del siglo XVI, y continuando su construccion por largo tiempo, nos dá idea de los progresos que habia hecho entre nosotros el empeño de restaurar la arquitectura greco-romana, y nos descubre el talento de Valdelvira para fijar su carácter distintivo, á pesar de las tendencias y el gusto plateresco de sus contemporáneos. Ni un solo recuerdo hay ya en esta fábrica de la manera gótica-germánica. De planta bien dispuesta y entendida, magnífica por su estension y atinadas proporciones, con tres naves, y media naranja y linterna en el crucero, reune la sencillez á la gravedad, ostenta un carácter verdaderamente romano, y observando las formas del antiguo, no presenta mas ornatos que los necesarios, y esos en el lugar que les corresponde, y distribuidos con oportunidad y acertada economía. Aquí desaparece el gusto plateresco, para dar cabida á la grandiosidad y decoro de la escuela greco-romana, si bien se traslucen algunas maneras generales del Renacimiento. Tales son las medias columnas corintias, agrupadas á los pilares que sostienen las bóvedas. Pero esta circunstancia, entónces comun á otras fábricas de los restauradores, ni perjudica á su gravedad y compostura, ni á los recuerdos que escita del antiguo, cuyo espíritu conserva, por mas que no pueda considerarse como una imitacion perfecta en todas sus partes de las construcciones que ilustraron el siglo de Augusto.

Mas imitador del romano, y mas escrupulosamente dispuesto á emplearle que Covarrubias, Siloe y Valdelvira, se mostró su contemporáneo el célebre Machuca. Difícil es ciertamente descubrir en el palacio de Cárlos V, que por diseños de este profesor se empezó en Granada el año 1526, al arquitecto formado en la escuela góticogermánica. Al contrario; la simplicidad clásica dá á esta fábrica un aire de nobleza y un sabor al antiguo, que hacen olvidar la soltura del goticismo, y la minuciosidad y continuada filigrana de los edificios platerescos. Sin que por eso renunciase á su graciosa ornamentacion, fué parco en emplearla; supo elegirla con un discernimiento artístico poco comun, la distribuyó de un modo conveniente, y tuvo bastante buen gusto, no solo para que apareciese delicada y bella, sino tambien para que ocupando un lugar oportuno, ni desfigurase, ni escondiese las formas arquitectónicas, contribuyendo por el contrario á su realce. Machuca, severo y sencillo, procuró la lisura de las masas, y el acorde de las líneas; y aunque imitador y preceptista, no dejó de ser ameno y elegante. Sin sacrificar el genio de la invencion á las reglas, al mismo tiempo que las respetaba, sabia decorar graciosamente las partes principales de su obra, llevando la imitacion mas lejos que sus antecesores. Porque ninguno entónces se acercó tanto á las proporciones romanas; ninguno supo, con tanto discernimiento, emplear el ornato; ninguno reprodujo el dórico y el jónico con mayor exactitud en las obras, que á la manera del antiguo, por ese tiempo se labraron. Completamente romano y de grandioso carácter, es sin duda el átrio circular del palacio de Cárlos V rodeado de dos galerías, una dórica y otra jónica, elegante y sencillamente dispuesto, sin arcadas, y solo con columnas y arquitrabes segun el estilo griego, novedad importante, que hizo dar al del Renacimiento un gran pasó hácia el antiguo, contrarrestando la práctica viciosa de que los arcos de los pórticos descansasen inmediatamenté sobre los capiteles de las columnas.

Igualmente rómana y de gusto mas delicado, y de un aspecto mas risueño, es la magnífica sala capitular de la catedral de Sevilla, diseñada en 1530 por Diego Riaño, cuatro años despues de haber empezado Machuca el palacio de Carlos V en Granada. Bella y ostentosa, de rica y agradable ornamentacion, la recomiendan, no solamente la sencillez del plan, el atinado compartímiento de las partes, su nobleza y compostura, sino tambien las proporciones de los miembros, el conjunto de los cuerpos, que decoran los graciosos detalles, y el carácter verdaderamente romano del conjunto. Su forma elíptica, su cornisamento dórico con metopas y triglifos, el cuerpo jónico que sostiene, exornado de columnas y medallones de mármol, sus estatuas repartidas del modo mas conveniente, su bóveda con recuadros y linterna, todo es aquí conforme al buen tiempo de la restauracion, y manifiesta un tacto artístico, que no desdeñarían los mas distinguidos profesores del siglo XVI. El Renacimiento desaparece en esta obra, y se muestra en su lugar la antigüedad, restaurada sino con toda su pureza, á lo ménos tal cual la comprendieron Miguel Angel y sus discípulos. Riaño fué uno de los que primero la interpretaron entre nosotros, y ninguno de sus contemporáneos podrá gloriarse de haberla copiado con tanta fidelidad, con mas profundo conocimiento del arte, y de sus recursos para producir efecto.

Despues de recordar el palacio greco-romano de Granada, y la sala capitular de la catedral de Sevilla, justo es hacer mencion del arco de triunfo, erigido en Burgos á Fernan Gonzalez, reinando Carlos V, y obra quizá de Castañeda y de Vallejo. Y no porque esta fábrica deba citarse como una obra de mérito en su género, sino porque demuestra por una parte lo que aun faltaba á la arquitectura restaurada para llegar á su modelo, y por otra, el terreno que habia ganado para acercársele. En ella se vén la simplicidad romana, la estructura general de esa clase de monumentos públicos, consagrados á perpetuar la memoria de un héroe ó de un suceso notable; pero ni las atinadas proporciones del antiguo, ni la elegancia y buen acorde de sus construcciones. El corte del ático, ciertamente de mal gusto, y sus obeliscos por remate, y sus recortes y perfiles, recuerdan sin duda el Renacimiento, y se conforman con su carácter. En el cuerpo principal, por el contrario, todo es romano y severo: del tiempo de los Césares, su cornisamento, sus pedestales y sus columnas; mas el conjunto de estos miembros, el arco y la masa general carecen de proporcion, de gentileza y magestad, resultando un todo pesado y desabrido.

Faltaba conocer el antiguo mas que en los detalles aislados y en las partes ornamentales. Era preciso penetrar su verdadera índole; las causas que la determinaban. Y ese estudio emprendió Francisco de Villalpando. Ninguno en Castilla contaba con los medios para alcanzar tan importante objeto. Observador entendido y escelente práctico, habia medido y diseñado las fábricas mas célebres que los romanos erigieron; y superior en esto á los demas artistas sus contemporáneos, los aventajaba tambien en la delicadeza del gusto, y en lo que se llamó despues aticismo. Harto lo manifestó en la suntuosa y magnífica escalera del alcázar de Toledo, decorada de pilastras dóricas,

y cuya grandiosidad y estension imponen tanto, como agra-
dan su forma y compartimiento.

Pero mas que de las construcciones de Villalpando, el
estilo greco-romano recibió entre nosotros considerables
mejoras, de la traduccion que entónces hizo de los libros
tercero y cuarto de la arquitectura de Sebastian Serlio,
el preceptista mas ilustrado y profundo del siglo XVI.
Cuánto haya debido influir esta obra en la propagacion del
buen gusto y en el conocimiento de la antigua escuela romana, puede inferirse de la necesidad misma de reducir
á principios la ciencia de Vitrubio; porque esta realmente
no se encontraba en los Diálogos sobre las medidas del
romano, que poco ántes escribiera Diego Sagredo: tratado incompleto para procurar al artista una sólida instruccion, acomodado á los ornatos del estilo plateresco, y
el único que entónces poseíamos.

La influencia de los escritos y de las fábricas de Villalpando en los progresos de la arquitectura greco-romana, no debió sin embargo sentirse inmediatamente. Ántes
de generalizarse esta, otros esfuerzos se necesitaban para
llevar á su término la restauracion. Estaba reservada la
prez de alcanzarla al célebre Juan de Toledo, formado
en las mejores escuelas de Italia, conocido por su distinguido mérito entre los mas aventajados profesores, y trazador del monasterio de San Lorenzo del Escorial. Testigo
de las magníficas construcciones de Roma bajo la direccion de Miguel Angel, y acreditado como arquitecto del
palacio de los Vireyes de Nápoles, le devolvió á su patria
Felipe II, proporcionándole ocasion de desplegar sus vastos conocimientos, y difundirlos entre sus compatriotas. Él
fué quien imprimió á los edificios, modelados segun la escuela romana, la magestad y nobleza de que carecian;
quien supo depurar el gusto, de las impertinencias y resabios que todavía le alteraban; quien dió en España á la

arquitectura de la época, el clasicismo que le faltaba ántes del año de 1565. Bastábale para asegurar su reputacion, la fachada de la iglesia de las Descalzas Reales de Madrid, que no sin fundamento se le atribuye, y notable por su estilo natural y sencillo: pero mas cumplidamente le acredita el edificio de San Lorenzo del Escorial, uno de los mas grandiosos y sublimes de la Europa moderna. En la simplicidad de sus formas, en la combinacion y armonía de sus partes componentes, en la magestad y varonil continente del conjunto, dejó Toledo una insigne prueba no solo de sus conocimientos en la arquitectura clásica, y de su aficion á la antigüedad romana, sino tambien de que empapado en las máximas de los célebres maestros de Italia, sus contemporáneos, encontraba suma facilidad para ponerlas en práctica, conducido mas bien por la misma sencillez de sus gustos y de su carácter, que por los principios de la ciencia. Como los célebres poetas de su tiempo, que sin afectadas pretensiones, ni pomposas y vanas palabras, sabian espresar sublimes conceptos y elevados pensamientos, Toledo daba realce á los suyos, no con la brillantez de los atavíos, ni una faustosa exornacion, sino esperando el efecto de su calculada grandeza, y obedeciendo á la profunda y severa razon que se los dictaba.

En vano algunos extranjeros le disputaron el honor de haber formado los diseños del monasterio del Escorial, atribuyéndolos ya á Galeazzo Alesi y á Vignola, ya á Vicencio Dante y á Luis de Fox. Descubierta la verdad y reconocida por todos, puso término á las controversias en que pudo tener mas parte el amor propio que la imparcialidad histórica, puesto que las conjeturas y los vagos asertos, se emplearon frecuentemente en vez de pruebas y documentos irrecusables, para despojar al arquitecto español de una gloria que tanto le realza. Quedó pues reconocido como el verdadero trazador de San Lorenzo del Escorial, y bajo su atinada direccion se empezaron las obras en 23 de abril de 1563. Habia construido, para asegurarse de su efecto y facilitar la ejecucion, un modelo de madera, que fielmente representaba toda la fábrica, y del cual hace mérito el P. Sigüenza, encareciendo esta práctica de los buenos arquitectos.

Honrado Juan de Toledo con la confianza de Felipe II, obtenido el nombramiento de su arquitecto mayor, y encargado de las obras Reales, llevaba muy adelantadas las del Escorial, cuando apareció el genio inventor de Juan de Herrera, su mas aventajado discípulo, para acomodar la ciencia de Vitrubio al espíritu de su siglo, é imprimirle el carácter, que entónces distinguia á la sociedad española.

Nacido en Mobellan de las Asturias de Santillana, segun se pretende con bastante fundamento, el año de 1530, despues de haber estudiado humanidades y filosofía en Valladolid, pasó á Bruselas agregado á la comitiva del Príncipe D. Felipe, y mas adelante á Italia, dedicándose en una y otra parte á las matemáticas y la arquitectura. Que entónces hubiese hecho notables progresos en esas ciencias, y que sin embargo de su talento, no se hallase todavía asegurada su suerte con una colocacion estable y fija, lo prueba en cierto modo la circunstancia de que, Toledo le propuso para su ayudante en las obras Reales que dirigía, cuya plaza le confirió Felipe II por Real cédula de 18 de febrero de 1563. Así fué como puesto en evidencia, y adquiriendo un merecido crédito con la confianza del Monarca, al fallecimiento de su maestro, le sucedió en la direccion de las construcciones del Escorial. Sus grandes concepciones en esta fábrica, y las que le distinguieron igualmente en otras obras de suma importancia, contribuyeron eficazmente á formar una escuela

propia, abriendo esa senda de gloria seguida por los Moras y Monegros, los Mazuecos y Ordoñez, y que á larga
distancia del punto de su partida, se hizo despues mas
ancha y espaciosa, para que libremente caminasen por
ella con paso mas seguro, primero Rodriguez y despues
Villanueva.

Herrera habia sabido elevarse á la altura de los memorables acontecimientos de su patria: participaba de su
misma dignidad; y el descubrimiento de un nuevo mundo
y los triunfos de San Quintin y de Pavía, y la batalla naval
de Lepanto, y la estendida dominacion española en Italia
y los Paises Bajos, dieron á sus concepciones esa grandiosidad magestuosa y sublime, ese fausto de severa simplicidad, sin afectacion ni desaliño, que caracterizan su estilo,
y le hacen eminentemente español. Se comprende pues,
cómo un genio superior escitado por las glorias y portentosos sucesos de que era admirador ó testigo, desdeñase
la pequeñez y afeminamiento de los ornatos, apareciese
siempre mesurado y grave, y confiando el efecto á las vastas dimensiones y á su combinacion y compartimiento, se
mostrase mas de una vez austero y desabrido.

¿Calificarémos hoy de altivez ó de dureza esta circunstancia del estilo de Herrera? ¿Le ensalza, ó le rebaja?
¿Será debida á su carácter artístico, ó al espíritu de la sociedad en que vivia? No resolverémos nosotros esas cuestiones: pero si juzgando de las obras de tan hábil maestro
por el gusto actual, creyésemos que pecan de aridez y
sequedad; si quisiésemos en ellas mas soltura y delicadeza; todavía habriamos de perdonarle estas cualidades
de su estilo, en gracia de la belleza y de la sencillez
clásica que las hacen desaparecer, dejando satisfechas
hasta las exigencias de nuestra época, naturalmente des-
contentadiza y esquiva en materias de buen gusto.

Para la apología de Herrera, basta nombrar el Escorial; ese monumento, que se eleva como un emblema misterioso y sublime del poderío de Felipe II y de su espíritu político y religioso. ¿Qué pide el genio de las artes al conjunto sorprendente de sus robustas masas; á su ingeniosa sencillez; al sentimiento religioso que le imprime un carácter sagrado; á la pureza y valentía de sus perfiles; á la hermosura y lucidez de sus líneas; al tacto con que se han combinado sus proporciones? El Escorial, como morada de un Monarca, como un templo cristiano, corresponde á la grandeza de la nacion española en el siglo XVI; es un trasunto de su imponente dignidad; y el que vaya á juzgarle segun el espíritu de nuestros dias, comete un anacronismo, y se propone sujetar las formas gigantescas de un coloso á las reducidas dimensiones de un pigmeo.

Es verdad: Herrera no ha ideado esta fábrica; pero verificó en ella notables alteraciones y agregados para mejorarla sin duda, como pretende el P. Sigüenza: suyo es el trazado del templo, y suya tambien la ejecucion. Al acometer tan árdua empresa, y hacerla propia por decirlo así, mas que ningun otro había llegado á comprender que la arquitectura greco-romana solo aparece suntuosa y bella á fuerza de magestad y decoro, y que esta magestad y este decoro no se consiguen jamas en los cuerpos pequeños, y sin el desarrollo de una estensa escala. De ahí la sencilla grandiosidad de sus concepciones, las dilatadas líneas de sus planos, y esa manera varonil de emplear con prudente economía los ornatos, confiando el efecto al gran tamaño de los miembros arquitectónicos. El templo del Escorial es severamente magnífico; con sus proporciones de coloso: sería trivial y desaliñado, reducido á mas cortas dimensiones.

No le produjo, como asegura Antonio de Herrera, y como muchos creyeron despues, el cumplimiente de un voto formado por Felipe II en la célebre batalla de San Quintin. El deseo de perpetuar la memoria del triunfo entónces alcanzado por las armas españolas en el dia mismo de San Lorenzo, la particular devocion del Monarca á este santo mártir, su aficion á las obras monumentales, y sobre todo, el empeño de erigir un suntuoso edificio, que sirviese de sepulcro á las cenizas de sus padres, á las suyas propias y á las de sus sucesores, dieron sin duda orígen al monasterio del Escorial, destinado á la órden de San Gerónimo.

Es dórico y de piedra berroqueña; sólido, magestuoso, severo en sus formas y ornatos; colosal en sus dimensiones, grandemente proporcionado, de una perfecta armonía en sus diversas partes. Describiendo su planta un vasto paralelógramo de setecientos cuarenta y cuatro pies de longitud, y quinientos ochenta de latitud, con la habitacion Real, que corre á espaldas del templo, presenta una figura que se dice parecida á la de las parrillas, y segun se pretende, procurada de intento, como emblema del martirio del santo patrono. No creemos que tal haya sido la intencion del árquitecto, y que se encuentre justificada por la semejanza, aunque para encontrarla se conceda mucho á la imaginacion. Sea como quiera, hablando Llaguno de la distribucion general de este edificio, se espresa así. «Dividió (Juan de Toledo) este cuadrilongo en «tres partes de Oriente á Poniente: la de en medio para «templo, átrio y entrada principal: el lado hácia Mediodía «repartió en cinco claustros, uno grande y cuatro peque-«ños, que juntos fuesen tanto como el grande. El lado «del Norte dividió en dos partes principales, una para «aposento de damas y caballeros, y otra, que despues se «redujo á colegio y seminario, para oficinas de casa Real «y convento. Al Oriente sacó fuera de la línea otro cua-«dro para aposento Real, que abrazase la cabeza ó capilla «mayor de la iglesia, y así se pudiese hacer tribuna con «vistas al altar mayor.» Repartida de este modo la vasta superficie de la fábrica, se vé dominada por ocho torres, cuatro de las cuales guarnecen los ángulos del paralelógramo, con la altura de mas de doscientos pies, sobresaliendo entre ellas el cimborio, tan imponente por su mole, como airoso por sus perfiles. Todas las fachadas se distinguen por el aspecto magestuoso y la pureza de las líneas y de los cortes. Pero supera á las demas la de Poniente en suntuosidad y aparato. Con una longitud de setecientos cuarenta pies, y una elevacion de sesenta, la adornan no solo las dos torres levantadas en sus extremos, sino tambien tres magníficas portadas. La del medio, donde está la entrada principal, se compone de dos cuerpos, el primero del órden dórico, con ocho columnas empotradas en el muro, y el segundo con cuatro jónicas, sobre cuyo cornisamento descansa el fronton triangular, que corona el todo, exornado de pedestales y bolas en los ángulos. Mas sencillas son las portadas colaterales, no de tan grandes dimensiones, y sin otros adornos en sus dos cuerpos, que fajas, ventanas, nichos y frontones. Los resaltos del palacio y el respaldo de la capilla mayor con su frontispicio, realzan la fachada oriental, donde se cuentan trescientas sesenta y seis ventanas. En la del Sur, de quinientos ochenta pies de largo, no hay ninguna clase de ornatos, y sin embargo, agrada sobre manera por sus cuatro órdenes de vanos en líneas no interrumpidas, sus vastas proporciones y su grave compostura. Igual carácter ostenta la del Norte, en que hay tres espaciosas puertas, una para el colegio, y las otras dos para el palacio; pero aquí no aparecen como en la anterior, los muros completamente lisos, sino que resaltan sobre ellos algunas fajas ó pilastras, que los recorren desde el zócalo á la cornisa, en una altura de sesenta pies.

Entre las partes interiores, cuya correspondencia y buena relacion manifiestan el arte sumo, con que supo distribuir el arquitecto tan estenso y complicado edificio, sobresalen el pórtico, adornado de arcos, pilastras y lunetas, y el patio de los Reyes, obra verdaderamente magnífica, y de un efecto sorprendente por su grandiosidad y prolongadas masas. Tiene de largo doscientos treinta pies, y de ancho ciento treinta y seis: hay en sus lienzos laterales cinco órdenes de ventanas, el cornisamento corrido que los corona, una imposta como á la mitad de su altura, y fajas verticales á manera de pilastras. Al frente de los tres arcos del ingreso, y sobre siete gradas, se eleva en el muro oriental de este claustro la fachada del templo entre dos graciosas torres. No puede darse en su género una composicion mas noble y sencilla, y que respire tanta magestad. Consta de dos cuerpos: exornan el primero cinco arcos y seis columnas dóricas, empotradas en el muro hasta la mitad de su diámetro, siendo pareadas las de los extremos. Un cornisamento seguido con sus triglifos y metopas las abraza, y sirve de asiento á seis pedestales, en que asientan las estatuas de otros tantos Reyes de Judá, trabajadas por Juan Bautista Monegro, y de un tamaño colosal. En el segundo cuerpo, y á plomo sobre las columnas del primero, resaltan pilastras, entre las cuales corre una faja horizontal, quedando en su parte inferior tres ventanas, y en la superior una sola, de arco, y mayor que las otras. Interrumpe esta la cornisa, é invade con su vano el tímpano del gran fronton triangular que remata la portada.

En el lienzo opuesto de Poniente se levanta otra á ella parecida en las formas y en la composicion; mas en vez de columnas, tiene solo pilastras, y se recomienda particularmente por sus bellas proporciones y la pureza de sus perfiles.

Á la suntuosidad de estas fachadas corresponde la de los ámbitos interiores y el carácter general de la iglesia. Del órden dórico, y como el resto de la fábrica; de una hermosa piedra berroqueña, describe en su planta un espacioso cuadrilongo de trescientos sesenta y cuatro pies de largo y doscientos treinta de ancho, comprendiendo la capilla mayor, las laterales de Mediodía y Norte, y el coro, bajo cuya bóveda, plana y de piedra, se figura una iglesia. Dividen tan vasta superficie tres naves. La del medio, cortada perpendicularmente por otra de sus mismas dimensiones, forma con ella una cruz griega, y en el encuentro de sus brazos, sobre un cuerpo cuadrado en la parte esterior, se eleva magestuosamente la cúpula con ocho ventanas, medias columnas dóricas pareadas, nichos en los intercolumnios, y linterna. Sostienen las bóvedas, y los veinte y cuatro arcos que las abrazan, cuatro abultados pilares aislados, y otros tantos que arriman á los muros, resaltando sobre los primeros pilastras istriadas en las caras que hacen frente á las naves principales. Este conjunto por la disposicion de las partes que le componen, por el carácter grave de la arquitectura, la esmerada ejecucion y la severidad clásica de los ornatos, produce en el ánimo del espectador una profunda sensacion, y revela desde luego las elevadas miras del Fundador, y la grandeza y santidad del objeto á que le ha consagrado. En sentir de algunos conocedores, su efecto habria sido mayor, parecería mas desembarazado, mas gallardo y esbelto, si el coro, levantado solo á la altura de treinta pies, con su estensa superficie no hiciese algun tanto comprimido el ingreso, evitando que el templo se registre todo desde el vestíbulo. Quisieran tambien que así el cornisamento general, como el anillo de la cúpula tuviesen ménos proyeccion; pues entónces quedarían los ámbitos interiores con otra soltura y desahogo, sin menoscabo de la noble magestad que los distingue.

Es una de las partes mas suntuosas de este edificio el panteon de los Reyes, por su riqueza, y la elegancia y belleza del ornato. De planta octágona, y de treinta y seis pies de diámetro, con una altura de treinta y ocho, se vé guarnecido en su interior de diez y seis pilastras corintias sobre pedestales, dos en cada ángulo, y entre ellas nichos con urnas sepulcrales, todo cubierto de preciosos jaspes y adornos de bronce dorado. En uno de los lados está el altar mayor, de muy sencilla y agradable composicion y variados mármoles; y en el opuesto, el ingreso, correspondiente al estilo y magnificencia de tan ostentoso monumento. De algunas de las lunetas abiertas en las ochavas sobre el cornisamento, recibe muy escasas luces, y colocado bajo la capilla mayor, á manera de una cripta, y á bastante profundidad del pavimento, no pudo darse á su bóveda el vuelo que sería de desear para su mayor elegancia y esbelteza. Se desciende á su ingreso por una escalera de cincuenta y nueve gradas con sus rellanos. Desde el segundo, donde se encuentra una bella portada de mármoles y bronces, que conduce á las bóvedas, se cuentan treinta y cuatro escalones, todos de jaspes de Tortosa y de San Pedro de Toledo.

Aunque respira esta obra una suntuosidad verdaderamente regia, y, construida por los mejores artistas de la época, se ha prodigado el oro para enriquecerla y hermosearla, carece de la severidad clásica y del gusto sencillo, y noble compostura, que recomiendan las fábricas de Herrera. Ejecutada por diseños del marques Don Juan Bautista Crescencio, se empezó en 1617, y fué concluida en 1654, cuando ya la arquitectura restaurada habia perdido mucha parte de su primitiva pureza.

El sentimiento artístico, que distingue las obras del Escorial, predomina igualmente en todas las demas de su autor. Muchas son las que construyó, y ni una sola deja de llevar el sello de su genio. Se descubre desde luego en la sencillez y armonía del palacio de Aranjuez, lleno de gravedad y decoro, sino de pomposa y profusa ornamentacion; en la lonja de Sevilla, con sus cuatro fachadas iguales, sus dos órdenes de pilastras toscanas, sus vastas y corridas cornisas, y sus líneas rectas, siempre puras, como son bellos sus perfiles; en la casa de Oficios de Aranjuez, no ménos elegante y bien proporcionada; en la catedral de Valladolid, noble y severa, á pesar de su mucha robustez y del vuelo, quizá escesivo, de sus cornisas interiores; en la fachada del Mediodía del alcázar de Toledo, imponente y graciosa á la vez por sus dos cuerpos toscano y dórico, y el atinado ático que la corona; en las iglesias de Valdemorillo y Colmenar de Oreja; finalmente en el puente de Segovia sobre el Manzanares, á una de las entradas de Madrid, notable por sus arregladas proporciones, y hoy desfigurado por el aglomeramiento de las arenas, que cubren parte de sus pilares.

Pero el mérito de Herrera no consiste solo en haber sabido disponer admirablemente de las grandes masas en todas estas fábricas, sino tambien en imprimir á las religiosas el carácter místico de su siglo. Para conseguirlo, ha luchado con un grave inconveniente: la dificultad de acomodar á la índole del Cristianismo un género de arquitectura, que ha nacido, y se ha desarrollado con las creencias gentílicas, que las recuerda todavía, y que no puede despojarse de los rasgos de su orígen. Pues bien: este eminente artista trazó, sin embargo, sus templos de manera, que desapareciendo en ellos la idea del politeismo, respiran aquella melancolía evangélica, aquella noble simplicidad cristiana, aquella fé robusta y pura, que los hacen digna morada del Altísimo, y que invitando al recogimiento y la meditacion, parece que por sus dilatados ámbitos abren un misterioso camino á las plegarias de los fieles, para llegar hasta el trono de la divinidad.

CAPÍTULO XXVIII.

Al génio de Herrera, al número y escelencia de sus obras, á la confianza que mereció á Felipe II, correspondia su poderoso influjo en el desarrollo y generalizacion de la arquitectura restaurada. No fué solo con su ejemplo, con la variedad y el mérito de sus obras, como contribuía á estenderla y perfeccionarla. Autorizado por el Monarca para intervenir en todas las construcciones de alguna importancia, y examinar y aprobar sus diseños, bien puede asegurarse que en pocas dejó de entender mas ó ménos directamente. Fué por otra parte como el promotor de la academia de arquitectura, fundada por Felipe II, y formó á su lado célebres profesores, tales como Francisco de Mora, su digno discípulo y sucesor en las obras del Escorial, Francisco Mijares, aparejador de las mismas, Diego de Alcántara, que diseñaba bajo su direccion, Juan de Valencia, distinguido entre sus discípulos, y Bartolomé Ruiz, á quien encargó las fábricas de Aranjuez.

Florecian entónces muchos y muy acreditados arquitectos, todos pertenecientes á la escuela de Herrera, poseidos del gusto clásico, escrupulosos observadores de la antigüedad, fieles á las máximas de su maestro; y de gran genio para aplicarlas con buen éxito. D. Francisco Villaverde construia en 1568 la sacristía dórica de San Claudio de Leon; Juan Alvarez, la famosa escalera del convento de San Vicente de Plasencia; Juan Andrea Rodi; el claustro de la catedral de Cuenca; Pedro Blay, arquitecto de la de Tarragona, la elegante casa de la Diputacion de Barcelona; Juan de Valencia, el templo de la Trinidad de Madrid; Baltasar Alvarez, la iglesia de las Agustinas de Valladolid; Fr. Miguel de Aramburu, el convento de Trinitarias de Eibar; Andres de Arenas, la bella parroquial de Santa María de Olivenza; Antonio Segura, la graciosa cúpula del convento de Uclés; Francisco Martin; el de los Premostatenses de Ciudad-Rodrigo; y Juan de Tolosa, el hospital de Medina del Campo.

Trabajaban por ese tiempo, Pedro Mazuecos, en las obras de Simancas; Juan de Orea, en las de la catedral de Granada; Diego Vergara, en las mismas; Alonso Barba, en las de Jaen; Pedro de Tolosa, en las de Uclés; Juan Andrea y Martin de Vergara, en las de Toledo; y Luis de Vega y su sobrino Gaspar, en el alcázar de Sevilla.

Entónces se concluyeron tambien muchas de las fábricas empezadas en los reinados de los Reyes Católicos y de Cárlos V; y de nueva planta fueron otras construidas, sin que de algunas conozcamos hoy los arquitectos. Tales son, entre estas últimas, el colegio é iglesia del Corpus Christi de Valencia y la parroquial de Santa Cruz de Rioseco, ambos edificios de un carácter magestuoso y severo, y que bien pudieran atribuirse al mismo Herrera sin menoscabo de su reputacion.

En este magnífico período de la arquitectura grecoromana, no fueron solas á sostenerla las escelentes construcciones, la proteccion del Monarca, la esplendidez de los diocesanos y de los próceres del reino, la riqueza é influencia de las casas religiosas, y de los cabildos eclesiásticos. Para que la práctica, ya acreditada en tantas y tan ostentosas obras, descansase sobre principios estables, y las reglas del arte no se abandonasen, ni á la tradicion, ni al capricho, se generalizaron entre nuestros profesores los escritos mas luminosos de la ciencia de Vitrubio. Á la obra original de Diego Sagredo y á la traduccion de los libros de Sebastian Serlio, agregó entónces Francisco Lozano la suya de la Arquitectura de Leon Bautista Alberti; Juan Arfé dió á luz en 1585 su tratado de Varia conmensuracion, y Patricio Caxesi vertió á nuestro idioma la *Regla de los cinco órdenes* de Jácome Vignola, publicada por primera vez en 1595.

No se sabe ciertamente, al parar la atencion en este desarrollo de las bellas artes durante todo el siglo XVI y los primeros años del XVII, que es lo que causa mayor admiracion; si los inmensos recursos invertidos en tanto número de fábricas, y el empeño con que se emprendieron y llevaron á colmo, ó la abundancia de profesores, capaces de dirigir estas grandes empresas, satisfaciendo cumplidamente á la opinion y al buen gusto de su siglo. ¿En qué provincia de España no se elevaron entónces edificios magníficos? ¿En cuál faltó un genio superior, que los trazase y dirigiese, y un poderoso, que prodigase sus tesoros para costearlos? Pero este entusiasmo general por las construcciones, se hace mas notable, si se atiende á los graves compromisos de la nacion en esa época. Convertirse toda entera en el taller de un artista, cuando la Europa, ardiendo en guerras, exigia que fuese solo un arsenal; vencer en San Quintin, resistir la insurreccion de las Provincias Unidas, conquistar el Portugal, limpiar los mares de los piratas que los infestaban, reunir la Invencible, y perderla sobre las costas de Irlanda; llevar mas lejos las conquistas y descubrimientos en el continente americano; conseguir la posesion de la Florida con la derrota de sus usurpadores; triunfar en Lepanto; y erigir el monasterio del Escorial, continuar las obras del alcázar de Toledo, del de Aranjuez y Simancas, del de Madrid y del Pardo; y poblarse de grandes y suntuosas fábricas Toledo y Alcalá, Valladolid y Salamanca, Barcelona y Valencia, Sevilla y Granada; embellecerse, en fin, todos los pueblos de algun nombre, y restaurarse en los campos infinitas abadías y parroquiales; son hechos que sorprenden la imaginacion, y que apénas se concilian y se comprenden, por mas que contase el Estado en esa época con una voluntad de hierro y una magnanimidad sin límites.

Pero esos esfuerzos, siquiera el heroismo los sostenga, ni se prolongan, ni se reproducen: conceden la gloria, dando la muerte. Así fué como el siglo XVII, heredero de muchos de los hombres insignes del anterior, de sus máximas artísticas, de su buen gusto y aficion á todo lo grande y bello, encontró ya, al espirar el primero de sus tercios, harto trabajada la nacion, mas que por el infortunio, por su incontrastable resolucion de arrostrarle sin mengua ni desaliento. Animábala, en efecto, un vigoroso espíritu; pero le faltaban ya muchos de sus antiguos medios. El arte de construir se resintió necesariamente del estado á que la condujeron deplorables errores, desastres no merecidos, y la misma elevacion de sus empresas.

Herrera por fortuna habia encontrado en su discípulo Francisco de Mora un digno sucesor. Este artista, protegido por la córte, y con el valimiento de Felipe III, sostuvo fielmente las máximas de su maestro, y continuó su escuela sin notable menoscabo. Sólido en la construccion, parco en el ornato, sencillo en las formas, severo en los cortes y perfiles, acertado en los compartimientos: tal se muestra Francisco de Mora en sus diseños, y en las obras que dirigió con sumo acierto. Por desgracia la época no podia ya corresponder á la vasta estension de su genio. Las concepciones tenian que acomodarse á las necesidades apremiantes del Estado, á la penuria de los recursos, al cansancio de los pueblos y de los particulares. Por eso el siglo XVII no nos ofrece aquellas empresas colosales del anterior, por mas que en sus primeros años reine el mismo gusto, y la escuela no haya variado.

Mora aparece al frente de las mas considerables que entónces se realizaron, ó que poco ántes se habian comenzado. En el Escorial construyó las dos casas de Oficios y la de la Compaña; en Segovia algunas obras del alcázar, en Madrid el palacio del duque de Uceda, llamado hoy de los Consejos, el del duque de Lerma, el claustro de San Felipe el Real, con harto desacierto demolido despues de la guerra civil, y los conventos é iglesias de Porta-cœli y Descalzas Franciscas. Suyas son tambien las trazas de la capilla de Nuestra Señora de Atocha y de la sala capitular del monasterio de San Bartolomé de Lupiana.

Al mismo tiempo otros profesores de gran crédito, todos parecidos en el estilo, y como si una sola escuela los hubiese formado, daban muestras de su talento y su saber, sosteniendo el arte á la altura á que le habian elevado sus antecesores. Baltasar Alvarez dirigia la construccion de la iglesia de las Agustinas de Valladolid, empezada en 1588. Continuaba Nicolas Vergara la capilla del Sagrario de Toledo; Vergara el mozo trazaba la iglesia de las monjas Bernardas, y la de los Mínimos de la misma ciudad; Juan Mas y Antonio Pujades la casa de ayuntamiento de Reus; Francisco de Isasi la parroquial de Eibar; el Greco la iglesia de monjas Dominicas de Toledo, y Miguel de Soria la de los Carmelitas descalzos de Madrid.

No fueron ménos estimables las obras de Bautista Monegro, maestro mayor del alcázar de Toledo; las de Gaspar Ordoñez, que dió principio al bellísimo edificio de la Compañía, de Alcalá de Henares; las de Diego y Francisco de Praves, Pedro de Lizurgárate, Juan Velez de la Huerta, Francisco de Potes, Alonso Encinas, Lucas Castellano, Pedro Galan, Juan Bautista Crescencio, trazador del panteon del Escorial y de la cárcel de Corte de Madrid, y otros distinguidos profesores que entónces florecieron.

Es de sentir se ignoren hoy los nombres de los que diseñaron muchas fábricas de esa época, cuyo mérito les honra, y que son todavía ornamento de nuestro suelo. Cuéntanse en este número el claustro principal del monasterio de Buenavista junto á Sevilla, que parece de Herrera; la casa de ayuntamiento de Toledo; la hermosa portada lateral de la iglesia de Gumiel de Izan; el claustro de Nuestra Señora del Prado, de Valladolid; la Chancillería de la misma ciudad; el convento del Cármen calzado, de Salamanca, cuya iglesia prohijaría Herrera por suya; la del convento de San Francisco, de Vitoria, y la magnífica colegiata de San Nicolas, de Alicante, atribuida por algunos á Joanes de Mugagueren, y empezada en 1613.

Al frente de los arquitectos de ese tiempo, hallábase por su mérito, y como director de las obras Reales, Juan Gomez de Mora, que en este destino habia sucedido á su tio y maestro Francisco de Mora, el año 1611. Pocos profesores alcanzaron tanta reputacion, y pocos con tanta justicia. Conservando el buen gusto del siglo XVI, y sin apartarse mucho de la manera característica de su tio, era sin embargo ménos clásico, y en su misma simplicidad, todavía procuraba mayor atavío, y mas franqueza y libertad en los cortes y perfiles, aunque siempre juicioso y moderado. Ninguno de nuestros arquitectos ha diseñado y dirigido mas fábricas. Es suya la iglesia de las Recoletas Agustinas de la Encarnacion, de Madrid, empezada en 1611, y concluida en 1616, fábrica seria y sencilla, si bien de cortas dimensiones, y no de lujo. Construyó tambien por ese tiempo la fachada del Mediodía del antiguo palacio Real, y la iglesia del convento de San Gil, cuyos edificios ya no existen. Por planos suyos se fabricó entónces la Plaza mayor con su palacio de la Panadería, cuyas vastas obras perecieron en el incendio de 1790. Diseñó igualmente el colegio é iglesia de la Compañía en Salamanca, con su bellísima cúpula, y la fachada hasta el primer piso; el suntuoso colegio llamado del Rey, de la órden de Santiago, de la misma ciudad; y en Alcalá de Henares el convento y templo elíptico de las Recoletas Bernardas, gracioso y elegante por sus agradables formas.

Pero los esfuerzos de este profesor, su crédito y sus muchas y escelentes obras, no bastaron, sin embargo, á evitar la decadencia de la arquitectura, ya en su tiempo ménos sencilla y castiza que en el de Herrera, y con los primeros gérmenes de aquella liviana desenvoltura, que un poco mas tarde empañó su decoro, ajando la severa magestad que tanto la realzaba. Causas muy podérosas, originadas unas de las circunstancias particulares de la Monarquía, de su estado social y sus desgracias; y producto otras de la opinion artística y literaria de Europa, y de su manera de apreciar las inspiraciones del genio, la conducian al estado de postracion y abatimiento, en que vino á sumirse al empezar el siglo XVIII.

CAPÍTULO XXIX.

DEL ESTILO BORROMINESCO.

Cuando Gomez de Mora se encargó de la direccion de las obras Reales en 1611, olvidados ya los italianos de la severa grandiosidad de Palladio, y de aquel puritanismo clásico que distinguia las construcciones de los restauradores, se habian apartado algun tanto de su manera sencilla, para aumentar la exornacion con desusadas preséas, no del todo bien acomodadas al carácter grave y la graciosa simplicidad de los órdenes greco-romanos. Sin alterar sus formas, ni la regularidad y buen concierto de los miembros arquitectónicos, tuvieron á gala y gentileza presentarlos ménos desnudos que hasta entónces: quisieron que al conservarse las líneas rectas y la pureza de los perfiles, apareciesen los frisos y entrepaños, los frontones y dados revestidos de follage: y por último á las buenas proporciones y combinacion del conjunto, allegaron cierta pompa de ornato, de los antiguos desconocida. No tardó este nuevo gusto en introducirse en la Península. Sosteníanle eminentes ingenios fuera de ella, y era su intimidad muy estrecha con Roma, para que dejase de admitirle,

:

cuando parecian ya como agotados los recursos de la única escuela, hasta esa época seguida por todos, sin rivalidades de ningun género.

Desde el año 1612 dió ya señales de esta licencia Juan Martinez, apartándose de la simplicidad adoptada por los Moras. Manifestóla con mas particularidad en los edificios de Santa Clara, San Lorenzo y San Pedro de Sevilla, por ese tiempo una de las mas ricas y florecientes ciudades del reino. Pero la corrupcion afortunadamente no pasaba todavía de las targetas y festones, de los ángeles y repisas, con que se pretendia adornar los retablos y las fachadas de los edificios. Al emplear esta exornacion, dejábanse siempre desembarazados los cuerpos arquitectónicos, de tal manera, que no se ocultasen sus formas bajo esos atavíos, y aun empleándolos con aquella especie de temor, que embaraza y retrae, cuando se contrarían la opinion y las ideas de muy antiguo recibidas. Pero una vez introducida y tolerada una licencia, en vano se pretende fijar sus límites: el capricho los traspasa á despecho de la razon. Eso sucedió en España: las obras de los primeros innovadores pudieran tenerse por sencillas y arregladas, cuando D. Juan Bautista Crescencio, trazando por los años de 1617 los planos del panteon del Escorial, hizo desaparecer sus perfiles bajo la balumba de los follages, repartidos con una faustosa prodigalidad.

Era mucho el valimiento, y mucha la autoridad de este extranjero, á quien el conde duque de Olivares decididamente protegía, para que su ejemplo no tuviese imitadores. Los que le siguieron, respetaron como él las formas y proporciones; no dieron tormento á los órdenes; no desquiciaron sus miembros; ninguna alteracion se hizo en los perfiles, en los cortes, en la composicion y armonía de las partes: contentáronse solo con recargarlas de ornamentacion, complaciéndose en multiplicarla contra el carácter especial de la arquitectura romana. Agotado ya el ingenio en cuajar los frisos y entrepaños, y aun los fustes de las columnas, de festones y lazos, de entallos y follages, era de temer que en este acceso de ornamentacion, cundiese tambien la licencia á los distintivos característicos de cada órden, y que de los accesorios pasase á la esencia misma de los cuerpos, y á la estructura y combinacion del conjunto. Ya en 1626 un arquitecto tan juicioso como el hermano Francisco Bautista, no tuvo escrúpulo en adornar con hojas de acanto los capiteles dóricos de la fachada de la iglesia de San Isidro el Real de Madrid, y disminuir el diámetro de sus columnas, si bien por lo demas acertase á dar á este edificio proporcion y grandiosidad.

Así era como se procuraban conciliar con la falta de sencillez, las buenas máximas del siglo XVI. El último de nuestros arquitectos, que en medio de estas innovaciones mostró mas apego á la escuela de los Moras, é hizo mas por conservarla, aunque participando en algo del contagio general, fué Fr. Lorenzo de San Nicolas, para quien los instintos artísticos eran mas poderosos, que el atractivo de la moda y la influencia de sus secuaces. ¡Ojalá que muchos hubiesen participado entónces de su buen juicio! Pero el impulso estaba dado; abiertas las puertas á la novedad; y el espíritu del siglo, y el giro que habian tomado las ideas, tendian á llevarla mas lejos.

No serán, sin embargo, los españoles, quienes deban responder á la Europa de la corrupcion de la arquitectura en esa época. De otros es el ejemplo y la invencion. Con todo eso, entre las imputaciones gratuitas, con que frecuentemente atacaron los extranjeros nuestro crédito en materia de bellas artes y literatura, es una de ellas, el suponernos los primeros corruptores del arte greco-romano restaurado, citando como una prueba, las obras en extremo licenciosas de Donoso, Herrera, Barnuevo, Churriguera, Tomé, Rivera y sus prosélitos.. Pero ya pasó la moda de juzgarnos sin exámen, y de alimentar á nuestra costa la credulidad de los extraños. Un epígrama no es una prueba, ni un juguete del ingenio una acusacion fundada. Nadie ignora hoy que en la decadencia del buen gusto de la arquitectura desde mediados del siglo XVII, hasta el primer tercio del XVIII, recibimos el ejemplo de los italianos. Sabido es que Borromini, queriendo ser original, y confiando imprudentemente en la fecundidad de su ingenio, al encontrar demasiado trillada la senda que recorria con gloria su competidor el Bernini, no sufriendo su superioridad, y dispuesto á disputársela, abrió el primero la nueva escuela, que á ciegas siguieron despues muchos arquitectos españoles, no ciertamente con el mismo talento.

Ni estaba el Borromino tan destituido de mérito, ni valian tan poco sus caprichos, que solo por estravagantes, hubiesen de desecharse como estravíos de una imaginacion enferma. Llevaban aquellos consigo un atrevimiento y una extrañeza, un carácter tan peregrino y original, que no podian ménos de procurarse admiradores, cuando parecian harto reproducidas las invenciones del clasicismo, ya convertidas sus reglas en una receta invariable. El novador italiano era uno de los hombres mas superiores de su siglo, y si deliraba, sus aberraciones estaban marcadas con el sello del genio y la singularidad de un talento creador. Mereció, como heresiarca en las artes, la reprobacion de los escritores de juicio que le sobrevivieron; pero nunca ese desprecio amargo y sarcástico, con que se quiso eclipsar su nombre, y hundir en el olvido sus producciones y su ingenio. Ménos espíritu de escuela, mas tolerancia; y al condenar sus estravíos, se habria hecho justicia á las grandes cualidades que le distinguian como artista.

Entre sus muchos impugnadores, algunos hubo, que no tan apasionados, ó sin dejarse arrastrar por la fuerza de la opinion reinante, y con una filosofía no vulgar, fueron con él imparciales, vituperando lo malo, y aplaudiendo lo bueno de su escuela. Á pesar de su natural causticidad, Milizia poco inclinado á los elogios, y descontentadizo y austero tal vez en demasía, hablando de Borromino en sus Memorias de los arquitectos antiguos y modernos, se espresa en estos términos. «Fué uno de «los primeros hombres de su siglo, por la elevacion de «su ingenio, y uno de los últimos, por el uso ridículo que «de él ha hecho. Le sucedió en arquitectura, lo que á «Séneca en el estilo literario, y á Marini en la poesía. «Cuando en un principio se limitaba solo á copiar, con-«seguia grandemente su objeto; mas luego que se pro-«puso ser original, impelido por un amor desordenado á «la gloria, y en el empeño de superar al Bernini, pro-«dujo solo heregías artísticas, por decirlo así. Aspirando «á singularizarse y sobresalir por la novedad, no compren-«dió la esencia de la arquitectura.... Se descubre, sin em-«bargo, aun en sus mayores delirios, un cierto no sé que «de grande, de armonioso, de sobresaliente, que revela «desde luego su talento sublime. Si con el genio que le «distinguia, hubiese penetrado en el fondo de la arqui-«tectura para corregir los abusos, no conocidos de tantos «hombres insignes, á quienes el hábito obcecaba; si se «hubiese dedicado á investigar las verdaderas proporcio-«nes, todavía ignoradas, acomodándolas á los diversos ca-«ractéres de los edificios, si finalmente hubiese perfec-«cionado los miembros de los órdenes susceptibles de me-«jora, entónces pudiera lisonjearse de haber producido «una novedad provechosa á la posteridad, y no solo su-«perara al Bernini, sino tambien á todos sus antecesores.»

Tal era el arquitecto que estendia por Italia su escuela, corrompiendo la nativa sencillez y pureza de la greco-romana, con peligrosas y extrañas innovaciones, cuando vino á llevarlas mas lejos el P. Guarini, uno de sus principales secuaces. Por ventura ningun otro obtuvo entónces tanta nombradía. Infinitos discípulos acreditaban sus estravagancias dentro y fuera de Italia, ofreciendo él mismo á la imitacion sus propias concepciones, con singular empeño procuradas, donde las artes conseguian mayores estímulos y recompensas. Ántes que Donoso, Tomé, Churriguera y Rivera hiciesen entre nosotros ostentoso alarde de su licencia, la habia autorizado Guarini, construyendo en Módena la iglesia de San Vicente; en Verona el tabernáculo de la de San Nicolas, y en Vicencio la de los Padres de Ara Cœli. Por diseños suyos se erigieron tambien la de los Summascos en Mesina; la de los Teatinos en París; la de Santa María en Praga; y la de Nuestra Señora de la Providencia en Lisboa. Para formar una exacta idea de la degeneracion del estilo en estas fábricas, y hasta qué punto fué en ellas conculcado el buen sentido, bastará examinar sus planos y alzados en la obra de arquitectura civil que dejó escrita, y se publicó en Turin despues de su fallecimiento el año 1737. Allí se ven todos los estravíos del gusto, que se vituperaron mas tarde en las obras de nuestros arquitectos, sin que les haya cabido otra responsabilidad, que la de haber sido tributarios de la moda nacida en Italia, y en ella acreditada por los mayores ingenios de la época.

Esto sucedia á tiempo que la pintura llegaba entre nosotros al mas alto grado de esplendor, y cuando muchos de sus distinguidos profesores concurrian á Roma para perfeccionarse en su arte. Allí sin duda fueron testigos y admiradores del desarrollo y la aceptacion de la nueva arquitectura; y tanto mas debieron empaparse en sus máximas, cuanto que casi todos eran á la vez pintores y arquitectos. Las logias de Urbino, los ornatos menudos, entónces empleados con profusion en los bordados y los muebles; el gusto por estas menudencias, que los alemanes y flamencos habian manifestado en sus cuadros, y la modá de ostentar riqueza y variedad en las partes accesorias de sus composiciones pictóricas, grandemente debieron aficionarlos al estilo del Borromino. De regreso á su patria, y en posesion de diseñar las principales obras que en ella se emprendian, era natural que le siguiesen, haciendo alarde de una novedad, que abria ancho campo á la fantasía, permitiendo trasladar al mármol los caprichos, con tanta facilidad al lienzo confiados.

En efecto: el arco diseñado por Alonso Cano el año 1649 para la entrada en Madrid de la Reina Doña María Ana de Austria, fué sin duda uno de los primeros ensayos del estilo borrominesco que tuvieron lugar entre nosotros. Así es preciso creerlo, si damos asenso á Palomino, que dice hablando de este monumento: «El arco «para la entrada de la Reina, fué obra de tan nuevo gus-«to en los miembros y proporciones de la arquitectura, «que admiró á todos los artífices, porque se apartó de la «manera que hasta aquellos tiempos habian seguido los «antiguos.» ¿Cuál podia ser esta manera sino la del Borromino, ya acreditada en su patria?

Otro pintor, que entónces gozaba de reputacion, y bajo muchos respetos la merecia, Francisco Herrera el mozo, nombrado maestro mayor de las obras Reales en 1677, á su regreso de Roma, cultivó con empeño el mismo género, sino fué por ventura el primero á introducirle entre nosotros. Tenemos una muestra de su gusto, poco envidiable por cierto, en el templo de Nuestra Señora del Pilar de Zaragoza, edificio falto de proporcion, y que aun hoy parece pesado y rudo, á pesar de las bellas agregaciones con que le mejoró D. Ventura Rodriguez.

¿Y qué pintores no siguieron despues sus huellás, manejando á la vez el pincel y el compas? Arquitectos y pintores fueron por ese tiempo Cano, Rizi, Donoso, Valdes Leal y Coello, con mas ó ménos empeño secuaces de Borromino, y propagadores de su escuela. Sobre todo Rizi como perspectivo, con sus decoraciones para el teatro del Buen Retiro, cuando tanto protegía la escena Felipe IV, mas que otros ha debido contribuir á su crédito y desarrollo. Y á la verdad, que bien pocos se manifestaron tan aficionados á los targetones y follages, y á decorar con extraños arreos los ingeniosos bastidores, que ofrecia á la espectacion de una corte entusiasmada con estas novedades escénicas. Pero sino en el abuso de la ornamentacion, escedióle por lo ménos Donoso en el quebrantamiento de las reglas mas triviales del trazado de los edificios greco-romanos.

Todavía se conservaban hasta entónces enteras las cornisas, y se miraban con cierto respeto las líneas rectas. Donoso vió en esto una rancia rutina, y ensayó el primero doblegarlas, introducir los cortes y resaltos revesados, y retorcer los entablamentos é interrumpirlos. Hizo mas: alterando los miembros arquitectónicos, nos dió la extraña idea de aquel laberinto de entortijaciones, que mas adelante vino á destruir de todo punto el sistema antiguo, con la completa dislocacion de las formas y de los miembros. Los claustros del convento de Santo Tomas, de Madrid, la fachada del palacio de la Panadería desde el piso principal, y las portadas de Santa Cruz y de San Luis, nos ofrecen un ejemplo de su caprichosa inventiva.

Esta manera cundió con rapidez por todas partes. Sebastian Recuesta construia en Sevilla la iglesia de los clérigos menores, por los años de 1655; José Arroyo, la casa de la moneda de Cuenca, en 1699; Francisco Darde-

ro, el retablo de la iglesia conventual de Uclés, en 1688;
D. Sebastian de Herrera Barnuevo, uno de los mas licen-
ciosos y osados en el mismo género, infinidad de retablos
hasta el año 1670; Cayetano Acosta, poseido de igual delirio, el de la colegiata de San Salvador de Sevilla, en
1670; José del Olmo, la capilla y retablo de la Santa
Forma, del templo del Escorial, en 1677; Antonio Rodriguez, el colegio de Santelmo de Sevilla, concluido en
1734, y notable por su fachada; Miguel Figueroa, la
iglesia del convento de San Pablo de esta ciudad, con
sus columnas salomónicas; Ignacio Moncalcan y Pedro
Portelo, el hospital de San Agustin de Osma, en 1699.

No parecia fácil despues de construidas tan extrañas
fábricas, llevar mas lejos el abuso de la invencion, el desenfado en las alteraciones, el desquiciamiento en las partes del conjunto; y sin embargo, el siglo XVIII tuvo todavía que añadir á los delirios del anterior otros nuevos,
y mayores y mas singulares aberraciones, con que muchos
entónces adquirieron nombradía. ¿Qué es lo que se conservó de la arquitectura romana? ¿Cuál de sus rasgos característicos se respetaba? Es un hecho que el estilo Borrominesco, con su índole especial é indefinible, es emancipó
en esa época completamente del antiguo, rompiendo con
él toda relacion. Porque los miembros arquitectónicos perdieron sus proporciones romanas; no se empleaban de la
misma manera, ni tampoco se determinaban por la conveniencia y naturaleza de la obra, desapareciendo las
analogías necesarias entre el ornato y la construccion, la
forma y el objeto. Las columnas, ora espirales y cubiertas de empartados, ora surcadas de singulares estrías y
agallones, ora panzudas y rechonchas, ó larguiruchas y
chupadas, alternaban con estípites y cariátides, balaustres
y pilastras, aquí y allí esparcidas y extrañamente apolaza-
das con recortes, escocias, gargantillas, y hasta nuevos
:

capiteles, encaramados unos sobre otros. Ni cupo mejor suerte á las cornisas. Cortadas y retorcidas de mil maneras, habrian parecido harto desabridas y monótonas á los innovadores, si se hubiesen conservado en ellas la direccion recta y una sola moldura por picar. Diéronles tormento, é hicieron de sus diversas partes, ondulaciones y resaltos; menudos frontones, arquillos, retozos y almenados, y hasta una especie de capacetes para cubrir las cornisas de las columnas, como si fuesen los remates truncados de un frontispicio, y sin otro objeto que servir de cabalgadura á un angelote rollizo, ó de arranque á un enlace fantástico de garambainas y chucherías.

Convirtieron ademas en repisas ó enormes mascarones los pedestales, para sostener encima una fábrica pesada é informe; y cuando bien les pareció, no dudaron en colocar dos ó mas, unos sobre otros, hacer nichos de sus dados, y hacinar así los miembros arquitectónicos, sembrando el todo de ornacinas caprichosas, de figuras grandes y pequeñas, como si jugaran al escóndite entre las columnas; mientras que la máquina entera aparecia cubierta de targetones, pellejos, lazos, manojos de flores, conchas, querubines, sartas de corales, y otros diges y baratijas revesadamente combinados.

Para la distribucion y armonía de tan enmarañada composicion, no se observaba otra regla que el capricho, ni mas principios guiaron al inventor que su propia y acalorada fantasía. Quienes particularmente sustentaron y estendieron esta escuela, y los que con mayor libertad y desenfado la llevaron al último extremo de la licencia, fueron D. Francisco Hurtado, trazador de la capilla del Sagrario de la cartuja del Paular; Narciso Thomé, el arquitecto del costoso é intrincado transparente de la catedral de Toledo; y D. José Churriguera, infatigable diseñador de retablos, y tan fecundo en peregrinos dislates, que se distinguió el estilo del Borromino, por él adoptado, con el nombre de Churrigueresco, como si hubiese sido su inventor, ó se quisiera por lo ménos recordar que ninguno con mas empeño le acreditó en su patria.

Pero si el número, estrañeza y variedad de las obras fuesen un título legítimo para privar al Borromino del derecho de autorizar esta escuela con su nombre, ninguno pudiera disputárselo con mas justa razon que Don Pedro Rivera, maestro mayor de Madrid. Porque, ¿quién ha delirado mas? ¿Quién mas fantástico y revesado, mas fecundo en logogrifos, retruécanos y enmarañamientos arquitectónicos, mas diabólicamente entortijado y sutil? Solo dentro de Madrid se levantaron, por diseños suyos, la portada del Hospicio; el cuartel de Guardias de Corps, el Seminario de Nobles, la ermita de Nuestra Señora del Puerto; la iglesia de los Irlandeses; la de San Antonio Abad, en la calle de Hortaleza; la de Benedictinos de Monserrate, en la Ancha de San Bernardo; varias casas de grandes, y las fuentes de la puerta del Sol, la Red de San Luis, y la plazuela de Anton Martin, de las cuales solo existe la última.

Cuánto pudo el ejemplo de estos borroministas, háse de juzgar por el considerable número de sus secuaces, y de las obras que construyeron. Lorenzo Fernandez trazaba en 1704 la portada principal del palacio del arzobispo de Sevilla; Bernardo Alonso de Celada llenó de sus construcciones á Valencia; Cardona labraba en 1725 la iglesia de los mínimos de la misma ciudad; Pedro Roldan la del colegio de las becas de Sevilla, donde tambien se erigian entónces el colegio de las niñas del Espíritu Santo y el noviciado de Jesuitas; D. Ignacio Ibero, director de la suntuosa fábrica de Loyola, se encargó tambien de construir la torre de Elgoibar, y Tomas Jáuregui fué el autor de muchos retablos en Guipúzcoa. En

estas construcciones, y otras muchas que pudieran citarse de la escuela Borrominesca, predomina constantemente el mismo carácter: libertad suma y profusion en el
ornato; capricho, y si se quiere, estravagancia en la invencion; variedad infinita en las formas; licencia, y muchas veces desquiciamiento en los miembros de un órden,
y en la manera de combinarlos.

Con todo eso, hemos pecado tal vez de harto severos,
al juzgar los distintivos característicos y las cualidades
esenciales del estilo Borrominesco. Así como no hemos
disimulado sus defectos, y no aconsejarémos su reproduccion, tampoco participamos de las apasionadas prevenciones de los que solo encuentran en esta escuela despropó-
sitos y aberraciones. Hízose de moda el deprimirla, y
ninguna espresion pareció bastante dura para calificarla,
y abultar los delirios de sus secuaces. Todos vieron en
sus producciones desaciertos; ninguno una centella siquiera de genio. Hablóse de los absurdos que las deslustran;
ni una palabra se dijo de sus buenas prendas. Y esto, no
tanto ha consistido, á nuestro juicio, en las pocas simpatías
que escita su licenciosa independencia, como en suponerla
producida por una crasa ignorancia, ó por un orgullo presuntuoso y altivo, que desdeñaba consultar la antigüedad,
ó si la recordaba, era solo para despreciarla conculcando
sus máximas.

Dos yerros se cometen al apreciar así el Borrominismo; primero, se le juzga con sujecion á los principios greco-romanos, como si, independiente de ellos, no
constituyese por sí solo un nuevo género: segundo, se
le considera sin relacion al espíritu de la época en que
ha florecido. No lo olvidemos: en el estado que presentaba en el siglo XVIII, venia á formar una escuela
distinta de la romana: de ella habia tomado sus elementos, pero alterándolos de manera en sus aplicacio-

nes, que la semejanza entre uno y otro estilo desapareciera enteramente. Tanto vale, pues, para calificar de bueno ó de malo el Borrominismo, emplear los principios de Vitrubio, como si con ellos se pretendiese probar el mérito ó demérito del gótico-germánico. Si en su último período nada tiene ya de comun con la arquitectura de los Césares, ó la del siglo XVI su imitadora, ¿por qué con las reglas de los grandes maestros del clasicismo greco-romano, habrémos de juzgar á Churriguera y sus secuaces? No hagamos aplicaciones imposibles. Busquemos los preceptos para apreciar este nuevo género, allí donde únicamente se encuentran. El siglo XVII nos los ofrece en sus tendencias, en sus ideas, en la condicion social, en la literatura misma. Si con arreglo á ellos todavía la arquitectura Churrigueresca fuese monstruosa, insoportable, un conjunto de aberraciones donde no descuella ni una sola belleza; si no apareciese determinada de un modo inevitable por un concurso de circunstancias independientes del carácter de sus propagadores; déseles enhorabuena el nombre de Gerigoncistas, Chafallones y Badulaques con que los regala Cean Bermudez, y ni aun se conceda gracia á sus inspiraciones como monumentos históricos á propósito para conocer la índole propia de una época de infortunio y decadencia para la nacion española.

¿Cuál era en ella el estado de la literatura, del buen gusto, de las ideas sobre la verdadera belleza, cuando Borromine se apoderaba de las construcciones, y á su placer las dirigia? Entónces el culteranismo habia invadido á la vez las letras y las ciencias, olvidando los antiguos modelos, con la formacion de una nueva y extraña escuela. Campaban los conceptos alambicados, los retruécanos, y juegos de voces, el estilo misterioso é hinchado. Buscábase en los escritores el espiritualismo, la sutileza del ingenio, el lenguaje metafórico; cuanto se apartaba en fin de la simplicidad clásica, y podia ocupar la imaginacion á costa del buen sentido. Gracian en la prosa, y Góngora en la poesía, acreditaban esta depravacion con la superioridad de su talento, y siguiendo uno y otro el ejemplo de los italianos. ¿Cómo, pues, la corrupcion de las letras no cundiría á las bellas artes? La pintura y la escultura sintieron primero sus efectos. Ambas adoptaron la oscuridad en las ideas; la exageracion en las actitudes; el atrevimiento, y hasta la licencia, en los escorzos; la complicacion en las composiciones; la menudencia en los accesorios. Fueron de moda las alegorías, y túvose á gala el espiritualismo, que hacía misteriosa y confusa la inspiracion artística, dando tortura al pensamiento que habia de comprenderla. Véanse los cuadros de Rizi con sus aglomeramientos de ornamentaciones y detalles; las pinturas simbólicas de Jordan; las estatuas y relieves de los sucesores de Gregorio Hernandez, en que aparece la antigua sencillez sustituida por la exageracion; y dígase si los vicios del estilo literario, si la elocuencia y la poesía del siglo XVII con sus principales caractéres, no fueron entónces trasladados al mármol y al lienzo.

Imposible era que la arquitectura, la mas útil de las artes, sostenida por el lujo de los Príncipes, y la veneracion y esplendor del culto, escapase de este contagio universal. Pagó necesariamente un tributo á su siglo; y el genio de la invencion vino á plegarse á las exigencias de la sociedad que le alentaba. Conceptos revesados hay, sutilezas de ingenio, hinchazon y travesura en la fachada del colegio de Santelmo de Sevilla; en el transparente de la catedral de Toledo; en la capilla de la Santa Forma del Escorial; y las mismas cualidades caracterizaban otras obras del siglo XVII que ya desaparecieron, tales como el famoso Sagrario de Sevilla.

Al analizar estas fábricas, preciso es recordar aquellos versos de Quevedo en su epístola al conde–duque de Olivares:

> Un animal á la labor nacido,
> Y símbolo celoso á los mortales,
> Que á Jove fué disfraz, y fué vencido;
> Que un tiempo endureció manos Reales,
> Y detras de él los cónsules gimieron,
> Y rumia luz en campos celestiales.

O bien estos otros de Góngora:

> Aljófares risueños, de Visela
> El blanco alterno pie fué vuestra risa,
> En cuanto ya tañeis coros, Belisa,
> Undosa de cristal dulce vihuela.
> Instrumento hoy de lágrimas no os duela
> Su Epiciclo, de donde nos avisa,
> Que rayos ciñe, que zafiros pisa
> Que sin moverse, en plumas de oro vuela.

¿Quién no vé en la oscuridad y el embrollo de esta poesía, en su manera revesada de espresar las ideas, el mismo espíritu que ha influido en el Churriguerismo? ese mismo espíritu alambicado y sutil, que á la vez animaba al poeta y al artista, bajo las influencias á entrambos comunes, de una sociedad, amiga del falso brillo, de la exageracion y los hipérboles? Pero si los arquitectos de la escuela Churrigueresca no pudieron ménos de proceder con sujecion á las tendencias de su época, todavía es preciso concederles originalidad y travesura; una rara inventiva; una variedad inagotable; una manera caprichosa, pero sorprendente de enlazar la ornamentacion, y acomodarla á las formas mas peregrinas; una singular armonía que escapando al análisis, llama la atencion por sus mismos delirios; cierta sutileza, finalmente, que el buen gusto rechaza, y que sin embargo, detiene y distrae al espectador. Sus fantasías ofendian al recto sentido, y de hecho le contrariaban frecuentemente; pero eran producidas por una imaginacion fecunda y lozana; caracterizaban una época, descubrian su gusto literario, y revelaban casi siempre un talento no vulgar.

¿Por qué, pues, proscribir absolutamente esta arquitectura, y negarle la existencia, aun como monumento histórico? La memoria del transparente de Toledo y del Sagrario de Sevilla, pasará á la posteridad como el desbarro de una cabeza enferma; pero el que se encuentre dispuesto á perdonar á Góngora sus Soledades y á Jordan sus alegorías, no rehusará su indulgencia á esas extrañas máquinas donde se advierte el *cierto no se qué*, que encontraba Milizia en las obras del Borromino, y una singularidad de ornato, que sorprende tanto en su género, como los arranques poéticos de Lope y de Quevedo, cuando quisieron hacer alarde de su culteranismo.

La ornamentacion Churrigueresca, de suyo caprichosa y variada, pocas veces suelta y ligera, reducida por lo comun á robustos follages; á pesar de su mal gusto, otro efecto produciria, si al pensamiento del arquitecto correspondiese fielmente la ejecucion del escultor. Pero Monegro y Gregorio Hernandez no dejaron sucesores dignos de su nombre: la escultura y la talla habian venido al mayor descrédito, y el cincel rastrero y pesado no copiaba ya sino muy imperfectamente los dibujos del artista. Por eso la arquitectura Churrigueresca parece mas delicada y graciosa en los diseños que en los edificios, segun ellos construidos. Hay en los primeros desembarazo y gallardía; en los segundos rusticidad y apocamiento, una falta de diligencia, que perjudica al conjunto, y comunica desabrimiento á la invencion, por mas que no carezca de agrado en sus licenciosas combinaciones. ¿Cuál sería el aspecto de la torrecilla del monasterio de Benedictinos de Monserrate, en la calle Ancha de San Bernardo de Madrid, y de la ostentosa fachada de la catedral de Santiago, si á sus pintorescos perfiles y natural soltura se allegase una talla mas desentrañada y ligera? Hubiérala desempeñado alguno de los buenos escultores del Renacimiento, y al vituperar las columnas caprichosas y los trepados y tortuosidades de estas fábricas, todavía las contemplaríamos con satisfaccion, y aun nos arrancarian aplausos.

Pero, cualesquiera que sean los abusos de la ornamentacion y su mal gusto, preciso es que en la disposicion general de los edificios, en su compartimiento interior y arreglo de los cuerpos, concedamos no solamente genio, sino tambien inteligencia, á sus constructores. No pecaban ciertamente de ignorantes, como mil veces se ha repetido con desdeñosa é injusta afectacion. Conocian el arte, y le practicaban bien y cumplidamente, por mas que haya motivos para negarles el título de adornistas delicados. Si se quiere la prueba, la hallarémos en la escelente distribucion y la magnífica escalera del gabinete de Historia natural, trazado por planos de Donoso; en la iglesia del convento de San Pablo de Sevilla, diseñada y construida por Miguel de Figueras; en la regularidad y proporcion del templo de San Cayetano de Madrid, y en otras muchas fábricas del mismo tiempo y estilo, donde á parte la ornamentacion, sobresale el buen juicio y discernimiento artístico de sus autores.

Sin embargo, Ponz, Llaguno, Cean Bermudez y cuantos en el siglo pasado procuraron restaurar la arquitectura greco-romana, ni aun quisieron hacer gracia á las fábricas Churriguerescas, aun considerándolas como monumentos históricos. Nada vieron en ellas sino follage y hojarasca; alteraciones de módulos; abusos en la inven-

:

cion y abusos en las formas. Creemos con todo que mejor conocida la historia de los pueblos, y reducido á justos límites el espíritu de escuela; los fallos del artista, sin dejar de ser severos, no se resentirán por eso del esclusivismo de que adolecian en el siglo XVIII; y que vituperando en el Churriguerismo cuanto repugna al buen gusto, respetarán tambien aquellos rasgos, que revelan el genio de sus numerosos secuaces, sin condenarle absolutamente como una monstruosidad, en que solo se encuentran deformidades.

CAPÍTULO XXX.

DE LA SEGUNDA RESTAURACION DE LA ARQUITECTURA GRECO-ROMANA.

Producto de una época determinada, y sostenida por sus tendencias, la arquitectura Borrominesca debia concluir cuando estas variasen, y otro fuese el estado de la sociedad, que la habia adoptado. Así sucedió en efecto: la restauracion de las letras llevó consigo necesariamente la de las bellas artes, y este memorable suceso señala y ensalza el advenimiento de Felipe V al trono de San Fernando. El jóven Monarca no habia heredado solo de su ilustre abuelo Luis XIV la espada del soldado, sino tambien la noble aficion á las bellas artes, y el deseo de aumentar con ellas el esplendor de su reino. Mientras que desmedradas y abatidas entre nosotros, adolecian de la postracion y desaliento de la Monarquía bajo el enfermizo Cárlos II, cultivábanse entónces con laudable empeño en otras partes de Europa, y los hombres mas eminentes hacian los mayores esfuerzos para devolverles su antiguo brillo, y rescatarlas del dominio de Borromino y sus prosélitos, estudiando los monumentos de los Césares, y siguiendo la misma senda que habia recorrido el Bernini.

No del todo habian conseguido su objeto, cuando el caballero Fontana en Italia, y poco despues Perrault en Francia, se propusieron dar á las formas greco-romanas su primitiva pureza, empleándolas con cierta grandiosidad de carácter en sus construcciones. Si estas no ofrecian el clasicismo y la simplicidad griega á que por grados se acercaron mas tarde, distinguíanse á lo ménos por su magestad y nobleza, por el decoro y dignidad de que carecian las anteriores, y por la belleza y proporcion lastimosamente olvidadas.

Felipe V pudo por sí mismo reconocer la distancia que mediaba entre las escuelas de Italia y de Francia, y la que se seguia esclusivamente en España. Al compararlas, debió tocar la necesidad de una completa restauracion del arte, y la preparó desde luego. Tres medios empleó para asegurar el buen éxito de esta empresa: 1.° la venida á España de arquitectos extranjeros de reconocido mérito: 2.° la construccion del Real palacio de Madrid, y de las obras de Aranjuez y Riofrio, y 3.° el establecimiento de la Junta preparatoria para el estudio y propagacion de las bellas artes.

El primer profesor de una reputacion Europea, justamente adquirida, á quien Felipe V confió la restauracion que meditaba, fué D. Felipe Juvara. Discípulo de Fontana, empapado en sus máximas, célebre ya en Italia por sus construcciones, y en Portugal por la suntuosa obra del palacio Real de Lisboa y la iglesia patriarcal, vino á España precedido de su fama, para encargarse del nuevo palacio Real de Madrid. Hizo sus diseños, empezó el modelo de esta gran fábrica, fué uno de los que mas influyeron en la formacion de la Junta preparatoria para fundar en buenos principios la enseñanza de las bellas artes, y trazó la fachada del palacio de Aranjuez, que hace frente á la cascada de los jardines. Pero en medio de estos importantes trabajos, y cuando se habian concebido las esperanzas mas lisonjeras de su ilustracion, le arrebató la muerte en 1736, y tanta ménos. influencia pudo tener en el desarrollo del gusto clásico, cuanto que por desgracia, su magnífico pensamiento para la construccion del Real palacio, fué despues con poca cordura desechado, adoptándose en su lugar el de Sachetti.

Era este su discípulo, y haciendo justicia á su mérito, le habia indicado como el mas á propósito para satisfacer las miras que se proponia. Trájole á su corte Felipe V, le nombró su arquitecto mayor, y le procuró ocasion y. medios de desplegar sus conocimientos artísticos, y comunicarlos á los que eran capaces de secundarle, y estenderlos despues con feliz éxito. Entónces concluyó Sachetti el bellísimo modelo de Juvara, hizo los diseños para la graciosa fachada del palacio de San Ildefonso, dirigiendo la obra por sí mismo, y emprendió la del palacio Real que hoy existe.

En la ereccion de este edificio puede fijarse el principio de una nueva era para las bellas artes en España, porque en sus construcciones se formaron los jóvenes mas aventajados; de su director recibian el ejemplo y la doctrina, y por sus máximas se guiaban para aplicarlas á las construcciones magníficas, que proyectaban el Monarca y los grandes. Otros profesores extranjeros, igualmente protegidos por el gobierno, se encargaban tambien de las que en la corte y los sitios Reales se emprendian, predominando en ellas el mismo estilo y el carácter mas ó ménos bien conservado de la escuela de Fontana. Mientras que Marchand la habia sostenido en Aranjuez, Virgilio Raveglio, empleado primero en las obras del palacio de Madrid, la adoptaba despues en los planos del de Riofrio. D. Santiago Bonavia, algun tanto apartado de su estilo, labraba en Aranjuez la iglesia de San Antonio, y en Madrid la de San Justo y Pástor, y el palacio del Buen Retiro, alterado mas adelante por sus paisanos y comprofesores Bonavera y Pavía.

Con un estilo ménos encogido, pero con un gusto poco delicado y severo, D. Francisco Carlier, hijo de Renato, arquitecto mayor de Felipe V, trazaba la iglesia del Pardo y la de los premostatenses de Madrid, y quizá meditaba ya los planos del suntuoso convento de las Salesas Reales, empezado en 1750 por órden de Fernando VI y su esposa la Reina Doña Bárbara.

No faltaron en esta época profesores españoles de talento y saber, que rivalizaron con los extranjeros, y que participando de su manera, contribuyeron á generalizarla. Podrémos citar entre otros al juicioso y atinado Fr. Juan Ascondo, que conforme al gusto de Herrera, diseñó las iglesias de San Roman de Hornija, y de Villar de Frades, la casa de la Granja de Fuentes, la del vizconde de Valoria en Valladolid, y las dos galerías del claustro principal del monasterio de San Benito de esta ciudad.

En todas las fábricas con que se dió principio á la segunda restauracion, ni un rastro queda ya de las licencias Churriguerescas. Aparece en ellas la arquitectura romana, sino con su antigua severidad y nobleza, á lo ménos sin los feos postizos, que la desfiguraban en los últimos años del siglo XVII, y muy agena de las livianas pretensiones que ántes la convirtieran de matrona en ramera. Juvara, Marchand padre é hijo, Sachetti, Raveglio y Bonavia, al transportarla de las orillas del Tíber á las del Manzanares, manifestaron inteligencia, y prudentes y juiciosos no abusaron de su ingenio. Amaron la pompa artística, y huyeron, sin embargo, de la hinchazon y prodigalidad que pudieran hacerla exagerada ó ridícula. Hallábanse con todo eso sus obras muy distantes de la perfeccion á que llegaron otras algun tiempo despues. Ni era el gusto de estos profesores el mas puro y delicado, ni alcanzaron tampoco aquella severa correccion de estilo, aquella sencillez ática, aquella elevacion y magestad, que imponen sin aparato, y satisfacen sin vanas pretensiones.

Para apreciar en su justo valor el carácter de la segunda restauracion desde su mismo orígen, conviene considerarle en los edificios, que entónces sirvieron como de modelo por su distinguido mérito. Ninguno con mas derecho puede ser elegido para tan importante exámen, que el nuevo palacio Real de Madrid, la obra maestra de Sachetti, y la prueba mas brillante que dió Felipe V de su amor á las artes, y de sus esfuerzos para perfeccionarlas en la Península. Hay en esta fábrica gentileza y galanura, á pesar de que algunos la quisieran ménos pesada. Erguida sobre robustos estribos, que por la parte del Norte le sirven de asiento, si de este lado ofrece á cierta distancia, mas bien el aspecto severo de un magnífico alcázar, que el del palacio de un Monarca, no desmiente por eso en todos sus frentes su noble destino, revelado desde luego en la suntuosidad que grandemente le caracteriza. Es bello y armonioso en su conjunto, sin embargo de las agregaciones inoportunas que alteran su planta. Proporcionado en sus partes principales, no desagrada el jónico caprichoso con que se encuentra decorado; mas no recuerda los tiempos de Herrera, ni el clasicismo del siglo de Augusto, y dista algun tanto de la correccion y pureza que recibió la arquitectura despues de los ensayos de Perrault en el Louvre. Dudamos que aun entónces Fontana y Juvara hubiesen adoptado para su cornisamento la combinacion y aglomeramiento de líneas que le componen; pero de aquella época eran las cabezas, molduras y resaltos de los frontispicios triangulares y semicirculares que coronan las ventanas del piso principal; la recargada ornamentacion de perfiles y molduras, haciendo recortes con sus ángulos entrantes y salientes en torno de los vanos; las balaustradas de los cuerpos resaltados en los centros de los frentes, sostenidas de ménsulas; la forma del ático en la fachada del Mediodía con sus multiplicadas labores y las cornisas truncadas; los medallones finalmente, harto reducidos y poco correspondientes al lugar que ocupan en los dos frentes del Norte y del Mediodía.

Esta ornamentacion, en aquella época admitida por los mas distinguidos artistas, no se concilia ciertamente con la correccion y delicadeza de un gusto depurado y clásico, y aleja el buen efecto producido siempre por la simplicidad de las líneas y la rectitud de los perfiles. Hará, si se quiere, rico el adorno, pero no mas bello el edificio; y si así se pretende conseguir la magnificencia, sin obtenerla cumplidamente, se le habrá sacrificado la magestad y el decoro que contribuyen á su realce.

Sin embargo, Sachetti, ni era licencioso ni osado. De miras elevadas, y grandioso en sus inspiraciones, concebia la ornamentacion como los profesores de su tiempo; era, como ellos, algun tanto pesado en sus obras; pero huyendo siempre de las estravagancias; desechando las menudencias, que no pueden avenirse con la gravedad artística, y atinado en las proporciones generales de los cuerpos arquitectónicos. Y hé aquí por qué el palacio Real de Madrid, de suyo suntuoso y magnífico, nos parece tambien elegante y bello, á pesar de sus lunares. Oportuno hubiera sido que los demas artistas, empleados entónces en las construcciones Reales, participasen del genio y la prudente circunspeccion de Sachetti; pero ni en estas, ni en otras buenas prendas, le llegaban. Mucho mas lejos que él se halló de la sencillez clásica, Bonavia, en la iglesia de San Justo y Pástor, de Madrid, y en la de San Antonio, de Aranjuez: la primera, edificio curvilíneo de mal gusto y extraña fachada, y la segunda, vulgar y falta de gracia.

Continuó el mismo género de construccion durante el reinado de Fernando VI, y Carlier vino á darle mas estabilidad, con el lujoso y vasto convento de las Salesas Reales, donde el poder y el arte nada escasearon para hacerle grandioso y espléndido. Le distinguen una ornamentacion suntuosa; graciosos relieves en mármol, columnas corintias, ostentosa fachada, erguida cúpula y levantadas torres; pero tambien la carencia de sencillez y de unidad, la incorreccion del gusto, y la belleza buscada ántes bien en la pompa, que en el atinado concierto del todo. Uno de los monumentos mas magníficos que poseemos, determina indudablemente la época arquitectónica en que, al desaparecer la estravagancia y las licencias de la anterior, todavía no pudo alcanzar el arte el aticismo y la gracia que poco despues conocimos.

Caminábase entónces por buena senda; estaba dado el impulso, y muchos artistas, dotados de gran genio, se acercaban por una serie de ensayos felices á la perfeccion del arte. Esta, sin embargo, no se hubiera conseguido solo con las construcciones que á porfia se emprendian. Era preciso que la práctica descansase en sólidos principios; que la ciencia se estudiase elementalmente; que no permaneciera circunscripta á un estrecho círculo, sino que sus arcanos se pusieran al alcance de la juventud, que procuraba penetrarlos. Eso se obtuvo hasta cierto punto con la ereccion de la Junta preparatoria, que para la enseñanza de la arquitectura, y como un precedente necesario para mas cumplidos proyectos, estableció en Madrid Felipe V por Real cédula de 13 de julio de 1744.

Los mas acreditados profesores tomaron á su cargo la enseñanza. Sachetti, Marchand, Bonavia, Carlier y Don Ventura Rodriguez, que poco despues los eclipsó á todos
:

con la superioridad de su genio y la vasta estension de sus conocimientos, dirigian este cuerpo científico, y animaban con el ejemplo y la doctrina á la juventud que se dedicaba á la arquitectura, connaturalizándola con los monumentos mas célebres antiguos y modernos.

Este ensayo recibió muy pronto el desarrollo de que era susceptible, con la Real cédula espedida por Fernando VI, en 12 de abril de 1752, para la creacion de la Real academia de San Fernando, depositaria desde entónces de la ciencia de Vitrubio, esclarecida por las grandes obras que ha promovido, por el celo con que ha combatido los abusos introducidos en las bellas artes, y por el número y escelencia de los profesores que la han honrado con sus trabajos. Bastaría para su elogio citar á Sachetti y D. Ventura Rodriguez, á D. Juan de Villanueva y D. Silvestre Perez, todos sostenedores de las buenas máximas artísticas, entendidos directores de sus estudios, y altamente acreditados por sus obras arquitectónicas. Los primeros conatos de esta academia tuvieron por objeto metodizar la enseñanza, difundirla por las diversas provincias de la Península, formar el gusto de los artistas, y ejercer una saludable censura sobre los proyectos y planos de los edificios. Hasta qué punto se haya conseguido por estos medios rectificar las ideas sobre la verdadera belleza, y poner en descrédito las prácticas viciosas y los estravíos artísticos, pueden manifestarlo los escritos sucesivos de Villanueva, Ortiz, Ponz, Llaguno, Jovellanos, Bosarte, Cean Bermudez y tantos otros académicos, que consagraron su talento á tan loable y provechosa tarea. No fueron ménos ventajosos los viajes de nuestros arquitectos á Italia, donde copiaron los mas célebres monumentos antiguos y modernos, perfeccionando sus estudios, y haciendo felices aplicaciones á las fábricas que se confiaron á su cuidado.

Poco despues de haberse establecido la Real academia de San Fernando, el mismo espíritu que la produjo y los progresos de la ciencia, dieron orígen á la de San Cárlos de Valencia, en la cual mucho ántes, profesores celosos de promover y adelantar el arte, habian formado escuelas particulares para su estudio y enseñanza. Dos existian en 1680, reducidas á una sola en 1753. No teniendo entónces otro apoyo que el de las autoridades de la provincia, y sin el prestigio que podia procurarle una Real autorizacion, D. Felipe Rubio, arquitecto justamente acreditado, y uno de sus mas activos promotores, comisionado por sus compañeros, y con el auxilio de otras personas de instruccion y buen celo, obtuvo en 11 de marzo de 1765, juntamente con la direccion de esta nueva academia, el Real decreto que sancionaba su junta preparatoria. Sin embargo, su establecimiento no se llevó á efecto hasta el 14 de febrero de 1768, en que Cárlos III la aprobó, subordinándola á la de San Fernando. Ya entónces habia fallecido Rubio; pero su buena memoria se perpetuó en Valencia, mas que por la escuela, debida en mucha parte á sus desvelos, por el bello edificio de la Aduana, cuyas trazas manifiestan su inteligencia y delicado gusto.

Honraron la academia de Valencia algunos profesores que gozan de merecida reputacion, no solo por las singulares pruebas que dieron de su amor á la ciencia, y de su celo en propagarla, sino tambien por las importantes obras que diseñaron. Tales son, entre otros, D. Salvador Gascó, académico de mérito de la Real academia de San Fernando, promotor de la de San Cárlos, y director de la de Santa Bárbara, que la habia precedido, el cual supo adquirirse fama con las muchas fábricas que trazó y construyó, siendo las principales la capilla de Nuestra Señora del Cármen, en el convento de Carmelitas de Valencia, y los puentes de Cullera y Catarroja: D. Antonio Gilabert, director de la academia de San Cárlos, y el primero que enseñó en ella la arquitectura, desterrando los resabios del Churriguerismo, con la conclusion de la aduana de Valencia, ideada por su cuñado Rubio, y los trazados de la capilla de San Vicente Ferrer, de la ermita de Nuestra Señora de Nales, y de la casa del conde de Villapaterna, cuyas obras se construyeron bajo su direccion: D. Juan Bautista Minquez, delineador de las del palacio nuevo de Madrid, y de vastos conocimientos en su arte.

Así era como empezaba á difundirse entre nosotros la enseñanza de la arquitectura, desde los primeros años del reinado de Cárlos III. Este Monarca, grande y magnífico en todas sus empresas, despues de adquirirse alto renombre en el reino de Nápoles por su amor á las artes, la construccion de muy notables edificios, y las célebres excavaciones del Herculano, al subir al trono que su hermano Fernando VI habia ocupado con gloria, supo aprovechar tan poderosos elementos para llevar las bellas artes al mas alto grado de esplendor; y esta es sin duda una de las circunstancias mas notables de su dichoso reinado. Porque ¿cuál obra pública de algun mérito no le corresponde? ¿Qué clase de sacrificios ha omitido, para dar nuevo lustre á la corte, y hermosear los pueblos que felizmente gobernaba? Á su voz se abren largas vías de comunicacion: salen de entre las olas suntuosos y estensos arsenales; robustas fortalezas guarnecen nuestras fronteras, y por todas partes se erigen grandiosos edificios públicos, destinados á borrar hasta la memoria de los anteriores estravíos en el arte de edificar, y honroso testimonio de la ilustrada munificencia de su augusto fundador.

Por fortuna uno de aquellos hombres superiores, que muy de tarde en tarde elevan el crédito de una nacion,

pareció entónces como destinado por la Providencia para
ser el ejecutor de las elevadas miras del Monarca. No era
ya Rodriguez el diseñador de Marchand, ó el auxiliar de
Sachetti : no era el discípulo inesperto, que se formaba
conducido por agenas inspiraciones. La superioridad de su
talento, sus continuos estudios y su práctica, el entusiasmo artístico que le animaba, le colocaron á una altura á
que jamas llegaron sus maestros, y á donde no pudieron
seguirle despues sus discípulos é imitadores. Al abandonar
la manera encogida y minuciosa de los reinados de Felipe V y Fernando VI, impulsado por las profundas convicciones que dirigen y alientan en sus empresas á los
genios superiores, introdujo entre nosotros un nuevo esti-
tilo, ménos varonil y severo que el de Toledo y Herrera;
pero mas elegante y gracioso, mas delicado y gentil, mas
conforme á la cultura de la sociedad de su época, y en
relacion con sus ideas y exigencias.

Así tenia que suceder. El siglo XVIII no podia con-
tentarse con las formas desnudas y la austera economía
del XVI, ni prestarse tampoco á los resabios de Juvara y
Fontana, á sus líneas truncadas, á la multiplicidad de sus
molduras, á los resaltos de sus frontones, á la índole finalmente de su ornato. Necesitaba, sin duda, de la pompa y de la ostentacion; pero hermanándolas con la simplicidad griega, y la correccion del gusto. Rodriguez supo.
satisfacer estas exigencias por buen camino, manifestando
un tacto, como era indispensable, para corresponder á los
deseos de sus contemporáneos, y conciliarlos con el clasicismo que respiran los antiguos monumentos romanos,
hasta donde era posible. La gracia, no el brio; la fecundidad y belleza del ornato, no la grandiosidad buscada en
la sencillez misma; el concierto de las partes, no la manera antigua de repartirlas y enlazarlas; el tino artístico,
siempre manifestado con naturalidad, siempre fácil y es-

pontáneo; la armonía de los planes y la riqueza de la ornamentacion, en que predomina constantemente un gusto
delicado, son los dotes de las construcciones de este eminente arquitecto, cuyo estilo siguieron otros con ménos
fortuna, aunque siempre con discernimiento y buen juicio.

Rodriguez fué lo que debia ser en el siglo XVIII: el
conservador de las máximas del XVI; pero acomodándolas á la elegancia de la sociedad en que vivia, y al
aparato que habia sustituido ya á la noble simplicidad
de los mejores dias de la restauracion de las artes. Hizo
á la arquitectura el mismo servicio que Melendez á la
poesía. Su estilo hermanó la antigua escuela con la moderna italiana, y cierto que ha conseguido su objeto de
una manera brillante, y á propósito para asegurarle la
reputacion que justamente le distingue. Cuanta fuese su
influencia en la restauracion de las artes, y hasta qué
punto les imprimió el sello peculiar de su escuela, puede
calcularse por el número, variedad y escelencia de sus
fábricas. Jamas el fino discernimiento, y el delicado tacto
de este profesor se desmienten en ellas.

Cean Bermudez insertó en las adiciones á las «Noticias
«históricas de los arquitectos y arquitectura de España,»
un largo catálogo de las que ha diseñado y construido. Citarémos, entre otras, las siguientes. Dentro de Madrid la
iglesia de San Marcos el año 1749; la fachada de los
Premostatenses; el bello y rico adorno de la de las monjas de la Encarnacion en 1755; el de la capilla de la órden
Tercera; el de la mayor de San Isidro el Real; el convento de San Gil; la reedificacion del templo de los padres del Salvador; la del palacio del duque de Liria; una
parte de la casa del marques de Astorga, y las graciosas
fuentes del paseo del Prado. En las provincias ha dejado
igualmente señaladas muestras de la inagotable fecundidad
de su ingenio, y de sus profundos conocimientos del arte.

Le pertenece la renovacion del templo del Pilar, de Zaragoza, con la capilla elíptica de la Vírgen; el retablo mayor de San Julian, de Cuenca; el trazado de la magnífica fachada de la catedral de Santiago, del órden corintio; la capilla del Sagrario de la de Jaen, suntuosamente adornada, y cuyo frontis se vé realzado por un pórtico de columnas colosales, un frontispicio triangular y dos elegantes torres; el vestíbulo y fachada de la catedral de Pamplona, obra grandiosa, del órden corintio, con un tetrástilo de columnas pareadas, un ático y dos torres, todo de bellísima forma y admirable ejecucion; la iglesia del convento de Benedictinos de Santo Domingo de Silos, sencilla y de agradables proporciones; la de Agustinos misioneros, de Valladolid; la fachada de la parroquial de San Sebastian, de Azpeitia, construida por Ibero; la media naranja del templo de San Antolin, de Cartagena; el de San Felipe Neri, de Málaga, de figura elíptica con diez y seis columnas corintias y cuatro compuestas, en el pórtico, y dos graciosas torres; la riquísima capilla de San Pedro Alcántara, en el convento de San Francisco de Arenas, de planta circular y de órden corintio; la media naranja de la iglesia de Niñas pobres de Santa Victoria en Córdoba; la capilla exágona con su gracioso cimborio del hospicio de Oviedo; el de Olot en Cataluña; y los diseños para las casas consistoriales de la Coruña, Betanzos y Burgos.

Es ciertamente sensible que otros muchos trazados de Rodriguez, tal vez los que mas le honran, quedasen reducidos á meros proyectos. ¿Por qué fatalidad fueron preferidos á los suyos los diseños de Marquet para la casa de Correos, y los de Fr. Francisco de las Cabezas para la iglesia y convento de San Francisco el Grande de Madrid? El favoritismo, á espensas del verdadero mérito, defraudó á la posteridad de dos monumentos, que grandemente realzarían la capital del reino, y el buen nombre de Rodriguez. Si el fallo de los inteligentes pudo desagraviar la reputacion del artista, no por eso alcanzó á resarcir á las artes el perjuicio que entónces les ocasionó una eleccion desacertada.

Cuando se hallaba mas asegurado el crédito de este profesor, D. Francisco Sabatini vino á compartir con él, no tanto los aplausos del público, como el favor de la corte y la proteccion del Monarca. Formado en la escuela del célebre Wambiteli, y acreditado en Nápoles con su obra de la Real fábrica de la Anunciata, fué llamado á España por Cárlos III, y mas que otro alguno contribuyó á embellecer la capital de la Monarquía con muy suntuosos edificios. Por sus diseños se construyeron la puerta de Alcalá; la de San Vicente; el panteon de Fernando VI, en las Salesas Reales; la casa que se destinaba al ministerio de Estado; otra contigua á ella para habitarla el mismo; el cuartel de caballería, y el sencillo y grandioso edificio de la Aduana, en la calle de Alcalá. Trazó tambien el convento de San Pascual, de Aranjuez; el de las Comendadoras de Santiago, en Granada; el de las monjas de Santa Ana, de Valladolid; el cuartel de guardias Walonas, de Leganes; el Santuario de Nuestra Señora de Lavanza, en Castilla; y la capilla de Palafox, en la catedral de Osma.

No tan elegante y gracioso en su estilo como D. Ventura Rodriguez, ni de gusto tan puro y delicado, es por lo comun ménos severo, si bien conducido por las buenas máximas del antiguo, del cual se aparta, sin embargo, alguna vez, siguiendo una manera esclusivamente suya. Hubiérase querido en sus edificios mas desembarazo y soltura, y con todo eso parecen bellos y risueños. La prueba de esta verdad se encuentra en el arco de triunfo de la calle de Alcalá, cuyos macizos, siendo mas anchos que los vanos de las puertas, le hacen un poco pesado, sin que semejante falta de conveniencia le despoje de la grandiosidad que respira. Pero el edificio que mas ha contribuido á la reputacion de Sabatini, es la Aduana de Madrid. Severa y de agradable ornamentacion, se vé coronada por el entablamento de Vignola, que es allí de escelente efecto. Hubiera en las obras de este arquitecto mas esbelteza y variedad; ocultárase con otro arte su verdadera solidez; no participara el ornato de cierto amaneramiento, que no del todo se aviene con la belleza, y mas subido precio tendrían las brillantes cualidades artísticas que le distinguen.

Dado el impulso á la restauracion de las artes, y llevada muy lejos por Rodriguez y Sabatini; justificada la teoría con la práctica, y difundidos los buenos principios por la Real academia de San Fernando, formáronse entónces muchos y muy acreditados profesores, y la Península entera se vió hermoseada con nobles y decorosos edificios. D. José Hermosilla construyó el Hospital general de Madrid; D. Francisco Cayon hizo notables mejoras en el ornato de la catedral de Cádiz, que se erigia por diseños de D. Vicente Acevo; D. Pedro Ignacio Lizandi, inventó el airoso tabernáculo de la de Lugo; D. Julian Sanchez Bort, la fachada principal de este templo; D. Cárlos Lemeaur, su capilla mayor, y varias obras hidráulicas, que Cabarrus ensalza en su elogio histórico; D. Domingo Antonio Monteagudo, la iglesia circular de Monteagudo; D. José Diaz Gamones, el cuartel de Guardias de Corps, del sitio de San Ildefonso, y su fábrica de cristales; D. Pedro Cermeño, la nueva catedral de Lérida; D. Francisco Sanchez, entre otras obras, la capilla del Cristo de San Ginés, y parte de las galerías de la universidad de Alcalá; D. Manuel Machuca y Vargas, las iglesias de Bermeo, la Membrilla, Ajalvar, Miedes y Rivadeo, hoy sacada de cimientos; Fr. Francisco de las Cabezas, el convento é iglesia de San Francisco el Grande de Madrid, mas suntuoso que bello; D. Bartolomé Rivelles y Dalmau, la capilla de Nuestra Señora del Pópulo, en el lugar de Cuart, el hermoso camarin del Cristo del Grao, y el claustro y portería del convento de Santo Domingo, todo en Valencia; D. Juan Pedro Arnal, la imprenta Real y otras varias obras; D. José Prats, la capilla de Santa Tecla de la catedral de Tarragona, y la casa é iglesia de los Guardias marinas de la Isla de Leon; D. Agustin Sanz, muy acreditado en Aragon, la parroquial de Santa Cruz de Zaragoza, las de Urrea, Binaces, Epila y Fraga, y la colegiata de Sariñena; D. Juan de Gayarvínaga, la torre, fachada y sacristía de la catedral de Osma, la torre y una de las portadas de la de Ciudad-Rodrigo, el Seminario conciliar de esta ciudad, y el monasterio de los Premostatenses, distante de ella tres leguas; el conde Roncali, la aduana de Barcelona; D. Juan Soler y Fonseca, la lonja de la misma ciudad, y la casa de D. Francisco March.

Muchos de estos profesores, alcanzando el reinado de Cárlos IV, acabaron de generalizar las buenas doctrinas y el gracioso estilo de D. Ventura Rodriguez. Algunos se formaron en la escuela de este insigne arquitecto, y con mas ó ménos acierto, adoptando sus máximas, trageron hasta nosotros su manera de construir, la sencillez de sus trazas, y aquel dibujo lleno de franqueza, correccion y soltura, que tan cumplidamente espresaba el pensamiento de su autor. Entre ellos merecen particular mencion, D. Blas Beltran Rodriguez, primo de D. Ventura Rodriguez, que concluyó la capilla de los arquitectos, en la parroquial de San Sebastian de Madrid, edificando ademas otras varias obras, donde se acreditó de profesor inteligente, sino del gusto mas puro y delicado. D. Domingo Antonio Lois Monteagudo, uno de los discípulos mas queridos de su maestro, que despues de perfeccionar en Roma sus estudios, dirigió atinadamente las obras de la colegiata de Santa Fé, y de la fachada de la catedral de Santiago, conforme á los diseños de Rodriguez. Manifestó al mismo tiempo su genio artístico en las trazas de la iglesia circular de Montefrio, sin embargo de que se quisiera en ellas un estilo mas franco y animado, y una invencion ménos coartada por las convenciones de la época D. Ramon Duran, académico de mérito de la Real academia de San Fernando, uno de los profesores que mas sobresalieron en la escuela de Rodriguez, y arquitecto del banco nacional de San Cárlos, y de varias casas religiosas y particulares de Madrid. Dejó en esta capital señaladas pruebas de sus conocimientos en el arte, y de la sencillez y agradable proporcion de sus trazados. Le acreditan, sobre todo, los de la iglesia y el palacio del Consejo de las órdenes, en Magacela, y las acertadas renovaciones del convento de Sancti Spiritus y del colegio de Alcántara, en Salamanca, no terminado á pesar de su mérito. Don Manuel Martin Rodriguez, sobrino de D. Ventura Rodriguez, y uno de los que por el talento y el estudio sostuvieron con mas empeño el lustre de su escuela. Formado segun sus máximas, y aumentando despues su instruccion en Italia, si carecia de la risueña imaginacion y de la fecunda inventiva de su tio; puro, sin embargo, y castizo en sus obras, siempre juicioso y atinado, sabia darles magestad y nobleza, y acomodarlas á su objeto, por mas que en ellas convinieran otro desembarazo y soltura, y aquella gracia y delicadeza, de que tal vez le alejaban el ciego respeto á la inflexible rigidez de los preceptos, y la austera observancia de un clasicismo esclusivo, primero sujeto á la fria y amanerada exactitud del compas y la regla, que á las inspiraciones de un genio independiente y resuelto. Sus trazados revelan siempre la posesion del arte, la conciencia del arquitecto, su apego á la simplicidad de las formas; la razon severa que determina sin entusiasmo el acorde y combinacion de las partes, y la armonía del conjunto. Á estas prendas de su estilo, y á la reputacion de sus estudios y de sus obras, debió el título de arquitecto de S. M., la direccion de la Real academia de San Fernando, y el honor de que la de la lengua le abriese sus puertas. Dibujó mucho, y vió realizados sus principales pensamientos artísticos. Por diseños suyos, se construyeron en Madrid, el edificio que es hoy Conservatorio de artes, y no ciertamente de distinguido mérito; la casa de la Real Academia española; el convento de San Gil, convertido actualmente en cuartel de caballería; la Real fábrica de la platería de Martinez, y el depósito de cristales de la calle de Alcalá. Entre las construcciones que dejó en los pueblos de provincia, son las principales, la audiencia de Cáceres y la aduana de Málaga, dos obras que le acreditan por su correccion y sencillez. Hubiera allegado este profesor á la severidad clásica y al buen juicio con que arreglaba sus planes, una imaginacion mas fecunda y risueña, mayor atrevimiento en las construcciones, la suficiente independencia y resolucion para apartarse sin temor de las sendas ya demasiado trilladas; y desapareciendo entónces de sus obras aquella especie de embarazosa sequedad y encogimiento, que alguna vez las hace pesadas amenguando su brillo, se contarían entre las mas célebres de la segunda restauracion. En suma, con mas estudio, que genio; con mas juicio, que entusiasmo; y primero imitador, que original, D. Martin Rodriguez, ántes satisfizo la razon que halagó el gusto; y si supo evitar el error, no acertó de la misma manera á señalarse por los arranques de una originalidad que no desprecia los preceptos, pero que tampoco les concede el derecho de esclavizarla.

Era este el escollo de la época. La buena suerte de

evitarle, conciliando el entusiasmo artístico y la delicadeza del gusto, con la severidad clásica y el estudio de la antigüedad, estaba reservada á D. Juan de Villanueva. Por fortuna suya y de su patria, habia alcanzado de la naturaleza las eminentes cualidades que constituyen al artista distinguido. Feliz inventiva, el sentimiento de la verdadera belleza, imaginacion fecunda y risueña, miras elevadas, desinteres y amor á la gloria, nada le faltaba para llegar á la altura en que supo colocarse. Las circunstancias favorecian entónces el desarrollo de estas brillantes facultades. La fama de Rodriguez y de sus obras servian de estímulo á la aplicacion: las grandes poblaciones procuraban mejorar de aspecto: reinaba en todas partes el buen gusto; la emulacion y los aplausos del público alentaban á los profesores, y la academia de San Fernando, contando en su seno muy acreditados maestros, y con medios proporcionados al objeto de su instituto, inculcaba en la juventud estudiosa escelentes doctrinas, proporcionándole ocasiones de aplicarlas.

En medio de este movimiento artístico, Villanueva nutrido ya de sólidos conocimientos, los aumentó despues en Roma para honrar con su ingenio á la nacion. Cárlos IV le nombró su arquitecto mayor; la academia de San Fernando le confió la direccion de sus estudios, y los amigos de las artes le concedieron el segundo lugar entre los contemporáneos que las cultivaron. Cómo acertó á corresponder á tan señaladas distinciones, lo dicen los monumentos públicos de su invencion, el crédito que justamente le grangearon, y la influencia que ejercieron en la segunda restauracion de las artes. Villanueva acabó, sin duda, de afianzarla. Parco y delicado en la ornamentacion, gracioso y circunspecto en las composiciones, elegante y puro en los cortes y perfiles, amigo de las formas griegas hasta donde las ideas entónces recibidas lo permitian, supo dar

á sus edificios cierto aticismo, que grandemente los realza.
Muchos son los que ha trazado, y muchos por fortuna llegaron á construirse. Las casas del cónsul frances y del
marques de Campovillar, en el Escorial, y las del Placer
para los Infantes, fueron sus primeros ensayos. Entre otros
infinitos trabajos, que emprendió despues para el Estado y
los particulares, prescindiendo ya de los que corresponden
al ingeniero civil é hidráulicò, se distinguen por su mérito,
en Madrid la iglesia del Caballero de Gracia; el balcon de
las casas consistoriales; el teatro del Príncipe; la entrada
del jardin Botánico; el Observatorio astronómico, que con
su templete circular de airosas columnas corintias, parece un monumento griego; el Museo del Prado, y el cementerio de la puerta de Fuencarral, grave y severo como conviene á su destino. Para el Escorial trazó la casa
de Oficios; la de los Infantes, y la escalera, zaguan y
puerta del Real monasterio de San Lorenzo, donde os-
tentó la superioridad de su talento, y el tino práctico con
que sabia aplicar los principios de la buena construccion.
Pero la obra que mas le honra, y la que nos dá la
verdadera medida de su genio artístico, demostrando toda
la estension de sus recursos, es el Museo del Prado. Bello
en el conjunto, mas bien que sublime, por la disposicion
de sus masas y la novedad de su composicion, conserva
este edificio aquella espresion del antiguo, que tan oportunamente sobresale en el noble y sencillo peristilo del costado correspondiente á la parte de San Gerónimo. La fachada principal con sus cuerpos salientes, su magnífico
vestíbulo y sus galerías laterales de columnas jónicas,
respiran elegancia y correccion, y rica sin prodigalidad,
ataviada con fausto, pero sin enojosa profusion, puede
considerarse como modelo en su género. Una escalinata
hubiera dado mas esbelteza y gallardía á este vestíbulo, y
entónces descollaría con otra magestad y belleza, en vez

de que ahora descansando con sus robustas columnas dóricas sobre el pavimento en que asienta toda la fábrica,
parece ésta como soterrada. Fuera por otra parte de desear que las molduras del cornisamento general, al empa-
rejar con las de la cornisa jónica de las galerías laterales,
se ajustasen de tal manera, que no quedaran interrumpidas sus respectivas líneas en el empalme. Evitado este
encuentro, la armonía del conjunto hubiera producido
mejor efecto. No se hablará, sin embargo, del estado de
las bellas artes en el reinado de Cárlos IV, sin que se
cite el Museo del Prado, como la prueba mas notable de
sus progresos, y el punto de perfeccion á que llegaron
entónces.

Villanueva tuvo discípulos é imitadores, sin dejar por
eso escuela. El que mas se le aproximó, y el último de
los profesores de ese período brillante para las artes españolas, fué D. Silvestre Perez. Mas sobresaliente aún
por sus profundos conocimientos en el arte, que por la
estension de su talento, alcanzó por desgracia una época de grandes trastornos y desolaciones, que influyendo en los destinos de su vida, al alejarle de su patria,
le privaron de ejercitar en ella, tanto como pudiera, la
experiencia y las luces que en la arquitectura habia adquirido. Eran pocas entónces las construcciones, y difíciles las circunstancias de la nacion para emprenderlas.
Sin embargo, Perez nos ha dejado notables muestras de
su delicado gusto y discernimiento artístico, sobre todo
en las provincias Vascongadas, donde, entre otras obras,
diseñó el bello teatro de Vitoria. Aparece en ellas atinado imitador de D. Ventura Rodriguez, su maestro,
cuyas buenas máximas supo conservar así en el adorno, como en la disposicion de los edificios que trazó y
dirigió.

Si por las obras de este profesor, y las de los genios

superiores que le precedieron en el empeño de devolver
á la arquitectura greco-romana el esplendor que habia perdido en el siglo XVII, se juzgase de ella en el XVIII, un
lugar muy señalado sería preciso concederle en la historia
del arte. Los nombres de Sachetti, Bonavia, Sabatini, Rodriguez, Ibero, Roncali, Villanueva y Perez, los progresos de algunos de sus imitadores, y sus magníficas construcciones honrarán siempre la segunda restauracion de
las artes en la Península. Pero de las escepciones nunca
puede formarse una regla general. Es verdad: en el siglo XVIII desaparecieron los delirios del Churriguerismo;
adquirió la arquitectura española nobleza, regularidad y
decoro. Un recto juicio, un gusto severo, proscribieron
las estravagancias que la mancillaban; pero muchos de los
edificios que produjo, aunque carecen de notables defectos,
no se recomiendan por un distinguido mérito, y como en
las artes de imitacion no hay medianía, nunca la posteridad verá en ellos un modelo. Ceñidos escrupulosamente
á los preceptos de los clásicos, la misma rigidez con
que á ellos se ajustan, los hace escasos de invencion,
y muchas veces amanerados y triviales. No se dirá que
pecan contra las reglas; pero tampoco que los realza
la verdadera inspiracion. Mas circunspectos y metódicos,
que elegantes y bellos, harto demuestran en general que
el artista procedia al trazarlos, encadenado por la opinion y la rutina, que le señalaban una senda invariable y demasiado estrecha para que pudiese caminar por
ella libremente. El temor de incurrir en la licencia, todavía reciente, de los primeros años del siglo XVIII, el ciego respeto á las convenciones de una escuela exclusiva, el
deseo de ostentar severidad y sencillez, y de huir de com-
plicaciones afectadas, hizo á la mayor parte de los profesores de la segunda restauracion casi siempre frios, y
con frecuencia vulgares. Sus construcciones, pecando de

amaneradas, se sujetaban á una pauta invariable, y el compas, no la inspiracion, determinaba los contornos, las proporciones, el carácter general, el repartimiento de los miembros y de los ornatos. Se contaban los módulos de un órden con las tablas de Palladio ó de Vignola á la vista, como cuenta por los dedos el que no ha nacido poeta, el número de sílabas de un verso, sin apartarse ni una línea de los preceptos de Rengifo. ¿Se quería un ingreso? pues eran infalibles el arco semicircular ó la puerta cuadrilonga con sus columnas á los lados, su cornisamento corrido para abarcarlas, y la balaustrada por remate. ¿Habian de adornarse las ventanas? pues no podian olvidarse el entablamento y las cartelas, y el fronton ó la medalla, ó los niños enlazados. ¿Convenía decorar los tableros y entrepaños? pues nunca se desechaban los festones y colgantes de flores, ó las cornucopias de Amaltea, ó los paños plegados y suspendidos de clavos romanos. ¿Se daban al edificio dos ó mas cuerpos? pues apénas se permitia eleccion; el primero tenia que ser almohadillado, y en el segundo debian resaltar de trecho en trecho las pilastras ó las medias columnas.

Resentíase por otra parte el ornato de cierto amaneramiento, producido, mas que por la falta de invencion y de genio, por una nimia escrupulosidad en la observancia de las reglas clásicas, y el ciego respeto á las máximas establecidas por una opinion demasiado rígida y esclusiva. Era este el resultado de la reaccion en las artes. Al preservarlas de la licencia y desenfreno de la imaginacion, que tantos mónstruos habia engendrado, se las encadenaba con la estrechez de las prohibiciones; y condenadas á la esterilidad, mirábase su lozanía como peligrosa y ocasionada á graves errores. De aquí tanta falta de invencion, tanta semejanza en las fábricas, tantas reproducciones vulgares. Hoy, que el eclecticismo y la filosofía, sin transigir

:

con las estravagancias, ni declarar la guerra á las reglas adoptadas por todas las escuelas, aplauden el genio allí donde le encuentran, seguramente Ponz y Bosarte no nos presentarían como modelos una gran parte de las fábricas que ciegamente celebraron. Al juzgarlas ahora, conseguido ya el triunfo de la escuela que defendian, mas parcos habrian sido en las alabanzas, y ménos mérito encontrarían en los objetos artísticos, á cuyo exámen dedicaron exclusivamente sus tareas. Conocerían que harto indulgentes con la arquitectura de su tiempo, demasiado severos con la de las épocas anteriores, se dejaron arrastrar por el espíritu de escuela, y eran apasionados, cuando de buena fé pensaban proceder con imparcialidad.

Pero la aridez de los preceptos, el puritanismo estéril del arte, el amaneramiento en la composicion, las formas y el ornato, el clasicismo á que se sujetaba forzosamente la inspiracion, no se vieron solo en la Península. ¿Dónde dejaron entónces de existir iguales faltas, y dónde no encontraron panegiristas y doctrinas que las autorizasen? ¿Hay acaso mas invencion, mas variedad, mas genio é independencia en los edificios erigidos en otras naciones? La Italia misma, donde la restauracion del estilo romano erigió tan bellos monumentos, hubo de deplorar esas vulgaridades. En ella nació Vignola, que redujo á una receta invariable la manera de producirlas.

Obedecimos, pues, al espíritu general de la sociedad; fuimos, como todos, reaccionarios sistemáticos, y concedimos á los preceptos, no en todas ocasiones bien entendidos, lo que negamos al ingenio, no siempre desmandado y ciego en sus concepciones. Sucedió en la arquitectura lo que en la poesía dramática. Las tragedias de nuestro teatro, imitadas del frances, eran del género clásico, como los edificios que construíamos; y sin embargo, con sus reglas aristotélicas, y sus tres unidades y su regularidad y su correccion de estilo, faltas de pasion y de movimiento, frias como la razon y los preceptos que las habian producido, eran un artificio sin atractivo, un monumento clásico, consagrado á la memoria del Estagirita, ó al bello genio de Racine. Al erigirle, no hubo pasion ni sentimiento; no se consultó la nacionalidad; se olvidaron los recuerdos, el carácter español, el idioma, la escena formada por las costumbres patrias. Fué el teatro una importacion extranjera; una solemne expiacion del abuso y desconcierto, de la torpeza é insulsez con que desnaturalizaron nuestra escena los pobres sucesores de Lope y de Moreto en la general decadencia de la literatura nacional. Se quiso su restauracion, y se equivocaron los medios de conseguirla, imitando agenos modelos, en vez de mejorar los propios.

Eso mismo sucedió tambien con la arquitectura, sujeta, como la poesía dramática, á las tendencias de la época. Las monstruosidades de Churriguera y de Donoso eran ya incompatibles con los progresos de nuestra cultura, y el nuevo gusto, introducido en la Península por la dinastía de Borbon; y para desterrarlas, y devolver al arte la dignidad perdida, no se siguieron las huellas de Herrera, sino las de Perrault. Fué consultado el genio extranjero mas que el nacional; se olvidó el siglo XVI por el XVIII, y una fria reproduccion de los monumentos extraños vino á demostrar que éramos preceptistas y clásicos, no independientes y originales.

Pero lo repetimos: en medio de esta disposicion general de los ánimos en favor de la arquitectura empleada entónces en Francia y en Italia, hubo insignes artistas, que, conciliando el genio con el estudio, honraron sobremanera la segunda restauracion. Sus felices inspiraciones, mejor apreciadas, habrian dado á la arquitectura española en el siglo XVIII un brillo y un carácter propio, que sin apartarla del antiguo, la distinguirían ventajosamente de la cultivada en otros paises. Rodriguez, Villanueva, Perez y algunos mas, comprendieron esa noble mision; no la perdieron de vista, y la llevaron muy lejos. Mas al conciliar el genio de Herrera con el de su época, hallaron mayor número de panegiristas que de imitadores; y las escelentes máximas de su escuela quizá no se conocieron bastante, para que generalmente el arte de la restauracion dejase de resentirse de cierto amaneramiento y falta de invencion.

De cualquiera manera que sea, las puertas de San Vicente y de Alcalá; las fuentes del paseo del Prado; la Aduana; la casa del duque de Liria; el Museo de pinturas, y el Observatorio astronómico, en Madrid; la fachada principal de la catedral de Pamplona; la capilla del Sagrario, en la de Jaen; la de San Pedro de Alcántara, en el convento de franciscanos, de Arenas; la iglesia de San Felipe Neri, en Málaga; la del Temple y la Aduana, en Valencia; la de Barcelona, y la lonja de la misma ciudad; el palacio ó iglesia de Magacela, y otros de los edificios ya citados, darán siempre una ventajosa idea de los adelantamientos del gusto en esa época, ya que en ella no haya cundido al considerable número de las construcciones que produjo.

La posteridad dirá el lugar que los sucesores de Rodriguez y Villanueva deban ocupar en la historia del arte. Motivos de delicadeza nos obligan á guardar acerca de sus obras un silencio tanto mas oportuno, cuanto que el objeto de estas indicaciones no le rechaza, y la calificacion de los contemporáneos es siempre peligrosa, y pocas veces acertada. Ahí estan sus producciones: por ellas serán juzgados cuando ni la aficion, ni el odio puedan influir en la crítica, y libre de prevenciones la posteridad, sea indiferente á los nombres, atenta solo al verdadero mérito.

ADVERTENCIA.

Como un trabajo, que hasta cierto punto justifica el plan que nos hemos propuesto, insertamos á continuacion el Informe aprobado por la Comision central de monumentos artísticos, sobre un viaje arquitectónico á las provincias de España. No debiamos omitirle en este Ensayo, cuando ha sido una de las principales causas que nos impulsaron á escribirle.

El catálogo razonado de los principales edificios que desde el siglo IX hasta los primeros años del XVI se construyeron en nuestro suelo, con una breve reseña de sus orígenes y distintivos característicos, se publicará mas adelante en un tomo por separado, para que pueda servir de ilustracion y suplemento al Ensayo histórico.

INFORME

DE LA COMISION NOMBRADA POR LA CENTRAL DE MONU-
MENTOS ARTÍSTICOS, SOBRE UN VIAJE ARQUITECTÓNICO Á
LAS PROVINCIAS DE ESPAÑA; APROBADO EN LA SESION
DEL 28 DE JULIO DE 1847.

Exmo. Señor:

La comision encargada de proponer á V. E. el plan
de un viaje á las provincias de España, para examinar sus
principales edificios, clasificarlos convenientemente, y determinar su verdadero carácter, ha procurado que á la
importancia de tan dificil tarea, correspondiesen el celo y
eficacia con que la ha emprendido. Era para ella un poderoso estímulo el deseo de promover é ilustrar las artes
españolas, y la confianza con que V. E. se ha servido
honrarla; pero desde luego ha echado de ver que habria
de luchar con dificultades tanto mas graves, cuanto que la
primera en arrostrarlas, se empeña en un trabajo enteramente nuevo, ni siquiera preparado por los amigos de la
antigüedad y de las artes, á pesar de que hace mucho
tiempo le reclaman el desarrollo de los estudios arqueológicos, el inestimable precio de un gran número de nuestros monumentos arquitectónicos, y la necesidad de perfeccionar con su exámen la historia nacional.

En efecto: mientras que el arquitecto analiza detenidamente, segun los buenos principios de su arte, el estilo

dé las obras monumentales, las alteraciones que sufrieron en el discurso de los siglos, sus bellezas y defectos, los rasgos que determinan su carácter; mas atento el anticuario á sus orígenes, á las causas que los produjeron, á las señales que denotan su antigüedad y su destino, busca en ellos nuevos datos históricos para esclarecer los anales de los pueblos, sus revoluciones y vicisitudes, sus leyes y costumbres, y la serie de sucesos que les dieron una existencia propia é independiente.

Este exámen no puede ménos de conducir á importantes descubrimientos. Cualquiera que sea la fecha de los edificios, su forma y aplicacion, hallarémos que las mezclas y argamasas, los materiales empleados, y la manera de combinarlos y aprovechar sus propiedades naturales, son otros tantos datos para juzgar de los conocimientos que poseian sus constructores en la física y la geologia. De la montea y la estructura de las bóvedas deducirémos sus adelantos en la geometría plana y esférica. Por el contraresto de las fuerzas, y la disposicion de los estribos y arbotantes, vendrémos á formar idea de cuanto alcanzaron en la mecánica; y el arreglo de las dimensiones, la proporcion que guardan entre sí, la distribucion de las luces respecto de los espacios que iluminan, nos dirán hasta qué punto supieron aplicar la óptica á la construccion. La talla y la escultura son ademas un comprobante seguro del gusto y la delicadeza de cada época; y en ellas encontramos frecuentemente la esplicacion de muchas leyes y costumbres, de sucesos históricos, que de otro modo habrian sido perdidos para nosotros. Hay mas: la vida interior y doméstica de la familia, las relaciones del individuo con la sociedad, dejan restos muy marcados, caractéres inequívocos de su existencia en los monumentos públicos para el observador inteligente que sabe analizarlos.

Nada mas cierto que cuanto manifiesta á este propósito Mr. de Lenormant en su artículo de Ravelais y de la abadía de Theleme, inserto en la Revista general de arquitectura del año 1841. «Mucho ántes de ahora (dice este «escritor) se ha pretendido que las páginas mas elocuentes «y espresivas de la historia, se encontraban en muchos de «los restos de los antiguos monumentos: que las ruinas «de Ménfis, de Aténas y de Roma, hablaban un len- «guage mas poderoso todavía que el de Herodoto y de Tá- «cito; y que investigando atentamente los restos de estas «ciudades, en ellas se descubriría mejor que en Plinio «mismo la enciclopedia de las ciencias, de las artes y «de la industria de los tiempos pasados. La arquitectura «es en efecto la espresion mas genuina y profunda de las «sociedades sus contemporáneas, pues que refleja con «singular fidelidad su fuerza ó su flaqueza, sus conquis- «tas en el dominio de las ciencias, las costumbres de la «vida privada, y hasta los hábitos de la doméstica. Se «ha dicho ademas, y con igual razon, porque no se hacía «otra cosa que reproducir una verdad ya consignada ante- «riormente, que cada mudanza, ora sea en los elementos «que constituyen las pasadas sociedades, ora en sus enla- «ces y puntos de contacto, habia dado orígen á otra aná- «loga en la arquitectura.... Y ciertamente; todo proyecto «completo de organizacion social tiene que determinar de «la manera mas exacta, las relaciones que unen los distin- «tos elementos, así como tambien el arreglo de la familia, «en la cual aparecen los primeros vínculos sociales, y «despues las relaciones de familia á familia, de distrito á «distrito, y de provincia á provincia: acabado este tra- «bajo, se puede dar por hecho que se ha redactado el «programa de las diversas necesidades que ha de satisfa- «cer la arquitectura doméstica, y que se manifiestan en «la familia, tal cual este proyecto de organizacion social :

«la habia constituido; programa, que la arquitectura debe-
«rá seguir en sus estudios, y que imprimirá un carácter
«especial á sus obras.»

Esta relacion entre las construcciones y el estado social de los pueblos, no se ha desmentido jamas. La observacion y la esperiencia la descubren, y la historia la
confirma. Para proceder con método en las indagaciones
que la dan á conocer bajo todos sus aspectos, preciso es
clasificar los monumentos arquitectónicos, segun las diversas revoluciones, que sucesivamente cambiaron los destinos de España, siguiendo el órden mismo de los tiempos.
Desde la dominacion romana hasta nuestros dias, pueden
determinarse nueve grandes períodos en que el arte presenta otras tantas variaciones esenciales, adquiriendo nuevas formas, que constituyen un género especial de construccion, ya se atienda á la estructura particular de los
miembros y de las partes principales, ó ya á los detalles
y accesorios. Estos períodos, en cuyo conjunto se ven la
serie de las escuelas arquitectónicas, su enlace y rela-
ciónes, y las causas que las subordinaron á las vicisitudes
de la sociedad y á sus transformaciones sucesivas, son:
1.º el de la España romana, que comprende los monumentos del tiempo de la República, los del Imperio hasta Septimio Severo, y los construidos despues, cuando la decadencia de las artes, terminando con las invasiones de los
bárbaros del Norte. 2.º El de la España gótica, que desde el siglo VI hasta el VIII, ofrece todos los rasgos de
la arquitectura latina, ó sea la manera ya degenerada y
corrompida de la romana, empleada por los Visogodos en
los diversos paises donde se establecieron. 3.º El de las
monarquías cristianas, herederas inmediatas de la gótica,
que se sucedieron desde el siglo VIII hasta últimos del X,
en cuyo tiempo continuó mas ó ménos alterado el estilo
latino, con rasgos muy ligeros del bizantino, pero conser-

vando sus mas esenciales caractéres. 4.º El que comprende los siglos XI y XII, y los primeros años del XIII, durante los cuales aparece ya la arquitectura romano-bizantina, ó sea la que llaman los franceses románica, al principio algun tanto ruda y menesterosa, poco apartada de sus orígenes, con el arco semicircular y las columnas, y los ornatos bizantinos, y despues, desde mediados del siglo XII, mas oriental, rica y engalanada, ostentando el arco ojíval, los domos, el agrupamiento y la profusion de detalles del gusto neo-griego. 5.º El de la España bajo la dominacion de los árabes, que abraza tres secciones, á las cuales corresponden otras tantas modificaciones de la arquitectura empleada por estos orientales: conócense con los nombres de la árabe bizantina, árabe de transicion y árabe morisca. 6.º El que empezando en los últimos años del reinado de D. Fernando III, terminó en los primeros del siglo XVI, y comprende el estilo ojíval, llamado vulgarmente gótico-germánico, el cual presenta tres diferentes fases. En la primera se muestra sencillo, poco exornado, robusto y rudo; en la segunda, correcto y puro, ostentoso, gallardo y gentil; en la tercera, espléndido, lujosamente ataviado, lleno de arrojo y soltura; recargado de minuciosas cresterías, trepados y perforaciones, pero caprichoso, ménos castizo, y con el gérmen de la corrupcion que le degrada y altera desde los últimos años del siglo XV. 7.º El que empieza con los primeros del XVI, y durante una pequeña parte del reinado de los Reyes Católicos y todo el de Cárlos V, ve nacer y desarrollarse el estilo del Renacimiento con su menuda, detenida y graciosa exornacion. 8.º El de la dinastía austriaca, que puede dividirse en dos partes. Pertenece á la primera la restauracion de la arquitectura greco-romana por Toledo, Herrera y sus discípulos; y á la segunda la decadencia y corrupcion de esta escuela con las construcciones de Rivera, Churriguera, Tomé y los demas secuaces del borrominismo. 9.º Y finalmente el de la España bajo los reinados de la casa de Borbon, en los cuales se verifica la segunda restauracion del estilo greco-romano, por D. Ventura Rodriguez, cuya escuela siguen sus imitadores, hasta la época en que floreció D. Juan de Villanueva, ocupando el trono Cárlos IV.

En la clasificacion que acaba de indicarse de los monumentos arquitectónicos de España, deben estos figurar no solo examinados en su conjunto, sino tambien en sus detalles: de tal manera, que nada puedan echar de ménos el arte, la filosofía y la historia.

Al efecto, y para observar en las investigaciones el método mas conveniente, será preciso ordenarlas de modo que cada una de las nueve divisiones determinadas por los diversos géneros del arte de construir, empleados entre nosotros, presente los monumentos arquitectónicos clasificados en cuatro especies. La primera comprenderá la arquitectura religiosa; la segunda la civil ó urbana; la tercera la militar, y la cuarta la hidráulica.

Pertenecerán á la primera las basílicas, los templos y sus accesorios, los sepulcros y sarcófagos, los panteones y capillas, los cementerios y criptas, las urnas cinerarias y cipos, las aras y altares, los retablos y sillerías de los coros, las imágenes de los santos y las estatuas de los dioses. A la segunda, los arcos de triunfo, los ingresos de las poblaciones, los teatros, anfiteatros, hipodromos y circos; los palacios y alcázares; los hospitales, hospicios, cárceles y demas casas de correccion y beneficencia; los consistorios, las casas lonjas, los faros, las plazas y bazares, los pabellones, ornacinas y galerías; los jardines y paseos; los colegios, museos y universidades; los monumentos consagrados á los hombres ilustres, las columnas, obeliscos y pirámides; los ornatos públicos de todas clases y las vias generales de comunicacion, tanto antiguas como modernas. A la tercera las torres, torreones, cubos y bastiones; los castillos, muros y ciudadelas; las plataformas y barreras; los fosos, puentes estables.y levadizos, y caminos cubiertos; las puertas, terraplenes y contrafuertes. A la cuarta las naumaquias, los puertos y arsenales; los diques y dársenas; los puentes y acueductos; las fuentes, pozos, aljibes, minados, pantanos y baños; los canales de riego y los de navegacion.

En estas clasificaciones, las fábricas del tiempo de los romanos, sus puentes y acueductos, y los restos de sus circos y anfiteatros, de sus arcos triunfales y templos, de sus termas y vias militares, abren un vasto campo á las indagaciones, y ofrecen todavía mucha novedad, por mas que con extremada diligencia fueron examinadas estas antigüedades por los eruditos de los siglos XVII y XVIII. No interesan ménos los baños de los árabes, sus mezquitas y palacios, sus acequias y canales de riego, todavía mal conocidos, y objeto de útiles y curiosas investigaciones para el artista y el arqueólogo.

Pero en ningun otro género de construccion se muestra mas claramente el poder y la cultura de los romanos y los árabes que en las fábricas hidráulicas. La grandeza de los Césares aparece con todo su esplendor en los atrevidos y colosales acueductos de Mérida, Segovia, Teruel y Tarragona; en los magníficos puentes de Alcántara, Orense, Badajoz, Martorell y Mérida; en los restos de sus derruidas naumaquias; en los murallones para la formacion de charcas destinadas al riego; obras cuyas vastas dimensiones y tenaz contextura sorprenden la imaginacion. Sino con el mismo poderío, á lo ménos con igual genio, los árabes se manifestaron sus émulos en estas construcciones. En vano la naturaleza puso obstáculos á la voluntad de hierro con que las emprendieron. Su arte y su constancia supieron vencerlos en las acequias de riego de Valencia, Alicante, Granada y Murcia; en los caños de Carmona con sus perforaciones, galerías y bóvedas de rosca; en el ingenioso repartimiento de sus raudales; en los robustos minados y alumbramientos para surtir de aguas á Huelva; en sus graciosos baños; en el puente de Córdoba, y en tantas otras obras hidráulicas como han ejecutado en nuestro suelo.

Por ventura estos monumentos, despertando el deseo de imitarlos, produjeron desde el siglo XVI muchos de la misma clase, no ménos sorprendentes y magníficos. Recordemos el puente de Almaraz sobre el Tajo, con sus dimensiones colosales y su robusta construccion, la obra mas grandiosa del reinado de Cárlos V; los sólidos murallones y los anchurosos macizos de la presa del canal imperial de Aragon, alarde atrevido del arte, que lucha contra la naturaleza para someterla á sus cálculos y concepciones; los diques, paredones y muelles de los arsenales del Ferrol, cuya estension y consistencia son todavía, enmedio de su abandono, el testimonio mas solemne de los inmensos recursos con que contaba la nacion para dominar los mares; el puente ó viaducto de San Pablo, en Cuenca, levantado sobre un hondo precipicio, entre dos montañas, como un inmenso coloso, cuyos brazos se estienden por el espacio para abarcarlas, y reparar el estrago de una de las revoluciones del globo. Estas, y otras obras hidráulicas igualmente importantes, debieran ser mas conocidas, porque pueden dar ocasion á investigaciones tan interesantes para el artista, como para el arqueólogo.

El sistema de defensa de las plazas y puntos militares de la edad media, y las curiosas construcciones empleadas al intento, tampoco se han apreciado hasta ahora convenientemente, á pesar de que sus grandiosas ruinas contribuyen á ilustrar la historia. Y era natural que así sucediese, porque despojadas de todo ornamento, producidas por circunstancias especiales, y careciendo ya de objeto, no presentan en sus detalles y sus formas un vivo aliciente á los artistas. Le tienen sin embargo para el anticuario, y para cuantos quieran conocer á fondo el arte militar de nuestros mayores ántes de la invencion de la pólvora. Las instrucciones redactadas á este propósito por los señores P. Merimée y A. Lenoir, deben ser atentamente consultadas por la comision; con la seguridad de que le será fácil hacer de ellas aplicaciones provechosas en sus trabajos.

Las reclaman, entre otras construcciones militares de la Península, todas notables, y todas dignas de un detenido exámen, los muros romanos de Coria con sus torreones cuadrados; las torres conservadas en el recinto de Trujillo; las de Guadalajara hácia la puerta de Bejarque, objeto curioso de estudio por los conocimientos militares que revelan en sus constructores; los baluartes de la misma ciudad, cuya existencia demuestra ser esta clase de defensas mas antigua de lo que suponen los escritores extranjeros; las fortificaciones de Tarragona, construidas en muy diversas épocas; el robusto castillo de Sanlúcar de Barrameda, modelo de los de su especie en el siglo XV; los restos de las antiguas torres de Jaen, Baena y Málaga, realzadas por el recuerdo de altos y memorables hechos de armas; el puente de dos arcos para franquear el paso al Salado de Moron entre el pueblo de Palacios, y el de Cabezas de San Juan, en cuyas extremidades se elevan dos torres romanas, que forman una doble cabeza de puente; y por último el famoso castillo de Alcalá de Guadaïra, hoy reducido á ruinas, y en otros dias una de las fortalezas mas notables que produjo el arte de la guerra. El erudito y luminoso Resúmen histórico del arma de ingenieros en general, y de su organizacion en España, que tanto honra á su ilustrado y modesto autor, el señor

D. Manuel Varela y Limia, contiene muy curiosas ó importantes noticias de estos monumentos, y manifiesta cuánto convendria analizar detenidamente otros muchos de la misma clase, que se encuentran en diversos puntos de la Península.

Pero no basta ni la division por épocas de los monumentos, ni que estos se clasifiquen entre sí segun su diverso destino en el órden político, civil y religioso de la sociedad: se necesita mas: es preciso fijar tambien los puntos que ha de comprender la descripcion particular de cada uno, y los objetos que en ella deben sobresalir por su importancia. En toda fábrica hay que considerar: 1.º el conjunto: 2.º la construccion: 3.º la parte esterior: 4.º la interior; y 5.º la historia.

El conjunto abrazará: 1.º La orientacion del edificio. 2.º La planta, el alzado y un corte vertical con sujecion á una misma escala, y demarcando con tintas diversas las construcciones correspondientes á diferentes tiempos. 3.º Las dimensiones principales y la comparacion de las medidas de longitud y latitud con las de las alturas. 4.º Iguales mediciones de los miembros mas notables. 5.º Las relaciones entre sí de las partes componentes. 6.º El ornato y sus detalles característicos, tales como los capiteles, las bases, frisos, fajas, florones, artesonados, rosetones, etc.

En la construccion, se dará noticia: 1.º de la naturaleza de los materiales empleados, sus mezclas y combinaciones: 2.º de la geología del suelo que los produjo: 3.º de la composicion y solidez de los morteros: 4.º de los revestimientos y estructura de los muros, ya sean de mampostería, ó ya de ladrillo, sillares ó adobes: 5.º de la estructura de las bóvedas, sus cortes ó intersecciones, su forma y enlace: 6.º de las armaduras y cubriciones: 7.º de la regularidad de los trazos, de los aparatos y

alineaciones: 8.º de los encames y filadas, y de la trabazon, figura, asiento y encaje de los sillares: 9.º de la
montéa, córtes, dovelas, cuñas, claves, etc.: 10.º de los
arbotantes y el contraresto de las fuérzas.

La parte esterior abrazará: 1.º una idea del todo, y de
las relaciones de las diversas partes que le forman: 2.º la
correspondencia de los cuerpos, sus resaltos y proyecciones: 3.º los dibujos de las fachadas, si su mérito lo exigiere: 4.º la descripcion de las torres, cimborios, linternas, vestíbulos, pórticos, ingresos, portadas, cuerpos voladizos, agujas, chapiteles, frontispicios, coronaciones,
etc.: 5.º el sistema de la ornamentacion, y su efecto, respecto del todo y de los accesorios.

La parte interior ha de comprender: 1.º el exámen general del conjunto: 2.º el particular de cada parte, la correspondencia de los repartimientos y espacios, su euritmia
y simetría: 3.º las divisiones y enlaces de estos mismos
ámbitos: 4.º la figura y proporciones de los ábsides, naves, galerías, cuerpos principales, aposentos, cámaras,
etc.: 5.º la disposicion y estructura de los pilares, columnas, arcadas y cruceros: 6.º los ornatos dependientes del
todo de la fábrica, y los que pueden existir por sí solos,
como son los sarcófagos, sepulcros, aras, vasos y estatuas, pilas bautismales, enterramientos, grupos de escultura, escudos de armas, retablos, sillerías, y alhajas notables ó por su antigüedad, ó por cualquiera otra circunstancia que las haga apreciables para la historia: 7.º los
dibujos de todas estas obras cuando sean de sobresaliente
mérito.

La historia exige: 1.º una investigacion arqueológica
del orígen y antigüedad de la fábrica: 2.º noticias de su
fundador: 3.º el exámen de los documentos, datos históricos y tradiciones que comprueben estos mismos orígenes: 4.º las alteraciones y vicisitudes que ha sufrido en
:

su construccion y en sus formas: 5.° su actual estado:
6.° los puntos históricos que ilustra con sus esculturas, lápidas y circunstancias especiales de su arquitectura: 7.°
sus relaciones con el carácter social del pueblo que la ha
erigido: 8.° copias exactas de las inscripciones, con la
forma de la letra, las circunstancias de la lápida y de los
renglones, sus rascaduras y lagunas, todo sujeto á escala, y acompañando ademas el facsimile de uno de los
caractéres.

Pero el exámen de los edificios mas ó ménos bien conservados, cuyo mérito artístico, ó cuyos recuerdos históricos merecen particular atencion, no constituyen el único
objeto del viaje proyectado. Este debe comprender igualmente la descripcion de las ruinas de las antiguas poblaciones y de las fábricas, que todavía nos revelan lo que pudieron ser en sus mejores dias. Itálica, Mérida, Clunia,
Tarragona, por ejemplo, nos ofrecen preciosos restos de su
antiguo esplendor, que ahora sepultados en el olvido, y
admiracion en otro tiempo de los propios y extraños, son
perdidos para la historia de las artes y de los pueblos. Los
dibujos que los representen con sus columnas mutiladas,
con sus muros derruidos, con sus grandiosos fracmentos
de los circos y anfiteatros, de las vías y acueductos, de
los arcos de triunfo y los sepulcros que realzaban la pasada dominacion de los Césares en nuestro suelo, no solamente darán á conocer la riqueza inmensa que en esta
cláse de antigüedades poseemos, sino que la España romana, al recibir de ellos un nuevo precio, servirá de comprobante á muchas aserciones de los historiadores del Lacio, que mas cumplida memoria nos dejaron del Imperio fundado por Augusto.

Para emprender con fruto estos trabajos, deben con-
sultarse las antiguas crónicas; las colecciones diplomáti-
cas hasta ahora publicadas; los archivos de los pueblos, y

los de aquellos establecimientos del Estado y de los particulares, que merezcan ser examinados. Pero los materiales han de estar ya de antemano reunidos y convenientemente clasificados por la Comision central, como una preparacion indispensable para el viaje que se intenta. Á esta corporacion literaria corresponde, y ella sola puede conseguir allanar con sus tareas los obstáculos, que por necesidad han de tropezarse en la plantificacion de tan vasta empresa.

Los trabajos que al efecto ha de realizar, son: 1.º un estracto de cuantos antecedentes y noticias relativas á las fábricas de nuestro suelo se encuentran en los antiguos cronicones é historias generales y particulares de las provincias, ciudades y casas religiosas. 2.º El exámen razonado de los documentos originales é impresos, que tienen relacion con esta materia. 3.º La formacion de un catálogo de las obras arquitectónicas de algun precio para la Historia de las artes y de los pueblos, de que se hayan publicado grabados ó descripciones, clasificándolas segun las escuelas y los tiempos á que pertenezcan, é indicando los puntos donde se hallan, y los literatos ó artistas que los hayan examinado, con la manifestacion de su juicio, y de las cosas dignas de atencion que en ellas observen. 4.º La topografía artística de la Península, en que aparezcan por provincias todos los lugares donde haya monumentos arquitectónicos notables por su mérito. 5.º Un itinerario artístico, ó sea la direccion que deban seguir los viajeros para observar sucesivamente, en su tránsito de uno á otro pueblo, y de una á otra provincia, todos los objetos de bellas artes que merezcan fijar su consideracion. 6.º El nomenclátor de los pueblos antiguos de que existen ruinas ó monumentos, con espresion de los nombres que tienen en el dia y de los lugares hoy conocidos á que pertenecen.

540

Los comisionados encargados de verificar este viaje, cuando hayan recibido de la comision central todos los datos ya indicados, elegirán las provincias á que han de dirigirse, segun la índole especial de sus conocimientos respectivos. Los destinados, por ejemplo, á las Andalucías, Valencia y Murcia, necesitan, mas que los otros, conocer la historia y la arquitectura de los árabes. Los que han de recorrer las provincias del Norte, preciso es que hayan hecho un estudio especial de los primeros siglos de la Monarquía restaurada, y de los cronicones que sucesivamente se escribieron desde los tiempos de Isidoro Pacense y el monge de Albelda hasta los del Silense. Para los reinos de Aragon y Cataluña, es mas necesario el conocimiento del estilo bizantino y del gótico germánico, así como para las dos Castillas se requieren estos mismos estudios y el de la arquitectura del Renacimiento.

En las descripciones de cada provincia podrá adoptarse hasta cierto punto el órden cronológico, clasificando los edificios por épocas y por géneros, segun ya se ha manifestado. Aparecerán siguiendo este órden: 1.º los del tiempo de los romanos. 2.º Los de la Monarquía gótica y de la asturiana su sucesora. 3.º Los del estilo romano-bizantino, construidos desde el siglo X hasta fines del XII. 4.º Los de la dominacion árabe. 5.º Los gótico-germánicos. 6.º Los del Renacimiento. 7.º Los de la primera restauracion de la arquitectura romana. 8.º Los del estilo Borrominesco, y 9.º los de la segunda restauracion.

Aunque sea el objeto esencial del viaje el exámen de los monumentos arquitectónicos, todavía puede realzarse su mérito con algunas noticias de las pinturas que lo merecieren, y de las escuelas á que pertenecen. Este trabajo emprendido sucesivamente por Ponz, Bosarte y Cean Bermudez, no completo, sin embargo, y dejando en el dia muchas lagunas en la historia del arte, reclama nuevas y mas cumplidas indagaciones, despues de los trastornos producidos por la guerra de la Independencia, y las discordias civiles. Sabráse así á lo ménos el valor de tan inmensa riqueza; dónde se encuentra, y de qué medios se ha de echar mano para su conservacion. Despues de las pérdidas que hemos sufrido en tan importante ramo de las bellas artes, necesario es que los cuadros, hoy olvidados ó tenidos en poco, se cuiden con mas esmero, y se evite que vayan, en mengua de nuestra cultura, á embellecer las colecciones extranjeras, ó á perecer, cubiertos de polvo, y como despreciable antigualla, entre muebles desechados. ¡Y de cuántos no se ha dado todavía noticia al público! ¡De cuántos se ha formado un falso juicio! ¡Cuántos han sido bautizados arbitrariamente! Con un exámen mas escrupuloso de los que hoy pertenecen tanto á los particulares, como á los establecimientos públicos, se podría sin duda determinar la genealogía de nuestras escuelas, seguirlas en su desarrollo y sucesion; conocer sus mútuas relaciones, y presentar notables ejemplos de sus progresos y de su decadencia: en una palabra, vendría á resultar de este exámen, la historia completa del arte, tal cual la filosofía del siglo XIX la reclama, y como se necesita para formar una idea exacta de la pintura española, y del estilo de sus mas célebres profesores.

Sin perder de vista tan importante objeto, pero sin empeñarse precisamente en indagaciones demasiado estensas y prolijas, y solo como una parte accesoria del fin principal á que se dirigen los trabajos de las comisiones, al reconocer estas en sus viajes las pinturas de los establecimientos públicos y de las casas particulares, podrían dar noticia; 1.º del pintor y de la escuela á que corresponden: 2.º de las dimensiones de los cuadros y de su estado de conservacion: 3.º de la materia en que estan pintados: 4.º del asunto que representan: 5.º del juicio artístico que de ellos formen, considerándolos en la composicion, el dibujo, el colorido y la ejecucion: 6.° de su procedencia y el sitio que ocupan actualmente: 7.° del establecimiento ó del particular á que pertenecen.

No solamente deben sujetarse á tan detenido exámen las pinturas amovibles, sino tambien los frescos de los templos y palacios, de que por desgracia no se tiene todavía una idea tan exacta y circunstanciada cual sería de desear. Poseemos en este género obras de gran mérito y de los profesores mas acreditados, sin que el buril se haya ocupado en copiarlas. Otras hay que por su antigüedad y su carácter, pueden considerarse como monumentos históricos de mucho precio para conocer las costumbres de los tiempos en que se ejecutaron, y el estado que entónces tenian las artes del diseño. Á esta clase corresponden los frescos de la bóveda de San Isidoro de Leon, segun el estilo bizantino, y obra tal vez del siglo XIII; los de las bóvedas de la catedral vieja de Salamanca, que se suponen tambien del siglo XIII; las cincuenta tablas del altar mayor de la misma, que parecen del XIV ó de los principios del XV; las pinturas de la bóveda de la sala capitular del monasterio de Sigena, con un carácter bizantino de últimos del siglo XII ó principios del XIII; el cuadro que se conserva en el salon de las juntas de Guernica, y representa á los Reyes Católicos jurando los fueros de Vizcaya, y otras muchas, en fin, no ménos estimables por su venerable antigüedad.

El tiempo deteriora insensiblemente estas respetables antiguallas, y acabará por destruirlas y borrar hasta la memoria de su existencia. Dibujos que las retratasen fielmente, nos harían ménos sensible su pérdida, y grandemente contribuirían al esplendor de la pintura española y á la ilustracion de su historia.

Las comisiones encargadas de todos estos trabajos en

las provincias, si no han de dilatar demasiado sus investigaciones, deberán de ser por lo ménos cuatro: una destinada á las provincias del Norte, el reino de Leon y el Vierzo; otra á las Andalucías, Estremadura, Valencia y Murcia; otra á las dos Castillas, la Mancha y Rioja; y otra á Cataluña y Aragon. Cada una de ellas se compondrá de un anticuario, un arquitecto y un dibujante, y en relacion directa con la comision central, recibirán de esta cuantos datos y auxilios necesiten para el mejor desempeño de su encargo. Pero ès preciso no perder de vista que no se les encomienda la formacion de una obra de arqueologia y arquitectura, sino el acopio y ordenamiento de los materiales para emprenderla.

Los viajeros en nuestras provincias, al averiguar cuanto encierran de notable en las bellas artes y la historia, habrán cumplido con reunir metódicamente los datos que se les exigen, acompañándolos de sus propias observaciones, y de los documentos que comprueben su exactitud. Reunidos despues estos materiales, á la Comision central corresponde erigir con ellos el grandioso monumento, que presente la suma de nuestras pasadas y presentes glorias, como el resultado de la civilizacion progresiva de los siglos, y una prueba segura de los derechos adquiridos por la nacion española al reconocimiento del mundo ilustrado.

Aunque muy ligeramente, y contentándose solo con indicaciones generales, la comision ha manifestado la importancia y la necesidad del viaje arqueológico-artístico, su objeto, y el espíritu con que debe emprenderse; la clasificacion de los diversos monumentos que ha de comprender, y sus relaciones con el estado social de los pueblos que los erigieron. Si en esta tarea no ha acertado á satisfacer los justos deseos de la Comision central, nada ha omitido por lo ménos para conseguirlo, y cree que no le negará su indulgencia, en gracia de la solicitud y buen celo con que ha procurado corresponder á la confianza que se ha servido dispensarle.

Madrid 16 de setiembre de 1846.—José Madrazo.— Anibal Alvarez.—José Caveda.

ÍNDICE.

:

ERRATAS.

Página.	Línea.	Dice.	Léase.
21	5	arrevesados.	revesados.
26	6	adicciones.	adiciones.
27	2	adiccionador.	adicionador.
61	55	Bierzo.	Vierzo.
92	28	Ganzon.	Gauzon.
94	27	Vovinea.	Borines.
116	27	cimborrio.	cimborio.
150	1	por.	de.
142	22	sus tiempos.	su tiempo.
158	12	Alcaraz.	Alcoraz.
192	1	conservó.	conservaron.
192	1	ha.	han.
192	2	le.	les.
225	2	octógonos.	octágonos.
289	30	compuesta.	compuesto.
324	12	misma iglesia.	catedral de Toledo.
326	54	Piase.	Piasca.
337	15	del fin del que.	del fin que.
345	55	recomiendan.	distinguen.
376	29	de.	del.
405	54	Pedro Toledo.	Pedro de Toledo.
407	2	general.	gentil.
426	16	pone en el olvido.	pone en olvido.
460	16	el conjunto de los cuerpos que decoran los graciosos detalles.	los graciosos detalles.
461	12	ni las atinadas.	no las atinadas.
461	18	su cornisamento.	son su cornisamento.
489	22	es emancipó.	se emancipó.
508	9	Minquez.	Minguez.